Conan Doyle

Die Rückkehr des Sherlock Holmes

—

Sherlock Holmes
Werkausgabe in neun Einzelbänden
nach den Erstausgaben neu und getreu
übersetzt

—

Erzählungen
Band III

SIR ARTHUR CONAN DOYLE

Die Rückkehr des Sherlock Holmes

NEU ÜBERSETZT VON

WERNER SCHMITZ

HAFFMANS VERLAG

Titel der Originalausgabe:
»The Return of Sherlock Holmes«,
London und New York 1905

Umschlagzeichnung von
Peter Neugebauer

Satz aus der Baskerville von Mühlberger, Augsburg
Druck: Ebner Ulm
ISBN 3 251 20106 9

Inhalt

DAS LEERE HAUS

Im Frühjahr 1894 wurde der Ehrenwerte Ronald Adair unter höchst ungewöhnlichen und unerklärlichen Umständen ermordet: Ganz London interessierte sich für diesen Fall, und die vornehme Welt war bestürzt. Die Öffentlichkeit kennt bereits diejenigen Einzelheiten des Verbrechens, die bei der polizeilichen Untersuchung zum Vorschein kamen, doch wurde hierbei einiges unterdrückt, da der Anklage der Fall so überwältigend klar zu liegen schien, daß sie es nicht für nötig hielt, mit allen Tatsachen herauszurücken. Erst jetzt, nach nahezu zehn Jahren, ist es mir erlaubt, jene fehlenden Glieder beizubringen, die diese bemerkenswerte Kette zu einem Ganzen machen. Das Verbrechen war für mich schon an sich von Interesse, doch war dieses Interesse nichts im Vergleich zu dem Unfaßbaren, das darauf folgte und das mir den größten Schrecken und die größte Überraschung in meinem an Abenteuern reichen Leben bescherte. Selbst jetzt, nach einem so langen Zeitraum, schaudere ich bei dem Gedanken daran und empfinde noch einmal den jähen Strom von Freude, Erstaunen und Ungläubigkeit, der damals meinen Geist vollkommen überschwemmte. Ich sage der Öffentlichkeit, die an jenen flüchtigen Einblicken, die ich ihr gelegentlich in die Gedanken und Taten eines sehr bemerkenswerten Mannes gewährt habe, einiges Interesse gezeigt hat, sie möge mich nicht tadeln, wenn ich mein Wissen nicht mit ihr geteilt habe, denn dies hätte ich für meine oberste Pflicht gehalten, wäre ich nicht durch ein ausdrückliches Verbot aus seinem Munde, das erst am Dritten vorigen Monats aufgehoben wurde, davon abgehalten worden.

Man kann sich vorstellen, daß meine enge Vertrautheit mit Sherlock Holmes ein tiefes Interesse für das Verbrechen in mir erweckt hatte und daß ich nach seinem Verschwinden niemals versäumte, die verschiedenen Probleme, die an die Öffentlichkeit gelangten, sorgfältig zu studieren. Mehr als einmal versuchte ich gar, zu meiner persönlichen Genugtuung seine Methoden anzuwenden, freilich mit wenig Erfolg. Nichts jedoch reizte mich so sehr wie die Tragödie des Ronald Adair. Als ich die bei der Untersuchung des Mordfalls gemachten Zeugenaussagen las, die zu einem Schuldspruch wegen vorsätzlichen Mordes gegen einen oder mehrere Unbekannte führten, wurde ich des Verlusts, den das Gemeinwesen durch Sherlock Holmes' Tod erlitten hatte, deutlicher als je zuvor gewahr. Diese merkwürdige Affaire wies einige Punkte auf, die ihn, davon war ich überzeugt, ganz besonders gereizt haben würden; und die Bemühungen der Polizei wären von der geübten Beobachtungsgabe und dem scharfen Verstand des vorzüglichsten Kriminalisten Europas unterstützt oder wahrscheinlicher noch vorweggenommen worden. Auf den Wegen zu meinen Hausbesuchen überdachte ich täglich den Fall und fand keine Erklärung, die mir passend zu sein schien. Auf das Risiko hin, eine bereits erzählte Geschichte noch einmal zu erzählen, werde ich nun die Tatsachen rekapitulieren, wie sie der Öffentlichkeit bei Abschluß der Untersuchung bekannt waren.

Der Ehrenwerte Ronald Adair war der zweite Sohn des Grafen von Maynooth, seinerzeit Gouverneur einer der australischen Kolonien. Adairs Mutter war aus Australien zurückgekehrt, um sich am grauen Star operieren zu lassen, und sie wohnte mit ihrem Sohn Ronald und ihrer Tochter Hilda in Park Lane 427. Der Jüngling bewegte sich in der besten Gesellschaft – und hatte, soweit bekannt, weder Feinde noch spezielle Laster. Er war mit Miss Edith Woodley aus Carstairs verlobt gewesen, doch war die Verlobung wenige Monate zuvor in gegenseitigem Einvernehmen gelöst worden; und es gab keinerlei Anzeichen dafür, daß dies irgendein sonderlich tiefes Gefühl hinterlassen hätte. Denn das restliche Leben dieses Mannes bewegte sich in einem engen und herkömmlichen Kreis: Sein Auftreten war ruhig und sein Wesen leidenschaftslos. Und doch ereilte diesen gelassenen jungen Aristokraten der Tod in höchst seltsamer und unerwarteter Form, und zwar zwischen zehn und elf Uhr zwanzig in der Nacht des 30. März 1894.

Ronald Adair spielte gern Karten – er spielte ständig, jedoch nie um Einsätze, die ihm hätten schaden können. Er war Mitglied des Baldwin-, des Cavendish- und Bagatelle-Karten-Clubs. Es erwies sich, daß er am Tage seines Todes nach dem Abendessen im letztgenannten Club einen Robber Whist gespielt hatte. Am Nachmittag hatte er ebenfalls dort gespielt. Nach den Aussagen seiner Mitspieler – Mr. Murray, Sir John Hardy und Colonel Moran – wurde Whist gespielt, und das Kartenglück verteilte sich ziemlich gleichmäßig. Adair mochte fünf Pfund, aber nicht mehr, verloren haben. Sein Vermögen war beträchtlich, und ein solcher Verlust konnte ihn in keiner Weise berühren. Er hatte nahezu täglich in dem einen oder anderen Club gespielt, doch war er ein bedächtiger Spieler und ging gewöhnlich als Gewinner vom Platz. Die Zeugenvernehmung ergab, daß er zusammen mit Colonel Moran vor einigen Wochen bei einer Sitzung runde vierhundertundzwanzig Pfund von Godfrey Milner und Lord Balmoral gewonnen hatte. So viel zu seiner jüngsten Geschichte, wie sie sich bei der Untersuchung ergab.

Am Abend des Verbrechens kam er um genau zehn Uhr nach Hause. Seine Mutter und seine Schwester waren mit einem Verwandten ausgegangen. Die Bedienstete sagte unter Eid aus, sie habe ihn das Vorderzimmer im zweiten Stock betreten hören, welches er gewöhnlich als Wohnzimmer benutzte. Sie hätte dort den Kamin angezündet, dieser hätte jedoch geraucht und sie daher ein Fenster geöffnet. Kein Geräusch sei aus dem Zimmer gedrungen, bis um zwanzig nach elf Lady Maynooth und ihre Tochter nach Hause gekommen seien. Diese wollte ihrem Sohn eine gute Nacht wünschen und versuchte, sein Zimmer zu betreten. Die Tür war von innen verschlossen, und ihr Rufen und Klopfen wurde nicht beantwortet. Man holte Hilfe, und die Tür wurde aufgebrochen. Der unglückliche junge Mann lag neben dem Tisch. Sein

Kopf war von einer platzenden Revolverkugel gräßlich zerfetzt, doch wurde in dem Zimmer keinerlei Waffe irgendeiner Art gefunden. Auf dem Tisch lagen zwei Zehn-Pfund-Banknoten sowie siebzehn Pfund und zehn in Silber und Gold; das Geld war in kleinen Haufen verschiedener Beträge geordnet. Auf einem Blatt Papier fanden sich dazu einige Ziffern, bei denen die Namen einiger seiner Clubfreunde standen, woraus gefolgert wurde, daß er vor seinem Tode damit beschäftigt war, seine Verluste oder Gewinne beim Kartenspielen zusammenzustellen.

Eine eingehende Untersuchung der Umstände führte lediglich zu einer weiteren Komplizierung des Falles. Vor allem war kein Grund dafür zu finden, warum der junge Mann die Tür von innen verschlossen haben sollte. Man erwog die Möglichkeit, sein Mörder habe dies getan und sei hinterher durch das Fenster entwichen. Dort ging es jedoch mindestens zwanzig Fuß tief hinunter, und unten befand sich ein Krokusbeet in voller Blüte. Weder die Blumen noch die Erde wiesen irgendein Zeichen einer Beeinträchtigung auf, und auf dem schmalen Rasenstreifen, der das Haus von der Straße trennte, waren ebenfalls keine Spuren zu finden. Der junge Mann hatte daher offenbar selbst die Tür verschlossen. Aber wie ereilte ihn der Tod? Niemand konnte zu dem Fenster hinaufgeklettert sein, ohne Spuren zu hinterlassen. Angenommen, jemand hatte durch das Fenster geschossen, so mußte es wahrhaftig ein bemerkenswerter Schütze sein, der mit einem Revolver eine solche tödliche Wunde beizubringen vermochte. Andererseits ist Park Lane eine belebte Durchgangsstraße; hundert Yards vom Haus entfernt befindet sich ein Droschkenstand. Niemand hatte einen Schuß gehört. Und doch gab es den Toten und die Revolverkugel, die sich nach Art von Dumdumgeschossen pilzförmig verformt und so eine Wunde verursacht hatte, die zum sofortigen Tod geführt haben mußte. Soweit die Umstände des Rätsels von der Park Lane, die sich des weiteren durch das völlige Fehlen eines Motivs verkomplizierten, da der junge Adair, wie ich bereits sagte, mutmaßlich keinerlei

Feinde hatte und ferner nicht versucht worden war, das Geld oder die Wertsachen aus dem Zimmer zu entfernen.

Den ganzen Tag lang wälzte ich diese Tatsachen in meinem Kopf herum und mühte mich ab, auf eine Theorie zu kommen, die sie alle in Einklang brächte, und jenen Weg des geringsten Widerstandes zu finden, den mein armer Freund für den Ausgangspunkt einer jeden Untersuchung erklärt hatte. Ich gestehe, ich kam nur wenig voran. Am Abend bummelte ich durch den Park und fand mich schließlich gegen sechs Uhr am Oxford Street Ende der Park Lane. Eine Gruppe von Müßiggängern, die auf dem Bürgersteig standen und alle zu einem bestimmten Fenster hinaufstarrten, führte mich zu dem Haus, das ich mir hatte ansehen wollen. Ein großer dünner Mann mit Sonnenbrille, der mir sehr verdächtig nach einem Polizisten in Zivil aussah, erläuterte eine selbstgebastelte Theorie, während die anderen ihn umdrängten, um seinen Worten zu lauschen. Ich näherte mich ihm, so gut ich konnte, doch schienen mir seine Bemerkungen absurd, und ich zog mich mit einigem Widerwillen zurück. Dabei stieß ich gegen einen ältlichen verwachsenen Mann, der hinter mir gestanden hatte, und mehrere Bücher, die er getragen, fielen zu Boden. Ich erinnere mich, daß mir, als ich sie aufhob, ein Titel in die Augen sprang: *Der Baumkultus,* und daß mir der Gedanke kam, dieser Bursche müsse ein armer Büchernarr sein, der entweder handelsmäßig oder als Steckenpferd obskure Bücher sammelte. Ich entschuldigte mich geflissentlich für den Unfall, doch waren diese Bücher, die ich so unglücklich mißhandelt hatte, in den Augen ihres Besitzers offenbar sehr kostbare Gegenstände. Mit verächtlichem Knurren wandte er sich um, und ich sah seinen krummen Rücken und seinen weißen Backenbart im Gedränge verschwinden.

Meine Beobachtungen am Hause Park Lane No. 427 brachten mich bei der Klärung des Problems, für das ich mich interessierte, nicht viel weiter. Das Haus war von der Straße durch eine niedrige Mauer plus Zaun getrennt, das Ganze nicht höher als fünf Fuß, so daß jedermann ohne weiteres in den Garten gelangen konnte. Aber das Fenster war vollkommen unerreichbar, da es weder ein Wasserrohr noch sonst irgend etwas gab, was auch einem behenden Manne zum Hinaufklettern hätte dienen können. Verwirrter als je zuvor lenkte ich meine Schritte nach Kensington zurück. Ich war noch keine fünf Minuten in meinem Arbeitszimmer, als das Dienstmädchen eintrat und eine Person meldete, die mich zu sehen verlangte. Zu meinem Erstaunen war dies niemand anders als mein sonderbarer alter Büchersammler: Sein scharfes verhutzeltes Gesicht schaute aus einem Rahmen weißen Haares heraus, und unter seinen rechten Arm geklemmt trug er mindestens ein Dutzend seiner kostbaren Bücher.

»Sie sind überrascht, mich zu sehen, Sir«, sagte er mit seltsam krächzender Stimme.

Ich bestätigte dies.

»Nun, ich habe ein Gewissen, Sir, und als ich Sie zufällig in dieses Haus gehen sah, als ich Ihnen nachhumpelte, dachte ich bei mir, ich sollte gleich hinterhergehen und diesen freundlichen Herrn besuchen und ihm sagen, daß, wenn ich mich vorhin ein wenig barsch benommen habe, dies nicht böse gemeint war, und ich mich ihm für das Aufheben meiner Bücher sehr verpflichtet fühle.«

»Sie machen zuviel Aufhebens von dieser Kleinigkeit«, sagte ich. »Darf ich fragen, woher Sie wußten, wer ich bin?«

»Nun, Sir, falls ich mir keine allzu große Freiheit herausnehme: Ich bin Ihr Nachbar, denn Sie werden meinen kleinen Buchladen an der Ecke Church Street finden, und gewiß mit Vergnügen. Womöglich sammeln Sie ja selbst, Sir. Ich habe hier *Die Vögel Englands* und *Catullus* und *Der Heilige Krieg* – jedes einzelne ein Sonderangebot. Mit fünf Bänden könnten Sie diese Lücke dort auf dem zweiten Regal genau ausfüllen. Sie sieht doch zu unordentlich aus, nicht wahr, Sir?«

Ich wandte meinen Kopf, um den Schrank hinter mir zu betrachten. Als ich mich wieder umdrehte, stand Sherlock Holmes hinter meinem Arbeitstisch und lächelte mich an. Ich sprang auf, starrte ihn einige Sekunden in höchster Verblüffung an, und dann muß ich wohl zum ersten und letzten Mal in meinem Leben in Ohnmacht gefallen sein. Auf jeden Fall wirbelte ein grauer Nebel vor meinen Augen, und als er sich aufklärte, fand ich meinen Kragen offen und spürte den leicht brennenden Nachgeschmack von Brandy auf meinen Lippen. Holmes beugte sich über meinen Sessel, sein Fläschchen in der Hand.

»Mein lieber Watson«, sagte die wohlbekannte Stimme, »ich muß Sie tausendmal um Verzeihung bitten. Ich hatte keine Ahnung, daß Sie das so angreifen würde.«

Ich ergriff ihn bei den Armen.

»Holmes!« rief ich. »Sind Sie es wirklich? Kann es denn sein, daß Sie am Leben sind? Ist es möglich, daß Sie diesem furchtbaren Abgrund entklettern konnten?«

»Halten Sie einen Augenblick ein«, sagte er. »Sind Sie sicher, daß Sie wirklich stark genug sind, um dergleichen zu erörtern? Ich habe Ihnen durch mein unnötig dramatisches Wiedererscheinen einen ernsten Schock versetzt.«

»Mir geht es gut, aber wahrhaftig, Holmes, ich mag kaum meinen Augen trauen. Gütiger Himmel! Der Gedanke, daß Sie – ausgerechnet Sie – in meinem Arbeitszimmer stehen sollten!« Wieder packte ich ihn beim Ärmel und fühlte darunter seinen dünnen sehnigen Arm. »Nun, jedenfalls sind Sie kein Geist«, sagte ich. »Mein lieber Freund, ich bin überglücklich, Sie zu sehen. Setzen Sie sich, und erzählen Sie mir, wie Sie dieser schrecklichen Schlucht lebendig entrinnen konnten.«

Er nahm mir gegenüber Platz und entzündete auf seine alte nonchalante Art eine Zigarette. Er trug noch den schäbigen Gehrock des Buchhändlers, der Rest dieses Individuums aber lag in einem Haufen weißen Haars und alter Bücher auf dem Tisch. Holmes wirkte noch dünner und feiner als früher, aber auf seinem Gesicht lag ein Hauch von Totenblässe, die mir sagte, daß er in letzter Zeit kein gesundes Leben geführt hatte.

»Ich bin froh, mich strecken zu können, Watson«, sagte er. »Es ist kein Spaß für einen großen Mann, wenn er sich stundenlang hintereinander einen Kopf kleiner machen muß. Nun, mein lieber Freund, im Zuge dieser Erklärungen haben wir, wenn ich um Ihre Mitarbeit bitten darf, eine schwere und gefährliche nächtliche Arbeit vor uns. Ich sollte Ihnen vielleicht den ganzen Stand der Dinge lieber erst dann berichten, wenn diese Arbeit vollendet ist.«

»Ich bin überaus neugierig. Viel lieber möchte ich es jetzt hören.«

»Sie begleiten mich heut nacht?«

»Wann Sie wollen und wohin Sie wollen.«

»Wahrlich wie in alten Zeiten. Wir werden noch Zeit haben, einen Happen zum Abendessen einzunehmen, ehe wir gehen müssen. Nun also zu jener Schlucht. Ich hatte keine ernstlichen Schwierigkeiten, dort herauszukommen, und zwar aus dem sehr einfachen Grund, weil ich nie darin gewesen bin.«

»Sie sind nie darin gewesen?«

»Allerdings, Watson, ich bin nie darin gewesen. Meine Nachricht an Sie war völlig ernst gemeint. Ich hatte kaum einen Zweifel, daß ich ans Ende meiner Karriere gelangt war, als ich die ziemlich finstre Gestalt des verstorbenen Professors Moriarty auf dem schmalen Pfad stehen sah, der auf sicheres Gelände führte. Ich las einen unumstößlichen Entschluß in seinen grauen Augen. Ich wechselte daher einige Bemerkungen mit ihm und erhielt seine freundliche Erlaubnis, die kurze Nachricht zu schreiben, die Sie dann später erhielten. Ich hinterließ sie mit meinem Zigarettenetui und meinem Stock und schritt über den Pfad, wobei mir Moriarty auf den Fersen folgte. Als ich ans Ende gelangte, war ich in die Enge getrieben. Er zog keine Waffe, sondern stürzte sich auf mich und schlang seine langen Arme um mich. Er wußte, daß er ausgespielt hatte, und war nur darauf aus, sich an mir zu rächen. Wir taumelten zusammen am Rande des Abgrunds. Ich besitze jedoch einige Erfahrung im Baritsu, dem japanischen System des Ringkampfes, das mir schon mehr als einmal höchst nützlich gewesen ist. Ich entwand mich seinem Griff, und er strampelte mit entsetzlichem Kreischen einige Sekunden lang wie wahnsinnig herum und hieb mit beiden Händen in die Luft.

Doch all seinen Anstrengungen zum Trotz vermochte er sein Gleichgewicht nicht wiederzufinden und stürzte ab. Ich hatte mich über den Rand vorgeschoben und sah ihn lange Zeit fallen. Dann streifte er einen Felsen, prallte ab und klatschte ins Wasser.«

Dieser Erklärung, die Holmes zwischen den Zügen an seiner Zigarette abgab, lauschte ich voller Erstaunen.

»Aber die Spuren!« rief ich. »Ich habe mit meinen eigenen Augen gesehen, daß zwei den Pfad hinabgingen und keine zurückkam.«

»Dies kam so zustande: In dem Augenblick, da der Professor verschwunden war, kam mir der Gedanke, welch einen wirklich außerordentlich glücklichen Zufall mir das Schicksal beschert hatte. Ich wußte, daß Moriarty nicht der einzige war, der mir den Tod zugeschworen hatte. Es gab noch mindestens drei weitere Männer, deren Verlangen, sich an mir zu rächen, durch den Tod ihres Anführers nur noch gesteigert worden wäre. Sie waren allesamt sehr gefährlich. Der eine oder andere würde mich bestimmt erwischen. Andererseits, wenn die ganze Welt von meinem Tod überzeugt wäre, würden diese Männer sich Freiheiten herausnehmen, sich unverhohlen zeigen, und früher oder später könnte ich sie vernichten. Erst dann dürfte ich der Welt verkünden, daß ich noch unter den Lebenden weile. So rasch arbeitet das Gehirn, daß ich glaube, ich habe all dies zu Ende gedacht, noch ehe Professor Moriarty den Grund des Reichenbach-Falles erreicht hatte.

Ich stand auf und untersuchte die Felswand hinter mir. In Ihrem pittoresken Bericht von der Sache, den ich einige Monate später mit großem Interesse las, behaupten Sie, die Wand steige senkrecht an. Das stimmt nicht ganz. Ein paar kleine Haltepunkte boten sich an, und auch ein Vorsprung zeichnete sich ab. Der Fels ist so hoch, daß es eine offenbare Unmöglichkeit war, ihn ganz zu erklettern, und gleichermaßen unmöglich war es für mich, den nassen Pfad zu beschreiten, ohne Spuren zu hinterlassen. Ich hätte natürlich rückwärts gehen können, wie ich es bei ähnlichen Gelegenheiten bereits getan habe, doch hätte der Anblick von drei Spuren in einer Richtung bestimmt auf ein Täuschungsmanöver schließen lassen. Im ganzen tat ich daher am besten, die Kletterei zu riskieren. Kein angenehmes Geschäft, Watson. Unter mir toste der Wasserfall. Ich bin kein Phantast, aber ich gebe Ihnen mein Wort, daß ich Moriartys Stimme aus dem Abgrund zu mir hinaufschreien zu hören glaubte. Ein Fehltritt wäre tödlich gewesen. Mehr als einmal, wenn ich plötzlich Grasbüschel in der Hand hielt oder meine Füße in den feuchten Felsritzen abglitten, dachte ich, dies sei das Ende. Aber ich kämpfte mich nach oben, und endlich erreichte ich einen mehrere Fuß tiefen Vorsprung, der mit weichem grünem Moos bedeckt war; dort konnte ich ungesehen und in vollkommenster Bequemlichkeit liegen bleiben. Und dort lag ich, als Sie, mein lieber Watson, und Ihr ganzes Gefolge auf so überaus teilnahmsvolle wie fruchtlose Weise die Umstände meines Ablebens untersuchten.

Nachdem Sie schließlich Ihre zwangsläufigen und völlig irrigen Schlüsse gezogen hatten, gingen Sie wieder zum Hotel, und ich blieb alleine zurück. Ich hatte mir eingebildet, ans Ende meines Abenteuers gekommen zu sein, doch ein durchaus unerwarteter Vorfall zeigte mir, daß mir noch einige Überraschungen bevorstünden. Ein riesiger Felsbrocken stürzte von oben herab, schlug auf den Pfad und sprang in den Schlund hinab. Einen Augenblick lang hielt ich dies für einen Zufall, doch einen Moment später erblickte ich, als ich nach oben sah, den Kopf eines Mannes vor dem dämmernden Himmel, und ein weiterer Stein schlug auf den Vorsprung, auf dem ich ausgestreckt lag, einen Fuß von meinem Kopf entfernt auf. Natürlich war klar, was das zu bedeuten hatte. Moriarty war nicht allein gewesen. Ein Komplice – und schon dieser eine flüchtige Blick hatte mir gezeigt, was für ein gefährlicher Mann dieser Komplice war – hatte Wache gehalten, als der Professor mich ergriff. Er war aus der Ferne, von mir unbemerkt, zum Zeugen des Todes seines Freundes und meiner Flucht geworden. Er hatte gewartet, war dann hinten herum auf den Gipfel des Felsens gestiegen und trachtete nun danach, dasjenige zu Ende zu bringen, was seinem Kameraden mißlungen war.

Mir blieb nicht viel Zeit, um darüber nachzudenken, Watson. Wieder sah ich das grimme Gesicht über den Felsen blikken, und ich wußte, daß dies der Vorbote eines weiteren Steines sei. Ich hangelte mich auf den Pfad hinunter. Ich denke nicht, daß ich dies ruhigen Blutes fertiggebracht hätte. Es war noch hundertmal schwieriger als der Aufstieg. Aber ich hatte keine Zeit, die Gefahr zu bedenken, denn wieder sauste ein Stein an mir vorbei, während ich an meinen Händen vom Rand des Vorsprungs herabhing. Auf halbem Wege rutschte ich ab, landete aber, dank Gottes Gnade, geschunden und blutend auf dem Pfad. Ich machte mich aus dem Staub, schaffte zehn Meilen im Dunkeln über die Berge, und eine Woche später war ich in Florenz, mit der Gewißheit, daß niemand auf der Welt wußte, was aus mir geworden war.

Ich hatte nur einen Vertrauten – meinen Bruder Mycroft. Ich muß Sie vielmals um Vergebung bitten, mein lieber Watson, aber es war überaus wichtig, daß man mich für tot hielt, und es steht fest, daß Sie zu keinem so überzeugenden Bericht von meinem unglücklichen Ende fähig gewesen wären, wenn Sie selbst es nicht für wahr gehalten hätten. Im Verlauf der letzten drei Jahre habe ich mehrmals zur Feder gegriffen, um Ihnen zu schreiben, doch fürchtete ich stets, Ihre liebevolle Hochschätzung meiner Person möchte Sie zu einer Indiskretion verleiten, die mein Geheimnis verriete. Aus diesem Grunde wandte ich mich heut abend, als Sie meine Bücher zu Boden warfen, von Ihnen weg, denn ich war zu dieser Zeit in Gefahr, und jegliches Zeichen von Überraschung oder Bewegung Ihrerseits hätte die Aufmerksamkeit auf meine Identität lenken und zu den bedauerlichsten und nie wiedergutzumachenden Folgen führen können. Was Mycroft betrifft, so mußte ich ihm mein Vertrauen schenken, um das Geld, dessen ich bedurfte, zu erhalten. Die Ereignisse in London verliefen nicht so gut, wie ich gehofft hatte, denn der Prozeß gegen die Moriarty-

Bande ließ zwei ihrer gefährlichsten Mitglieder, meine rachsüchtigsten Feinde, auf freiem Fuß. Ich bereiste daher zwei Jahre lang Tibet und vertrieb mir die Zeit, indem ich Lhasa besuchte und einige Tage bei dem Oberlama verbrachte. Sie haben vielleicht von den bemerkenswerten Forschungsreisen eines Norwegers namens Sigerson gelesen, doch bin ich sicher, daß Ihnen dabei nie der Gedanke gekommen ist, Sie erhielten Nachrichten von Ihrem Freund. Darauf zog ich durch Persien, sah mir Mekka an und stattete dem Kalifen von Khartum einen kurzen, aber interessanten Besuch ab, von dessen Ergebnissen ich dem Außenministerium berichtet habe. Ich kehrte nach Frankreich zurück und verbrachte einige Monate mit einer Forschungsarbeit über die Derivate des Kohlenteers, die ich in einem Laboratorium in Montpellier in Südfrankreich durchführte. Nachdem ich dies zu meiner Befriedigung abgeschlossen und erfahren hatte, daß jetzt nur noch einer meiner Feinde in London weilte, stand ich kurz davor, zurückzukehren; und meine Bewegungen beschleunigten sich noch, als die Nachrichten von diesem so merkwürdigen Rätsel von Park Lane eintrafen, das mich nicht nur um seiner selbst willen reizte, sondern mir auch einige höchst eigentümliche private Gelegenheiten zu bieten schien. Ich reiste auf der Stelle nach London, sprach persönlich in Baker Street vor, versetzte Mrs. Hudson in heftige Hysterie und stellte fest, daß Mycroft meine Zimmer und meine Papiere genau in dem Zustand bewahrt hatte, wie sie immer gewesen waren. Und so kam es, mein lieber Watson, daß ich mich heute um zwei Uhr in meinem alten Lehnstuhl in meinem alten Zimmer fand, wobei ich nur noch den einen Wunsch hatte, ich könnte meinen alten Freund Watson in dem anderen Sessel sehen, den er so oft geziert hatte.«

Soweit seine merkwürdige Erzählung, der ich an jenem Aprilabend lauschte – eine Erzählung, die ich für vollkommen unglaublich gehalten hätte, wäre sie nicht durch den konkreten Anblick der großen hageren Gestalt und des scharfen gespannten Gesichts bestätigt worden, das ich nie wiederzusehen geglaubt hatte. Von meinem eigenen schmerzlichen Verlust hatte er irgendwie erfahren, und sein Mitgefühl zeigte sich eher in seinem Gebaren als in seinen Worten. »Arbeit ist das beste Mittel gegen den Schmerz, mein lieber Watson«, sagte er; »und ich habe heut nacht für uns beide ein Stück Arbeit, das, wenn wir es zu einem erfolgreichen Abschluß führen können, schon für sich allein das Leben eines Menschen auf diesem Planeten rechtfertigen würde.« Vergeblich bat ich ihn, mir mehr davon zu sagen. »Sie werden noch vor dem Morgen genug zu hören und zu sehen bekommen«, erwiderte er. »Wir haben drei Jahre der Vergangenheit zu erörtern. Dies sollte bis um halb zehn reichen, wenn wir uns an das denkwürdige Abenteuer des leeren Hauses begeben werden.«

Es war tatsächlich wie in alten Zeiten, als ich mich zur angegebenen Stunde neben ihm in einem Hansom fand, den Revolver in meiner Tasche und das Prickeln des Abenteuers in meinem Herzen. Holmes war kühl, ernst und stumm. Wenn der Schein der Straßenlaternen auf seine strengen Züge fiel, sah ich, daß seine Brauen gedankenvoll herabgezogen und seine dünnen Lippen verkniffen waren. Ich wußte nicht, was für ein wildes Tier wir im finstern Dschungel des kriminellen London aufspüren würden, doch zeigte mir das Verhalten dieses Meisterjägers deutlich an, daß dies ein höchst bedenkliches Abenteuer war – während das sardonische Grinsen, das gelegentlich seine asketische düstere Miene durchbrach, dem Gegenstand unserer Suche wenig Gutes verhieß.

Ich hatte mir eingebildet, wir führen zur Baker Street, aber Holmes ließ die Droschke an der Ecke Cavendish Square anhalten. Ich beobachtete, daß er beim Aussteigen stark suchend nach rechts und links blickte, und an jeder folgenden Straßenecke gab er sich die äußerste Mühe, sich zu vergewissern, daß er nicht verfolgt würde. Unser Weg war in der Tat eigenartig. Holmes besaß außerordentliche Kenntnisse der Nebenstraßen Londons, und bei dieser Gelegenheit ging er zügig und gewissen Schritts durch ein Gewirr von Ställen und Stallungen, von deren Vorhandensein ich nicht einmal gewußt hatte. Endlich kamen wir auf einer kleinen Straße heraus, die von alten düsteren Häusern gesäumt war und uns zur Manchester Street und von dort zur Blandford Street führte. Hier wandte er sich rasch in einen schmalen Gang, ging durch ein hölzernes Tor in einen verlassenen Hof und öffnete sodann mit einem Schlüssel die Hintertür eines Hauses. Wir traten zusammen ein, und er schloß hinter uns ab.

Drinnen war es pechfinster, aber mir war klar, daß dies ein leerstehendes Haus war. Unsere Füße knarrten und knackten auf den nackten Dielen, und meine ausgestreckte Hand berührte eine Wand, von der die Tapete in Streifen herunterhing. Holmes' kalte dünne Finger schlossen sich um mein Handgelenk und führten mich einen langen Flur hinab, bis ich über einer Tür undeutlich ein trübes Oberlicht ausmachte. Hier wandte sich Holmes plötzlich nach rechts, und dann standen wir in einem großen, quadratischen leeren Zimmer; die Ecken lagen in tiefen Schatten, während es in der Mitte vom Schein der Straßenlaternen draußen schwach erleuchtet wurde. Eine Lampe gab es nicht, und das Fenster war dick mit Staub bedeckt, so daß wir gerade eben unsere Gestalten zu unterscheiden vermochten. Mein Gefährte legte mir seine Hand auf die Schulter und führte seine Lippen dicht an mein Ohr.

»Wissen Sie, wo wir sind?« flüsterte er.

»Gewiß in der Baker Street«, antwortete ich, indem ich aus dem trüben Fenster starrte.

»Genau. Wir befinden uns im Camden House, gegenüber unserer alten Wohnung.«

»Aber wieso sind wir hier?«

»Weil sich von hier ein so hervorragender Blick auf jenes malerische ehrwürdige Gebäude bietet. Mein lieber Watson, wollen Sie sich bitte bemühen, ein wenig näher ans Fenster zu treten; sehen Sie sich aber sehr vor, daß Sie sich nicht zeigen, und blicken Sie dann hoch zu unseren alten Zimmern – dem Ausgangspunkt so vieler unserer kleinen Abenteuer. Wir wollen doch einmal sehen, ob meine dreijährige Abwesenheit mich vollständig der Macht beraubt hat, Sie zu überraschen.«

Ich schlich mich nach vorn und sah zu dem vertrauten Fenster hinüber. Als mein Blick darauf fiel, verschlug es mir vor Verblüffung den Atem, und ich schrie auf. Die Jalousie war herabgezogen, und im Zimmer brannte helles Licht. Der Schatten eines Mannes, der drinnen in seinem Sessel saß, fiel in scharfer schwarzer Silhouette auf die erleuchtete Fensterscheibe. Die Kopfhaltung, die eckigen Schultern, die scharfgeschnittenen Züge ließen keinen Zweifel. Das Gesicht war halb abgewandt, und das Ganze wirkte wie einer jener schwarzen Scherenschnitte, die unsere Großeltern so gerne anfertigten. Es war ein perfektes Abbild von Holmes. So verblüfft war ich, daß ich meine Hand ausstreckte, um mich zu vergewissern, daß der Mann selbst neben mir stehe. Er bebte vor stummem Gelächter.

»Nun?« sagte er.

»Gütiger Himmel!« rief ich. »Das ist grandios!«

»Getrost, nicht kann mich Alter hinwelken, täglich Sehn an mir nicht stumpfen die immerneue Reizung«, sagte er, und ich bemerkte in seiner Stimme den Stolz und die Freude, die der Künstler über seine Schöpfung empfindet. »Es ist mir wirklich ziemlich ähnlich, nicht wahr?«

»Ich würde jederzeit schwören, daß Sie es seien.«

»Das Lob für die Ausführung gebührt Monsieur Oscar Meunier aus Grenoble, der einige Tage über der Verfertigung der Gußform hinbrachte. Es ist eine Wachsbüste. Das übrige arrangierte ich selbst heute nachmittag bei meinem Besuch in Baker Street.«

»Aber warum?«

»Weil ich, mein lieber Watson, denkbar besten Grund zu dem Wunsche hatte, gewisse Leute möchten glauben, ich sei dort, während ich in Wirklichkeit woanders bin.«

»Und Sie glaubten, die Zimmer würden beobachtet?«

»Ich *wußte*, sie wurden beobachtet.«

»Von wem?«

»Von meinen alten Feinden, Watson. Von der reizenden Gesellschaft, deren Anführer im Reichenbach-Fall liegt. Sie müssen bedenken, daß sie, und nur sie, wußten, daß ich noch am Leben war. Und sie glaubten, früher oder später würde ich in meine Wohnung zurückkehren. Sie beobachteten sie ununterbrochen, und heute morgen sahen sie mich ankommen.«

»Wie können Sie das wissen?«

»Weil ich ihren Posten erkannt habe, als ich aus dem Fenster blickte. Ein reichlich harmloser Bursche, Parker mit Namen, Straßenräuber von Beruf, ein bemerkenswerter Künstler auf der Maultrommel. Aus ihm machte ich mir nichts. Sehr viel aber machte ich mir aus dem wesentlich bedrohlicheren Menschen hinter ihm, dem Busenfreund Moriartys, dem Manne, der die Steine über den Felsen geworfen hat, dem gerissensten und gefährlichsten Kriminellen Londons. Dies ist der Mann, der heut nacht hinter mir her ist, Watson, und dies ist der Mann, der völlig ahnungslos ist, daß wir hinter *ihm* her sind.«

Nach und nach enthüllten sich die Pläne meines Freundes. Von diesem günstigen Schlupfwinkel aus wurden die Beobachter beobachtet und die Verfolger verfolgt. Jener kantige Schatten dort drüben war der Köder, und wir waren die Jäger. Schweigend standen wir zusammen in der Dunkelheit und beobachteten die hastenden Gestalten, die vor uns hin- und herliefen. Holmes war stumm und reglos; doch konnte ich erkennen, daß er sehr wachsam war und seine Blicke konzentriert auf den Strom der Passanten gerichtet waren. Es war eine rauhe und stürmische Nacht, und der Wind pfiff schrill die lange Straße hinab. Viele Leute gingen hin und her, die meisten in Mäntel und Krawatten eingemummt. Ein- oder zweimal kam es mir so vor, als hätte ich dieselbe Gestalt schon einmal gesehen, und besonders fielen mir zwei Männer auf, die sich anscheinend im Eingang eines Hauses ein Stück weiter oben auf der Straße vor dem Wind zu schützen suchten. Ich versuchte, die Aufmerksamkeit meines Gefährten auf sie zu lenken; er aber brummte mich unwillig an und starrte weiter auf die Straße hinaus. Mehr als einmal scharrte er mit den Füßen und klopfte fahrig mit den Fingern an die Wand. Mir war klar, daß er unruhig wurde und daß seine Pläne nicht ganz wie gehofft aufgingen. Als schließlich Mitternacht herankam und sich die Straße allmählich leerte, schritt er in unbeherrschter Erregung im Zimmer auf und ab. Gerade wollte ich etwas zu ihm sagen, als ich meinen Blick zu dem beleuchteten Fenster erhob und wieder eine fast so große Überraschung wie vorhin erlebte. Ich packte Holmes beim Arm und zeigte nach oben.

»Der Schatten hat sich bewegt!« rief ich.

In der Tat war uns jetzt nicht mehr das Profil, sondern der Rücken zugewandt.

Drei Jahre hatten offenbar nicht genügt, die Schroffheit seines Wesens zu glätten oder seine Ungeduld mit einer weniger regen Intelligenz als der seinen zu mildern.

»Natürlich hat er sich bewegt«, sagte er. »Als ob ich ein so lächerlicher Stümper wäre, Watson, eine offensichtliche Attrappe aufzustellen und zu erwarten, einer der scharfsinnigsten Männer Europas würde sich davon täuschen lassen! Wir sind jetzt zwei Stunden in diesem Zimmer, und Mrs. Hudson hat jene Gestalt achtmal umgerückt, das heißt, alle Viertelstunden einmal. Sie macht das von vorne, so daß ihr Schatten nie gesehen werden kann. Ah!« Er machte einen heftigen aufgeregten Atemzug. In dem trüben Licht sah ich seinen Kopf nach vorne gereckt, seine ganze Haltung starr vor Konzentration. Die Straße draußen war vollkommen verlassen. Jene beiden Männer mochten noch immer in dem Eingang kauern, doch konnte ich sie nicht mehr sehen. Alles war ruhig und finster, bis auf die eine strahlend gelbe Fensterscheibe vor uns mit der schwarzen Silhouette in der Mitte. Wieder vernahm ich in der absoluten Stille jenen dünnen zischenden Laut, der von äußerster unterdrückter Aufregung kündete. Einen Augenblick später zog er mich in die schwärzeste Ecke des Zimmers zurück, und ich spürte seine warnende Hand auf meinen Lippen. Die Finger, die mich umklammert hielten, zitterten. Nie hatte ich meinen Freund in erregterem Zustand gekannt, und doch lag die dunkle Straße noch immer einsam und bewegungslos vor uns.

Plötzlich aber gewahrte ich, was seine schärferen Sinne schon längst bemerkt hatten. Ein leises verstohlenes Geräusch drang an meine Ohren, und zwar nicht von der Baker Street her, sondern aus dem hinteren Teil eben des Hauses, in welchem wir uns verborgen hielten. Eine Tür ging auf und wieder zu. Einen Augenblick darauf schlichen Schritte den Gang entlang – Schritte, die leise sein sollten, die aber laut durch das leere Haus hallten. Holmes kauerte sich mit dem Rücken zur Wand, und ich tat desgleichen; meine Hand schloß sich um den Griff meines Revolvers. Ich starrte in das Dämmerlicht und sah den verschwommenen Umriß eines Mannes, der noch einen Hauch schwärzer war als die Schwärze der offenen Tür. Dort blieb er kurz stehen, um dann gebückt und bedrohlich in das Zimmer zu schleichen. Seine finstere Gestalt war keine drei Yards von uns entfernt, und ich hatte mich gewappnet, seinem Ansprung zu begegnen, bis ich erkannte, daß er von unserer Anwesenheit keine Ahnung hatte. Er ging dicht an uns vorbei, stahl sich zum Fenster und schob es sehr sachte und geräuschlos einen halben Fuß hoch. Als er sich auf die Höhe dieser Öffnung niederbeugte, fiel das nun nicht mehr von dem verstaubten Glase getrübte Licht der Straße voll auf sein Gesicht. Der Mann schien außer sich vor Erregung. Seine Augen glommen wie zwei Sterne, und krampfhaft arbeiteten seine Züge. Er war ein älterer Mann mit einer dünnen hervorspringenden Nase, hoher kahler Stirn und einem gewaltigen grauen Schnauzbart. Seinen *chapeau claque* hatte er auf den Hinterkopf geschoben, und aus seinem offenen Mantel schimmerte ein Frackhemd hervor. Sein Gesicht war hager, dunkelhäutig und von tiefen wilden Furchen durchzogen. In einer Hand trug er etwas, das ein Stock zu sein schien; doch als er es auf den Boden legte, ertönte ein metallisches Geräusch. Dann zog er einen sperrigen Gegenstand aus seiner Manteltasche und machte sich damit zu schaffen, was mit einem lauten, scharfen Klicken endete, als ob eine Feder oder ein Bolzen eingeschnappt wäre. Noch immer auf dem Boden kniend beugte er sich vor und drückte mit seinem ganzen

Gewicht und aller Kraft auf irgendeinen Hebel, worauf ein langgezogenes, wirbelndes knirschendes Geräusch entstand, das wiederum mit einem kräftigen Klicken endete. Dann richtete er sich auf, und ich sah, daß er eine Art Gewehr mit sonderbar unförmigem Kolben in der Hand hielt. Er öffnete den Verschluß, steckte etwas hinein und ließ das Schloß zuschnappen. Dann kauerte er sich nieder und legte das Ende des Laufs auf den Sims des offenen Fensters, und ich sah seinen langen Schnauzbart über den Schaft fallen und sein Auge funkeln, als er durch das Visier spähte. Ich hörte einen kurzen Seufzer der Befriedigung, als er den Kolben an seine Schulter drückte und jene erstaunliche Zielscheibe, den schwarzen Mann auf gelbem Hintergrund, deutlich über dem Korn stehen sah. Einen Augenblick lang verharrte er starr und reglos. Dann spannte sich sein Finger um den Abzug. Es folgte ein seltsames lautes Schwirren, dann das langgezogene silbrige Klirren von splitterndem Glas. In diesem Moment sprang Holmes wie ein Tiger dem Schützen in den Rücken und warf ihn flach aufs Gesicht. Der aber kam gleich wieder hoch und packte Holmes mit krampfhafter Kraft bei der Kehle. Doch ich hieb ihm den Kolben meines Revolvers auf den Kopf, und er fiel wieder auf den Boden. Ich stürzte mich auf ihn, und während ich ihn festhielt, stieß mein Genosse ein gellendes Pfeifsignal aus. Auf dem Pflaster ertönte das Getrappel heraneilender Füße, und dann kamen zwei Polizisten in Uniform und ein Detektiv in Zivil durch den Vordereingang und ins Zimmer gerannt.

»Sind Sie es, Lestrade?« fragte Holmes.

»Ja, Mr. Holmes. Ich habe die Sache selbst in die Hand genommen. Schön, Sie wieder in London zu sehen, Sir.«

»Ich denke, Sie benötigen ein wenig inoffizielle Hilfe. Drei unentdeckte Morde in einem Jahr – das geht nicht, Lestrade. Aber das Molesey-Rätsel haben Sie nicht mit der Ihnen eigenen – soll heißen, Sie haben es recht ordentlich behandelt.«

Wir hatten uns alle erhoben, unser Gefangener stand schwer atmend zwischen zwei stämmigen Polizisten. Schon hatten sich auf der Straße ein paar Bummelanten zu sammeln begonnen. Holmes trat ans Fenster, machte es zu und zog die Jalousien herunter. Lestrade hatte zwei Kerzen hervorgeholt und die Polizisten ihre Lampen enthüllt. Endlich war ich in der Lage, mir unseren Gefangenen eingehend zu betrachten.

Es war ein äußerst männliches und doch finsteres Gesicht, das sich uns zuwandte. Mit der Stirn eines Philosophen oben und dem Kinn eines Lüstlings unten, mußte der Mann mit großen Talenten für das Gute oder das Böse begonnen haben. Doch konnte man seine grausamen blauen Augen mit ihren hängenden zynischen Lidern oder seine böse aggressive Nase und die bedrohliche gefurchte Stirn nicht ansehen, ohne darin die deutlichsten Gefahrensignale der Natur zu erblicken. Er nahm von keinem von uns Notiz, sein Blick war einzig auf Holmes' Gesicht geheftet, mit einem Ausdruck, in dem Haß und Erstaunen zu gleichen Teilen gemischt waren. »Sie Teufel!« murmelte er fortwährend. »Sie schlauer, schlauer Teufel!«

»Ah, Colonel!« sagte Holmes, indem er seinen verknüllten Kragen ordnete. »›Wie sich mal wieder Herz zum Herzen findet‹, wie es in dem alten Stück heißt. Ich glaube nicht, daß ich das Vergnügen hatte, Sie zu sehen, seit Sie mich mit jenen Aufmerksamkeiten bedachten, als ich auf dem Vorsprung über dem Reichenbach-Fall lag.«

Der Colonel starrte meinen Freund noch immer wie in Trance an. »Sie listiger, listiger Teufel!« war alles, was er sagen konnte.

»Ich habe Sie noch nicht vorgestellt«, sagte Holmes. »Dies, Gentlemen, ist Colonel Sebastian Moran, dereinst bei der Indischen Armee Ihrer Majestät und der beste Großwildjäger, den unser Östliches Empire je hervorgebracht hat. Gehe ich recht in der Annahme, daß Ihre Beute an Tigern noch immer unübertroffen ist?«

Der wütende Alte sagte nichts, sondern starrte unverwandt und trotzig meinen Gefährten an. Mit seinen wilden Augen und dem borstigen Schnurrbart sah er selbst einem Tiger erstaunlich ähnlich.

»Mich wundert, daß meine so simple List einen so alten *shikari* täuschen konnte«, sagte Holmes. »Sie muß Ihnen doch vertraut sein. Haben Sie nie ein Zicklein unter einem Baum angebunden, oben mit Ihrer Büchse gelegen und darauf gelauert, daß der Köder Ihnen den Tiger heranlocke? Dies leere Haus ist mein Baum, und Sie sind mein Tiger. Sie hatten vermutlich noch weitere Gewehre in Reserve, falls mehrere Tiger auftauchen sollten, oder in der unwahrscheinlichen Annahme, Sie könnten Ihr Ziel verfehlen. Dies« – er wies umher – »sind meine anderen Gewehre. Die Parallele ist vollkommen.«

Colonel Moran sprang mit einem wütenden Knurren vor, doch die Polizisten zogen ihn zurück. Die Wut auf seinem Gesicht war schrecklich anzusehen.

»Ich gestehe, daß Sie mir eine kleine Überraschung bereitet haben«, sagte Holmes. »Ich habe nicht vorausgesehen, daß Sie sich dieses leere Haus und dieses praktische Vorderfenster zunutze machen würden. Ich hatte mir vorgestellt, Sie würden von der Straße aus operieren, wo mein Freund Lestrade und seine munteren Männer Ihrer harrten. Von dieser Ausnahme abgesehen, lief alles so, wie ich erwartet habe.«

Colonel Moran wandte sich an den amtlichen Detektiv.

»Sie mögen einen gerechten Grund für meine Verhaftung haben oder nicht«, sagte er, »aber zumindest kann es keinen Grund dafür geben, warum ich mir die Spötteleien dieser Person gefallen lassen sollte. Wenn ich in der Hand des Gesetzes bin, lassen Sie die Dinge auch auf gesetzliche Art geschehen.«

»Nun, das klingt vernünftig genug«, sagte Lestrade. »Sie haben weiter nichts zu sagen, Mr. Holmes, bevor wir gehen?«

Holmes hatte das starke Luftgewehr vom Boden aufgehoben und untersuchte jetzt seinen Mechanismus.

»Eine staunenswerte und einmalige Waffe«, sagte er, »geräuschlos und von gewaltiger Kraft. Der blinde deutsche Mechaniker von Herder, der sie auf Geheiß des verblichenen Professor Moriarty konstruierte, ist mir bekannt. Jahrelang war ich mir ihrer Existenz bewußt, obgleich ich nie zuvor die

Gelegenheit hatte, sie zu handhaben. Ich empfehle sie sehr Ihrer Aufmerksamkeit, Lestrade, und ebenfalls die Kugeln, die zu ihr passen.«

»Sie können sich darauf verlassen, daß wir dies untersuchen, Mr. Holmes«, sagte Lestrade, während sich die ganze Gesellschaft auf die Tür zu bewegte. »Gibt es sonst noch etwas zu sagen?«

»Nur die Frage, welche Anklage Sie vorzuziehen beabsichtigen?«

»Welche Anklage, Sir? Nun, selbstverständlich den versuchten Mord an Sherlock Holmes.«

»Nicht doch, Lestrade. Ich habe nicht vor, in dieser Angelegenheit überhaupt zu figurieren. Ihnen und einzig Ihnen gebührt das Verdienst der bemerkenswerten Verhaftung, die Sie erzielt haben. Ja, Lestrade, ich gratuliere Ihnen! Mit der Ihnen eigenen glücklichen Mischung aus Schlauheit und Wagemut haben Sie ihn erwischt.«

»Ihn erwischt! Wen erwischt, Mr. Holmes?«

»Den Mann, den die gesamte Polizei vergeblich suchte – Colonel Sebastian Moran, der am dreißigsten vorigen Monats den Ehrenwerten Ronald Adair mit einem Mantelgeschoß aus einem Luftgewehr durch das offene Vorderfenster im zweiten Stock des Hauses Park Lane No. 427 erschossen hat. So lautet die Anklage, Lestrade. Und nun, Watson, falls Sie den Zug von einem zerbrochenen Fenster vertragen können, denke ich, eine halbe Stunde in meinem Arbeitszimmer bei einer Zigarre könnte Ihnen eine nützliche Unterhaltung bieten.«

Unsere alten Gemächer waren unter der Aufsicht von Mycroft Holmes und der unmittelbaren Fürsorge von Mrs. Hudson unverändert geblieben. Beim Eintreten bemerkte ich freilich eine ungewohnte Sauberkeit, doch waren die alten Wahrzeichen noch alle an ihrem Platz: die Chemie-Ecke und der säurebefleckte Brettertisch. In einem Regal stand eine Reihe beeindruckender Sammelalben und Nachschlagewerke, die so mancher unserer Mitbürger mit dem größten Vergnügen verbrannt hätte. Die Diagramme, der Geigenkasten und der Pfeifenständer – selbst der persische Pantoffel, der den Tabak beherbergte – alles fiel mir in die Augen, als ich mich umblickte. Zwei Bewohner befanden sich in dem Zimmer: einmal Mrs. Hudson, die uns beim Eintreten freudestrahlend ansah – zum andern die seltsame Attrappe, die bei den Abenteuern dieses Abends eine so wichtige Rolle gespielt hatte. Es war ein wachsfarbenes Modell meines Freundes, so vortrefflich gearbeitet, daß es ein vollkommenes Abbild darstellte. Es stand auf einem kleinen Sockeltisch und war mit einem alten Morgenmantel von Holmes so drapiert, daß die Täuschung von der Straße aus absolut perfekt war.

»Ich hoffe, Sie haben alle Vorsichtsmaßregeln beachtet, Mrs. Hudson?« sagte Holmes.

»Ich bin auf den Knien hingekrochen, Sir, genau wie Sie mir gesagt haben.«

»Ausgezeichnet. Sie haben Ihre Sache sehr gut gemacht. Haben Sie beobachtet, wo die Kugel eingeschlagen ist?«

»Ja, Sir. Ich fürchte, sie hat Ihre schöne Büste ruiniert, denn sie ging mitten durch den Kopf und schlug sich dann an der Wand platt. Ich habe sie vom Teppich aufgelesen. Hier ist sie!«

Holmes hielt sie mir hin. »Eine weiche Revolverkugel, wie Sie sehen, Watson. Das zeugt von Talent, denn wer erwartet schon, dergleichen aus einem Luftgewehr abgeschossen zu sehen? Sehr schön, Mrs. Hudson. Ich bin Ihnen für Ihre Hilfe sehr verpflichtet. Und nun, Watson, seien Sie so gut und setzen sich noch einmal in Ihren alten Sessel, denn da sind mehrere Punkte, die ich mit Ihnen erörtern möchte.«

Er hatte den schäbigen Gehrock abgeworfen und war nun wieder ganz der alte Holmes im mausfarbenen Morgenmantel, den er seinem Ebenbild ausgezogen hatte.

»Die Nerven des alten *shikari* haben ihre Ruhe nicht verloren, und seine Augen nicht ihre Schärfe«, sagte er lachend, als er die zerschmetterte Stirn seiner Büste untersuchte.

»Genau mitten in den Hinterkopf und geradewegs durchs

Gehirn. Er war der beste Schütze Indiens, und ich nehme an, in London gibt's kaum bessere. Haben Sie seinen Namen schon einmal gehört?«

»Nein, das habe ich nicht.«

»Nun, nun, so geht's mit dem Ruhm! Andererseits aber hatten Sie, wenn ich mich recht erinnere, den Namen von Professor Moriarty auch noch nie gehört, und der war einer der größten Köpfe unseres Jahrhunderts. Reichen Sie mir doch bitte einmal das Biographienverzeichnis aus dem Regal.«

Er blätterte müßig die Seiten um, lehnte sich in seinen Stuhl zurück und blies mächtige Rauchwolken aus seiner Zigarre.

»Meine M-Sammlung ist vorzüglich«, sagte er. »Moriarty allein reicht schon, um jeden Buchstaben auszuzeichnen; und hier haben wir Morgan, den Giftmörder, und Merridew gräßlichen Gedenkens, und Mathews, der mir im Wartesaal in Charing Cross den linken Eckzahn ausgeschlagen hat, und schließlich unseren Freund von heut nacht.«

Er übergab mir das Buch, und ich las:

> *Moran, Sebastian, Colonel.* Unbeschäftigt. Ehemals bei den 1. Bangalore-Pionieren. Geboren 1840 in London. Sohn von Sir Augustus Moran, C. B., dem ehemaligen britischen Gesandten in Persien. Schulbesuch in Eton und Oxford. Diente bei den Jowaki- und Afghanistan-Feldzügen in Charasiab (Depeschen), Sherpur und Kabul. Verfasser von *Großwild im westlichen Himalaya* (1881); *Drei Monate im Dschungel* (1884). Anschrift: Conduit Street. Clubs: Anglo-Indian, Tankerville, Bagatelle Card Club.

Am Rand stand in Holmes' deutlicher Handschrift: Der zweitgefährlichste Mann Londons.

»Das ist erstaunlich«, sagte ich, als ich ihm den Band zurückgab. »Die Karriere dieses Mannes ist die eines ehrenhaften Soldaten.«

»Wohl wahr«, antwortete Holmes. »Bis zu einem gewissen Punkt hielt er sich gut. Er war immer ein Mann mit eisernen Nerven, und in Indien hört man noch immer die Geschichte, wie er einem verwundeten menschenfressenden Tiger in ein Kanalisationsrohr nachgekrochen ist. Es gibt gewisse Bäume, Watson, die bis zu einer bestimmten Höhe wachsen, um dann plötzlich eine unansehnliche Exzentrizität zu entwickeln. Auch bei Menschen werden Sie das oft beobachten. Ich habe eine Theorie, nach der das Individuum im Verlauf seiner Entwicklung die ganze Reihe seiner Vorfahren durchlebt, und solch ein plötzlicher Umschwung zum Guten oder Bösen beruht demnach auf irgendeinem starken Einfluß, der in der Reihe seiner Ahnen tätig war. Der Mensch wird gleichsam zum Inbegriff der Geschichte seiner Familie.«

»Freilich überaus phantastisch.«

»Nun, ich bestehe nicht darauf. Aus welchem Grund auch immer: Colonel Moran begann auf Abwege zu geraten. Ohne jeden offenen Skandal brachte er Indien doch zu sehr in Rage, als daß man ihn hätte halten können. Er trat in den Ruhestand, kam nach London und machte sich wieder einen üblen Namen. Zu dieser Zeit wurde er von Professor Moriarty aufgespürt, dessen Stabschef er eine Zeitlang war. Moriarty versorgte ihn großzügig mit Geld und benutzte ihn nur für ein oder zwei hochwertige Aufträge, die kein gewöhnlicher Krimineller hätte ausführen können. Sie erinnern sich vielleicht an den Tod von Mrs. Stewart aus Lauder, im Jahre 1887. Nicht? Nun, ich bin sicher, daß Moran dahintersteckte, doch war ihm nichts nachzuweisen. Die Rolle des Colonel wurde so klug verheimlicht, daß wir ihn selbst dann nicht belasten konnten, als die Moriarty-Bande gesprengt war. Wissen Sie noch, wie ich damals, als ich Sie in Ihren Zimmern aufsuchte, aus Angst vor Luftgewehren die Läden geschlossen habe? Zweifellos haben Sie mich da für einen Phantasten gehalten. Doch ich wußte genau, was ich tat, da ich von der Existenz dieses bemerkenswerten Gewehrs wußte, und ich wußte auch, daß einer der besten Schützen der Welt dahinterstünde. Als wir in der Schweiz waren, verfolgte er uns zusammen mit Moriarty, und zweifellos war er es, der mir jene bösen fünf Minuten auf dem Vorsprung über dem Reichenbach-Fall bescherte.

Sie können sich denken, daß ich während meines Aufenthaltes in Frankreich die Zeitungen mit einiger Aufmerksamkeit gelesen habe, immer auf der Suche nach einer Möglichkeit, ihn hinter Gitter zu bringen. Solange er in London war, wäre mein Leben dort wirklich nicht lebenswert gewesen. Tag und Nacht hätte sein Schatten auf mir gelegen, und früher oder später hätte seine Stunde schlagen müssen. Was konnte ich tun? Einfach erschießen konnte ich ihn nicht, oder ich wäre selbst auf die Anklagebank gekommen. Mich an einen Polizeirichter zu wenden, war zwecklos. Die können nicht aufgrund eines Verdachts einschreiten, der ihnen ziemlich wild vorkommen muß. Ich konnte also nichts tun. Aber ich verfolgte die Nachrichten von Verbrechen, denn ich wußte, daß ich ihn früher oder später erwischen würde. Dann kam der Tod dieses Ronald Adair. Endlich war meine Stunde gekommen. War es nach allem, was ich wußte, nicht eindeutig, daß Colonel Moran der Täter war? Er hatte mit dem Jungen Karten gespielt, er hatte ihn vom Club aus nach Hause verfolgt, er hatte ihn durch das offene Fenster erschossen. Daran bestand kein Zweifel. Die Kugeln allein genügen schon, seinen Kopf in die Schlinge zu stecken. Ich fuhr sofort her. Der Posten sah mich; ich wußte, er würde den Colonel auf meine Anwesenheit aufmerksam machen. Dieser konnte nicht fehlen, meine plötzliche Rückkehr mit seinem Verbrechen in Verbindung zu bringen und in fürchterliche Unruhe zu geraten. Ich war sicher, daß er mich *auf der Stelle* aus dem Weg zu räumen versuchen und zu diesem Zwecke seine mörderische Waffe hervorholen würde. Im Fenster hinterließ ich ihm eine vorzügliche Zielscheibe, und nachdem ich die Polizei davon unterrichtet hatte, daß sie womöglich gebraucht würde – übrigens haben Sie, Watson, deren Anwesenheit in jenem Hauseingang mit unfehlbarer Treffsicherheit erkannt –, nahm ich einen, wie mir schien, vernünftigen Beobachtungsposten ein; nicht im Traum wäre mir eingefallen, er würde sich dieselbe Stelle für sein Attentat aussuchen. Nun, mein lieber Watson, bleibt mir noch etwas zu erklären?«

»Ja«, sagte ich. »Sie haben nicht deutlich gemacht, aus welchem Motiv Colonel Moran den Ehrenwerten Ronald Adair ermordet hat.«

»Ah! mein lieber Watson, hier stoßen wir nun in jenes Reich der Mutmaßungen vor, in dem sich auch der logischste Geist leicht irren kann. Jeder von uns mag aus den vorhandenen Beweisen seine eigene Hypothese aufstellen, und die Ihre kann ebensosehr richtig sein wie die meine.«

»Sie haben demnach eine?«

»Ich denke, es ist nicht schwer, die Tatsachen zu deuten. Bei der Untersuchung kam heraus, daß Colonel Moran und der junge Adair zusammen eine beträchtliche Summe Geldes gewonnen hatten. Nun spielte Moran zweifellos falsch – dessen bin ich mir schon seit langem bewußt. Ich glaube, Adair hatte am Tag seiner Ermordung entdeckt, daß Moran mogelte. Höchstwahrscheinlich hatte er persönlich mit ihm gesprochen und damit gedroht, ihn bloßzustellen, falls er seine Mitgliedschaft im Club nicht freiwillig aufgebe und verspreche, nie wieder Karten zu spielen. Es ist unwahrscheinlich, daß ein junger Bursche wie Adair stracks einen scheußlichen Skandal provozieren würde, indem er einen wohlbekannten Mann, der so viel älter ist als er selbst, denunzierte. Vermutlich handelte er so, wie ich es annehme. Der Ausschluß aus seinen Clubs hätte für Moran, der von seinen unrechtmäßigen Kartengewinnen lebte, den Ruin bedeutet. Aus diesem Grunde brachte er Adair um, der zu der Zeit gerade versuchte auszurechnen, wieviel Geld er selbst zurückgeben müsse, da er nicht vom Falschspiel seines Partners profitieren wollte. Die Tür verschloß er, damit die Damen ihn nicht überraschen und dann darauf bestehen konnten zu erfahren, was es mit diesen Namen und Münzen auf sich habe. Geht das?«

»Ich hege keinen Zweifel, daß Sie die Wahrheit getroffen haben.«

»Der Prozeß wird es bestätigen oder widerlegen. Unterdessen, komme was da wolle, wird uns Colonel Moran nicht mehr beunruhigen. Das famose Luftgewehr von Herders wird das Scotland Yard Museum verschönern, und Mr. Sherlock Holmes hat wieder die Freiheit, sein Leben der Untersuchung jener interessanten kleinen Probleme zu widmen, die das komplexe Leben Londons in solcher Fülle bietet.«

DER BAUMEISTER AUS NORWOOD

Aus der Sicht des Kriminologen«, sagte Mr. Sherlock Holmes, »ist London seit dem Ableben des seligen Professors Moriarty eine ungemein reizlose Stadt geworden.«

»Ich kann mir kaum denken, daß Sie hiermit bei vielen anständigen Bürgern Zustimmung ernten würden«, erwiderte ich.

»Nun, nun, ich darf nicht egoistisch sein«, sagte er lächelnd, indem er seinen Stuhl vom Frühstückstisch zurückschob. »Gewiß hat die Allgemeinheit gewonnen und niemand verloren außer dem bedauernswerten arbeitslosen Fachmann, dessen Beschäftigung dahingegangen ist. Mit diesem Manne im Felde bedeutete jede Morgenzeitung unendliche Möglichkeiten. Oftmals zeigte sich nur die kleinste Spur, Watson, der leiseste Hinweis, und doch reichte dies aus, mir zu sagen, daß dieses große, böse Hirn existierte, so wie das schwächste Zittern am Rand des Netzes einen an die ekle Spinne erinnert, die in seinem Zentrum lauert. Kleine Diebstähle, mutwillige Anschläge, planlose Freveltaten – dem Manne, der den Schlüssel dazu besaß, fügte sich all dies zu einem geschlossenen Ganzen. Für den wissenschaftlichen Studenten der höheren Welt des Verbrechens bot keine andere Hauptstadt in Europa die Vorteile, die London seinerzeit besaß. Doch jetzt –« In komischer Mißbilligung der Lage, für deren Herbeiführung er selbst so viel getan hatte, zuckte er mit den Schultern.

Zu der Zeit, von der ich hier berichte, war Holmes bereits einige Monate wieder da, und ich hatte auf seine Bitte hin meine Praxis verkauft und war in die alte gemeinsame Wohnung in Baker Street zurückgezogen. Ein junger Arzt namens Verner hatte meine kleine Praxis in Kensington erworben, indem er mir mit verblüffend geringem Widerstreben den höchsten Preis zahlte, den ich zu verlangen wagte – ein Vorfall, der sich erst etliche Jahre später aufklärte, als ich nämlich herausfand, daß Verner entfernt mit Holmes verwandt war und in Wirklichkeit niemand anders als mein Freund dieses Geld zur Verfügung gestellt hatte.

Die Monate unseres Zusammenlebens waren übrigens gar nicht so ereignislos, wie er behauptet, denn beim Durchsehen meiner Aufzeichnungen stelle ich fest, daß in diesen Zeitraum zum einen der Fall mit den Papieren des ehemaligen Präsidenten Murillo, zum anderen die schockierende Affäre mit dem holländischen Dampfschiff *Friesland* fällt, welche uns beinahe das Leben gekostet hätte. Sein unterkühltes und stolzes Wesen war jedoch allem, was mit öffentlichem Beifall verbunden, durchaus abhold, und er verpflichtete mich in striktester Weise, nie mehr ein Wort über ihn, seine Methoden oder seine Erfolge verlauten zu lassen – ein Verbot, das, wie ich bereits erklärt habe, erst jetzt aufgehoben wurde.

Nach seinem neckischen Lamento lehnte Sherlock Holmes sich in seinen Sessel zurück und entfaltete gerade müßig die Morgenzeitung, als ein ungeheures Läuten der Glocke unsere Aufmerksamkeit auf sich zog; unmittelbar darauf folgte ein hohles Klopfgeräusch, als ob jemand mit der Faust gegen die Außentür schlüge. Sowie sie sich geöffnet hatte, kam stürmisches Rennen im Hausflur, hastige Schritte polterten die Treppe hoch, und einen Augenblick später stürzte ein wild dreinblickender, ungestümer junger Mann bleich, zerzaust und zitternd in unser Zimmer. Er sah uns beide nacheinander fragend an, und unsere fragenden Blicke machten ihm bewußt, daß er uns für seinen wenig feierlichen Eintritt eine Rechtfertigung schuldete.

»Es tut mir leid, Mr. Holmes«, schrie er. »Sie dürfen mir keinen Vorwurf machen. Ich bin dem Wahnsinn nahe. Mr. Holmes, ich bin der unglückliche John Hector McFarlane.«

Er verkündete dies, als erkläre dieser Name allein seinen Besuch und sein Gebaren, doch bemerkte ich an der teilnahmslosen Miene meines Gefährten, daß ihm dieser ebenso wenig sagte wie mir.

»Bedienen Sie sich, Mr. McFarlane«, sagte er, indem er ihm sein Zigarettenetui zuschob. »Ich bin davon überzeugt, mein Freund Dr. Watson hier würde Ihnen bei diesen Symptomen ein Beruhigungsmittel verordnen. Das Wetter war in den letzten Tagen ja überaus warm. Nun, wenn Sie sich jetzt ein wenig gelassener fühlen, würde ich mich freuen, wenn Sie sich auf diesen Stuhl setzten und uns ganz langsam und ruhig erzählten, wer Sie sind und was Sie wünschen. Sie sprachen Ihren Namen so aus, als ob ich ihn kennen müßte, aber ich versichere Ihnen, daß ich – abgesehen von den augenscheinlichen Tatsachen, daß Sie Junggeselle, Rechtsanwalt, Freimaurer und Asthmatiker sind – nicht die geringste Kenntnis von Ihnen habe.«

Vertraut, wie ich mit den Methoden meines Freundes war, fiel es mir nicht schwer, seinen Schlüssen zu folgen und die Ungepflegtheit des Äußeren, das Bündel juristischer Texte, das Amulett an der Uhr und das Keuchen, worauf sie beruhten, wahrzunehmen. Unser Klient freilich blickte verblüfft genug drein.

»Ja, all dies bin ich, Mr. Holmes, und darüber hinaus bin ich derzeit der unglücklichste Mann in ganz London. Lassen Sie mich um Himmels willen nicht im Stich, Mr. Holmes! Wenn man mich verhaften kommt, ehe ich meine Geschichte zu Ende erzählt habe, veranlassen Sie die Leute, mir Zeit zu geben, damit ich Ihnen die ganze Wahrheit sagen kann. Ich könnte frohen Herzens ins Gefängnis gehen, wenn ich nur wüßte, daß Sie draußen für mich wirken.«

»Sie verhaften!« sagte Holmes. »In der Tat höchst erfr... höchst interessant. Was glauben Sie, unter welcher Anklage Sie verhaftet werden sollen?«

»Unter dem Verdacht, Mr. Jonas Oldacre aus Lower Norwood ermordet zu haben.«

Auf dem ausdrucksvollen Gesicht meines Gefährten zeigte sich ein Mitgefühl, das, fürchte ich, nicht frei von Befriedigung war.

»Na sowas!« sagte er; »eben erst beim Frühstück sagte ich

zu meinem Freund Dr. Watson, aufsehenerregende Fälle seien aus unseren Zeitungen verschwunden.«

Unser Besucher streckte eine bebende Hand aus und ergriff den *Daily Telegraph,* der noch immer auf Holmes' Knie gelegen hatte.

»Wenn Sie hingesehen hätten, Sir, hätten Sie mit einem Blick erkannt, aus welchem Anlaß ich heute morgen zu Ihnen komme. Es kommt mir vor, als müßten mein Name und mein Unglück in aller Munde sein.« Er schlug die Zeitung um und wies auf die Mittelseite. »Da steht's. Und mit Ihrer Erlaubnis werde ich es Ihnen vorlesen. Hören Sie, Mr. Holmes: die Schlagzeilen lauten: RÄTSELHAFTER FALL IN LOWER NORWOOD. BEKANNTER BAUMEISTER VERSCHWUNDEN. VERDACHT AUF MORD UND BRANDSTIFTUNG. HINWEIS AUF DEN TÄTER. Dieser Hinweis wird bereits verfolgt, Mr. Holmes, und ich weiß, er führt unweigerlich zu mir. Seit der London Bridge Station folgt man mir, und ich bin sicher, man wartet nur noch auf den Haftbefehl. Es wird meiner Mutter das Herz brechen – es wird ihr das Herz brechen!« Er rang in ahnungsvoller Qual die Hände und schwankte auf seinem Stuhl vor und zurück.

Interessiert betrachtete ich diesen Mann, der eines Gewaltverbrechens beschuldigt wurde. Er hatte flachsfarbenes Haar, sah gut aus, aber auf eine schlappe, unleidliche Art: dazu seine erschrockenen blauen Augen und ein glattrasiertes Gesicht mit einem schwachen, sensiblen Mund. Er mochte etwa siebenundzwanzig Jahre alt sein; seinem Anzug und Gebaren nach war er ein Gentleman. Aus der Tasche seines hellen Sommermantels ragte das Bündel indossierter Papiere, das seinen Beruf verriet.

»Wir müssen die Zeit nutzen, die uns noch bleibt«, sagte Holmes. »Watson, wären Sie so freundlich, die Zeitung zu nehmen und mir den fraglichen Artikel vorzulesen?«

Unter den lärmenden Schlagzeilen, die unser Klient bereits zitiert hatte, las ich folgende vielsagende Geschichte:

Tief in der Nacht, oder früh am heutigen Morgen, ereignete sich in Lower Norwood ein Vorfall, der, so wird befürchtet, auf ein ernstes Verbrechen hindeutet. Mr. Jonas Oldacre ist ein bekannter Einwohner dieser Vorstadt; viele Jahre lang betrieb er dort sein Geschäft als Baumeister. Mr. Oldacre ist Junggeselle, 52 Jahre alt und lebt in Deep Dene House am Sydenham-Ende der Straße dieses Namens. Er stand im Rufe eines Mannes von exzentrischen Gewohnheiten und war von verschlossenem und zurückhaltendem Wesen. Von seinem Geschäft, in dem er es zu beträchtlichem Reichtum gebracht haben soll, hat er sich seit Jahren praktisch zurückgezogen. Hinter seinem Haus befindet sich jedoch noch ein kleines Holzlager, und vorige Nacht wurde gegen zwölf Uhr Alarm gegeben, daß einer der Stapel in Flammen stehe. Die Feuerwehr war bald zur Stelle, doch brannte das trockene Holz derart zügellos, daß der Feuersbrunst erst Einhalt zu gebieten war, als der Stapel vollständig niedergebrannt war. Bis dahin hatte das Geschehen den Anschein eines gewöhnlichen Unglücksfalles, doch neue Hinweise scheinen auf ein ernstes Verbrechen hinzudeuten. Man äußerte sich erstaunt über die Abwesenheit des Hausherrn von der Brandstelle, und die folgende Nachforschung ergab, daß er aus dem Haus verschwunden war. Eine Untersuchung seines Zimmers erbrachte, daß er nicht in seinem Bett geschlafen hatte, daß sein Safe offenstand, daß eine Menge wichtiger Papiere im Zimmer verstreut herumlagen, und schließlich fanden sich Anzeichen eines mörderischen Kampfes: In dem Zimmer wurden geringe Blutspuren und ein Spazierstock aus Eichenholz entdeckt, der am Griff ebenfalls Blutflecken aufwies. Es ist bekannt, daß Mr. Jonas Oldacre in dieser Nacht einen späten Besucher in seinem Schlafzimmer empfangen hatte, und der aufgefundene Stock wurde als Eigentum dieser Person identifiziert; es handelt sich um einen jungen Londoner Anwalt namens John Hector McFarlane, Juniorpartner von Graham & McFarlane, Gresham Buildings 426, E. C. Die Polizei glaubt im Besitz von Beweisen zu sein, die ein sehr überzeugendes Motiv für das Verbrechen liefern; insgesamt ist eine sensationelle Entwicklung dieser Angelegenheit nicht auszuschließen.

Letzte Meldung – Bei Drucklegung geht das Gerücht ein, Mr. John Hector McFarlane sei tatsächlich unter dem Verdacht, Mr. Jonas Oldacre ermordet zu haben, verhaftet worden. Sicher ist zumindest, daß ein Haftbefehl erlassen wurde. Die Ermittlungen in Norwood haben weitere bedenkliche Tatsachen ergeben. Außer den Anzeichen für einen Kampf im Zimmer des unglücklichen Baumeisters wurde jetzt bekannt, daß die Flügelfenster seines Schlafzimmers (das im Erdgeschoß liegt) offen gestanden hatten, daß gewisse Spuren den Eindruck erwecken, als sei ein schwerer Gegenstand zu dem Holzstapel geschleift worden, und schließlich wird behauptet, unter der Asche seien verkohlte Überreste gefunden worden. Die Polizei vermutet, daß das Opfer in seinem Schlafzimmer erschlagen, seine Papiere durchwühlt und seine Leiche zu dem Holzstapel geschleift wurde, um so alle Spuren des Verbrechens zu beseitigen. Die Durchführung der Strafermittlungen wurde in die erfahrenen Hände Inspektor Lestrades von Scotland Yard gelegt, der mit gewohnter Energie und Scharfsicht den Hinweisen nachgeht.

Sherlock Holmes lauschte diesem bemerkenswerten Bericht mit geschlossenen Augen und gegeneinander gestellten Fingerspitzen.

»Der Fall weist allerdings einiges Interessante auf«, sagte er auf seine müde Art. »Darf ich zunächst einmal fragen, Mr. McFarlane, wie es kommt, daß Sie noch in Freiheit sind, da doch genug Beweismaterial vorzuliegen scheint, Ihre Verhaftung zu rechtfertigen?«

»Ich lebe bei meinen Eltern in Torrington Lodge, Blackheath, Mr. Holmes; vorige Nacht aber hatte ich mit Mr. Oldacre noch sehr spät etwas Geschäftliches zu erledigen und daher in einem Hotel in Norwood Quartier genommen, um ihn von dort aus zu besuchen. Ich erfuhr von dieser Sache erst im Zug, als ich las, was Sie soeben gehört haben. Ich gewahrte sogleich die schreckliche Gefahr meiner Lage und beeilte mich, den Fall in Ihre Hände zu legen. Ich zweifle nicht daran, daß ich entweder in meinem Stadtbüro oder zu Hause verhaftet werden sollte. Jemand ist mir von der London Bridge Station gefolgt, und ich zweifle nicht – großer Gott, was ist das?«

Es war das Läuten der Glocke, dem gleich darauf schwere Schritte auf der Treppe folgten. Und schon erschien unser alter Freund Lestrade in der Tür. Hinter seinen Schultern sah ich undeutlich ein paar uniformierte Polizisten stehen.

»Mr. John Hector McFarlane«, sagte Lestrade.

Unser unglücklicher Klient erhob sich mit totenbleicher Miene.

»Ich verhafte Sie wegen vorsätzlichen Mordes an Mr. Jonas Oldacre aus Lower Norwood.«

McFarlane wandte sich uns mit verzweifelter Gebärde zu und sank wie vernichtet wieder auf seinen Stuhl.

»Einen Augenblick, Lestrade«, sagte Holmes. »Eine halbe Stunde mehr oder weniger kann Ihnen nichts bedeuten, und dieser Gentleman stand eben im Begriff, uns von dieser höchst interessanten Affäre einen Bericht zu geben, der uns bei der Aufklärung dienlich sein könnte.«

»Ich sehe keinerlei Schwierigkeiten bei der Aufklärung«, sagte Lestrade grimmig.

»Gleichwohl wäre ich, wenn Sie gestatten, sehr interessiert, seinen Bericht zu vernehmen.«

»Nun gut, Mr. Holmes, es fällt mir schwer, Ihnen etwas abzuschlagen, zumal Sie der Polizei in der Vergangenheit ein- oder zweimal nützlich gewesen sind und wir von Scotland

Yard Ihnen noch eine Gefälligkeit schulden«, sagte Lestrade. »Zugleich aber muß ich bei meinem Gefangenen bleiben, und ich bin verpflichtet, ihn darauf hinzuweisen, daß alle seine Aussagen gegen ihn verwendet werden können.«

»Etwas Besseres kann ich mir nicht wünschen«, sagte unser Klient. »Ich bitte Sie um nichts weiter, als mir zuzuhören und die reine Wahrheit zu erfahren.«

Lestrade blickte auf seine Uhr. »Ich gebe Ihnen eine halbe Stunde«, sagte er.

»Zunächst muß ich erklären«, sagte McFarlane, »daß ich Mr. Jonas Oldacre nicht kannte. Sein Name war mir vertraut, da meine Eltern vor vielen Jahren mit ihm bekannt waren, aber sie verloren sich aus den Augen. Ich war daher sehr überrascht, als er gestern gegen drei Uhr nachmittags in mein Stadtbüro trat. Noch mehr aber erstaunte ich, als er mir den Zweck seines Besuchs berichtete. Er hielt mehrere Blätter aus einem Notizbuch in der Hand, die über und über vollgekritzelt waren – hier sind sie –, und legte sie auf meinen Tisch.

›Dies ist mein Testament‹, sagte er. ›Ich wünsche, Mr. McFarlane, daß Sie es in die richtige juristische Form bringen. Während Sie dies tun, werde ich hier sitzenbleiben.‹

Ich machte mich daran, es abzuschreiben, und Sie können sich mein Erstaunen vorstellen, als ich merkte, daß er, mit einigen Vorbehalten, sein ganzes Vermögen mir vermacht hatte. Er war ein merkwürdiger, kleiner, frettchenhafter Mann mit weißen Wimpern, und als ich zu ihm aufblickte, sah ich seine scharfen grauen Augen mit amüsiertem Ausdruck auf mich geheftet. Ich konnte kaum meinen Sinnen trauen, nachdem ich die Testamentsbedingungen gelesen hatte; doch er erklärte, er sei Junggeselle und habe kaum lebende Verwandte, er habe in seiner Jugend meine Eltern gekannt und von mir stets als einem sehr verdienstvollen jungen Mann sprechen hören, und er sei davon überzeugt, sein Geld ginge in würdige Hände über. Ich konnte natürlich nur meinen Dank hervorstammeln. Das Testament wurde ordnungsgemäß abgeschlossen, unterzeichnet und von meinem Buchhalter beglaubigt.

Dies hier auf dem blauen Papier ist es, und diese Zettel sind, wie gesagt, der Rohentwurf. Mr. Jonas Oldacre unterrichtete mich dann von einer Anzahl Dokumente – Grundstückspachten, Besitzurkunden, Hypothekenbriefe, Interimswechsel und so weiter –, die ich sehen und verstehen müßte. Er sagte, er könne erst wieder ruhig sein, wenn das Ganze geregelt sei, und er bat mich, noch diese Nacht zu seinem Haus in Norwood hinauszukommen, das Testament mitzubringen und die Sache abzumachen. ›Denken Sie daran, mein Junge, kein Wort über diese Angelegenheit zu Ihren Eltern, ehe nicht alles geregelt ist. Wir wollen es als eine kleine Überraschung für sie aufsparen.‹ Er bestand sehr auf diesem Punkt und ließ es mich ausdrücklich versprechen.

Sie können sich vorstellen, Mr. Holmes, daß ich nicht in der Stimmung war, ihm irgendeine Bitte abzuschlagen. Er war mein Wohltäter, und ich war durchaus bestrebt, seine Wünsche in allen Einzelheiten zu erfüllen. Ich schickte daher ein Telegramm nach Hause, in dem ich mitteilte, ich hätte ein wichtiges Geschäft vor und könne unmöglich sagen, wann ich heimkehren würde. Mr. Oldacre hatte mir gesagt, er würde gern um neun Uhr mit mir zu Abend essen, da er vor dieser Zeit wahrscheinlich nicht zu Hause wäre. Ich hatte jedoch einige Schwierigkeiten, sein Haus zu finden, und es war schon fast halb zehn, als ich dort eintraf. Ich fand ihn –«

»Einen Augenblick!« sagte Holmes. »Wer öffnete die Tür?«

»Eine mittelaltrige Frau, vermutlich seine Haushälterin.«

»Und es war sie, nehme ich an, die Ihren Namen angegeben hat?«

»In der Tat«, sagte McFarlane.

»Fahren Sie bitte fort.«

Mr. McFarlane fuhr sich über die feuchte Stirn und setzte dann seinen Bericht fort:

»Diese Frau führte mich in ein Wohnzimmer, in dem ein schlichtes Mahl vorbereitet war. Danach führte Mr. Oldacre mich in sein Schlafzimmer, worin sich ein schwerer Safe befand. Diesen öffnete er und entnahm ihm einen Packen Dokumente, die wir zusammen durchgingen. Zwischen elf und zwölf wurden wir damit fertig. Er bemerkte, daß wir die Haushälterin nicht stören dürften. Er brachte mich durch seine Verandatür nach draußen, welche die ganze Zeit über offengestanden hatte.«

»War die Jalousie herabgelassen?« fragte Holmes.

»Ich bin mir nicht sicher, aber ich glaube, sie war nur halb unten. Ja, ich erinnere mich, wie er sie hochzog, um die Verandatür aufzumachen. Ich konnte meinen Stock nicht finden, und er sagte: ›Lassen Sie nur, mein Junge; ich werde Sie ja jetzt häufig sehen, hoffe ich, und ich werde Ihren Stock aufbewahren, bis Sie wiederkommen und ihn zurückhaben wollen.‹ So verließ ich ihn, der Safe stand offen, und die Papiere lagen in Päckchen geordnet auf dem Tisch. Es war so spät, daß ich nicht mehr nach Blackheath zurückfahren konnte; und so verbrachte ich die Nacht im Anerley Arms, und weiter erfuhr ich nichts, bis ich heute morgen von dieser schrecklichen Sache las.«

»Haben Sie noch weitere Fragen, Mr. Holmes?« sagte Lestrade, dessen Brauen im Verlauf dieser bemerkenswerten Erklärung ein paarmal in die Höhe gegangen waren.

»Erst wenn ich in Blackheath gewesen bin.«

»Sie meinen: in Norwood«, sagte Lestrade.

»Oh, ja: das muß ich zweifellos gemeint haben«, sagte Holmes mit seinem rätselhaften Lächeln. Lestrade wußte aus mehr Erfahrungen, als er einzuräumen gewillt war, daß jenes rasiermesserscharfe Hirn Dinge zu durchschneiden vermochte, die für das seine undurchdringlich waren. Ich sah, wie er meinen Gefährten neugierig anblickte.

»Ich denke, ich sollte bald mal mit Ihnen reden, Mr. Sherlock Holmes«, sagte er. »Nun, Mr. McFarlane, vor der Tür stehen zwei meiner Beamten, und draußen wartet eine Droschke.« Der elende junge Mann erhob sich, warf uns einen letzten flehentlichen Blick zu und ging aus dem Zimmer. Die Polizisten brachten ihn zu der Kutsche, aber Lestrade blieb noch.

Holmes hatte die Blätter, die den Rohentwurf des Testamentes enthielten, aufgehoben und betrachtete sie mit äußerst gespannter Miene.

»Es gibt einiges zu diesem Dokument zu bemerken, Lestrade, nicht wahr?« sagte er und schob ihm die Zettel zu.

Der Beamte sah sie verwirrt an.

»Ich kann nur die ersten Zeilen lesen, und diese hier in der Mitte der zweiten Seite, und ein paar am Schluß. Die stehen da wie gedruckt«, sagte er; »aber dazwischen ist die Schrift sehr undeutlich, und an drei Stellen kann ich überhaupt nichts lesen.«

»Was schließen Sie daraus?« fragte Holmes.

»Nun, was schließen *Sie* daraus?«

»Daß es in einem Zug geschrieben wurde; die leserliche Schrift steht für Bahnhöfe, die unleserliche für Fahrt, und die völlig unleserliche für das Überfahren von Weichen. Ein gewiefter Fachmann würde sofort erklären, daß diese Aufzeichnungen in einer Vorstadtbahn entstanden sind, da es nur in der unmittelbaren Umgebung einer großen Stadt eine so rasche Folge von Weichen geben kann. Nehmen wir an, die Niederschrift des Testaments habe die gesamte Fahrzeit in Anspruch genommen, dann war es ein Schnellzug, der nur einmal zwischen Norwood und London Bridge gehalten hat.«

Lestrade begann zu lachen.

»Das ist mir zu hoch, wenn Sie mit Ihren Theorien anfangen, Mr. Holmes«, sagte er. »Was hat denn das mit diesem Fall zu tun?«

»Nun, es bestätigt die Geschichte des jungen Mannes insoweit, als das Testament von Jonas Oldacre gestern auf seiner Fahrt geschrieben wurde. Ist es nicht verwunderlich, daß jemand ein derart wichtiges Dokument auf so willkürliche Weise niederschreibt? Dies legt nahe, daß er nicht glaubte, es würde von sonderlich praktischer Bedeutung sein. So könnte jemand ein Testament schreiben, von dem er nicht glaubt, daß es jemals in Kraft treten würde.«

»Nun, er schrieb damit zugleich sein eigenes Todesurteil«, sagte Lestrade.

»Oh, meinen Sie?«

»Sie nicht?«

»Nun, durchaus möglich; aber der Fall ist mir noch nicht klar.«

»Nicht klar? Na, wenn *das* nicht klar ist, was könnte denn klarer sein? Plötzlich erfährt ein junger Mann, daß er ein Vermögen erben wird, wenn ein älterer Mann stirbt. Was macht er da? Er erzählt niemandem davon, sondern richtet es so ein, daß er unter irgendeinem Vorwand seinen Klienten noch in derselben Nacht besuchen kann; er wartet, bis die einzige andere Person im Haus zu Bett gegangen ist, und ermordet den Mann sodann in der Abgeschiedenheit seines Zimmers, verbrennt die Leiche auf dem Holzstapel und entschwindet in ein nahegelegenes Hotel. Im Zimmer und auch auf dem Stock befinden sich nur sehr geringe Blutspuren. Vermutlich hatte er sich vorgestellt, sein Verbrechen ginge unblutig vonstatten, und gehofft, mit der Verbrennung der Leiche alle Spuren der Art seines Todes verbergen zu können – Spuren, die aus irgendeinem Grund auf ihn hätten weisen müssen. Liegt all dies nicht auf der Hand?«

»Es liegt mir, mein guter Lestrade, ein wenig zu sehr auf der Hand«, sagte Holmes. »Bei Ihren ansonsten großen Talenten lassen Sie es an der Phantasie fehlen; doch wenn Sie sich für einen Moment an die Stelle des jungen Mannes versetzen könnten: Würden Sie gleich die Nacht nach der Aufstellung des Testaments wählen, um Ihr Verbrechen zu begehen? Erschiene es Ihnen nicht gefährlich, eine so enge Verbindung zwischen diesen beiden Ereignissen herzustellen? Des weiteren, würden Sie es ausgerechnet zu einem Zeitpunkt machen, wenn bekannt ist, daß Sie sich in dem Haus befinden, wenn eine Bedienstete Sie eingelassen hat? Und schließlich, würden Sie sich so viel Mühe geben, die Leiche verschwinden zu lassen, und dann Ihren Stock liegen lassen, zum Zeichen, daß Sie der Täter sind? Bekennen Sie, Lestrade, daß all dies höchst unwahrscheinlich ist.«

»Was den Stock betrifft, Mr. Holmes, so wissen Sie so gut wie ich, daß ein Verbrecher oft nervös ist und Dinge tut, die ein besonnener Mensch unterlassen würde. Sehr wahrscheinlich hatte er Angst, in das Zimmer zurückzugehen. Geben Sie mir eine andere Theorie, die besser den Tatsachen entspricht.«

»Ich könnte Ihnen sehr leicht ein halbes Dutzend geben«, sagte Holmes. »Hier habe ich zum Beispiel eine sehr denkbare und sogar wahrscheinliche. Ich will sie Ihnen schenken. Der ältere Mann führt Dokumente vor, die offensichtlich wertvoll sind. Ein vorbeikommender Landstreicher sieht sie durch die Verandatür deren Jalousie nur halb herabgezogen ist. Anwalt ab. Der Landstreicher tritt auf! Er packt einen Stock, den er dort liegen sieht, tötet Oldacre, und läuft davon, nachdem er die Leiche verbrannt hat.«

»Warum sollte der Landstreicher die Leiche verbrennen?«

»Was das betrifft: warum sollte McFarlane?«

»Um Beweismaterial zu beseitigen.«

»Der Landstreicher wollte womöglich verbergen, daß überhaupt ein Mord stattgefunden hatte.«

»Und warum hat er dann nichts mitgehen lassen?«

»Weil es sich um Papiere handelte, die er nicht veräußern konnte.«

Lestrade schüttelte den Kopf, obwohl mir schien, er sei sich nicht mehr so absolut sicher wie vorhin.

»Nun, Mr. Holmes, Sie mögen Ihren Landstreicher suchen, und solange Sie ihn aufspüren, werden wir uns an unseren Mann halten. Die Zukunft wird erweisen, wer von uns recht hat. Beachten Sie nur dies, Mr. Holmes: Soweit wir wissen, wurde keines der Papiere entfernt, und der Gefangene ist der einzige Mensch auf der Welt, der keinen Grund hatte, sie zu entfernen, da er ihr rechtmäßiger Erbe war und in jedem Fall in ihren Besitz gelangt wäre.«

Diese Bemerkung schien meinen Freund betroffen zu machen.

»Ich möchte ja gar nicht abstreiten, daß die Beweise in mancher Hinsicht sehr stark für Ihre Theorie sprechen«, sagte er. »Ich will nur darauf hinweisen, daß es auch andere mögliche Theorien gibt. Wie Sie sagen, die Zukunft wird es zeigen. Guten Morgen! Ich stehe dafür, daß ich im Lauf des Tages in Norwood auftauchen und nachsehen werde, wie Sie weiterkommen.«

Als der Kriminalbeamte gegangen war, stand mein Freund auf und bereitete sich mit der Munterkeit eines Mannes, der eine erfreuliche Aufgabe vor sich hat, auf sein Tagewerk vor.

»Als erstes, Watson«, sagte er, während er sich in seinen Gehrock warf, »muß ich mich, wie gesagt, in Richtung Blackheath bewegen.«

»Und warum nicht Norwood?«

»Weil in diesem Fall *ein* merkwürdiger Umstand eng mit einem anderen merkwürdigen Umstand zusammenhängt. Die Polizei begeht den Fehler, ihre Aufmerksamkeit auf den zweiten zu konzentrieren, da dies zufällig der wirklich kriminelle von den beiden ist. Für mich besteht jedoch unstreitig der logische Weg, diesen Fall anzugehen, darin, zunächst einmal zu versuchen, ein wenig Licht in den ersten Umstand zu bringen – das seltsame, so plötzlich und einem so unvermuteten Erben gemachte Testament. Das mag die folgenden Ereignisse ein wenig durchschaubarer machen. Nein, mein Lieber, ich glaube nicht, daß Sie mir helfen können. Gefahr ist nicht zu erwarten, sonst würde ich nicht im Traum daran denken, ohne Sie loszuziehen. Ich hoffe, Ihnen heute abend berichten zu können, daß ich in der Lage war, etwas für diesen unglücklichen Jüngling zu tun, der sich unter meinen Schutz gestellt hat.«

Es war schon spät, als mein Freund zurückkam, und ein Blick in sein abgespanntes und besorgtes Gesicht sagte mir, daß sich die hohen Erwartungen, mit denen er aufgebrochen war, nicht erfüllt hatten. Eine Stunde lang brummte er auf seiner Geige herum, um seine aufgewühlte Stimmung zu beruhigen. Endlich warf er das Instrument hin und stürzte sich in einen ausführlichen Bericht seiner Mißgeschicke.

»Es geht alles schief, Watson – so schief, wie es nur gehen kann. Lestrade gegenüber blieb ich kühn genug, aber ich glaube wahrhaftig, diesmal ist der Bursche auf der richtigen Spur, und wir sind auf der falschen. Alle meine Ahnungen gehen in eine Richtung, und alle Tatsachen gehen in die andere; und ich fürchte sehr, die britischen Geschworenen haben jene Höhe der Intelligenz noch nicht erreicht, die sie meinen Theorien den Vorzug vor Lestrades Tatsachen geben lassen würde.«

»Waren Sie in Blackheath?«

»Ja, Watson, ich war dort, und ich fand sehr schnell heraus, daß der selige Oldacre ein ganz beträchtlicher Lump gewesen sein muß. McFarlanes Vater war unterwegs auf der Suche nach seinem Sohn. Die Mutter war zu Hause – eine kleine, schlappe, blauäugige Person, die vor Angst und Entrüstung bebte. Sie wollte natürlich nicht einmal die Möglichkeit seiner Schuld zugeben. Ebensowenig drückte sie jedoch Überraschung oder Bedauern über das Schicksal Oldacres aus. Im Gegenteil, sie sprach von ihm mit solcher Bitterkeit, daß sie die Sache für die Polizei unbewußt noch erheblich klarer machte; denn wenn ihr Sohn sie so von diesem Manne hatte reden hören, würde ihn dies natürlich für Haß und Gewalttat prädisponieren. ›Er war eher ein bösartiger und verschlagener Affe als ein Mensch‹, sagte sie, ›das war er schon immer, seit seiner Jugend.‹

›Sie kannten ihn seit damals?‹ fragte ich.

›Ja, ich kannte ihn gut; tatsächlich hat er früher einmal um mich geworben. Dem Himmel sei Dank, daß ich so klug war, mich von ihm abzuwenden und einen besseren, wenn auch ärmeren Mann zu heiraten. Ich war bereits mit ihm verlobt, Mr. Holmes, als ich von einer schrecklichen Geschichte erfuhr, wie er in einem Vogelhaus eine Katze freigelassen hatte, und da grauste es mir so vor seiner brutalen Grausamkeit, daß ich nichts mehr mit ihm zu tun haben wollte.‹ Sie durchstöberte ein Schreibpult und zog dann eine böswillig mit einem Messer entstellte und verstümmelte Photographie einer Frau hervor. ›Dies ist ein Bild von mir‹, sagte sie. ›Er schickte es mir an meinem Hochzeitstag in diesem Zustand und mit seinem Fluch.‹

›Nun‹, sagte ich, ›immerhin hat er Ihnen jetzt vergeben, hat er doch sein ganzes Vermögen Ihrem Sohn vermacht.‹

›Weder mein Sohn noch ich selbst will irgend etwas von Jonas Oldacre geschenkt haben, sei er tot oder lebendig‹, rief sie temperamentvoll aus. ›So wahr ein Gott im Himmel ist, Mr. Holmes, und so wahr dieser Gott diesen bösen Mann bestraft hat, so wahr wird er auch, wenn es ihn gutdünkt, erweisen, daß die Hände meines Sohnes schuldlos an seinem Blute sind.‹

Nun, ich folgte noch einigen Hinweisen, geriet aber auf nichts, was unsere Hypothese stützen wollte, sondern nur auf manches, was dagegen sprach. Endlich gab ich es auf und verfügte mich nach Norwood.

Das Deep Dene House ist eine große moderne Villa aus knallroten Backsteinen und steht hinten auf dem Grundstück; davor befindet sich ein Rasen mit Lorbeersträuchern. Ein Stück weg von der Straße liegt zur Rechten das Holzlager, wo der Brand stattgefunden hatte. Auf diesem Notizbuchblatt hier ist ein grober Lageplan. Das Fenster links ist dasjenige, das in Oldacres Zimmer führt. Wie Sie sehen, kann man von der Straße aus hineinblicken. Dies ist so ziemlich der einzige Trost, der mir heute zuteil wurde. Lestrade war nicht da, doch gab sich sein Oberpolizist die Ehre. Man hatte soeben einen großen Schatz gefunden. Nachdem man den Morgen damit verbracht hatte, in der Asche des abgebrannten Holzstapels herumzuwühlen, hatte man neben den verkohlten organischen Überresten mehrere verfärbte Metallscheibchen sichergestellt. Ich untersuchte sie sorgfältig, und es stellte sich zweifelsfrei heraus, daß es sich um Hosenknöpfe handelte. Ich erkannte sogar, daß einer davon mit ›Hyams‹, dem Namen von Oldacres Schneider, gezeichnet war. Dann untersuchte ich den Rasen sehr gewissenhaft nach Spuren und Zeichen, aber diese Dürre hat alles hart wie Eisen werden lassen. Es war nichts zu sehen, außer daß jemand oder ein Bündel durch eine niedrige Ligusterhecke gezogen worden war, die parallel zu dem Holzstapel steht. All das paßt natürlich zu der offiziellen Theorie.

Ich kroch mit der Augustsonne auf dem Rücken über den Rasen. Doch als ich mich nach einer Stunde erhob, war ich nicht klüger als zuvor.

Nun, nach diesem Fiasko ging ich in das Schlafzimmer und stellte auch dort meine Untersuchungen an. Es waren nur sehr wenige Blutflecken da, bloß kleine Spritzer und Verfärbungen, aber unzweifelhaft frisch. Den Stock hatte man entfernt, doch auch darauf waren nur geringe Spuren. Der Stock gehörte unstreitig unserem Klienten. Das gibt er zu. Auf dem Teppich konnten Fußspuren der beiden Männer ermittelt werden, aber keine von irgendeinem Dritten – wieder ein Stich für die andere Seite: Die erhöhten ständig ihre Punktzahl, und wir gingen leer aus.

Nur einmal leuchtete mir ein kleiner Hoffnungsschimmer – und doch kam nichts dabei heraus. Ich untersuchte den Inhalt des Safes, von dem das meiste herausgenommen und auf dem Tisch liegengelassen worden war. Die Papiere waren in versiegelte Umschläge gesteckt worden, von denen die Polizei einen oder zwei geöffnet hatte. Soweit ich es beurteilen konnte, waren sie nicht von allzu großem Wert, und auch das Kontobuch wies nicht darauf hin, daß Mr. Oldacre in sonderlich üppigen Verhältnissen gelebt hatte. Aber mir schien, daß nicht alle Papiere da waren. Es gab Hinweise auf einige – vermutlich wertvollere – Urkunden, die ich nirgends finden konnte. Wenn wir dies eindeutig beweisen könnten, ließe sich natürlich Lestrades Argument gegen ihn selbst verwenden; denn wer würde etwas stehlen, wenn er wüßte, daß er es in Kürze erben wird?

Nachdem ich jeden einzelnen Umschlag beschnüffelt und keine Witterung hatte aufnehmen können, versuchte ich schließlich mein Glück bei der Haushälterin. Sie heißt Mrs. Lexington, eine kleine, dunkle, schweigsame Person mit argwöhnischem und verstohlenem Blick. Wenn sie wollte, könnte sie uns etwas sagen – davon bin ich überzeugt. Aber sie hielt dicht. Ja, sie habe Mr. McFarlane um halb zehn eingelassen. Lieber hätte ihr die Hand verdorren sollen, ehe sie dies hätte tun sollen. Sie sei um halb elf zu Bett gegangen. Ihr Zimmer befinde sich auf der anderen Seite des Hauses, und sie habe von den Geschehnissen nichts hören können. Mr. McFarlane habe seinen Hut und, nach ihrem besten Wissen, auch seinen Stock in der Vorhalle gelassen. Sie sei erst von dem Feueralarm geweckt worden. Gewiß sei ihr armer, lieber Herr ermordet worden. Ob er Feinde gehabt habe? Nun, jedermann habe Feinde, aber Mr. Oldacre habe sehr zurückgezogen gelebt und nur geschäftlich mit anderen Leuten verkehrt. Sie habe die Knöpfe gesehen, und sie sei sicher, daß sie zu den Kleidern gehörten, die er letzte Nacht getragen habe. Der Holzstapel sei sehr trocken gewesen, da es seit einem Monat nicht mehr geregnet habe. Er habe gebrannt wie Zunder, und zu der Zeit, da sie dorthin gekommen sei, sei nichts anderes als Flammen zu sehen gewesen. Sie und sämtliche Feuerwehrleute hätten den Geruch brennenden Fleisches von dort wahrgenommen. Von den Papieren wisse sie ebensowenig etwas wie von Mr. Oldacres Privatangelegenheiten.

So, mein lieber Watson, da haben Sie meinen Bericht eines Fehlschlags. Und doch – und doch« – er ballte seine hageren Hände in einem Anfall von Selbstgewißheit – »*weiß* ich, die Sache stimmt vorn und hinten nicht. Ich spüre es in meinen Knochen. Irgend etwas ist noch nicht zur Sprache gekommen, und diese Haushälterin weiß es. In ihren Augen lag eine Art von schmollendem Trotz, der nur mit Schuldbewußtsein zu vereinbaren ist. Es hat jedoch keinen Sinn, noch länger darüber zu reden, Watson; aber falls uns nicht ein glücklicher Zufall weiterhilft, fürchte ich, wird der Fall des verschwundenen Baumeisters von Norwood nicht in jener Chronik unserer Erfolge vertreten sein, die, wie ich vorausahne, ein geduldiges Publikum früher oder später zu ertragen haben wird.«

»Wird nicht«, sagte ich, »die äußere Erscheinung unseres jungen Mannes bei jeder Jury viel bewirken?«

»Dies ist ein gefährliches Argument, mein lieber Watson. Erinnern Sie sich an den schrecklichen Mörder Bert Stevens, den wir 87 herausschlagen sollten? Hat es jemals einen schlichteren, sonntagsschulhafteren jungen Mann gegeben als ihn?«

»Sie haben recht.«

»Falls es uns nicht gelingt, eine andere Theorie zu begründen, ist dieser Mann verloren. Der Fall weist praktisch keinen Makel auf, der sich jetzt dagegen vorbringen ließe, und alle weiteren Ermittlungen haben nur dazu gedient, ihn zu bekräftigen. Übrigens gibt es da bei diesen Papieren eine kleine Merkwürdigkeit, die uns als Ausgangspunkt für eine Untersuchung dienen könnte. Als ich das Kontobuch durchsah, fiel mir auf, daß der niedrige Kontostand hauptsächlich auf hohen Schecks beruhte, die im Lauf des letzten Jahres an einen Mr. Cornelius ausgestellt wurden. Ich gestehe, es würde mich schon interessieren, wer dieser Mr. Cornelius sein mag, mit dem ein Baumeister im Ruhestand dermaßen beträchtliche Transaktionen durchführt. Ist es möglich, daß er bei der Sache seine Hand im Spiel gehabt hat? Cornelius könnte ein Makler sein, aber wir haben keine Wechsel gefunden, die solch hohen Zahlungen entsprechen würden. Mangels jeden anderen Hinweises muß ich meine Forschungen jetzt auf eine Erkundigung bei der Bank nach jenem Gentleman richten, der diese Schecks eingelöst hat. Doch ich fürchte, mein Lieber, unser Fall wird wenig ruhmreich damit enden, daß Lestrade unseren Klienten hängen läßt, was Scotland Yard gewiß zum Triumph gereichen wird.«

Ich weiß nicht, ob Sherlock Holmes in dieser Nacht überhaupt geschlafen hat, doch als ich zum Frühstück hinunterkam, fand ich ihn bleich und abgespannt, und seine hellen Augen wirkten durch die schwarzen Schatten um sie her noch heller. Der Teppich um seinen Sessel war mit Zigarettenstummeln und den Frühausgaben der Morgenzeitungen übersät. Auf dem Tisch lag ein offenes Telegramm.

»Was halten Sie davon, Watson?« fragte er und warf es mir hin.

Es kam aus Norwood und lautete:

> Wichtige neue Beweise gefunden. McFarlanes Schuld eindeutig erwiesen. Rate Ihnen, Fall aufzugeben.
> LESTRADE.

»Klingt bedenklich«, sagte ich.

»Es ist Lestrades mickriges Sieges-Kikeriki«, erwiderte Holmes mit bitterem Lächeln. »Und doch könnte es verfrüht sein, den Fall aufzugeben. Schließlich sind wichtige neue Beweise etwas Zweischneidiges: Sie könnten in eine ganz andere Richtung ausschlagen, als Lestrade sich vorstellt. Frühstükken Sie, Watson, und dann gehen wir gemeinsam los und sehen zu, was wir tun können. Ich habe das Gefühl, ich werde Ihre Begleitung und moralische Unterstützung heute nötig haben.«

Mein Freund frühstückte nicht; es war nämlich eine seiner Eigenarten, daß er sich in seinen gespannteren Momenten keinerlei Nahrung gestattete, und ich habe es erlebt, wie er seine eiserne Kraft so lange mißbrauchte, bis er vor schierer Auszehrung zusammenbrach. »Gegenwärtig kann ich für die Verdauung weder Energie noch Nervenkraft erübrigen«, pflegte er in solchen Fällen auf meine medizinischen Einwände zu antworten. Es überraschte mich daher nicht, als er diesen Morgen sein Mahl unberührt hinter sich ließ und mit mir nach Norwood aufbrach. Ein Haufen morbider Gaffer stand noch immer um Deep Dene House versammelt, das genau die vorstädtische Villa darstellte, die ich mir ausgemalt hatte. Im Tor begrüßte uns Lestrade, sein Gesicht von Siegesfreude gerötet, sein Gehabe mächtig triumphierend.

»Nun, Mr. Holmes, haben Sie uns schon einen Fehler nachgewiesen? Haben Sie Ihren Landstreicher gefunden?« rief er.

»Ich habe noch keinerlei Schlüsse gezogen«, erwiderte mein Gefährte.

»Wir haben aber die unseren bereits gestern gezogen, und heute stellen sie sich als richtig heraus; Sie müssen daher eingestehen, daß wir Ihnen diesmal ein wenig voraus waren, Mr. Holmes.«

»Sie gebärden sich freilich, als sei etwas Außergewöhnliches geschehen«, sagte Holmes.

Lestrade lachte lärmend.

»Sie mögen es genausowenig wie wir anderen auch, sich geschlagen geben zu müssen«, sagte er. »Ein Mann kann nicht erwarten, daß immer alles nach seinen Wünschen verläuft – oder, Dr. Watson? Kommen Sie hier lang, wenn ich bitten darf, Gentlemen, und ich denke, ich kann Sie ein für allemal davon überzeugen, daß John McFarlane dieses Verbrechen begangen hat.«

Er führte uns durch den Flur in eine dunkle Vorhalle.

»Hier muß der junge McFarlane herausgekommen sein, um nach der Tat seinen Hut zu holen«, sagte er. »Nun sehen Sie her.« Mit dramatischer Plötzlichkeit entzündete er ein Streichholz und beleuchtete damit einen Blutfleck an der weißgetünchten Wand. Als er das Streichholz näher daran hielt, sah ich, daß es mehr als ein Fleck war. Es war der deutlich erkennbare Abdruck eines Daumens.

»Betrachten Sie dies mit Ihrem Vergrößerungsglas, Mr. Holmes.«

»Ja, das tue ich.«

»Ihnen ist bekannt, daß keine zwei Daumenabdrücke sich gleich sind?«

»Etwas dergleichen ist mir zu Ohren gekommen.«

»Nun, würden Sie dann bitte diesen Abdruck mit diesem Wachsabdruck vergleichen, der auf meine Weisung heute morgen von McFarlanes rechtem Daumen genommen wurde?«

Als er den Wachsabdruck dicht neben den Blutfleck hielt, brauchte man kein Vergrößerungsglas, um zu sehen, daß beide unzweifelhaft von demselben Daumen stammten. Für mich war erwiesen, daß unser unglücklicher Klient verloren war.

»Das ist endgültig«, sagte Lestrade.

»Ja, das ist endgültig«, echote ich unwillkürlich.

»Es ist endgültig«, sagte Holmes.

Etwas in seiner Stimme ließ mich aufhorchen, und ich wandte mich zu ihm um. Auf seinem Gesicht war eine außerordentliche Veränderung eingetreten. Es krümmte sich vor innerer Fröhlichkeit.

Seine Augen strahlten wie zwei Sterne. Mir schien, er mühte sich verzweifelt, einen Lachkrampf zu unterdrücken.

»Du liebe Zeit! Du liebe Zeit!« sagte er endlich. »Tja, nun, wer hätte das gedacht? Und wie trügerisch die äußere Erscheinung sein kann, wahrhaftig! Wie nett der junge Mann anzusehen war! Dies soll uns eine Lehre sein, unserem eigenen Urteil nicht zu trauen – nicht wahr, Lestrade?«

»Jawohl, manche von uns neigen ein wenig dazu, ihrer Sache allzu sicher zu sein, Mr. Holmes«, sagte Lestrade. Die Frechheit dieses Mannes war unerträglich, obwohl wir sie ihm nicht verübeln konnten.

»Welch glückliche Fügung, daß dieser junge Mann seinen rechten Daumen an die Wand drückte, als er seinen Hut vom Haken nahm! Freilich auch etwas sehr Natürliches, wenn man darüber nachdenkt.« Holmes war nach außen hin ruhig, aber sein ganzer Körper wand sich in unterdrückter Erregung, als er sprach. »Übrigens, Lestrade, wer hat diese bemerkenswerte Entdeckung gemacht?«

»Die Haushälterin, Mrs. Lexington, lenkte die Aufmerksamkeit des Polizisten darauf, der hier Nachtwache hielt.«

»Wo hielt sich dieser Polizist auf?«

»Er hielt Wache in dem Schlafzimmer, wo das Verbrechen begangen wurde, damit dort nichts angerührt werde.«

»Aber warum hat die Polizei diesen Abdruck nicht schon gestern gesehen?«

»Nun, wir hatten keinen besonderen Grund, die Vorhalle sorgfältig zu untersuchen. Außerdem fällt die Stelle ja kaum auf, wie Sie sehen.«

»Nein, nein, natürlich nicht. Ich nehme an, es besteht kein Zweifel, daß der Abdruck bereits gestern da war?«

Lestrade sah Holmes an, als glaubte er, er hätte den Verstand verloren. Ich muß gestehen, daß ich selbst von seiner

Heiterkeit und seiner ziemlich kühnen Bemerkung überrascht war.

»Ich weiß nicht, ob Sie denken, McFarlane sei mitten in der Nacht aus dem Gefängnis hierher gekommen, um die Beweise gegen sich zu verstärken«, sagte Lestrade. »Ich überlasse es jedem Fachmann von der Welt, festzustellen, ob dieser Daumenabdruck von McFarlane stammt oder nicht.«

»Es ist unstreitig sein Daumenabdruck.«

»Na bitte, das genügt doch«, sagte Lestrade. »Ich bin Praktiker, Mr. Holmes, und wenn ich meine Beweise habe, komme ich zu meinen Schlüssen. Falls Sie noch etwas zu sagen haben: Sie finden mich im Wohnzimmer, wo ich jetzt meinen Bericht abfassen werde.«

Holmes hatte seine Fassung wiedergewonnen, obwohl ich in seiner Miene noch immer einen Schimmer von Belustigung wahrzunehmen glaubte.

»Meine Güte, Watson, welch überaus traurige Entwicklung, nicht wahr?« sagte er. »Und doch ist daran einiges Merkwürdige, das zu Hoffnungen für unseren Klienten Anlaß gibt.«

»Das freut mich zu hören«, sagte ich von Herzen. »Ich fürchtete schon, es sei gänzlich vorbei mit ihm.«

»So weit würde ich nun kaum gehen, mein lieber Watson. Tatsache ist, daß diesem Beweisstück, dem unser Freund soviel Bedeutung beimißt, ein einziger wirklich ernster Mangel anhaftet.«

»Tatsächlich, Holmes? Welcher denn?«

»Nur dies – daß ich *weiß,* daß dieser Abdruck nicht da war, als ich den Raum gestern untersucht habe. Und nun, Watson, wollen wir ein bißchen im Sonnenschein spazierengehen.«

Verwirrten Sinnes, doch mit einem Herzen, in das erwärmend ein wenig Hoffnung zurückströmte, begleitete ich meinen Freund auf einen Rundgang durch den Garten. Holmes besah sich das Haus eingehend von allen Seiten und untersuchte es mit großem Interesse. Dann begab er sich hinein und ging vom Keller bis zum Dachboden durch das ganze Haus.

Die meisten Zimmer waren unmöbliert, gleichwohl aber inspizierte Holmes sie alle aufs genaueste. Im oberen Korridor, an dem drei unbewohnte Schlafzimmer lagen, wurde er schließlich wieder von einem Heiterkeitsausbruch gepackt.

»Dieser Fall weist wirklich ein paar sehr einzigartige Züge auf, Watson«, sagte er. »Ich denke, es ist jetzt an der Zeit, daß wir unseren Freund Lestrade ins Vertrauen ziehen. Er hat sein kleines Lächeln auf unsere Kosten gehabt, und vielleicht können wir es ihm heimzahlen, falls meine Version des Falles sich als richtig erweisen sollte. Ja, ja; ich glaube, ich sehe, wie wir die Sache angehen müssen.«

Der Scotland Yard-Inspektor war noch immer im Salon mit Schreiben beschäftigt, als Holmes ihn unterbrach.

»Wenn ich nicht irre, verfassen Sie gerade Ihren Bericht über diesen Fall?« fragte er.

»Allerdings.«

»Halten Sie dies vielleicht nicht für ein wenig verfrüht? Ich kann mir nicht helfen, aber ich denke, Ihr Beweismaterial ist unvollständig.«

Lestrade kannte meinen Freund zu gut, um seinen Worten keine Beachtung zu schenken. Er legte seine Feder ab und sah ihn neugierig an.

»Was wollen Sie damit sagen, Mr. Holmes?«

»Nichts weiter, als daß es einen wichtigen Zeugen gibt, den Sie noch nicht gesehen haben.«

»Können Sie ihn beibringen?«

»Ich denke schon.«

»Dann tun Sie das.«

»Ich werde mein Bestes tun. Wie viele Beamte haben Sie hier?«

»Drei in Rufweite.«

»Ausgezeichnet!« sagte Holmes. »Darf ich fragen, ob sie alle groß und stark sind und über kräftige Stimmen verfügen?«

»Ich zweifle nicht daran, wenn ich auch nicht wüßte, was ihre Stimmen damit zu haben könnten.«

»Vielleicht kann ich Ihnen helfen, dies einzusehen, wie

auch einige weitere Dinge«, sagte Holmes. »Seien Sie so gut und rufen Sie Ihre Männer zusammen, dann werd ich's versuchen.«

Fünf Minuten später waren die drei Polizisten in der Vorhalle versammelt.

»Im Hintergebäude werden Sie eine beträchtliche Menge Stroh finden«, sagte Holmes. »Ich möchte Sie bitten, zwei Ballen davon hierherzubringen. Ich denke, dies wird uns am meisten dabei helfen, den von mir gesuchten Zeugen hervorzulocken. Recht vielen Dank. Ich nehme an, Sie haben ein paar Streichhölzer in der Tasche, Watson. Nun, Mr. Lestrade, möchte ich Sie alle bitten, mir in die obere Etage zu folgen.«

Wie schon gesagt, befand sich dort ein breiter Flur, an dem drei leere Schlafräume lagen. Sherlock Holmes ließ uns alle an einem Ende des Flurs antreten; die Polizisten grinsten, und Lestrade starrte meinen Freund mit einem Gesicht an, über das Verwunderung, Erwartung und Spott einander jagten. Holmes stand vor uns mit der Miene eines Zauberkünstlers, der einen Trick vorführen will.

»Würden Sie freundlicherweise einen Ihrer Beamten zwei Eimer Wasser holen lassen? Legen Sie das Stroh hier auf den Boden, aber so, daß es an keiner Seite die Wand berührt. Nun dürften wir wohl alle bereit sein.«

Lestrades Gesicht war allmählich rot und wütend geworden.

»Ich weiß nicht, ob Sie uns zum Narren halten wollen, Mr. Sherlock Holmes«, sagte er. »Wenn Sie etwas wissen, können Sie es uns auch ohne diese Possen sagen.«

»Ich versichere Ihnen, mein guter Lestrade, ich habe für alles, was ich tue, einen triftigen Grund. Sie erinnern sich vielleicht, daß Sie mich vor ein paar Stunden, als die Sonne auf Ihrer Seite der Hecke zu stehen schien, ein wenig aufgezogen haben, und Sie dürfen mir daher mein bißchen Pomp und Feierlichkeit jetzt nicht mißgönnen. Darf ich Sie bitten, Watson, dieses Fenster zu öffnen und dann ein Streichholz an den Rand des Strohs zu halten?«

Nachdem ich dies getan, wirbelte, vom Luftzug angezogen, eine graue Rauchfahne durch den Korridor, indes das trokkene Stroh knisterte und züngelte.

»Nun wollen wir sehen, ob wir diesen Zeugen für Sie auftreiben können, Lestrade. Dürfte ich Sie alle bitten, mit mir in den Ruf ›Feuer!‹ einzustimmen? Nun denn: eins, zwei, drei –«

»Feuer!« schrien wir im Chor.

»Ich danke Ihnen. Darf ich Sie noch einmal bemühen?«

»Feuer!«

»Nur noch einmal, Gentlemen; und alle zusammen.«

»Feuer!« Der Schrei muß in ganz Norwood zu hören gewesen sein.

Kaum war er verklungen, geschah etwas Erstaunliches. Plötzlich flog in der scheinbar massiven Mauer am Ende des Flurs eine Tür auf, und ein kleiner verhutzelter Mann kam wie ein Kaninchen aus seinem Bau daraus hervorgeschossen.

»Großartig!« sagte Holmes ruhig. »Watson, einen Eimer Wasser über das Stroh. Das reicht! Lestrade, gestatten Sie mir, Ihnen den wichtigsten fehlenden Zeugen vorzustellen: Mr. Jonas Oldacre.«

Der Inspektor begaffte den Neuankömmling in fassungsloser Verblüffung. Letzterer blinzelte im hellen Licht des Korridors und starrte erst uns, dann das schwelende Feuer an. Er hatte ein abstoßendes Gesicht – verschlagen, boshaft, hämisch, mit verstohlenen hellgrauen Augen und weißen Wimpern.

»Was soll denn das?« sagte Lestrade schließlich. »Was hatten Sie denn dort die ganze Zeit zu suchen, he?«

Oldacre lachte beklommen und wich vor dem zornesroten Gesicht des wütenden Inspektors zurück.

»Ich habe nichts Böses getan.«

»Nichts Böses? Sie haben Ihr Bestes getan, einen unschuldigen Mann an den Galgen zu bringen. Ohne diesen Gentleman hier wäre es Ihnen womöglich sogar gelungen.«

Der Elende begann zu winseln.

»Aber Sir, ich wollte doch bloß einen Streich spielen.«

»Oho! Einen Streich, ja? Sie werden die Lacher nicht auf Ihrer Seite finden, das verspreche ich Ihnen! Bringen Sie ihn hinunter und verwahren ihn im Salon, bis ich komme. Mr. Holmes«, fuhr er fort, als sie gegangen waren, »ich konnte vor den Beamten nicht sprechen, aber ich stehe nicht an, Ihnen im Beisein von Dr. Watson zu sagen, daß dies das Glorreichste ist, was Sie je vollbracht haben, obwohl es mir ein Rätsel ist, wie Sie darauf gekommen sind. Sie haben einem Unschuldigen das Leben gerettet, und Sie haben einen sehr ernsten Skandal, der meinen Ruf bei der Polizei ruiniert hätte, verhindert.«

Holmes lächelte und klopfte Lestrade auf die Schulter.

»Mein guter Sir, Sie werden finden, daß Ihr Ruf nicht ruiniert, sondern enorm gefestigt worden ist. Ändern Sie nur ein weniges an dem Bericht, den Sie bereits geschrieben haben, und man wird begreifen, wie schwer es ist, Inspektor Lestrade Sand in die Augen zu streuen.«

»Und Sie wollen nicht, daß Ihr Name darin erscheint?«

»Ganz und gar nicht. Die Mühe belohnt sich durch sich selbst. Vielleicht werde ich eines fernen Tages einmal die Ehre einheimsen, wenn ich meinem eifrigen Historiographen gestatte, wieder sein Kanzleipapier auszubreiten – was, Watson? Tja, nun wollen wir uns doch einmal anschauen, wo diese Ratte gelauert hat.«

Sechs Fuß von der Außenmauer war quer durch den Flur eine vergipste Holzwand gezogen, in der geschickt eine Tür verborgen war. Der Verschlag bekam durch einige Ritzen im Dach Licht. Es befanden sich ein paar Möbelstücke darin und ein Vorrat an Lebensmitteln und Wasser sowie eine Anzahl Bücher und Zeitungen.

»Das ist der Vorteil, wenn man Baumeister ist«, sagte Holmes, als wir wieder hinaustraten. »Er konnte sich sein kleines Versteck ohne jeden Mitwisser einrichten – abgesehen natürlich von jener teuren Haushälterin, die ich anrate, unverzüglich Ihrer Beute hinzuzufügen, Lestrade.«

»Ich werde Ihren Rat befolgen. Aber woher wußten Sie von diesem Versteck, Mr. Holmes?«

»Ich kam zu der Überzeugung, daß der Bursche sich im Haus verborgen hielt. Nachdem ich einen Flur abgeschritten hatte und ihn sechs Fuß kürzer als den entsprechenden darunterliegenden gefunden hatte, war mir ziemlich klar, wo er steckte. Ich dachte mir, er würde nicht die Nerven haben, bei einem Feueralarm ruhig drinnen zu bleiben. Wir hätten natürlich hineingehen und ihn festnehmen können, aber es machte mir Spaß, ihn sich selbst bloßstellen zu lassen; im übrigen war ich Ihnen für Ihr Geplänkel von heute morgen noch eine kleine Fopperei schuldig.«

»Nun, Sir, Sie haben zweifellos mit mir gleichgezogen. Doch woher um alles in der Welt wußten Sie, daß er sich überhaupt im Haus aufhielt?«

»Der Daumenabdruck, Lestrade. Sie sagten, dies sei endgültig; und das war es auch, freilich in einem anderen Sinn. Ich wußte, daß er gestern noch nicht da war. Ich widme den Details eine Menge Aufmerksamkeit, wie Sie vielleicht bemerkt haben, und ich hatte die Vorhalle untersucht und war mir sicher, daß die Wand frei gewesen war. Er mußte daher in der Nacht angebracht worden sein.«

»Aber wie?«

»Ganz einfach. Als jene Päckchen versiegelt wurden, ließ Jonas Oldacre McFarlane eines der Siegel festmachen, indem er seinen Daumen in den weichen Lack drücken sollte. Dies dürfte so schnell und so natürlich vor sich gegangen sein, daß ich behaupten möchte, der junge Mann selbst hat keine Erinnerung mehr daran. Höchstwahrscheinlich geschah es genau so, und Oldacre hatte selber noch keine Ahnung, was er damit anfangen würde. Als er dann in seinem Versteck über die Sache nachdachte, kam ihm plötzlich die Idee, was für einen absolut vernichtenden Beweis gegen McFarlane er mittels dieses Daumenabdrucks herstellen könnte. Nichts leichter für ihn, als einen Wachsabdruck von dem Siegel zu nehmen, ihn mit so viel Blut, wie ein Nadelstich hergeben mochte, anzufeuchten und im Lauf der Nacht den Abdruck an der Wand anzubringen – entweder höchstpersönlich oder mit Hilfe seiner Haushälterin. Wenn Sie die Dokumente durchsuchen, die er in seinen Bau mitgenommen hat, wette ich mit Ihnen, Sie werden darunter das Siegel mit dem Daumenabdruck finden.«

»Wunderbar!« sagte Lestrade. »Wunderbar! Wie Sie es darlegen, ist alles klar wie Kristall. Doch was ist das Motiv für diesen hinterhältigen Betrug, Mr. Holmes?«

Es amüsierte mich, zu sehen, wie das anmaßende Gehabe des Inspektors plötzlich in das eines Kindes umgeschlagen war, das seinem Lehrer Fragen stellt.

»Nun, ich denke nicht, daß dies sehr schwer zu erklären ist. Der Gentleman, der uns jetzt dort unten erwartet, ist ein überaus raffinierter, bösartiger und rachsüchtiger Mensch. Sie wissen doch, daß er früher einmal von McFarlanes Mutter abgewiesen wurde? Nicht?! Ich habe Ihnen gesagt, Sie sollten als erstes nach Blackheath und dann erst nach Norwood gehen. Nun, diese Beleidigung, wie er es auffaßte, schwärte in seinem bösen hinterlistigen Hirn, und sein ganzes Leben lang sann er auf Rache, sah aber nie eine Möglichkeit dazu. In den letzten ein oder zwei Jahren lief es mit seinen Geschäften ungünstig – heimliche Spekulationen, nehme ich an –, und er befindet sich in übler Lage. Er beschließt, seine Gläubiger zu hintergehen, und zahlt zu diesem Behuf hohe Schecks an einen gewissen Mr. Cornelius, der, denke ich mir, niemand anders ist als er selbst. Ich bin diesen Schecks noch nicht nachgegangen, doch zweifle ich nicht daran, daß Oldacre sie bei irgendeiner Provinzbank, wo er von Zeit zu Zeit ein Doppelleben führte, unter diesem Namen eingezahlt hat. Er beabsichtigte, seinen Namen ganz und gar zu ändern, dieses Geld abzuheben, zu verschwinden und woanders ein neues Leben zu beginnen.«

»Nun, das klingt recht wahrscheinlich.«

»Dann kam ihm die Idee, daß er bei seinem Verschwinden seine sämtlichen Verfolger von seiner Fährte ablenken und gleichzeitig an seiner alten Geliebten ausgiebige und vernichtende Rache nehmen könnte, wenn es ihm gelänge, den Eindruck zu erwecken, er sei von ihrem einzigen Sohn ermordet worden. Ein Meisterstück der Niedertracht – und meisterhaft ausgeführt. Die Idee mit dem Testament, das ein einleuchtendes Motiv für das Verbrechen abgeben würde; der heimliche, seinen Eltern verborgen gebliebene Besuch; die Einbehaltung des Stocks; das Blut und die tierischen Überreste und die Knöpfe in dem Holzstapel – all das war mustergültig und bildete ein Netz, dem zu entkommen mir noch vor wenigen Stunden kaum möglich schien. Doch besaß er nicht jenes ausschlaggebende Talent des Künstlers: das Wissen, wann man aufhören muß. Er wollte noch verbessern, was schon perfekt war – die Schlinge noch fester um den Hals des unglücklichen Opfers ziehen –, womit er alles verdarb. Gehen wir hinunter, Lestrade. Ich habe ihm nur noch ein paar Fragen zu stellen.«

Der üble Mensch saß, von zwei Polizisten flankiert, in seinem Salon.

»Es war ein Spaß, mein guter Sir, ein Streich, sonst nichts«, wimmerte er unablässig. »Ich versichere Ihnen, Sir, ich habe mich einfach nur versteckt, um zu sehen, wie mein Verschwinden aufgefaßt wird, und ich bin sicher, Sie werden nicht so ungerecht sein und auf die Idee kommen, ich hätte es jemals zugelassen, daß dem armen jungen Mr. McFarlane etwas Böses zustoßen würde.«

»Das müssen die Geschworenen entscheiden«, sagte Lestrade. »Jedenfalls werden wir Sie wegen Verschwörung, wenn nicht gar wegen versuchten Mordes unter Anklage stellen.«

»Und Sie werden vermutlich finden, daß Ihre Gläubiger das Bankkonto von Mr. Cornelius beschlagnahmen lassen werden«, sagte Holmes.

Der kleine Mann zuckte zusammen und wandte seine boshaften Augen meinem Freunde zu.

»Ich habe Ihnen für ein schönes Geschäft zu danken«, sagte er; »hoffentlich kann ich die Rechnung eines Tages begleichen.«

Holmes lächelte nachsichtig.

»Ich kann mir vorstellen, daß Ihre Zeit in den nächsten Jahren reichlich eingeschränkt sein wird«, sagte er. »Was haben Sie übrigens außer Ihren alten Hosen auf den Holzstapel gelegt? Einen toten Hund, oder ein Kaninchen, oder was? Sie wollen's nicht sagen? Ach nein, wie überaus unfreundlich von Ihnen! Nun, nun, ich möchte meinen, ein paar Kaninchen dürften sowohl das Blut als auch die verkohlten organischen Überreste erklären. Falls Sie je einen Bericht darüber schreiben sollten, Watson, bedienen Sie sich getrost der Kaninchen.«

DIE TANZENDEN MÄNNCHEN

Holmes hatte bereits mehrere Stunden lang schweigend seinen langen dürren Rücken über ein chemisches Gefäß gebeugt, in welchem er eine besonders übelriechende Substanz zusammenbraute. Sein Kopf war ihm auf die Brust gesunken, und er wirkte in meinen Augen wie ein seltsamer hagerer Vogel mit stumpfgrauem Gefieder und schwarzem Schopf.

»So, Watson«, sagte er plötzlich, »Sie beabsichtigen also nicht, in südafrikanische Effekten zu investieren?«

Ich fuhr erstaunt auf. So sehr ich auch mit Holmes bemerkenswerten Fähigkeiten vertraut war, so vollkommen unerklärlich war mir doch diese jähe Einmischung in meine innersten Gedanken.

»Woher um alles in der Welt wissen Sie das?« fragte ich.

Er drehte sich auf seinem Stuhl herum; in seiner Hand hielt er ein qualmendes Reagenzglas, und in seinen tiefliegenden Augen blitzte es amüsiert.

»Nun, Watson, gestehen Sie, Sie sind absolut fassungslos«, sagte er.

»Allerdings.«

»Ich sollte mir das von Ihnen schriftlich geben lassen.«

»Wieso?«

»Weil Sie in fünf Minuten sagen werden, das Ganze sei doch lächerlich einfach.«

»Ich bin sicher, daß ich nichts dergleichen sagen werde.«

»Sehen Sie, mein lieber Watson« – er stellte das Reagenzglas in den Ständer zurück und begann mir mit der Miene eines Lehrers, der zu seiner Klasse spricht, einen Vortrag zu halten – »es ist wirklich nicht schwierig, eine Kette von Schlüssen zu entwickeln, worin jeder einzelne sich aus seinem Vorgänger ergibt und für sich allein ganz einfach ist. Wenn man dann, nachdem man dies getan, schlichtweg alle vorangegangenen Schlüsse wegläßt und seinem Publikum lediglich den Ausgangspunkt und die endgültige Schlußfolgerung präsentiert, kann man eine verblüffende, wenngleich vielleicht etwas effekthascherische Wirkung erzielen. Nun, es war wirklich nicht schwierig, mittels der Betrachtung der Delle zwischen Ihrem linken Zeigefinger und Daumen zu der Überzeugung zu gelangen, daß sie *nicht* beabsichtigen, Ihr kleines Vermögen in die Goldfelder zu investieren.«

»Ich sehe keinerlei Zusammenhang.«

»Was mich nicht wundernimmt; aber ich kann Ihnen den engen Zusammenhang rasch aufzeigen. Die fehlenden Glieder der höchst simplen Kette sind diese: 1. Sie hatten Kreide zwischen Ihrem linken Zeigefinger und Daumen, als Sie vorige Nacht vom Club nach Hause kamen. 2. Kreide benutzen Sie beim Billardspielen, um das Queue damit einzureiben. 3. Billard spielen Sie ausschließlich mit Thurston. 4. Vor vier Wochen haben Sie mir erzählt, Thurston besäße eine Option auf ein Grundstück in Südafrika, die in einem Monat auslaufen würde und an der er Sie sich als Teilhaber wünschte. 5. Ihr Scheckbuch befindet sich in meiner Schublade, und Sie haben mich nicht um den Schlüssel gebeten. 6. Sie beabsichtigen nicht, Ihr Geld auf diese Weise anzulegen.«

»Wie lächerlich einfach!« rief ich aus.

»Sehr richtig!« sagte er ein wenig gereizt. »Jedes Problem wird höchst kindisch, wenn man es Ihnen erst einmal erklärt hat. Das hier ist noch unerklärt. Sehen Sie zu, was Sie daraus machen können, Freund Watson.« Er warf ein Blatt Papier auf den Tisch und wandte sich wieder seiner chemischen Analyse zu.

Ich betrachtete die absurden Hieroglyphen auf dem Blatt mit Verwunderung.

»Holmes, das ist eine Kinderzeichnung!« rief ich.

»Oh, meinen Sie!«

»Was denn sonst?«

»Das möchte auch Mr. Hilton Cubitt aus Ridling Thorpe Manor in Norfolk unbedingt wissen. Dies kleine Rätsel kam heute mit der ersten Post, und er wollte mit dem nächsten Zug nachkommen. Es läutet an der Tür, Watson. Ich wäre nicht allzu erstaunt, wenn er es wäre.«

Schwere Schritte stiegen die Treppe hoch, und einen Augenblick darauf trat ein großer, rosiger, glattrasierter Gentleman ein, dessen klare Augen und blühende Wangen davon kündeten, daß er sein Leben fern von den Nebeln der Baker Street führte. Bei seinem Eintreten schien er einen Schwall der kräftigen, frischen, belebenden Luft seiner Heimat an der Ostküste mit hereinzubringen. Nachdem er uns beiden die Hand gegeben hatte, wollte er sich gerade hinsetzen, als sein Blick auf das Papier mit den merkwürdigen Zeichen fiel, das ich eben untersucht und auf dem Tisch liegengelassen hatte.

»Nun, Mr. Holmes, was halten Sie davon?« rief er. »Man hat mir gesagt, Sie hätten seltsame Rätsel gern, und ein seltsameres als dieses dürfte Ihnen so bald nicht unterkommen. Ich habe das Blatt vorausgeschickt, damit Sie vor meinem Eintreffen Zeit hätten, es zu studieren.«

»Es handelt sich in der Tat um ein recht kurioses Erzeugnis«, sagte Holmes. »Auf den ersten Blick sieht es nach einem Kinderpossen aus. Es besteht aus einer Anzahl absurder kleiner Figuren, die über das Papier tanzen, auf das sie gezeichnet sind. Warum legen Sie einem so grotesken Gegenstand eigentlich Bedeutung bei?«

»Tue ich ja nicht, Mr. Holmes; aber meine Frau. Sie ist davor zu Tode erschrocken. Sie sagt zwar nichts, doch sehe ich das Entsetzen in ihren Augen. Und darum will ich die Sache von Grund auf klären.«

Holmes hielt das Papier hoch, so daß das Licht der Sonne voll darauf fiel. Es war ein aus einem Notizbuch herausgerissenes Blatt. Die Zeichen waren mit Bleistift gemalt und sahen folgendermaßen aus:

Holmes studierte sie eine Zeitlang, dann faltete er das Blatt sorgfältig zusammen und legte es in sein Notizbuch.

»Dies verspricht ein höchst interessanter und ungewöhnlicher Fall zu werden«, sagte er. »Sie haben mir in Ihrem Brief zwar schon ein paar Einzelheiten mitgeteilt, Mr. Hilton Cubitt, doch wäre ich Ihnen sehr verbunden, wenn Sie diese zugunsten meines Freundes Dr. Watson hier noch einmal zusammenfassen würden.«

»Ich bin kein guter Geschichtenerzähler«, sagte unser Besucher, indem er nervös an seinen großen kräftigen Händen herumknetete. »Fragen Sie nur, wenn ich mich nicht deutlich genau ausdrücke. Ich beginne mit der Zeit meiner Verehelichung im vorigen Jahr; zunächst aber möchte ich darauf hinweisen, daß meine Familie, wenn ich auch kein reicher Mann bin, seit fünf Jahrhunderten in Ridling Thorpe ansässig ist und es in der ganzen Grafschaft Norfolk keine bekanntere Familie gibt als die meine. Voriges Jahr fuhr ich zum Jubiläum nach London und stieg in der Pension am Russell Square ab, weil dort auch Parker, der Vikar unserer Gemeinde, logierte. Dort wohnte auch eine junge amerikanische Lady mit Namen Patrick – Elsie Patrick. Irgenwie freundeten wir uns an, und nach einem Monat war ich über beide Ohren in sie verliebt. Wir heirateten in aller Stille auf einem Standesamt und kehrten als Ehepaar nach Norfolk zurück. Sie werden es für unsinnig halten, Mr. Holmes, daß ein Mann von guter Herkunft eine Frau heiratet, von deren Vergangenheit und Familie er überhaupt nichts weiß; doch wenn Sie sie sähen und kennenlernten, würden Sie mich begreifen.

Elsie war, was das betraf, ganz offen. Ich kann nicht behaupten, daß sie mir nicht jede Möglichkeit gegeben hat, mich aus der Affaire zu ziehen, wenn ich es gewünscht hätte. ›Ich bin in meinem Leben einige sehr unangenehme Beziehungen eingegangen‹, sagte sie, ›von denen ich nichts mehr wissen will. Ich möchte nicht mehr an die Vergangenheit denken müssen, da sie mir sehr schmerzlich ist. Wenn Sie mich nehmen, Hilton, werden Sie eine Frau bekommen, die sich persönlich nichts vorzuwerfen hat; doch werden Sie sich mit meinem Wort zufriedengeben und mir erlauben müssen, von all dem zu schweigen, was vor der Zeit geschah, da ich die Ihre wurde. Sind Ihnen diese Bedingungen zu hart, so gehen Sie nach Norfolk zurück und überlassen mich dem einsamen Leben, in dem Sie mich angetroffen haben.‹ Es war der Tag vor unserer Hochzeit, da sie diese Worte zu mir sprach. Ich sagte ihr, ich sei es zufrieden, sie zu ihren Bedingungen zu nehmen, und ich habe mein Wort getreulich gehalten.

Nun, wir sind jetzt ein Jahr lang verheiratet und waren sehr glücklich. Aber vor einem Monat, Ende Juni, gewahrte ich an ihr zum ersten Mal Anzeichen von Betrübnis. Eines Tages erhielt meine Frau einen Brief aus Amerika. Ich erkannte dies an der amerikanischen Briefmarke. Sie wurde leichenblaß, las den Brief und warf ihn ins Feuer. Sie äußerte sich nachher nicht mehr darüber, und ich auch nicht, denn versprochen ist versprochen; aber seither hat sie keine unbeschwerte Stunde mehr gehabt. Sie sieht ständig verängstigt aus – als ob sie etwas erwarte oder befürchte. Sie täte besser daran, sich mir anzuvertrauen. Sie würde den besten Freund in mir finden. Doch kann ich nichts sagen, ehe sie nicht den Anfang gemacht hat. Und bedenken Sie, Mr. Holmes, sie ist eine wahrheitsliebende Frau, und was auch immer Schlimmes in ihrem früheren Leben vorgefallen sein mag: Es ist nicht ihre Schuld gewesen. Ich bin ja nur ein einfacher Gutsherr aus Norfolk, doch stellt niemand in ganz England die Ehre seiner Familie höher als ich. Sie weiß das wohl, und sie wußte es auch, ehe sie mich heiratete. Sie würde sie nie beflecken – dessen bin ich sicher.

Nun komme ich zu dem seltsamen Teil meiner Geschichte. Vor etwa einer Woche – es war am vorigen Dienstag – entdeckte ich auf einem Fensterbrett eine Reihe komischer kleiner tanzender Figuren, wie die auf dem Papier hier. Sie waren mit Kreide hingekritzelt. Ich glaubte, der Stalljunge hätte sie gemalt, aber der Bursche hat mir geschworen, daß er nichts davon wüßte. Jedenfalls sind sie in der Nacht dort hingekommen. Ich ließ sie abwaschen und sprach erst danach zu meiner

Frau davon. Zu meiner Überraschung nahm sie dies sehr ernst und bat mich, falls noch mehr dergleichen auftauchen sollte, es ihr zu zeigen. Eine Woche lang geschah nichts, aber dann fand ich gestern früh diesen Zettel auf der Sonnenuhr in meinem Garten. Ich zeigte ihn Elsie, worauf sie in Ohnmacht fiel. Seitdem macht sie den Eindruck einer Traumwandlerin, sie ist wie betäubt, und das Entsetzen lauert ständig in ihrem Blick. Da schrieb ich Ihnen und schickte dieses Blatt, Mr. Holmes. So etwas konnte ich nicht der Polizei übergeben, denn die hätten mich ausgelacht, aber Sie werden mir sagen, was ich tun soll. Ich bin kein reicher Mann; aber wenn meiner kleinen Frau irgendeine Gefahr droht, würde ich meinen letzten Heller hergeben, um sie zu schützen.«

Ein edles Geschöpf, dieser Mann vom guten alten englischen Boden – schlicht, offen und freundlich mit seinen großen, ernsten blauen Augen und seinem klaren, ebenmäßigen Gesicht. Aus seinen Zügen leuchteten Liebe und Vertrauen zu seiner Frau. Holmes hatte seiner Erzählung mit äußerster Konzentration zugehört, und jetzt verharrte er eine Zeitlang in Schweigen versunken.

»Glauben Sie nicht, Mr. Cubitt«, sagte er schließlich, »Sie täten am besten daran, sich direkt an Ihre Frau zu wenden und sie zu bitten, Ihnen ihr Geheimnis mitzuteilen?«

Hilton Cubitt schüttelte sein massives Haupt.

»Versprochen ist versprochen, Mr. Holmes. Wenn Elsie mir etwas mitzuteilen wünschte, würde sie das tun. Wenn aber nicht, darf ich sie nicht dazu zwingen. Jedoch darf ich mit gutem Recht meinen eigenen Weg gehen – und das werde ich tun.«

»Dann will ich Ihnen von ganzem Herzen helfen. Zunächst einmal, haben Sie irgendwelche Fremden in Ihrer Nachbarschaft bemerkt?«

»Nein.«

»Ich nehme an, dies ist ein sehr ruhiger Ort. Da würde doch jedes neue Gesicht Aufsehen machen?«

»In der unmittelbaren Nachbarschaft schon. Aber etwas

weiter weg haben wir ein paar kleine Badeorte, und die Bauern nehmen Logiergäste auf.«

»Diese Hieroglyphen haben offenbar eine Bedeutung. Sollte es eine rein willkürliche sein, dürften wir sie wohl unmöglich herausfinden. Sollte sie hingegen System haben, werden wir der Sache zweifellos auf den Grund kommen. Aber dieses eine Stück hier ist so kurz, daß ich nichts tun kann, und was Sie mir berichtet haben, ist so unbestimmt, daß wir zu einer Nachforschung noch keine Grundlage haben. Ich schlage daher vor, Sie kehren nach Norfolk zurück, verhalten sich dort sehr wachsam und fertigen von allen tanzenden Männchen, die noch auftauchen mögen, genaue Kopien an. Es ist jammerschade, daß wir von den Kreidezeichen auf dem Fensterbrett keine Abschrift besitzen. Forschen Sie auch diskret nach, ob in der Nachbarschaft irgendwelche Fremden aufgetaucht sind. Wenn Sie ein wenig neues Material gesammelt haben, kommen Sie wieder zu mir. Einen besseren Rat kann ich Ihnen jetzt nicht geben, Mr. Hilton Cubitt. Sollten sich dringende neue Entwicklungen ergeben, so bin ich stets bereit, Sie unverzüglich in Ihrer Heimat aufzusuchen.«

Das Gespräch hatte Sherlock Holmes sehr nachdenklich gemacht, und in den nächsten Tagen beobachtete ich mehrmals, wie er das Blatt aus seinem Notizbuch nahm und lange und ernst die seltsamen Figuren darauf betrachtete. Jedoch erst zwei Wochen später sprach er wieder über diese Angelegenheit. Es war an einem Nachmittag, und ich wollte gerade ausgehen, als er mich zurückrief.

»Sie sollten besser hierbleiben, Watson.«

»Warum?«

»Weil ich heute morgen ein Telegramm von Hilton Cubitt bekommen habe – sie erinnern sich doch an Hilton Cubitt, den mit den tanzenden Männchen? Er wollte um ein Uhr zwanzig in Liverpool Street ankommen und dürfte daher jeden Moment hier sein. Ich schließe aus seinem Telegramm, daß einige neue und wichtige Dinge vorgefallen sind.«

Wir brauchten nicht lange zu warten, denn unser Gutsherr

aus Norfolk kam direkt vom Bahnhof zu uns, so schnell ihn ein Hansom bringen konnte. Er wirkte besorgt und niedergeschlagen; seine Augen waren müde und seine Stirn zerfurcht.

»Die Sache geht mir langsam auf die Nerven, Mr. Holmes«, begann er, indem er sich erschöpft in einen Lehnstuhl sinken ließ. »Es ist schon schlimm genug, das Gefühl zu haben, man sei von unsichtbaren und unbekannten Leuten umgeben, die irgend etwas im Schilde führen; wenn man aber darüber hinaus mitansehen muß, daß dies die eigene Frau stückweise dem Tode näherbringt, dann wird es nahezu unerträglich. Sie welkt darunter hin – verwelkt glattweg vor meinen Augen.«

»Hat sie schon etwas verlauten lassen?«

»Nein, Mr. Holmes, kein Wort. Aber das arme Mädel hat ein paarmal reden wollen, konnte sich aber nicht dazu überwinden. Ich habe versucht, ihr zu helfen; aber ich habe es wohl zu plump angestellt und sie so noch mehr davon abgeschreckt. Sie sprach dann von meiner alten Familie, unserem Ruf in der Grafschaft, unserem Stolz auf unsere unbefleckte Ehre – und stets hatte ich dabei das Gefühl, sie wollte ihre Sache loswerden; doch irgendwie gelangte sie nie dazu.«

»Aber Sie haben selbst etwas herausgefunden?«

»Eine ganze Menge, Mr. Holmes. Ich habe einige Reihen neuer tanzender Männchen für Sie, und, was noch wichtiger ist, ich habe den Kerl gesehen.«

»Was – den Mann, der sie zeichnet?«

»Ja, ich sah ihn bei seiner Arbeit. Aber ich will Ihnen alles der Reihe nach erzählen. Als ich von meinem Besuch bei Ihnen zurückkam, fand ich am Morgen darauf als allererstes einen neuen Satz tanzender Männchen. Sie waren mit Kreide auf das schwarze Holztor des Geräteschuppens gemalt, der an unserer Wiese steht; man kann ihn von unseren Vorderfenstern ganz überblicken. Ich habe sie genau abgemalt; hier bitte.« Er entfaltete ein Stück Papier und legte es auf den Tisch.

»Ausgezeichnet!« sagte Holmes. »Ausgezeichnet! Fahren Sie bitte fort.«

»Nachdem ich die Zeichnung abgemalt hatte, wischte ich sie weg. Aber zwei Tage darauf war eine neue Inschrift da. Sehen Sie, hier:«

Holmes rieb sich die Hände und kicherte vor Vergnügen.

»Unser Material wächst rapide an«, sagte er.

»Drei Tage darauf lag eine auf Papier gekritzelte Botschaft unter einem Kieselstein auf der Sonnenuhr. Hier ist sie. Wie Sie sehen, entsprechen die Figuren genau den vorigen. Hierauf beschloß ich, mich auf die Lauer zu legen. Ich nahm daher meinen Revolver und wachte in meinem Arbeitszimmer, von wo aus man die Wiese und den Garten überblicken kann. Es war etwa zwei Uhr morgens; ich saß am Fenster, alles war dunkel, bis auf das Mondlicht draußen; da vernahm ich hinter mir Schritte, und meine Frau erschien im Morgenmantel. Sie flehte mich an, ins Bett zu kommen. Ich sagte ihr ganz offen, daß ich denjenigen zu sehen wünschte, der uns so albern an der Nase herumführte. Sie erwiderte, das Ganze sei irgendein dummer Streich, dem ich keine Beachtung schenken sollte.

›Wenn es dich wirklich beunruhigt, Hilton, könnten wir beide doch verreisen und so der Belästigung aus dem Weg gehen.‹

›Was – wir sollten uns von einem Possenreißer aus dem Haus vertreiben lassen?‹ sagte ich. ›Ha, die ganze Grafschaft würde uns ja auslachen!‹

›Ach, komm ins Bett‹, sagte sie. ›Morgen besprechen wir die Sache dann.‹

Als sie das sagte, sah ich plötzlich im Mondlicht ihr bleiches Gesicht noch bleicher werden, und ihre Hand klammerte sich an meine Schulter. Im Schatten des Geräteschuppens bewegte sich etwas. Ich sah eine dunkle geduckte Gestalt um die Ecke schleichen und vor dem Tor sich niederkauern. Ich ergriff meine Pistole und wollte hinauslaufen, aber meine Frau schlang ihre Arme um mich und hielt mich krampfhaft fest. Ich versuchte sie abzuschütteln, doch sie umklammerte mich in höchster Verzweiflung. Endlich kam ich frei, aber bis ich dann die Tür aufgemacht und den Schuppen erreicht hatte, war der Mensch nicht mehr da. Er hatte jedoch eine Spur seiner Anwesenheit zurückgelassen, denn an dem Tor befand sich wieder genau dieselbe Anordnung von tanzenden Männchen wie schon zweimal zuvor, die ich auf diesem Papier da abgemalt habe. Von dem Kerl war ansonsten nichts zu sehen, obwohl ich das ganze Grundstück absuchte. Aber das Erstaunliche daran ist, daß er die ganze Zeit über dagewesen sein muß, denn als ich am Morgen das Tor noch einmal untersuchte, hatte er wieder ein paar neue Figuren hingemalt, und zwar unter die Zeile, die ich schon gesehen hatte.«

»Haben Sie diese neue Zeichnung auch da?«

»Ja; sie ist sehr kurz, aber ich habe sie trotzdem abgemalt. Hier ist sie.«

Wieder zog er ein Papier hervor. Der neue Tanz sah so aus:

»Sagen Sie mir«, bat Holmes – und ich sah seinen Augen an, wie erregt er war – »war dies ein bloßer Zusatz zu dem ersten, oder erschien es vollkommen getrennt davon?«

»Es stand auf einer anderen Tafel des Tors.«

»Ausgezeichnet! Das ist bei weitem das Bedeutsamste für unsere Zwecke und macht mir Hoffnung. Nun, Mr. Hilton Cubitt, setzen Sie bitte Ihre höchst interessante Darlegung fort.«

»Mehr habe ich nicht zu sagen, Mr. Holmes, außer daß ich in dieser Nacht auf meine Frau wütend war, weil sie mich zurückgehalten hatte, als ich diesen feigen Schurken hätte überwältigen können. Angeblich hat sie befürchtet, ich könnte zu Schaden kommen. Ich aber glaubte vorübergehend, in Wirklichkeit habe sie vielleicht befürchtet, daß *er* zu Schaden kommen könnte, denn ich konnte nicht daran zweifeln, daß sie diesen Mann kannte und wußte, was er mit diesen komischen Zeichen sagen wollte. Aber etwas in der Stimme und den Augen meiner Frau verbietet mir jeglichen Zweifel, Mr. Holmes, und jetzt bin ich davon überzeugt, daß sie dabei wirklich nur um meine Sicherheit besorgt war. Das ist alles, und nun müssen Sie mir raten, was ich tun soll. Ich selbst würde am liebsten ein Dutzend meiner Bauernburschen im Gebüsch verstecken, und wenn dieser Kerl noch einmal kommt, ihm eine solche Abreibung verpassen, daß er uns künftig in Ruhe läßt.«

»Ich fürchte, der Fall ist für so simple Rezepte zu kompliziert«, sagte Holmes. »Wie lange können Sie in London bleiben?«

»Ich muß noch heute zurück. Ich möchte meine Frau auf keinen Fall über Nacht alleine lassen. Sie ist sehr nervös und hat mich gebeten, zurückzukommen.«

»Daran tun Sie allerdings recht. Aber wenn Sie hätten bleiben können, wäre ich in ein paar Tagen womöglich in der Lage gewesen, Sie nach Hause zu begleiten. Wenn Sie mir inzwischen diese Zettel hierlassen, werde ich Ihnen aller Wahrscheinlichkeit nach in Bälde einen Besuch abstatten und Licht in Ihren Fall bringen können.«

Sherlock Holmes bewahrte seine gelassene professionelle Art, bis unser Besucher sich von uns verabschiedet hatte. Gleichwohl fiel es mir, der ich ihn so gut kannte, leicht, ihm eine beträchtliche Aufgeregtheit anzumerken. Der breite Rükken Hilton Cubitts war auch kaum durch die Tür verschwunden, als mein Gefährte an den Tisch eilte, die ganzen Zettel mit den tanzenden Männchen vor sich ausbreitete und sich an eine verwickelte und kunstvolle Rechnerei begab.

Zwei Stunden lang sah ich ihm dabei zu, wie er ein ums andere Blatt Papier mit Figuren und Buchstaben bedeckte; er war so sehr in seine Aufgabe vertieft, daß er meine Anwesenheit offenbar vergessen hatte. Ab und zu kam er voran, dann pfiff und sang er bei seinem Tun; aber manchmal verwirrte ihn etwas, und dann saß er lange da mit gefurchter Stirn und abwesendem Blick. Schließlich sprang er mit einem Ausruf der Befriedigung aus seinem Stuhl und ging händereibend im Zimmer auf und nieder. Dann schrieb er ein langes Telegramm auf ein Depeschenformular. »Falls ich die erhoffte Antwort erhalte, werden Sie Ihrer Sammlung einen sehr hübschen Fall hinzufügen können, Watson«, sagte er. »Ich denke, daß wir morgen nach Norfolk fahren und unserem Freund einige sehr bestimmte Neuigkeiten über den geheimen Hintergrund seiner Belästigung liefern können.«

Ich muß gestehen, daß ich von Neugier erfüllt war; doch war mir bewußt, daß Holmes seine Enthüllungen zu seiner Zeit und auf seine Art zu machen pflegte, und ich wartete daher ab, bis es ihm paßte, mich ins Vertrauen zu ziehen.

Aber das Antworttelegramm verzögerte sich, und es folgten zwei Tage ungeduldigen Wartens, in denen Holmes bei jedem Läuten der Torglocke die Ohren spitzte. Am Abend des zweiten Tages traf ein Brief von Hilton Cubitt ein. Bei ihm sei alles ruhig, von einer langen Inschrift abgesehen, die am Morgen auf dem Sockel der Sonnenuhr gelegen habe. Er hatte eine Abschrift davon beigelegt, die ich hier wiedergebe:

Holmes beugte sich einige Minuten lang über diesen grotesken Fries, dann sprang er plötzlich mit einem Ausruf der Überraschung und Bestürzung auf. Sein Gesicht machte einen besorgten und abgespannten Eindruck.

»Wir haben diese Sache lange genug treiben lassen«, sagte er. »Geht heute abend noch ein Zug nach North Walsham?«

Ich schlug den Fahrplan auf. Der letzte war gerade abgefahren.

»Dann werden wir früh frühstücken und den ersten Morgenzug nehmen«, sagte Holmes. »Wir werden dort dringendst gebraucht. Ah ja, da kommt unser Telegramm. Einen Augenblick, Mrs. Hudson – vielleicht muß ich antworten. Nein, genau wie ich's mir gedacht habe. Diese Nachricht zeigt noch eindringlicher, daß wir keine Stunde mehr verlieren dürfen, um Hilton Cubitt vom Stand der Dinge zu berichten. Unser schlichter Gutsherr aus Norfolk ist nämlich in ein ungewöhnliches und gefährliches Netz geraten.«

So stellte es sich in der Tat heraus. Und indem ich nun zum Schluß einer finstren Geschichte komme, die mir bis dahin lediglich kindisch und bizarr erschienen war, durchlebe ich noch einmal das Grauen und Entsetzen, welches mich damals erfüllte. Ich wünschte, ich hätte meinen Lesern ein erfreulicheres Ende mitzuteilen; doch ist dies hier die Chronik tatsächlicher Begebenheiten, und deren tragischer Zuspitzung muß ich nun die seltsame Kette von Ereignissen folgen lassen, die Ridling Thorpe Manor in ganz England zum Tagesgespräch machten.

Wir hatten den Zug in North Walsham kaum verlassen und unseren Bestimmungsort erwähnt, als auch schon der Bahnhofsvorsteher auf uns zueilte. »Sie sind vermutlich die Detektive aus London?« fragte er.

Ein verärgerter Ausdruck huschte über Holmes' Gesicht.

»Wie kommen Sie darauf?«

»Weil hier eben schon Inspektor Martin aus Norwich durchgekommen ist. Aber vielleicht sind Sie ja auch die Ärzte. Sie ist nicht tot – jedenfalls noch nicht, nach dem, was man hört. Vielleicht kommen Sie noch rechtzeitig, sie zu retten – wenn auch nur für den Galgen.«

Holmes' Stirn verfinsterte sich vor Besorgnis.

»Wir sind zwar auf dem Weg nach Ridling Thorpe Manor«, sagte er, »aber wir haben keine Ahnung, was dort vorgefallen ist.«

»Eine furchtbare Sache«, sagte der Bahnhofsvorsteher. »Mr. Hilton Cubitt und seine Frau – beide erschossen. Sie hat erst ihn und dann sich selbst erschossen, sagen die Dienstboten. Er ist tot, und ihr gibt man auch keine Überlebenschance. Ach herrje! Eine der ältesten Familien in der Grafschaft Norfolk, und eine der ehrbarsten dazu.«

Ohne ein Wort zu verlieren, eilte Holmes zu einer Kutsche,

und während der langen Fahrt über sieben Meilen machte er nicht ein einziges Mal den Mund auf. Selten habe ich ihn so furchtbar bedrückt gesehen. Unruhig war er schon auf der ganzen Fahrt von London her gewesen, und ich hatte beobachtet, wie er mit gespannter Sorge die Morgenzeitungen durchgeblättert hatte; aber diese jähe Verwirklichung seiner schlimmsten Befürchtungen hatte ihn in öde Melancholie gestürzt. In düstere Gedanken verloren lehnte er in seinem Sitz. Dabei umgab uns so vieles Beachtenswerte, indem wir eine geradezu einmalige englische Landschaft durchfuhren, in der einige wenige verstreute Hütten von der Lage der heutigen Bevölkerung kündeten, während gleichzeitig überall mächtige viereckige Kirchtürme aus dem flachen grünen Land stachen und vom Ruhm und Wohlstand des alten Ostanglien erzählten. Endlich erschien das violette Band der Nordsee über dem grünen Rand der Küste von Norfolk, und der Kutscher wies mit seiner Peitsche auf zwei alte Fachwerkgiebel, die aus einem kleinen Wäldchen ragten: »Ridling Thorpe Manor«, sagte er.

Als wir auf den Säuleneingang zufuhren, bemerkte ich neben dem Tennisrasen den schwarzen Geräteschuppen und die Sonnenuhr, zu denen wir solch merkwürdige Beziehungen hatten. Ein schmucker kleiner Mann mit gewichstem Schnauzbart und von behendem, munterem Wesen kam eben von einem hohen Einspänner geklettert. Er stellte sich als Inspektor Martin von der hiesigen Polizei vor und war sichtlich erstaunt, als er den Namen meines Gefährten hörte.

»Sowas, Mr. Holmes! Das Verbrechen geschah ja erst um drei Uhr heute morgen! Wie konnten Sie in London davon erfahren und so früh wie ich am Tatort sein?«

»Ich habe es vorausgeahnt und kam in der Hoffnung, es verhindern zu können.«

»Dann müssen Sie wichtige Aufschlüsse haben, von denen wir hier nichts wissen, denn man sagte den beiden nach, sie seien ein überaus glückliches Paar.«

»Meine einzigen Aufschlüsse sind die tanzenden Männchen«, sagte Holmes. »Ich werde es Ihnen später erklären. Da es nun zu spät ist, diese Tragödie zu verhindern, will ich mein Wissen vorerst dazu gebrauchen, für Gerechtigkeit zu sorgen. Werden Sie mich bei meinen Ermittlungen unterstützen, oder ist Ihnen lieber, wenn ich auf eigene Faust handle?«

»Ich wäre stolz darauf, wenn wir zusammenarbeiteten, Mr. Holmes«, sagte der Inspektor ernst.

»Wenn das so ist, würde ich jetzt gern den Stand der Ermittlungen erfahren und dann ohne jede unnötige Verzögerung das Anwesen untersuchen.«

Inspektor Martin war so klug, meinen Freund die Sache auf seine Weise betreiben zu lassen, und beschränkte sich darauf, die Ergebnisse sorgfältig zu notieren. Der hiesige Arzt, ein alter, weißhaariger Mann, war gerade aus Mrs. Hilton Cubitts Zimmer gekommen und berichtete, ihre Verletzungen seien zwar ernst, aber nicht unbedingt tödlich. Die Kugel sei ihr durch den vorderen Teil des Hirns gefahren, und es würde vermutlich einige Zeit dauern, bis sie das Bewußtsein wiedererlange. Zu der Frage, ob sie selbst oder jemand anders auf sie geschossen habe, wage er keine entschiedene Meinung zu äußern. Auf jeden Fall sei die Kugel aus sehr geringer Entfernung abgefeuert worden. In dem Zimmer habe man nur diese eine Pistole gefunden, aus der zwei Schüsse abgegeben worden seien. Mr. Hilton Cubitt sei mitten ins Herz getroffen worden. Es sei gleichermaßen vorstellbar, daß er erst auf sie und dann auf sich geschossen habe, wie auch, daß sie die Tat begangen habe, denn der Revolver habe zwischen ihnen auf dem Boden gelegen.

»Hat man die Leiche schon weggebracht?« fragte Holmes.

»Wir haben nur die Lady weggebracht. Wir konnten sie ja nicht verwundet auf dem Boden liegen lassen.«

»Wie lange sind Sie schon hier, Doktor?«

»Seit vier Uhr.«

»Sonst noch jemand?«

»Ja, unser Inspektor hier.«

»Und Sie haben nichts angerührt?«

»Nichts.«

»Sie haben sehr besonnen gehandelt. Wer hat nach Ihnen geschickt?«

»Das Hausmädchen, Saunders.«

»Hat sie Alarm geschlagen?«

»Sie und Mrs. King, die Köchin.«

»Wo sind die beiden jetzt?«

»In der Küche, nehme ich an.«

»Dann sollten wir uns unverzüglich ihre Geschichte anhören.«

Die altehrwürdige Vorhalle mit ihrer Eichentäfelung und den hohen Fenstern war zu einem Gerichtssaal geworden. Holmes saß in einem großen altmodischen Sessel; seine Augen glühten unerbittlich aus seinem hageren Gesicht. Ich konnte ihm den festen Vorsatz ansehen, sein Leben dieser Untersuchung zu widmen, bis sein Klient, den er nicht hatte retten können, schließlich gerächt wäre. Der adrette Inspektor Martin, der alte ergraute Landarzt, ich selbst sowie ein stumpfer Dorfpolizist bildeten die übrigen Mitglieder dieser merkwürdigen Gesellschaft.

Die beiden Frauen erzählten ihre Geschichte deutlich genug. Sie seien vom Geräusch einer Explosion, der eine Minute später eine zweite folgte, aus dem Schlaf gerissen worden. Sie schliefen in angrenzenden Zimmern, und Mrs. King sei zu Saunders hinübergelaufen. Zusammen seien sie die Treppe hinabgestiegen. Die Tür des Arbeitszimmers habe offen gestanden, auf dem Tisch eine Kerze gebrannt. Ihr Herr habe mitten im Raum auf dem Boden gelegen. Er sei tot gewesen. Nahe dem Fenster habe seine Frau gekauert, mit dem Kopf an die Wand gelehnt. Sie sei gräßlich verwundet gewesen, eine Gesichtshälfte blutüberströmt. Sie habe schwer geatmet, aber nichts sagen können. Der Flur sei wie das Zimmer voller Rauch und Pulvergeruch gewesen. Das Fenster sei mit Sicherheit von innen verschlossen und verriegelt gewesen. Beide Frauen waren sich in diesem Punkte einig. Sie hätten sofort nach dem Arzt und dem Inspektor schicken lassen. Dann hätten sie mit Hilfe des Knechts und des Stallburschen ihre verwundete Herrin auf deren Zimmer geschafft. Das Bett sei sowohl von ihr als auch ihrem Gatten benutzt worden. Sie habe ein Kleid getragen – er hingegen über seinem Nachthemd einen Morgenmantel. Aus dem Arbeitszimmer sei nichts entfernt worden. Soweit sie wüßten, habe es zwischen den Eheleuten nie Streit gegeben. Sie hätten sie stets als ein sehr glückliches Paar angesehen.

Soweit die wichtigsten Aussagen der Dienstmädchen. Auf eine Frage Inspektor Martins antworteten sie einhellig, daß sämtliche Türen von innen verschlossen gewesen seien und niemand aus dem Haus hätte entweichen können. Auf eine Frage von Holmes erinnerten sie sich beide, den Pulvergeruch von dem Moment an wahrgenommen zu haben, da sie aus ihren Zimmern in der oberen Etage gelaufen seien. »Ich empfehle diese Tatsache Ihrer ganz besonderen Aufmerksamkeit«, sagte Holmes zu seinem professionellen Kollegen. »Ich denke, wir sind jetzt in der Lage, jenes Zimmer einer gründlichen Untersuchung zu unterwerfen.«

Das Arbeitszimmer erwies sich als eine kleine Kammer; an drei Wänden standen Bücherregale, und vor einem gewöhnlichen Fenster, das auf den Garten hinaussah, befand sich ein Schreibtisch. Wir widmeten unsere Aufmerksamkeit zunächst der Leiche des unglücklichen Gutsherrn, dessen mächtiger Körper in dem Raume hingestreckt lag. Seine unordentliche Kleidung ließ darauf schließen, daß er hastig aus dem Schlaf gerissen worden war. Die Kugel war von vorne auf ihn abgefeuert worden und, nachdem sie das Herz durchschlagen hatte, im Körper steckengeblieben. Sein Tod war zweifellos augenblicklich und schmerzlos eingetreten. Weder an seinem Schlafrock noch an seinen Händen fanden sich Pulverspuren, während die Lady nach Aussage des Landarztes solche im Gesicht, aber nicht an den Händen aufwies.

»Deren Fehlen besagt gar nichts, wohingegen das Vorhandensein alles bedeuten kann«, sagte Holmes. »Wenn das Pulver nicht gerade zufällig aus einer schlecht verarbeiteten

Patrone nach hinten spritzt, kann man viele Schüsse abfeuern, ohne Spuren zu hinterlassen. Ich denke, man sollte Mr. Cubitts Leiche jetzt wegschaffen. Doktor, ich nehme an, Sie haben die Kugel, welche die Lady getroffen hat, noch nicht gefunden?«

»Dazu wird eine riskante Operation erforderlich sein. Aber es befinden sich noch vier Patronen in dem Revolver. Zwei wurden abgeschossen und verursachten zwei Wunden, so daß es für beide Kugeln eine Erklärung gibt.«

»So scheint es«, sagte Holmes. »Vielleicht können Sie auch die Kugel erklären, die hier ganz offensichtlich den Fensterrahmen durchschlagen hat?«

Er hatte sich plötzlich umgewandt und zeigte mit seinem langen dünnen Finger auf ein Loch im unteren Teil des Rahmens, etwa einen Zoll über der Leiste.

»Donnerwetter!« rief der Inspektor. »Wie haben Sie das nur entdecken können?«

»Weil ich danach gesucht habe.«

»Wunderbar!« sagte der Landarzt. »Gewiß haben Sie recht, Sir. Dann wurde ein dritter Schuß abgegeben, und somit muß noch ein Dritter dagewesen sein. Aber wer kann das gewesen sein, und wie kann er entkommen sein?«

»Genau dieses Problem wollen wir jetzt lösen«, sagte Sherlock Holmes. »Sie erinnern sich, Inspektor Martin, an die Aussage der Dienstmädchen, daß sie beim Verlassen ihrer Zimmer sogleich einen Pulvergeruch wahrgenommen hätten? Und daß ich bemerkte, dieser Punkt sei von außerordentlicher Bedeutung?«

»Ja, Sir. Aber ich muß gestehen, daß ich Ihnen nicht ganz folgen konnte.«

»Dies deutete darauf hin, daß zur Zeit der Schüsse sowohl das Fenster als auch die Tür dieses Zimmers hier offen waren. Sonst hätte der Pulverdampf nicht so schnell durch das Haus ziehen können. Dazu brauchte es einen Luftzug in dem Zimmer. Jedoch standen Tür und Fenster nur eine kurze Zeit offen.«

»Wie wollen Sie das beweisen?«

»Weil die Kerze nicht getropft hat.«

»Phantastisch!« rief der Inspektor. »Phantastisch!«

»In dem sicheren Gefühl, daß das Fenster zum Zeitpunkt des tragischen Geschehens offen war, kam ich auf den Gedanken, daß ein Dritter mit der Sache zu tun haben könnte, der draußen gestanden und durch diese Öffnung geschossen hat. Ein Schuß auf diesen Dritten hätte durchaus den Fensterrahmen treffen können. Ich sah nach, und was fand ich – natürlich die Spur der Kugel!«

»Aber wie konnte das Fenster verschlossen und verriegelt werden?«

»Das dürfte die Frau ganz instinktmäßig getan haben. Doch, hallo! Was ist denn das?«

Auf dem Schreibtisch stand eine Damenhandtasche – eine schmucke kleine Krokodillederhandtasche mit Silberbeschlag. Holmes öffnete sie und kippte sie aus. Ihr Inhalt bestand aus zwanzig 50-Pfund-Noten der Bank von England, die von einem Gummiband zusammengehalten wurden – weiter nichts.

»Dies muß aufgehoben werden; es wird in dem Prozeß eine Rolle spielen«, sagte Holmes, indem er die Tasche und ihren Inhalt dem Inspektor übergab. »Wir müssen jetzt versuchen, ein wenig Licht auf diese dritte Kugel zu werfen, die, wie die Zersplitterung des Holzes zeigt, offenbar von innerhalb des Zimmers abgefeuert wurde. Ich möchte gern noch einmal Mrs. King, die Köchin, sprechen ... Mrs. King, Sie sagten, Sie seien von einem *lauten* Knall geweckt worden. Wollten Sie damit sagen, daß dieser Ihnen lauter als der zweite vorgekommen sei?«

»Nun, Sir, er riß mich aus dem Schlaf, da kann ich das schwer beurteilen. Aber er kam mir sehr laut vor.«

»Sie meinen nicht, es könnte sich womöglich um zwei fast gleichzeitig abgefeuerte Schüsse gehandelt haben?«

»Ich könnte es nicht beschwören, Sir.«

»Ich glaube, daß es zweifellos so war. Inspektor Martin, ich möchte meinen, wir haben nun alles ausgeschöpft, was dieses

Zimmer uns zu bieten hat. Wenn Sie freundlicherweise mit mir einen Rundgang machen, wollen wir einmal nachsehen, welche neuen Hinweise der Garten für uns bereithält.«

Unter dem Fenster des Arbeitszimmers lag ein Blumenbeet, und als wir dort herantraten, brachen wir alle in erstaunte Ausrufe aus. Die Blumen waren niedergetrampelt, und der weiche Boden war über und über mit Fußstapfen bedeckt. Es handelte sich um Abdrücke von großen, männlichen Schuhen mit eigentümlich langen und spitzen Kappen. Holmes stöberte im Gras und unter den Blättern herum wie ein Jagdhund, der nach einem angeschossenen Vogel sucht. Schließlich bückte er sich mit einem Ausruf der Befriedigung und hob einen kleinen metallenen Zylinder auf.

»Das dachte ich mir«, sagte er. »Der Revolver hatte einen Auswerfer, und dies ist die dritte Patrone. Inspektor Martin, ich denke wahrhaftig, unser Fall ist hiermit so gut wie abgeschlossen.«

Das Gesicht des Landpolizisten hatte sein heftiges Staunen über den raschen und meisterlichen Fortschritt der Holmesschen Ermittlungen widergespiegelt. Während er anfangs noch geneigt erschienen war, seine eigene Vorgehensweise durchsetzen zu wollen, war er jetzt von Bewunderung überwältigt und bereit, Holmes ohne Wenn und Aber zu folgen.

»Wen haben Sie in Verdacht?« fragte er.

»Dazu komme ich später. Dieser Fall weist einige Aspekte auf, die ich Ihnen noch nicht habe darlegen können. Nun, da ich einmal so weit gekommen bin, sollte ich am besten zunächst meinen Weg weiterverfolgen und so die ganze Sache ein für allemal aufklären.«

»Ganz wie Sie wünschen, Mr. Holmes, solange wir nur unseren Mann zu fassen bekommen.«

»Ich hege kein Verlangen, mich mit Geheimnissen zu umgeben, doch wenn gehandelt werden muß, kann man unmöglich in lange und komplizierte Erklärungen eintreten. Ich halte alle Fäden dieser Angelegenheit in der Hand. Selbst wenn diese Lady nie mehr zu Bewußtsein kommen sollte, können wir die Ereignisse der letzten Nacht noch rekonstruieren und gewährleisten, daß die Gerechtigkeit ihren Lauf nimmt. Zunächst einmal möchte ich wissen, ob es in der Nachbarschaft einen Gasthof namens Elrige's gibt?«

Die Dienerschaft wurde ins Kreuzverhör genommen, aber niemand kannte ein solches Haus. Der Stallbursche brachte Licht in die Sache, indem er sich erinnerte, daß ein Bauer dieses Namens einige Meilen entfernt Richtung East Ruston wohnte.

»Ist es ein einsamer Bauernhof?«

»Sehr einsam, Sir.«

»Könnte es sein, daß man dort noch nichts von dem, was heute nacht hier vorgefallen ist, gehört hat?«

»Schon möglich, Sir.«

Holmes dachte kurz nach, dann spielte ein seltsames Lächeln über sein Gesicht.

»Sattle ein Pferd, mein Junge«, sagte er. »Ich möchte, daß du einen Brief dorthin bringst.«

Er zog die diversen Zettel mit den tanzenden Männchen aus der Tasche, legte sie vor sich auf den Schreibtisch und schrieb eine Zeitlang. Schließlich übergab er dem Jungen einen Brief und wies ihn an, ihn dem Adressaten auszuhändigen und auf keinerlei Fragen welcher Art auch immer eine Antwort zu geben. Ich sah nur den Umschlag des Briefs, auf dem in weitschweifiger, unregelmäßiger Schrift, die sich von Holmes' gewöhnlicher exakter Hand beträchtlich unterschied, folgende Adresse stand: An Mr. Abe Slaney, Elrige's Farm, East Ruston, Norfolk.

»Inspektor«, bemerkte Holmes, »ich denke, Sie täten gut daran, telegraphisch Verstärkung anzufordern; denn falls meine Überlegungen sich als richtig erweisen sollten, werden Sie einen außerordentlich gefährlichen Gefangenen in Ihr Landgefängnis überführen müssen. Der Junge, der diesen Brief mitnimmt, könnte zweifellos auch Ihr Telegramm weiterleiten.

Falls heute nachmittag ein Zug nach London geht, sollten wir ihn nehmen, Watson, da ich noch eine interessante chemische Analyse zu beendigen habe und die Ermittlungen hier ja rasch ihrem Ende zustreben.«

Nachdem der junge Mann mit dem Brief losgeschickt war, gab Sherlock Holmes den Dienstboten seine Anweisungen: Falls irgendein Besucher vorsprechen und nach Mrs. Hilton Cubitt fragen sollte, dürften keinerlei Auskünfte über ihren Zustand gegeben werden; vielmehr sollte man ihn sofort in den Salon führen. Er schärfte ihnen dies mit äußerstem Nachdruck ein. Schließlich führte er uns in den Salon, wobei er bemerkte, die Sache liege nun nicht mehr in unserer Hand, und wir müßten uns so gut es gehe die Zeit vertreiben, bis wir sähen, was auf uns zukomme. Der Arzt war zu seinen Patienten abgegangen, und nur der Inspektor und ich waren noch da.

»Ich denke, ich kann Ihnen eine Stunde auf interessante und lehrreiche Weise verkürzen helfen«, sagte Holmes, rückte seinen Stuhl an den Tisch und breitete die verschiedenen Zettel vor sich aus, auf denen die grotesken Ornamente der tanzenden Männchen verzeichnet waren. »Was Sie betrifft, Watson, so schulde ich Ihnen Genugtuung für die Geduld, mit der Sie Ihre natürliche Neugier so lange unbefriedigt in Zaum halten mußten. Ihnen, Inspektor, wird die ganze Angelegenheit als bemerkenswerte berufliche Studie reizvoll erscheinen. Zunächst muß ich Ihnen die interessanten Einzelheiten in Zusammenhang mit den Besuchen mitteilen, die Mr. Hilton Cubitt mir in Baker Street abgestattet hat.« Er faßte hierauf kurz die Tatsachen zusammen, die ich bereits berichtet habe.

»Vor mir liegen nun diese eigenartigen Produkte, die man belächeln könnte, wenn sie sich nicht als Vorboten einer so furchtbaren Tragödie entpuppt hätten. Ich bin mit allen Arten von Geheimschriften ziemlich vertraut und habe auch selbst eine bescheidene Monographie über diesen Gegenstand verfaßt, in der ich einhundertsechzig verschiedene Chiffrensysteme analysiert habe; doch muß ich gestehen, daß dies hier mir vollkommen neu war. Ziel der Erfinder dieses Systems war offenbar zu verbergen, daß diese Zeichen eine Botschaft enthielten, und die Vorstellung zu erwecken, es handele sich lediglich um zufällige Kinderzeichnungen.

Nachdem ich jedoch erst einmal erkannt hatte, daß diese Symbole für Buchstaben stehen, und nach Anwendung der Regeln, die uns bei allen Arten von Geheimschriften leiten, fiel mir die Lösung ziemlich leicht. Die erste mir vorgelegte Botschaft war so kurz, daß ich eigentlich nur mit einiger Bestimmtheit erraten konnte, welches Symbol für den Buchstaben E stand. Wie Sie wissen, ist E der häufigste Buchstabe; er herrscht in so entschiedenem Ausmaße vor, daß man selbst bei einem kurzen Satz davon ausgehen kann, ihn dort als den häufigsten anzutreffen. Von den sechzehn Symbolen der ersten Botschaft kam nur eines dreimal vor, so daß ich dieses als E annahm. Freilich trug diese Figur in einem Fall eine Flagge und in den beiden anderen nicht, doch machte die Art der Verteilung der Flaggen die Annahme wahrscheinlich, daß sie zur Aufteilung des Satzes in einzelne Wörter dienten. Ich setzte dies einmal voraus und notierte, daß der Buchstabe E von dem Symbol

dargestellt werde.

Nun aber kam die eigentliche Schwierigkeit der Untersuchung. Die Häufigkeitsverteilung der Buchstaben nach E ist keinesfalls eindeutig, und jedes Überwiegen eines Buchstabens etwa auf einer Buchseite kann in einem kurzen Satz auf den Kopf gestellt sein. Grob gesagt, verteilen sich die Buchstaben nach der Häufigkeit so: N, I, R, S, A, H, T, U, C und L. Aber N, I, R, S und A folgen einander ziemlich dicht gleichauf, und es wäre ein endloses Mühen, jede Kombination durchzuspielen, bis ein Sinn zum Vorschein kommt. Ich wartete daher auf neues Material. Beim zweiten Gespräch konnte Mr. Hilton Cubitt mir zwei weitere kurze Sätze geben sowie eine Botschaft, die – da sie keine Flagge enthielt – nur aus einem Wort bestand:

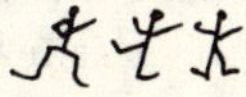

Nun habe ich in diesem einzelnen Wort aus drei Buchstaben bereits das E am Ende. Es könnte demnach ›sie‹ oder ›die‹ oder ›nie‹ heißen. Fraglos ist letzteres als Antwort auf eine Aufforderung bei weitem das wahrscheinlichste; und die ganzen Umstände wiesen darauf hin, daß die Lady es war, die diese Antwort geschrieben hatte. Dies als richtig vorausgesetzt, sind wir jetzt in der Lage zu behaupten, die Symbole

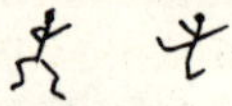

stehen für N beziehungsweise I.

Auch jetzt noch war die Sache ziemlich schwierig, aber ein glücklicher Einfall brachte mich in den Besitz einiger weiterer Buchstaben. Mir kam nämlich die Idee, daß, falls diese Aufforderungen, wie ich annahm, von jemandem stammten, der mit der Lady in ihrem früheren Leben in enger Beziehung gestanden hatte, eine Kombination aus fünf Buchstaben mit einem E vorne und IE hinten durchaus für den Namen ELSIE stehen könnte. Ich überprüfte dies und fand, daß eine solche Kombination den Anfang der dreimal wiederholten Botschaft bildete. Es handelte sich hier mit Sicherheit um irgendeine Aufforderung an ›Elsie‹. Auf diese Weise erhielt ich die Buchstaben L und S. Doch worin mochte diese Aufforderung bestehen? Das Wort nach ›Elsie‹ bestand aus nur vier Buchstaben, von denen die letzten beiden gleich waren. Es konnte eigentlich nur ›KOMM‹ heißen. Ich probierte auch alle anderen derartigen vierbuchstabigen Wörter, konnte aber keines finden, das hier noch gepaßt hätte. Ich besaß nun also drei weitere Buchstaben und war somit in der Lage, mich noch einmal an die erste Botschaft zu machen; ich teilte sie in einzelne Wörter ab und setzte für jedes noch unbekannte Symbol einen Punkt. Dabei kam folgendes heraus:

.IN .IE. . .E SL.NE.

Nun kann der erste Buchstabe hier nur ein B sein, eine nützliche Entdeckung, da er in diesem kurzen Satz noch einmal auftaucht; und das zweite Wort kann bei einigem Nachdenken nur HIER heißen, so daß wir jetzt haben:

BIN HIER .BE SL.NE.

Die letzten beiden Wörter bilden offensichtlich einen Namen und dürften so zu ergänzen sein:

ABE SLANEY

Ich hatte nun so viele Buchstaben, daß ich mich recht zuversichtlich an die zweite Botschaft begeben konnte, die zunächst einmal so aussah:

BEI ELRI.ES

Der fehlende Buchstabe konnte hier sinnvollerweise nur ein G sein, und ich nahm an, dies sei der Name eines Hauses oder Gasthofs, in dem der Verfasser sich aufhielt.«

Inspektor Martin und ich hatten der ausführlichen und klaren Darstellung, wie mein Freund zu seinen Ergebnissen gekommen war, mit denen er unsere Schwierigkeiten so vollständig in den Griff bekommen hatte, mit äußerstem Interesse zugehört.

»Was haben Sie dann unternommen, Sir?« fragte der Inspektor.

»Ich hatte allen Grund zu der Annahme, daß dieser Abe Slaney ein Amerikaner war, denn Abe ist ein amerikanischer Kurzname, und ein Brief aus Amerika war der Ausgangspunkt der ganzen bösen Geschichte. Des weiteren wurde ich den Verdacht nicht los, daß hinter der Sache irgendein kriminelles Geheimnis steckte. Die Anspielungen der Lady auf ihre Vergangenheit und ihre Weigerung, sich ihrem Manne anzuvertrauen, wiesen beide in diese Richtung. Ich telegraphierte daher an meinen Freund Wilson Hargreave von der New Yorker Polizei, der schon des öfteren aus meinen Kenntnissen der Londoner Unterwelt Nutzen gezogen hatte. Ich fragte ihn, ob ihm der Name Abe Slaney bekannt sei. Hier seine Antwort: ›Der gefährlichste Gauner Chicagos.‹ Am selben Abend, an dem ich diese Antwort erhielt, schickte Hilton Cubitt mir Slaneys letzte Botschaft. Unter Verwendung der bekannten Buchstaben sah sie so aus:

ELSIE SEI . .M S.ERBEN BEREI.

Das Einsetzen von Z und U sowie zwei T vervollständigte eine Botschaft, die mir zeigte, daß der Schurke sich vom Bitten aufs Drohen verlegt hatte; und meine Kenntnis der Chicagoer Gauner ließ mich darauf gefaßt sein, daß er sein Wort sehr rasch in die Tat umsetzen könnte. Ich kam so schnell es ging mit meinem Freund und Kollegen Dr. Watson nach Norfolk, fand aber leider nur noch, daß inzwischen das Schlimmste eingetreten war.«

»Es ist ein besonderer Vorzug, mit Ihnen zusammen einen Fall bearbeiten zu dürfen«, sagte der Inspektor herzlich. »Verzeihen Sie mir jedoch, wenn ich offen zu Ihnen bin. Sie sind nur sich selbst verantwortlich, während ich mich vor meinen Vorgesetzten zu verantworten habe. Wenn dieser Abe Slaney, der da bei Elriges wohnt, wirklich der Mörder ist, und wenn er, während ich hier herumsitze, die Flucht ergreift, werde ich gewiß in ernstliche Schwierigkeiten kommen.«

»Beunruhigen Sie sich nicht. Er wird nicht versuchen, zu fliehen.«

»Wie kommen Sie darauf?«

»Mit seiner Flucht würde er seine Schuld eingestehen.«

»Dann wollen wir ihn verhaften.«

»Ich erwarte sein Eintreffen jeden Augenblick.«

»Aber warum sollte er hierherkommen?«

»Weil ich ihn in meinem Brief darum gebeten habe.«

»Aber das ist doch unglaublich, Mr. Holmes! Wieso sollte er kommen, nur weil Sie ihn darum bitten? Würde ein solches Ansinnen nicht eher seinen Verdacht erregen und ihn zur Flucht veranlassen?«

»Ich denke, ich habe den Brief wohl abzufassen gewußt«, sagte Sherlock Holmes. »Ja, wenn ich nicht sehr irre, kommt der Gentleman soeben den Torweg herauf.«

Tatsächlich schritt ein Mann den Pfad auf die Tür zu. Es war ein großer, stattlicher, braungebrannter Bursche, gekleidet in einen grauen Flanellanzug und Panamahut; er hatte einen strotzenden schwarzen Bart und eine aggressive Hakennase und schwenkte beim Gehen einen Stock. Er stolzierte über den Weg, als ob das Anwesen ihm gehöre, und wir hörten, wie er laut und dreist die Glocke zog.

»Gentlemen, ich glaube«, sagte Holmes ruhig, »wir sollten uns am besten hinter der Tür aufstellen. Beim Umgang mit solchen Burschen kann man gar nicht vorsichtig genug sein. Sie werden Ihre Handschellen benötigen, Inspektor. Das Reden können Sie mir überlassen.«

Schweigend warteten wir eine Minute – eine jener Minuten, die man nie vergessen kann. Dann öffnete sich die Tür, und der Mann trat herein. Blitzschnell setzte Holmes ihm eine Pistole an den Kopf, und Martin legte ihm die Handschellen an. All dies geschah so rasch und behende, daß der Bursche schon wehrlos war, ehe er auch nur merken konnte, wie ihm geschah. Er starrte uns mit seinen funkelnden schwarzen Augen einen nach dem anderen an. Dann brach er in ein bitteres Lachen aus.

»Nun, Gentlemen, jetzt freilich sind Sie am Drücker. Ich scheine hier auf Grund gelaufen zu sein. Aber ich kam hierher, weil Mrs. Hilton Cubitt mich in einem Brief darum gebeten hat. Sagen Sie nur nicht, daß sie dahintersteckt! Sagen Sie mir nicht, sie hätte Ihnen dabei geholfen, mir diese Falle zu stellen!«

»Mrs. Hilton Cubitt wurde gefährlich verwundet und steht an der Pforte des Todes.«

Der Mann stieß einen rauhen Schmerzensruf aus, der durch das ganze Haus schallte.

»Sie sind verrückt!« schrie er hitzig. »*Er* wurde verwundet, nicht sie. Wer würde der kleinen Elsie etwas zuleide tun? Ich mag sie bedroht haben, Gott verzeih mir, aber ich würde ihr nicht ein einziges Haar auf ihrem hübschen Kopf krümmen! Nehmen Sie das zurück – Sie! Sagen Sie, daß sie nicht verwundet ist!«

»Sie wurde schwer verletzt neben ihrem toten Mann gefunden.«

Er sank mit einem tiefen Stöhnen auf das Sofa und vergrub das Gesicht in seinen gefesselten Händen. Fünf Minuten verharrte er schweigend. Dann sah er wieder auf und sprach mit der kalten Fassung des Verzweifelten.

»Ich habe Ihnen nichts zu verbergen, Gentlemen«, sagte er. »Wenn ich auch auf diesen Mann geschossen habe, so hat er auch auf mich geschossen, und das ist dann kein Mord gewesen. Aber wenn Sie glauben, ich könnte dieser Frau etwas getan haben, dann kennen Sie weder mich noch sie. Ich sag Ihnen, auf der ganzen Welt hat nie ein Mann eine Frau mehr geliebt als ich sie. Ich hatte ein Recht auf sie. Vor Jahren war sie mir versprochen. Wer war denn dieser Engländer, daß er sich zwischen uns stellen konnte? Ich sag Ihnen, ich hatte das erste Recht auf sie, und ich habe nur beansprucht, was ohnehin mir gehörte.«

»Sie hat sich Ihrem Einfluß entzogen, als sie merkte, was für ein Mann Sie waren«, sagte Holmes streng. »Sie ist aus Amerika geflohen, um Ihnen zu entrinnen, und sie hat in England einen ehrbaren Gentleman geheiratet. Sie haben sie verfolgt und bedrängt und ihr das Leben schwer gemacht, um sie dazu zu bringen, den Mann, den sie liebte und achtete, zu verlassen, damit sie mit Ihnen ginge, den sie fürchtete und haßte. Und schließlich haben Sie einem edlen Manne den Tod gebracht und seine Frau zum Selbstmord getrieben. So sieht Ihre Beteiligung an dieser Sache aus, Mr. Abe Slaney, und Sie werden sich dafür vor dem Gesetz zu verantworten haben.«

»Wenn Elsie stirbt, ist es mir egal, was aus mir wird«, sagte der Amerikaner. Er machte eine Hand auf und betrachtete den zerknüllten Brief. »Sehen Sie hier, Mister«, rief er, und Argwohn glomm in seinen Augen, »versuchen Sie bloß nicht, mich damit zu erschrecken, ja? Wenn die Lady so schwer verletzt ist, wie Sie behaupten: Wer hat dann diesen Brief geschrieben?« Er warf ihn auf den Tisch.

»Ich schrieb ihn, um Sie herzulocken.«

»Sie? Kein Mensch auf der Erde außerhalb der ›Vereinigung‹ kannte das Geheimnis der tanzenden Männchen. Wie konnten Sie das dann schreiben?«

»Was *ein* Mensch erfinden kann, kann ein anderer enträtseln«, sagte Holmes. »Gleich kommt eine Droschke, die Sie nach Norwich bringen wird, Mr. Slaney. Inzwischen bleibt Ihnen aber noch Zeit, das Unrecht, das Sie begangen haben, ein wenig wiedergutzumachen. Ist Ihnen bewußt, daß Mrs. Hilton Cubitt sich selbst dem schweren Verdacht ausgesetzt hat, ihren Mann ermordet zu haben, und daß nur meine Anwesenheit hier und mein zufälliges Wissen sie vor dieser Anklage gerettet haben? Das mindeste, was Sie ihr schulden, ist, daß Sie vor der ganzen Welt klarstellen, daß sie in keiner Weise, weder direkt noch indirekt, für sein tragisches Ende verantwortlich ist.«

»Nichts lieber als das«, sagte der Amerikaner. »Ich nehme an, es wird für mich ohnehin das Allerbeste sein, wenn ich die absolute nackte Wahrheit sage.«

»Es ist meine Pflicht, Sie darauf hinzuweisen, daß dies gegen Sie verwendet werden kann«, rief der Inspektor mit der prachtvollen Fairness des britischen Strafgesetzes.

Slaney zuckte die Schultern.

»Das nehme ich auf mich«, sagte er. »Vor allem, Gentlemen, müssen Sie wissen, daß ich diese Lady schon seit ihrer Kindheit kenne. Wir hatten in Chicago eine Bande von sieben Mann, und Elsies Vater war der Boss der ›Vereinigung‹. Ein kluger Mann, der alte Patrick. Er war es, der diese Schrift erfunden hat, die jeder für ein Kindergekritzel halten mußte, falls er nicht zufällig den Schlüssel dazu besaß. Nun, Elsie bekam einiges von uns mit; aber sie konnte unser Geschäft nicht leiden, und sie besaß ein weniges an eigenem, ehrbar erworbenem Geld, so daß sie schließlich von uns weglief und nach London ging. Sie war mit mir verlobt und hätte mich wohl auch geheiratet, wenn ich meinen Beruf gewechselt hätte; aber mit irgendwelchen unsauberen Geschäften wollte sie nichts zu tun haben. Erst nach ihrer Verheiratung mit diesem Engländer gelang es mir herauszufinden, wo sie war. Ich schrieb ihr, bekam aber keine Antwort. Danach kam ich herüber, und da Briefe nichts nützten, brachte ich meine Botschaften dort an, wo sie sie lesen konnte.

Nun, ich bin jetzt seit einem Monat hier. Ich wohnte auf diesem Bauernhof, wo ich ein Zimmer im Erdgeschoß hatte und jede Nacht unbemerkt aus- und eingehen konnte. Ich habe alles versucht, um Elsie wegzulocken. Ich wußte, daß sie die Botschaften las, denn einmal schrieb sie mir eine Antwort. Aber dann übermannte mich die Wut, und ich begann ihr zu drohen. Darauf schickte sie mir einen Brief, in dem sie mich anflehte, ich solle weggehen; es würde ihr das Herz brechen, wenn ihr Mann in einen Skandal geriete. Sie schrieb, sie würde um drei Uhr morgens, wenn ihr Mann schliefe, herunterkommen und mit mir durch das Hinterfenster reden, wenn ich danach wegginge und sie in Frieden lassen würde. Sie kam tatsächlich und brachte Geld mit, um mich zum Gehen zu bestechen. Das machte mich rasend, und ich packte sie beim Arm und versuchte, sie aus dem Fenster zu ziehen. In diesem Moment kam ihr Mann mit einem Revolver in der Hand hereingestürzt. Elsie war zu Boden gesunken, und wir standen uns von Angesicht zu Angesicht gegenüber. Auch ich war bewaffnet, und ich zog meine Pistole, um ihn zu verscheuchen und mich entkommen zu lassen. Er schoß und verfehlte mich. Ich drückte fast im selben Augenblick ab, und er kippte um. Als ich mich durch den Garten davonmachte, hörte ich, wie hinter mir das Fenster geschlossen wurde. Das ist die reine Wahrheit, Gentlemen, Wort für Wort, und ich habe von der Sache nichts mehr gehört, bis dieser Bursche mit einem Brief angeritten kam, der mich wie einen Trottel hierherkommen und mich Ihnen ausliefern ließ.«

Indes der Amerikaner geredet hatte, war eine Droschke vorgefahren, in der zwei uniformierte Polizisten saßen. Inspektor Martin erhob sich und klopfte seinem Gefangenen auf die Schulter.

»Zeit für uns zu gehen.«

»Darf ich sie vorher noch sehen?«

»Nein, sie ist nicht bei Bewußtsein. Mr. Sherlock Homes, ich hoffe nur, falls ich je wieder einen wichtigen Fall haben sollte, werde ich wieder das Glück haben, Sie an meiner Seite zu sehen.«

Wir standen am Fenster und sahen den Wagen abfahren. Als ich mich umwandte, fiel mein Blick auf das Papierknäuel, das der Gefangene auf den Tisch geworfen hatte. Es war der Brief, mit dem Holmes ihn geködert hatte.

»Versuchen Sie, ob Sie ihn lesen können, Watson«, sagte er lächelnd.

Er enthielt kein Wort, sondern folgende kurze Zeile tanzender Männchen:

»Wenn Sie den von mir erklärten Schlüssel benutzen«, sagte Holmes, »werden Sie sehen, daß es einfach bedeutet: ›Abe komm bitte her.‹ Ich war davon überzeugt, daß er einer solchen Einladung nicht würde widerstehen können, da ihm nie in den Sinn kommen konnte, daß sie von jemand anderem als der Lady stammen könnte. Und damit, mein lieber Watson, haben wir am Ende die tanzenden Männchen einmal zu etwas Gutem angewandt, nachdem sie so oft zu etwas Bösem dienen mußten; und ich denke auch, ich habe mein Versprechen erfüllt, Ihnen etwas Ungewöhnliches für Ihr Notizbuch zu liefern. Um drei Uhr vierzig geht unser Zug, wir dürften also zum Abendessen wieder in Baker Street sein.«

Nur ein Wort zum Epilog.

Der Amerikaner Abe Slaney wurde vom Geschworenengericht zu Norwich zum Tode verurteilt; in Anbetracht mildernder Umstände und der Tatsache, daß Hilton Cubitt den ersten Schuß abgegeben hatte, wurde seine Strafe jedoch in Zwangsarbeit umgewandelt.

Von Mrs. Hilton Cubitt weiß ich nur gerüchteweise, daß sie vollständig genas und noch immer als Witwe lebt; sie soll ihr Leben ganz und gar der Fürsorge für die Armen und der Verwaltung des Besitzes ihres Mannes widmen.

DIE EINSAME RADFAHRERIN

Von 1894 bis einschließlich 1901 war Mr. Sherlock Holmes ein sehr beschäftigter Mann. Man kann zuverlässig sagen, daß es in diesen acht Jahren keinen einzigen schwierigen Fall von öffentlichem Interesse gab, in dem er nicht um Rat gefragt wurde; dazu kamen Hunderte von privaten Fällen, manche davon von der verwickeltsten und außergewöhnlichsten Art, in denen er eine hervorragende Rolle spielte. Manch verblüffender Erfolg und einige wenige unvermeidliche Fehlschläge waren der Ertrag dieses langen ununterbrochenen Wirkens. Da ich von allen diesen Fällen ausführliche Aufzeichnungen angefertigt und an vielen persönlich teilgenommen habe, kann man sich vorstellen, wie wenig leicht mir die Aufgabe fallen muß, hieraus eine Auswahl für die öffentliche Bekanntmachung zu treffen. Ich werde mich jedoch weiterhin nach meiner alten Regel richten und denjenigen Fällen den Vorzug geben, die ihr Interesse nicht so sehr aus der Brutalität eines Verbrechens als vielmehr aus der Genialität und Dramaturgie ihrer Lösung gewinnen. Aus diesem Grunde möchte ich den Leser nun mit dem Fall von Miss Violet Smith, der einsamen Radfahrerin aus Charlington, sowie dem merkwürdigen Ablauf unserer Ermittlungen bekanntmachen, welch letztere in einer unvorhergesehenen Tragödie ihren Höhepunkt fanden. Es ist schon wahr, die Umstände erlaubten keine eindrucksvolle Darstellung jener Talente, die den Ruhm meines Freundes ausmachten, doch wies dieser Fall andere Aspekte auf, die ihn aus der langen Reihe von Verbrechen, aus denen ich das Material für meine unbedeutenden Berichte ziehe, hervorragen lassen.

Ich schlage in meinem Notizbuch für das Jahr 1895 nach und finde, daß es am Samstag, dem 23. April, war, da wir zum erstenmal von Miss Violet Smith hörten. Ich erinnere mich noch, daß ihr Besuch Holmes äußerst ungelegen kam, da er sich zu dieser Zeit in ein höchst abstruses und kompliziertes Problem in Zusammenhang mit der merkwürdigen Belästigung vertieft hatte, welcher John Vincent Harden, der berühmte Tabakmillionär, seinerzeit ausgesetzt war. Mein Freund, dem die Präzision und Konzentration der Gedanken über alles ging, wies alles von sich ab, was seine Aufmerksamkeit von dem gerade in Arbeit befindlichen Fall abziehen konnte. Und doch war es ihm nicht möglich, ohne grob zu werden – was seinem Wesen völlig fremd gewesen wäre –, der jungen und schönen, großen, anmutigen und majestätischen Frau, die am späten Abend in Baker Street vorsprach und ihn um Unterstützung und Rat anflehte, die Anhörung ihrer Geschichte zu verweigern. Vergebens brachte er vor, daß seine Zeit bereits voll in Anspruch genommen sei, denn die junge Dame war mit dem festen Entschluß gekommen, ihre Geschichte loszuwerden, und es war offensichtlich, daß sie nur mit Gewalt aus dem Zimmer hätte vertrieben werden können, ehe sie dies nicht erreicht hätte. Resignierend und mit erschöpftem Lächeln bat Holmes schließlich den schönen Eindringling, Platz zu nehmen und uns mitzuteilen, was ihr Kummer mache.

»Zumindest kann es nicht Ihre Gesundheit sein«, sagte er, indem er sie mit seinen wachsamen Augen maß; »eine so eifrige Radfahrerin muß ja vor Energie strotzen.«

Sie sah überrascht auf ihre Füße, und ich bemerkte die leichte Aufrauhung am Rand der Sohle, die von der Reibung mit der Pedalkante herrührte.

»Ja, ich fahre viel mit dem Rad, Mr. Holmes, und das hat auch etwas mit meinem heutigen Besuch bei Ihnen zu tun.«

Mein Freund ergriff die unbehandschuhte Hand der Lady und betrachtete sie mit so gespannter Aufmerksamkeit und so wenig Gefühl wie ein Wissenschaftler, der ein Präparat untersucht.

»Sie werden mich sicher entschuldigen: aber das ist mein Geschäft«, sagte er, als er sie losließ. »Ich verfiel beinahe dem

Irrtum, anzunehmen, sie seien Maschineschreiberin. Aber es ist natürlich einleuchtend, daß Sie ein Instrument spielen. Sie bemerken die abgeflachten Fingerkuppen, Watson, die beiden Professionen gemeinsam sind? Ihr Gesicht hat jedoch etwas Vergeistigtes« – er drehte es sanft zum Licht – »das nicht von der Schreibmaschine kommen kann. Diese Dame ist Musikerin.«

»Das stimmt, Mr. Holmes, ich bin Musiklehrerin.«

»Und zwar auf dem Lande, wie ich aus Ihrer Gesichtsfarbe schließe.«

»Ja, Sir; in der Nähe von Farnham, an der Grenze zu Surrey.«

»Eine herrliche Nachbarschaft, die mich an die interessantesten Dinge denken läßt. Sie erinnern sich, Watson, daß wir in dieser Gegend den Falschmünzer Archie Stamford gefaßt haben? Nun, Miss Violet, was ist Ihnen bei Farnham, an der Grenze zu Surrey, zugestoßen?«

Die junge Dame gab mit großer Klarheit und Ruhe folgende merkwürdige Erklärung ab:

»Mein Vater war James Smith, der ehemalige Dirigent des Orchesters am alten Imperial Theatre. Nach seinem Tod blieben meine Mutter und ich ohne Verwandte zurück, bis auf einen Onkel, Ralph Smith, der vor fünfundzwanzig Jahren nach Afrika gegangen ist und von dem wir seither nichts mehr gehört hatten. Als Vater starb, ließ er uns sehr arm zurück, doch eines Tages machte man uns darauf aufmerksam, daß jemand in einer Anzeige der *Times* nach unserem Aufenthaltsort forschte. Sie können sich vorstellen, wie aufgeregt wir waren, denn wir glaubten, jemand habe uns ein Vermögen vermacht. Wir begaben uns sofort zu dem Anwalt, dessen Name in der Zeitung angegeben war. Dort trafen wir zwei Gentlemen an, Mr. Carruthers und Mr. Woodley, die aus Südafrika hier auf Heimaturlaub waren. Sie sagten, mein Onkel sei ein Freund von ihnen gewesen, er sei vor einigen Monaten verarmt in Johannesburg gestorben und habe sie mit seinem letzten Atemzug gebeten, seine Verwandten aufzuspüren und dafür zu sorgen, daß es uns an nichts fehle. Es kam uns merkwürdig vor, daß Onkel Ralph, der zu seinen Lebzeiten keine Notiz von uns genommen hatte, sich so fürsorglich um uns kümmern sollte, wenn er tot war; aber Mr. Carruthers erklärte, der Grund dafür sei der, daß mein Onkel vom Tod seines Bruders erfahren und sich sogleich für unser Schicksal verantwortlich gefühlt habe.«

»Verzeihen Sie«, sagte Holmes; »wann hat dieses Gespräch stattgefunden?«

»Im vorigen Dezember – vor vier Monaten.«

»Fahren Sie bitte fort.«

»Mr. Woodley machte auf mich einen sehr abstoßenden Eindruck. Ständig machte er mir Augen – ein derber junger Mann mit aufgedunsenem Gesicht und rotem Schnauzbart, sein Haar klebte ihm auf den Schläfen. Er war mir vollkommen verhaßt – und ich war davon überzeugt, daß Cyril nicht wünschen konnte, daß ich mit einem solchen Menschen Umgang hätte.«

»Aha, Cyril heißt er also!« sagte Holmes lächelnd.

Die junge Dame errötete und lachte.

»Ja, Mr. Holmes; Cyril Morton, Elektrotechniker; wir hoffen, Ende des Sommers heiraten zu können. Du liebe Zeit, wie komme ich jetzt nur auf ihn zu sprechen? Was ich sagen wollte, war dies: Mr. Woodley war durchaus abstoßend, während Mr. Carruthers, ein wesentlich älterer Mann, schon liebenswürdiger wirkte. Er war ein düsterer, blasser, glattrasierter und schweigsamer Mensch; doch er hatte höfliche Manieren und ein freundliches Lächeln. Er erkundigte sich nach unseren Umständen, und als er erfuhr, daß wir sehr arm hinterblieben waren, schlug er mir vor, ich solle seiner einzigen, zehnjährigen Tochter Musikunterricht geben. Ich sagte, ich würde meine Mutter nur ungern verlassen, worauf er meinte, ich könne sie doch jedes Wochenende besuchen; er bot mir hundert Pfund jährlich an, eine gewiß glänzende Bezahlung. Schließlich willigte ich ein und zog nach Chiltern Grange um, etwa sechs Meilen von Farnham entfernt. Mr. Carruthers war Witwer, aber er hatte eine Haushälterin angestellt, eine sehr respektable ältliche Person namens Mrs. Dixon, die sich um sein Anwesen kümmerte. Das Kind war reizend, und es ließ sich alles gut an. Mr. Carruthers war überaus freundlich und sehr musikalisch, und wir verbrachten die angenehmsten Abende miteinander. Jedes Wochenende fuhr ich meine Mutter in der Stadt besuchen.

Mein Glück bekam zum erstenmal einen Sprung, als der rotbärtige Mr. Woodley auftauchte. Er war eine Woche lang zu Besuch, und oh – sie kam mir wie drei Monate vor! Ein schrecklicher Mensch, für alle anderen ein Tyrann, für mich aber etwas noch unendlich Schlimmeres. Er umgarnte mich aufs widerlichste, prahlte mit seinem Reichtum, behauptete, ich bekäme die schönsten Diamanten ganz Londons, wenn ich ihn heiraten würde, und als er merkte, daß ich nichts von ihm wissen wollte, zog er mich schließlich eines Tages nach dem Abendessen in seine Arme – er war entsetzlich stark – und schwor, er würde mich erst loslassen, wenn ich ihm einen Kuß gegeben hätte. Mr. Carruthers kam dazu und riß ihn von mir weg, worauf er seinen Gastgeber ansprang und ihm das Gesicht blutig schlug. Damit war sein Besuch zu Ende, wie Sie sich vorstellen können. Tags darauf entschuldigte sich Mr. Carruthers bei mir und versicherte, einer solchen Beleidigung würde ich nie wieder ausgesetzt sein. Seitdem habe ich Mr. Woodley nicht mehr gesehen.

Und nun, Mr. Holmes, komme ich endlich zu der Besonderheit, deretwegen ich Sie heute um Rat bitten möchte. Sie müssen wissen, daß ich jeden Samstagvormittag mit meinem Fahrrad zum Bahnhof von Farnham fahre, um den Zug um 12 Uhr 22 nach London zu nehmen. Die Straße von Chiltern Grange ist ziemlich einsam, und an einer Stelle ganz besonders, wo sie über eine Meile zwischen Charlington Heath und den Wäldern, die Charlington Hall umgeben, hinläuft. Eine noch einsamere Strecke als diese dürfte man so leicht nirgends finden, und man trifft dort nur ganz selten einmal einen Wagen oder einen Bauern, bis man bei Crooksbury Hill auf die

Hauptstraße kommt. Als ich nun vor zwei Wochen durch diese Gegend fuhr, sah ich einmal zufällig über meine Schulter und erblickte etwa zweihundert Yards hinter mir einen Mann, ebenfalls auf einem Fahrrad. Er schien von mittlerem Alter und trug einen kurzgeschnittenen dunklen Bart. Ehe ich in Farnham ankam, sah ich mich noch einmal um, aber der Mann war verschwunden, und ich dachte nicht weiter darüber nach. Sie können sich aber meine Überraschung vorstellen, Mr. Holmes, als ich am Montag auf der Rückfahrt denselben Mann auf derselben Strecke wieder sah. Mein Erstaunen steigerte sich, als sich dieser Vorfall am folgenden Samstag und Montag exakt wiederholte. Er blieb immer in einiger Entfernung und belästigte mich in keiner Weise, doch war das Ganze auch so merkwürdig genug. Ich sprach davon zu Mr. Carruthers, der daran Anteil zu nehmen schien und mir sagte, er hätte einen Pferdewagen für mich bestellt, damit ich in Zukunft nicht mehr ohne Begleitung diese einsamen Straßen zu befahren brauchte.

Der Pferdewagen hätte diese Woche kommen sollen, wurde aber aus irgendeinem Grund nicht ausgeliefert, und ich mußte wieder mit dem Rad zum Bahnhof fahren. Das war heute morgen. Sie können sich denken, daß ich bei Charlington Heath Ausschau hielt, und natürlich sah ich wieder diesen Mann, genau wie in den beiden Wochen zuvor. Er hielt immer so weit Abstand, daß ich sein Gesicht nicht deutlich sehen konnte, aber es war mit Sicherheit niemand, den ich kannte. Er trug einen dunklen Anzug und eine Tuchmütze. Das einzige, was ich von seinem Gesicht deutlich sehen konnte, war sein dunkler Bart. Heute war ich nicht beunruhigt, sondern von Neugier erfüllt, und ich nahm mir vor herauszufinden, wer er war und was er wollte. Ich verlangsamte daher meine Fahrt, aber er tat dasselbe. Dann hielt ich an, und er auch. Darauf stellte ich ihm eine Falle. Ich umfuhr sehr schnell eine besonders scharfe Straßenkurve, dann hielt ich an und wartete. Ich ging davon aus, er käme um die Ecke geschossen und führe an mir vorbei, ehe er anhalten könnte. Aber er kam nicht. Darauf fuhr ich zurück und sah um die Ecke. Ich konnte die Straße eine Meile weit überblicken, aber er war fort. Und um das Ganze noch seltsamer zu machen, gab es dort auch keine Nebenstraße, über die er hätte verschwinden können.«

Holmes kicherte und rieb sich die Hände.

»Dieser Fall weist in der Tat einige besondere Züge auf«, sagte er. »Wieviel Zeit verging bis zu Ihrer Entdeckung, daß die Straße hinter Ihnen frei war, nachdem Sie um die Kurve gefahren waren?«

»Zwei oder drei Minuten.«

»Dann kann er sich nicht über die Straße zurückgezogen haben; und Sie sagen, es gibt dort keine Nebenstraßen?«

»Keine.«

»Dann hat er bestimmt einen Fußpfad auf der einen oder anderen Seite genommen.«

»Nicht auf der Seite, wo die Heide ist, sonst hätte ich ihn sehen müssen.«

»Durch fortgesetztes Ausschließen kommen wir also darauf, daß er sich nach Charlington Hall gewendet hat, das, wenn ich richtig vermute, in seinen eigenen Ländereien auf einer Seite der Straße liegt. Sonst noch etwas?«

»Nein, Mr. Holmes, abgesehen davon, daß ich so verwirrt war, daß ich das Gefühl hatte, ich könnte erst wieder glücklich sein, wenn ich Sie besucht und Ihren Rat gehört hätte.«

Holmes saß eine Weile schweigend da.

»Wo wohnt der Gentleman, mit dem Sie verlobt sind?« fragte er schließlich.

»Er arbeitet bei der Midland Electric Company in Coventry.«

»Er würde Ihnen keinen überraschenden Besuch abstatten?«

»Oh, Mr. Holmes! Als ob ich ihn nicht kennen sollte!«

»Hatten sie noch andere Verehrer?«

»Einige, bevor ich Cyril kennenlernte.«

»Und seitdem?«

»Nun, dieser Widerling Woodley, falls man den einen Verehrer nennen kann.«

»Sonst niemand?«

Unsere schöne Klientin schien ein wenig aus der Fassung.

»Wer also?« fragte Holmes.

»Oh, vielleicht bilde ich mir das nur ein; aber mir kam es manchmal so vor, daß mein Arbeitgeber, Mr. Carruthers, sich beträchtlich für mich interessiert. Wir sind ziemlich eng zusammen. An den Abenden spiele ich seine Begleitung. Er hat nie etwas gesagt. Er ist ein perfekter Gentleman. Aber ein Mädchen weiß immer Bescheid.«

»Ha!« Holmes blickte bedenklich drein. »Wovon bestreitet er seinen Lebensunterhalt?«

»Er ist ein reicher Mann.«

»Und dann besitzt er weder Kutschen noch Pferde?«

»Nun, zumindest ist er ziemlich wohlhabend. Aber er fährt zwei- oder dreimal die Woche nach London. Er interessiert sich sehr für südafrikanische Goldbergwerksaktien.«

»Lassen Sie mich bitte jede neue Entwicklung wissen, Miss Smith. Eben jetzt bin ich sehr beschäftigt, aber ich werde Zeit finden, in Ihrem Fall ein paar Ermittlungen anzustellen. Inzwischen unternehmen Sie nichts, ohne mir vorher Bescheid zu sagen. Auf Wiedersehen. Und ich will hoffen, daß wir von Ihnen nur gute Neuigkeiten zu erfahren haben.«

»Es gehört zu der eingespielten Ordnung der Natur, daß ein solches Mädchen Verehrer anzieht«, sagte Holmes und zog an seiner Grübelpfeife, »aber doch nicht unbedingt auf einem Fahrrad auf einsamen Landstraßen. Ohne jeden Zweifel irgendein heimlicher Liebhaber. Aber der Fall weist merkwürdige und anregende Einzelheiten auf, Watson.«

»Daß er nur an dieser einen Stelle auftaucht?«

»Genau. Als erstes müssen wir herausfinden, wer die Pächter von Charlington Hall sind. Sodann, wie es mit der Verbindung zwischen Carruthers und Woodley steht, scheinen Sie doch Männer von durchaus verschiedenem Typus zu sein. Wieso waren sie *beide* so erpicht darauf, Ralph Smiths Verwandtschaft aufzusuchen? Und noch ein Punkt: Was ist das für eine Haushaltung, die zwar für eine Gouvernante den doppelten Marktpreis zahlt, sich aber kein Pferd hält, obwohl es bis zum nächsten Bahnhof sechs Meilen sind? Seltsam, Watson – überaus seltsam.«

»Sie wollen hinfahren?«

»Nein, mein lieber Knabe, *Sie* werden hinfahren. Es könnte sich hierbei um eine belanglose Intrige handeln, und ich kann deswegen meine andere, wichtige Untersuchung nicht unterbrechen. Am Montag fahren Sie früh nach Farnham; Sie werden sich bei Charlington Heath verstecken; Sie werden diese Geschehnisse selber beobachten und nach dem Rat Ihrer Eingebung handeln. Wenn Sie sich dann nach den Bewohnern der Hall erkundigt haben, werden Sie zurückkommen und mir Bericht erstatten. Und nun, Watson, kein weiteres Wort über diese Angelegenheit, bis wir ein paar solide Schrittsteine haben, über die wir zu unserer Lösung zu gelangen hoffen können.«

Wir hatten von der Lady erfahren, daß sie am Montag mit dem Zug fuhr, der um 9 Uhr 50 von Waterloo abgeht; ich machte mich demnach früh auf den Weg und nahm den Zug um 9 Uhr 13. In Farnham hatte ich keine Schwierigkeiten, mir den Weg nach Charlington Hall zeigen zu lassen. Es war unmöglich, den Schauplatz des Abenteuers der Lady zu verfehlen, denn die Straße verläuft tatsächlich zwischen der offenen Heide auf der einen und einer alten Eibenhecke auf der anderen Seite; letztere umgibt einen Park, in dem prachtvolle Bäume stehen. Es gab da ein großes Einfahrtstor, dessen Gemäuer mit Flechten überwachsen und dessen beide Säulen von zerbröckelnden heraldischen Emblemen gekrönt waren; aber neben dieser Haupteinfahrt fielen mir mehrere Lücken in der Hecke auf, durch die Fußwege führten. Das Haus war von der Straße aus nicht zu sehen, aber seine ganze Umgebung sprach von Schwermut und Verfall.

Die Heide war mit goldenen Flecken blühenden Ginsters übersät, der im hellen Licht der Frühlingssonne prächtig leuchtete. Ich nahm hinter einem dieser Büsche Aufstellung, von wo aus ich sowohl den Zufahrtsweg zur Hall als auch eine lange Strecke der Straße nach beiden Seiten im Blick hatte. Sie war völlig leer gewesen, als ich sie verlassen hatte, aber jetzt sah ich einen Radfahrer herankommen, und zwar aus der entgegengesetzten Richtung, aus der ich gekommen war. Er trug einen dunklen Anzug, und ich sah, daß er einen schwarzen Bart hatte. Als er das Ende des Charlington-Anwesens erreicht hatte, sprang er von seinem Vehikel ab, schob es durch eine Lücke in der Hecke und entschwand meinem Blick.

Eine Viertelstunde verging, dann tauchte ein zweiter Radfahrer auf. Diesmal war es die junge Lady, die vom Bahnhof kam. Ich sah, wie sie sich umblickte, als sie sich der Hecke von Charlington näherte. Unmittelbar darauf kam der Mann aus seinem Versteck, sprang auf sein Rad und fuhr ihr nach. In der ganzen weiten Landschaft bewegte sich nichts als diese beiden Gestalten: das Mädchen, das anmutig und sehr aufrecht auf seinem Fahrrad saß, und der Mann hinter ihr, der, tief über seine Lenkstange gebeugt, mit allen seinen Bewegungen einen seltsam verstohlenen Eindruck machte. Sie sah zu ihm zurück und verlangsamte ihr Tempo. Er wurde ebenfalls langsamer. Sie hielt an. Auch er hielt abrupt an und blieb zweihundert Yards hinter ihr stehen. Ihre nächste Bewegung war ebenso unerwartet wie kühn. Plötzlich schwang sie ihr Fahrrad herum und raste auf ihn zu! Er war jedoch genauso schnell wie sie und jagte in verzweifelter Flucht davon. Kurze Zeit später kam sie wieder zurück, den Kopf hochmütig erhoben, sie geruhte nicht, von ihrem stummen Gefolgsmann weitere Notiz zu nehmen. Auch er hatte kehrtgemacht und behielt seinen Abstand bei, bis die Straßenbiegung sie meinen Blicken entzog.

Ich blieb in meinem Versteck, und das war gut so, denn kurz darauf kam der Mann langsam zurückgeradelt. Er bog in das Tor der Hall ein und stieg von seinem Fahrzeug ab. Einige Minuten lang konnte ich ihn unter den Bäumen stehen sehen. Er hatte seine Hände hochgehoben und schien sich die Halsbinde zu richten. Dann stieg er wieder auf sein Rad und fuhr von mir weg die Einfahrt zur Hall hoch. Ich lief über die Heide und spähte durch die Bäume. Weit hinten sah ich flüchtig die Umrisse des alten grauen Gebäudes mit seinen vielen Tudor-Kaminen, aber die Einfahrt lief durch dichtes Gebüsch, so daß ich nichts mehr von meinem Manne sah.

Mir schien jedoch, ich hätte für diesen Morgen recht gute Arbeit geleistet, und so ging ich in bester Laune nach Farnham zurück. Der Ortsmakler vermochte mir über Charlington Hall nichts zu sagen und verwies mich an eine bekannte Firma am Pall Mall. Auf dem Heimweg machte ich dort Zwischenstation und wurde von dem Vertreter höflich empfangen. Nein, ich könne Charlington Hall nicht für den Sommer mieten. Ich käme ein wenig zu spät. Es sei vor einem Monat vermietet worden, an einen Mann namens Williamson. Der sei ein respektabler älterer Gentleman. Der höfliche Makler fürchtete, mehr könne er mir nicht sagen, da die Angelegenheiten seiner Klienten zu den Dingen gehörten, die er nicht diskutieren dürfe.

Mr. Sherlock Holmes hörte sich den langen Bericht, den ich ihm an diesem Abend erstatten konnte, aufmerksam an, doch ließ er sich jenes Wort knappen Lobes nicht entlocken, das ich mir erhofft hatte und das ich zu schätzen gewußt hätte. Im Gegenteil, sein strenges Gesicht war gar noch ernster als gewöhnlich, als er seine Bemerkungen zu den Dingen machte, die ich getan und die ich unterlassen.

»Ihr Versteck, mein lieber Watson, war überaus schlecht gewählt. Sie hätten sich hinter der Hecke halten müssen; dann hätten Sie diese interessante Person von nahem sehen können. So aber waren Sie einige hundert Yards weit entfernt und können mir nicht einmal so viel erzählen wie Miss Smith. Sie glaubt, diesen Mann nicht zu kennen; ich bin vom Gegenteil überzeugt. Warum sonst sollte er so verzweifelt bemüht sein, sich so weit von ihr entfernt zu halten, daß sie seine Züge nicht erkennen kann? Sie beschreiben, wie er sich über die Lenkstange gebeugt hat. Auch damit verbirgt er sich, ja? Sie haben es wahrhaftig bemerkenswert schlecht angestellt. Er kehrt zum Haus zurück, und Sie wollen ermitteln, wer er ist. Sie fahren nach London zu einem Makler!«

»Was hätte ich denn tun sollen?« rief ich ein wenig erhitzt.

»Zum nächsten Wirtshaus gehen. Das ist auf dem Lande immer das Zentrum des Klatschs. Dort hätte man Ihnen jeden Namen gesagt – vom Hausherrn bis zur Küchenmagd. Williamson! Das ruft nichts in mir wach. Ist er ein älterer Mann, dann ist er nicht dieser sportliche Radfahrer, dem es gelingt, sich der Verfolgung durch unsere athletische junge Dame mit einem Sprint zu entziehen. Was haben wir durch Ihren Ausflug gewonnen? Die Gewißheit, daß die Geschichte des Mädchens stimmt. Das habe ich nie bezweifelt. Daß es eine Verbindung zwischen dem Radfahrer und der Hall gibt. Auch dies habe ich nie bezweifelt. Daß die Hall von einem Williamson gemietet ist. Was hilft uns das? Nun, nun, mein lieber Sir, blicken Sie nicht so niedergeschlagen drein. Bis zum nächsten Samstag können wir kaum etwas unternehmen, und inzwischen will ich selbst ein paar Ermittlungen anstellen.«

Am nächsten Morgen erhielten wir einen Brief von Miss Smith, in dem sie uns kurz und bündig genau die Vorfälle berichtete, die ich beobachtet hatte; die wesentliche Mitteilung des Briefs fand sich jedoch im Postskriptum:

> Ich bin sicher, Sie werden meine Zutraulichkeit respektieren, Mr. Holmes, wenn ich Ihnen sage, daß meine Stelle hier aufgrund der Tatsache, daß mein Arbeitgeber mir einen Heiratsantrag gemacht hat, schwierig geworden ist. Ich bin davon überzeugt, daß er die tiefsten und ehrbarsten Gefühle dabei empfindet. Gleichzeitig aber habe ich mein Versprechen bereits einem anderen gegeben. Er nahm meinen abschlägigen Bescheid sehr ernst auf, aber auch sehr freundlich. Sie werden jedoch begreifen, daß die Lage ein wenig angespannt ist.

»Unsere junge Freundin scheint in Schwierigkeiten zu geraten«, sagte Holmes nachdenklich, als er den Brief gelesen hatte. »Der Fall weist in der Tat mehr Interessantes und mehr Entwicklungsmöglichkeiten auf, als ich ursprünglich gedacht hatte. Ein ruhiger, friedlicher Tag auf dem Lande könnte mir nichts schaden, und ich habe Lust, heute nachmittag mal hinzufahren und ein paar Theorien, die ich mir gebildet habe, einer Prüfung zu unterziehen.«

Holmes' ruhiger Tag auf dem Lande nahm ein eigentümliches Ende: Am späten Abend nämlich traf er mit aufgeschlagener Lippe und einer verfärbten Beule auf der Stirn in Baker Street ein; darüber hinaus machte er ganz allgemein einen Eindruck von Verlotterung, der ihn selbst zu einem geeigneten Ermittlungsobjekt für Scotland Yard hätte machen können. Er war von seinen Abenteuern ungeheuer amüsiert und lachte herzhaft, als er sie zum besten gab.

»Ich komme so wenig zu körperlicher Betätigung, daß es mir stets eine Wonne ist«, sagte er. »Sie wissen ja, daß ich in dem guten alten britischen Boxsport nicht eben unvermögend bin. Dies ist mir gelegentlich von Nutzen. Heute zum Beispiel wäre ich ohne das in die schimpflichste Klemme geraten.«

Ich bat, mir zu erzählen, was vorgefallen sei.

»Ich habe jenen ländlichen Gasthof, welchen ich bereits Ihrer Aufmerksamkeit empfohlen hatte, gefunden und dort meine diskreten Nachforschungen angestellt. Ich war in der Bar, und ein geschwätziger Wirt sagte mir alles, was ich wissen wollte. Williamson ist ein Mann mit weißem Bart; er lebt alleine mit einem kleinen Stab Bediensteter in der Hall. Es geht ein Gerücht, daß er Geistlicher sei oder war; aber ein oder zwei Vorfälle während seines kurzen Aufenthalts in der Hall kamen mir merkwürdig unklerikal vor. Ich habe bereits einige Erkundigungen bei einer kirchlichen Vertretung eingezogen, wo man mir sagte, es habe einmal einen Priester dieses Namens gegeben, dessen Karriere eine besonders finstere gewesen sei. Der Wirt teilte mir des weiteren mit, daß gewöhnlich Wochenendbesucher – ›ein lebhafter Haufen, Sir‹ – in der

Hall weilten, besonders ein Gentleman mit rotem Schnauzbart namens Woodley, der ständig dort sei. So weit waren wir gediehen, als – ja wer? – eben dieser Gentleman hereinspaziert kam; er hatte im Schankraum nebenan sein Bier getrunken und die ganze Unterhaltung mitangehört. Wer ich sei? Was ich wolle? Was ich mit dieser Fragerei bezwecke? Seine Sprache floß üppig dahin, und seine Adjektive waren recht kraftvoll. Er beendete seine Beschimpfungen mit einem tückischen Rückhandschlag, dem ich nicht ganz auszuweichen vermochte. Die nächsten Minuten waren köstlich: linke Gerade gegen dreschenden Rüpel. Sie sehen, wie ich daraus hervorgegangen bin. Mr. Woodley kam in einem Karren heim. So ging mein Landausflug zu Ende, und ich muß gestehen, daß mein Tag an der Grenze zu Surrey, so erfreulich er auch war, nicht viel mehr eingebracht hat als der Ihre.«

Der Donnerstag brachte uns einen weiteren Brief unserer Klientin:

> Es wird Sie nicht überraschen, Mr. Holmes (schrieb sie), daß ich meine Stelle bei Mr. Carruthers kündige. Selbst die hohe Bezahlung kann mich nicht mit den Unannehmlichkeiten meiner Lage versöhnen. Am Samstag komme ich in die Stadt, und ich beabsichtige nicht, hierher zurückzukehren. Mr. Carruthers hat eine Kutsche bekommen, und somit haben die Gefahren der einsamen Straße, falls es denn je welche gegeben hat, nunmehr ein Ende.
>
> Was den speziellen Grund für meinen Fortgang von hier angeht, so ist es nicht nur die angespannte Situation mit Mr. Carruthers, sondern auch die Wiederkehr dieses widerwärtigen Woodley. Er war schon immer abscheulich, aber jetzt sieht er schrecklicher aus denn je; er scheint nämlich einen Unfall gehabt zu haben und ist ziemlich entstellt. Ich habe ihn vom Fenster aus gesehen, bin ihm aber zum Glück nicht begegnet. Er hatte ein langes Gespräch mit Mr. Carruthers, der danach

einen sehr erregten Eindruck machte. Woodley muß irgendwo in der Nachbarschaft wohnen, denn er hat nicht hier geschlafen, und doch habe ich ihn heute morgen hier im Gebüsch herumschleichen sehen. Da wäre mir ein frei im Garten herumlaufendes wildes Raubtier noch lieber. Ich verabscheue und fürchte ihn mehr, als ich sagen kann. Wie *kann* Mr. Carruthers eine solche Kreatur nur eine Minute lang ertragen? Wie auch immer, am Samstag wird der ganze Ärger ein Ende haben.

»Ich will's hoffen, Watson, ich will's hoffen«, sagte Holmes ernst. »Um diese kleine Frau spielen sich irgendwelche finstre Machenschaften ab, und es ist unsere Pflicht, dafür zu sorgen, daß niemand sie auf dieser letzten Fahrt belästigt. Ich denke, Watson, wir müssen die Zeit aufbringen, am Samstagmorgen zusammen hinauszufahren und sicherzustellen, daß diese seltsame und erfolglose Untersuchung kein unglückliches Ende nimmt.«

Ich gestehe, daß ich den Fall bis zu diesem Zeitpunkt nicht sonderlich ernst genommen hatte; er war mir eher grotesk und bizarr als gefährlich erschienen. Daß ein Mann einer sehr hübschen Frau auflauert und nachstellt, ist ja nicht gerade etwas Neues, und wenn er so wenig Kühnheit besaß, daß er sich nicht nur nicht traute, sie anzusprechen, sondern sogar vor ihrer Annäherung floh, war er kein sehr furchtbarer Gegner. Der Rüpel Woodley war zwar ein ganz anderer Mensch, aber er hatte, von jener einen Gelegenheit abgesehen, unsere Klientin nicht belästigt, und jetzt weilte er in Carruthers' Haus, ohne sich ihr aufzudrängen. Der Mann auf dem Fahrrad gehörte zweifellos zu diesen Wochenendgästen in der Hall, von denen der Wirt gesprochen hatte; aber wer er war und was er wollte, lag noch immer im dunkeln. Es war Holmes' ernstes Gebaren und der Revolver, den er sich in die Tasche steckte, bevor wir das Haus verließen, die mir das Gefühl vermittelten, daß am Ende dieser merkwürdigen Kette von Ereignissen etwas Tragisches lauern könnte.

Auf eine regnerische Nacht war ein herrlicher Morgen gefolgt, und die Heidelandschaft mit ihren glühenden Büschen blühenden Ginsters erschien unseren vom tristen Grau in Grau Londons müden Augen nur desto schöner. Holmes und ich wanderten über den breiten sandigen Weg, sogen die frische Morgenluft ein und erfreuten uns am Gesang der Vögel und dem erfrischenden Frühlingslüftchen. Von einer Erhebung der Straße auf dem Rücken von Crooksbury Hill konnten wir die düstere Hall aus den uralten Eichen ragen sehen; letztere waren, so alt sie auch sein mochten, noch immer jünger als das Gebäude, das sie umstanden. Holmes wies auf den langen Straßenabschnitt, der sich wie ein rötlich-gelbes Band zwischen dem Braun der Heide und dem knospenden Grün der Wälder hindurchwand. Weit hinten sahen wir einen schwarzen Punkt, ein Fahrzeug auf uns zukommen. Holmes machte seinem Unwillen Luft:

»Ich hatte uns eine halbe Stunde Vorsprung gegeben«, sagte er. »Wenn das ihr Wagen ist, muß sie den früheren Zug nehmen wollen. Ich fürchte, Watson, sie wird an Charlington vorbei sein, ehe wir mit ihr zusammentreffen können.«

Nachdem wir über die Anhöhe hinwegwaren, konnten wir das Fahrzeug nicht mehr sehen, aber wir hasteten mit solcher Geschwindigkeit voran, daß meine sitzende Lebensweise sich auszuwirken begann und ich gezwungen war, zurückzubleiben. Holmes freilich war immer in Übung, denn er konnte sich unerschöpflicher Vorräte an Körperkräften bedienen. Er schritt immer weiter federnd aus, bis er, hundert Yards vor mir, plötzlich stehenblieb; ich sah, wie er in einer Geste des Schmerzes und der Verzweiflung einen Arm hochwarf. Im selben Augenblick raste ein leerer Einspänner – das Pferd galoppierte mit schleifenden Zügeln – um die Kurve und ratterte rasch auf uns zu.

»Zu spät, Watson; zu spät!« rief Holmes, als ich keuchend neben ihm anlangte. »Welch ein Narr ich war, den früheren Zug nicht in Betracht zu ziehen! Entführung, Watson – Entführung! Mord! Der Himmel weiß was! Versperren Sie den Weg! Halten Sie das Pferd an! Gut so. Nun springen Sie auf; mal sehen, ob ich die Folgen meines groben Fehlers noch ausbügeln kann.«

Wir waren auf den Wagen gesprungen; Holmes gab dem Pferd, nachdem er es gewendet hatte, einen scharfen Schlag mit der Peitsche, und wir flogen über die Straße zurück. Als wir um die Kurve fuhren, lag die ganze Strecke zwischen der Hall und der Heide offen vor uns. Ich packte Holmes beim Arm.

»Da ist der Mann!« stieß ich hervor.

Ein einsamer Radfahrer kam auf uns zu. Sein Kopf war herabgezogen und seine Schultern gerundet, als er jedes Quentchen Energie, das er besaß, in die Pedale steckte. Er schoß daher wie ein Rennfahrer. Plötzlich hob er sein bärtiges Gesicht, sah uns dicht vor sich, bremste und sprang von seinem Rad. Dieser kohlrabenschwarze Bart stand in merkwürdigem Kontrast zu seinem bleichen Gesicht, und seine Augen glänzten, als habe er Fieber. Er starrte uns und den Einspänner an. Dann trat ein verblüffter Ausdruck auf sein Gesicht.

»Hallo! Anhalten!« brüllte er und verstellte mit seinem Fahrrad die Straße. »Wo haben Sie diesen Wagen her? Halten Sie an, Mann!« kreischte er und zog eine Pistole aus seiner Seitentasche. »Anhalten, sag ich, Sakrament, oder Ihr Pferd kriegt eine Kugel verpaßt!«

Holmes warf mir die Zügel in den Schoß und sprang vom Wagen ab.

»Sie sind der Mann, den ich sehen will. Wo ist Miss Violet Smith?« sagte er auf seine rasche, klare Art.

»Das frage ich *Sie*. Sie sind in Ihrem Wagen. Sie sollten daher wissen, wo Sie ist.«

»Den Wagen haben wir auf der Straße angetroffen. Es war niemand darin. Wir sind damit zurückgefahren, um der Lady zu helfen.«

»Großer Gott! Großer Gott! Was soll ich nur tun?« rief der Fremde in verzweifelter Raserei. »Sie haben sie, dieser Höllenhund Woodley und der Lump von einem Pfaffen. Kommen Sie, Mann, kommen Sie, wenn Sie wirklich ihr Freund sind.

Stehen Sie mir bei, und wir werden sie retten, und wenn meine Leiche im Wald von Charlington bleiben sollte.«

Er rannte wie wahnsinnig mit der Pistole in der Hand auf eine Lücke in der Hecke zu. Holmes folgte ihm, und ich folgte Holmes und ließ das Pferd grasend am Straßenrand zurück.

»Hier sind sie durchgekommen«, sagte er und wies auf mehrere Fußspuren auf dem schlammigen Pfad. »Hallo! Moment mal! Wer ist das da im Busch?«

Es war ein junger Bursche von etwa siebzehn Jahren, wie ein Stallknecht in Lederhosen und Gamaschen gekleidet. Er lag mit angezogenen Knien auf dem Rücken und hatte eine schreckliche Schnittwunde am Kopf. Er war bewußtlos, aber am Leben. Ein Blick auf seine Wunde sagte mir, daß der Knochen unversehrt war.

»Das ist Peter, der Stalljunge«, rief der Fremde. »Er hat sie gefahren. Diese Bestien haben ihn heruntergezogen und zusammengeschlagen. Lassen Sie ihn liegen; wir können ihm nicht helfen, sie aber können wir vor dem schlimmsten Schicksal bewahren, das einer Frau zustoßen kann.«

Wir rasten den Pfad hinunter, der sich durch die Bäume wand. Als wir das Gebüsch erreichten, das das Haus umgab, blieb Holmes stehen.

»Sie sind nicht ins Haus gegangen. Hier links sind ihre Spuren – hier, neben den Lorbeersträuchern! Ah, hab ich's nicht gesagt!«

Bei seinen Worten brach ein schriller Frauenschrei – ein Schrei, der vor wahnsinnigem Entsetzen bebte – aus dem dichten grünen Gebüsch vor uns hervor. Auf dem höchsten Ton endete er abrupt in einem erstickten Gurgeln.

»Hier entlang! Hier entlang! Sie sind auf dem Bowlingspielplatz«, rief der Fremde und jagte durch die Büsche. »Ah, diese feigen Hunde! Folgen Sie mir, Gentlemen! Zu spät! Zu spät! Das darf doch nicht wahr sein!«

Plötzlich standen wir auf einer lieblichen Rasenlichtung, die von alten Bäumen umgeben war. Am anderen Ende stand unter dem Schatten einer mächtigen Eiche eine seltsame

Gruppe von drei Leuten: eine Frau, unsere Klientin, ohnmächtig hingesunken, ein Taschentuch vor dem Mund; ihr gegenüber ein brutal wirkender junger Mann mit groben Zügen und rotem Schnauzbart; er stand breitbeinig da, hatte einen Arm in die Seite gestützt und schwang mit dem anderen eine Reitpeitsche, seine ganze Haltung erinnerte an die eines triumphierenden Maulhelden. Zwischen ihnen hatte ein älterer, graubärtiger Mann, der über seinem hellen Tweedanzug einen kurzen Chorrock trug, offenbar soeben die Hochzeitszeremonie beendet, denn bei unserem Erscheinen steckte er sein Gebetbuch in die Tasche und klopfte dem unheimlichen Bräutigam mit jovialem Glückwunsch auf die Schulter.

»Sie sind verheiratet!« keuchte ich.

»Kommen Sie!« rief unser Führer. »Kommen Sie!« Er rannte über den Rasen, Holmes und ich ihm auf den Fersen. Als wir ankamen, taumelte die Lady gegen den Baumstamm, um sich zu stützen. Williamson, der ehemalige Geistliche, verbeugte sich in falscher Höflichkeit vor uns, und das Scheusal Woodley trat mit einem Schrei brutalen Triumphgelächters auf uns zu.

»Du kannst deinen Bart jetzt abnehmen, Bob«, sagte er. »Ich kenn dich ja doch. Na, du und deine Kumpels sind ja gerade rechtzeitig gekommen, daß ich ihnen Mrs. Woodley vorstellen kann.«

Die Reaktion unseres Führers war merkwürdig. Er riß sich den dunklen Bart herunter, mit dem er sich verkleidet hatte, und warf ihn auf den Boden; darunter kam ein längliches, bleiches, glattrasiertes Gesicht zum Vorschein. Dann hob er seinen Revolver und legte damit auf den jungen Rohling an, der seinerseits, die gefährliche Reitpeitsche schwingend, auf ihn zuging.

»Ja«, sagte unser Verbündeter, »ich bin Bob Carruthers, und ich werde dieser Frau zu ihrem Recht verhelfen, und wenn ich dafür hängen sollte. Ich habe dir gesagt, was ich mit dir mache, wenn du sie belästigst, und bei Gott, ich werde zu meinem Wort stehen!«

»Du kommst zu spät. Sie ist meine Frau!«

»Nein, deine Witwe.«

Ein Schuß knallte, und ich sah das Blut vorne aus Woodleys Weste spritzen. Er wirbelte mit einem Schrei herum und stürzte auf den Rücken; sein scheußliches rotes Gesicht überzog sich im Nu mit einer gräßlich gesprenkelten Blässe. Der alte Mann, der noch immer seinen Chorrock trug, brach in einen Haufen wüster Flüche aus, wie ich es noch nie zuvor gehört habe, und zog selber einen Revolver, doch ehe er ihn heben konnte, sah er in den Lauf von Holmes' Waffe.

»Genug davon«, sagte mein Freund schneidend. »Werfen Sie die Pistole hin! Watson, heben Sie sie auf! Halten Sie sie an seinen Kopf! Danke. Und Sie, Carruthers, geben mir Ihren Revolver. Keine Gewalttätigkeiten mehr. Kommen Sie, geben Sie her!«

»Wer sind Sie eigentlich?«

»Mein Name ist Sherlock Holmes.«

»Großer Gott!«

»Wie ich sehe, haben Sie von mir gehört. Bis zu ihrem Eintreffen werde ich die Polizei vertreten. He, Sie!« schrie er dem erschreckten Stalljungen zu, der am Rand der Wiese erschienen war. »Kommen Sie her. Bringen Sie diesen Brief so schnell Sie können nach Farnham.« Er kritzelte ein paar Worte auf ein Blatt aus seinem Notizbuch. »Geben Sie das dem Chef der Polizeistation. Bis er kommt, muß ich Sie alle persönlich unter Arrest halten.«

Die starke, gebieterische Persönlichkeit von Holmes beherrschte die tragische Szene – sie alle waren gleichermaßen Marionetten in seinen Händen. Williamson und Carruthers trugen folgsam den verwundeten Woodley ins Haus, und ich reichte dem verschreckten Mädchen meinen Arm. Der Verletzte wurde auf sein Bett gelegt und auf Holmes' Bitte von mir untersucht. Ich brachte meinen Bericht in das mit alten Wandteppichen behangene Speisezimmer, wo er mit den beiden Gefangenen vor sich saß.

»Er wird es überleben«, sagte ich.

»Was!« rief Carruthers und sprang aus seinem Stuhl. »Ich geh rauf und mach ihn fertig! Wollen Sie etwa behaupten, daß dieses Mädchen, dieser Engel, für den Rest ihres Lebens an den Wilden Jack Woodley gebunden sein soll?«

»Darüber brauchen Sie sich keine Sorgen zu machen«, sagte Holmes. »Es gibt zwei sehr vernünftige Gründe dafür, warum sie unter keinen Umständen seine Frau sein wird. Erstens stellen wir Mr. Williamsons Berechtigung, eine Eheschließung zu vollziehen, entschieden in Frage.«

»Ich bin ordiniert!« schrie der alte Schurke.

»Und Ihres Amtes enthoben.«

»Einmal Priester, immer Priester.«

»Das denke ich nicht. Was ist mit der kirchlichen Erlaubnis?«

»Wir hatten eine Erlaubnis für die Eheschließung. Ich habe sie hier in meiner Tasche.«

»Dann haben Sie sie erschlichen. Auf jeden Fall aber ist eine erzwungene Hochzeit keine Hochzeit, sondern ein sehr schweres Verbrechen, wie Sie noch früh genug merken werden. Sie werden in den nächsten zehn Jahren Zeit genug haben, über diesen Punkt gründlich nachzudenken, wenn ich nicht irre. Und was Sie betrifft, Carruthers, so hätten Sie besser daran getan, die Pistole in Ihrer Tasche zu lassen.«

»Das glaube ich langsam auch, Mr. Holmes; aber als ich an all meine Vorkehrungen dachte, um dieses Mädchen zu beschützen – denn ich habe sie geliebt, Mr. Holmes, und es war für mich das einzige Mal, daß ich erfahren habe, was Liebe ist –, da hat mich der Gedanke völlig wahnsinnig gemacht, daß sie jetzt in der Gewalt des größten Scheusals und Wüstlings von ganz Südafrika wäre, eines Mannes, dessen Name von Kimberley bis Johannesburg ein Brechmittel ist. Ja, Mr. Holmes, Sie werden's kaum glauben, aber seit dieses Mädchen bei mir beschäftigt ist, habe ich sie nicht ein einziges Mal an diesem Haus hier vorbeifahren lassen, wo, wie ich wußte, diese Schurken ihr auflauerten, ohne ihr auf meinem Fahrrad zu folgen, nur um dafür zu sorgen, daß ihr nichts zustieße. Ich hielt stets Abstand von ihr und trug einen Bart, damit sie mich nicht erkennen konnte, denn sie ist ein gutes und lebhaftes Mädchen und wäre nicht lange in meiner Beschäftigung geblieben, wenn sie gewußt hätte, daß ich ihr auf den Landstraßen nachfahre.«

»Warum haben Sie ihr nichts von der Gefahr gesagt?«

»Weil sie mich auch dann verlassen hätte, und diese Vorstellung konnte ich nicht ertragen. Selbst wenn sie mich nicht lieben konnte, bedeutete es mir sehr viel, einfach nur ihre zierliche Gestalt im Haus zu sehen und den Klang ihrer Stimme zu hören.«

»Nun«, sagte ich, »Sie nennen das Liebe, Mr. Carruthers, ich aber möchte es Eigennutz nennen.«

»Vielleicht beides auf einmal. Jedenfalls konnte ich sie nicht gehen lassen. Außerdem war es, bei diesem Gelumpe hier, doch gut, daß sie jemanden in der Nähe hatte, der sich um sie kümmerte. Als dann das Telegramm kam, wußte ich, daß sie entschlossen waren, etwas zu unternehmen.«

»Was für eine Telegramm?«

Carruthers zog ein Telegramm aus der Tasche.

»Hier!« sagte er. Es lautete kurz und bündig:

DER ALTE IST TOT.

»Hm!« sagte Holmes. »Ich glaube, ich sehe jetzt, wie sich das abgespielt hat, und ich kann verstehen, wie diese Botschaft sie, wie Sie sagten, zu einer Entscheidung bringen sollte. Aber während wir warten, könnten Sie mir noch sagen, was Sie wissen.«

Das alte schwarze Schaf im Chorrock brach in eine Flut unflätiger Worte aus.

»Bei Gott!« sagte er. »Wenn Sie uns verpfeifen, Bob Carruthers, geb ich's Ihnen, wie Sie's Jack Woodley gegeben haben! Wegen des Mädchens können Sie herumblöken, soviel Sie wollen; das ist Ihre Sache. Aber wenn Sie uns bei diesem Zivilpolypen da denunzieren – das wäre das Schlimmste, was Sie je in Ihrem Leben gemacht hätten.«

»Euer Hochwürden brauchen sich nicht zu echauffieren«, sagte Holmes, indem er sich eine Zigarette anzündete. »Der Fall spricht deutlich genug gegen Sie, und ich frage lediglich aus persönlicher Neugier nach einigen Einzelheiten. Sollte es Ihnen jedoch schwerfallen zu reden, so übernehme ich das Gespräch, und dann werden Sie ja sehen, wie weit es in Ihrer Macht steht, Ihre Geheimnisse zurückzuhalten. Erstens: Sie kamen zu dritt wegen dieser Sache aus Südafrika – Sie, Williamson, Sie, Carruthers, und Woodley.«

»Lüge Nummer eins«, sagte der Alte; »ich habe die beiden zum erstenmal vor zwei Monaten gesehen, und ich war nie in meinem Leben in Afrika; das können Sie sich also in die Pfeife stecken und rauchen, Mr. Schnüffelnase Holmes!«

»Es stimmt, was er sagt«, sagte Carruthers.

»Nun, nun, also kamen zwei von Ihnen her, und Seine Hochwürden ist ein Produkt unserer Heimat. Sie hatten in Südafrika Ralph Smith gekannt. Sie hatten Grund zu der Annahme, er würde nicht mehr lange leben. Sie hatten herausgefunden, daß seine Nichte sein Vermögen erben würde. Nun, wie ist das – he?«

Carruthers nickte, Williamson fluchte.

»Sie war seine nächste Verwandte, ganz ohne Zweifel, und Ihnen war bekannt, daß der alte Knabe kein Testament machen würde.«

»Konnte weder lesen noch schreiben«, sagte Carruthers.

»Also kamen Sie beide her und spürten das Mädchen auf. Die Idee war, daß einer von Ihnen sie heiraten sollte und der andere dann einen Anteil der Beute bekäme. Aus irgendeinem Grund wurde Woodley zum Gatten auserkoren. Wieso das?«

»Wir haben auf der Überfahrt Karten um sie gespielt. Er hat gewonnen.«

»Aha. Sie haben die junge Lady in Ihre Dienste genommen, und Woodley sollte ihr dort den Hof machen. Sie erkannte in ihm den saufenden Wüstling, der er war, und wollte nichts mit ihm zu tun haben. Inzwischen war Ihre Abmachung ziemlich durcheinandergeraten, weil Sie selbst sich in die junge Lady verliebt hatten. Sie konnten die Vorstellung nicht länger ertragen, daß dieser Rüpel sie besitzen sollte.«

»Nein, Herrgottnochmal, das konnte ich nicht!«

»Es gab Streit zwischen Ihnen. Er verließ Sie wütend und fing an, unabhängig von Ihnen seine eigenen Pläne zu schmieden.«

»Es kommt mir so vor, Williamson, wir haben diesem Gentleman nicht allzu viel zu erzählen«, rief Carruthers mit bitterem Lachen. »Ja, wir hatten Streit, und er hat mich niedergeschlagen. Aber was das betrifft, bin ich mit ihm quitt. Dann verlor ich ihn aus den Augen. Das war, als er sich mit diesem verstoßenen Padre hier angefreundet hat. Ich fand heraus, daß sie sich in diesem Haus an der Strecke, über die sie zum Bahnhof fahren mußte, häuslich niedergelassen hatten. Hierauf behielt ich sie im Auge, denn ich wußte, daß irgendeine Teufelei in der Luft lag. Hin und wieder besuchte ich die beiden, weil ich unbedingt herausfinden wollte, was sie vorhatten. Vor zwei Tagen kam Woodley mit diesem Telegramm zu mir ins Haus, aus dem hervorging, daß Ralph Smith gestorben war. Er fragte mich, ob ich mich an die Abmachung halten würde. Ich sagte, das würde ich nicht. Er fragte mich, ob ich das Mädchen selber heiraten und ihm seinen Anteil geben würde. Ich sagte ihm, daß ich das gern tun würde, sie mich aber nicht haben wolle. Da sagte er: ›Verheiraten wir sie erst einmal, nach ein paar Wochen sieht sie die Dinge vielleicht ganz anders.‹ Ich sagte, mit Gewalt wolle ich nichts zu tun haben. Und so zog er fluchend ab, dieser zotige Lump, und schwor, daß er sie doch noch bekommen würde. Sie verließ mich dieses Wochenende, und ich hatte ihr einen Wagen besorgt, der sie zum Bahnhof bringen sollte, aber ich war so beunruhigt, daß ich ihr auf meinem Fahrrad nachfuhr. Sie hatte jedoch einen Vorsprung, und ehe ich sie einholen konnte, war das Unglück bereits geschehen. Ich merkte erst, was los war, als ich Sie beide, Gentlemen, in ihrem Einspänner zurückkommen sah.«

Holmes stand auf und warf seinen Zigarettenstummel in den Kamin. »Ich bin ziemlich begriffsstutzig gewesen, Watson«, sagte er. »Als Sie in Ihrem Bericht erwähnten, Sie hätten zu sehen geglaubt, der Radfahrer hätte im Gebüsch seine Halsbinde gerichtet, hätte mir dies allein schon alles sagen müssen. Wir dürfen uns jedoch zu einem merkwürdigen und in mancher Hinsicht einmaligen Fall gratulieren. Wie ich sehe, kommen drei Mann von der Landpolizei die Einfahrt hoch, und der kleine Stallbursche ist erfreulicherweise in der Lage, mit ihnen Schritt zu halten; es ist demnach wahrscheinlich, daß weder er noch unser interessanter Bräutigam einen dauerhaften Schaden von ihren morgendlichen Abenteuern davontragen werden. Watson, ich denke, Sie sollten Miss Smith in Ihrer Eigenschaft als Arzt einen Besuch abstatten und ihr sagen, daß wir sie, wenn sie sich ausreichend erholt hat, mit Vergnügen zum Haus ihrer Mutter geleiten werden. Sollte sie noch nicht ganz wohl sein, dürften Sie sie durch den Hinweis, daß wir im Begriff sind, einem jungen Elektriker in den Midlands ein Telegramm zu schicken, vollends wiederherstellen können. Was Sie betrifft, Mr. Carruthers, so haben Sie wohl getan, was Sie konnten, um Ihren Anteil an einem üblen Anschlag wiedergutzumachen. Hier haben Sie meine Karte, Sir, und falls meine Aussage Ihnen in Ihrem Prozeß hilfreich sein kann, stehe ich Ihnen zur Verfügung.«

Im Wirbel unserer unablässigen Aktivitäten ist es mir, wie der Leser vermutlich schon bemerkt hat, oft schwergefallen, meine Erzählungen abzurunden und jene letzten Einzelheiten nachzutragen, die der Neugierige erwarten darf. Jeder Fall war das Vorspiel zu einem anderen, und war der Höhepunkt erst einmal überschritten, waren die Darsteller für immer aus unserem geschäftigen Leben verschwunden. Jedoch finde ich am Schluß meines Manuskripts eine kurze Notiz zu diesem Fall, in der ich vermerkt habe, daß Miss Violet Smith in der Tat ein beträchtliches Vermögen geerbt hat und nun mit Cyril Morton, dem Seniorpartner von Morton & Kennedy, den bekannten Elektrikern von Westminster, verheiratet ist. Williamson und Woodley wurde wegen Entführung und tätlicher Drohung der Prozeß gemacht, und der erstere erhielt sieben, der letztere zehn Jahre Gefängnis. Vom Schicksal Carruthers' besitze ich keine Aufzeichnung, doch bin ich sicher, daß seine Attacke vom Gericht nicht allzu schwer gewertet worden ist, da Woodley im Ruf eines höchst gefährlichen Schurken gestanden hat; ich nehme an, ein paar Monate Gefängnis dürften den Ansprüchen der Gerechtigkeit Genüge getan haben.

DIE ABTEI-SCHULE

Wir hatten auf unserer kleinen Bühne in Baker Street schon so manche dramatische Auftritte und Abgänge erlebt, aber an etwas Überraschenderes und Verblüffenderes als den ersten Auftritt von Dr. Thorneycroft Huxtable, M. A., Ph. D. usw., kann ich mich nicht erinnern. Seine Karte, die zu klein schien, um das Gewicht seiner akademischen Auszeichnungen tragen zu können, traf wenige Sekunden vor ihm ein; und dann schritt er selbst herein – so groß, so aufgeblasen und so ehrwürdig, daß er wie die Verkörperung von Selbstbeherrschung und Festigkeit schlechthin wirkte. Und doch – das erste, was er tat, nachdem er die Tür hinter sich geschlossen hatte, war, gegen den Tisch zu schwanken, von wo er auf den Boden rutschte; und da lag nun diese majestätische Gestalt bewußtlos ausgestreckt auf unserem Bärenfell-Kaminvorleger.

Wir waren aufgesprungen und starrten einige Sekunden in stummer Verblüffung auf dieses gewichtige Wrack, das von irgendeinem jähen und fatalen Sturm weit draußen auf dem Ozean des Lebens Kunde tat. Dann holte Holmes eilig ein Kissen für seinen Kopf und ich Brandy für seine Lippen. Das massige bleiche Gesicht war von Sorgenfalten durchfurcht, die schweren Tränensäcke unter seinen Augen waren von bleierner Farbe, die Mundwinkel hingen ihm schlaff und qualvoll herab, und sein Doppelkinn war unrasiert. Hemd und Kragen trugen den Schmutz einer langen Reise, und das Haar starrte zerzaust von seinem wohlgeformten Haupt. Ein schwer geprüfter Mann lag vor uns.

»Was hat er, Watson?« fragte Holmes.

»Er ist völlig erschöpft – vermutlich vor Hunger und Übermüdung«, sagte ich, während ich mit einem Finger seinen schwachen Puls fühlte: Sein Lebensstrom tröpfelte dünn und schwächlich.

»Rückfahrkarte von Mackleton im Norden Englands«, sagte Holmes und zog sie ihm aus der Uhrtasche. »Es ist noch nicht einmal zwölf Uhr. Er muß recht früh losgefahren sein.«

Seine verrunzelten Lider hatten zu beben begonnen, und jetzt blickte uns ein Paar abwesender grauer Augen an. Einen Augenblick darauf war der Mann mühsam aufgestanden, sein Gesicht vor Scham purpurrot.

»Verzeihen Sie mir diese Schwäche, Mr. Holmes; ich bin ein wenig überarbeitet. Ich danke Ihnen; wenn ich ein Glas Milch und einen Keks haben könnte, wird es mir zweifellos gleich besser werden. Ich bin persönlich gekommen, Mr. Holmes, um sicherzustellen, daß Sie mit mir zurückfahren. Ich fürchtete, ein Telegramm würde Sie nicht von der absoluten Dringlichkeit des Falls überzeugen können.«

»Wenn Sie sich ganz erholt haben –«

»Mir geht es wieder ganz gut. Ich kann mir gar nicht vorstellen, wie ich nur so schwach sein konnte. Ich möchte, Mr. Holmes, daß Sie mit dem nächsten Zug mit mir nach Mackleton zurückfahren.«

Mein Freund schüttelte den Kopf.

»Mein Kollege Dr. Watson könnte Ihnen sagen, daß wir zur Zeit sehr beschäftigt sind. Ich habe gerade diesen Fall mit den Ferrers-Dokumenten in Arbeit, und der Prozeß gegen den Mörder von Abergavenny steht bevor. Gegenwärtig könnte mich nur eine durchaus dringende Angelegenheit zum Verlassen Londons bewegen.«

»Dringend?« Unser Besucher warf die Arme hoch. »Haben Sie denn noch nichts von der Entführung des einzigen Sohns des Herzogs von Holdernesse gehört?«

»Was! Der ehemalige Kabinettsminister?«

»Ganz recht. Wir hatten versucht, es aus den Zeitungen herauszuhalten, aber gestern abend ist im *Globe* ein Gerücht aufgetaucht. Ich nahm an, es sei Ihnen zu Ohren gekommen.«

Holmes fuhr seinen langen dünnen Arm aus und griff sich den Band »H« seines enzyklopädischen Nachschlagewerks.

»›Holdernesse, sechster Herzog, K. G., P. C.‹ – das halbe

Alphabet! – ›Baron Beverley, Graf von Carston‹ – meine Güte, was für eine Aufzählung! – ›Lord-Lieutenant von Hallamshire seit 1900. Verheiratet mit Edith, der Tochter von Sir Charles Appledor, seit 1888. Erbe und einziges Kind: Lord Saltire. Grundbesitz etwa zweihundertundfünfzigtausend Morgen. Bergwerke in Lancashire und Wales. Anschrift: Carlton House Terrace; Holdernesse Hall, Hallamshire; Carston Castle, Bangor, Wales. Lord of the Admiralty 1872; Minister für –‹ Nun, nun, dieser Mann ist in der Tat einer der bedeutendsten Untertanen der Krone!«

»Der bedeutendste, und vielleicht der wohlhabendste. Mir ist bekannt, Mr. Holmes, daß Sie in beruflichen Angelegenheiten sehr gründlich vorgehen und daß Sie auch bereit sind, nur um der Arbeit willen zu arbeiten. Ich darf Ihnen jedoch melden, daß Seine Gnaden angedeutet hat, daß demjenigen, der ihm sagen kann, wo sich sein Sohn befindet, ein Scheck über fünftausend Pfund überreicht werden soll, sowie weitere tausend dem, der den Mann oder die Männer benennen kann, die ihn entführt haben.«

»Ein fürstliches Angebot«, sagte Holmes. »Watson, ich denke, wir werden Dr. Huxtable in den Norden Englands zurückbegleiten. Und nun, Dr. Huxtable, werden Sie mir, nachdem Sie die Milch ausgetrunken haben, freundlicherweise erzählen, was geschehen ist, wann es geschehen ist, wie es geschehen ist, und schließlich, was Dr. Thorneycroft Huxtable von der Abtei-Schule bei Mackleton mit der Sache zu tun hat, und warum er erst drei Tage nach dem Vorfall – der Zustand Ihres Kinns gibt mir dies Datum an – zu mir kommt, um meine bescheidenen Dienste zu erbitten.«

Unser Besucher hatte seine Milch und die Kekse verzehrt. Das Licht war wieder in seine Augen und die Farbe auf seine Wangen zurückgekehrt, als er sich daranmachte, mit großer Energie und Klarheit die Lage zu beschreiben.

»Ich muß Sie davon unterrichten, Gentlemen, daß die Abtei eine Vorschule ist, deren Gründer und Direktor ich bin. Vielleicht ruft Ihnen das Buch *Huxtables Streiflichter auf Horaz* meinen Namen ins Gedächtnis. Die Abtei ist, ohne jede Ausnahme, die beste und exklusivste Vorschule Englands. Lord Leverstoke, der Graf von Blackwater, Sir Cathcart Soames – sie alle haben ihre Söhne mir anvertraut. Doch glaubte ich, meine Schule habe ihren Zenit erreicht, als vor drei Wochen der Herzog von Holdernesse seinen Sekretär, Mr. James Wilder, zu mir schickte und mir bedeuten ließ, daß der junge Lord Saltire, sein zehnjähriger, einziger Sohn und Erbe, meiner Obhut anvertraut werden sollte. Ich dachte wohl kaum daran, daß dies das Vorspiel zu dem niederschmetterndsten Unglück meines Lebens sein würde.

Am 1. Mai kam der Junge an, also zu Beginn des Sommersemesters. Er war ein entzückender Knabe und paßte sich bald unseren Gepflogenheiten an. Ich darf Ihnen sagen – das ist ja hoffentlich nicht indiskret; halbe Geständnisse sind in einem solchen Fall absurd –, daß er zu Hause nicht ganz glücklich gewesen ist. Es ist ein offenes Geheimnis, daß das Eheleben des Herzogs nicht sonderlich friedlich war und das Ganze mit einer Trennung in gegenseitigem Einverständnis geendet hatte, worauf die Herzogin sich in Südfrankreich niederließ. Dies war erst vor ganz kurzem geschehen, und man weiß, daß der Junge seiner Mutter sehr zugetan war. Nach ihrem Weggang von Holdernesse Hall war er sehr bekümmert, und aus diesem Grund hatte der Herzog gewünscht, ihn auf meine Anstalt zu schicken. Nach vierzehn Tagen fühlte sich der Junge bei uns wie zu Hause und war augenscheinlich vollkommen glücklich.

Zum letztenmal wurde er in der Nacht zum 13. Mai gesehen – also letzten Montagabend. Sein Zimmer lag im zweiten Stock und war durch ein weiteres großes Zimmer zu erreichen, in welchem zwei Jungen schliefen. Diese Jungen haben nichts gesehen oder gehört; demnach ist sicher, daß der junge Saltire nicht durch dieses Zimmer hinausgekommen ist. Sein Fenster stand auf, und darunter wächst ein kräftiger Efeu bis zum Boden. Wir konnten unten keine Fußspuren finden, aber es ist klar, daß dies der einzig mögliche Ausgang ist.

Seine Abwesenheit wurde am Dienstagmorgen um sieben Uhr festgestellt. Sein Bett war benutzt worden. Er hatte sich vor seinem Weggang vollständig angekleidet, und zwar seinen gewöhnlichen Schulanzug: schwarze Eton-Jacke und dunkelgraue Hosen. Nichts deutete darauf hin, daß irgend jemand den Raum betreten hatte, und es ist völlig sicher, daß Schreie oder Kampfgeräusche nicht unbemerkt geblieben wären, da Caunter, der ältere Junge im Nebenzimmer, einen sehr leichten Schlaf hat.

Nachdem Lord Saltires Verschwinden entdeckt worden war, ließ ich sofort die gesamte Schule antreten – Schüler, Lehrer und Bedienstete. Hierbei ermittelten wir dann, daß Lord Saltire seine Flucht nicht alleine angetreten hatte. Auch Heidegger, der Deutschlehrer, fehlte. Sein Zimmer lag im zweiten Stock, im anderen Flügel des Gebäudes, ging aber nach derselben Richtung wie das von Lord Saltire. Auch sein Bett war benutzt worden; aber er war offenbar nur teilweise bekleidet gegangen, da sein Hemd und seine Strümpfe auf dem Boden lagen. Er hatte sich unzweifelhaft an dem Efeu hinuntergelassen, denn wir konnten die Abdrücke seiner Füße sehen, wo er auf dem Rasen gelandet war. Sein Fahrrad stand immer in einem kleinen Schuppen an diesem Rasen, und auch dies war verschwunden.

Er war damals mit den besten Referenzen gekommen und hatte schon zwei Jahre für mich gearbeitet; aber er war ein schweigsamer, mißmutiger Mensch und weder bei den anderen Lehrern noch den Schülern sehr beliebt. Keine Spur ließ sich von den Flüchtlingen finden, und am heutigen Donnerstagmorgen wissen wir genauso wenig wie am Dienstag. Natürlich haben wir uns sofort in Holdernesse Hall erkundigt. Es liegt nur wenige Meilen weit weg, und wir hatten uns gedacht, er sei in einem plötzlichen Anfall von Heimweh zu seinem Vater zurückgelaufen; doch dieser hatte nichts von ihm gehört. Der Herzog ist tief erschüttert – und was mich betrifft, so haben Sie ja den Zustand nervlicher Erschöpfung selbst gesehen, in den mich die Anspannung und meine Verantwortlichkeit getrieben haben. Mr. Holmes, sollten Sie je Ihre ganze Kraft zur Geltung bringen wollen, so flehe ich Sie an, es jetzt zu tun, denn Sie werden in Ihrem ganzen Leben keinen Fall mehr haben, der Ihrer würdiger sein könnte.«

Sherlock Holmes hatte dem Bericht des unglücklichen Schulleiters mit äußerster Aufmerksamkeit zugehört. Seine herabgezogenen Augenbrauen und die tiefe Furche dazwischen zeigten an, daß er keiner Ermunterung bedurfte, um seine ganze Konzentration auf ein Problem zu richten, das, abgesehen von den enormen Interessen, die hierbei auf dem Spiele standen, seine Liebe zum Komplexen und Ungewöhnlichen so unmittelbar ansprach. Nun zog er sein Notizbuch hervor und machte sich schnell ein paar Anmerkungen.

»Es war sehr nachlässig von Ihnen, mich nicht eher aufzusuchen«, sagte er streng. »Sie lassen mich meine Ermittlungen mit einem überaus schwerwiegenden Handicap antreten. Zum Beispiel ist es undenkbar, daß dieser Efeu und der Rasen einem erfahrenen Beobachter keine Anhaltspunkte geliefert hätten.«

»Mich trifft keine Schuld, Mr. Holmes. Seine Gnaden wünschten durchaus, jeden öffentlichen Skandal zu vermeiden. Er fürchtete, das Unglück seiner Familie könne vor die Welt gezerrt werden. Vor dergleichen hegt er einen tiefen Abscheu.«

»Es hat aber doch eine offizielle Untersuchung gegeben?«

»Ja, Sir, und die war höchst enttäuschend. Man erhielt sofort einen deutlichen Hinweis: Angeblich seien ein Knabe und ein junger Mann beobachtet worden, die mit dem Frühzug von einem Bahnhof in der Umgebung abgefahren seien. Nur haben wir letzte Nacht erfahren, daß man diese beiden in Liverpool aufgespürt hat und sie nachweislich keinerlei Verbindung mit dem vorliegenden Fall haben. Daraufhin bin ich dann, nach einer schlaflosen Nacht, in meiner Verzweiflung und Enttäuschung direkt mit dem Frühzug zu Ihnen gekommen.«

»Ich nehme an, die örtlichen Ermittlungen wurden während der Verfolgung dieser falschen Spur nur mäßig weitergetrieben?«

»Sie wurden vollständig eingestellt.«

»Womit also drei Tage vergeudet wurden. Die Angelegenheit wurde höchst erbärmlich behandelt.«

»Das empfinde ich auch und gestehe es ein.«

»Und doch dürfte das Problem einer endgültigen Lösung zugänglich sein. Ich werde mich mit dem größten Vergnügen daranmachen. Konnten Sie irgendeine Verbindung zwischen dem vermißten Jungen und dem Deutschlehrer feststellen?«

»Nicht die geringste.«

»Hat dieser Lehrer ihn unterrichtet?«

»Nein; soweit ich weiß, haben sie nie miteinander gesprochen.«

»Das ist allerdings sehr merkwürdig. Besaß der Junge ein Fahrrad?«

»Nein.«

»Fehlte sonst noch ein Fahrrad?«

»Nein.«

»Ganz bestimmt?«

»Durchaus.«

»Tja, nun, Sie wollen doch nicht allen Ernstes andeuten, daß dieser Deutsche mitten in der Nacht mit dem Jungen auf dem Arm auf seinem Fahrrad davongefahren ist?«

»Bestimmt nicht.«

»Wie stellen Sie sich dann die Sache vor?«

»Das Fahrrad könnte zur Irreführung benutzt worden sein. Vielleicht wurde es irgendwo versteckt, und die beiden sind zu Fuß weggegangen.«

»Sehr schön; aber kommt Ihnen diese Irreführung nicht ziemlich absurd vor? Gab es in diesem Schuppen noch andere Fahrräder?«

»Mehrere.«

»Würde er nicht *zwei* Fahrräder versteckt haben, wenn er den Eindruck hinterlassen wollte, sie wären damit fortgefahren?«

»Das könnte ich mir denken.«

»Freilich. Die Theorie mit der Irreführung taugt also nichts. Doch ist der Vorfall ein vorzüglicher Ausgangspunkt für eine Nachforschung. Immerhin läßt sich ein Fahrrad nicht eben leicht verbergen oder zerstören. Eine weitere Frage. Hat irgend jemand den Jungen am Tag vor seinem Verschwinden besuchen wollen?«

»Nein.«

»Hat er Briefe bekommen?«

»Ja, einen Brief.«

»Von wem.«

»Von seinem Vater.«

»Öffnen Sie die Briefe Ihrer Schüler?«

»Nein.«

»Woher wissen Sie dann, daß er von seinem Vater kam?«

»Auf dem Umschlag befand sich sein Wappen, und er war in der eigentümlich steifen Handschrift des Herzogs adressiert. Außerdem erinnert sich der Herzog daran, ihn geschrieben zu haben.«

»Hatte er davor irgendwelche Briefe bekommen?«

»Mehrere Tage lang keinen.«

»Hatte er je einen aus Frankreich bekommen?«

»Nein; nie.«

»Sie sehen natürlich, worauf ich mit meinen Fragen abziele. Der Junge wurde entweder mit Gewalt entführt, oder er ist aus freien Stücken weggegangen. In letzterem Fall dürfte man annehmen, daß es schon irgendeines äußeren Ansporns bedurft hätte, einen so jungen Knaben zu etwas Derartigem zu veranlassen. Wenn ihn niemand besucht hat, muß dieser Ansporn brieflich erfolgt sein. Und daher versuche ich zu ermitteln, wer seine Korrespondenten waren.«

»Ich fürchte, da kann ich Ihnen nur wenig helfen. Soweit ich weiß, hat er nur von seinem Vater Briefe bekommen.«

»Der ihm genau am Tag seines Verschwindens geschrieben hat. Waren die Beziehungen zwischen Vater und Sohn sehr herzlich?«

»Seine Gnaden stehen mit niemandem auf sehr herzlichem Fuß. Er geht vollständig in seinen bedeutenden öffentlichen Angelegenheiten auf und ist jeglichen gewöhnlichen Gefühlen gegenüber ziemlich unzugänglich. Doch war er auf seine Weise stets freundlich zu dem Jungen.«

»Aber die Sympathien des letzteren standen auf seiten seiner Mutter?«

»Ja.«

»Hat er das selbst gesagt?«

»Nein.«

»Der Herzog demnach?«

»Gütiger Himmel, nein!«

»Wie konnten Sie es dann wissen?«

»Ich hatte ein vertrauliches Gespräch mit Mr. James Wilder, dem Sekretär Seiner Gnaden. Er war es, der mich von den Gefühlen Lord Saltires unterrichtete.«

»Aha. Übrigens, dieser letzte Brief des Herzogs – hat man den im Zimmer des Jungen gefunden, nachdem er verschwunden war?«

»Nein; er hatte ihn mitgenommen. Ich denke, Mr. Holmes, es ist Zeit, daß wir uns nach Euston begeben.«

»Ich werde eine Droschke bestellen. Wir werden Ihnen in einer Viertelstunde zu Diensten stehen. Sollten Sie nach Hause telegraphieren, Mr. Huxtable, wäre es nicht schlecht, wenn Sie die Leute in Ihrer Nachbarschaft in dem Glauben beließen, die Ermittlungen konzentrierten sich weiterhin auf Liverpool oder wohin auch immer diese falsche Spur Ihre Meute gelockt hat. Unterdessen werde ich in aller Ruhe ein wenig vor Ihrer Tür herumschnüffeln, und vielleicht ist die Fährte noch nicht so kalt, als daß zwei alte Spürhunde wie Watson und ich sie nicht doch noch aufnehmen können.«

Dieser Abend fand uns im kühlen, belebenden Klima des Peak District, in dem Dr. Huxtables berühmte Schule gelegen ist. Es war dunkel, als wir dort ankamen. Auf dem Tisch in der Eingangshalle lag eine Karte, und der Butler flüsterte seinem

Herrn etwas zu, worauf dieser sich uns mit allen Anzeichen von Erregung in seinem Gesicht zuwandte.

»Der Herzog ist hier«, sagte er. »Der Herzog und Mr. Wilder sind im Arbeitszimmer. Kommen Sie, Gentlemen, ich werde Sie ihnen vorstellen.«

Die Bilder des berühmten Staatsmannes waren mir natürlich vertraut, doch der Mann selbst unterschied sich beträchtlich von diesen Darstellungen. Er war groß und stattlich und gewissenhaft gekleidet; sein Gesicht war schmal und verzerrt, und die Nase war grotesk gebogen und lang. Seine Gesichtsfarbe war von totenhafter Blässe, welche durch den Kontrast mit einem langen, schütteren, lebhaft roten Bart noch erschreckender wirkte, der ihm auf seine weiße Weste herabhing und durch dessen Fransen eine Uhrkette schimmerte. Dies also war die stattliche Erscheinung, die mitten auf Dr. Huxtables Kaminvorleger stand und uns steinern entgegenblickte. Neben ihm stand ein sehr junger Mann, in dem ich seinen Privatsekretär Wilder vermutete. Er war klein, kräftig und lebhaft und hatte intelligente hellblaue Augen und ein reges Mienenspiel. Er war es, der das Gespräch sofort in prägnantem und bestimmtem Tonfall eröffnete.

»Ich kam heute morgen zu spät, Mr. Huxtable, um Sie noch daran zu hindern, sich nach London zu begeben. Ich erfuhr, Sie hätten die Absicht, Mr. Sherlock Holmes aufzufordern, diesen Fall zu übernehmen. Seine Gnaden sind überrascht, Mr. Huxtable, daß Sie einen solchen Schritt unternehmen, ohne sich vorher mit ihm beraten zu haben.«

»Als ich erfuhr, daß die Polizei versagt hatte –«

»Seine Gnaden sind durchaus nicht davon überzeugt, daß die Polizei versagt hat.«

»Aber freilich, Mr. Wilder –«

»Sie wissen sehr wohl, Dr. Huxtable, daß Seine Gnaden überaus darauf bedacht sind, jeglichen öffentlichen Skandal zu vermeiden. Er zieht es vor, so wenig Leute wie möglich ins Vertrauen zu ziehen.«

»Die Sache kann leicht behoben werden«, sagte der eingeschüchterte Doktor. »Mr. Sherlock Holmes kann morgen früh mit dem Zug nach London zurückfahren.«

»Wohl kaum, Doktor, wohl kaum«, sagte Holmes mit sanftester Stimme. »Die Luft hier im Norden ist belebend und angenehm, weshalb ich vorhabe, einige Tage in Ihren Mooren zu verbringen und mich so gut es geht zu beschäftigen. Ob Sie mich beherbergen oder der Dorfgasthof, haben natürlich Sie zu entscheiden.«

Ich sah, daß der unglückliche Doktor im letzten Stadium der Unschlüssigkeit war, aus welchem ihn die tiefe sonore Stimme des rotbärtigen Herzogs erlöste, die plötzlich wie ein Gong erdröhnte.

»Ich stimme mit Mr. Wilder überein, Mr. Huxtable, daß es klug von Ihnen gewesen wäre, sich mit mir zu beraten. Da Sie nun aber Mr. Holmes einmal ins Vertrauen gezogen haben, wäre es wahrlich absurd, wenn wir seine Dienste nicht in Anspruch nähmen. Gehen Sie bitte nicht in den Gasthof, Mr. Holmes, vielmehr würde es mich freuen, Sie als Gast auf Holdernesse Hall begrüßen zu dürfen.«

»Ich danke Euer Gnaden. Doch hielte ich es für klüger, für die Zwecke meiner Ermittlungen am Schauplatz des geheimnisvollen Geschehens zu bleiben.«

»Ganz wie Sie wünschen, Mr. Holmes. Selbstverständlich steht Ihnen jede Information, die Mr. Wilder oder ich Ihnen geben kann, zur Verfügung.«

»Ich werde Sie vermutlich auf Holdernesse Hall aufsuchen müssen«, sagte Holmes. »Jetzt möchte ich Sie nur fragen, Sir, ob Sie selbst auf irgendeine Erklärung für das rätselhafte Verschwinden Ihres Sohnes gekommen sind?«

»Nein, Sir, das bin ich nicht.«

»Verzeihen Sie, wenn ich auf Dinge anspiele, die Ihnen schmerzlich sind, aber ich habe keine andere Möglichkeit. Glauben Sie, daß die Herzogin irgend etwas mit der Sache zu tun haben könnte?«

Der große Minister zögerte sichtlich.

»Ich denke nicht«, sagte er schließlich.

»Die andere nächstliegende Erklärung ist die, daß das Kind entführt wurde, um ein Lösegeld zu erpressen. Irgend etwas Dergleichen wurde noch nicht von Ihnen verlangt?«

»Nein, Sir.«

»Noch eine Frage, Euer Gnaden. Wie ich hörte, haben Sie Ihrem Sohn am Tag jenes Vorfalls geschrieben.«

»Nein! Ich habe ihm am Tag davor geschrieben.«

»Sehr wohl. Aber er bekam den Brief an diesem Tag?«

»Ja.«

»Stand in Ihrem Brief irgend etwas, das ihn aus der Fassung bringen oder zu einem solchen Schritt hätte veranlassen können?«

»Nein, Sir, ganz sicher nicht.«

»Haben Sie den Brief selbst zur Post gebracht?«

Der Sekretär fiel dem Adligen mit einiger Hitze ins Wort.

»Seine Gnaden haben nicht die Angewohnheit, Briefe selbst zur Post zu bringen«, sagte er. »Dieser Brief lag mit anderen auf dem Schreibtisch, und ich selbst habe sie in den Postsack gesteckt.«

»Sind Sie sicher, daß der betreffende auch dabei war?«

»Ja, ich habe ihn gesehen.«

»Wieviele Briefe haben Euer Gnaden an diesem Tag geschrieben?«

»Zwanzig oder dreißig. Ich führe eine beträchtliche Korrespondenz. Aber ist das nicht reichlich unerheblich?«

»Nicht ganz«, sagte Holmes.

»Ich für meinen Teil«, fuhr der Herzog fort, »habe der Polizei geraten, ihr Augenmerk auf Südfrankreich zu richten. Ich sagte bereits, ich glaube nicht daran, daß die Herzogin eine so ungeheuerliche Tat unterstützen würde, aber der Junge hatte die verschrobensten Ansichten, und es mag sein, daß er, mit Hilfe und Schutz dieses Deutschen, zu ihr geflohen ist. Dr. Huxtable, ich denke, wir begeben uns zur Hall zurück.«

Ich merkte, daß Holmes noch weitere Fragen hätte stellen wollen; aber die kurz angebundene Art des Adligen zeigte, daß das Gespräch beendet war. Es war offensichtlich, daß diese

Erörterung seiner intimen Familienangelegenheiten mit einem Fremden seinem durch und durch aristokratischen Wesen zutiefst zuwider war und daß er fürchtete, jede neue Frage könnte ein noch grelleres Licht in die diskret im Schatten verborgenen Winkel seiner herzöglichen Geschichte werfen.

Als der Adlige und sein Sekretär gegangen waren, stürzte mein Freund sich mit dem ihm eigenen Eifer in die Ermittlungen.

Das Zimmer des Jungen wurde sorgfältig untersucht, aber dies erbrachte lediglich die absolute Gewißheit, daß er ausschließlich durch das Fenster hatte entweichen können. Zimmer und Habseligkeiten des Deutschlehrers lieferten ebenfalls keinen weiteren Hinweis. In seinem Fall hatte eine Efeuranke unter seinem Gewicht nachgegeben, und im Licht einer Laterne sahen wir die Stelle auf dem Rasen, auf der er aufgesprungen war. Diese eine Delle in dem kurzen grünen Gras war der einzige hinterbliebene materielle Zeuge jener unerklärlichen nächtlichen Flucht.

Sherlock Holmes ging alleine aus dem Haus und kam erst nach elf Uhr zurück. Er hatte sich ein großes Meßtischblatt von der Gegend besorgt, mit welchem er zu mir aufs Zimmer kam; er breitete es auf dem Bett aus und begann, nachdem er die Lampe mitten darauf balanciert hatte, rauchend darüber zu grübeln, wobei er gelegentlich mit dem qualmenden Bernsteinmundstück seiner Pfeife auf interessante Punkte hinwies.

»Dieser Fall wächst mir allmählich ans Herz, Watson«, sagte er. »Er weist einige entschieden interessante Aspekte auf. Ich möchte, daß Sie sich in diesem frühen Stadium die geographischen Gegebenheiten der hiesigen Gegend vergegenwärtigen, die mit unseren Ermittlungen eine ganze Menge zu tun haben könnten. Sehen Sie sich diese Karte an. Dieses dunkle Rechteck ist die Abtei-Schule. Ich stecke einmal eine Nadel hinein. Diese Linie hier ist die Hauptstraße. Sie sehen, sie verläuft ost-westlich an der Schule vorbei. Und Sie sehen auch, daß in beiden Richtungen über eine Meile keine Neben-

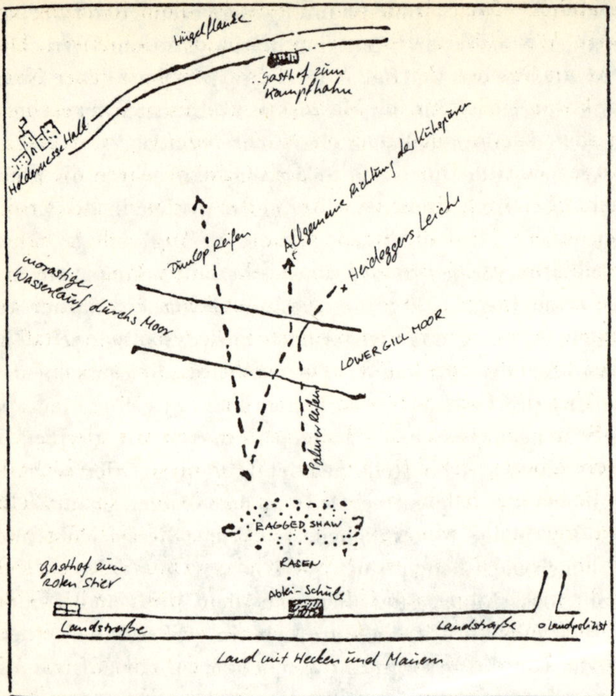

straße davon abgeht. Falls diese beiden Leute sich über eine Straße davongemacht haben, dann über *diese*.«

»Ganz recht.«

»Durch einen seltsamen und glücklichen Zufall können wir das, was in der fraglichen Nacht an dieser Straße passierte, einigermaßen rekonstruieren. An dieser Stelle hier, wo meine Pfeife jetzt ruht, hat von zwölf bis sechs Uhr ein Landpolizist seinen Dienst verrichtet. Wie Sie sehen, handelt es sich um die erste Straßenkreuzung nach Osten hin. Dieser Mann erklärt, er habe seinen Posten keine Sekunde lang verlassen, und es ist absolut sicher, daß kein Junge und kein Mann unbemerkt hier haben vorbeikommen können. Ich habe heute abend mit diesem Polizisten gesprochen, und er scheint mir ein vollkommen verläßlicher Mensch zu sein. Damit ist diese Richtung versperrt. Wir müssen uns nun um die andere kümmern. Dort steht ein Gasthof, der *Rote Stier,* dessen Wirtin in jener Nacht krank war; sie hatte nach Mackleton um einen Arzt geschickt, der aber, da er in einem anderen Notfall unterwegs war, erst am Morgen eintraf. Die Leute in dem Gasthof waren die ganze Nacht über wach, da sie seine Ankunft erwarteten, und der eine oder andere dürfte die Straße ständig im Auge gehabt haben. Sie erklären, es sei niemand vorbeigekommen. Wenn ihre Aussage etwas taugt, sind wir in der glücklichen Lage, auch den Westen zu versperren, und können des weiteren sagen, daß die Flüchtlinge die Straße überhaupt nicht benutzt haben.«

»Aber das Fahrrad?« wandte ich ein.

»Sehr richtig. Auf das Fahrrad kommen wir gleich. Um unsere Überlegungen fortzusetzen: Wenn diese Leute nicht die Straße benutzt haben, müssen sie in nördlicher oder südlicher Richtung querfeldein gegangen sein. Dies steht fest. Wägen wir das eine gegen das andere ab. Südlich vom Haus erstreckt sich, wie Sie sehen, eine große Fläche Ackerland, die in kleine Felder mit Steinmauern dazwischen unterteilt ist. Dort, möchte ich meinen, kann man unmöglich mit einem Fahrrad fahren. Wir können diese Idee also fallenlassen. Wenden wir uns dem Land im Norden zu. Hier liegt ein mit *Ragged Shaw* bezeichnetes Wäldchen, und dahinter erstreckt sich ein weites, hügeliges Moor, Lower Gill Moor, welches sich zehn Meilen weit hinzieht und langsam ansteigt. Hier, auf der einen Seite dieser Wildnis, liegt Holdernesse Hall, über die Straße zehn, durchs Moor aber nur sechs Meilen entfernt. Die Gegend ist ausgesprochen öde. Nur wenige Moorbauern haben hier ihre kleinen Ländereien, wo sie Vieh und Schafe halten. Von diesen abgesehen, sind die einzigen Bewohner dieser Gegend bis zur Hauptstraße nach Chesterfield Regenpfeifer und Brachvogel. Wie Sie sehen, gibt es dort eine Kirche, ein paar Hütten und einen Gasthof. Dahinter steigen die Berge steil an. Wir werden unsere Suche mit Sicherheit hier im Norden beginnen müssen.«

»Aber das Fahrrad?« beharrte ich.

»Nun, nun!« sagte Holmes ungeduldig. »Ein guter Radfahrer braucht keine Hauptstraße. Das Moor ist von Pfaden durchzogen, und es war Vollmond. Hallo! Was ist das?«

Es hatte aufgeregt an die Tür geklopft, und einen Moment später stand Dr. Huxtable im Zimmer. In seiner Hand hielt er eine blaue Kricketmütze mit weißem Winkel auf dem Schirm.

»Endlich ein Anhaltspunkt!« rief er. »Dem Himmel sei Dank, endlich sind wir dem Jungen auf der Spur! Das ist seine Mütze.«

»Wo wurde sie gefunden?«

»In dem Wagen der Zigeuner, die hier auf dem Moor kampiert haben. Sie sind am Dienstag abgefahren. Heute hat die Polizei sie aufgespürt und ihre Karawane untersucht. Und dies hat man gefunden.«

»Wie erklären sie das?«

»Durch Ausflüchte und Lügen – sie behaupteten, sie hätten die Mütze am Dienstagmorgen im Moor gefunden. Sie wissen, wo er ist, diese Schurken! Gott sei Dank sitzen sie alle sicher hinter Schloß und Riegel. Die Furcht vor dem Gesetz oder die Börse des Herzogs wird bestimmt alles aus ihnen herauslokken, was sie wissen.«

»So weit, so gut«, sagte Holmes, als der Doktor endlich aus dem Zimmer gegangen war. »Immerhin erhärtet dies die Theorie, daß wir in Richtung Lower Gill Moor mit Ergebnissen rechnen können. Die Polizei hier hat wirklich nichts getan, von der Verhaftung dieser Zigeuner abgesehen. Sehen Sie her, Watson! Hier zieht sich ein Wasserlauf durch das Moor. Sie sehen ihn hier auf der Karte eingezeichnet. An einigen Stellen erweitert er sich zu Morast, und zwar ganz besonders in der Gegend zwischen Holdernesse Hall und der Schule. Bei diesem trockenen Wetter braucht man woanders gar nicht erst nach Spuren zu suchen; aber *hier* besteht sicherlich eine Chance, daß noch irgend etwas zu sehen ist. Ich werde Sie morgen früh wecken, und dann werden wir beide versuchen, ob wir etwas Licht in dieses Geheimnis bringen können.«

Der Tag brach gerade an, als ich erwachte und die lange

hagere Gestalt Holmes' neben meinem Bett stehen sah. Er war vollständig angekleidet und offenbar bereits draußen gewesen.

»Den Rasen und den Fahrradschuppen habe ich schon erledigt«, sagte er. »Außerdem habe ich einen Streifzug durch *Ragged Shaw* unternommen. Nun, Watson, im Nebenzimmer steht Kakao für Sie bereit. Ich muß Sie bitten, sich zu beeilen, da wir einen großartigen Tag vor uns haben.«

Seine Augen leuchteten, und seine Wangen waren von der Heiterkeit des Meisters gerötet, der sein Werk fertig vor sich liegen sieht. Wie unterschied sich dieser tatkräftige, muntere Holmes von dem introspektiven und blassen Träumer der Baker Street! Als ich seine elastische, von Vitalität strotzende Gestalt vor mir sah, spürte ich, daß uns wirklich ein arbeitsreicher Tag bevorstand.

Und doch begann er mit der schwärzesten Enttäuschung. Wir waren mit hohen Erwartungen durch das torfige, graubraune, von tausend Schafswegen durchzogene Moor gestreift, bis wir an den breiten hellgrünen Gürtel gelangten, der den Morast zwischen uns und Holdernesse Hall bezeichnete. Wenn der Junge die Richtung nach Hause eingeschlagen hatte, mußte er auf jeden Fall hier durchgegangen sein und dabei Spuren hinterlassen haben. Doch weder von ihm noch von dem Deutschen war etwas zu sehen. Mit immer finsterer werdendem Gesicht schritt mein Freund den Rand ab, wobei er jeden Schmutzfleck auf der schlammigen Oberfläche genau in Augenschein nahm. Schafspuren gab es in Hülle und Fülle, und an einer Stelle, ein paar Meilen weiter, hatten Kühe ihre Spuren hinterlassen. Sonst nichts.

»Schlappe Nummer eins«, sagte Holmes und sah düster über die wogende Weite des Moors. »Dort drüben ist noch ein Morastgelände, und dazwischen ein schmaler Streifen. Hallo! Hallo! Hallo! Was haben wir denn da?«

Wir waren zu einem dünnen schwarzen Pfad gekommen. In dessen Mitte befand sich, deutlich in den sumpfigen Boden eingedrückt, die Spur eines Fahrrades.

»Hurra!« rief ich aus. »Wir haben's gefunden.«

Aber Holmes schüttelte den Kopf, und seine Miene war eher verwirrt und abwartend als erfreut.

»Ein Fahrrad schon, aber nicht *das* Fahrrad«, sagte er. »Ich bin mit zweiundvierzig verschiedenen Reifenabdrücken vertraut. Dies hier ist, wie Sie sehen, ein Dunlop, mit einem Flicken auf dem Mantel. Heidegger hatte Palmer-Reifen, welche Längsstreifen hinterlassen. Aveling, der Mathematiklehrer, war sich dessen sicher. Und daher ist dies nicht Heideggers Spur.«

»Dann die des Jungen?«

»Möglich, wenn wir nachweisen könnten, daß er ein Fahrrad gehabt hat. Aber das ist uns durchaus nicht gelungen. Diese Spur stammt, wie Sie sehen, von einem Fahrer, der von der Schule her gekommen ist.«

»Oder auf sie zu?«

»Nein, nein, mein lieber Watson. Der tiefer eingesunkene Eindruck stammt natürlich vom Hinterrad, auf dem das Gewicht ruht. Sie sehen mehrere Stellen, wo er über den flacheren Abdruck des Vorderreifens gefahren ist und ihn ausgelöscht hat. Das Rad kam zweifellos von der Schule. Es kann mit unserer Untersuchung zu tun haben oder nicht, aber ehe wir weitergehen, wollen wir es rückwärts verfolgen.«

Dies taten wir, und als wir nach ein paar hundert Yards aus dem morastigen Teil des Moors herauskamen, verloren wir die Spur. Indem wir den Pfad weiter rückwärts verfolgten, entdeckten wir eine andere Stelle, wo eine Quelle darüber hinrieselte. Hier war der Abdruck des Fahrrads wieder zu sehen, allerdings fast ganz von Kuhhufen überdeckt. Danach gab es keinerlei Anzeichen mehr, aber der Weg führte direkt in *Ragged Shaw* hinein, jenes hinter der Schule liegende Wäldchen. Aus diesem Wald mußte das Fahrrad gekommen sein. Holmes setzte sich auf einen Felsbrocken und stützte sein Kinn auf die Hände. Ich hatte zwei Zigaretten geraucht, ehe er sich bewegte.

»Nun, nun«, sagte er schließlich. »Natürlich ist es möglich, daß ein Schlaukopf den Reifen seines Fahrrads wechselt, um ungewohnte Spuren zu hinterlassen. Ich wäre stolz darauf, mit einem Verbrecher, der einer solchen Idee fähig wäre, ins Geschäft zu kommen. Wir wollen diese Frage unentschieden lassen und wieder zu unserem Morast zurückgehen, denn wir haben dort noch längst nicht alles erforscht.«

Wir setzten unsere systematische Inspektion des Saums des Sumpfgebietes fort, und bald wurde unsere Beharrlichkeit wunderbar belohnt.

Gleich hinter dem unteren Teil des Sumpfs lag ein schlammiger Weg. Holmes stieß einen Freudenschrei aus, als er dorthinkam. Mitten darin verlief ein Abdruck, der einem feinen Bündel von Telegraphendrähten glich. Der Palmer-Reifen.

»Da haben wir freilich Herrn Heidegger!« rief Holmes triumphierend. »Meine Überlegungen scheinen ziemlich solide gewesen zu sein, Watson.«

»Ich gratuliere Ihnen.«

»Aber wir haben noch einen weiten Weg vor uns. Seien Sie so freundlich und gehen Sie neben dem Weg. Nun wollen wir der Spur folgen. Ich fürchte, sie wird nicht sehr weit führen.«

Im Fortschreiten fanden wir jedoch, daß dieser Teil des Moors von weichen Stellen durchzogen war, und obwohl wir die Spur häufig aus den Augen verloren, gelang es uns immer wieder, sie aufzunehmen.

»Fällt Ihnen auf«, sagte Holmes, »daß der Fahrer jetzt unzweifelhaft das Tempo steigert? Daran kann kein Zweifel bestehen. Sehen Sie diesen Eindruck hier, wo man beide Reifen deutlich sehen kann. Der eine ist genauso tief wie der andere. Das kann nur bedeuten, daß der Fahrer sein Gewicht auf die Lenkstange verlagert, wie man es tut, wenn man sehr schnell fährt. Donnerwetter! Er ist gestürzt.«

Der Pfad war über einige Yards von einem großen, unregelmäßigen Abdruck bedeckt. Dann waren ein paar Fußspuren zu sehen, und der Reifen tauchte wieder auf.

»Ausgerutscht«, schlug ich vor.

Holmes hielt einen zerknickten blühenden Ginsterzweig in die Höhe. Zu meinem Entsetzen bemerkte ich, daß die gelben

Blüten von oben bis unten mit etwas Rotem bespritzt waren. Auch auf dem Weg und zwischen dem Heidekraut waren dunkle Flecken geronnenen Bluts.

»Übel!« sagte Holmes. »Übel! Bleiben Sie stehen, Watson! Keinen überflüssigen Schritt! Was muß ich hier lesen? Er stürzte verwundet hin, erhob sich, stieg wieder auf sein Rad und fuhr weiter. Aber es gibt keine zweite Spur. Vieh auf diesem Seitenweg. Er wurde doch nicht von einem Stier aufgespießt? Unmöglich! Aber ich sehe sonst keine Spuren. Wir müssen weiter, Watson. Jetzt, wo uns sowohl Blutflecken als auch Radspuren leiten, kann er uns nicht mehr entwischen.«

Unsere Suche währte nicht sehr lange. Die Reifenspur begann auf dem feuchten und glänzenden Pfad sonderbar verschlungen zu werden. Als ich nach vorne sah, fiel mir plötzlich aus den dichten Ginsterbüschen ein metallisches Glitzern ins Auge. Wir zogen ein Fahrrad daraus hervor: Palmer-Reifen, ein Pedal verbogen, der ganze Vorderteil gräßlich mit Blut beschmiert und besudelt. Hinter den Büschen ragte ein Schuh hervor. Wir liefen dahinter, und da lag der unglückliche Fahrer. Es war ein großer Mann mit Vollbart und Brille, deren eines Glas herausgeschlagen war. Todesursache war ein furchtbarer Schlag auf den Kopf, der den Schädel teilweise zertrümmert hatte. Daß er mit einer solchen Verletzung noch hatte weiterfahren können, sagte viel über die Lebenskraft und den Mut dieses Mannes aus. Er trug Schuhe, aber keine Strümpfe, und unter seinem offenen Mantel war ein Nachthemd zu sehen. Es handelte sich unzweifelhaft um den Deutschlehrer.

Holmes drehte die Leiche ehrerbietig um und untersuchte sie sehr sorgfältig. Dann saß er eine Zeitlang tief in Gedanken da, und seiner gefurchten Stirn konnte ich ansehen, daß diese schaurige Entdeckung uns seiner Meinung nach nicht viel weitergebracht hatte.

»Es ist nicht leicht zu entscheiden, was wir nun tun sollen, Watson«, sagte er schließlich. »Ich selbst bin geneigt, diese Untersuchung voranzutreiben, da wir bereits so viel Zeit verloren haben, daß wir es uns nicht leisten können, eine weitere

Stunde zu vergeuden. Andererseits müssen wir die Polizei von diesem Fund unterrichten und dafür sorgen, daß man sich um die Leiche dieses armen Kerls kümmert.«

»Ich könnte einen Brief hinbringen.«

»Aber ich brauche Ihre Gesellschaft und Unterstützung. Moment mal! Da drüben ist ein Bursche beim Torfstechen. Bringen Sie ihn her, er soll die Polizei führen.«

Ich brachte den Bauern herüber, und Holmes entsandte den verschreckten Mann mit einem Brief an Dr. Huxtable.

»Nun, Watson«, sagte er, »wir haben heute morgen zwei Spuren aufgenommen. Die eine stammt von dem Fahrrad mit Palmer-Reifen, und wir sehen, wohin sie geführt hat; die andere von dem Rad mit dem geflickten Dunlop-Reifen. Ehe wir diese nun untersuchen, wollen wir uns vergegenwärtigen, was wir bestimmt wissen, um das Beste daraus zu machen und das Wesentliche von dem Nebensächlichen zu scheiden.

Zunächst einmal möchte ich Ihnen einschärfen, daß der Junge mit Sicherheit freiwillig weggelaufen ist. Er ist aus seinem Fenster gestiegen und gegangen, entweder alleine oder in Begleitung. Das steht fest.«

Ich stimmte zu.

»Nun, also, wenden wir uns diesem unglücklichen Deutschlehrer zu. Der Junge war bei seiner Flucht vollständig bekleidet. Er wußte demnach schon vorher, was er tun würde. Der Deutsche aber ging ohne Strümpfe los. Er hat also bestimmt sehr überstürzt gehandelt.«

»Zweifellos.«

»Warum ist er gegangen? Weil er von seinem Schlafzimmerfenster aus die Flucht des Jungen beobachtet hat. Weil er ihn einholen und zurückbringen wollte. Er nahm sein Rad, verfolgte den Jungen und fand dabei den Tod.«

»So möchte es scheinen.«

»Nun komme ich zum kritischen Teil meiner Argumentation. Wenn ein Mann einen kleinen Jungen verfolgt, wird er ihm normalerweise hinterherlaufen. Er wüßte, daß er ihn einholen könnte. Aber der Deutsche macht das nicht. Er nimmt sein Fahrrad. Man hat mir gesagt, er sei ein ausgezeichneter Radfahrer. Er hätte das nicht getan, wenn er nicht gesehen hätte, daß dem Jungen ein schnelles Fluchtmittel zur Verfügung stand.«

»Das andere Fahrrad.«

»Fahren wir in unserer Rekonstruktion fort. Fünf Meilen von der Schule entfernt findet er den Tod – nicht durch eine Kugel, beachten Sie das, die auch ein Knabe leicht hätte abfeuern können, sondern durch einen brutalen Schlag, erteilt von einem kräftigen Arm. Der Junge hatte demnach einen Begleiter auf seiner Flucht. Und es war eine hastige Flucht, denn ein geschickter Radfahrer brauchte fünf Meilen, um die beiden einzuholen. Nun untersuchen wir den Boden um den Schauplatz dieser Tragödie. Was finden wir? Ein paar Viehspuren, sonst nichts. Ich habe einen weiten Streifen ringsum abgesucht und binnen fünfzig Yards keinen Pfad gefunden. Ein zweiter Radfahrer konnte mit dem tatsächlichen Mord nichts zu tun gehabt haben. Und menschliche Fußspuren waren auch keine da.«

»Holmes«, rief ich, »das ist unmöglich.«

»Vortrefflich!« sagte er. »Eine sehr erhellende Bemerkung. So wie ich es darstelle, *ist* es unmöglich, und daher muß ich es in irgendeiner Hinsicht falsch dargestellt haben. Aber Sie haben es ja selbst gesehen. Können Sie irgendeinen Trugschluß erkennen?«

»Er könnte sich nicht bei einem Sturz den Schädel gebrochen haben?«

»In einem Sumpf, Watson?«

»Ich bin mit meinem Latein am Ende.«

»Tz, tz; wir haben schon schlimmere Probleme gelöst. Immerhin haben wir Material genug, wir müssen es nur gebrauchen können. Kommen Sie also; nachdem wir den Palmer erschöpft haben, wollen wir sehen, was uns der Dunlop mit dem geflickten Mantel zu bieten hat.«

Wir nahmen die Spur wieder auf und folgten ihr einige Zeit; doch bald schwang das Moor sich in einer langgestreckten, heidekrautbewachsenen Biegung aufwärts, und wir ließen den Wasserlauf hinter uns. Mit weiterer Hilfe durch Spuren war nicht mehr zu rechnen. Ab der Stelle, wo wir den Dunlop-Reifen zum letztenmal sahen, hätte er gleichermaßen nach Holdernesse Hall, dessen stattliche Türme sich einige Meilen links von uns erhoben, wie auch zu einem kleinen grauen Dorf führen können, das vor uns lag und die Lage der Hauptstraße nach Chesterfield bezeichnete.

Als wir uns dem abstoßenden und elenden Gasthof näherten, über dessen Eingang ein Schild mit einem Kampfhahn hing, stöhnte Holmes plötzlich auf und klammerte sich an meine Schulter, um nicht hinzufallen. Er hatte sich kräftig den Knöchel verstaucht, was einen Mann bekanntlich hilflos macht. Mühsam humpelte er zu der Tür, in der ein untersetzter, finsterer, älterer Mann saß und eine schwarze Tonpfeife rauchte.

»Wie geht's, Mr. Reuben Hayes?« sagte Holmes.

»Wer sind Sie, und woher kennen Sie meinen Namen so genau?« fragte der Landmann, und seine verschlagenen Augen blitzten argwöhnisch auf.

»Nun, der steht auf dem Schild über Ihrem Kopf. Und einen Hausherrn zu erkennen, ist nicht schwer. Ich vermute, in Ihren Stallungen haben Sie keine Kutsche oder etwas dergleichen?«

»Nein, hab ich nicht.«

»Ich kann mit meinem Fuß kaum noch auftreten.«

»Dann treten Sie nicht auf.«

»Aber ich kann nicht gehen.«

»Dann hüpfen Sie doch.«

Mr. Reuben Hayes' Gebaren war alles andere als liebenswürdig, aber Holmes nahm es mit bewundernswert guter Laune hin.

»Schaun Sie, guter Mann«, sagte er. »Ich bin wirklich ziemlich in der Klemme. Ich muß unbedingt weiter, ganz egal wie.«

»Mir auch egal«, sagte der mürrische Gastwirt.

»Die Sache ist sehr wichtig. Ich würde Ihnen einen Sovereign anbieten, wenn Sie mir ein Fahrrad überließen.«

Der Wirt spitzte die Ohren.

»Wo wollen Sie denn hin?«

»Nach Holdernesse Hall.«

»Freunde vom Herzog, ja?« sagte der Wirt und musterte ironischen Blicks unsere schlammbedeckte Kleidung.

Holmes lachte gutmütig.

»Jedenfalls wird er froh sein, uns zu sehen.«

»Wieso?«

»Weil wir ihm etwas Neues über seinen verlorenen Sohn zu sagen haben.«

Der Wirt zuckte sichtlich zusammen.

»Was! Sie sind ihm auf der Spur?«

»Er soll in Liverpool gesehen worden sein. Man rechnet stündlich damit, seiner habhaft zu werden.«

Wieder ging eine rasche Veränderung über das massige, unrasierte Gesicht. Plötzlich benahm er sich sehr freundlich.

»Ich habe weniger Grund als die meisten, dem Herzog etwas Gutes zu wünschen«, sagte er; »ich war nämlich mal sein Erster Kutscher, und er hat mich ganz schön mies behandelt. Hat mich ohne Zeugnis rausgeschmissen, nur weil ein verlogener Getreidehändler irgendwas gesagt hat. Aber es freut mich zu hören, daß der junge Herr in Liverpool gesehen worden sein soll, und ich werde Ihnen helfen, die Neuigkeit zur Hall zu bringen.«

»Danke«, sagte Holmes. »Vorher wollen wir noch was essen. Dann können Sie uns das Fahrrad bringen.«

»Ich habe kein Fahrrad.«

Holmes hielt einen Sovereign in die Höhe.

»Mann, ich sage Ihnen, ich hab keins. Ich werd Ihnen zwei Pferde bis zur Hall leihen.«

»Nun, nun«, sagte Holmes, »darüber sprechen wir, wenn wir etwas gegessen haben.«

Als wir in der gekachelten Küche alleine waren, erholte sich der verstauchte Knöchel mit erstaunlicher Geschwindigkeit.

Es war kurz vor der Abenddämmerung, und wir hatten seit dem frühen Morgen nichts mehr gegessen, so daß wir einige Zeit über unserem Mahl hinbrachten. Holmes war in Gedanken versunken, und ein paarmal trat er ans Fenster und blickte ernst hinaus. Es ging auf einen verkommenen Hof. In der hinteren Ecke befand sich eine Schmiede, in der sich ein schmutziger Kerl zu schaffen machte. Die Ställe waren an der Seite. Holmes hatte sich eben nach einem dieser Ausflüge wieder hingesetzt, als er plötzlich mit einem lauten Aufschrei von seinem Stuhl aufsprang.

»Himmel, Watson, ich glaube, ich hab's!« rief er. »Ja, ja, so muß es sein. Watson, erinnern Sie sich, heute irgendwelche Kuhspuren gesehen zu haben?«

»Ja, etliche.«

»Wo?«

»Nun, überall. In dem Morast, dann wieder auf dem Pfad, und wieder in der Nähe der Stelle, wo der arme Heidegger ums Leben gekommen ist.«

»Ganz recht. Nun, also, Watson, und wieviele Kühe haben Sie im Moor gesehen?«

»Ich kann mich an keine einzige erinnern.«

»Seltsam, Watson, daß wir überall auf unserem Weg die Spuren, im ganzen Moor aber keine einzige Kuh gesehen haben sollten; sehr seltsam, oder?«

»Ja, das ist seltsam.«

»Nun strengen Sie sich an, Watson: denken Sie zurück! Sehen Sie diese Spuren auf dem Weg vor sich?«

»Ja, die sehe ich.«

»Erinnern Sie sich, daß diese Spuren manchmal so ausgesehen haben, Watson« – er ordnete ein paar Brotkrumen folgendermaßen an – ::::: – »und manchmal so« – :˙:˙:˙:˙ – »und gelegentlich so« – .˙.˙.˙

»Erinnern Sie sich daran?«

»Nein.«

»Aber ich. Ich könnte es beschwören. Aber wenn wir Zeit haben, werden wir zurückgehen und es überprüfen. Wie stockblind muß ich gewesen sein, daß ich nicht gleich meine Schlüsse daraus gezogen habe!«

»Und worin bestehen Ihre Schlüsse?«

»Nur darin, daß es eine bemerkenswerte Kuh sein muß, die schreiten, kantern und galoppieren kann. Donnerwetter, Watson, das war nicht das Hirn eines ländlichen Gastwirts, das einen solchen Kniff erdacht hat! Die Luft ist anscheinend rein, bis auf diesen Kerl in der Schmiede. Schlüpfen wir mal hinaus und sehen, was wir finden können.«

In dem baufälligen Stall standen zwei rauhhaarige, ungepflegte Pferde. Holmes hob das Hinterbein des einen an und lachte laut.

»Alte Hufeisen, aber frisch beschlagen – alte Hufe, aber neue Nägel. Dieser Fall verdient, ein Klassiker zu werden. Gehen wir mal in die Schmiede.«

Der Bursche setzte seine Arbeit fort, ohne uns zu beachten. Ich sah Holmes' Blicke nach rechts und links in das Chaos von Eisen und Holz schießen, das auf dem Boden ausgebreitet war. Plötzlich hörten wir jedoch hinter uns Schritte, und der Wirt tauchte auf: Seine schweren Augenbrauen hingen tief über seinen wilden Augen, und seine dunklen Züge waren wutverzerrt.

Er hatte einen kurzen Stock mit Metallkopf in der Hand und kam auf so bedrohliche Art näher, daß ich recht froh war, den Revolver in meiner Tasche zu spüren.

»Ihr widerlichen Spitzel!« schrie der Mann. »Was macht ihr da?«

»Nun, Mr. Reuben Hayes«, sagte Holmes kalt, »man könnte meinen, Sie fürchteten, wir würden hier etwas entdecken können.«

Der Mann riß sich mit großer Mühe zusammen, und sein grimmiges Maul entspannte sich zu einem falschen Lachen, das noch bedrohlicher wirkte als seine finstere Miene.

»Meinetwegen können Sie in meiner Schmiede alles entdekken, was Sie wollen«, sagte er. »Aber sehn Sie mal, Mister, ich halte nichts davon, daß irgendwelche Leute ohne meine Erlaubnis in meinem Haus herumschnüffeln. Je früher Sie also Ihre Rechnung bezahlen und von hier verschwinden, desto mehr wird es mich freuen.«

»Schon gut, Mr. Hayes – war nicht böse gemeint«, sagte Holmes. »Wir haben uns Ihre Pferde angesehen; aber ich denke, ich werde doch zu Fuß gehen. Es ist ja wohl nicht mehr weit.«

»Bis zum Eingangstor der Hall nicht weiter als zwei Meilen. Die Straße nach links.« Er beobachtete uns grämlich, bis wir sein Grundstück verlassen hatten.

Indes gingen wir die Straße nicht sehr weit, denn Holmes blieb in dem Moment stehen, da uns eine Biegung den Blicken des Wirtes entzog.

»Dieser Gasthof war warm, wie die Kinder sagen«, bemerkte er. »Je weiter ich mich davon entferne, desto kälter scheint's zu werden. Nein, nein; ich kann da unmöglich fort.«

»Ich bin davon überzeugt«, sagte ich, »daß dieser Reuben Hayes ganz genau Bescheid weiß. Einen offensichtlicheren Schurken als den habe ich noch nie gesehen.«

»Oh! So ist er Ihnen also vorgekommen, ja? Da haben wir die Pferde, und die Schmiede. Ja, ein interessantes Haus, dieser ›Kampfhahn‹. Wir sollten es uns noch einmal unauffällig ansehen.«

Hinter uns erstreckte sich eine lange, ansteigende Hügelflanke, die mit grauen Kalksteinbrocken übersät war. Wir hatten die Straße verlassen und stiegen jetzt diesen Hügel hoch, als ich nach Holdernesse Hall hinübersah und einen Radfahrer erblickte, der rasch näherkam.

»Runter, Watson!« rief Holmes und legte mir schwer seine Hand auf die Schulter. Wir waren kaum außer Sicht getaucht, als der Mann auf der Straße an uns vorbeischoß. Inmitten einer wogenden Staubwolke sah ich flüchtig ein blasses, aufgeregtes Gesicht – ein Gesicht, das in jedem Zug Entsetzen trug; der Mund stand offen, und die Augen starrten wild geradeaus. Es glich einer merkwürdigen Karikatur des adretten James Wilder, den wir in der Nacht zuvor gesehen hatten.

»Der Sekretär des Herzogs!« rief Holmes. »Kommen Sie, Watson, wir wollen sehen, was er macht.«

Wir krabbelten von Fels zu Fels, bis wir uns nach wenigen Augenblicken zu einer Stelle vorgearbeitet hatten, von der aus wir den Eingang des Gasthofs sehen konnten. Wilders Fahrrad lehnte an der Mauer daneben. Um das Haus herum regte sich nichts, und auch an den Fenstern konnten wir keinerlei Gesichter erkennen. Langsam kroch die Dämmerung heran, als die Sonne hinter den hohen Türmen von Holdernesse Hall unterging. Dann sahen wir im Zwielicht die beiden Seitenlampen eines Zweisitzers im Stallhof der Herberge aufleuchten, und kurz darauf vernahmen wir Hufgetrappel, als der Wagen auf die Straße rollte und mit rasender Geschwindigkeit in Richtung Chesterfield losstürmte.

»Was schließen Sie daraus, Watson?« flüsterte Holmes.

»Sieht nach einer Flucht aus.«

»Ein einzelner Mann in einem Einspänner, soweit ich es erkennen konnte. Nun, auf jeden Fall war es nicht Mr. James Wilder, denn der kommt gerade aus der Tür.«

Ein rotes Lichtviereck hatte sich in die Finsternis aufgetan. In seiner Mitte stand die schwarze Gestalt des Sekretärs; er reckte den Kopf nach vorn und spähte in die Nacht hinaus. Augenscheinlich erwartete er jemanden. Dann ließen sich endlich auf der Straße Schritte vernehmen, vor dem Licht wurde für einen Augenblick eine zweite Gestalt sichtbar, die Tür schloß sich, und es war wieder alles schwarz. Fünf Minuten später ging in einem Zimmer im ersten Stock ein Licht an.

»Der ›Kampfhahn‹ scheint eine seltsame Art von Kundschaft aufzunehmen«, sagte Holmes.

»Die Schenke ist auf der anderen Seite.«

»Eben. Diese Leute hier könnte man Privatgäste nennen. Nun, was um alles in der Welt macht Mr. James Wilder zu dieser Nachtstunde in einer solchen Spelunke, und mit wem trifft er sich hier? Kommen Sie, Watson, wir müssen einfach das Wagnis auf uns nehmen und versuchen, das ein bißchen genauer zu untersuchen.«

Wir stahlen uns zusammen zur Straße hinunter und schlichen zum Eingang des Gasthofs hinüber. Das Fahrrad lehnte noch immer an der Mauer. Holmes machte ein Streichholz an und hielt es an das Hinterrad, und ich vernahm sein Kichern, als das Licht auf einen geflickten Dunlop-Reifen fiel. Über uns befand sich das erhellte Fenster.

»Ich muß da oben mal reinschauen, Watson. Wenn Sie sich bücken und an der Mauer abstützen, könnte ich es wohl schaffen.«

Einen Augenblick später stand er auf meinen Schultern. Aber kaum war er oben, kam er auch schon wieder herunter.

»Kommen Sie, mein Freund«, sagte er, »unser Tagewerk hat lange genug gewährt. Ich denke, wir haben soviel zusammengetragen, wie wir können. Wir haben einen weiten Weg bis zur Schule, und je eher wir hier wegkommen, desto besser.«

Während des beschwerlichen Marschs übers Moor hatte er kaum einmal den Mund aufgemacht, und als wir die Schule erreichten, ging er nicht hinein, sondern weiter zum Bahnhof von Mackleton, von wo er einige Telegramme abschicken konnte. Tief in der Nacht hörte ich ihn Dr. Huxtable trösten, der von dem tragischen Tod seines Lehrers betroffen war, und noch später trat er so kräftig und munter in mein Zimmer wie heute morgen, als er angefangen hatte. »Alles läuft gut, mein Freund«, sagte er. »Ich verspreche Ihnen, daß wir die Lösung dieses Rätsels noch vor morgen abend gefunden haben werden.«

Um elf Uhr am nächsten Morgen schritten mein Freund und ich über die berühmte Eibenallee auf Holdernesse Hall zu. Man geleitete uns durch das prachtvolle elisabethanische Portal und in das Arbeitszimmer Seiner Gnaden. Dort trafen wir auf Mr. James Wilder, der zwar gesetzt und höflich war, dem aber noch immer eine Spur des wilden Schreckens der vorigen Nacht aus den verschlagenen Augen und verzerrten Zügen lauerte.

»Sie kommen, um Seine Gnaden zu besuchen? Es tut mir

leid; aber dem Herzog ist wirklich durchaus nicht wohl. Die tragischen Neuigkeiten haben ihn sehr aufgeregt. Gestern nachmittag erhielten wir ein Telegramm von Dr. Huxtable, in dem er uns Ihre Entdeckung mitteilte.«

»Ich muß den Herzog sprechen, Mr. Wilder.«

»Aber er ist auf seinem Zimmer.«

»Dann muß ich ihn auf seinem Zimmer besuchen.«

»Ich glaube, er liegt im Bett.«

»So suche ich ihn dort auf.«

Holmes' kalte und unerbittliche Art zeigte dem Sekretär, daß es sinnlos war, mit ihm zu streiten.

»Sehr schön, Mr. Holmes. Ich werde ihm sagen, daß Sie hier sind.«

Nach einer Verzögerung von einer halben Stunde trat der große Adlige ein. Sein Gesicht war noch leichenblasser als je, sein Rücken war gekrümmt, und er schien mir im Ganzen im Vergleich zum gestrigen Morgen gealtert. Er begrüßte uns mit würdevoller Höflichkeit und setzte sich an seinen Schreibtisch; sein roter Bart strömte auf die Tischplatte.

»Nun, Mr. Holmes?« sagte er.

Doch die Augen meines Freundes waren auf den Sekretär geheftet, der neben dem Stuhl seines Herrn stand.

»Euer Gnaden, ich denke, in Mr. Wilders Abwesenheit könnte ich offener zu Ihnen sprechen.«

Der Mann wurde eine Nuance bleicher und warf Holmes einen boshaften Blick zu.

»Wenn Euer Gnaden wünschen –«

»Ja, ja; Sie sollten lieber gehen. Nun, Mr. Holmes, was haben Sie zu sagen?«

Mein Freund wartete, bis die Tür sich hinter dem Sekretär geschlossen hatte.

»Euer Gnaden«, sagte er, »Tatsache ist, daß meinem Kollegen Dr. Watson und mir selbst von Dr. Huxtable die Zusicherung gegeben worden ist, daß in diesem Fall eine Belohnung ausgesetzt worden sei. Ich würde dies gern aus Ihrem Munde bestätigt hören.«

»Sicher, Mr. Holmes.«

»Wenn ich richtig informiert bin, belief sie sich auf fünftausend Pfund für denjenigen, der Ihnen sagt, wo sich Ihr Sohn befindet?«

»Genau.«

»Und weitere tausend für den, der den- oder diejenigen namhaft macht, die ihn in Gewahrsam halten?«

»Genau.«

»Unter dem letzteren Titel sind zweifellos nicht nur diejenigen mitinbegriffen, die ihn entführt haben, sondern auch die, unter deren Mitwisserschaft er sich in seiner gegenwärtigen Lage befindet?«

»Ja, ja«, schrie der Herzog ungeduldig. »Wenn Sie gute Arbeit leisten, Mr. Holmes, werden Sie keinen Grund haben, sich über knauserige Behandlung zu beklagen.«

Mein Freund rieb seine hageren Hände mit einem Anschein von Gier, der mich, der ich seinen frugalen Geschmack kannte, erstaunen machte.

»Ich bilde mir ein, das Scheckbuch von Euer Gnaden auf dem Tisch liegen zu sehen«, sagte er. »Es würde mich freuen, wenn Sie mir einen Scheck über sechstausend Pfund ausstellen würden. Sie können mir das Geld auch überweisen. Ich habe mein Konto bei der Capital & Counties Bank, Filiale Oxford Street.«

Seine Gnaden saß sehr ernst und aufrecht auf ihrem Stuhl und sah meinen Freund steinern an.

»Soll das ein Scherz sein, Mr. Holmes? Das ist wohl kaum das richtige Thema dafür.«

»Nicht im geringsten, Euer Gnaden. Ich habe es in meinem Leben noch nie so ernst gemeint.«

»Was meinen Sie dann damit?«

»Ich meine, daß ich die Belohnung verdient habe; ich weiß, wo sich Ihr Sohn befindet, und ich kenne zumindest einige von denen, die ihn festhalten.«

Vor seinem gespenstisch weißen Gesicht hatte der Bart des Herzogs eine noch grellere Röte angenommen.

»Wo ist er?« keuchte er.

»Er ist, oder war vorige Nacht im Gasthof zum Kampfhahn, etwa zwei Meilen vor den Toren Ihres Parks.«

Der Herzog sank in seinen Stuhl zurück.

»Und wen beschuldigen Sie?«

Sherlock Holmes' Antwort verblüffte mich. Er trat rasch nach vorn und tippte dem Herzog auf die Schulter.

»Ich beschuldige *Sie*«, sagte er. »Wenn ich Euer Gnaden nun um den Scheck bitten darf.«

Nie werde ich das Bild vergessen, wie der Herzog aufsprang und mit beiden Händen herumruderte wie jemand, der in einem Abgrund versinkt. Dann nahm er seine ganze aristokratische Selbstbeherrschung zusammen, setzte sich wieder und verbarg sein Gesicht in den Händen. Erst nach mehreren Minuten sprach er.

»Wieviel wissen Sie?« fragte er schließlich, ohne den Kopf zu heben.

»Ich habe Sie vorige Nacht mit ihm zusammen gesehen.«

»Weiß dies außer Ihrem Freund sonst jemand?«

»Ich habe zu niemandem davon gesprochen.«

Der Herzog griff mit zitternden Fingern nach einer Feder und öffnete sein Scheckbuch.

»Ich stehe zu meinem Wort, Mr. Holmes. Ich werde Ihnen den Scheck ausstellen, wie wenig willkommen mir auch die Information sein mag, zu der Sie gelangt sind. Als ich dieses Angebot machte, dachte ich kaum an die Wende, die die Ereignisse nehmen würden. Aber Sie und Ihr Freund sind Männer von Diskretion, Mr. Holmes?«

»Ich verstehe Euer Gnaden nicht recht.«

»Ich sage es Ihnen ganz deutlich, Mr. Holmes. Wenn nur Sie beide von der Sache wissen, besteht kein Grund, sie noch weiter zu verbreiten. Ich schulde Ihnen doch zwölftausend Pfund, nicht wahr?«

Aber Holmes lächelte und schüttelte den Kopf.

»Ich fürchte, Euer Gnaden, daß sich dies kaum so leicht beilegen läßt. Schließlich ist noch der Tod dieses Lehrers zu berücksichtigen.«

»Aber davon hat James nichts gewußt. Sie können ihn dafür nicht verantwortlich machen. Das war das Werk dieses brutalen Schurken, den er unglücklicherweise beschäftigt hat.«

»Euer Gnaden, ich muß den Standpunkt vertreten, daß jemand, der sich auf ein Verbrechen einläßt, an jedem weiteren Verbrechen, das sich daraus ergibt, moralisch schuldig ist.«

»Moralisch, Mr. Holmes. Da haben Sie zweifellos recht. Aber gewiß nicht in den Augen des Gesetzes. Man kann einen Mann nicht für einen Mord verurteilen, bei dem er nicht anwesend war und den er genauso verabscheut und mißbilligt wie Sie. Sobald er davon erfuhr, machte er mir ein vollständiges Geständnis, so sehr war er von Entsetzen und Reue erfüllt. Binnen einer Stunde hat er mit dem Mörder vollkommen gebrochen. O Mr. Holmes, Sie müssen ihn retten – Sie müssen ihn retten! Ich sage Ihnen, Sie müssen ihn retten!« Der Herzog hatte die letzte Bemühung um Selbstbeherrschung fahrenlassen und schritt mit verzerrtem Gesicht und fuchtelnden Fäusten im Zimmer hin und her. Schließlich riß er sich zusammen und setzte sich wieder an seinen Schreibtisch. »Ich weiß Ihr Verhalten zu schätzen, daß Sie zu mir gekommen sind, bevor Sie mit jemand anderem gesprochen haben«, sagte er. »Zumindest können wir darüber beraten, wie wir das Ausmaß dieses scheußlichen Skandals möglichst gering halten können.«

»Sehr wohl«, sagte Holmes. »Euer Gnaden, ich denke, dies läßt sich nur durch absolute und vollkommene Offenheit zwischen uns bewerkstelligen. Ich bin gesinnt, Euer Gnaden nach besten Kräften zu helfen; aber um dies tun zu können, muß ich die Verhältnisse bis zur letzten Einzelheit begreifen. Ich bemerke, daß Ihre Worte sich auf Mr. James Wilder bezogen, und daß er nicht der Mörder ist.«

»Richtig; der Mörder ist entkommen.«

Sherlock Holmes lächelte verhalten.

»Euer Gnaden haben von meinem Ruf wohl nicht allzuviel vernommen, sonst würden Sie sich nicht einbilden, daß man mir so leicht entkommen kann. Mr. Reuben Hayes wurde gestern nacht um elf Uhr aufgrund eines Hinweises von mir in Chesterfield verhaftet. Ich habe heute morgen, ehe ich die Schule verließ, vom Vorsteher der örtlichen Polizei ein entsprechendes Telegramm erhalten.«

Der Herzog lehnte sich in seinem Stuhl zurück und starrte meinen Freund verblüfft an.

»Sie scheinen über Kräfte zu verfügen, die man kaum menschlich nennen kann«, sagte er. »Reuben Hayes ist also verhaftet? Das freut mich recht sehr zu hören, falls es sich nicht auf James' Schicksal auswirkt.«

»Auf das Ihres Sekretärs?«

»Nein, Sir; meines Sohnes.«

Nun war Holmes an der Reihe, verblüfft dreinzuschauen.

»Ich muß gestehen, daß mir dies vollkommen neu ist, Euer Gnaden; ich darf Sie bitten, sich ausführlicher zu äußern.«

»Ich werde Ihnen nichts verheimlichen. Ich stimme mit Ihnen überein, daß vollkommene Offenheit, so schmerzlich sie mir auch sein mag, die beste Vorgehensweise in dieser verzweifelten Lage ist, in die uns James' Torheit und Eifersucht gebracht haben. Als junger Mann, Mr. Holmes, war ich so verliebt, wie es einem im Leben nur einmal passiert. Ich bot der Dame die Ehe an, doch sie weigerte sich mit der Begründung, eine solche Verbindung könnte meine Karriere ruinieren. Zu ihren Lebzeiten hätte ich sicherlich nie eine andere geheiratet. Doch sie starb und hinterließ dieses eine Kind, um das ich mich ihretwegen gesorgt und gekümmert habe. Ich konnte die Vaterschaft vor der Welt nicht anerkennen; aber ich gab ihm die allerbeste Erziehung, und seit er ins Mannesalter eintrat, habe ich ihn immer um mich behalten. Seitdem er mein Geheimnis herausbekommen hat, hat er die Forderung, die er gegen mich hat, und seine Macht, einen mir widerwärtigen Skandal zu provozieren, ständig mißbraucht. Sein Hiersein hatte etwas mit dem unglücklichen Ausgang meiner Ehe zu tun. Vor allem haßte er meinen jungen rechtmäßigen Erben von Anfang an mit äußerster Beharrlichkeit. Sie dürfen durchaus fragen, warum ich James unter diesen Umständen in meinem Haus behalten habe. Ich antworte, der Grund dafür bestand darin, daß ich in seinem Gesicht das seiner Mutter sehen konnte und daß mein langes Leiden um ihres lieben Andenkens willen kein Ende nahm. Auch alle ihre reizenden Eigenarten – es gab nicht eine, die er mir nicht ins Gedächtnis rufen konnte. Ich *konnte* ihn nicht wegschicken. Doch ich fürchtete so sehr, daß er Arthur – also Lord Saltire – etwas Böses antun könnte, daß ich Arthur zur Sicherheit in Dr. Huxtables Schule unterbrachte.

Mit diesem Schurken Hayes konnte James in Kontakt kommen, weil jener ein Pächter von mir war und James als mein Vermittler auftrat. Der Bursche war von Anfang an ein Schurke; aber auf irgendeine merkwürdige Weise freundete James sich mit ihm an. Er hatte schon immer einen Hang zu niedriger Gesellschaft. Als James den Entschluß faßte, Lord Saltire zu entführen, nahm er dafür die Dienste dieses Mannes in Anspruch. Sie erinnern sich, daß ich Arthur an diesem letzten Tag geschrieben habe. Nun, James erbrach den Brief und legte noch ein paar Zeilen bei, in denen er Arthur bat, sich mit ihm in einem Wäldchen namens *Ragged Shaw* zu treffen, das dicht bei der Schule liegt. Er unterschrieb im Namen der Herzogin und erreichte auf diese Weise, daß der Junge kam. An jenem Abend fuhr James mit dem Rad hinüber – ich berichte Ihnen, was er selbst mir gestanden hat – und erzählte Arthur, den er in dem Wald antraf, daß seine Mutter ihn zu sehen wünsche, daß sie ihn im Moor erwarte, und daß er, wenn er um Mitternacht wieder in das Wäldchen käme, dort einen Mann mit einem Pferd treffen würde, der ihn zu ihr bringen würde. Der arme Arthur ging in die Falle. Er hielt die Verabredung und traf auf diesen Hayes, der ein Pony dabeihatte. Arthur stieg auf, und sie ritten zusammen los. Anscheinend wurden sie – obwohl James dies erst gestern erfahren hat – verfolgt, Hayes streckte den Verfolger mit seinem Stock nieder, und der Mann starb an seinen Verletzungen. Hayes brachte Arthur in seinen Gasthof, den ›Kampfhahn‹, wo er in einem oben gelegenen

Zimmer eingesperrt und von Mrs. Hayes, einer freundlichen Frau, die aber vollkommen in der Gewalt ihres brutalen Mannes steht, versorgt wurde.

Nun, Mr. Holmes, so standen die Dinge, als ich Sie vor zwei Tagen zum erstenmal sah. Ich hatte von der Wahrheit ebenso wenig eine Vorstellung wie Sie. Sie werden mich fragen, aus welchem Motiv James eine derartige Tat begehen konnte. Ich antworte, daß der Haß, den er meinem Erben gegenüber hegte, in beträchtlichem Maße blind und fanatisch war. In seinen Augen hätte er selbst der Erbe all meiner Besitzungen sein sollen, und er hegte einen tiefen Groll gegen die gesellschaftlichen Zwänge, die dies unmöglich machten. Zugleich hatte er aber auch ein klar bestimmtes Motiv. Er brannte darauf, daß ich die Erbfolge brechen sollte, und er war der Meinung, daß dies in meiner Macht läge. Er wollte mit mir ein Geschäft schließen – nämlich Arthur freilassen, wenn ich die Erbfolge brechen und es so ermöglichen würde, ihm mein Vermögen testamentarisch zu vermachen. Er wußte genau, daß ich die Polizei niemals gegen ihn zu Hilfe gerufen hätte. Ich sagte, er hätte mir ein solches Geschäft vorgeschlagen, tatsächlich aber hat er dies nicht getan, da ihm die Dinge aus der Hand geglitten sind und er gar nicht die Zeit gehabt hat, seine Pläne in die Tat umzusetzen.

Sein ganzer böser Plan erlitt Schiffbruch, als Sie die Leiche dieses Herrn Heidegger entdeckten. James packte bei dieser Nachricht das Entsetzen. Sie kam gestern, als wir zusammen in diesem Zimmer hier saßen. Dr. Huxtable hatte ein Telegramm geschickt. James war darauf dermaßen bekümmert und erschüttert, daß mein Argwohn, den ich ja die ganze Zeit über irgendwie gehegt hatte, sehr bald zu Gewißheit wurde und ich ihn der Tat bezichtigte. Er legte sofort und freiwillig ein vollständiges Geständnis ab. Darauf flehte er mich an, ich solle sein Geheimnis noch drei Tage lang bewahren, um seinem abscheulichen Komplizen eine Chance zu geben, sein schuldbeladenes Leben zu retten. Ich gab seinem Flehen nach – so wie ich immer nachgegeben habe –, und James eilte sofort zum ›Kampfhahn‹, um Hayes zu warnen und ihm die Mittel zur Flucht zu geben. Ich selbst konnte tagsüber nicht dorthin gehen, ohne Gerede zu provozieren, aber sobald es dunkel wurde, eilte ich los, um meinen lieben Arthur zu sehen. Ich fand ihn in Sicherheit und wohlauf, wenn auch über die Maßen entsetzt über die furchtbare Tat, deren Zeuge er gewesen war. In Rücksicht auf mein Versprechen und ganz gegen meinen Willen gab ich meine Zustimmung, daß er noch drei Tage in der Obhut von Mrs. Hayes bleiben sollte, denn es lag auf der Hand, daß ich die Polizei unmöglich von seinem Aufenthaltsort unterrichten konnte, ohne zugleich den Mörder preiszugeben, und ich sah keinen Weg, wie dieser Mörder bestraft werden konnte, ohne daß damit auch mein unglücklicher James zugrundegerichtet würde. Sie haben mich um Offenheit gebeten, Mr. Holmes, und ich habe Sie beim Wort genommen, denn nun habe ich Ihnen alles erzählt, ohne alle Umschweife oder Zurückhaltung. Seien Sie nun mir gegenüber ebenso offen.«

»Das will ich tun«, sagte Holmes. »Zunächst einmal muß ich Euer Gnaden darauf hinweisen, daß Sie sich in den Augen des Gesetzes in eine höchst bedenkliche Lage gebracht haben. Sie haben ein Kapitalverbrechen gedeckt, und Sie haben die Flucht eines Mörders unterstützt; denn ich kann nicht daran zweifeln, daß das von James Wilder zur Unterstützung der Flucht seines Komplizen benutzte Geld aus Euer Gnaden Börse stammt.«

Der Herzog nickte Zustimmung.

»Dies ist wirklich eine sehr ernste Sache. Meiner Meinung nach gar noch sträflicher ist Euer Gnaden Haltung Ihrem jüngeren Sohn gegenüber. Drei Tage lang wollen Sie ihn in dieser Höhle lassen.«

»Aufgrund eines feierlichen Versprechens –«

»Was bedeutet solchen Leuten denn ein Versprechen? Sie haben keinerlei Gewähr, daß man ihn nicht aufs neue verschwinden lassen wird. Um Ihrem schuldbeladenen älteren Sohn zu willfahren, haben Sie Ihren unschuldigen jüngeren

Sohn einer drohenden und unnötigen Gefahr ausgesetzt. Eine höchst unverantwortliche Tat.«

Der stolze Herr von Holdernesse war es nicht gewöhnt, daß man auf seinem herzöglichen Sitz so mit ihm umsprang. Das Blut schoß ihm in die hohe Stirn, doch sein Gewissen ließ ihn stumm bleiben.

»Ich werde Ihnen helfen, aber nur unter einer Bedingung. Sie müssen nach Ihrem Bedienten läuten und mich ihm meine Anweisungen geben lassen.«

Der Herzog drückte wortlos auf den elektrischen Knopf. Ein Diener trat ein.

»Es wird Sie freuen zu hören«, sagte Holmes, »daß man Ihren jungen Herrn gefunden hat. Der Herzog wünscht, daß unverzüglich eine Kutsche zum Gasthof zum Kampfhahn fährt und den Lord Saltire nach Hause bringt.«

»Nun«, sagte Holmes, als der erfreute Lakai abgegangen war, »nachdem wir für die Zukunft gesorgt haben, können wir es uns leisten, mit der Vergangenheit nachsichtiger zu sein. Ich bin kein Beamter, und solange den Erfordernissen der Gerechtigkeit Genüge getan wird, sehe ich keinen Grund, warum ich alles verraten sollte, was ich weiß. Zu Hayes sage ich gar nichts. Ihn erwartet der Galgen, und ich werde nichts tun, um ihn davor zu bewahren. Was er ausplaudern wird, weiß ich nicht, aber ich zweifle nicht daran, daß Euer Gnaden ihm begreiflich machen könnten, daß es in seinem eigenen Interesse liegt, zu schweigen. Aus der Sicht der Polizei wird er den Jungen entführt haben, um Lösegeld zu erpressen. Wenn die Polizei nicht selbst dahinterkommt, sehe ich keinen Grund, warum ich sie dazu veranlassen sollte, tiefer in die Dinge einzudringen. Ich möchte Euer Gnaden jedoch darauf hinweisen, daß die weitere Anwesenheit Mr. James Wilders in Ihrem Haushalt nur ins Unglück führen kann.«

»Dies ist mir klar, Mr. Holmes, und es ist bereits abgemacht, daß er mich für immer verlassen wird, um sein Glück in Australien zu suchen.«

»In diesem Fall möchte ich, da Euer Gnaden selbst erklärt

haben, jegliches Ungemach Ihrer Ehe sei durch sein Dasein verursacht worden, vorschlagen, daß Sie die Herzogin so weit entschädigen sollten, wie Sie können, und versuchen, die Beziehung, die so unglücklich unterbrochen wurde, wiederaufzunehmen.«

»Auch dies habe ich in die Wege geleitet, Mr. Holmes. Ich habe der Herzogin heute morgen geschrieben.«

»In diesem Fall«, sagte Holmes und stand auf, »denke ich, daß mein Freund und ich uns zu etlichen sehr glücklichen Ergebnissen unseres kleinen Besuchs im Norden gratulieren dürfen. Es bleibt eine Kleinigkeit, die ich gern noch erhellt hätte. Dieser Hayes hatte seine Pferde mit Hufeisen beschlagen, die die Spur von Kühen nachahmten. Hat er diesen so außerordentlichen Trick von Mr. Wilder gelernt?«

Der Herzog stand einen Augenblick lang nachdenklich da; sein Gesicht zeigte einen sehr überraschten Ausdruck. Dann öffnete er eine Tür und führte uns in einen großen Raum, der wie ein Museum möbliert war. Er schritt auf eine Vitrine zu, die in einer Ecke stand, und zeigte auf die Beschriftung.

»Diese Hufeisen«, stand da, »wurden im Schloßgraben von Holdernesse Hall gefunden. Sie sind für Pferde gedacht, sind aber unten wie ein Rinderhuf geformt, um so Verfolger von der Fährte abzulenken. Sie sollen einem der mittelalterlichen Raubritter von Holdernesse gehört haben.«

Holmes machte die Vitrine auf, befeuchtete seinen Finger und rieb damit über den Huf. Auf der Haut blieb ein dünner Film frischen Schlammes.

»Ich danke Ihnen«, sagte er, als er den Glasdeckel wieder zumachte. »Dies ist der zweitinteressanteste Gegenstand, den ich im Norden gesehen habe.«

»Und der erste?«

Holmes faltete seinen Scheck und legte ihn sorgfältig in sein Notizbuch. »Ich bin ein armer Mann«, sagte er, streichelte es zärtlich und schob es in die Tiefe seiner Innentasche.

DER SCHWARZE PETER

NIE habe ich meinen Freund geistig und körperlich in besserer Verfassung erlebt als im Jahre 1895. Sein wachsender Ruhm hatte ihm eine ungeheure Menge Aufträge eingebracht, und ich würde mich einer Indiskretion schuldig machen, wenn ich auch nur andeutungsweise auf einige der illustren Klienten hinwiese, die über unsere bescheidene Schwelle in Baker Street geschritten waren. Holmes lebte jedoch wie alle großen Künstler nur für seine Kunst, und abgesehen von dem Fall des Herzogs von Holdernesse habe ich es nur selten erlebt, daß er irgendeine große Belohnung für seine unschätzbaren Dienste verlangt hätte. Er war so weltfremd – oder so launenhaft –, daß er den Mächtigen und Reichen häufig seine Hilfe verweigerte, da deren Probleme sein Mitgefühl nicht ansprachen; andererseits widmete er sich wochenlang mit äußerster Hingabe den Angelegenheiten irgendeines demütigen Klienten, dessen Fall jene sonderbaren und dramatischen Qualitäten aufwies, die seine Phantasie reizten und seinen Scharfsinn herausforderten.

In jenem denkwürdigen Jahre 1895 hatte eine seltsame und ungereimte Folge von Fällen seine Aufmerksamkeit in Anspruch genommen, die von seiner berühmten Untersuchung des plötzlichen Todes von Kardinal Tosca – eine Ermittlung, die er auf ausdrücklichen Wunsch Seiner Heiligkeit des Papstes durchführte – bis zu seiner Festnahme von Wilson reichte, dem berüchtigten Kanarienvogelabrichter, womit er einen Schandfleck vom Londoner East End aus dem Wege räumte. Diesen beiden berühmten Fällen folgte dicht auf den Fersen die Tragödie von Woodman's Lee mit ihren überaus dunklen Begleitumständen des Ablebens von Captain Peter Carey. Keine Chronik der Taten von Mr. Sherlock Holmes wäre vollständig ohne einen Bericht über diese höchst ungewöhnliche Affaire.

Während der ersten Juliwoche war mein Freund so häufig und so lange von unserer Wohnung abwesend, daß mir klar wurde, daß er einen Fall in Arbeit hatte. Die Tatsache, daß in dieser Zeit mehrere rauhe Gesellen vorsprachen und nach Captain Basil verlangten, zeigte mir, daß Holmes irgendwo unter einer seiner zahlreichen Masken und Namen arbeitete, mit denen er seine gewaltige Identität zu verbergen trachtete. Er besaß in verschiedenen Teilen Londons mindestens fünf kleine Zufluchtsstätten, in denen er seine Persönlichkeit verändern konnte. Er äußerte sich mir gegenüber nicht über sein Geschäft, und es war nicht meine Gewohnheit, ihn zu einer vertraulichen Mitteilung zu drängen. Das erste deutliche Zeichen, das er mir von der Richtung gab, in die seine Ermittlung ging, war sehr seltsam. Er war schon vor dem Frühstück losgegangen, und ich hatte mich eben an das meine gesetzt, als er eintrat – den Hut auf dem Kopf, und einen langen Speer mit gezackter Spitze wie einen Schirm unter den Arm geklemmt.

»Du liebe Zeit, Holmes!« rief ich. »Sie wollen doch nicht sagen, daß Sie mit diesem Ding durch London gewandert sind?«

»Ich bin zum Metzger und zurück gefahren.«

»Zum Metzger?«

»Und ich bringe einen ausgezeichneten Appetit mit. Am Wert sportlicher Übung vor dem Frühstück kann kein Zweifel bestehen, mein lieber Watson. Aber ich möchte wetten, daß Sie die Art meiner Übung nicht erraten werden.«

»Ich versuch's erst gar nicht.«

Er kicherte, als er sich den Kaffee eingoß.

»Wenn Sie in Allardyce's Hinterzimmer hätten sehen können, hätten Sie ein totes Schwein an einem Haken von der Decke hängen und einen Gentleman in Hemdsärmeln gesehen, der mit dieser Waffe wie wild darauf einstach. Jene energische Person war ich, und ich habe mich davon überzeugt, daß ich das Schwein auch nicht unter Aufbietung meiner ganzen Kraft mit einem einzigen Hieb durchbohren konnte. Wollen Sie es vielleicht einmal versuchen?«

»Nie und nimmer. Aber warum haben Sie das getan?«

»Weil es mir indirekt mit dem Rätsel von Woodman's Lee zu tun zu haben schien. Ah, Hopkins, ich habe Ihr Telegramm vorige Nacht erhalten und Sie schon erwartet. Kommen Sie und essen Sie mit.«

Unser Besucher war ein außerordentlich lebhafter Mann von dreißig Jahren; er trug einen unauffälligen Tweedanzug, bewahrte aber die aufrechte Haltung eines Mannes, der gewöhnlich eine Uniform trägt. Ich erkannte ihn sogleich als Stanley Hopkins, einen jungen Polizeiinspektor, für dessen Zukunft Holmes hohe Erwartungen hegte, während dieser im Gegenzug für die wissenschaftlichen Methoden des berühmten Amateurs Bewunderung und Respekt eines Schülers bekundete. Hopkins' Stirn war umwölkt, und er setzte sich mit einer Miene tiefer Niedergeschlagenheit.

»Nein, danke, Sir. Ich habe bereits gefrühstückt, ehe ich hierherkam. Ich war die Nacht über in der Stadt, da ich gestern schon herkam, um Bericht zu erstatten.«

»Und was hatten Sie zu berichten?«

»Mißerfolg, Sir – absoluten Mißerfolg.«

»Sie haben keine Fortschritte gemacht?«

»Keinen.«

»Meine Güte! Ich werde mir die Sache einmal ansehen müssen.«

»Ich wünschte beim Himmel, daß Sie das täten, Mr. Holmes. Es ist meine erste große Chance, und ich bin mit meinem Latein am Ende. Kommen Sie um Gottes willen mit und helfen Sie mir.«

»Nun, nun, zufällig habe ich bereits alles erreichbare Material, einschließlich den polizeilichen Untersuchungsbericht, mit einiger Sorgfalt gelesen. Was halten Sie übrigens von diesem Tabaksbeutel, der am Tatort gefunden wurde? Bietet der keinen Anhaltspunkt?«

Hopkins sah überrascht auf.

»Der Beutel gehörte dem Opfer, Sir. Seine Initialen standen darin. Und er war aus Seehundsfell – und er war ein alter Robbenjäger.«

»Aber er hatte keine Pfeife.«

»Stimmt, Sir, eine Pfeife konnten wir nicht finden: Er rauchte wirklich nur sehr wenig. Aber er hätte ja den Tabak für seine Freunde bei sich haben können.«

»Zweifellos. Ich erwähne das nur, weil ich, wenn dies mein Fall gewesen wäre, dies wohl zum Ausgangspunkt meiner Untersuchung gemacht hätte. Mein Freund Dr. Watson weiß aber noch gar nichts von der Sache, und mir könnte es auch nichts schaden, den Gang der Ereignisse noch einmal zu hören. Geben Sie uns nur einen kurzen Überblick über das Wesentliche.«

Stanley Hopkins zog ein Blatt Papier aus der Tasche.

»Ich habe hier ein paar Daten, aus denen Sie den Lebenslauf des Toten, Captain Peter Carey, ersehen können. Geboren '45 – fünfzig Jahre alt. Er war ein sehr kühner und erfolgreicher Walfänger. 1883 kommandierte er das Walfangschiff *Sea Unicorn* aus Dundee. Er unternahm damals mehrere erfolgreiche Fahrten hintereinander, und im Jahr darauf, 1884, setzte er sich zur Ruhe. Er reiste einige Jahre umher und kaufte sich schließlich ein kleines Anwesen namens Woodman's Lee in der Nähe von Forest Row in Sussex. Dort lebte er sechs Jahre, und dort starb er vor genau einer Woche.

Der Mann hatte einige höchst merkwürdige Eigenarten. Im normalen Leben war er strikter Puritaner – ein schweigsamer, finsterer Bursche. Sein Haushalt bestand aus seiner Frau, seiner zwanzigjährigen Tochter und zwei weiblichen Bediensteten. Diese letzteren wechselten ständig, da die Stellung nie sonderlich lustig und häufig unerträglich war. Der Mann war Quartalssäufer, und wenn er seinen Anfall hatte, war er der reinste Satan. Es ist bekannt, daß er seine Frau und seine Tochter zuweilen mitten in der Nacht aus dem Haus getrieben und durch den Park gejagt hat, bis das ganze Dorf draußen von ihren Schreien wach war.

Einmal wurde er vorgeladen, weil er den alten Vikar, der ihn aufgesucht hatte, um ihm sein Verhalten vorzuhalten, brutal angegriffen hatte. Mit einem Wort, Mr. Holmes, Sie müßten lange suchen, ehe Sie einen gefährlicheren Mann als Peter Carey fänden, und ich habe erfahren, daß er denselben Charakter auch schon hatte, als er noch sein Schiff kommandierte. Er war in seinem Gewerbe als der Schwarze Peter bekannt, und diesen Namen erhielt er nicht nur wegen seines braungebrannten Gesichts und der Farbe seines gewaltigen Barts, sondern auch für seine Launen, die der Schrecken seiner ganzen Umgebung waren. Ich brauche nicht zu sagen, daß er von seinen sämtlichen Nachbarn verabscheut und gemieden wurde und daß ich nicht ein einziges Wort des Bedauerns über sein furchtbares Ende vernommen habe.

Sie müssen in dem Untersuchungsbericht von der Kajüte des Mannes gelesen haben, Mr. Holmes; aber Ihr Freund hat vielleicht noch nicht davon gehört. Er hatte sich ein hölzernes Gartenhaus gebaut – das er immer »die Kajüte« nannte –, und zwar einige hundert Yards von seinem Haus entfernt; hier verbrachte er jede Nacht. Es war eine kleine Hütte, die nur aus einem Zimmer bestand, sechzehn mal zehn Fuß groß. Den Schlüssel dazu hatte er immer in seiner Tasche, sein Bett machte er selbst, er räumte selbst auf, und er gestattete niemandem, seinen Fuß über die Schwelle zu setzen. An beiden Seiten sind kleine Fenster, die mit Vorhängen zugezogen waren und nie geöffnet wurden. Eines dieser Fenster ging zur Hauptstraße, und wenn nachts drinnen das Licht brannte, pflegten die Leute einander darauf hinzuweisen und sich zu fragen, was der Schwarze Peter dort wohl machte. Dieses Fenster, Mr. Holmes, lieferte uns eine der wenigen positiven Aussagen, die wir bei der Untersuchung erlangen konnten.

Sie erinnern sich, daß ein Steinmetz namens Slater, der um etwa ein Uhr morgens von Forest Row her kam – zwei Tage vor dem Mord –, stehenblieb, als er zu dem Grundstück kam, und zu dem hellen Viereck, das noch zwischen den Bäumen strahlte, hinübersah. Er schwört, daß der Schatten eines Männerkopfes im Profil deutlich auf dem Vorhang sichtbar war und daß dieser Schatten auf keinen Fall der von Peter Carey war, den er gut kannte. Es war der Schatten eines bärtigen Mannes, aber der Bart war kurz und sträubte sich auf eine Weise nach vorne, die sich völlig von der des Captains unterschied. So seine Aussage, aber er war vorher zwei Stunden lang in einer Kneipe, und von der Straße bis zu diesem Fenster ist es eine beträchtliche Strecke. Außerdem bezieht sich dies auf Montag, während das Verbrechen am Mittwoch geschah.

Am Dienstag hatte Peter Carey eine seiner schwärzesten Launen; er war vom Trinken erhitzt und wild wie ein gefährliches Raubtier. Er lief im Haus umher, und die Frauen rissen aus, als sie ihn kommen hörten. Spät abends begab er sich in seine Hütte. Um zwei Uhr am Morgen darauf hörte seine Tochter, die bei offenem Fenster schlief, einen ganz entsetzlichen Schrei aus dieser Richtung, doch war es nichts Ungewöhnliches, daß er brüllte und krakeelte, wenn er betrunken war, und so schenkte man dem keine Beachtung. Als um sieben Uhr eines der Hausmädchen aufstand, bemerkte es, daß die Tür der Hütte offenstand, doch der Schrecken, den dieser Mann verbreitete, war so groß, daß sich erst um die Mittagszeit jemand hinüberwagte, um nachzusehen, was aus ihm geworden war. Als sie durch die offene Tür hineinspähten, wurden sie eines Anblicks gewahr, der sie schreckensbleich ins Dorf rasen ließ. Binnen einer Stunde war ich zur Stelle und hatte den Fall übernommen.

Nun, wie Sie wissen, Mr. Holmes, habe ich ziemlich starke Nerven, aber ich gebe Ihnen mein Wort, daß ich zusammengefahren bin, als ich meinen Kopf in das kleine Haus gesteckt habe. Da drinnen brummte es wie ein Harmonium von all den Haus- und Schmeißfliegen, und Fußboden und Wände sahen aus wie in einem Schlachthaus. Er hatte es seine Kajüte genannt, und es war in der Tat eine Kajüte, denn man hätte denken können, man befinde sich auf einem Schiff. An einer Seite stand eine Koje, es gab eine Seemannskiste, Land- und Seekarten, ein Bild der *Sea Unicorn,* auf einem Regal eine Reihe

Logbücher – alles genau so, wie man es sich in einer Kapitänskajüte vorstellt. Und mitten darin stand der Mann selbst, sein Gesicht war verzerrt wie das einer verlorenen Seele in der Hölle, und sein mächtiger gestreifter Bart sträubte sich im Todeskampf nach oben. Mitten durch seine breite Brust war eine stählerne Harpune gerammt, die sich tief in das Holz der Wand hinter ihm gebohrt hatte. Er war aufgespießt wie ein Käfer auf einem Stück Pappe. Natürlich war er mausetot, und zwar schon seit jenem Augenblick, da er seinen letzten Schmerzensschrei ausgestoßen hatte.

Ich kenne Ihre Methoden, Sir, und ich habe sie angewandt. Ehe ich zuließ, daß irgend etwas angerührt wurde, habe ich den Boden draußen und auch im Zimmer aufs sorgfältigste untersucht. Es fanden sich keine Fußspuren.«

»Soll heißen, Sie haben keine gesehen?«

»Ich versichere Ihnen, Sir, es waren keine da.«

»Mein guter Hopkins, ich habe schon viele Verbrechen untersucht, aber mir ist noch nie eins untergekommen, das von einem fliegenden Wesen begangen wurde. Solange ein Verbrecher auf seinen zwei Beinen bleibt, solange muß es irgendeinen Eindruck, eine Abschabung, eine unbedeutende Verschiebung geben, die von einem wissenschaftlichen Sucher gefunden werden kann. Es ist unvorstellbar, daß dieser blutbespritzte Raum keinerlei Spuren enthielt, die uns hätten weiterhelfen können. Dem Untersuchungsbericht entnehme ich jedoch, daß Sie freilich nicht alles übersehen haben?«

Der junge Inspektor wand sich unter den ironischen Bemerkungen meines Freundes.

»Ich war ein Narr, daß ich Sie nicht gleich herbeigerufen habe, Mr. Holmes. Dem ist jedoch jetzt nicht mehr abzuhelfen. Ja, in dem Zimmer fanden sich mehrere Gegenstände, die besondere Aufmerksamkeit verlangten. Zum einen die Harpune, mit der die Tat begangen wurde. Sie war aus einer Halterung an der Wand gerissen worden. Zwei andere waren noch da, und die Stelle der dritten war leer. Auf dem Schaft befand sich die Gravur: ›S.S. *Sea Unicorn,* Dundee‹. Dies alles schien darauf hinzudeuten, daß das Verbrechen Folge eines Wutausbruchs war und daß der Mörder zur erstbesten Waffe gegriffen hatte. Die Tatsache, daß das Verbrechen um zwei Uhr morgens begangen wurde und Peter Carey dennoch voll angekleidet war, legte nahe, daß er mit dem Mörder verabredet war, was auch dadurch erhärtet wird, daß auf dem Tisch eine Flasche Rum und zwei schmutzige Gläser standen.«

»Ja«, sagte Holmes; »ich glaube, beide Annahmen sind statthaft. Gab es außer dem Rum noch anderen Schnaps in dem Zimmer?«

»Ja; auf der Seemannskiste befand sich ein Flaschenständer mit Brandy und Whisky. Dies ist jedoch für uns ohne Belang, da die Karaffen voll und demnach nicht benutzt worden waren.«

»Trotz alledem hat deren Anwesenheit eine Bedeutung«, sagte Holmes. »Erzählen Sie uns aber noch mehr von den Gegenständen, die sich Ihnen auf den Fall zu beziehen scheinen.«

»Auf dem Tisch lag der erwähnte Tabaksbeutel.«

»Wo auf dem Tisch?«

»In der Mitte. Er war aus einfachem Seehundsfell – dem glatthaarigen, und mit einem Lederriemen zugebunden. Innen auf der Lasche stand ›P.C.‹ Der Beutel enthielt eine halbe Unze starken Schiffstabak.«

»Ausgezeichnet! Gab es noch mehr?«

Stanley Hopkins zog ein schäbiggraues Notizbuch aus der Tasche. Der Umschlag war rissig und abgeschabt, die Blätter verfärbt. Auf der ersten Seite standen die Initialen ›J.H.N.‹ und die Jahreszahl ›1883‹. Holmes legte es vor sich auf den Tisch und untersuchte es auf seine eingehende Art, während Hopkins und ich ihm über die Schulter sahen. Auf der zweiten Seite standen die Buchstaben ›C.P.R.‹, und dann kamen mehrere Blätter voller Zahlen. Verschiedene Überschriften lauteten ›Argentinien‹, ›Costa Rica‹ oder ›São Paulo‹, denen jeweils Seiten voller Zahlen und Figuren folgten.

»Was halten Sie davon?« fragte Holmes.

»Es scheint sich um Listen von Börsen-Wertpapieren zu handeln. Ich halte ›J.H.N.‹ für die Initialen eines Maklers, und dieser ›C.P.R.‹ könnte sein Klient gewesen sein.«

»Versuchen Sie es einmal mit Canadian Pacific Railway«, sagte Holmes.

Stanley Hopkins fluchte zwischen seinen Zähnen und hieb sich mit der Faust auf den Schenkel.

»Was für ein Narr ich war!« rief er. »Es ist natürlich genau, wie Sie sagen. Dann bleiben uns nur noch die Initialen ›J.H.N.‹ zu lösen. Ich habe die alten Börsenlisten bereits durchforstet, aber im Jahr 1883 gab es weder an der Londoner Börse noch sonst irgendwo außerhalb einen Makler, dessen Initialen mit diesen übereinstimmen. Und doch habe ich das Gefühl, daß dieser Anhaltspunkt der wichtigste ist, den ich habe. Sie werden zugeben, Mr. Holmes, es besteht die Möglichkeit, daß diese Initialen zu jener zweiten anwesenden Person gehören – mit andern Worten: dem Mörder. Außerdem möchte ich betonen, daß das Auftauchen eines auf eine beträchtliche Menge wertvoller Effekten bezüglichen Dokuments in diesem Fall uns den ersten Hinweis auf ein Motiv für dieses Verbrechen an die Hand gibt.«

Sherlock Holmes war anzusehen, daß er von dieser neuen Entwicklung völlig aus der Fassung gebracht war.

»Ich stimme Ihnen in beiden Punkten zu«, sagte er. »Ich muß gestehen, daß dieses Notizbuch, von dem im Untersuchungsbericht nicht die Rede war, meine ganzen bisherigen Überlegungen in einem anderen Licht erscheinen läßt. Ich hatte mir zu diesem Verbrechen eine Theorie gebildet, in der ich dafür keinen Platz finden kann. Haben Sie versucht, irgendwelche der hier verzeichneten Effekten aufzuspüren?«

»Hierzu laufen bereits Nachforschungen in den Kontoren, aber ich fürchte, daß sich das vollständige Verzeichnis der Aktienbesitzer dieser südamerikanischen Firmen in Südamerika befindet und noch einige Wochen vergehen werden, ehe wir die Anteile aufspüren können.«

Holmes hatte den Umschlag des Notizbuchs mit seinem Vergrößerungsglas untersucht.

»Hier ist auf jeden Fall eine Verfärbung«, sagte er.

»Ja, Sir, ein Blutfleck. Wie gesagt, habe ich das Buch vom Boden aufgehoben.«

»War der Blutfleck oben oder unten?«

»Auf der dem Boden zugewandten Seite.«

»Was natürlich beweist, daß das Buch erst nach der Tat hingeworfen wurde.«

»Ganz recht, Mr. Holmes. Ich habe diesen Punkt beachtet und bin zu dem Schluß gekommen, daß der Mörder das Buch bei seiner hastigen Flucht hat fallen lassen. Es lag in der Nähe der Tür.«

»Ich nehme an, keine dieser Effekten wurde im Besitz des Toten gefunden?«

»Stimmt, Sir.«

»Haben Sie irgendeinen Grund, einen Raubüberfall anzunehmen?«

»Nein, Sir. Es wurde offenbar nichts angerührt.«

»Meine Güte, wahrhaftig ein sehr interessanter Fall. Dann war da noch ein Messer, oder?«

»Ein Dolchmesser, steckte noch in der Scheide. Es lag zu Füßen des Toten. Mrs. Carey hat es als Eigentum ihres Mannes identifiziert.«

Holmes hing eine Weile seinen Gedanken nach.

»Nun«, sagte er schließlich, »ich denke, ich werde mal hinauskommen und mir das ansehen müssen.«

Stanley Hopkins stieß einen Freudenschrei aus.

»Danke, Sir. Da fällt mir aber ein Stein vom Herzen.«

Holmes hob vorwurfsvoll den Finger.

»Vor einer Woche wäre die Aufgabe leichter gewesen«, sagte er. »Aber auch jetzt ist mein Besuch vielleicht nicht vollkommen fruchtlos. Watson, sollten Sie die Zeit erübrigen können, würde ich mich sehr über Ihre Gesellschaft freuen. Wenn Sie uns inzwischen einen Wagen besorgen, Hopkins, werden wir in einer Viertelstunde zur Abfahrt nach Forest Row bereit sein.«

Nachdem wir an dem kleinen Bahnhof ausgestiegen waren,

fuhren wir einige Meilen durch die Überreste ausgedehnter Wälder, die dereinst jenen riesigen Forst gebildet hatten, der die sächsischen Invasoren so lange in Schach gehalten hatte – der undurchdringliche »Weald«, der über sechzig Jahre das Bollwerk Britanniens gewesen war. Weite Teile davon sind gerodet worden, denn hier sind die ersten Eisenhütten des Landes ansässig, und die Bäume hat man gefällt, um damit das Erz zu schmelzen. Inzwischen haben die reicheren Felder des Nordens den Handel an sich gezogen, und außer diesen verwüsteten Waldungen und den riesigen Narben in der Erde kündet hier nichts mehr von der Arbeit der Vergangenheit. Auf einer dieser Lichtungen stand auf einem grünen Berghang ein langes, niedriges Steinhaus, auf das sich eine geschwungene Einfahrt durch die Felder zuwand. Näher an der Straße, auf drei Seiten von Büschen umwachsen, stand ein kleines Gartenhaus; ein Fenster und die Tür gingen in unsere Richtung. Dies war der Schauplatz des Mordes.

Stanley Hopkins führte uns zuerst in das Haus, wo er uns einer verhärmten, grauhaarigen Frau vorstellte, der Witwe des Ermordeten; ihr hageres und von tiefen Furchen durchzogenes Gesicht und der verängstigte Schreckensblick ihrer rotumrandeten Augen kündeten von den Jahren der Mühsal und Mißhandlung, die sie durchgemacht hatte. Ihre Tochter war auch da, ein blasses, blondes Mädchen; ihre Augen flackerten uns trotzig an, als sie uns sagte, sie sei froh, daß ihr Vater tot sei, und sie segne die Hand, die ihn erschlagen habe. Der Schwarze Peter Carey hatte einen schrecklichen Haushalt geführt, und wir waren ziemlich erleichtert, als wir wieder draußen im Sonnenlicht waren und den Pfad entlangschritten, den die Füße des Toten durch den Garten ausgetreten hatten.

Das Gartenhaus war eine überaus einfache Behausung; Holzwände, Schindeldach, ein Fenster neben der Tür, ein anderes in der Rückfront. Stanley Hopkins zog den Schlüssel aus seiner Tasche und wollte sich eben zum Schloß bücken, als er plötzlich mit gespanntem und überraschtem Gesichtsausdruck innehielt.

»Jemand hat sich daran zu schaffen gemacht«, sagte er. An dieser Tatsache konnte kein Zweifel bestehen. Das Gebälk wies Schrammen auf, und das zerkratzte Holz unter dem Anstrich war so hell, als seien die Kratzer eben erst gemacht worden. Holmes hatte das Fenster untersucht.

»Auch dies hat jemand aufzubrechen versucht. Wer auch immer das war, es ist ihm nicht gelungen, hineinzukommen. Das muß ein sehr erbärmlicher Einbrecher gewesen sein.«

»Höchst bemerkenswert«, sagte der Inspektor; »ich könnte beschwören, daß diese Schrammen gestern abend noch nicht hier waren.«

»Vielleicht irgendein Neugieriger aus dem Dorf«, schlug ich vor.

»Sehr unwahrscheinlich. Nur wenige würden es wagen, dieses Grundstück zu betreten, noch weniger, in die Kajüte einzubrechen. Was halten Sie davon, Mr. Holmes?«

»Ich denke, das Glück ist uns sehr hold.«

»Sie meinen, der Betreffende wird wiederkommen?«

»Das steht sehr zu vermuten. Er kam in der Erwartung, die Tür offen zu finden. Dann versuchte er, mit der Klinge eines sehr kleinen Taschenmessers einzudringen. Es gelang ihm nicht. Was macht er nun?«

»In der nächsten Nacht mit einem geeigneteren Werkzeug wiederkommen.«

»Das möchte ich auch meinen. Es wäre ein Fehler, wenn wir ihm nicht auflauerten, um ihn zu fassen. Unterdessen lassen Sie mich das Innere der Kajüte sehen.«

Die Spuren der Tragödie hatte man entfernt, aber die Möbel standen noch immer in dem kleinen Raum wie in der Nacht des Verbrechens. Zwei Stunden lang untersuchte Holmes jeden einzelnen Gegenstand mit gespanntester Konzentration, doch seine Miene ließ erkennen, daß seine Suche nicht erfolgreich war. Nur einmal unterbrach er seine geduldige Forschungsarbeit.

»Haben Sie irgend etwas von diesem Regal genommen, Hopkins?«

»Nein; ich habe nichts angerührt.«

»Irgend etwas fehlt aber: An dieser Seite des Regals befindet sich weniger Staub als sonst. Es könnte dort ein Buch gelegen haben, vielleicht auch eine Schachtel. Nun, nun, mehr kann ich nicht tun. Machen wir einen Spaziergang in diesem schönen Wald, Watson, und widmen ein paar Stunden den Vögeln und Blumen. Wir treffen uns später wieder hier, Hopkins, und dann wollen wir sehen, ob wir dem Gentleman, der letzte Nacht hier gewesen ist, näherkommen können.«

Es war nach elf Uhr, als wir unseren kleinen Hinterhalt aufbauten. Hopkins war dafür, die Tür der Hütte offenzulassen, während Holmes die Meinung vertrat, daß dies den Argwohn des Fremden erregen könnte. Das Schloß war überaus primitiv, und es brauchte nur eine kräftige Klinge, um es aufzubrechen. Holmes schlug auch vor, daß wir nicht in der Hütte warten sollten, sondern draußen im Gebüsch, das um das Hinterfenster herumwuchs. Auf diese Weise wären wir in der Lage, den Mann, falls er Licht machte, zu beobachten und zu sehen, welches Ziel er mit seinem verstohlenen nächtlichen Besuch verfolgte.

Es war eine lange und trübsinnige Nachtwache, und doch brachte sie etwas von der Erregung mit sich, die der Jäger empfindet, wenn er an einem Wasserloch liegt und auf das Herannahen des durstigen Raubtieres wartet. Welch grausames Wesen mochte sich aus der Dunkelheit auf uns stürzen? Ein wilder Tiger des Verbrechens, der nur im mühsamen Kampf mit blitzendem Fang und Klauen überwältigt werden konnte? Oder ein feiger Schakal, der nur den Schwachen und Ungeschützten zur Gefahr wurde? Wir kauerten in absolutem Schweigen in den Büschen und harrten der Dinge, die da kommen mochten. Anfangs machten uns noch die Schritte einiger verspäteter Dorfbewohner oder der Klang von Stimmen aus dem Dorf die Wache erträglich; doch diese Unterbrechungen erstarben eine nach der anderen, und dann umgab uns völlige Stille, in die nur noch das Läuten der fernen Kirche drang, das uns vom Fortgang der Nacht unterrichtete, und das

Rascheln und Wispern des Nieselregens, der auf das uns einhüllende Laubwerk fiel.

Es hatte halb drei geläutet – die dunkelste Stunde der Nacht, die der Dämmerung vorausgeht –, als wir alle bei einem leisen, aber scharfen Klicken zusammenfuhren, das aus der Richtung des Tores gekommen war. Jemand hatte die Einfahrt betreten. Es folgte eine langgezogene Stille, und ich hatte schon angefangen zu befürchten, es sei falscher Alarm gewesen, als auf der anderen Seite der Hütte verstohlene Schritte vernehmbar wurden; einen Augenblick später hörten wir ein metallisches Kratzen und Klicken. Der Mann versuchte das Schloß aufzubrechen! Diesmal war er geschickter, oder sein Werkzeug besser, denn plötzlich knackte es, und die Türangeln quietschten. Dann wurde ein Streichholz angemacht, und gleich darauf erfüllte das stetige Licht einer Kerze das Innere der Hütte. Durch den Gazevorhang waren unser aller Augen auf die Szene drinnen geheftet.

Der nächtliche Besucher war ein junger, zierlicher und dünner Mann mit schwarzem Schnauzbart, der die tödliche Blässe seines Gesichts noch hervorhob. Er mochte kaum über zwanzig Jahre alt sein. Nie zuvor habe ich einen Menschen gesehen, der sich dermaßen erbärmlich zu fürchten schien: Seine Zähne klapperten sichtbar, und er zitterte an allen Gliedern. Er war gekleidet wie ein Gentleman: Norfolk-Jacke und Knickerbokkers, auf dem Kopf eine Tuchmütze. Wir beobachteten ihn, wie er sich mit angstvollen Augen umblickte. Dann stellte er den Kerzenstummel auf den Tisch und entschwand in eine Ecke und unseren Blicken. Er kam mit einem großen Buch zurück, einem der Logbücher, die auf dem Regal in einer Reihe standen. Er beugte sich über den Tisch und schlug rasch die Seiten dieses Buches um, bis er zu dem Eintrag kam, den er suchte. Dann schlug er das Buch mit einer wütenden Bewegung seiner geballten Hand zu, brachte es wieder in die Ecke und machte das Licht aus. Er wollte die Hütte eben verlassen, als Hopkins' Hand dem Burschen an den Kragen fuhr; ich hörte ihn vor Entsetzen laut aufstöhnen, als er begriff, daß man ihn erwischt hatte. Die Kerze wurde wieder entzündet, und da stand unser elender Gefangener und bebte und wand sich im Griff des Polizisten. Er sank auf die Seemannskiste und sah uns hilflos an.

»Nun, mein Lieber«, sagte Stanley Hopkins, »wer sind Sie, und was suchen Sie hier?«

Der Mann riß sich zusammen und versuchte, uns mit einiger Fassung ins Gesicht zu sehen.

»Sie sind Polizisten, nehme ich an?« sagte er. »Sie glauben, ich habe etwas mit dem Tod von Captain Peter Carey zu tun. Ich versichere Ihnen, daß ich unschuldig bin.«

»Das werden wir ja noch sehen«, sagte Hopkins. »Zunächst einmal sagen Sie uns, wie Sie heißen.«

»John Hopley Neligan.«

Ich sah, wie Holmes und Hopkins einen raschen Blick austauschten.

»Was machen Sie hier?«

»Kann ich vertraulich reden?«

»Nein, ganz gewiß nicht.«

»Warum sollte ich es Ihnen dann sagen?«

»Wenn Sie nicht antworten, könnte es Ihnen bei dem Prozeß schlecht ergehen.«

Der junge Mann fuhr zusammen.

»Gut, ich erzähl's Ihnen«, sagte er. »Warum auch nicht? Und doch ist mir die Vorstellung zuwider, daß dieser alte Skandal dadurch neu zum Leben erweckt wird. Haben Sie schon einmal von Dawson & Neligan gehört?«

Ich sah Hopkins' Miene an, daß er noch nie davon gehört hatte, aber Holmes blickte sehr interessiert.

»Sie meinen die West-Country-Bankiers«, sagte er. »Sie haben mit einer Million Bankrott gemacht und den halben Landadel von Cornwall ruiniert, woraufhin Neligan verschwunden ist.«

»Genau. Neligan war mein Vater.«

Endlich bekamen wir etwas Positives in die Hand, und doch schien die Lücke zwischen dem flüchtigen Bankier und dem mit einer seiner Harpunen an die Wand genagelten Captain Peter Carey überaus groß. Wir lauschten gespannt den Worten des jungen Mannes.

»Mein Vater war der eigentlich Schuldige. Dawson hatte sich aus dem Geschäft zurückgezogen. Ich war damals erst zehn Jahre alt, aber ich war alt genug, um die Schande und das Entsetzliche der ganzen Sache zu empfinden. Es hat immer geheißen, mein Vater habe die ganzen Wertpapiere gestohlen und sei geflohen. Das ist nicht wahr. Er glaubte, wenn er Zeit genug hätte, sie zu Geld zu machen, würde alles wieder gut und sämtliche Gläubiger könnten befriedigt werden. Er startete mit seiner kleinen Yacht nach Norwegen, kurz bevor der Haftbefehl gegen ihn erlassen wurde. Ich kann mich noch an jene letzte Nacht erinnern, als er meiner Mutter Lebewohl sagte. Er hinterließ uns eine Liste der Wertpapiere, die er mitnahm, und er schwor, daß er mit wiederhergestellter Ehre zurückkommen und daß niemand es bereuen würde, ihm vertraut zu haben. Nun, seither haben wir kein Wort mehr von ihm gehört. Er und die Yacht sind spurlos verschwunden. Wir, das heißt meine Mutter und ich, lebten in dem Glauben, daß die beiden zusammen mit den Wertpapieren, die er mitgenommen hatte, auf dem Meeresboden ruhten. Wir hatten jedoch einen ergebenen Freund – er ist Geschäftsmann, und er war es, der vor einiger Zeit herausfand, daß ein paar von den Wertpapieren, die mein Vater bei sich hatte, auf dem Londoner Markt wieder aufgetaucht waren. Sie können sich unser Erstaunen vorstellen. Ich verbrachte Monate damit, sie aufzuspüren, und nach etlichen Winkelzügen und Schwierigkeiten bekam ich schließlich heraus, daß deren ursprünglicher Verkäufer Captain Peter Carey, der Besitzer dieser Hütte, gewesen war.

Selbstverständlich stellte ich einige Nachforschungen über diesen Mann an. Ich fand heraus, daß er genau zu der Zeit, als mein Vater nach Norwegen übersetzte, einen aus dem Polarmeer zurückkommenden Walfänger kommandiert hatte. Der Herbst jenes Jahres war stürmisch gewesen, und es hatte mehrere Südstürme hintereinander gegeben. Die Yacht meines Vaters konnte durchaus nach Norden geweht worden sein und dort Captain Peter Careys Schiff begegnet sein. Falls dies zutraf: Was war dann aus meinem Vater geworden? Wie auch immer, hätte ich durch Peter Careys Aussage beweisen können, wie diese Wertpapiere auf den Markt gelangt sind, wäre das ein Beweis dafür gewesen, daß nicht mein Vater sie verkauft hatte und daß er sie nicht mitgenommen hatte, um persönlich davon zu profitieren.

Ich fuhr mit der Absicht, den Captain zu besuchen, nach Sussex, doch gerade dann geschah dieser schreckliche Mord. Im Untersuchungsbericht las ich eine Beschreibung seiner Hütte, woraus hervorging, daß die alten Logbücher seines Schiffes darin aufbewahrt würden. Mir kam die Idee, daß ich, wenn ich die Ereignisse an Bord der *Sea Unicorn* im August 1883 nachlesen könnte, womöglich das Rätsel des Schicksals meines Vaters lösen könnte. Vorige Nacht versuchte ich, an diese Logbücher heranzukommen, konnte aber die Tür nicht aufkriegen. Heute nacht versuchte ich es wieder, diesmal mit Erfolg; aber die Seiten, die sich auf diesen Monat beziehen, sind aus dem Buch herausgerissen. Und in diesem Augenblick fand ich mich als Gefangenen in Ihren Händen.«

»Ist das alles?« fragte Hopkins.

»Ja, das ist alles«, sagte er, und seine Augen zuckten hin und her.

»Sonst haben Sie uns nichts zu sagen?«

Er zögerte.

»Nein; sonst gibt es nichts.«

»Vorletzte Nacht sind Sie nicht hiergewesen?«

»Nein.«

»Und wie erklären Sie dann *das*?« schrie Hopkins und hielt das vernichtende Notizbuch hoch, auf dessen erster Seite sich die Initialen unseres Gefangenen befanden, dazu der Blutfleck auf dem Umschlag.

Der Elende brach zusammen. Er verbarg sein Gesicht in den Händen und zitterte am ganzen Leibe.

»Wo haben Sie das her?« ächzte er. »Ich – ich dachte, ich hätte es im Hotel verloren.«

»Das genügt«, sagte Hopkins streng. »Was auch immer Sie zu sagen haben, müssen Sie vor Gericht sagen. Sie werden mich jetzt zur Wache begleiten. Nun, Mr. Holmes, ich bin Ihnen und Ihrem Freund sehr zu Dank verpflichtet, daß Sie mir zu Hilfe gekommen sind. Wie sich jetzt herausstellt, war Ihre Anwesenheit gar nicht erforderlich; ich hätte den Fall auch ohne Sie zu diesem erfolgreichen Abschluß geführt. Gleichwohl bin ich Ihnen sehr dankbar. Im Brambletye Hotel sind Zimmer für Sie reserviert, wir können also zusammen ins Dorf gehen.«

»Nun, Watson, was halten Sie davon?« fragte Holmes, als wir am nächsten Morgen zurückfuhren.

»Ich merke, daß Sie nicht zufrieden sind.«

»Doch doch, mein lieber Watson, ich bin vollkommen zufrieden. Zugleich empfehlen sich mir Stanley Hopkins' Methoden nicht gerade. Ich bin von Stanley Hopkins enttäuscht. Ich hatte mir Besseres von ihm erwartet. Man sollte doch immer nach einer möglichen Alternative suchen und sich dagegen sichern. Das ist die erste Regel jeder kriminalistischen Untersuchung.«

»Und welches ist dann die Alternative?«

»Der Weg der Untersuchung, den ich selbst eingeschlagen habe. Er mag zu nichts führen; das kann ich nicht absehen. Zumindest aber werde ich ihn bis zum Ende verfolgen.«

In Baker Street warteten mehrere Briefe auf Holmes. Er ergriff einen davon, riß ihn auf und brach in ein triumphierendes Kichern aus.

»Ausgezeichnet, Watson. Die Alternative entwickelt sich. Haben Sie Depeschenformulare da? Schreiben Sie mir doch bitte ein paar Telegramme: ›Sumner, Schiffsagent, Ratcliff Highway. Schicken Sie morgen zehn Uhr drei Männer vorbei. – Basil.‹ So nenne ich mich in diesen Kreisen. Das andere lautet: ›Inspektor Stanley Hopkins, 46 Lord Street, Brixton. Kommen Sie morgen halbzehn zum Frühstück. Wichtig. Telegraphieren Sie, falls Kommen unmöglich. – Sherlock Holmes.‹ Tja, Watson, dieser teuflische Fall verfolgt mich nun seit zehn Tagen. Ich verbanne ihn hiermit vollständig aus meiner Gegenwart. Ich hoffe, daß wir morgen zum allerletzten Mal davon hören werden.«

Inspektor Stanley Hopkins erschien pünktlich auf die Minute, und wir setzten uns an das vortreffliche Frühstück, das Mrs. Hudson zubereitet hatte. Der junge Polizist war über seinen Erfolg in der besten Laune.

»Sie sind wirklich der Meinung, daß Ihre Lösung richtig sein muß?« fragte Holmes.

»Einen besser abgeschlossenen Fall könnte ich mir nicht vorstellen.«

»Mir schien die Sache nicht überzeugend.«

»Sie erstaunen mich, Mr. Holmes. Was kann man noch mehr verlangen?«

»Deckt Ihre Erklärung jeden Punkt?«

»Zweifellos. Der junge Neligan traf genau am Tage des Verbrechens im Brambletye Hotel ein. Er kam unter dem Vorwand, Golf spielen zu wollen. Sein Zimmer lag im Erdgeschoß, und er konnte nach Belieben ein- und ausgehen. Noch in derselben Nacht ging er nach Woodman's Lee, suchte Peter Carey in seiner Hütte auf, stritt mit ihm und tötete ihn mit der Harpune. Entsetzt über seine Tat, floh er sodann aus der Hütte, wobei er das Notizbuch fallenließ, das er mitgebracht hatte, um Peter Carey wegen dieser verschiedenen Wertpapiere zu befragen. Sie haben vielleicht bemerkt, daß einige davon abgehakt waren, und andere – die meisten – nicht. Die abgehakten sind auf dem Londoner Markt aufgespürt worden; die anderen aber befanden sich vermutlich noch in Careys Besitz, und der junge Neligan wollte sie, wie er selbst zugibt, unbedingt wiedererlangen, um die Gläubiger seines Vaters zu befriedigen. Nach seiner Flucht wagte er es eine Zeitlang nicht, sich der Hütte zu nähern; schließlich aber rang er sich dazu durch, um sich die benötigten Informationen zu verschaffen. Ist das alles denn nicht ganz einfach und offensichtlich?«

Holmes lächelte und schüttelte den Kopf.

»Es scheint mir nur einen Nachteil zu haben, Hopkins, und zwar den, daß es eigentlich unmöglich ist. Haben Sie schon einmal versucht, eine Harpune durch einen Körper zu treiben? Nicht? Tz, tz, mein lieber Sir, solchen Details müssen Sie aber wirklich Aufmerksamkeit zollen. Mein Freund Watson könnte Ihnen sagen, daß ich einen ganzen Vormittag mit dieser Übung verbracht habe. Es ist gar nicht so einfach und erfordert einen kräftigen und geübten Arm. Doch dieser Hieb wurde mit solcher Gewalt ausgeführt, daß die Spitze der Waffe sich tief in die Wand gebohrt hat. Können Sie sich vorstellen, daß dieser blutarme Jüngling in der Lage war, einen so entsetzlichen Schlag zu führen? Ist er der Mann, der mitten in der Nacht mit dem Schwarzen Peter Rum und Wasser säuft? War es sein Profil, das zwei Nächte zuvor auf dem Vorhang zu sehen war? Nein, nein, Hopkins; wir müssen nach einem anderen und viel kräftigeren Mann suchen.«

Das Gesicht des Polizisten war während Holmes' Rede immer länger geworden. Seine ganzen Hoffnungen und Ambitionen zerbröckelten um ihn her. Aber er wollte seine Position nicht kampflos preisgeben.

»Sie können nicht bestreiten, daß Neligan in jener Nacht dort war, Mr. Holmes. Dies beweist das Buch. Ich bilde mir ein, Beweise genug zu haben, um eine Jury zu überzeugen, auch wenn Sie imstande sein sollten, sie ein wenig zu durchlöchern. Im übrigen, Mr. Holmes: Ich habe *meinen* Mann gefaßt. Wo aber ist denn *Ihr* schrecklicher Mensch?«

»Ich möchte meinen, er kommt gerade die Treppe hoch«, sagte Holmes heiter. »Watson, ich denke, Sie täten gut daran, diesen Revolver in Reichweite zu legen.« Er stand auf und legte ein beschriebenes Stück Papier auf einen Nebentisch. »Jetzt sind wir soweit«, sagte er.

Draußen hatte man rauhe Stimmen reden gehört, und nun öffnete Mrs. Hudson die Tür und sagte, da wären drei Männer, die Captain Basil zu sprechen verlangten.

»Führen Sie sie einzeln herein«, sagte Holmes.

Der erste, der hereinkam, war ein kleines Schnuckelchen von einem Mann mit rosigen Wangen und flaumigem hellem Backenbart. Holmes hatte einen Brief aus der Tasche gezogen.

»Sie heißen?« fragte er.

»James Lancaster.«

»Tut mir leid, Lancaster, aber der Posten ist schon besetzt. Hier haben Sie einen halben Sovereign für Ihre Mühe. Gehen Sie bitte nebenan ins Zimmer und warten Sie dort ein paar Minuten.«

Der zweite Mann war ein langes dürres Wesen mit glattem Haar und fahlen Wangen. Er hieß Hugh Pattins. Auch er erhielt einen ablehnenden Bescheid, einen halben Sovereign und die Anweisung zu warten.

Der dritte Bewerber war ein Mann von bemerkenswertem Äußerem. Sein grimmiges Bulldoggengesicht war von einem Gestrüpp aus Haar und Bart umrahmt, und unter seinen dichten, buschigen, überhängenden Augenbrauen glühten zwei dreiste dunkle Augen. Er salutierte und stand nach Seemannsart da und drehte seine Mütze in den Händen.

»Sie heißen?« fragte Holmes.

»Patrick Cairns.«

»Harpunierer?«

»Ja, Sir. Sechsundzwanzig Fahrten.«

»Dundee, nehme ich an?«

»Ja, Sir.«

»Und bereit, mit einem Forschungsschiff loszufahren?«

»Ja, Sir.«

»Heuer?«

»Acht Pfund im Monat.«

»Könnten Sie sogleich aufbrechen?«

»Sobald ich meine Ausrüstung bekomme.«

»Haben Sie Ihre Papiere dabei?«

»Ja, Sir.« Er zog ein Bündel abgewetzter und speckiger Formulare aus seiner Tasche. Holmes überflog sie und gab sie ihm zurück.

»Sie sind genau der Mann, den ich brauche«, sagte er. Dort auf dem Tisch liegt der Vertrag. Unterschreiben Sie, und die ganze Sache ist abgemacht.«

Der Seemann wankte durchs Zimmer und griff zur Feder.

»Soll ich hier unterschreiben?« fragte er, als er sich über den Tisch bückte.

Holmes beugte sich über seine Schultern und legte beide Hände über seinen Nacken.

»Das wird reichen«, sagte er.

Ich hörte ein stählernes Klicken und darauf ein Gebrüll wie von einem wütenden Stier. Im nächsten Augenblick wälzten Holmes und der Seemann sich auf dem Boden. Er war ein Mann von solch gigantischer Körperkraft, daß er auch mit den Handschellen, die Holmes ihm so flink angelegt hatte, meinen Freund schnell überwältigt haben würde, wären Hopkins und ich ihm nicht zu Hilfe geeilt. Erst als ich ihm die kalte Mündung des Revolvers an die Schläfe drückte, sah er endlich ein, daß Widerstand vergeblich war. Wir banden ihm die Füße mit einem Seil zusammen und erhoben uns atemlos von unserem Kampf.

»Ich muß Sie wirklich um Verzeihung bitten, Hopkins«, sagte Sherlock Holmes. »Ich fürchte, das Rührei ist kalt geworden. Sie werden jedoch den Rest unseres Frühstücks um so mehr genießen, nicht wahr, wenn Sie daran denken, wie triumphal Sie Ihren Fall abgeschlossen haben?«

Stanley Hopkins war vor Überraschung sprachlos.

»Ich weiß nicht, was ich sagen soll, Mr. Holmes«, stieß er endlich mit hochrotem Kopf hervor. »Mir scheint, ich habe mich von Anfang an zum Narren gemacht. Ich sehe jetzt ein, was ich nie hätte vergessen sollen: daß ich der Schüler bin und Sie der Lehrer. Selbst jetzt sehe ich zwar, was Sie getan haben, aber ich weiß weder, wie Sie es getan haben, noch, was es bedeutet.«

»Nun, nun«, sagte Holmes gutmütig. »Wir alle werden durch Erfahrung klug, und für diesmal besteht Ihre Lektion darin, daß Sie niemals die Alternative aus den Augen verlieren sollten. Sie waren so sehr mit dem jungen Neligan beschäftigt, daß Sie für Patrick Cairns, den wahren Mörder von Peter Carey, keinen Gedanken erübrigen konnten.«

Die rauhe Stimme des Seemanns unterbrach unser Gespräch.

»Hören Sie, Mister«, sagte er. »Ich beschwere mich nicht über diese grobe Behandlung, aber ich möchte doch, daß Sie die Dinge beim richtigen Namen nennen. Sie sagen, ich hätte Peter Carey ermordet; ich sage, ich habe Peter Carey *getötet,* und das ist ein gewaltiger Unterschied. Vielleicht glauben Sie mir nicht. Vielleicht meinen Sie, ich würde Ihnen ein Märchen erzählen.«

»Ganz und gar nicht«, sagte Holmes. »Lassen Sie hören, was Sie uns zu sagen haben.«

»Das ist schnell erzählt, und, bei Gott, jedes Wort ist wahr: Ich kannte den Schwarzen Peter, und als er nach seinem Messer griff, hieb ich ihm gleich eine Harpune rein, denn ich wußte, entweder er oder ich. So ist er gestorben. Man kann es Mord nennen. Aber ob ich nun mit einem Strick um den Hals oder mit dem Messer des Schwarzen Peter im Herz gestorben wäre, ist sowieso dasselbe.«

»Wie sind Sie zu ihm gekommen?« fragte Holmes.

»Ich erzähl's Ihnen von Anfang an. Lassen Sie mich nur ein bißchen sitzen, damit ich leichter sprechen kann. Es war im Jahr '83 – im August. Peter Carey war der Kapitän der *Sea Unicorn,* und ich war zweiter Harpunierer. Wir fuhren gerade auf dem Heimweg aus dem Packeis heraus, bei Gegenwind, eine Woche lang Südsturm, als wir auf ein kleines Schiff stießen, das nach Norden abgetrieben worden war. Es war nur noch ein Mann drauf – ein Landsmann. Die Mannschaft hatte gedacht, das Schiff würde untergehen, und war mit dem Beiboot zur norwegischen Küste losgefahren. Nehme an, die sind alle ertrunken. Nun, wir haben diesen Mann an Bord genommen, und er und der Skipper haben in der Kajüte mehrmals lange miteinander gesprochen. Sein ganzes Gepäck, das wir mitnahmen, bestand aus einer Blechdose. Soweit ich weiß, wurde der Name des Mannes niemals erwähnt, und in der zweiten Nacht verschwand er, als ob es ihn nie gegeben hätte. Es wurde die Nachricht verbreitet, er habe sich entweder selbst über Bord gestürzt oder er sei bei dem schweren Wetter, das wir hatten, über Bord gefallen. Nur einer wußte, was wirklich mit ihm geschehen war; und das war ich, denn ich habe mit eigenen Augen gesehen, wie der Skipper ihn in der Zweiten Wache in einer dunklen Nacht gepackt und über die Reling geworfen hat. Das war zwei Tage, bevor wir den Leuchtturm der Shetlands gesichtet haben.

Nun, ich behielt mein Wissen für mich und wartete ab, was nun weiter passieren würde. Als wir nach Schottland zurückkamen, ließ die Sache sich leicht vertuschen, und niemand stellte Fragen. Ein Fremder war bei einem Unfall ums Leben gekommen, und wer sollte da schon Nachforschungen anstellen. Kurze Zeit später gab Peter Carey die Seefahrt auf, und ich brauchte lange Jahre, um herauszufinden, wo er war. Ich vermutete, er habe die Tat wegen des Inhalts dieser Blechdose begangen und er könnte es sich leisten, mich gut dafür zu bezahlen, daß ich meinen Mund halte.

Von einem Matrosen, der ihn in London getroffen hatte, erfuhr ich, wo er war, und ich ging hin, um ihn auszuquetschen. In der ersten Nacht war er noch ziemlich vernünftig und war bereit, mir genug zu geben, daß ich das Seemannsleben für immer hätte aufgeben können. Wir wollten das Ganze zwei Nächte darauf abmachen. Als ich ankam, fand ich ihn zu drei Vierteln betrunken und in scheußlicher Laune. Wir setzten uns, tranken und sprachen von den alten Zeiten, aber je mehr er trank, desto weniger gefiel mir sein Gesichtsausdruck. Ich entdeckte an der Wand diese Harpune und dachte mir, die könnte ich vielleicht noch brauchen, ehe ich da fertig war. Schließlich ging er fauchend und fluchend auf mich los, er hatte einen mörderischen Blick und ein großes Dolchmesser in der Hand. Er kam nicht mehr dazu, es aus der Scheide zu ziehen, bevor ich ihn mit der Harpune durchbohrt hatte. Himmel! Hat der geschrien! Und sein Gesicht erscheint mir im

Schlaf! Da stand ich nun, das Blut spritzte um mich rum, und ich wartete noch eine Weile; aber alles war still, und so wurde ich wieder mutig. Ich sah mich um und entdeckte diese Blechdose auf dem Regal. Immerhin hatte ich darauf genausoviel Anrecht wie Peter Carey, und so steckte ich sie ein und verließ die Hütte. Idiotischerweise habe ich meinen Knasterbeutel auf dem Tisch liegenlassen.

Und jetzt erzähle ich Ihnen das Komischste an der ganzen Geschichte. Ich war kaum aus der Hütte heraus, da hörte ich jemanden kommen, und ich versteckte mich im Gebüsch. Da kam ein Mann angeschlichen, ging in die Hütte, stieß einen Schrei aus, als ob er ein Gespenst gesehen hätte, und rannte davon, so schnell er konnte, bis ich ihn nicht mehr sah. Wer das war oder was er wollte, kann ich Ihnen nicht sagen. Ich jedenfalls bin zehn Meilen gewandert, in Tunbridge Wells in einen Zug gestiegen und nach London gefahren, und war kein bißchen klüger.

Nun, als ich dann die Dose untersuchte, sah ich, daß da kein Geld, sondern bloß Papiere drin waren, die ich nicht zu verkaufen wagte. Ich hatte meine Macht über den Schwarzen Peter verloren und war ohne einen Shilling in London gestrandet. Ich hatte nur noch meinen Beruf. Da sah ich diese Anzeigen von wegen Harpunierer und hohe Bezahlung, ging zu den Schiffsagenten, und die schickten mich hierher. Mehr weiß ich nicht, und ich sage noch einmal, wenn ich den Schwarzen Peter getötet habe, dann sollte das Gesetz mir dankbar sein, denn immerhin spart man durch mich den Preis für ein Hanfseil.«

»Ein sehr klarer Bericht«, sagte Holmes, stand auf und zündete seine Pfeife an. »Hopkins, ich denke, Sie sollten keine Zeit verlieren und Ihren Gefangenen an einen sicheren Ort bringen. Dieses Zimmer ist als Zelle nicht sonderlich geeignet, und Mr. Patrick Cairns belegt einen zu großen Teil unseres Teppichs.«

»Mr. Holmes«, sagte Hopkins, »ich weiß nicht, wie ich Ihnen Dank sagen soll. Selbst jetzt verstehe ich noch nicht, wie Sie zu Ihrem Ergebnis gelangt sind.«

»Einfach, indem ich das Glück hatte, von Anfang an auf der richtigen Spur zu sein. Wenn ich von diesem Notizbuch gewußt hätte, wären meine Gedanken höchstwahrscheinlich in eine andere Richtung gegangen, so wie bei Ihnen. Doch alles, was ich hörte, zeigte in diese eine Richtung. Die erstaunliche Kraft, die Geschicklichkeit im Gebrauch der Harpune, Rum und Wasser, der Tabaksbeutel aus Seehundsfell, der grobe Tabak – all dies wies auf einen Seemann hin, und zwar auf einen Walfischfänger. Ich war davon überzeugt, daß die Initialen ›P. C.‹ auf dem Beutel reiner Zufall waren und nicht die von Peter Carey, da dieser selten rauchte und in seiner Kajüte keine Pfeife gefunden wurde. Sie erinnern sich, daß ich Sie fragte, ob sich in der Hütte auch Whisky und Brandy befunden hätten. Sie bestätigten dies. Wieviele unserer Landsleute würden wohl Rum trinken, wenn sie auch diese anderen Spirituosen bekommen könnten? Ja, ich war sicher, daß es ein Seemann war.«

»Und wie haben Sie ihn ausfindig gemacht?«

»Mein lieber Sir, das Problem war doch ganz einfach geworden. Wenn es ein Seemann war, konnte es nur einer gewesen sein, der mit ihm auf der *Sea Unicorn* gefahren war. Soweit ich herausfinden konnte, war er auf keinem anderen Schiff gefahren. Drei Tage lang telegraphierte ich mit Dundee, und am Ende hatte ich die Namen der Mannschaft der *Sea Unicorn* aus dem Jahr 1883 ermittelt. Als ich unter den Harpunierern den Namen Patrick Cairns fand, näherte sich meine Suche dem Ende. Ich nahm an, daß sich der Mann vermutlich in London aufhielt und daß er bestrebt war, für einige Zeit außer Land zu gehen. Aus diesem Grund verbrachte ich ein paar Tage im East End, dachte mir eine Polarexpedition aus, stellte Harpunierern, die unter Captain Basil arbeiten wollten, verlockende Bedingungen in Aussicht – und das Ergebnis sehen Sie ja!«

»Wunderbar!« rief Hopkins. »Wunderbar!«

»Sie müssen so bald wie möglich die Freilassung des jungen Neligan erwirken«, sagte Holmes. »Ich muß gestehen, ich bin der Ansicht, daß Sie sich bei ihm entschuldigen müssen. Die Blechdose muß ihm zurückgegeben werden, aber die Wertpapiere, die Peter Carey bereits verkauft hat, sind natürlich für immer verloren. Ihr Wagen ist da, Hopkins, Sie können also Ihren Mann wegschaffen. Sollten Sie mich in dem Prozeß brauchen –: Meine und Watsons Adresse wird irgendwo in Norwegen sein – Näheres schicke ich Ihnen noch zu.«

CHARLES AUGUSTUS MILVERTON

JAHRE sind vergangen seit den Ereignissen, von denen ich jetzt sprechen will, und doch kann ich nur verhalten darauf anspielen. Lange Zeit wäre es selbst bei der äußersten Diskretion und Umsicht unmöglich gewesen, diese Tatsachen publik zu machen; doch inzwischen ist die hauptsächlich betroffene Person dem Arm der menschlichen Gesetze entzogen, und mit der geziemenden Zurückhaltung kann die Geschichte nun so erzählt werden, daß niemand davon Schaden erleidet. Sie dokumentiert eine absolut einmalige Erfahrung in Mr. Sherlock Holmes' wie auch meiner eigenen Karriere. Der Leser wird es mir verzeihen, wenn ich ihm den Zeitpunkt oder sonstwelche Umstände, die ihn auf den tatsächlichen Vorfall schließen lassen könnten, verheimliche.

Holmes und ich hatten einen unserer abendlichen Streifzüge unternommen und waren um sechs Uhr an einem frostig kalten Winterabend wieder nach Hause gekommen. Als Holmes die Lampe aufdrehte, fiel das Licht auf eine Karte, die auf dem Tisch lag. Er blickte sie flüchtig an und warf sie dann mit einem Ausruf des Ekels auf den Boden. Ich hob sie auf und las:

CHARLES AUGUSTUS MILVERTON
APPLEDORE TOWERS
HAMPSTEAD
Makler

»Wer ist das?« fragte ich.

»Der übelste Mensch in ganz London«, antwortete Holmes, indem er sich setzte und seine Beine vor dem Feuer ausstreckte. »Steht irgend etwas auf der Rückseite der Karte?«

Ich drehte sie um.

»Komme um 6:30 – C. A. M.«, las ich.

»Hm! Dann ist er bald fällig. Empfinden Sie ein Grausen und Schaudern, Watson, wenn Sie im Zoo vor den Reptilien stehen und diese schlüpfrigen, gleitenden, giftigen Wesen mit ihren tödlichen Augen und bösen platten Gesichtern betrachten? Nun, so ergeht es mir bei Milverton. Ich hatte in meiner Karriere schon mit fünfzig Mördern zu tun, aber selbst der schlimmste von ihnen hat mir keinen solchen Widerwillen eingeflößt wie dieser Kerl. Und doch kann ich es nicht umgehen, mich mit ihm abzugeben – ja, er kommt auf meine Einladung hierher.«

»Aber wer ist er denn?«

»Ich werd's Ihnen erzählen, Watson. Er ist der König aller Erpresser. Der Himmel stehe dem Mann, mehr noch der Frau bei, deren Geheimnisse und guter Ruf in Milvertons Klauen gelangen. Mit lächelndem Gesicht und steinernem Herzen wird er sie so lange ausquetschen, bis er sie vollständig trocken gelegt hat. Der Bursche ist auf seine Art ein Genie und hätte sich in einem weniger ruchlosen Gewerbe durchaus einen Namen machen können. Er geht folgendermaßen vor: Er verbreitet die Nachricht, er sei willens, hohe Summen für Briefe zu zahlen, die Leute von Reichtum oder Rang kompromittieren. Diese Waren bekommt er nicht nur von treulosen Dienern oder Hausmädchen, sondern oft genug auch von vornehmen Rüpeln, die das Vertrauen und die Zuneigung zutraulicher Frauen erworben haben. Bei diesen Geschäften geht er keineswegs knauserig vor. Ich weiß zufällig, daß er einem Dienstboten siebenhundert Pfund für eine Nachricht von zwei Zeilen gezahlt und damit am Ende eine adlige Familie in den Ruin getrieben hat. Alles, was sich auf dem Markt befindet, gelangt zu Milverton, und es gibt in dieser Stadt Hunderte, die bei seinem Namen bleich werden. Niemand weiß, wo seine Pranke zuschlagen könnte, denn er ist viel zu reich und viel zu gerissen, als daß er von der Hand in den Mund lebte. Manchmal hält er eine Karte jahrelang zurück, um sie dann in dem Moment auszuspielen, wo sie den höchsten Gewinn bringt. Ich sagte, er sei der übelste Mensch in ganz London, und ich möchte Sie fragen, ob man einen Schurken, der im hitzigen Streit seinen Kameraden niederknüppelt, überhaupt mit diesem Mann vergleichen kann, der methodisch und nach Belieben Herzen quält und Seelen foltert, nur um seinen schon prallen Geldsack noch weiter zu füllen?«

Ich hatte meinen Freund selten mit so tiefem Gefühl sprechen hören.

»Aber der Kerl muß doch«, sagte ich, »vom Gesetz zu erfassen sein?«

»Theoretisch zweifellos, praktisch aber nicht. Was würde es zum Beispiel einer Frau nützen, ihn für einige Monate ins Gefängnis zu bringen, wenn darauf unverzüglich ihr eigener Ruin folgen muß? Seine Opfer wagen nicht zurückzuschlagen. Sollte er jemals einen Unschuldigen erpressen, dann würden wir ihn allerdings zu fassen bekommen; aber er ist gerissen wie der Leibhaftige. Nein, nein; wir müssen andere Wege finden, ihn zu bekämpfen.«

»Und wieso kommt er her?«

»Weil eine berühmte Klientin ihren kläglichen Fall in meine Hände gelegt hat. Es handelt sich um Lady Eva Brackwell, die schönste *débutante* der letzten Saison. In zwei Wochen soll sie den Grafen von Dovercourt heiraten. Und jenes Scheusal ist im Besitz einiger unbedachter Briefe – unbedacht, Watson, nichts Schlimmeres –, die an einen mittellosen jungen Gutsherrn vom Lande geschrieben worden sind. Sie wären hinreichend, die Hochzeit platzen zu lassen. Milverton wird diese Briefe dem Grafen zuschicken, falls ihm nicht eine beträchtliche Summe Geldes gezahlt wird. Ich habe den Auftrag, mich mit ihm zu treffen, und – so gute Bedingungen wie möglich auszuhandeln.«

In diesem Augenblick war unten auf der Straße ein Poltern und Rattern zu hören. Wir sahen hinunter und erblickten einen stattlichen Zweispänner, dessen strahlende Laternen auf den blanken Lenden der vornehmen Braunen glänzten. Ein Bediensteter öffnete den Verschlag, und ein kleiner kräftiger Mann in zottigem Astrachan-Mantel stieg aus. Eine Minute später stand er in unserem Zimmer.

Charles Augustus Milverton war fünfzig Jahre alt, hatte einen großen klugen Kopf, ein rundes, plumpes und unbehaartes Gesicht, ein immerwährendes erfrorenes Lächeln und zwei scharfe graue Augen, die hell hinter seiner breiten Goldrandbrille hervorleuchteten. Seinem Äußeren haftete etwas von Mr. Pickwicks Güte an, welcher Eindruck nur von der Unaufrichtigkeit seines starren Lächelns und dem harten Funkeln seiner unruhigen und durchdringenden Augen beeinträchtigt wurde. Seine Stimme war so sanft und so mild wie sein Antlitz, als er seine plumpe kleine Hand ausstreckte, auf uns zutrat und sein Bedauern darüber murmelte, uns bei seinem ersten Besuch nicht angetroffen zu haben.

Holmes ignorierte die ausgestreckte Hand und musterte ihn mit einem Gesicht von Granit. Milvertons Lächeln wurde noch breiter; er zuckte die Schultern, zog seinen Mantel aus, faltete ihn mit großer Behutsamkeit über eine Stuhllehne und nahm dann Platz.

»Dieser Gentleman da«, sagte er und winkte in meine Richtung. »Nennt man das diskret? Oder rechtens?«

»Dr. Watson ist mein Freund und Partner.«

»Na schön, Mr. Holmes. Ich habe nur im Interesse Ihrer Klientin protestiert. Die Sache ist so überaus delikat –«

»Dr. Watson hat bereits davon gehört.«

»Dann können wir ja zum Geschäftlichen kommen. Sie sagen, Sie handeln im Auftrag von Lady Eva. Sind Sie von ihr ermächtigt, meine Bedingungen anzunehmen?«

»Wie lauten Ihre Bedingungen?«

»Siebentausend Pfund.«

»Und die Alternative?«

»Mein lieber Sir, es ist mir schmerzlich, davon zu reden; aber wenn das Geld nicht bis zum 14. gezahlt ist, wird am 18. gewiß keine Hochzeit stattfinden.« Sein unausstehliches Lächeln war selbstgefälliger denn je. Holmes dachte eine Weile nach.

»Mir scheint«, sagte er schließlich, »Sie nehmen das alles ein wenig zu selbstverständlich. Der Inhalt dieser Briefe ist mir natürlich bekannt. Meine Klientin wird auf jeden Fall tun, was ich ihr anrate. Ich werde ihr nahelegen, sie solle die ganze Geschichte ihrem zukünftigen Gatten erzählen und auf seine Großzügigkeit vertrauen.«

Milverton kicherte.

»Offenbar kennen Sie den Grafen nicht«, sagte er.

Ich merkte dem verwirrten Blick Holmes' deutlich an, daß dies zutraf.

»Was ist denn so Schlimmes an diesen Briefen?« fragte er.

»Sie sind temperamentvoll – sehr temperamentvoll«, erwiderte Milverton. »Die Lady war eine reizende Briefschreiberin. Aber ich kann Ihnen versichern, daß der Graf von Dovercourt sie keineswegs zu schätzen wissen wird. Da Sie jedoch anderer Meinung sind, wollen wir das auf sich beruhen lassen. Es handelt sich um eine rein geschäftliche Angelegenheit. Wenn Sie meinen, es sei im besten Interesse Ihrer Klientin, daß diese Briefe dem Grafen übergeben werden, dann wäre es in der Tat töricht, eine so bedeutende Summe zu zahlen, um sie zurückzubekommen.« Er stand auf und griff nach seinem Astrachan-Mantel.

Holmes war vor Wut und Demütigung ganz grau im Gesicht.

»Warten Sie noch«, sagte er. »Sie gehen zu schnell. Wir wollen bestimmt jede Anstrengung unternehmen, um in einer so delikaten Angelegenheit einen Skandal zu vermeiden.«

Milverton fiel in seinen Stuhl zurück.

»Ich war sicher, daß Sie es in diesem Licht betrachten würden«, schnurrte er.

»Zugleich«, fuhr Holmes fort, »ist Lady Eva keine reiche Frau. Ich versichere Ihnen, daß schon zweitausend Pfund ihre Finanzen stark belasten würden und daß der von Ihnen genannte Betrag vollkommen außer ihrer Macht liegt. Ich bitte Sie daher, Ihre Forderung zu mäßigen und die Briefe zu dem von mir angedeuteten Preis herauszugeben – mehr, das kann ich Ihnen versichern, können Sie nicht bekommen.«

Milvertons Lächeln wurde wieder breiter, und er zwinkerte lustig mit den Augen.

»Mir ist bekannt, daß Ihre Angaben über die Finanzen der Lady richtig sind«, sagte er. »Zugleich müssen Sie zugeben, daß die Hochzeit einer Dame ein sehr passender Anlaß für ihre Freunde und Verwandten ist, ihretwegen eine kleine Sammlung durchzuführen. Vielleicht sind sie sich noch unschlüssig über ein annehmbares Hochzeitsgeschenk. Lassen Sie mich ihnen versichern, daß dieses Bündelchen Briefe mehr Freude stiften wird, als sämtliche Kandelaber und Butterdosen in ganz London.«

»Es ist unmöglich«, sagte Holmes.

»Ach je, ach je, wie bedauerlich!« rief Milverton und zog ein dickes Notizbuch hervor. »Ich kann mir nicht helfen, aber ich denke, die Damen sind schlecht beraten, wenn sie sich keine Mühe geben wollen. Sehen Sie her!« Er hielt ein Briefchen mit einem Wappen auf dem Umschlag in die Höhe. »Dies gehört – nun, es wäre wohl kaum fair, den Namen vor morgen früh zu nennen. Doch dann wird dieser Brief in den Händen des Gatten dieser Lady sein. Und das alles nur, weil sie einen lumpigen Betrag nicht zahlen will, den sie im Handumdrehn auftreiben könnte, wenn sie ihre Diamanten zu Kohle verflüssigen würde. Ach, *ist* das schade! Nun, Sie erinnern sich an das plötzliche Ende der Verlobung zwischen der Ehrenwerten Miss Miles und Colonel Dorking? Gerade zwei Tage vor der Hochzeit stand in der *Morning Post* ein Artikel, der das Ende der Affaire verkündete. Und warum? Es ist kaum zu glauben, aber die lächerliche Summe von zwölfhundert Pfund hätte die ganze Angelegenheit bereinigt. Ist das nicht schade? Und da schrecken Sie, ein Mann von Verstand, noch vor Bedingungen zurück, wenn die Zukunft und die Ehre Ihrer Klientin auf dem Spiele stehen?«

»Ich sage die Wahrheit«, versetzte Holmes. »Das Geld ist unmöglich aufzubringen. Sie täten wirklich besser daran, die stattliche Summe, die ich Ihnen anbiete, anzunehmen, als das Leben dieser Frau zu ruinieren, was Ihnen doch in keiner Weise nützen kann.«

»Hier begehen Sie einen Fehler, Mr. Holmes. Eine Bloßstellung würde mir indirekt von beträchtlichem Nutzen sein. Zur Zeit reifen mir acht oder zehn ähnliche Fälle heran. Wenn sich hierbei herumspräche, daß ich an Lady Eva ein hartes Exempel statuiert hätte, werden alle diese Leute meinen Argumenten viel zugänglicher sein. Sie verstehen meinen Standpunkt?«

Holmes sprang aus seinem Sessel.

»Stellen Sie sich hinter ihn, Watson. Lassen Sie ihn nicht hinaus! Nun, Sir, lassen Sie uns den Inhalt Ihres Notizbuches sehen.«

Milverton war flink wie eine Ratte an eine Seite des Zimmers gehuscht und stand jetzt mit dem Rücken zur Wand.

»Mr. Holmes, Mr. Holmes!« sagte er, klappte seinen Mantel auf und ließ den Griff eines großen Revolvers sehen, der aus seiner Innentasche herausragte. »Von Ihnen habe ich etwas Originelleres erwartet. Dergleichen hat man schon so oft versucht, und was ist dabei je Gutes herausgekommen? Ich versichere Ihnen, daß ich bis an die Zähne bewaffnet bin, und ich bin durchaus bereit, meine Waffe zu gebrauchen, da ich weiß, daß das Gesetz auf meiner Seite stehen wird. Im übrigen ist Ihre Annahme, ich würde diese Briefe hier in meinem Notizbuch bei mir führen, vollkommen falsch. So etwas Törichtes würde ich niemals tun. Gentlemen, ich habe heute abend noch ein paar kleine Verabredungen, und es ist eine lange Fahrt bis Hampstead.« Er trat vor, nahm seinen Mantel, legte eine Hand an seinen Revolver und wandte sich zur Tür. Ich packte einen Stuhl, aber Holmes schüttelte den Kopf, und ich stellte ihn wieder hin. Milverton verneigte sich, lächelte und zwinkerte und war aus dem Zimmer; wenige Augenblicke später hörten wir die Kutschentür zuschlagen und den Wagen davonrattern.

Holmes saß reglos am Kamin, seine Hände steckten tief in den Hosentaschen, sein Kinn war auf die Brust gesunken, seine Augen starrten in die glühende Kohle. Eine halbe Stunde lang war er still und stumm. Dann sprang er mit dem Gebaren eines Mannes, der einen Entschluß gefaßt hat, auf und ging in sein Schlafzimmer. Kurz darauf entzündete ein kecker junger Arbeiter mit Spitzbart und forschem Auftreten seine Tonpfeife an der Lampe, ehe er auf die Straße hinunterging. »Ich werde bald zurück sein, Watson«, sagte er und verschwand in die Nacht. Ich begriff, daß er seinen Feldzug gegen Charles Augustus Milverton eröffnet hatte; doch träumte mir wenig von der seltsamen Form, die dieser Feldzug annehmen sollte.

Einige Tage lang kam und ging Holmes zu allen Tageszeiten in dieser Aufmachung, aber von einer Bemerkung abgesehen, daß er seine Zeit in Hampstead verbringe und daß er sie nicht vergeude, wußte ich nicht im geringsten, was er machte. Schließlich jedoch, an einem wilden, stürmischen Abend, da der Wind an den Fenstern heulte und rappelte, kam er von seinem letzten Ausflug zurück, und nachdem er seine Verkleidung abgelegt hatte, setzte er sich vor den Kamin und begann auf seine stille, nach innen gerichtete Art herzlich zu lachen.

»Sie würden mich doch nicht für einen der Heiratswilligen halten, Watson?«

»Nein, wahrhaftig nicht!«

»So werden Sie mit Interesse vernehmen, daß ich verlobt bin.«

»Alter Knabe! Ich beglück–«

»Mit Milvertons Hausmädchen.«

»Gütiger Himmel, Holmes!«

»Ich brauchte Informationen, Watson.«

»Sind Sie da nicht zu weit gegangen?«

»Der Schritt war durchaus notwendig. Ich bin Klempner mit aufstrebendem Geschäft, Escott mit Namen. Ich bin jeden Abend mit ihr ausgegangen und habe mit ihr gesprochen. Gütiger Himmel, diese Gespräche! Jedenfalls habe ich alles erfahren, was ich wissen mußte. Ich kenne jetzt Milvertons Haus wie meine Handfläche.«

»Aber das Mädchen, Holmes?«

Er zuckte die Schultern.

»Nichts zu machen, mein lieber Watson. Man muß seine Karten spielen, so gut man kann, wenn ein solcher Einsatz auf dem Tisch liegt. Ich freue mich jedoch, sagen zu können, daß ich einen verhaßten Rivalen habe, der mich gewiß in dem Moment, da ich den Rücken wende, ausstechen wird. Was für eine herrliche Nacht!«

»Das Wetter gefällt Ihnen?«

»Es kommt meinen Zwecken entgegen, Watson: Ich beabsichtige, heute nacht in Milvertons Haus einzubrechen.«

Mir stockte der Atem, und ein kalter Schauder überlief mich bei diesen Worten, die er gemessen und in einem Ton konzentrierter Entschlossenheit aussprach. So wie ein nächtlicher Blitz in einem Augenblick jede Einzelheit einer weiten Landschaft erkennen läßt, so schien ich mit einem einzigen Blick jedes mögliche Ergebnis einer solchen Tat vorauszusehen – das Ertapptwerden, die Festnahme, das unwiderrufliche Ende der ehrbaren Karriere in Schmach und Schande –: mein Freund dem widerwärtigen Milverton auf Gedeih und Verderb preisgegeben.

»Um Himmels willen, Holmes, bedenken Sie, was Sie tun!« rief ich.

»Mein lieber Mann, ich habe das genau durchdacht. Ich handle nie überstürzt, und ich würde auch nie zu einem so resoluten und wirklich gefährlichen Verfahren greifen, wenn irgendein anderes möglich wäre. Sehen wir uns die Sache klarer und deutlicher an. Sie werden wohl zugeben, daß die Tat moralisch gerechtfertigt ist, wenn auch technisch ein Verbrechen. In sein Haus einzubrechen ist nichts anderes als ihm sein Notizbuch mit Gewalt wegzunehmen – eine Tat, bei der Sie mir helfen wollten.«

Ich überlegte hin und her.

»Ja«, sagte ich; »es ist moralisch gerechtfertigt, solange wir nichts anderes wegnehmen wollen als solche Gegenstände, die einem ungesetzlichen Zweck dienen sollen.«

»Sehr richtig. Da es also moralisch gerechtfertigt ist, habe ich nur das Problem des persönlichen Risikos zu bedenken.

Und dem sollte ein Gentleman doch gewiß nicht allzu viel Gewicht beimessen, wenn eine Lady auf seine Hilfe unbedingt angewiesen ist?«

»Es kann Sie Kopf und Kragen kosten.«

»Nun, das gehört zum Risiko. Ein anderer Weg, die Briefe wiederzuerlangen, ist nicht möglich. Die unglückliche Lady hat das Geld nicht, und sie kann sich keinem aus ihrer Familie anvertrauen. Morgen läuft die Frist ab, und wenn wir heute nacht nicht an die Briefe kommen, wird dieser Schurke sein Versprechen wahr machen und sie zugrunderichten. Ich muß daher entweder meine Klientin ihrem Schicksal überlassen oder diese letzte Karte spielen. Unter uns, Watson: Es ist ein faires Duell zwischen diesem Milverton und mir. Beim ersten Schlagabtausch hat er, wie Sie gesehen haben, die Oberhand behalten; aber meine Selbstachtung und mein Ruf verlangen, daß ich es bis zum Ende durchkämpfe.«

»Nun, es gefällt mir zwar nicht; aber es muß wohl sein«, sagte ich. »Wann gehen wir los?«

»Sie kommen nicht mit.«

»Dann gehen Sie auch nicht«, sagte ich. »Ich gebe Ihnen mein Ehrenwort – und das habe ich noch nie gebrochen –, daß ich mit einem Wagen geradewegs zur Polizei fahren und Sie verpfeifen werde, wenn Sie mich nicht an diesem Wagnis teilnehmen lassen.«

»Sie können mir nicht helfen.«

»Woher wollen Sie das wissen? Sie können gar nicht absehen, was da passieren kann. Mein Entschluß steht jedenfalls fest. Auch andere Leute als Sie haben Selbstachtung und sogar einen Ruf.«

Holmes hatte erst verärgert dreingeblickt, doch jetzt hellte seine Stirn sich auf, und er klopfte mir auf die Schulter.

»Nun, nun, mein Lieber, also gut. Wir haben uns einige Jahre in dasselbe Zimmer geteilt, und es wäre ganz amüsant, wenn wir uns am Ende auch in dieselbe Zelle teilen würden. Wissen Sie, Watson, ich gestehe Ihnen gern, daß ich schon immer die Vorstellung hatte, ich hätte einen höchst tüchtigen

Verbrecher abgeben können. Dies ist die Chance meines Lebens in dieser Richtung. Sehen Sie hier!« Er holte ein hübsches kleines Lederköfferchen aus der Schublade, öffnete es und zeigte mir eine Reihe glänzender Instrumente. »Dies ist eine erstklassige, hochmoderne Einbrecherausrüstung mit vernikkeltem Stemmeisen, Glasschneider mit Diamantspitze, verstellbaren Schlüsseln und sämtlichen neuen Verfeinerungen, die der Fortschritt der Zivilisation erfordert. Und hier habe ich auch meine Blendlaterne. Es ist alles in Ordnung. Haben Sie ein Paar leise Schuhe?«

»Ja, Tennisschuhe mit Gummisohle.«

»Ausgezeichnet. Und eine Maske?«

»Ich kann zwei aus schwarzer Seide anfertigen.«

»Ich sehe, Sie besitzen eine starke natürliche Veranlagung zu solchen Dingen. Sehr schön; machen Sie die Masken. Bevor wir losgehen, werden wir noch kalt zu abend essen. Es ist jetzt neun Uhr dreißig. Um elf werden wir bis zur Church Row fahren. Von dort ist es zu Fuß eine Viertelstunde bis zu den Appledore Towers. Wir werden also vor Mitternacht an der Arbeit sein. Milverton hat einen sehr tiefen Schlaf und legt sich pünktlich um zehn Uhr dreißig hin. Mit etwas Glück dürften wir um zwei mit Lady Evas Briefen in meiner Tasche wieder zurück sein.«

Holmes und ich zogen unsere Gesellschaftsanzüge an, so daß wir wie zwei Theaterbesucher auf dem Heimweg aussehen mochten. In der Oxford Street nahmen wir eine Kutsche und ließen uns zu einer Adresse in Hampstead fahren. Hier entlohnten wir den Kutscher und wanderten mit zugeknöpften Mänteln – denn es war bitterkalt, und der Wind schien durch uns durch zu blasen – am Rand der Heath entlang.

»Die Sache erfordert behutsames Vorgehen«, sagte Holmes. »Diese Dokumente befinden sich in einem Safe im Arbeitszimmer des Burschen, und das Arbeitszimmer ist der Vorraum seines Schlafzimmers. Andererseits ist er, wie alle diese kräftigen kleinen Männer, die es sich gut gehen lassen, ein unmäßiger Schläfer. Agatha – meine Verlobte – sagt, unter den Bediensteten gehe der Scherz um, es sei unmöglich, den Herrn zu wecken. Er hat einen Sekretär, der sich seinen Belangen widmet und tagsüber das Arbeitszimmer nie verläßt. Darum gehen wir nachts. Des weiteren hat er eine Bestie von einem Hund im Garten herumlaufen. Ich habe mich an den letzten beiden Abenden sehr spät mit Agatha getroffen, und sie sperrt das Untier ein, um mir den Weg freizumachen. Dies ist das Haus, das große da in dem Garten. Durchs Tor – jetzt nach rechts durch die Lorbeersträucher. Ich denke, wir sollten hier unsere Masken aufsetzen. Wie Sie sehen, ist in keinem der Fenster Licht; alles läuft hervorragend.«

Mit den schwarzen Seidenmasken vor dem Gesicht, die uns zu den trutzigsten Gestalten ganz Londons machten, stahlen wir uns auf das stille, finstere Haus zu. An einer Seite erstreckte sich eine Art überdachter Veranda, an der mehrere Fenster und zwei Türen lagen.

»Das ist das Schlafzimmer«, flüsterte Holmes. »Diese Tür geht direkt in sein Arbeitszimmer. Sie wäre für uns am günstigsten, aber sie ist verriegelt und verschlossen, und wir würden zu viel Lärm machen, wenn wir sie aufbrächen. Kommen Sie hier herum. Dort ist ein Gewächshaus, von wo aus man in den Salon gelangt.«

Das Haus war abgeschlossen, aber Holmes entfernte ein rundes Stück Glas und drehte den Schlüssel von innen herum. Einen Augenblick darauf hatte er die Tür hinter uns geschlossen, und in den Augen des Gesetzes waren wir zu Verbrechern geworden. Die dicke warme Treibhausluft und der üppige, erstickende Duft exotischer Pflanzen benahm uns den Atem. Er griff im Dunkeln nach meiner Hand und führte mich rasch an Reihen von Sträuchern vorbei, die uns ins Gesicht schlugen. Holmes besaß bemerkenswerte, sorgfältig geübte Fähigkeiten, im Dunkeln zu sehen. Noch immer meine Hand in der seinen haltend, öffnete er eine Tür, und es wurde mir undeutlich bewußt, daß wir ein großes Zimmer betreten hatten, in dem noch vor kurzem eine Zigarre geraucht worden war. Er tastete sich an den Möbeln entlang, öffnete eine weitere Tür und schloß sie wieder hinter uns. Als ich meine Hand ausstreckte, spürte ich mehrere Mäntel an der Wand hängen und begriff, daß wir in einem Flur waren. Wir gingen weiter, und dann öffnete Holmes ganz sachte eine Tür zur Rechten. Etwas huschte an uns vorbei, und mein Herz sprang mir in die Kehle, doch als ich erkannte, daß es eine Katze war, hätte ich lachen mögen. In diesem neuen Zimmer brannte ein Kamin, und wieder war die Luft von Tabaksqualm erfüllt. Holmes trat auf Zehenspitzen ein, ließ mich nachfolgen und schloß dann ganz leise die Tür. Wir waren in Milvertons Arbeitszimmer, und eine *portière* an der anderen Seite zeigte, wo es in sein Schlafzimmer ging.

Der Kamin brannte gut, das Zimmer wurde davon erleuchtet. Im Widerschein sah ich einen elektrischen Schalter nahe der Tür, aber es war nicht nötig, ihn einzuschalten, selbst wenn es unbedenklich gewesen wäre. An einer Seite des Kamins hing ein schwerer Vorhang, der das Erkerfenster verdeckte, das wir von draußen gesehen hatten. Auf der anderen Seite war die Tür, die auf die Veranda hinausführte. In der Mitte stand ein Schreibtisch und ein mit glänzendem rotem Leder bezogener Drehstuhl; gegenüber ein großer Bücherschrank, auf dem eine Marmorbüste der Göttin Athene thronte. In dem Winkel zwischen dem Bücherschrank und der Wand stand ein großer grüner Safe, dessen polierte Messinggriffe den Feuerschein widerspiegelten. Holmes schlich sich hin und betrachtete ihn. Dann stahl ich mich zur Schlafzimmertür, neigte den Kopf und lauschte gespannt. Von da drinnen war kein Geräusch zu hören. Unterdessen war mir eingefallen, daß es nicht unklug sein könnte, unseren Rückzug durch die Außentür zu sichern, die ich daher untersuchte. Zu meinem Erstaunen war sie weder verschlossen noch verriegelt! Ich tippte Holmes auf den Arm, und er drehte sein maskiertes Gesicht in diese Richtung. Ich sah, wie er zusammenzuckte: Er war offenbar ebenso überrascht wie ich.

»Das gefällt mir nicht«, flüsterte er mir ganz nah am

Ohr. »Kommt mir etwas spanisch vor. Jedenfalls haben wir keine Zeit zu verlieren.«

»Kann ich irgend etwas tun?«

»Ja; bleiben Sie an der Tür. Wenn Sie jemanden kommen hören, verriegeln Sie sie von innen, dann können wir so verschwinden, wie wir gekommen sind. Falls man aus der anderen Richtung kommt, können wir diese Tür nehmen, wenn wir mit unserer Arbeit fertig sind, oder wenn nicht, uns hinter diesem Fenstervorhang verstecken. Haben Sie verstanden?«

Ich nickte und stellte mich an die Tür. Mein anfängliches Angstgefühl war vergangen, und nun schauderte ich mit größerem Behagen als je, wenn wir die Verteidiger und nicht die Verächter des Gesetzes gewesen waren. Das erhabene Ziel unserer Mission, das Bewußtsein, daß sie selbstlos und ritterlich war, der niederträchtige Charakter unseres Widersachers – all das steigerte den sportlichen Reiz unseres Abenteuers. Weit davon entfernt, mich schuldig zu fühlen, genoß ich unsere Gefahr mit Begeisterung. Ich sah Holmes mit glühender Bewunderung dabei zu, wie er seinen Werkzeugkoffer öffnete und seine Instrumente mit der ruhigen, wissenschaftlichen Exaktheit eines Chirurgen auswählte, der eine heikle Operation durchzuführen hat. Ich wußte, daß das Öffnen von Safes ein spezielles Hobby von ihm war, und ich konnte seine Freude nachempfinden, diesem grün-goldenen Monstrum gegenüberzustehen, dem Drachen, der in seinem Maul den guten Ruf mancher schönen Dame bewahrte. Holmes krempelte sich seine Frackärmel auf – den Mantel hatte er über einen Stuhl gelegt – und breitete zwei Bohrer, ein Stemmeisen und mehrere Dietriche vor sich aus. Ich stand an der mittleren Tür und behielt die beiden anderen im Auge, für jeden Notfall gewappnet; wenn auch meine Pläne für das, was ich tun sollte, falls wir unterbrochen werden sollten, freilich etwas undeutlich waren. Eine halbe Stunde lang arbeitete Holmes mit konzentrierter Energie, legte ein Werkzeug ab, nahm ein anderes auf und handhabte jedes mit der Kraft und dem Feingefühl des geübten Handwerkers. Endlich vernahm ich ein Klicken, die breite grüne Tür schwang auf, und drinnen sah ich eine Anzahl von Papierpaketen, die alle zusammengebunden, versiegelt und beschriftet waren. Holmes holte eins heraus, doch konnte man bei dem flackernden Kaminfeuer kaum etwas lesen, und er zog seine kleine Blendlaterne hervor, denn da Milverton im Nebenzimmer schlief, war es zu gefährlich, das elektrische Licht einzuschalten. Plötzlich sah ich ihn stutzen, gespannt lauschen, und dann hatte er im Nu die Safetür zugelehnt, seinen Mantel gegriffen, seine Instrumente in die Tasche gestopft und war hinter den Vorhang gehuscht, wobei er mir bedeutete, dasselbe zu tun.

Erst als ich ihm gefolgt war, hörte ich, was seine feineren Ohren alarmiert hatte. Irgendwo im Haus war ein Geräusch entstanden. In der Ferne schlug eine Tür zu. Und dann löste sich das undeutliche, dumpfe Geräusch in das gleichmäßige Tappen schwerer Schritte auf, die schnell näherkamen. Nun kamen sie in den Gang vor dem Zimmer. An der Tür hielten sie ein. Die Tür ging auf. Es knackte hell, als das elektrische Licht eingeschaltet wurde. Die Tür schloß sich wieder, und uns drang der beißende Gestank einer starken Zigarre in die Nasen. Dann gingen die Schritte immer wieder vor und zurück, vor und zurück, nur ein paar Yards von uns entfernt. Schließlich quietschte ein Stuhl, und die Schritte hörten auf. Dann schnappte ein Schlüssel in einem Schloß, und ich hörte Papierrascheln. Bis dahin hatte ich noch nicht gewagt hinauszusehen, aber jetzt teilte ich vorsichtig den Vorhang vor mir und spähte hindurch. Holmes drückte seine Schulter an meine, und ich wußte, daß er meine Beobachtungen teilte. Direkt vor uns, beinahe in Reichweite war der breite, runde Rücken Milvertons. Es war offensichtlich, daß wir seine Aktivitäten vollkommen falsch eingeschätzt hatten, daß er noch gar nicht in seinem Schlafzimmer gewesen war, sondern in irgendeinem Rauch- oder Billardzimmer im hinteren Flügel des Hauses, dessen Fenster wir nicht gesehen hatten, gesessen hatte. Sein dicker grauer Kopf mit der glänzenden Halbglatze bildete den unmittelbaren Vordergrund unseres Blickfeldes. Er hatte sich in seinem roten Lederstuhl weit zurückgelehnt, die Beine ausgestreckt, und aus seinem Mund ragte schräg eine lange schwarze Zigarre. Er trug einen halb militärischen weinroten Hausrock mit schwarzem Samtkragen. In seiner Hand hielt er ein langes juristisches Dokument, in dem er träge herumlas, wobei er mit gespitzten Lippen Rauchringe von sich blies. Seine Gelassenheit und behagliche Haltung ließen nicht erwarten, daß er so bald wieder ginge.

Ich spürte, wie Holmes' Hand sich in meine stahl und sie beruhigend schüttelte, als wollte er mir sagen, er habe die Situation im Griff und sei innerlich ganz ruhig. Ich war nicht sicher, ob er bemerkt hatte, was aus meiner Lage nur zu offensichtlich war – daß nämlich die Tür des Safes nicht ganz zu war und daß Milverton dessen jeden Moment gewahr werden konnte. Ich selbst hatte den Entschluß gefaßt, daß ich, wenn ich aufgrund der Starrheit seines Blicks sicher sein konnte, daß es ihm aufgefallen war, sofort herausspringen, meinen Mantel über seinen Kopf werfen, ihn fesseln und den Rest Holmes überlassen würde. Aber Milverton sah nie auf. Er blätterte gleichgültig in seinen Papieren und wendete Seite um Seite, indem er der Argumentation des Anwalts folgte. Zumindest wird er, dachte ich, wenn er den Text und seine Zigarre beendet hat, in sein Zimmer gehen; doch ehe er ans Ende des einen oder anderen gekommen war, trat eine bemerkenswerte Entwicklung ein, welche unsere Gedanken in ganz andere Bahnen lenkte.

Ich hatte Milverton mehrere Male auf seine Uhr blicken sehen, und einmal war er aufgestanden und hatte sich mit einer Gebärde der Ungeduld wieder gesetzt. Die Vorstellung, daß er zu so seltsamer Stunde eine Verabredung haben könnte, kam mir jedoch erst, als von der Veranda draußen ein schwaches Geräusch an meine Ohren drang. Milverton ließ seine Papiere sinken und saß starr in seinem Stuhl. Das Geräusch wiederholte sich, und dann klopfte es leise an die Tür. Milverton erhob sich und machte auf.

»Nun«, sagte er barsch, »Sie kommen fast eine halbe Stunde zu spät.«

Das also war die Erklärung für die unverschlossene Tür und Milvertons nächtliche Wache. Wir hörten das leise Rascheln eines Frauenkleides. Als Milvertons Gesicht sich in unsere Richtung gewendet hatte, hatte ich den Schlitz im Vorhang zugemacht, aber jetzt wagte ich es, ihn sehr vorsichtig wieder zu öffnen. Er saß wieder auf seinem Platz, und die Zigarre ragte ihm noch immer in frechem Winkel aus dem Mund. Vor ihm, im vollen Glanz des elektrischen Lichts, stand eine große, schlanke, dunkelhaarige Frau; sie hatte einen Schleier vor dem Gesicht und ihren Umhang ums Kinn zusammengezogen. Sie atmete schnell und hastig, und jeder Zoll ihrer geschmeidigen Figur bebte vor heftiger Erregung.

»Nun«, sagte Milverton, »Sie haben mir meine wohlverdiente Nachtruhe geraubt, meine Liebe. Ich hoffe, Sie werden mich dafür entschädigen. Und Sie konnten zu keiner anderen Zeit kommen – he?«

Die Frau schüttelte den Kopf.

»Na, wenn Sie nicht konnten, dann konnten Sie nicht. Sollte die Gräfin eine gestrenge Herrin sein, so haben Sie jetzt die Chance, es ihr heimzuzahlen. Du liebe Güte, warum zittern Sie denn so? So ist's recht! Reißen Sie sich zusammen! Kommen wir zum Geschäftlichen.« Er entnahm seiner Schreibtischschublade einen Brief. »Sie schreiben, Sie besitzen fünf Briefe, die die Gräfin d'Albert kompromittieren. Die wollen Sie verkaufen. Ich will sie kaufen. So weit, so gut. Bleibt nur noch der Preis festzusetzen. Ich möchte die Briefe natürlich erst einmal prüfen. Wenn es wirklich gute Exemplare sind – großer Gott, Sie sind es?«

Die Frau hatte wortlos Ihren Schleier gehoben und den Umhang von ihrem Kinn fallen lassen. Milverton sah sich einem dunklen, hübschen, klargeschnittenen Gesicht gegenüber, einem Gesicht mit gebogener Nase, kräftigen dunklen Augenbrauen, die strenge, funkelnde Augen beschatteten, und einem klaren, dünnlippigen Mund, der ein gefährliches Lächeln zeigte.

»Ich bin es«, sagte sie – »die Frau, deren Leben Sie zerstört haben.«

Milverton lachte, aber seine Stimme zitterte. »Sie waren ja so eigensinnig«, sagte er. »Warum haben Sie mich zum Äußersten getrieben? Ich versichere Ihnen, daß ich freiwillig keiner Fliege etwas zuleide tun würde, aber jeder Mensch betreibt nun einmal sein Geschäft: Was sollte ich denn machen? Sie hätten meinen Preis durchaus bezahlen können; aber Sie wollten nicht.«

»Und da haben Sie die Briefe meinem Mann geschickt, und er – der edelste Gentleman, der je gelebt hat, ein Mann, dessen Schuhe zu schnüren ich niemals wert war – ihm brach darüber das ritterliche Herz, und er starb. Sie erinnern sich an jene letzte Nacht, als ich durch diese Tür kam und Gnade von Ihnen erbat und erflehte, und Sie mir ins Gesicht lachten, so wie Sie auch jetzt zu lachen versuchen, nur daß Ihr feiges Herz Ihre Lippen nicht daran hindern kann zu zittern? Ja; Sie glaubten, mich hier nie wieder zu sehen, aber jene Nacht hat mich gelehrt, wie ich Ihnen allein, von Angesicht zu Angesicht gegenübertreten kann. Nun, Charles Milverton, was haben Sie zu sagen?«

»Bilden Sie sich nicht ein, daß Sie mich einschüchtern können«, sagte er und erhob sich. »Ich brauche nur meine Stimme zu erheben, und schon kann ich meine Bediensteten rufen und Sie festnehmen lassen. Aber ich will mit Ihrem natürlichen Zorn Nachsicht haben. Verlassen Sie das Zimmer sofort auf dem Weg, den Sie gekommen sind, und ich werde weiter nichts sagen.«

Die Frau stand da, eine Hand in ihrem Busen, und wieder spielte dieses tödliche Lächeln um ihre Lippen.

»Sie werden niemandes Leben mehr zerstören wie das meine. Sie werden niemandes Herzen mehr quälen wie das meine. Ich werde die Welt von einer Pestbeule befreien. Nimm das, du Schurke, und das! – und das! – und das! – und das!«

Sie hatte einen kleinen glänzenden Revolver gezogen und schoß nun, die Mündung nur zwei Fuß vor seiner Hemdbrust,

Kugel um Kugel in Milvertons Körper. Er sank hin und fiel dann vornüber auf den Tisch, hustete entsetzlich und krallte sich in seinen Papieren fest. Dann kam er wankend hoch, empfing einen weiteren Schuß und wälzte sich auf dem Boden. »Sie haben mich hingemacht«, schrie er und blieb stumm liegen. Die Frau sah ihn unverwandt an und zermalmte sein nach oben gedrehtes Gesicht mit ihrem Absatz. Sie sah noch einmal hin, aber er gab keinen Ton und keine Bewegung mehr von sich. Ich hörte ein scharfes Rascheln, die Nachtluft wehte in den erhitzten Raum, und die Rächerin war verschwunden.

Kein Einschreiten unsererseits hätte den Mann vor seinem Schicksal bewahren können; doch als die Frau eine Kugel um die andere in Milvertons Körper jagte, wollte ich schon hervorstürzen, als ich Holmes' kalten, festen Griff um mein Handgelenk spürte. Ich verstand das Argument dieses kräftigen, zurückhaltenden Griffs durchaus – dies sei nicht unsere Sache; die Gerechtigkeit habe einen Schurken ereilt; wir hätten unsere eigenen Pflichten und Ziele, die wir nicht aus den Augen verlieren dürften. Aber kaum war die Frau aus dem Zimmer gestürzt, als Holmes auch schon mit raschen, leisen Schritten zur anderen Tür gehuscht war. Er drehte den Schlüssel im Schloß. Im selben Augenblick hörten wir im Haus Stimmen und das Geräusch heraneilender Schritte. Die Revolverschüsse hatten das ganze Haus geweckt. Holmes glitt vollkommen kalt zum Safe hinüber, packte beide Arme mit Briefbündeln voll und warf sie alle ins Feuer. Dies tat er wieder und immer wieder, bis der Safe leer war. Jemand rüttelte an der Klinke und schlug von außen an die Tür. Holmes blickte sich schnell um. Der Brief, der Milvertons Todesbote gewesen war, lag blutverschmiert auf dem Tisch. Holmes warf ihn zu den lodernden Papieren. Dann zog er den Schlüssel aus der Außentür, eilte nach mir hindurch und verschloß sie von draußen. »Hier entlang, Watson«, sagte er; »in dieser Richtung kommen wir über die Gartenmauer.«

Ich hätte nicht geglaubt, daß ein Alarm sich so schnell ausbreiten könnte. Als ich mich umsah, war das riesige Haus ein einziges Lichtermeer. Der Vordereingang stand offen, und einige Gestalten rannten die Einfahrt hoch. Der ganze Garten wimmelte von Leuten, und ein Bursche erhob ein Hallo-Geschrei, als wir von der Veranda kamen, und folgte uns dicht auf den Fersen. Holmes schien das Grundstück vollkommen zu kennen, und er schlängelte sich rasch durch eine Anpflanzung junger Bäume, ich dicht hinter ihm, und unser vorderster Verfolger dahinter. Die Mauer, die uns den Weg versperrte, war sechs Fuß hoch, aber er sprang hinauf und hinüber. Als ich es ihm nachtat, spürte ich die Hand des Mannes hinter mir nach meinem Knöchel greifen; aber ich trat mich frei und warf mich auf die mit Glasscherben bespickte Mauerkante. Dann fiel ich kopfüber in ein Gebüsch; aber Holmes stellte mich augenblicklich auf die Füße, und wir rannten zusammen über die riesige Fläche der Hampstead Heath davon. Wir waren schätzungsweise zwei Meilen gelaufen, ehe Holmes endlich stehenblieb und gespannt lauschte. Hinter uns war alles vollkommen still. Wir hatten unsere Verfolger abgeschüttelt und waren in Sicherheit.

Am Tag nach dem soeben von mir berichteten Ereignis hatten wir gerade gefrühstückt und rauchten nun unsere Morgenpfeife, als Mr. Lestrade von Scotland Yard sehr feierlich und eindrucksvoll in unser bescheidenes Wohnzimmer geführt wurde.

»Guten Morgen, Mr. Holmes«, sagte er, »guten Morgen. Darf ich fragen, ob Sie zur Zeit sehr beschäftigt sind?«

»Nicht zu beschäftigt, um Ihnen zuhören zu können.«

»Ich dachte, falls Sie gerade nichts Besonderes zu tun haben, hätten Sie vielleicht Lust, mir bei einem höchst merkwürdigen Fall behilflich zu sein, der sich gestern nacht in Hampstead ereignet hat.«

»Du liebe Zeit!« sagte Holmes. »Was ist denn passiert?«

»Ein Mord – ein äußerst dramatischer und merkwürdiger Mord. Ich weiß, wie viel Ihnen an derlei liegt, und Sie würden mir einen großen Gefallen erweisen, wenn Sie mit mir zu den Appledore Towers kämen und uns mit Ihrem Rat zur Seite stünden. Es handelt sich um kein gewöhnliches Verbrechen. Wir beobachten diesen Mr. Milverton schon seit einiger Zeit, und, unter uns, er war schon ein kleiner Schuft. Man weiß, daß er Schriftstücke besaß, mit denen er Erpressung betrieb. Diese Papiere sind von den Mördern allesamt verbrannt worden. Gegenstände von Wert wurden nicht entwendet, wodurch es denn wahrscheinlich ist, daß es sich bei den Verbrechern um Männer in guter Position handelt, deren einziges Motiv es war, ihre gesellschaftliche Bloßstellung zu verhindern.«

»Verbrecher!« rief Holmes. »In der Mehrzahl!«

»Ja, es waren zwei. Sie wurden praktisch auf frischer Tat ertappt. Wir haben ihre Fußabdrücke und ihre Beschreibung. Es steht zehn zu eins, daß wir sie ausfindig machen werden. Der erste Kerl war ein bißchen zu wendig, aber der zweite wurde vom Hilfsgärtner geschnappt und entkam erst nach einem Handgemenge. Er war mittelgroß, von kräftiger Statur – eckiges Kinn, Stiernacken, Schnauzbart, eine Maske vor den Augen.«

»Reichlich vage«, sagte Sherlock Holmes. »Könnte glatt eine Beschreibung von Watson sein!«

»Tatsächlich«, sagte der Inspektor ziemlich amüsiert. »Es könnte eine Beschreibung von Watson sein.«

»Nun, ich fürchte, ich kann Ihnen nicht helfen, Lestrade«, sagte Holmes. »Tatsache ist, daß ich diesen Schurken Milverton gekannt habe, daß ich ihn für einen der gefährlichsten Männer ganz Londons gehalten habe und daß ich denke, daß es gewisse Verbrechen gibt, an die das Gesetz nicht herankommt und die daher private Rache in gewissem Ausmaße rechtfertigen. Nein, kein Wort mehr davon. Ich habe mich entschieden. Meine Sympathien befinden sich eher auf der Seite der Verbrecher als der des Opfers, und ich werde diesen Fall nicht bearbeiten.«

Holmes hatte von der Tragödie, deren Zeuge wir geworden waren, kein Wort zu mir gesprochen, doch während des ganzen Vormittags bemerkte ich, daß er in der nachdenklichsten

Stimmung war; und sein leerer Blick und sein zerstreutes Wesen riefen in mir den Eindruck eines Mannes hervor, der sich darum müht, sich etwas ins Gedächtnis zurückzurufen. Wir waren gerade beim Lunch, als er plötzlich aufsprang. »Bei Gott, Watson! Ich hab's!« rief er. »Nehmen Sie Ihren Hut! Kommen Sie!« Er eilte mit höchster Geschwindigkeit die Baker Street hinunter und über die Oxford Street, bis wir fast am Regent Circus angelangt waren. Hier befindet sich zur Linken ein Schaufenster, in dem Photographien der Prominenten und Schönheiten des Tages ausgestellt sind. Holmes' Augen richteten sich auf eines dieser Bilder, und als ich seinem Blick folgte, sah ich das Bild einer fürstlichen und vornehmen Dame in Hofkleidung, die ein stattliches Diamantendiadem auf dem edlen Haupte trug. Ich betrachtete die zart geschwungene Nase, die markanten Augenbrauen, den klaren Mund und das kräftige kleine Kinn darunter. Und dann stockte mir der Atem, als ich den altehrwürdigen Titel des großen Adligen und Staatsmannes las, dessen Gattin sie gewesen war. Mein Blick traf sich mit dem Holmes', und er legte einen Finger auf seine Lippen, als wir uns von dem Fenster abwandten.

DIE SECHS NAPOLEONS

Es war nichts Ungewöhnliches, daß Mr. Lestrade von Scotland Yard auf einen Abend bei uns vorbeikam; und seine Besuche waren Sherlock Holmes stets willkommen, da sie ihn in den Stand versetzten, mit allem, was im Hauptquartier der Polizei vorfiel, in Kontakt zu bleiben. Als Gegenleistung für die Neuigkeiten, die Lestrade zu bringen pflegte, war Holmes immer bereit, den Einzelheiten jeden Falles aufmerksam zu lauschen, mit dem der Polizist gerade beschäftigt war, und gelegentlich konnte er ihm, ohne direkt tätig zu werden, irgendeinen Hinweis oder eine Anregung geben, die er aus seinen ungeheuren Kenntnissen und Erfahrungen schöpfte.

An diesem speziellen Abend hatte Lestrade zunächst vom Wetter und den Zeitungen gesprochen. Dann war er plötzlich in Schweigen verfallen und paffte nachdenklich an seiner Zigarre. Holmes sah ihn scharf an.

»Irgend etwas Bemerkenswertes vorgefallen?« fragte er.

»Oh, nein, Mr. Holmes, nichts Besonderes.«

»Dann erzählen Sie mir davon.«

Lestrade lachte.

»Nun, Mr. Holmes, es ist sinnlos zu leugnen, daß mir etwas durch den Kopf geht. Und doch handelt es sich um eine so absurde Angelegenheit, daß ich zögerte, Sie damit zu behelligen. Andererseits ist es eine, obzwar triviale, so doch zweifellos sonderbare Sache, und ich weiß, daß Sie an allem Ungewöhnlichen Gefallen finden. Doch fällt dies meiner Meinung nach eher in Dr. Watsons Ressort als in das unsere.«

»Krankheit?« fragte ich.

»Auf jeden Fall Wahnsinn. Und was für ein komischer Wahnsinn! Man sollte gar nicht meinen, daß es in der heutigen Zeit noch jemanden gibt, der von einem solchen Haß gegen Napoleon den Ersten erfüllt wäre, daß er jedes Bild von ihm, das ihm unter die Augen kommt, zerstören will.«

Holmes ließ sich in seinen Sessel zurücksinken.

»Das ist nichts für mich«, sagte er.

»Ganz recht. Das sagte ich ja. Wenn dieser Mann aber andererseits Einbrüche begeht, um Bilder zu zerstören, die ihm nicht gehören, dann geht es nicht mehr den Arzt, sondern den Polizisten an.«

Holmes setzte sich wieder auf.

»Einbruch! Das ist schon interessanter. Lassen Sie mich die Einzelheiten hören.« Lestrade zog sein amtliches Notizbuch hervor und frischte daraus seine Erinnerung auf.

»Der erste Fall hat sich vor vier Tagen zugetragen«, sagte er. »Und zwar im Laden von Morse Hudson, der in der Kennington Road eine Verkaufsstelle für Bilder und Statuen betreibt. Sein Gehilfe war mal eben aus dem Ladenraum gegangen, als er von dort ein Krachen vernahm; er eilte zurück und fand eine Gipsbüste Napoleons, die mit mehreren anderen Kunstwerken auf dem Ladentisch gestanden hatte, zerschmettert auf dem Boden liegen. Er lief auf die Straße, konnte aber, obwohl etliche Passanten erklärten, sie hätten einen Mann aus dem Laden laufen sehen, weder diesen noch irgendein Mittel finden, den Schurken zu identifizieren. Es schien sich um eine jener sinnlosen Taten von Vandalismus zu handeln, wie sie hin und wieder geschehen, und als solche wurde sie dem Polizisten an der Ecke gemeldet. Die Gipsbüste war nur wenige Shillings wert, und die ganze Sache schien zu kindisch für eine eigentliche Untersuchung.

Der zweite Fall jedoch war ernster und auch merkwürdiger. Er ereignete sich vorige Nacht.

Wenige hundert Yards von Morse Hudsons Geschäft lebt in der Kennington Road ein bekannter praktischer Arzt namens Dr. Barnicot, der eine der größten Praxen südlich der Themse betreibt. Sein Wohnsitz und seine Hauptpraxis befinden sich in der Kennington Road, doch in der Lower Brixton Road, zwei Meilen davon entfernt, betreibt er eine zweite Praxis und eine Ambulanz. Dieser Dr. Barnicot ist ein begeisterter Napoleonverehrer, und sein Haus ist voller Bücher, Bilder und Reliquien des französischen Kaisers. Vor gar nicht langer Zeit erwarb er von Morse Hudson zwei genau gleiche Gipsabgüsse der berühmten Napoleonbüste des französischen Bildhauers Devine. Eine davon stellte er in die Vorhalle seines Hauses in der Kennington Road, die andere auf den Kamin seines Sprechzimmers in der Lower Brixton Road. Nun, als Dr. Barnicot heute morgen hinunterkam, bemerkte er erstaunt, daß in der Nacht in sein Haus eingebrochen worden war, daß man aber bis auf den Gipskopf in der Vorhalle nichts gestohlen hatte. Er war herausgetragen und mit aller Gewalt gegen die Gartenmauer geworfen worden, unter der noch die zersplitterten Fragmente lagen.«

Holmes rieb sich die Hände.

»Dies ist allerdings sehr neuartig«, sagte er.

»Ich dachte mir, daß es Ihnen gefallen würde. Aber ich bin noch nicht ganz fertig. Um zwölf Uhr mußte Dr. Barnicot in seine zweite Praxis, und Sie können sich seine Verblüffung vorstellen, als er bei seinem Eintreffen dort feststellen mußte, daß in der Nacht ein Fenster geöffnet worden war und daß die zerbrochenen Reste seiner anderen Büste im ganzen Zimmer verstreut herumlagen. Sie war an ihrem Standort zu Pulver zerschlagen worden. In keinem Fall ergaben sich irgendwelche Anzeichen, die auf den Verbrecher oder Geisteskranken hingewiesen hätten, der dieses Unheil angerichtet hatte. Nun, Mr. Holmes, dies sind die Tatsachen.«

»Sehr eigentümlich, um nicht zu sagen grotesk«, sagte Holmes. »Darf ich fragen, ob die zwei in Dr. Barnicots Räumlichkeiten zerschmetterten Büsten exakte Duplikate derjenigen waren, die in Morse Hudsons Laden zerstört wurde?«

»Sie stammten aus derselben Gußform.«

»Eine solche Tatsache muß gegen die Theorie sprechen, der Mann, der sie zerstört, sei von irgendeinem allgemeinen Haß auf Napoleon getrieben. Wenn man bedenkt, wieviele hunderte von Statuen des großen Kaisers in London existieren müssen, dann ist die Annahme viel zu gewagt, daß ein zielloser Bilderstürmer rein zufällig mit drei Exemplaren derselben Büste anfangen sollte.«

»Nun, das habe ich auch gedacht«, sagte Lestrade. »Andererseits beliefert Morse Hudson diesen Teil Londons mit Büsten, und diese drei waren die einzigen, die er in den letzten Jahren verkauft hatte. Obwohl es also, wie Sie sagen, in London Hunderte von Statuen gibt, ist es sehr wahrscheinlich, daß jene drei die einzigen in diesem Stadtteil waren. Ein dort wohnender Fanatiker würde daher mit ihnen beginnen. Was meinen Sie dazu, Dr. Watson?«

»Es gibt unendlich viele Spielarten der Monomanie«, erwiderte ich; »so etwa den Zustand, den die modernen französischen Psychologen *idée fixe* nennen, ein dem Wesen nach meist belangloser Wahn, der im übrigen durchaus von völliger geistiger Gesundheit begleitet sein kann. Jemand, der viel über Napoleon gelesen hätte oder dessen Familie durch den großen Krieg irgendein vererbter Schaden zugefügt worden wäre, könnte durchaus eine solche *idée fixe* bilden und unter ihrem Einfluß aller möglichen phantastischen Untaten fähig sein.«

»Das reicht nicht, mein lieber Watson«, sagte Holmes und schüttelte den Kopf. »Denn keine noch so starke *idée fixe* würde Ihren interessanten Monomanen dazu befähigen, den Standort dieser Büsten herauszufinden.«

»Nun, und wie erklären *Sie* es dann?«

»Das will ich gar nicht versuchen. Ich möchte nur bemerken, daß das exzentrische Vorgehen dieses Gentlemans eine gewisse Methode erkennen läßt. Zum Beispiel wurde die Büste aus Dr. Barnicots Vorhalle, wo ein Geräusch die Familie hätte wecken können, nach draußen gebracht, ehe sie zerschlagen wurde, wohingegen sie in dem Sprechzimmer, wo die Gefahr eines Alarms geringer war, an ihrem Standort zerschmettert wurde. Die Angelegenheit erscheint lächerlich unbedeutend, und doch wage ich nichts trivial zu nennen, wenn ich daran denke, daß einige meiner klassischsten Fälle auch nicht gerade verheißungsvoll begonnen haben. Sie werden sich daran erinnern, Watson, wie ich der furchtbaren Geschichte der Familie Abernetty auf die Spur gekommen bin: nämlich durch die Tiefe des Abdrucks, die ein Stück Petersilie an einem heißen Tag in der Butter hinterlassen hatte. Ich kann es mir daher nicht leisten, über Ihre drei zerbrochenen Büsten zu lächeln, Lestrade, und ich werde Ihnen sehr verbunden sein, wenn Sie mich über jede neue Entwicklung dieser so eigenartigen Kette von Ereignissen auf dem laufenden halten würden.«

Die Entwicklung, um die mein Freund gebeten hatte, ergab sich schneller und unendlich tragischer, als er sich hätte vorstellen können. Ich war am nächsten Morgen in meinem Schlafzimmer noch mit dem Ankleiden beschäftigt, als es an die Tür klopfte und Holmes mit einem Telegramm in der Hand eintrat. Er las es laut vor:

Kommen Sie sofort, 131 Pitt Street, Kensington,

LESTRADE

»Was gibt's denn?« fragte ich.

»Keine Ahnung – kann alles sein. Aber ich vermute, es handelt sich um die Fortsetzung der Geschichte mit den Statuen. In diesem Fall hätte unser Bilderstürmer seine Tätigkeit in einem anderen Teil Londons aufgenommen. Auf dem Tisch steht Kaffee, Watson, und vor der Tür wartet ein Wagen auf uns.«

Eine halbe Stunde später waren wir in der Pitt Street, einem stillen kleinen Seitengewässer gleich neben einem der lebhaftesten Ströme des Londoner Lebens. No. 131 war eins von einer Reihe flachbrüstiger, ehrbarer und überaus unromantischer Häuser. Als wir vorfuhren, fanden wir den Gitterzaun vor dem Haus von einer neugierigen Menge bedrängt. Holmes pfiff.

»Donnerwetter! Mindestens versuchter Mord. Darunter bleibt kein Londoner Botenjunge mehr stehen. Die runden Schultern und der vorgereckte Hals dieses Burschen dort weisen auf eine Gewalttat hin. Was ist denn das, Watson? Die obere Treppenstufe ganz naß, die andere trocken. Immerhin genug Fußabdrücke! Nun, nun, da vorne am Fenster steht Lestrade, und bald werden wir genauestens im Bilde sein.«

Der Beamte empfing uns mit sehr ernstem Gesicht und führte uns in ein Wohnzimmer, in dem ein außerordentlich ungepflegter und aufgeregter älterer Mann im Morgenmantel auf und ab schritt. Er wurde uns als Eigentümer des Hauses vorgestellt – Mr. Horace Harker vom Central Press Syndicate.

»Wieder die Sache mit den Napoleonbüsten«, sagte Lestrade. »Sie machten gestern abend einen interessierten Eindruck, und da dachte ich mir, Sie wären jetzt vielleicht gerne dabei, wo die Affaire eine wesentlich ernstere Wendung genommen hat.«

»Wohin hat sie sich denn gewendet?«

»Zu Mord. Mr. Harker, erzählen Sie diesen Gentlemen bitte genau, was vorgefallen ist?«

Der Mann im Morgenmantel drehte sich mit höchst betrübter Miene zu uns um.

»Es ist schon außerordentlich«, sagte er, »da sammle ich mein ganzes Leben lang Nachrichten von anderen Leuten, und jetzt, wo mir selbst einmal so eine richtige Nachricht über den Weg läuft, bin ich so verwirrt und durcheinander, daß ich keine zwei Wörter zusammenbekomme. Hätte ich diesen Raum als Journalist betreten, dann hätte ich mich selbst interviewt und in jeder Morgenzeitung zwei Spalten gehabt. So aber verschenke ich wertvolles Material, indem ich einem Haufen verschiedener Leute immer wieder meine Geschichte erzählen muß, und ich selbst kann keinen Gebrauch davon für mich machen. Wie auch immer – ich kenne Sie, Mr. Sherlock Holmes, und wenn Sie diese komische Geschichte erklären können, wird mich dies für die Mühe, Ihnen diese Sache zu erzählen, entschädigen.«

Holmes setzte sich und hörte zu.

»Es scheint sich alles auf diese Napoleonbüste zu konzentrieren, die ich vor vier Monaten für dieses Zimmer hier gekauft habe. Ich habe sie billig bei Harding Brothers erstanden, zwei Häuser neben der High Street Station. Meine journalistische Arbeit geschieht zum großen Teil nachts, und häufig schreibe ich bis in den frühen Morgen. So war es auch heute. Ich saß in meiner Bude, die hinten im obersten Stockwerk des Hauses liegt; es war ungefähr drei Uhr, als ich davon überzeugt war, unten irgendwelche Geräusche gehört zu haben. Ich lauschte, aber sie wiederholten sich nicht, und so nahm ich an, daß sie von draußen gekommen waren. Fünf Minuten später ertönte plötzlich ein ganz entsetzlicher Schrei – das furchtbarste Gebrüll, das ich je gehört habe, Mr. Holmes. Es wird mir mein Leben lang in den Ohren klingen. Ein paar Minuten saß ich vor Schreck erstarrt da. Dann packte ich den Schürhaken und ging nach unten. Als ich dieses Zimmer betrat, stand das Fenster weit offen, und mir fiel sofort auf, daß die Büste vom Kaminsims verschwunden war. Warum irgendein Einbrecher so etwas mitnehmen sollte, übersteigt mein Verständnis, denn es war nur ein Gipsmodell und von keinerlei realem Wert.

Wie Sie sich selbst überzeugen können, kann jeder, der aus diesem offenen Fenster klettert, mit einem weiten Schritt die Eingangstreppe erreichen. Offensichtlich hatte der Einbrecher eben dies getan, weshalb ich herumging und die Tür aufmachte. Als ich ins Dunkle heraustrat, fiel ich beinahe über einen Toten, der dort lag. Ich lief zurück, um Licht zu holen, und da lag dieser arme Bursche mit einer klaffenden Wunde im Hals, und alles war voller Blut. Er lag auf dem Rücken, die Knie angezogen und den Mund entsetzlich aufgerissen. Das wird mich noch in meinen Träumen verfolgen. Ich hatte gerade noch Zeit, auf meiner Polizeipfeife zu blasen, dann muß ich in Ohnmacht gefallen sein, denn ich weiß nichts mehr, bis dieser Polizist im Flur über mir stand.«

»Nun, wer war der Ermordete?« fragte Holmes.

»Auf seine Identität weist nichts hin«, sagte Lestrade. »Sie werden die Leiche im Schauhaus sehen, aber bis jetzt haben wir noch nichts ermitteln können. Es handelt sich um einen großen Mann, sonnenverbrannt, sehr kräftig, nicht älter als dreißig. Er ist ärmlich gekleidet, wirkt aber doch nicht wie ein

Arbeiter. In der Blutlache neben ihm lag ein Federmesser mit Horngriff. Ob dies die Tatwaffe war oder ob es dem Toten gehörte, weiß ich nicht. An seiner Kleidung befand sich kein Name, und in seinen Taschen nichts als ein Apfel, eine Schnur, ein Stadtplan von London und eine Photographie. Und zwar diese hier.«

Es war offenbar ein mit einer kleinen Kamera aufgenommener Schnappschuß. Er zeigte einen vitalen, affenähnlichen Mann mit scharfen Zügen, dichten Augenbrauen und einer sehr eigenartig vorstehenden unteren Gesichtshälfte – wie die Schnauze eines Pavians.

»Und was ist aus der Büste geworden?« fragte Holmes nach einer sorgfältigen Untersuchung dieses Bildes.

»Kurz bevor Sie kamen, haben wir es erfahren. Sie wurde im Vorgarten eines leerstehenden Hauses in der Campden House Road gefunden. Sie war zerbrochen. Ich gehe jetzt rüber, um sie mir anzusehen. Kommen Sie mit?«

»Natürlich. Ich will mich nur einmal hier umsehen.« Er untersuchte den Teppich und das Fenster. »Entweder hatte der Kerl sehr lange Beine, oder er war sehr behende«, sagte er. »Mit dem Lichtschacht darunter war es kein kleines Kunststück, auf diesen Fenstersims zu kommen und das Fenster zu öffnen. Der Rückweg war verhältnismäßig einfach. Wollen Sie uns begleiten und sich die Überreste Ihrer Büste ansehen, Mr. Harker?«

Der untröstliche Journalist hatte sich an einen Schreibtisch gesetzt.

»Ich muß versuchen, noch etwas daraus zu machen«, sagte er, »obwohl die ersten Ausgaben der Abendzeitung zweifellos schon mit sämtlichen Einzelheiten erschienen sind. Das sieht mir ähnlich! Erinnern Sie sich, wie in Doncaster die Tribüne eingestürzt ist? Nun, ich war der einzige Journalist da und meine Zeitung die einzige, die von diesem Ereignis nichts berichtet hat, weil ich zu erschüttert war, darüber zu schreiben. Und jetzt werde ich mit einem Mord, der sich vor meiner eigenen Haustür ereignet hat, zu spät kommen.«

Als wir das Zimmer verließen, hörten wir seine Feder durchdringend über das Kanzleipapier kritzeln.

Die Stelle, an der man die Bruchstücke der Büste gefunden hatte, war nur ein paar hundert Yards weit entfernt. Zum ersten Mal ruhten unsere Augen auf dieser Darstellung des großen Kaisers, die in dem Geist des Unbekannten einen solch rasenden und zerstörerischen Haß hervorzurufen schien. Sie lag zu Scherben zerschmettert auf dem Rasen. Holmes hob einige davon auf und untersuchte sie sorgfältig. Seine gespannte Miene und sein zweckmäßiges Vorgehen brachten mich zu der Überzeugung, daß er endlich einen Anhaltspunkt gefunden hatte.

»Nun?« fragte Lestrade.

Holmes zuckte die Schultern.

»Wir haben noch einen langen Weg vor uns«, sagte er. »Und doch – und doch – nun, wir können uns auf einige anregende Tatsachen stützen. Der Besitz dieser wertlosen Büste bedeutete diesem seltsamen Verbrecher mehr als ein Menschenleben. Dies ist das eine. Sodann die merkwürdige Tatsache, daß er sie nicht in oder unmittelbar vor dem Haus zerbrochen hat, falls es sein einziges Ziel gewesen sein sollte, sie zu zerbrechen.«

»Die Begegnung mit diesem anderen Burschen hat ihn nervös und konfus gemacht. Er wird kaum gewußt haben, was er tat.«

»Nun, durchaus wahrscheinlich. Ich möchte aber die Lage dieses Hauses, in dessen Garten die Büste zertrümmert wurde, ganz besonders Ihrer Aufmerksamkeit empfehlen.«

Lestrade sah sich um.

»Es ist ein leerstehendes Haus, und so wußte er, daß er im Garten nicht gestört werden würde.«

»Ja, aber weiter oben in der Straße befindet sich ebenfalls ein leeres Haus, an dem er auf dem Weg zu diesem hier vorbeigekommen sein muß. Warum hat er die Büste nicht dort zerbrochen – schließlich leuchtet doch ein, daß jeder Yard, den er damit herumlief, das Risiko erhöhte, jemandem zu begegnen?«

»Ich geb's auf«, sagte Lestrade.

Holmes wies auf die Straßenlaterne über unseren Köpfen.

»Hier konnte er sehen, was er tat, und dort konnte er es nicht. Das war der Grund.«

»Donnerwetter! Das stimmt«, sagte der Polizist. »Wenn ich jetzt darüber nachdenke, wurde Dr. Barnicots Büste nicht weit von seinem roten Nachtlicht zertrümmert. Nun, Mr. Holmes, was fangen wir mit dieser Tatsache an?«

»Sie im Gedächtnis behalten – sie registrieren. Womöglich stoßen wir später auf etwas, das sich darauf bezieht. Welche Schritte beabsichtigen Sie nun zu unternehmen, Lestrade?«

»Die zweckmäßigste Methode, die Sache anzugehen, ist meiner Meinung nach die, den Toten zu identifizieren. Das dürfte keinerlei Schwierigkeiten bereiten. Wenn wir wissen, wer er ist und wer seine Bekannten sind, haben wir einen guten Ausgangspunkt, um herauszufinden, was er vorige Nacht in der Pitt Street getrieben hat und wer ihn auf Mr. Horace Harkers Schwelle ermordet hat. Glauben Sie nicht auch?«

»Zweifellos; und doch würde ich etwas anders an diesen Fall herangehen.«

»Was würden Sie denn tun?«

»Oh, lassen Sie sich durch mich in keiner Weise beeinflussen. Ich schlage vor, Sie verfolgen Ihren Weg und ich den meinen. Hinterher können wir unsere Bemerkungen vergleichen, und jeder wird den anderen ergänzen.«

»In Ordnung«, sagte Lestrade.

»Wenn Sie in die Pitt Street zurückgehen, dürften Sie Mr. Horace Harker treffen. Sagen Sie ihm von mir, ich sei zu der Erkenntnis gelangt, es sei sicher, daß gestern nacht ein gefährlicher mörderischer Irrer mit Napoleonwahn in seinem Haus gewesen sei. Das wird er für seinen Artikel brauchen können.«

Lestrade machte große Augen.

»Das glauben Sie doch nicht im Ernst?«

Holmes lächelte.

»Tatsächlich? Nun, mag sein. Aber ich bin sicher, daß dies

Mr. Horace Harker und die Abonnenten des Central Press Syndicate interessieren wird. So, Watson, ich denke, wir haben noch ein langwieriges und ziemlich kompliziertes Tagewerk vor uns. Es würde mich freuen, Lestrade, wenn Sie es einrichten könnten, heute abend um sechs Uhr zu uns in die Baker Street zu kommen. Bis dahin würde ich diese Photographie, die man in der Tasche des Toten gefunden hat, gern behalten. Möglicherweise werde ich Ihre Gesellschaft und Unterstützung bei einer kleinen Expedition erbitten müssen, die heute nacht stattfinden wird, falls meine Argumentation sich als richtig erweisen sollte. Bis dahin Good-bye, und viel Glück.«

Sherlock Holmes und ich gingen zusammen zur High Street, wo er an dem Geschäft von Harding Brothers, in dem die Büste gekauft worden war, haltmachte. Ein junger Ladengehilfe sagte uns, Mr. Harding würde erst am Nachmittag wiederkommen, und er selbst sei noch neu hier und könne uns keine Auskünfte erteilen. Holmes' Miene war seine Enttäuschung und Verärgerung anzusehen.

»Nun, nun, wir können nicht immer erwarten, daß alles nach unseren Wünschen läuft, Watson«, sagte er schließlich. »Wir müssen nachmittags noch einmal hierher, auch wenn Mr. Harding dann immer noch nicht da sein sollte. Wie Sie zweifellos bereits vermutet haben, versuche ich, die Quelle dieser Büsten aufzuspüren, um festzustellen, ob dort nicht irgendeine Besonderheit vorliegt, die über ihr merkwürdiges Schicksal Aufschluß geben könnte. Nun wollen wir Mr. Morse Hudson in der Kennington Road aufsuchen und sehen, ob er Licht in dieses Problem bringen kann.«

Nach einer Stunde Fahrt standen wir im Haus des Bilderhändlers. Er war ein kleiner, kräftiger Mann mit rotem Gesicht und hitzigem Gebaren.

»Ja, Sir. Mitten auf meinem Ladentisch, Sir«, sagte er. »Ich weiß nicht, wozu wir Steuern und Abgaben bezahlen, wenn jeder Rüpel hier hereinkommen und unsere Waren zerschlagen kann. Ja, Sir, ich war es, der Dr. Barnicot die beiden

Statuen verkauft hat. Eine Schande, Sir! Ein Anschlag von Nihilisten, so nenn ich das. Nur ein Anarchist läuft herum und schlägt Statuen entzwei. Rote Republikaner, so nenn ich die. Von wem ich die Statuen habe? Ich wüßte nicht, was das damit zu tun haben sollte. Nun, wenn Sie es wirklich wissen wollen, ich hab sie von Gelder & Co in der Church Street in Stepney. Das ist ein bekanntes Haus in dem Gewerbe, schon seit zwanzig Jahren. Wieviele ich davon hatte? Drei – zwei und eins macht drei – die zwei von Dr. Barnicot, und die eine, die man mir am hellichten Tage auf meinem Ladentisch zertrümmert hat. Ob ich diese Photographie kenne? Nein, kenne ich nicht. Doch, freilich kenne ich den. Tja, Sir, das ist Beppo! Das war so eine Art italienischer Akkordarbeiter, der sich bei mir im Laden nützlich gemacht hat. Er konnte ein bißchen schnitzen, Rahmen vergolden und allerhand Arbeiten verrichten. Der Kerl hat mich vorige Woche verlassen, und seitdem hab ich nichts mehr von ihm gehört. Nein, ich weiß nicht, wo er herkam oder wo er hingegangen ist. Ich hatte nichts gegen ihn einzuwenden, solange er hier war. Zwei Tage, bevor die Büste zertrümmert wurde, ist er gegangen.«

»Nun, mehr konnten wir vernünftigerweise nicht von Morse Hudson erwarten«, sagte Holmes, als wir aus dem Laden gingen. »Wir haben diesen Beppo sowohl in Kennington als auch in Kensington als gemeinsamen Nenner, und das rechtfertigt eine Fahrt von zehn Meilen schon. Und jetzt, Watson, fahren wir zu Gelder & Co in Stepney, der Quelle, dem Ursprungsort der Büsten. Es sollte mich überraschen, wenn uns da unten nicht geholfen werden könnte.«

In rascher Folge durchfuhren wir den Randbezirk des vornehmen London, das London der Hotels, das London der Theater, das literarische London, das kommerzielle London und schließlich das seefahrende London, bis wir in der am Fluß gelegenen Stadt von hunderttausend Seelen ankamen, in der die Mietshäuser vor der Menge der Heimatlosen Europas schwitzen und dampfen. Hier, in einer breiten Verkehrsstraße, dem einstmaligen Sitz reicher Handelshäuser, fanden wir die

Bildhauerwerkstatt, nach der wir suchten. Draußen befand sich ein beträchtlicher Hof voller monumentaler Steinmetzarbeiten. In dem großen Raum drinnen waren fünfzig Arbeiter mit Hauen oder Gießen beschäftigt. Der Geschäftsführer, ein großer blonder Deutscher, empfing uns höflich und gab auf alle Fragen Holmes' eine klare Antwort. Eine Überprüfung seiner Bücher ergab, daß von dem marmornen Napoleonkopf Devines Hunderte von Abgüssen gefertigt worden waren, daß aber die drei, die man vor etwa einem Jahr an Morse Hudson geliefert hatte, zu einer Serie von sechs Stücken gehörten, wovon die anderen drei an Harding Brothers in Kensington geliefert worden waren. Es bestünde kein Grund zu der Annahme, daß diese sechs sich von den anderen Abgüssen unterscheiden sollten. Er könne keinen möglichen Grund dafür angeben, warum irgend jemand sie zu zerstören trachten sollte – ja, er lachte über diese Vorstellung. Der Großhandelspreis dafür betrage sechs Shillings, aber der Einzelhändler verlange zwölf oder mehr. Der Abguß werde in zwei Gußformen – von jeder Gesichtshälfte eine – angefertigt, und diese beiden Gipsprofile würden dann zu der fertigen Büste zusammengefügt. Diese Arbeit werde gewöhnlich von Italienern vorgenommen, und zwar in dem Raum, in dem wir uns gerade befänden. Die fertigen Büsten würden auf einen Tisch im Durchgang zum Trocknen gestellt und später ins Lager gebracht. Mehr könne er uns nicht sagen.

Die Vorlage der Photographie allerdings übte auf den Geschäftsführer eine merkwürdige Wirkung aus. Sein Gesicht wurde rot vor Wut, und seine Augenbrauen zogen sich über seinen blauen teutonischen Augen zusammen.

»Ah, dieser Schurke!« rief er. »Ja, den kenne ich natürlich sehr gut. Dies war immer ein ehrbares Haus, und das einzige Mal, das je die Polizei hier war, war wegen dieses Burschen da. Das ist jetzt über ein Jahr her. Er hatte einen anderen Italiener auf der Straße niedergestochen, und als er danach zur Arbeit kam, war ihm schon die Polizei auf den Fersen, und er wurde hier verhaftet. Er hieß Beppo – seinen Nachnamen habe ich nie erfahren. Geschieht mir recht, einen Mann mit so einem Gesicht einzustellen. Aber er war ein guter Arbeiter – einer der besten.«

»Wie lautete sein Urteil?«

»Das Opfer überlebte, und er kam mit einem Jahr davon. Er ist inzwischen zweifellos draußen; aber er hat es nicht gewagt, sich hier blicken zu lassen. Ein Vetter von ihm arbeitet hier, und der dürfte Ihnen wohl sagen können, wo er sich aufhält.«

»Neinnein!« rief Holmes. »Kein Wort zu diesem Vetter – kein Wort, ich bitte Sie. Die Sache ist sehr wichtig, und je weiter ich darin vordringe, desto wichtiger scheint sie zu werden. Als Sie in Ihrem Hauptbuch den Verkauf dieser Büsten überprüften, habe ich bemerkt, daß das Datum der 3. Juni des vorigen Jahres war. Könnten Sie mir den Tag nennen, an dem Beppo verhaftet wurde?«

»Anhand der Lohnliste könnte ich es Ihnen ungefähr angeben«, antwortete der Geschäftsführer. »Ja«, fuhr er nach einigem Herumblättern fort, »am 20. Mai hat er seinen letzten Lohn erhalten.«

»Ich danke Ihnen«, sagte Holmes. »Ich denke, ich brauche Ihre Zeit und Ihre Geduld nicht weiter in Anspruch zu nehmen.« Mit einem letzten warnenden Hinweis, daß er von unseren Ermittlungen nichts sagen sollte, wandten wir uns wieder nach Westen.

Der Nachmittag war schon weit fortgeschritten, ehe wir in einem Restaurant einen hastigen Imbiß zu uns nehmen konnten. Ein Zeitungsaushang am Eingang verkündete: »Greueltat in Kensington. Mörder geisteskrank«, und der Inhalt der Zeitung ergab, daß Mr. Horace Harker schließlich doch noch seinen Bericht zum Druck befördert hatte. Über zwei Spalten ergoß sich seine höchst sensationelle und blumige Darstellung des ganzen Vorfalls. Holmes lehnte die Zeitung an die Menage und las sie beim Essen. Ein- oder zweimal kicherte er laut.

»Sehr schön, Watson«, sagte er. »Hören Sie sich das an: ›Befriedigt nimmt man zur Kenntnis, daß über diesen Fall keinerlei Meinungsverschiedenheit besteht, denn Mr. Lestrade, eines der erfahrendsten Mitglieder unserer Polizei, und Mr. Sherlock Holmes, der bekannte Detektiv, sind beide zu dem Schluß gekommen, daß diese groteske Serie von Ereignissen, die auf so tragische Art geendet haben, eher einem Wahnsinnigen als einem bedacht handelnden Verbrecher zuzuschreiben ist. Nur die Annahme einer geistigen Verwirrung kann die Tatsachen vollständig erklären.‹ Die Presse, Watson, ist eine höchst wertvolle Einrichtung, wenn man nur mit ihr umzugehen weiß. Und nun wollen wir, wenn Sie zu Ende gegessen haben, nach Kensington zurückgehen und uns anhören, was der Geschäftsführer von Harding Brothers zu der Sache zu sagen hat.«

Der Gründer dieses großen Handelshauses erwies sich als eine frische und flotte, sehr flinke und quicke kleine Person mit klarem Kopf und schlagfertiger Zunge.

»Ja, Sir, ich habe den Bericht schon in den Abendzeitungen gelesen. Mr. Horace Harker ist ein Kunde von uns. Wir haben ihm die Büste vor ein paar Monaten geliefert. Wir haben drei Büsten dieser Art bei Gelder & Co in Stepney bestellt. Sie sind jetzt alle verkauft. An wen? Oh, ich möchte meinen, das kann ich Ihnen ganz leicht sagen, wenn ich in unserem Verkaufsbuch nachschlage. Ja, da haben wir die Einträge. Sehen Sie, eine an Mr. Harker, eine an Mr. Josiah Brown, Laburnum Lodge, Laburnum Vale, Chiswick, und eine an Mr. Sandeford, Lower Grove Road, Reading. Nein, das Gesicht auf dieser Photographie habe ich noch nie gesehen. Sowas dürfte man kaum vergessen – nicht wahr, Sir? –, ein häßlicheres habe ich selten gesehen. Ob wir Italiener beschäftigen? Ja, Sir, unter unseren Arbeitern und Putzleuten sind mehrere. Durchaus möglich, daß sie einen Blick in dieses Verkaufsbuch werfen können, wenn sie es darauf anlegen. Es gibt keinen besonderen Grund, dieses Buch unter Verschluß zu halten. Nun ja, eine sehr seltsame Angelegenheit, und ich hoffe, Sie lassen mich wissen, wenn Ihre Ermittlungen zu irgendeinem Ergebnis führen.«

Holmes hatte sich zu Mr. Hardings Aussagen mehrere Notizen gemacht, und ich merkte, daß er von der Wendung, die die Sache nahm, ganz und gar befriedigt war. Er machte jedoch keine Bemerkung bis auf die, daß wir, falls wir uns nicht beeilten, zu spät zu unserer Verabredung mit Lestrade kämen. Und als wir in der Baker Street eintrafen, war der Polizist schon da, und wir trafen ihn in fiebriger Ungeduld auf und ab schreitend an. Sein gewichtiger Blick zeigte, daß sein Tagewerk nicht fruchtlos geblieben war.

»Nun?« fragte er. »Glück gehabt, Mr. Holmes?«

»Wir hatten einen sehr anstrengenden Tag, der nicht einmal vollständig vergebens war«, erklärte mein Freund. »Wir haben die beiden Einzelhändler und auch den Hersteller und Großhändler aufgesucht. Ich bin jetzt imstande, jede der Büsten von Anfang an zu verfolgen.«

»Die Büsten!« rief Lestrade. »Nun, nun, Sie haben Ihre eigenen Methoden, Mr. Holmes, und ich bin der letzte, der Ihnen hereinreden würde, aber ich denke, ich habe heute bessere Arbeit geleistet als Sie. Ich habe den Toten identifiziert.«

»Was Sie nicht sagen!«

»Und ein Motiv für das Verbrechen gefunden.«

»Ausgezeichnet!«

»Einer unserer Inspektoren ist Fachmann für Saffron Hill und das Italienerviertel. Nun, dieser Tote hatte einen katholischen Anhänger um den Hals, und dieser brachte mich zusammen mit seiner Hautfarbe auf die Idee, daß er aus dem Süden stammte. Inspektor Hill erkannte ihn gleich beim ersten Hinsehen. Sein Name ist Pietro Venucci, er kommt aus Neapel, und er ist einer der größten Halsabschneider Londons. Er hat Verbindungen zur Mafia, einer, wie Sie wissen, geheimen politischen Gesellschaft, die ihre Erlasse durch Mordanschläge durchsetzt. Nun sehen Sie, wie die Sache sich aufzuklären beginnt. Der andere Bursche ist vermutlich ebenfalls Italiener und Mitglied der Mafia. Irgendwie hat er gegen deren Regeln verstoßen. Pietro wird auf ihn angesetzt. Die Photographie, die wir in seiner Tasche gefunden haben, stellt wahrscheinlich diesen Mann dar, damit er auch den Richtigen erdolchen kann. Er spürt den Kerl auf, sieht ihn in das Haus gehen, er wartet draußen auf ihn und zieht sich im Handgemenge selber die tödliche Wunde zu. Na, was halten Sie davon, Mr. Sherlock Holmes?«

Holmes klatschte Beifall.

»Hervorragend, Lestrade, hervorragend!« rief er. »Aber Ihrer Erklärung der Zerstörung der Büsten konnte ich nicht ganz folgen.«

»Der Büsten? Bekommen Sie denn diese Büsten nicht aus dem Kopf? Das ist doch ganz unwichtig: kleiner Diebstahl, höchstens sechs Monate. Es ist aber doch der Mord, den wir tatsächlich untersuchen, und ich sage Ihnen, sämtliche Fäden laufen in meinen Händen zusammen.«

»Und Ihre nächsten Schritte?«

»Ganz einfach: Ich werde mit Hill ins Italienerviertel gehen, den Mann auf der Photographie suchen und ihn wegen Mordes verhaften. Wollen Sie uns begleiten?«

»Wohl nicht. Ich bilde mir ein, wir können unser Ziel auf einfacherem Wege erreichen. Genau kann ich's nicht sagen, weil alles abhängt von – nun, es hängt alles von einem Faktor ab, der völlig außerhalb unseres Einflusses liegt. Aber ich bin sehr zuversichtlich – tatsächlich steht die Wette genau zwei zu eins –, daß ich Ihnen, wenn Sie uns heute nacht begleiten, dabei helfen kann, ihn hinter Gitter zu bringen.«

»Im Italienerviertel?«

»Nein; ich denke, Chiswick ist eine wahrscheinlichere Adresse, unter der wir ihn finden können. Wenn Sie heute nacht mit mir nach Chiswick gehen, Lestrade, verspreche ich Ihnen, Sie morgen ins Italienerviertel zu begleiten; diese Verzögerung wird keinen Schaden anrichten. Und nun glaube ich, ein paar Stunden Schlaf könnten uns allen gut tun, denn ich beabsichtige nicht, vor elf Uhr aufzubrechen, und es ist unwahrscheinlich, daß wir vor dem Morgengrauen zurück sein werden. Essen Sie mit uns zu Abend, Lestrade, und dann sind Sie auf unserem Sofa willkommen, bis es Zeit für uns ist, loszugehen. Inzwischen wäre ich froh, Watson, wenn Sie nach einem Eilboten klingeln würden, denn ich habe einen Brief abzuschikken, der unbedingt sofort abgehen muß.«

Holmes verbrachte den Abend damit, in den Stapeln alter Tageszeitungen herumzuwühlen, mit denen eine unserer Rumpelkammern vollgestopft war. Als er schließlich herunterkam, leuchtete Triumph aus seinen Augen, doch klärte er uns beide nicht über das Ergebnis seiner Nachforschungen auf. Ich für meinen Teil war den Methoden, mit denen er den diversen Windungen dieses komplexen Falles nachgespürt hatte, Schritt für Schritt gefolgt, und ob ich gleich das Ziel, das wir erreichen würden, noch nicht klar vor mir sah, war mir doch deutlich bewußt, daß Holmes erwartete, jener groteske Kriminelle werde einen Angriff auf die beiden noch übrigen Büsten unternehmen, von denen eine, wie ich mich erinnerte, sich in Chiswick befand. Das Ziel unseres Ausflugs war zweifellos, ihn auf frischer Tat zu ertappen, und ich konnte die Gerissenheit nur bewundern, mit der mein Freund in der Abendzeitung eine falsche Fährte gelegt hatte, um so den Burschen zu der Idee zu verführen, er könne seine Machenschaften weiterhin ungestraft verfolgen. Holmes' Vorschlag, ich solle meinen Revolver mitnehmen, überraschte mich nicht. Er selbst hatte seine Lieblingswaffe, die Jagdpeitsche mit beschwertem Griff, bereitgelegt.

Um elf Uhr fuhr unten eine Droschke vor, und damit fuhren wir zu einer Stelle auf der anderen Seite der Hammersmith Bridge. Der Kutscher sollte hier auf uns warten. Ein kurzer Gang brachte uns zu einer abgelegenen, von freundlichen Häusern gesäumten Straße, die alle von Gärten umgeben waren. Auf dem Torpfosten eines dieser Häuser lasen wir im Schein einer Straßenlaterne ›Laburnum Villa‹. Die Bewohner hatten sich offenbar bereits zur Ruhe gelegt, denn es war alles dunkel bis auf ein kleines Fenster über der Eingangstür, das einen unscharfen Lichtkreis auf den Gartenweg warf. Der Holzzaun, der das Grundstück von der Straße trennte, warf einen finsteren Schatten nach innen, in welchem wir uns niederkauerten.

»Ich fürchte, Sie werden lange warten müssen«, flüsterte Holmes. »Wir dürfen unserem Schicksal danken, daß es nicht regnet. Wir können es wohl nicht einmal wagen, uns mit Rauchen die Zeit zu vertreiben. Aber immerhin steht unsere Chance zwei zu eins, daß wir für unsere Mühe entschädigt werden.«

Es stellte sich jedoch heraus, daß unsere Nachtwache nicht so lange dauern sollte, wie Holmes uns hatte befürchten lassen; sie endete auf recht jähe und merkwürdige Art. Plötzlich wurde, ohne daß uns auch nur das leiseste Geräusch vor seinem Kommen gewarnt hätte, das Gartentor aufgestoßen, und eine geschmeidige, dunkle Gestalt huschte flink und beweglich wie ein Affe über den Gartenweg. Wir sahen sie über den von dem Fenster über der Tür geworfenen Lichtfleck flitzen und im schwarzen Schatten des Hauses verschwinden. Es entstand eine lange Pause, in der wir den Atem anhielten, und dann drang uns ein ganz leises knarrendes Geräusch an die Ohren. Das Fenster wurde geöffnet. Das Geräusch erstarb, und wieder herrschte lange Zeit Stille. Der Kerl stieg ins Haus ein. Einmal sahen wir in dem Zimmer eine Blendlaterne aufblitzen. Was er suchte, war offenbar nicht da, denn bald sahen wir das Licht hinter einer anderen Markise, und dann wieder hinter einer anderen.

»Gehen wir zu dem offenen Fenster. Wir werden ihn schnappen, wenn er herausklettert«, wisperte Lestrade.

Doch ehe wir uns regen konnten, war der Mann wieder aufgetaucht. Als er herauskam und in den schimmernden Lichtfleck trat, sahen wir, daß er etwas Weißes unter dem Arm trug. Er blickte sich verstohlen um. Die Stille der verlassenen Straße machte ihn wieder sicher. Er drehte uns den Rücken zu, legte seine Last ab, und im nächsten Augenblick hörten wir ein scharfes Klopfen, danach ein Scheppern und Klappern. Der Mann konzentrierte sich so auf das, was er tat, daß er unsere Schritte nicht hörte, als wir uns über den Rasen zu ihm schlichen. Wie ein Tiger sprang Holmes ihm auf den Rücken, und gleich darauf hielten Lestrade und ich ihn an den

Handgelenken fest und legten ihm Handschellen an. Als wir ihn umdrehten, blickte ich in ein scheußliches, fahles Gesicht, das uns mit wild verzerrten Zügen anstarrte, und ich wußte, daß wir tatsächlich den auf der Photographie abgebildeten Mann gestellt hatten.

Holmes aber widmete seine Aufmerksamkeit nicht unserem Gefangenen. Er hockte auf den Türstufen und untersuchte aufs sorgfältigste, was dieser Mann aus dem Haus geholt hatte. Es war eine Napoleonbüste wie die, die wir am Morgen gesehen hatten, und sie war auch in ähnliche Fragmente zerbrochen. Bedächtig hielt Holmes jede einzelne Scherbe ins Licht, doch sie unterschieden sich in keiner Weise von irgendeinem anderen kaputten Stück Gips. Er hatte seine Untersuchung gerade beendet, als im Eingang die Lichter aufflammten, die Tür aufging und der Besitzer des Hauses, eine heitere rundliche Gestalt in Hemd und Hosen, hinaustrat.

»Mr. Josiah Brown, nehme ich an?« sagte Holmes.

»Ja, Sir; und Sie sind zweifellos Mr. Sherlock Holmes? Ich habe Ihren Eilbrief erhalten und mich genau danach gerichtet. Wir haben alle Türen von innen verschlossen und das weitere abgewartet. Nun, es freut mich sehr zu sehen, daß Sie den Schurken gefaßt haben. Ich hoffe, Gentlemen, Sie kommen noch auf eine Erfrischung herein.«

Lestrade wollte jedoch seinen Mann unbedingt an einen sicheren Ort bringen, und so hatten wir in ein paar Minuten unseren Wagen herbeordert und fuhren alle vier wieder nach London zurück. Unser Gefangener sagte kein Wort; er starrte uns nur aus dem Schatten seiner verfilzten Haare an, und als meine Hand einmal in seiner Reichweite schien, schnappte er danach wie ein hungriger Wolf. Wir blieben lange genug auf der Polizeiwache, um zu erfahren, daß eine Durchsuchung seiner Kleider nichts zutage gebracht hatte als ein paar Shillings und ein langes Stilett, dessen Griff reichlich mit frischen Blutspuren bedeckt war.

»Sehr schön«, sagte Lestrade, als wir auseinandergingen, »Hill kennt die ganze Sippschaft, und er wird seinen Namen schon herausfinden. Sie werden sehen, meine Mafia-Theorie wird sich als richtig erweisen. Freilich bin ich Ihnen, Mr. Holmes, für die meisterhafte Art, mit der Sie ihm auf die Spur gekommen sind, außerordentlich zu Dank verpflichtet. Ich verstehe das immer noch nicht ganz.«

»Ich fürchte, es ist ein wenig zu spät für lange Erklärungen«, sagte Holmes. »Im übrigen sind einige Details noch nicht ganz erledigt, und dies ist einer jener Fälle, die es wert sind, daß man sie bis zum Ende verfolgt. Wenn Sie morgen um sechs Uhr noch einmal bei uns vorbeikommen, werde ich Ihnen wohl zeigen können, daß Sie auch jetzt nicht die vollständige Bedeutung dieser Angelegenheit erfassen, die einige Merkmale aufweist, die sie zu einem absoluten Unikum in der Geschichte des Verbrechens machen. Sollte ich Ihnen je wieder einmal gestatten, Watson, irgendwelche meiner kleinen Probleme aufzuzeichnen, so sehe ich voraus, daß Sie Ihre Seiten mit einem Bericht über das einzigartige Unternehmen mit den Napoleonbüsten bereichern werden.«

Als wir uns am nächsten Abend wieder trafen, war Lestrade mit allerlei Informationen über unseren Gefangenen ausgestattet. Sein Name sei anscheinend Beppo, der Nachname unbekannt. Er sei in der italienischen Kolonie als Tunichtgut bekannt. Er sei einmal ein geschickter Bildhauer gewesen und habe sich auf ehrbare Weise seinen Lebensunterhalt verdient, doch sei er auf die schiefe Bahn geraten und habe bereits zweimal im Gefängnis gesessen – einmal wegen eines kleinen Diebstahls, und einmal, wie wir schon gehört hatten, weil er einen Landsmann niedergestochen hätte. Er spreche perfekt Englisch. Warum er die Büsten zerstört habe, sei noch immer unbekannt; er weigere sich, irgendwelche Fragen zu diesem Thema zu beantworten. Die Polizei habe jedoch herausgefunden, daß eben diese Büsten durchaus von ihm selbst hergestellt worden sein könnten, da er mit solchen Arbeiten im Hause Gelder & Co beschäftigt gewesen sei. Holmes lauschte allen diesen Informationen, die wir zum großen Teil bereits kannten, mit höflicher Aufmerksamkeit; ich aber, der ich ihn so gut kannte, sah ihm deutlich an, daß er mit seinen Gedanken woanders weilte, und ich entdeckte unter dieser Maske, die er gewohnheitsmäßig aufgesetzt hatte, eine Mischung von Unbehagen und Erwartung. Endlich fuhr er aus seinem Sessel, und seine Augen leuchteten. Die Glocke hatte geläutet. Eine Minute später vernahmen wir Schritte auf der Treppe, und dann wurde ein älterer, rotgesichtiger Mann mit grauem Backenbart hereingeführt. In seiner rechten Hand trug er einen altmodischen Mantelsack, welchen er auf den Tisch legte.

»Bin ich hier bei Mr. Sherlock Holmes?«

Mein Freund verneigte sich lächelnd. »Mr. Sandeford aus Reading, nehme ich an?« sagte er.

»Ja, Sir. Ich fürchte, ich komme ein wenig zu spät. Aber die Züge fuhren so ungünstig. Sie haben mir von einer Büste geschrieben, die sich in meinem Besitz befindet.«

»Ganz recht.«

»Ich habe Ihren Brief hier. Sie schreiben: ›Ich wünsche in den Besitz einer Kopie von Devines Napoleon zu gelangen und bin bereit, für die Ihrige zehn Pfund zu bezahlen.‹ Ist das richtig so?«

»Freilich.«

»Ihr Brief hat mich sehr erstaunt, denn ich konnte mir gar nicht vorstellen, woher Sie wußten, daß ich so etwas besitze.«

»Natürlich muß Sie das erstaunt haben, aber die Erklärung ist ganz einfach. Mr. Harding von Harding Brothers hat mir gesagt, er habe Ihnen das letzte Exemplar verkauft, und mir Ihre Adresse gegeben.«

»Oh, so war das also, ja? Hat er Ihnen auch gesagt, was ich dafür bezahlt habe?«

»Nein, das hat er nicht.«

»Nun, ich bin ein ehrlicher Mensch, wenn auch nicht gerade reich. Ich habe bloß fünfzehn Shillings für die Büste bezahlt, und ich denke, das sollten Sie wissen, bevor ich zehn Pfund von Ihnen annehme.«

»Ihre Bedenken machen Ihnen alle Ehre, Mr. Sandeford.

Aber ich habe diesen Preis nun einmal genannt, und deshalb werde ich auch dabei bleiben.«

»Nun, das ist sehr großzügig, Mr. Holmes. Ich habe die Büste gleich mitgebracht, wie Sie gewünscht haben. Hier ist sie!«

Er öffnete seinen Mantelsack, und nun sahen wir vor uns auf dem Tisch endlich einmal ein unversehrtes Exemplar dieser Büste, die wir schon so oft in Scherben gesehen hatten.

Holmes nahm ein Stück Papier aus seiner Tasche und legte eine Zehn-Pfund-Note auf den Tisch.

»Mr. Sandeford, wollen Sie dies freundlicherweise in Anwesenheit dieser Zeugen unterschreiben. Sie bestätigen damit lediglich, daß Sie jedes mögliche Recht, das Sie je an dieser Büste hatten, auf mich übertragen. Sehen Sie, ich bin ein systematischer Mensch, und man kann nie wissen, welche Wendung die Dinge später einmal nehmen können. Ich danke Ihnen, Mr. Sandeford; hier haben Sie Ihr Geld, und ich wünsche Ihnen einen recht schönen Abend.«

Nachdem unser Besucher gegangen war, verfolgten wir gespannt Sherlock Holmes' weitere Schritte. Er begann damit, daß er ein sauberes weißes Tuch aus einer Schublade holte und auf dem Tisch ausbreitete. Darauf stelle er seine soeben erworbene Büste mitten auf das Tuch. Schließlich nahm er seine Jagdpeitsche und gab Napoleon damit einen harten Schlag auf den Kopf. Die Figur zerbrach in Scherben, und Holmes beugte sich gierig über die zertrümmerten Überreste. Im nächsten Augenblick stieß er einen lauten Triumphschrei aus und hielt einen Splitter in die Höhe, in dem wie eine Rosine im Kuchen ein rundes, schwarzes Ding steckte.

»Gentlemen«, rief er, »hiermit stelle ich Ihnen die berühmte schwarze Perle der Borgias vor!«

Lestrade und ich saßen einen Moment schweigend da, und dann begannen wir beide spontan zu klatschen, wie beim kunstvollen Höhepunkt eines Schauspiels. Holmes' bleiche Wangen erglühten rot, und er verbeugte sich vor uns wie ein großer Dramatiker, der die Hommage seines Publikums empfängt. In solchen Augenblicken hörte er für kurze Zeit auf, eine

Denkmaschine zu sein, und verriet seine menschliche Freude an Bewunderung und Applaus. Dasselbe so außerordentlich stolze und reservierte Wesen, das sich von öffentlicher Berühmtheit voller Verachtung abwandte, ließ sich von dem spontanen Staunen und Lob eines Freundes aufs tiefste erschüttern.

»Ja, Gentlemen«, sagte er, »es handelt sich um die derzeit berühmteste Perle der Welt, und ich hatte das Glück, sie durch eine zusammenhängende Kette induktiver Schlußfolgerungen vom Schlafzimmer des Prinzen von Calonna im Dacre Hotel, wo sie verschwunden war, bis ins Innere dieser letzten der sechs Napoleonbüsten, die bei Gelder & Co in Stepney hergestellt wurden, verfolgen zu können. Sie werden sich an die Sensation erinnern, Lestrade, die das Verschwinden dieses wertvollen Juwels bewirkt hat, und an die vergeblichen Bemühungen der Londoner Polizei, es wiederzufinden. Ich selbst bin bei diesem Fall um Rat gefragt worden; doch ich vermochte kein Licht darein zu bringen. Der Verdacht fiel auf das Zimmermädchen der Prinzessin, eine Italienerin, und es wurde festgestellt, daß ein Bruder von ihr in London lebte, doch wir konnten keinerlei Verbindung zwischen den beiden nachweisen. Das Mädchen hieß Lucretia Venucci, und für mich besteht kein Zweifel daran, daß jener vor zwei Nächten ermordete Pietro ihr Bruder war. Ich habe in den alten Zeitungen die Daten nachgeschlagen und dabei festgestellt, daß die Perle genau zwei Tage vor Beppos Verhaftung wegen irgendeiner Gewalttat verschwunden war – und diese Verhaftung fand in der Fabrik von Gelder & Co statt, und zwar genau zu dem Zeitpunkt, als diese Büsten angefertigt wurden. Nun sehen Sie den Ablauf der Ereignisse deutlich vor sich, wenn natürlich auch in umgekehrter Reihenfolge des Ablaufs, der sich mir präsentierte. Beppo hatte die Perle bei sich. Er mag sie von Pietro gestohlen haben, er mag Pietros Komplize gewesen sein, er mag der Mittelsmann zwischen Pietro und dessen Schwester gewesen sein. Es spielt für uns keine Rolle, was davon zutrifft.

Wichtig ist allein, daß er die Perle *hatte* und daß er sie bei sich führte, als er von der Polizei verfolgt wurde. Er begab sich zu der Fabrik, in der er arbeitete, und er wußte, daß ihm nur ein paar Minuten blieben, seine ungeheuer wertvolle Beute zu verstecken, die man ansonsten bei ihm finden würde, wenn man ihn durchsuchte. Im Gang standen sechs Gipsbüsten Napoleons zum Trocknen. Eine davon war noch weich. Beppo, ein geschickter Handwerker, bohrte im Handumdrehen ein kleines Loch in den feuchten Gips, steckte die Perle hinein und verschloß mit wenigen Handgriffen die Öffnung. Ein bewundernswertes Versteck. Darauf konnte wohl niemand kommen. Aber Beppo wurde zu einem Jahr Gefängnis verurteilt, und seine sechs Büsten wurden unterdessen über ganz London verstreut. Welche davon seinen Schatz enthielt, konnte er nicht wissen. Das war nur zu erfahren, indem er sie zerbrach. Bloßes Schütteln konnte ihm keine Gewißheit geben, denn da der Gips feucht gewesen war, lag es nahe, daß die Perle darin festkleben würde – was ja auch tatsächlich der Fall war. Beppo gab nicht auf, und er führte seine Suche mit beträchtlicher Schläue und Beharrlichkeit durch. Durch einen Vetter, der bei Gelder arbeitet, erfuhr er die Einzelhändler, die die Büsten gekauft hatten. Es gelang ihm, bei Morse Hudson eine Anstellung zu finden und auf diese Weise drei davon aufzuspüren. Die Perle war nicht darin. Dann fand er mit Hilfe irgendeines italienischen Beschäftigten heraus, wohin die drei restlichen Büsten gegangen waren. Die erste war bei Harker. Dorthin wurde er von seinem Komplizen verfolgt, der Beppo für den Verlust der Perle verantwortlich machte und den er im folgenden Handgemenge niederstach.«

»Wenn es sein Komplize war: Wozu sollte er dann eine Photographie von ihm bei sich tragen?« fragte ich.

»Um ihn besser finden zu können, wenn er einen Dritten nach ihm fragen wollte. Ein einleuchtender Grund. Nun, nach dem Mord rechnete ich mir aus, daß Beppo seine Schritte wohl eher beschleunigen als verlangsamen würde; daß er befürchtete, die Polizei käme seinem Geheimnis auf die Spur, weshalb er sich sputete, ehe sie ihm zuvorkäme. Natürlich wußte ich nicht genau, ob er die Perle nicht in Harkers

Büste gefunden hatte. Ja, ich war mir noch nicht einmal sicher, ob es sich überhaupt um die Perle handelte; ganz klar war mir jedoch, daß er nach etwas suchte, da er die Büste an den anderen Häusern vorbei getragen hatte, um sie in dem Garten, in den der Schein einer Laterne fiel, zu zerbrechen. Da Harkers Büste eine von dreien war, standen die Chancen genau, wie ich Ihnen gesagt habe – nämlich zwei zu eins dagegen, daß die Perle darin war. Blieben zwei Büsten übrig; und es war offensichtlich, daß er sich zuerst die in London vornehmen würde. Ich warnte die Bewohner des Hauses, um eine zweite Tragödie zu verhindern, und wir begaben uns mit glücklichstem Erfolg dorthin. Zu dieser Zeit war mir natürlich unzweifelhaft klar, daß es um die Perle der Borgias ging. Es war der Name des Ermordeten, der die Verbindung der beiden Ereignisse herstellte. Es blieb nur noch eine einzige Büste übrig – die in Reading –, und dort mußte die Perle sein. Ich kaufte sie in Ihrer Gegenwart von ihrem Besitzer – und dort liegt sie nun.«

Einen Moment lang saßen wir schweigend da.

»Nun«, sagte Lestrade, »ich habe Sie schon eine ganze Menge Fälle lösen sehen, Mr. Holmes, aber ich wüßte keinen, der mehr handwerkliche Meisterschaft verriete als dieser hier. Wir von Scotland Yard sind nicht eifersüchtig auf Sie. Nein, Sir, wir sind überaus stolz auf Sie, und wenn Sie uns morgen besuchen, wird es vom ältesten Inspektor bis zum jüngsten Constable keinen Mann geben, der Ihnen nicht mit Freuden die Hand schütteln wird.«

»Ich danke Ihnen!« sagte Holmes. »Ich danke Ihnen!«, und als er sich umwandte, schien es mir, als sei er von den zarteren menschlichen Empfindungen in stärkerem Maße gerührt, als ich es je an ihm bemerkt hatte. Einen Augenblick später war er wieder ganz der kalte und praktische Denker. »Legen Sie die Perle in den Safe, Watson«, sagte er, »und holen Sie die Papiere über die Conk-Singleton-Betrugsaffaire heraus. Good-bye, Lestrade. Falls Sie mal wieder ein kleines Problem haben sollten, werde ich Ihnen gern den einen oder anderen Hinweis zu seiner Lösung geben, wenn ich kann.«

DIE DREI STUDENTEN

Es war im Jahre 1895, als ein Zusammentreffen von Ereignissen, über die ich mich nicht auszulassen brauche, Mr. Sherlock Holmes und mich dazu veranlaßte, einige Wochen in einer unserer großen Universitätsstädte zu verbringen, und in diese Zeit fiel das kleine, aber lehrreiche Abenteuer, von dem ich nun berichten will. Es wird einleuchten, daß die Erwähnung von Einzelheiten, die dem Leser helfen würden, das College oder den Übeltäter genau zu identifizieren, unklug und beleidigend wäre. Ein solch peinlicher Skandal darf durchaus in Vergessenheit geraten. Mit der gebührenden Diskretion jedoch darf dieser Vorfall beschrieben werden, da er dazu dient, einige der denkwürdigen Qualitäten meines Freundes zu illustrieren. Ich werde mich bei meinem Bericht bemühen, jegliche Bemerkungen zu vermeiden, mit deren Hilfe man die Ereignisse auf irgendeinen bestimmten Ort zurückführen oder die einen Hinweis auf die Beteiligten geben könnten.

Wir wohnten damals in möblierten Zimmern ganz in der Nähe einer Bibliothek, in welcher Sherlock Holmes mühselige Forschungen über frühenglische Urkunden betrieb – Forschungsarbeiten, die zu so erstaunlichen Ergebnissen führten, daß ich sie vielleicht einmal zum Thema eines meiner zukünftigen Berichte machen werde. Hier empfingen wir eines Abends den Besuch eines Bekannten, Mr. Hilton Soames, Tutor und Dozent am College of St. Luke's. Mr. Soames war ein großer magerer Mann von nervösem und leicht erregbarem Temperament. Ich hatte sein unruhiges Wesen schon immer gekannt, doch bei jener Gelegenheit befand er sich in einem Zustand von solch unbeherrschter Erregung, daß offensichtlich etwas sehr Ungewöhnliches geschehen war.

»Ich hoffe, Mr. Holmes, daß Sie ein paar Ihrer kostbaren

Stunden für mich erübrigen können. Im St. Luke's ist etwas höchst Unangenehmes passiert, und wenn Sie nicht durch einen glücklichen Zufall in unserer Stadt weilten, hätte ich wirklich nicht gewußt, was ich tun soll.«

»Ich bin zur Zeit sehr beschäftigt und wünsche keinerlei Ablenkung«, erwiderte mein Freund. »Es wäre mir viel lieber, wenn Sie die Polizei um Unterstützung bäten.«

»Nein, nein, mein lieber Sir; ein solches Vorgehen ist vollkommen ausgeschlossen. Sind die Gesetzeshüter erst einmal auf dem Plan, lassen sie sich nicht mehr aufhalten, und dies ist genau einer von den Fällen, in denen es um des Rufs des Colleges willen absolut vonnöten ist, einen Skandal zu vermeiden. Ihre Diskretion ist so berühmt wie Ihre Fähigkeiten, und Sie sind der einzige Mensch auf der Welt, der mir helfen kann. Ich flehe Sie an, Mr. Holmes, helfen Sie mir.«

Die Laune meines Freundes war nicht gerade gestiegen, seitdem er nicht mehr in der kongenialen Umgebung der Baker Street lebte. Ohne seine Sammelalben, seine Chemikalien und seine häusliche Unordentlichkeit fühlte er sich unbehaglich. Er zuckte in ungehaltener Nachgiebigkeit die Schultern, während unser Besucher mit hastigen Worten und sehr aufgeregten Gesten seine Geschichte hervorsprudelte.

»Ich muß Ihnen erklären, Mr. Holmes, daß morgen der erste Tag der Prüfung für das Fortescue-Stipendium ist. Ich bin einer der Prüfer. Mein Fach ist Griechisch, und die erste Prüfung besteht aus einer Übersetzung eines längeren griechischen Textes, den der Kandidat noch nicht kennt. Dieser Text ist auf das Prüfungspapier gedruckt, und der Kandidat hätte natürlich einen enormen Vorteil, wenn er sich vorher darauf vorbereiten könnte. Aus diesem Grund wird jenes Papier sehr sorgfältig geheimgehalten.

Heute um etwa drei Uhr trafen die Fahnenabzüge dieses Textes vom Drucker ein. Es handelt sich um ein halbes Kapitel aus dem Thukydides. Ich mußte es aufmerksam durchlesen, da der Text absolut korrekt zu sein hat. Um vier Uhr dreißig war ich damit noch nicht ganz fertig. Ich hatte jedoch einem Freund versprochen, zum Tee bei ihm vorbeizukommen, und ließ daher die Fahnen auf meinem Schreibtisch liegen. Ich war kaum länger als eine Stunde abwesend. Ihnen ist bekannt, Mr. Holmes, daß wir im College doppelte Türen haben – eine mit grünem Tuch bezogene Tür innen und eine massive Eichentür außen. Als ich mich der äußeren Tür meines Zimmers näherte, sah ich erstaunt einen Schlüssel darin stecken. Einen Augenblick lang bildete ich mir ein, ich selbst hätte ihn dort vergessen, doch fand ich den meinen in meiner Tasche. Der einzige Zweitschlüssel, der meines Wissens existiert, befand sich im Besitz meines Dieners Bannister – ein Mann, der sich seit zehn Jahren um mein Zimmer kümmert und dessen Ehrbarkeit über jeden Verdacht erhaben ist. Ich ermittelte, daß es in der Tat sein Schlüssel war, daß er mein Zimmer betreten hatte, um zu fragen, ob ich Tee haben wollte, und daß er den Schlüssel beim Hinausgehen nachlässigerweise hatte stecken lassen. Er muß wenige Minuten, nachdem ich mein Zimmer verlassen hatte, hereingekommen sein. Seine Vergeßlichkeit wegen des Schlüssels hätte bei jeder anderen Gelegenheit nicht viel bedeutet, doch ausgerechnet an diesem Tag hat sie zu den bedauerlichsten Konsequenzen geführt.

Gleich als ich auf meinen Tisch sah, bemerkte ich, daß jemand meine Papiere durchwühlt hatte. Die Fahnenabzüge bestanden aus drei langen Streifen. Ich hatte sie auf einem Haufen liegenlassen. Jetzt aber lag einer davon auf dem Boden, einer auf dem Seitentisch am Fenster, und der dritte war noch da, wo ich ihn hingelegt hatte.«

Zum erstenmal rührte Holmes sich.

»Seite eins auf dem Boden, Seite zwei am Fenster und Seite drei dort, wo Sie sie hingelegt hatten.«

»Genau so, Mr. Holmes. Sie verblüffen mich. Wie konnten Sie das nur wissen?«

»Fahren Sie bitte mit Ihrem interessanten Bericht fort.«

»Zunächst glaubte ich kurz, daß Bannister sich die unverzeihliche Freiheit herausgenommen hätte, die Papiere zu untersuchen. Dies stritt er jedoch mit äußerstem Ernst ab, und ich bin davon überzeugt, daß er die Wahrheit sagt. Die andere Möglichkeit war die, daß irgend jemand, der an der Tür vorbeigekommen war, aus dem Vorhandensein des Schlüssels auf meine Abwesenheit geschlossen und das Zimmer betreten hatte, um sich die Papiere anzusehen. Es steht eine beträchtliche Geldsumme auf dem Spiel, denn das Stipendium ist sehr großzügig, und ein skrupelloser Mensch könnte durchaus ein solches Risiko auf sich nehmen, um einen Vorteil vor seinen Kommilitonen zu erlangen.

Bannister hatte der Vorfall völlig aus der Fassung gebracht. Er war beinahe in Ohnmacht gefallen, als wir merkten, daß irgend jemand sich unzweifelhaft an den Papieren zu schaffen gemacht hatte. Ich gab ihm etwas Brandy und ließ ihn entnervt in einem Sessel sitzen, während ich das Zimmer aufs sorgfältigste untersuchte. Ich merkte bald, daß der Eindringling außer den durchwühlten Papieren noch weitere Spuren seiner Anwesenheit hinterlassen hatte. Auf dem Tisch am Fenster lagen etliche Schnitzel, die vom Spitzen eines Bleistifts herrührten. Auch eine abgebrochene Bleispitze fand sich dort. Der Schurke hatte offenbar den Text in großer Eile abgeschrieben, dabei seinen Bleistift abgebrochen und war so gezwungen, ihn neu anzuspitzen.«

»Ausgezeichnet!« sagte Holmes, der allmählich seine gute Laune wiedererlangte, indem er dem Fall immer aufmerksamer zuhörte. »Das Glück hat Ihnen zur Seite gestanden.«

»Das war noch nicht alles. Ich besitze einen neuen Schreibtisch mit einem schönen roten Lederbezug. Ich kann beschwören, und Bannister auch, daß dieser glatt und fleckenlos war. Nun aber bemerkte ich darin einen sauberen Schnitt von etwa drei Zoll Länge – es war kein bloßer Kratzer, sondern ein richtiger Schnitt. Und nicht nur das, auf dem Tisch fand ich auch noch ein schwarzes Klümpchen aus Teig oder Lehm, in dem etwas eingeschlossen war, das wie Sägemehl aussieht. Ich bin davon überzeugt, daß diese Spuren von demjenigen hinterlassen wurden, der in den Papieren herumgestöbert hat. Fußspuren und andere Hinweise auf seine Identität haben sich nicht gefunden. Ich war schon mit meinem Witz am Ende, als mir plötzlich der glückliche Gedanke kam, daß Sie sich in der Stadt aufhielten, und ich kam gleich zu Ihnen herüber, um den Fall in Ihre Hände zu legen. Helfen Sie mir bitte, Mr. Holmes! Sie sehen doch mein Dilemma. Entweder muß ich den Mann ausfindig machen, oder die Prüfung muß verschoben werden, bis neue Unterlagen fertig sind, und da dies nicht ohne irgendeine Erklärung abgehen kann, wird es einen schrecklichen Skandal geben, der nicht nur den Ruf des Colleges, sondern auch der Universität überschatten wird. Vor allem anderen wünsche ich daher, diese Angelegenheit diskret und in aller Stille zu bereinigen.«

»Ich werde mir mit Vergnügen die Sache ansehen und Ihnen so gut helfen, wie ich kann«, sagte Holmes, erhob sich und zog seinen Mantel an. »Diesem Fall mangelt es durchaus nicht an Interesse. Hat, nachdem die Papiere bei Ihnen eingetroffen waren, irgend jemand Sie in Ihrem Zimmer besucht?«

»Ja, der junge Daulat Ras, ein indischer Student, der im selben Stockwerk wohnt, kam herein, um mich über ein paar Einzelheiten wegen der Prüfung zu befragen.«

»Zu der er zugelassen ist?«

»Ja.«

»Und die Papiere lagen auf Ihrem Tisch?«

»Nach meinem besten Wissen waren sie zusammengerollt.«

»Hätten aber als Fahnenabzüge erkannt werden können?«

»Schon möglich.«

»Sonst kam niemand in Ihr Zimmer?«

»Niemand.«

»War irgend jemandem bekannt, daß diese Fahnen bei Ihnen waren?«

»Niemandem außer dem Drucker.«

»Wußte dieser Bannister davon?«

»Nein, bestimmt nicht. Niemand wußte davon.«

»Wo ist Bannister jetzt?«

»Es ging ihm sehr schlecht, dem armen Burschen! Ich ließ ihn halb ohnmächtig in dem Sessel liegen. Ich war sehr in Eile, zu Ihnen zu kommen.«

»Sie haben die Tür offengelassen?«

»Vorher habe ich aber die Papiere eingeschlossen.«

»Dann, Mr. Soames, läuft das Ganze darauf hinaus, daß, falls nicht der indische Student die Rolle als Fahnenabzüge erkannt hat, derjenige, der sich daran zu schaffen gemacht hat, rein zufällig darauf gestoßen ist, ohne zu wissen, daß sie da waren.«

»So will es mir scheinen.«

Holmes setzte ein rätselhaftes Lächeln auf.

»Nun«, sagte er, »sehen wir uns das mal an. Kein Fall für Sie, Watson – etwas Geistiges, nichts Physisches. Aber schön: Kommen Sie mit, wenn Sie wollen. Nun, Mr. Soames – ich stehe Ihnen zur Verfügung!«

Aus dem Wohnzimmer unseres Klienten sah man durch ein breites, niedriges vergittertes Fenster auf den alten flechtenverfärbten Hof des altehrwürdigen Colleges. Eine Tür mit gotischem Bogen führte auf eine abgetretene Steintreppe. Das Tutorenzimmer lag im Erdgeschoß. Darüber bewohnten drei Studenten jeweils ein Stockwerk. Es dämmerte bereits, als wir den Schauplatz unseres Falles betraten. Holmes blieb stehen und schaute angelegentlich nach dem Fenster. Dann ging er darauf zu, stellte sich mit gerecktem Hals auf die Zehenspitzen und blickte in das Zimmer.

»Er muß durch die Tür hineingekommen sein. Es läßt sich nur diese eine Scheibe öffnen«, sagte unser gelehrter Führer.

»Du liebe Zeit!« sagte Holmes und lächelte unseren Begleiter eigentümlich an. »Nun, wenn hier nichts zu erfahren ist, sollten wir wohl besser hineingehen.«

Der Dozent schloß die Außentür auf und führte uns in sein Zimmer. Wir blieben am Eingang stehen, während Holmes den Teppich untersuchte.

»Ich fürchte, hier gibt's keine Spuren«, sagte er. »An einem so trockenen Tag kann man kaum auf welche rechnen. Ihr Diener scheint sich ganz erholt zu haben. Sie sagen, Sie hätten ihn in einem Sessel zurückgelassen. In welchem Sessel?«

»In dem am Fenster.«

»Aha. An dem kleinen Tisch. Sie können jetzt hereinkommen. Mit dem Teppich bin ich fertig. Nehmen wir uns zunächst den kleinen Tisch vor. Was geschehen ist, liegt natürlich auf der Hand. Der Mann kam herein und nahm die Papiere Blatt für Blatt von dem Tisch in der Mitte. Er holte sie zu dem Tisch am Fenster, weil er von dort aus sehen konnte, wenn Sie über den Hof herankämen, und so seine Flucht bewerkstelligen konnte.«

»Das konnte er eigentlich nicht«, sagte Soames, »weil ich durch den Nebeneingang gekommen bin.«

»Ah, das ist gut! Nun, jedenfalls war das seine Absicht. Lassen Sie mich die drei Streifen sehen. Nein – keine Fingerabdrücke! Nun, diesen hier holte er als ersten und schrieb ihn ab. Wie lange wird er dafür, unter Ausnutzung aller möglichen Abkürzungen, gebraucht haben? Mindestens eine Viertelstunde. Dann warf er ihn hin und holte den nächsten. Er war noch damit beschäftigt, als Ihre Rückkehr ihn veranlaßte, hastig den Rückzug anzutreten – *sehr* hastig, denn er hatte nicht mehr die Zeit, die Papiere zurückzulegen, was Ihnen seine Anwesenheit verraten hat. Ihnen sind keine eiligen Schritte auf der Treppe aufgefallen, als Sie durch die Außentür traten?«

»Nein, das kann ich nicht behaupten.«

»Nun, er hetzte sich beim Schreiben so sehr, daß ihm der Bleistift abbrach und er ihn, wie Sie sehen, neu anspitzen mußte. Das ist interessant, Watson. Es war kein gewöhnlicher Bleistift. Er war größer als normal und ziemlich weich. Außen war er dunkelblau, der Name des Herstellers war mit silbernen Buchstaben aufgedruckt, und das verbleibende Stück hat eine Länge von höchstens anderthalb Zoll. Suchen Sie nach einem solchen Bleistift, Mr. Soames, dann haben Sie Ihren Mann. Und wenn ich hinzufüge, daß er ein großes und sehr stumpfes Messer besitzt, haben Sie eine zusätzliche Hilfe.«

Mr. Soames ertrank beinahe in dieser Flut von Informationen. »Den anderen Punkten kann ich ja folgen«, sagte er, »aber diese Sache mit der Länge – also wirklich –«

Holmes hielt ein Schnitzelchen in die Höhe, auf dem die Buchstaben NN zu sehen waren; dahinter war das Holz unbedruckt.

»Sehen Sie?«

»Nein, ich fürchte, selbst jetzt –«

»Watson, ich habe Ihnen immer Unrecht getan; es gibt auch noch andere. Was dieses NN bedeuten kann? Es ist das Ende eines Worts. Ihnen ist bekannt, daß die meisten Bleistifte von Johann Faber hergestellt werden. Ist es denn nicht klar, daß von dem Bleistift noch gerade so viel übrig sein muß, wie gewöhnlich dem Wort Johann folgt?« Er hielt den kleinen Tisch schräg ins Licht der elektrischen Lampe. »Ich hatte gehofft, das Papier, auf dem er schrieb, wäre so dünn gewesen, daß die Schrift sich auf diese polierte Oberfläche durchgedrückt hätte. Nein, nichts zu sehen. Ich glaube nicht, daß hier noch etwas zu erfahren ist. Nun also zu dem Tisch in der Mitte. Ich nehme an, dies Klümpchen hier ist die schwarze teigige Masse, von der Sie gesprochen haben. Grob pyramidenförmig und ausgehöhlt, wie ich sehe. Wie Sie schon sagten, scheint es Sägespäne zu enthalten. Meine Güte, das ist ja sehr interessant. Und dieser Schnitt – ein eindeutiger Riß. Fängt an mit einem dünnen Kratzer und endet in einem gezackten Loch. Ich bin Ihnen sehr zu Dank verpflichtet, daß Sie meine Aufmerksamkeit auf diesen Fall gelenkt haben, Mr. Soames. Wohin führt diese Tür?«

»In mein Schlafzimmer.«

»Sind Sie seit Ihrem Abenteuer schon dringewesen?«

»Nein; ich bin direkt zu Ihnen gegangen.«

»Ich möchte mich gern einmal dort umsehen. Was für ein reizender altmodischer Raum! Vielleicht warten Sie freundlicherweise eine Minute, bis ich mit der Untersuchung des Bodens fertig bin. Nein, nichts zu sehen. Was ist mit diesem Vorhang? Sie hängen Ihre Kleider dahinter auf. Wenn jemand gezwungen wäre, sich in diesem Zimmer zu verbergen, müßte er es dort tun, da das Bett zu niedrig ist und der Kleiderschrank zu flach. Niemand da, nehme ich an?«

Als Holmes den Vorhang wegzog, merkte ich an seiner etwas starren und wachsamen Haltung, daß er auf einen plötzlichen Zwischenfall vorbereitet war. Tatsächlich aber enthüllte der zurückgezogene Vorhang nichts anderes als drei oder vier an Kleiderhaken hängende Anzüge. Holmes drehte sich um und bückte sich plötzlich zum Boden.

»Hallo! Was ist denn das?« sagte er.

Es war eine kleine Pyramide aus schwarzem kittartigem Material, die aufs Haar derjenigen auf dem Tisch im Arbeitszimmer glich. Holmes hielt sie auf seiner ausgestreckten Hand ins volle Licht der elektrischen Lampe.

»Ihr Besucher scheint sowohl in Ihrem Schlafzimmer als auch in Ihrem Wohnzimmer Spuren hinterlassen zu haben, Mr. Soames.«

»Was kann er denn da gesucht haben?«

»Das ist doch ganz klar. Sie kamen auf einem unerwarteten Weg zurück, weshalb er erst darauf aufmerksam wurde, als Sie schon an der Tür waren. Was konnte er tun? Er raffte alles zusammen, was ihn verraten könnte und eilte in Ihr Schlafzimmer, um sich zu verstecken.«

»Lieber Himmel, Mr. Holmes! Wollen Sie mir damit etwa sagen, daß wir die ganze Zeit, während ich mit Bannister in diesem Zimmer gesprochen habe, den Mann im Nebenzimmer hätten festnehmen können, wenn wir es nur gewußt hätten?«

»So stellt es sich mir dar.«

»Es gibt doch sicher noch eine andere Möglichkeit, Mr. Holmes? Ich weiß nicht, ob Ihnen mein Schlafzimmerfenster schon aufgefallen ist.«

»Vergitterte Scheiben, Bleirahmen, drei getrennte Fenster, von denen sich eins, das groß genug ist, einen Mann durchzulassen, öffnen läßt.«

»Ganz genau. Und es geht auf einen Winkel des Hofs, so daß es teilweise nicht zu sehen ist. Der Mann könnte von hier aus eingedrungen sein, beim Weg durchs Schlafzimmer Spuren hinterlassen haben und schließlich, da er die Tür offen fand, auf diesem Weg geflohen sein.«

Holmes schüttelte unwillig den Kopf.

»Denken wir doch praktisch«, sagte er. »Sie haben mir gesagt, es gebe drei Studenten, die diese Treppe benutzen und gewöhnlich an Ihrer Tür vorbeikommen.«

»Ja, allerdings.«

»Und die nehmen alle an dieser Prüfung teil?«

»Ja.«

»Haben Sie irgendeinen Grund, einen von ihnen mehr zu verdächtigen als die anderen?«

Soames zögerte.

»Eine sehr delikate Frage«, sagte er. »Man verdächtigt nicht gerne jemanden, wenn es keine Beweise gibt.«

»Erzählen Sie uns Ihre Verdachtsgründe. Die Beweise werde ich suchen.«

»Dann möchte ich Ihnen mit wenigen Worten die Charaktere der drei Männer schildern, die diese Zimmer bewohnen. Ganz unten wohnt Gilchrist, ein prächtiger Schüler und Athlet; spielt in den Rugby- und Cricketmannschaften des Colleges und vertritt die Schule im Hürdenlauf und Weitsprung. Ein großartiger männlicher Bursche. Sein Vater war der berüchtigte Sir Jabez Gilchrist, hat sich mit Rennwetten ruiniert. Mein Schüler blieb verarmt zurück, aber er arbeitet hart und fleißig. Er wird gut abschneiden.

Der zweite Stock wird von dem Inder Daulat Ras bewohnt. Ein stiller unergründlicher Bursche, wie die meisten Inder. Kommt mit seiner Arbeit gut zurecht, wenn auch das Griechische seine schwache Seite ist. Er arbeitet stetig und methodisch.

Das oberste Stockwerk gehört Miles McLaren. Er ist ein glänzender Bursche, wenn er zu arbeiten beliebt – einer der hellsten Köpfe der Universität; aber er ist eigensinnig, ausschweifend und charakterlos. In seinem ersten Jahr wurde er wegen eines Kartenskandals fast von der Schule gewiesen. Er hat dieses ganze Semester herumgefaulenzt, und er muß dieser Prüfung mit Angst entgegensehen.«

»Sie haben also ihn in Verdacht?«

»So weit wage ich nicht zu gehen. Doch ist er von den dreien vielleicht der am wenigsten unwahrscheinliche.«

»Ganz recht. Nun, Mr. Soames, sehen wir uns einmal Ihren Diener Bannister an.«

Es war ein kleiner, bleicher, glattrasierter, grauhaariger Mann von fünfzig Jahren. Er litt noch immer unter dieser jähen Störung der stillen Routine seines Lebens. Sein rundliches Gesicht zuckte vor Nervosität, und seine Finger konnten nicht ruhig bleiben.

»Wir untersuchen diese leidige Angelegenheit, Bannister«, sagte sein Herr.

»Ja, Sir.«

»Wie ich höre«, sagte Holmes, »haben Sie Ihren Schlüssel in der Tür stecken lassen?«

»Ja, Sir.«

»War es nicht ungewöhnlich, dies ausgerechnet an dem Tag zu tun, an dem sich drinnen diese Papiere befanden?«

»Es war überaus unglücklich, Sir. Dasselbe ist mir aber gelegentlich auch schon früher passiert.«

»Wann haben Sie dieses Zimmer betreten?«

»Es war etwa halb fünf. Zu der Zeit nimmt Mr. Soames seinen Tee.«

»Wie lange sind Sie geblieben?«

»Als ich sah, daß er nicht da war, habe ich mich sofort zurückgezogen.«

»Haben Sie diese Papiere auf dem Tisch angesehen?«

»Nein, Sir; bestimmt nicht.«

»Wieso haben Sie den Schlüssel in der Tür stecken lassen?«

»Ich hatte das Teebrett in der Hand. Ich dachte, ich würde wegen des Schlüssels zurückkommen. Dann hab ich's vergessen.«

»Hat die Außentür ein Schnappschloß?«

»Nein, Sir.«

»Dann stand sie also die ganze Zeit offen?«

»Ja, Sir.«

»Konnte jemand, der im Zimmer war, herauskommen?«

»Ja, Sir.«

»Als Mr. Soames zurückkam und nach Ihnen rief, waren Sie da sehr beunruhigt?«

»Ja, Sir. So etwas ist in den vielen Jahren, seit ich hier bin, noch nie passiert. Ich bin fast in Ohnmacht gefallen, Sir.«

»Das habe ich bereits gehört. Wo waren Sie, als es Ihnen schlecht zu werden begann?«

»Wo ich war, Sir? Nun, hier, an der Tür.«

»Das ist merkwürdig, denn Sie setzten sich in diesen Sessel dort hinten in der Ecke. Warum nicht in einen dieser anderen Sessel?«

»Ich weiß nicht, Sir. Es war mir gleichgültig, wo ich mich hinsetzte.«

»Ich glaube wirklich nicht, daß er sich darüber im klaren war, Mr. Holmes. Er sah sehr schlecht aus – richtig gespenstisch.«

»Sie sind hier geblieben, nachdem Ihr Herr gegangen war?«

»Nur ein paar Minuten. Dann verschloß ich die Tür und ging auf mein Zimmer.«

»Wen haben Sie in Verdacht?«

»Oh, wie könnte ich mich dazu erdreisten, Sir. Ich glaube nicht, daß es auf dieser Universität einen Gentleman gibt, der imstande wäre, von einer solchen Tat zu profitieren. Nein, Sir, das kann ich nicht glauben.«

»Ich danke Ihnen; das genügt«, sagte Holmes. »Oh, noch eine Frage. Sie haben zu keinem der drei Gentlemen, denen Sie aufwarten, davon gesprochen, daß hier etwas nicht in Ordnung ist?«

»Nein, Sir; kein Wort.«

»Sie haben keinen von ihnen gesehen?«

»Keinen, Sir.«

»Sehr schön. Nun, Mr. Soames, wir werden einen Spaziergang auf dem Hof unternehmen, wenn Sie gestatten.«

Über uns, in der zunehmenden Dämmerung, leuchteten drei Lichtvierecke.

»Ihre drei Vögel sind alle in ihren Nestern«, sagte Holmes, indem er nach oben blickte. »Holla! Was ist das? Einer davon scheint reichlich unruhig zu sein.«

Es war der Inder, dessen dunkle Silhouette plötzlich auf der Jalousie erschien. Er ging heftig in seinem Zimmer auf und ab.

»Ich würde mir die alle gern einmal ansehen«, sagte Holmes. »Ist das möglich?«

»Überhaupt keine Schwierigkeit«, erwiderte Soames. »Diese drei Zimmer sind so ziemlich die ältesten im ganzen College, und es ist nichts Ungewöhnliches, daß sie von Besuchern besichtigt werden. Kommen Sie, ich will Sie persönlich führen.«

»Aber keine Namen, bitte!« sagte Holmes, als wir an Gilchrists Tür klopften. Ein großer, blonder, schlanker junger Bursche machte auf und begrüßte uns freundlich, als er unser Begehr vernahm. Drinnen befanden sich einige wirklich kuriose Stücke mittelalterlicher Architektur. Von einem war Holmes so begeistert, daß er darauf bestand, es in seinem Notizbuch zu skizzieren, wobei ihm der Bleistift abbrach und er sich einen von unserem Gastgeber ausleihen mußte; schließlich lieh er sich auch noch ein Messer, um seinen eigenen zu spitzen. Dasselbe merkwürdige Mißgeschick stieß ihm auch in den Zimmern des Inders zu – ein stiller kleiner Bursche mit Hakennase, der uns mißtrauisch ansah und offensichtlich froh war, als Holmes seine architektonischen Studien beendet hatte. Ich konnte Holmes nicht anmerken, ob er in einem der beiden Fälle auf den Hinweis gestoßen war, nach dem er suchte. Nur unser dritter Besuch erwies sich als Fehlschlag. Die Außentür ging auf unser Klopfen hin nicht auf, und das einzige, was dahinter hervordrang, war ein Strom übler Beschimpfungen. »Ist mir egal, wer Sie sind. Scheren Sie sich zum Teufel!« brüllte die wütende Stimme. »Ich hab morgen Prüfung, und ich laß mich von niemand ablenken!«

»Ein rüder Kerl«, sagte unser Führer rot vor Wut, als wir die Treppe hinunter zurückgingen. »Er hat natürlich nicht gemerkt, daß ich es war, der geklopft hat; trotzdem war sein Benehmen sehr unhöflich und unter diesen Umständen wahrhaftig auch ziemlich verdächtig.«

Holmes Erwiderung war sonderbar.

»Können Sie mir seine genaue Größe angeben?« fragte er.

»Also wirklich, Mr. Holmes, das kann ich nicht genau sagen. Er ist größer als der Inder, nicht so groß wie Gilchrist. Fünf Fuß sechs Zoll dürften ungefähr hinkommen.«

»Das ist sehr wichtig«, sagte Holmes. »Und jetzt wünsche ich Ihnen eine gute Nacht, Mr. Soames.«

Überrascht und bestürzt schrie unser Führer laut auf. »Um Himmels willen, Mr. Holmes, Sie wollen mich doch nicht so unvermittelt allein lassen? Sie verkennen anscheinend die Lage. Morgen ist die Prüfung. Ich muß die Sache noch heute nacht zum Abschluß bringen. Es ist mir unmöglich, die Prüfung stattfinden zu lassen, wenn sich jemand an den Papieren zu schaffen gemacht hat. Wir müssen uns der Situation stellen.«

»Sie müssen das jetzt auf sich beruhen lassen. Morgen früh komme ich bei Ihnen vorbei, dann plaudern wir über die Angelegenheit. Möglicherweise bin ich dann schon in der Lage, einen Lösungsweg aufzuzeigen. Inzwischen können Sie nichts daran ändern – überhaupt nichts.«

»Wie Sie meinen, Mr. Holmes.«

»Sie können vollkommen beruhigt sein. Wir werden bestimmt einen Ausweg aus Ihren Schwierigkeiten finden. Den schwarzen Lehm und die Bleistiftschnitzel nehme ich mit. Good-bye.«

Als wir draußen in der Dunkelheit des Innenhofs waren, sahen wir noch einmal zu den Fenstern hoch. Der Inder durchmaß noch immer sein Zimmer. Die anderen waren nicht zu sehen.

»Nun, Watson, was halten Sie davon?« fragte Holmes, als wir auf die Hauptstraße hinaustraten. »Ein richtiges nettes Gesellschaftsspielchen – eine Art Gimelblättchen, nicht? Drei Männer – einer davon muß es sein. Wählen Sie. Welchen nehmen Sie?«

»Den unflätigen Schreihals von oben. Er hat den schlechtesten Ruf. Allerdings war dieser Inder auch ein verschlagener Bursche. Wieso läuft er dauernd in seinem Zimmer hin und her?«

»Das hat nichts zu sagen. Das tun viele, wenn sie etwas auswendig zu lernen versuchen.«

»Er hat uns merkwürdig angesehen.«

»Das würden Sie auch, wenn ein Haufen Fremder Sie überfiele, wenn Sie sich auf eine Prüfung am nächsten Tag vorbereiteten und jede Minute kostbar wäre. Nein, das besagt nichts. Auch die Bleistifte und Messer – alles zufriedenstellend. Aber dieser *eine* Kerl verwirrt mich.«

»Wer?«

»Nun, Bannister, der Diener. Welche Rolle spielt der bei der Sache?«

»Er hat einen vollkommen ehrlichen Eindruck auf mich gemacht.«

»Auf mich auch. Das ist ja das Verwirrende. Warum sollte ein vollkommen ehrlicher Mann – nun, nun, dort ist ein Schreibwarenladen. Beginnen wir mit unseren Ermittlungen hier.«

Es gab nur vier nennenswerte Schreibwarenhandlungen in der Stadt, und in jeder zeigte Holmes seine Bleistiftschnitzel und bot viel für ein Duplikat. Alle waren sich darin einig, daß man einen bestellen könnte, daß es sich aber um eine ungewöhnliche Bleistiftgröße handelte, die man nur selten auf Lager nehme. Meinen Freund schien dieser Mißerfolg nicht zu bedrücken, er zuckte vielmehr in halb komischer Resignation die Schultern.

»Zwecklos, mein lieber Watson. Dieser beste und einzige entscheidende Hinweis hat sich in Nichts aufgelöst. Ich zweifle allerdings kaum daran, daß wir den Fall auch so hinreichend erklären können. Herrje! Mein lieber Mann, es ist fast neun, und die Wirtin hat was von grünen Erbsen um halb acht gefaselt. Bei Ihrem ewigen Tabak, Watson, und Ihren unregelmäßigen Mahlzeiten gehe ich davon aus, daß man Ihnen fristlos kündigen wird und daß ich an Ihrem Hinauswurf teilhaben werde – jedoch erst, wenn wir das Problem des nervösen Tutors, des nachlässigen Dieners und der drei verwegenen Studenten gelöst haben werden.«

Holmes spielte an diesem Tag nicht mehr auf die Sache an, obwohl er nach unserem verspäteten Abendessen lange Zeit gedankenverloren dasaß. Am Morgen trat er um acht Uhr in mein Zimmer, als ich gerade meine Toilette beendete.

»Nun, Watson«, sagte er, »Zeit, daß wir zum St. Luke's hinübergehen. Schaffen Sie's auch ohne Frühstück?«

»Sicher.«

»Soames wird furchtbar zappelig sein, ehe wir ihm nicht etwas Positives zu vermelden haben.«

»Haben Sie ihm etwas Positives zu sagen?«

»Das möchte ich meinen.«

»Sie sind zu einem Schluß gekommen?«

»Ja, mein lieber Watson. Ich habe das Geheimnis gelöst.«

»Aber was für neues Beweismaterial haben Sie denn?«

»Ha! Ich bin nicht umsonst zur Unzeit von sechs Uhr aufgestanden! Ich habe zwei Stunden harte Arbeit investiert und mindestens fünf Meilen zurückgelegt, und dabei ist etwas herausgekommen. Sehen Sie sich das an!«

Er streckte seine Hand aus. Auf der Handfläche lagen drei kleine Pyramiden aus schwarzem teigigem Lehm.

»Nanu, Holmes, gestern hatten Sie doch nur zwei!«

»Und heute morgen eins mehr. Ist es nicht eine saubere Schlußfolgerung, daß daher, woher Nr. 3 stammt, auch die Nrn. 1 und 2 stammen müssen, Watson? Nun, kommen Sie, wir wollen Freund Soames von seiner Pein erlösen.«

Der unglückliche Tutor befand sich allerdings in einem jämmerlich aufgewühlten Zustand, als wir seine Gemächer betraten. In wenigen Stunden würden die Prüfungen beginnen, und er stand noch immer vor dem Dilemma, entweder die Tatsachen bekanntzumachen oder dem Schuldigen zu gestatten, sich um das wertvolle Stipendium zu bewerben. So groß war seine innere Erregung, daß er kaum stehenbleiben konnte und gierig mit ausgestreckten Händen auf Holmes zulief.

»Gott sei Dank, daß Sie gekommen sind! Ich fürchtete schon, Sie hätten die Sache als hoffnungslos fahren lassen. Was soll ich tun? Kann das Examen weitergehen?«

»Ja; lassen Sie es unter allen Umständen stattfinden.«

»Aber dieser Schuft –?«

»Er wird nicht teilnehmen.«

»Sie wissen, wer es war?«

»Ich denke schon. Wenn diese Angelegenheit nicht bekannt werden soll, müssen wir uns mit gewissen Vollmachten ausstatten und ein kleines privates Kriegsgericht konstituieren. Sie setzen sich bitte dorthin, Soames! Watson, Sie hierhin! Ich nehme den Lehnstuhl in der Mitte. Wir dürften jetzt einen hinreichend imposanten Eindruck machen, um einen Schuldigen in Schrecken zu versetzen. Wollen Sie bitte die Glocke läuten!«

Bannister kam herein und schrak in offensichtlicher Furcht und Überraschung vor unserer gerichtsmäßigen Erscheinung zurück.

»Seien Sie so gut und schließen Sie die Tür«, sagte Holmes. »Und nun, Bannister, erzählen Sie uns bitte die Wahrheit über den gestrigen Vorfall.«

Der Mann erbleichte bis unter die Haarwurzeln.

»Ich habe Ihnen alles gesagt, Sir.«

»Und Sie haben nichts hinzuzufügen?«

»Überhaupt nichts, Sir.«

»Nun, dann muß ich Ihnen einige Vermutungen nahelegen. Als Sie sich gestern in diesem Sessel niederließen, taten Sie dies, um irgendeinen Gegenstand zu verbergen, der einen Hinweis auf den Eindringling gegeben hätte?«

Bannister wurde totenbleich.

»Nein, Sir; bestimmt nicht.«

»Es ist ja nur eine Vermutung«, sagte Holmes liebreich. »Ich gestehe ganz offen, daß ich sie nicht beweisen kann. Doch scheint es mir recht wahrscheinlich, da Sie, gleich nachdem Mr. Soames sich hinwegbegeben hatte, den Mann, der sich in diesem Schlafzimmer versteckt hielt, herausgelassen haben.«

Bannister leckte sich über die trockenen Lippen.

»Kein Mensch war dort, Sir.«

»Ach, das ist aber schade, Bannister. Bis jetzt hätten Sie die Wahrheit sagen können, doch nun weiß ich, daß Sie gelogen haben.«

Das Gesicht des Mannes nahm einen Ausdruck mürrischen Trotzes an.

»Kein Mensch war dort, Sir.«

»Ach kommen Sie, Bannister.«

»Wirklich, Sir; niemand war da.«

»In diesem Fall können Sie uns nicht weiterhelfen. Würden Sie bitte im Zimmer bleiben? Stellen Sie sich dort an die Tür zum Schlafzimmer. Nun, Soames, möchte ich Sie um den großen Gefallen bitten, zum Zimmer des jungen Gilchrist hinaufzugehen und ihn zu bitten, in das Ihre herunterzukommen.«

Bald darauf kam der Tutor in Begleitung des Studenten zurück. Es war ein Mann von schöner Gestalt, groß, geschmeidig und behende; er hatte einen federnden Gang und ein angenehmes offenes Gesicht. Er sah uns nacheinander mit seinen besorgten blauen Augen an und stellte sich schließlich mit einem Ausdruck blanken Entsetzens über Bannisters Anwesenheit in die hinterste Ecke.

»Schließen Sie bitte die Tür«, sagte Holmes. »Nun, Mr. Gilchrist, wir sind hier ganz unter uns, und niemand braucht je ein Wort von dem, was hier geschieht, zu erfahren. Wir können vollkommen offen zueinander sein. Mr. Gilchrist, wir möchten wissen, wie Sie, ein ehrbarer Mann, nur dazu kommen konnten, eine Tat wie die gestrige zu begehen?«

Der unglückliche Jüngling taumelte zurück und warf Bannister einen entsetzten und vorwurfsvollen Blick zu.

»Nein nein, Mr. Gilchrist, Sir; ich habe kein Wort gesagt – kein einziges Wort!« schrie der Diener.

»Richtig; nun haben Sie es aber getan«, sagte Holmes.

»Nun, Sir, Sie werden einsehen, daß Ihre Lage nach Bannisters Worten hoffnungslos ist und daß Ihre einzige Chance in einem freimütigen Geständnis liegt.«

Einen Augenblick lang versuchte Gilchrist mit erhobener Hand seine Leidensmiene zu beherrschen. Dann aber fiel er neben dem Tisch auf die Knie, begrub sein Gesicht in den Händen und brach in ein heftiges Schluchzen aus.

»Kommen Sie, kommen Sie«, sagte Holmes freundlich. »Irren ist menschlich, und zumindest kann niemand Sie beschuldigen, Sie seien ein gefühlloser Verbrecher. Vielleicht wäre es leichter für Sie, wenn ich Mr. Soames erzählen würde, was vorgefallen ist, und Sie verbessern mich nur, wo ich unrecht habe. Soll ich? Nun, nun, Sie brauchen nicht zu antworten. Hören Sie zu, Sie werden sehen, daß ich Ihnen nicht Unrecht tue.

Von dem Moment an, Mr. Soames, da Sie mir sagten, daß niemand, nicht einmal Bannister, hätte wissen können, daß diese Papiere in Ihrem Zimmer seien, begann der Fall für mich eine bestimmte Form anzunehmen. Den Drucker konnte man natürlich außer acht lassen. Der hätte die Papiere ja in seinem eigenen Büro untersuchen können. Der Inder kam für mich ebenfalls nicht in Betracht. Wenn die Fahnenabzüge zusammengerollt waren, hatte er wohl kaum erkennen können, worum es sich dabei handelte. Andererseits hielt ich es für einen undenkbaren Zufall, daß sich ausgerechnet an dem Tag, an dem die Papiere hier auf dem Tisch lagen, jemand unterstanden haben sollte, dieses Zimmer zu betreten. Diese Idee ließ ich fallen. Der Eindringling wußte, daß diese Papiere hier waren. Woher wußte er es?

Als ich hierherkam, untersuchte ich Ihr Fenster. Ihre Unterstellung, ich dächte über die Möglichkeit nach, jemand sei bei hellichtem Tage, im Blickfeld all dieser Fenster gegenüber durch das Fenster eingestiegen, amüsierte mich. Eine solche Vorstellung war absurd. Ich habe nachgemessen, wie groß ein Mann sein müßte, um im Vorbeigehen sehen zu können, was für Papiere hier auf dem Tisch in der Mitte liegen. Ich selbst bin sechs Fuß groß, und ich konnte mit Mühe hineinsehen. Jeder Kleinere hätte keine Chance. Und schon hatte ich, wie Sie sehen, Grund zu der Annahme, daß, falls einer Ihrer drei Studenten ungewöhnlich groß sein sollte, dieser der beachtenswerteste von den dreien wäre.

Ich kam hier herein und vertraute Ihnen meine Vermutungen über diesen Nebentisch an. Der Tisch in der Mitte sagte mir erst etwas, als Sie in Ihrer Beschreibung Gilchrists erwähnten, daß er Weitspringer sei. Da war mir das Ganze im Handumdrehn klar, und ich brauchte nur noch gewisse erhärtende Beweise, auf die ich auch rasch stieß.

Folgendes ist geschehen: Dieser Junge hatte seinen Nachmittag auf dem Sportplatz verbracht, wo er Weitsprung geübt hatte. Als er davon zurückkam, trug er noch seine Sprungschuhe, die, wie Ihnen bekannt ist, mit etlichen Nägeln versehen sind. Als er an Ihrem Fenster vorbeikam, sah er aufgrund seiner beträchtlichen Größe jene Fahnenabzüge auf Ihrem Tisch und reimte sich zusammen, worum es sich dabei handelte. Es wäre gar nichts Böses geschehen, wenn er nicht, als er an Ihrer Tür vorbeikam, den Schlüssel bemerkt hätte, der durch die Nachlässigkeit Ihres Dieners dort steckengeblieben war. Ihn überkam der plötzliche Impuls, hineinzugehen und nachzusehen, ob es sich wirklich um die Fahnen handelte. Die Sache war nicht gefährlich, da er immer vorgeben konnte, er sei einfach vorbeigekommen, um irgend etwas zu fragen.

Nun, als er sah, daß es tatsächlich die Fahnen waren, erlag er der Versuchung. Seine Schuhe stellte er auf den Tisch. Was haben Sie eigentlich auf den Sessel am Fenster gelegt?«

»Handschuhe«, sagte der junge Mann.

Holmes warf Bannister einen triumphierenden Blick zu.

»Er legte also seine Handschuhe auf den Sessel und nahm die Fahnen Blatt für Blatt, um sie abzuschreiben. Er glaubte, der Tutor müßte durch das Haupttor zurückkommen, so daß er ihn sehen würde. Wie wir wissen, kam er aber durch den Nebeneingang. Mit einemmal hörte er ihn direkt vor der Tür. Flucht war nicht mehr möglich. Er vergaß seine Handschuhe, raffte aber seine Schuhe zusammen und jagte ins Schlafzimmer. Wie Sie sehen, ist der Kratzer auf diesem Tisch an einem Ende nur geringfügig, vertieft sich aber in Richtung auf die Schlafzimmertür zu. Dies allein genügt schon, um uns zu zeigen, daß die Schuhe in dieser Richtung gezogen wurden und daß der Übeltäter dort Zuflucht gesucht hatte. Ein Stück Erde von einem Nagel war auf dem Tisch geblieben, ein zweites löste sich im Schlafzimmer und fiel dort zu Boden. Ich darf hinzufügen, daß ich heute morgen zum Sportplatz gegangen bin; ich sah, daß dieser zähe schwarze Lehm in der Sprunggrube benutzt wird, und brachte ein Stück davon mit sowie etwas von der feinen Lohe oder dem Sägemehl, die darübergestreut ist, damit die Sportler nicht ausrutschen. Habe ich die Wahrheit gesagt, Mr. Gilchrist?«

Der Student hatte sich aufgerichtet.

»Ja, Sir, es stimmt.«

»Gütiger Himmel, sonst haben Sie nichts zu sagen?« rief Soames.

»Doch, Sir, das habe ich. Aber das Entsetzen über diese schmachvolle Bloßstellung hat mich verwirrt. Ich habe hier einen Brief, Mr. Soames, den ich Ihnen heute morgen nach einer schlaflosen Nacht geschrieben habe. Und zwar noch ehe ich wußte, daß mein Vergehen entdeckt worden war. Hier ist er, Sir. Sie werden sehen, daß ich geschrieben habe: ›Ich habe mich dafür entschieden, mich nicht an der Prüfung zu beteiligen. Mir ist eine Offiziersstelle bei der Rhodesischen Polizei angeboten worden, und ich werde mich unverzüglich nach Südafrika begeben.‹«

»Es freut mich wirklich zu hören, daß Sie nicht vorhatten, aus Ihrem unfairen Vorteil Nutzen zu ziehen«, sagte Soames. »Aber wieso haben Sie Ihren Entschluß geändert?«

Gilchrist zeigte auf Bannister.

»Dieser Mann hat mich auf den richtigen Pfad geschickt«, sagte er.

»Kommen Sie schon, Bannister«, sagte Holmes. »Aus dem, was ich gesagt habe, wird Ihnen klar sein, daß nur Sie diesen jungen Mann herausgelassen haben können, da Sie alleine in dem Zimmer zurückgeblieben sind und die Tür abgeschlossen haben müssen, als Sie hinausgingen. Was seine Flucht durch dieses Fenster betrifft – das war unglaubhaft. Wollen Sie nicht den letzten Punkt dieses Rätsels aufklären und uns den Grund für Ihr Handeln angeben?«

»Es wäre ihnen recht leicht gefallen, Sir, wenn Sie das nur gewußt hätten; bei aller Ihrer Schlauheit konnten Sie es aber einfach nicht wissen. Früher einmal war ich Butler vom alten Sir Jabez Gilchrist, dem Vater dieses jungen Gentleman, Sir. Als er Bankrott machte, ging ich als Diener hier ans College, doch habe ich meinen alten Arbeitgeber nie vergessen, nur weil er nichts mehr galt auf der Welt. Um der alten Zeiten willen kümmerte ich mich, so gut ich konnte, um seinen Sohn. Nun, Sir, als ich gestern, nachdem der Alarm gegeben worden war, dieses Zimmer betrat, sah ich als erstes Mr. Gilchrists braune Handschuhe auf diesem Sessel liegen. Ich kannte diese Handschuhe gut, und ich begriff, was sie bedeuteten. Wenn Mr. Soames sie gesehen hätte, wäre alles aus gewesen. Ich ließ mich in diesen Sessel fallen, und nichts konnte mich dort herausbringen, bis Mr. Soames Sie holen ging. Dann kam mein armer junger Herr heraus, den ich früher auf den Knien geschaukelt hatte, und gestand mir alles. War es nicht natürlich, Sir, daß ich ihn retten wollte, und war es nicht auch natürlich, daß ich versuchte, so zu ihm zu sprechen, wie es sein toter Vater getan haben würde, und ihm begreiflich zu machen, daß er von einer solchen Tat nicht profitieren dürfe? Können Sie mich dafür tadeln, Sir?«

»Nein, wahrhaftig nicht!« sagte Holmes herzlich, indem er aufsprang. »Nun, Soames, ich denke, wir haben Ihr kleines Problem aufgeklärt, und zu Hause wartet unser Frühstück auf uns. Kommen Sie, Watson! Und was Sie betrifft, Sir, so bin ich zuversichtlich, daß Sie in Rhodesien eine glänzende Zukunft erwartet. Dies eine Mal sind Sie tief gesunken. Zeigen Sie uns nun, wie hoch Sie sich in der Zukunft erheben können.«

DER GOLDENE KNEIFER

Wenn ich die drei umfangreichen Manuskriptbände betrachte, in denen unsere Arbeit des Jahres 1894 enthalten ist, muß ich gestehen, daß es mir sehr schwer fällt, aus einem solchen Reichtum an Material diejenigen Fälle auszuwählen, die nicht nur für sich allein die interessantesten sind, sondern die gleichzeitig auch am ehesten dazu geeignet sind, jene eigentümlichen Fähigkeiten ins Licht zu rücken, die meinen Freund so berühmt gemacht haben. Indem ich darin herumblättere, fällt mein Blick auf die Aufzeichnungen über die widerwärtige Geschichte des roten Blutegels und des schrecklichen Todes von Crosby, dem Bankier. Des weiteren stoße ich auf einen Bericht von der Addleton-Tragödie und dem einzigartigen Inhalt eines alten britischen Hügelgrabes. Die berühmte Affäre der Smith-Mortimer-Nachfolge fällt ebenfalls in diesen Zeitraum, wie auch die Verfolgung und Verhaftung Hurets, des Boulevard-Attentäters – eine Großtat, die Holmes einen handschriftlichen Dankesbrief des französischen Präsidenten und den Orden der Ehrenlegion einbrachte. Jeder dieser Fälle gäbe eine Erzählung ab, doch neige ich im großen und ganzen zu der Ansicht, daß keiner davon derart vieles einzigartig Interessante in sich vereinigt wie die Episode von Yoxley Old Place, welche nicht nur den beklagenswerten Tod des jungen Willoughby Smith, sondern auch jene darauf folgenden Entwicklungen umfaßt, die ein so sonderbares Licht auf die Ursachen dieses Verbrechens geworfen haben.

Es war eine wilde stürmische Nacht gegen Ende November. Holmes und ich saßen den ganzen Abend schweigend beisammen – er mit starker Lupe beim Entziffern der Reste des ursprünglichen Textes auf einem Palimpsest, ich tief in die Lektüre einer kürzlich erschienenen chirurgischen Abhandlung versunken. Draußen heulte der Wind durch die Baker Street, wozu der Regen heftig gegen unsere Fenster schlug. Es war wunderlich, so mitten in der Stadt, im Umkreis von zehn Meilen von Menschenwerk umgeben, den eisernen Griff der Natur zu spüren und sich bewußt zu sein, daß London diesen gewaltigen elementaren Mächten nicht mehr bedeutete als die vielen Maulwurfshügel auf den Äckern. Ich trat ans Fenster und sah auf die verlassene Straße hinaus. Gelegentlich schimmerte eine Laterne auf der weiten Fläche der schlammigen Straße und des glänzenden Pflasters. Eine einsame Kutsche kam platschend von der Oxford Street heran.

»Nun, Watson, wie schön, daß wir heute abend nicht hinausmüssen«, sagte Holmes, indem er seine Lupe beiseite legte und das Palimpsest zusammenrollte. »Ich habe für heute genug getan. Es ist eine anstrengende Arbeit für die Augen. Soweit ich erkennen kann, handelt es sich um nichts Aufregenderes als das Wirtschaftsbuch eines Klosters aus der zweiten Hälfte des fünfzehnten Jahrhunderts. Hallo! Hallo! Hallo! Was ist das?«

Das Dröhnen des Winds war vom Stampfen eines Pferdehufs und dem langgezogenen Knirschen eines Rades übertönt worden, das am Bordstein entlangscheuerte. Der Wagen, den ich gesehen hatte, hatte vor unserer Tür haltgemacht.

»Was mag der nur wollen?« stieß ich hervor, als dem Wagen ein Mann entstieg.

»Wollen! Der braucht uns. Mein armer Watson, wir werden Mäntel, Halsbinden und Galoschen und sämtliche anderen Hilfsmittel brauchen, die der Mensch je im Kampf gegen das Wetter erfunden hat. Warten Sie aber noch! Die Kutsche fährt wieder ab! Es besteht noch Hoffnung. Er hätte sie warten lassen, wenn er uns hätte mitnehmen wollen. Laufen Sie hinunter, mein Lieber, und machen Sie die Tür auf, denn unsere tugendsamen Nachbarn sind alle schon längst im Bett.«

Als das Licht der Flurlampe auf unseren mitternächtlichen Besucher fiel, hatte ich keine Schwierigkeiten, ihn zu erkennen. Es war der junge Stanley Hopkins, ein vielversprechender Polizist, an dessen Karriere Holmes schon mehrmals ein sehr handfestes Interesse gezeigt hatte.

»Ist er da?« fragte er gespannt.

»Kommen Sie nur, mein lieber Sir«, kam von oben Holmes' Stimme. »Ich hoffe, Sie haben in einer Nacht wie dieser keinen Anschlag auf uns vor.«

Der Polizist stieg die Treppe hoch, und unsere Lampe schimmerte auf seinem glänzenden Regenmantel. Ich half ihm heraus, während Holmes das Holz im Kamin auflodern ließ.

»Nun, mein lieber Hopkins, kommen Sie näher und wärmen Sie Ihre Füße auf«, sagte er. »Hier haben Sie eine Zigarre, und unser Arzt verschreibt Ihnen heißes Wasser mit Zitrone – eine gute Medizin in einer Nacht wie dieser. Es muß etwas Wichtiges sein, das Sie in einem solchen Sturm nach draußen getrieben hat.«

»In der Tat, Mr. Holmes. Ich hatte einen geschäftigen Nachmittag, kann ich Ihnen sagen. Haben Sie in den neuesten Zeitungen schon von dem Yoxley-Fall gelesen?«

»Ich habe heute nichts Neueres als das fünfzehnte Jahrhundert gelesen.«

»Nun ja, es war nur ein Absatz, und der war auch noch völlig falsch, so daß Sie überhaupt nichts verpaßt haben. Ich habe heute keine Spinnweben angesetzt. Yoxley liegt unten in Kent, sieben Meilen von Chatham und drei von der Eisenbahnstrecke. Um drei Uhr fünfzehn hat man mich telegrafisch dorthin bestellt, um fünf bin ich in Yoxley Old Place angekommen, habe meine Ermittlungen durchgeführt und bin mit dem letzten Zug nach Charing Cross und von dort direkt mit dem Wagen zu Ihnen gefahren.«

»Und das bedeutet, nehme ich an, daß Sie mit Ihrem Fall nicht ganz zu Rande kommen?«

»Es bedeutet, daß ich einfach nicht schlau daraus werde. Soweit ich erkennen kann, ist das die verwirrendste Sache, die mir je untergekommen ist, dabei schien sie auf den ersten Blick so einfach, daß man glaubte, gar nicht fehlgehen zu können. Es gibt kein Motiv, Mr. Holmes. Das ist es, was mich beunruhigt – ich kann einfach kein Motiv finden. Wir haben einen Toten – das ist nicht von der Hand zu weisen –, aber soweit ich sehe, gibt es auf der ganzen Welt keinen Grund, warum irgend jemand ihm etwas zuleide tun sollte.«

Holmes entzündete eine Zigarre und lehnte sich in seinen Sessel zurück.

»Dann erzählen Sie mal«, sagte er.

»Meine Fakten habe ich schön beisammen«, sagte Stanley Hopkins. »Alles, was ich jetzt noch wissen will, ist, was sie zu bedeuten haben. Die Geschichte hat sich, soweit ich erkennen kann, folgendermaßen abgespielt: Vor einigen Jahren hat ein älterer Herr, der sich als Professor Coram vorgestellt hat, dieses Landhaus Yoxley Old Place übernommen. Er ist invalide und verbrachte die halbe Zeit im Bett, die andere Hälfte humpelte er am Stock ums Haus herum oder ließ sich vom Gärtner im Rollstuhl durch den Garten schieben. Bei den wenigen Nachbarn, die ihn besuchten, war er beliebt, und er steht dort im Ruf eines sehr gelehrten Mannes. Sein Haushalt besteht aus einer ältlichen Wirtschafterin, Mrs. Marker, und dem Dienstmädchen Susan Tarlton. Diese beiden sind schon seit seinem Einzug bei ihm, und sie scheinen Frauen von hervorragendem Charakter zu sein. Der Professor schreibt an einem gelehrten Buch, und vor einem Jahr hat er es für notwendig gehalten, einen Sekretär einzustellen. Die ersten beiden, mit denen er es versuchte, sagten ihm nicht zu. Aber der dritte, Mr. Willoughby Smith, ein sehr junger Mann, der gerade sein Studium beendet hatte, schien den Ansprüchen seines Arbeitgebers genau zu entsprechen. Seine Arbeit bestand darin, den ganzen Vormittag nach dem Diktat des Professors zu schreiben, und die Abende verbrachte er gewöhnlich damit, Verweisstellen und Kapitel herauszusuchen, die sich auf die Arbeit des folgenden Tages bezogen. Niemand hatte je etwas an diesem Willoughby Smith auszusetzen – weder in seiner Kindheit in Uppingham noch in seiner Jugend in Cambridge. Ich habe seine Zeugnisse gesehen: Er war von Anfang an ein anständiger, ruhiger, fleißiger Bursche ohne irgendeine schwache

Stelle. Und doch ereilte ihn heute morgen im Arbeitszimmer des Professors unter Umständen, die eindeutig auf Mord weisen, der Tod.«

Der Wind heulte und brüllte an den Fenstern. Holmes und ich rückten näher ans Feuer, während der junge Inspektor langsam und Punkt für Punkt seine eigenartige Erzählung vor uns entwickelte.

»Auch wenn Sie ganz England danach absuchten«, sagte er, »dürften Sie keinen Haushalt finden, der selbstgenügsamer oder von äußeren Einflüssen freier wäre. Manchmal vergingen ganze Wochen, in denen niemand über das Gartentor hinausging. Der Professor war in seine Arbeit vergraben und existierte für nichts anderes. Der junge Smith kannte niemanden in der Nachbarschaft und lebte ziemlich so wie sein Arbeitgeber. Die beiden Frauen hatten keinen Anlaß, aus dem Haus zu gehen. Mortimer, der Gärtner, der den Rollstuhl schiebt, ist Soldat im Ruhestand – ein alter Krimkämpfer von hervorragendem Charakter. Er wohnt nicht in dem Haus, sondern in einem Dreizimmer-Cottage am hinteren Ende des Grundstücks. Und dies sind die einzigen Leute, die man auf Yoxley Old Place antreffen konnte. Dazu kommt, daß das Gartentor hundert Yards von der Straße London – Chatham entfernt liegt. Es läßt sich mit einer Klinke öffnen, und nichts hindert irgendwen, dort hineinzugehen.

Ich referiere Ihnen nun die Aussage Susan Tarltons, der einzigen Person, die etwas Bestimmtes über die Sache sagen kann. Es war vormittags, zwischen elf und zwölf Uhr. Sie war gerade damit beschäftigt, im vorderen Schlafzimmer des ersten Stocks Vorhänge aufzuhängen. Professor Coram lag noch im Bett, denn bei schlechtem Wetter steht er selten vor Mittag auf. Die Haushälterin war mit irgendeiner Arbeit im hinteren Teil des Hauses beschäftigt. Willoughby Smith war in seinem Schlafzimmer gewesen, das er auch als Wohnzimmer benutzte; aber in diesem Moment hörte das Mädchen ihn durch den Flur und die Treppe zum Arbeitszimmer hinuntergehen, das unmittelbar unter ihr lag. Gesehen hat sie ihn nicht, aber sie sagt, sie könne sich in seinem schnellen sicheren Schritt nicht getäuscht haben. Sie hörte die Tür des Arbeitszimmers nicht zugehen, aber etwa eine Minute später ertönte in dem Raum unter ihr ein furchtbarer Schrei. Ein wilder heiserer Schrei, so seltsam und unnatürlich, daß er von einem Mann oder einer Frau gleichermaßen hätte stammen können. Im selben Augenblick wurde das ganze Haus von einem schweren dumpfen Schlag erschüttert; danach war alles still. Das Mädchen stand einen Moment lang wie versteinert da, dann lief es mit neuem Mut nach unten. Die Tür des Arbeitszimmers war zu, und sie machte sie auf. Drinnen lag der junge Willoughby Smith ausgestreckt auf dem Boden. Zunächst konnte sie keine Verletzung sehen, doch als sie ihn aufzurichten versuchte, sah sie, wie ihm das Blut unten aus dem Hals strömte. Es war eine sehr kleine, aber sehr tiefe Stichwunde, die die Halsschlagader durchtrennt hatte. Das Werkzeug, mit dem ihm die Wunde beigebracht worden war, lag neben ihm auf dem Teppich. Es war so ein kleines Siegellackmesser, wie man es auf altmodischen Schreibtischen findet, mit einem Elfenbeingriff und einer starren Klinge. Es gehörte zur Ausstattung des Schreibtischs des Professors.

Zuerst glaubte das Mädchen, der junge Smith sei bereits tot, doch als sie ihm aus einer Karaffe etwas Wasser über die Stirn goß, schlug er für einen Moment die Augen auf. ›Der Professor‹, murmelte er, ›es war sie.‹ Das Mädchen ist bereit, zu beschwören, daß er genau dies gesagt hat. Er versuchte verzweifelt, noch etwas anderes zu sagen, und hielt seine rechte Hand in die Luft ausgestreckt. Dann fiel er tot zurück.

Unterdessen war auch die Haushälterin am Schauplatz eingetroffen, doch kam sie gerade zu spät, um die letzten Worte des sterbenden jungen Mannes zu hören. Sie ließ Susan bei der Leiche und eilte aufs Zimmer des Professors. Er saß furchtbar aufgeregt in seinem Bett, denn er hatte genug gehört, um davon überzeugt zu sein, daß etwas Entsetzliches geschehen war. Mrs. Marker kann beschwören, daß der Professor noch sein Nachthemd anhatte, und in der Tat war es ihm ja auch unmöglich, sich ohne die Hilfe Mortimers anzukleiden, der für zwölf Uhr zu ihm bestellt war. Der Professor erklärt, er habe einen fernen Schrei gehört, wisse aber nicht mehr. Er findet keine Erklärung für die letzten Worte des jungen Mannes, ›Der Professor – es war sie‹, sondern schreibt sie dem Fieberwahn zu. Er glaubt, daß Willoughby Smith auf der ganzen Welt keinen Feind gehabt hat, und kann keinen Grund für dieses Verbrechen angeben. Als erstes schickte er Mortimer, den Gärtner, die örtliche Polizei zu holen. Ein wenig später sandte der Polizeidirektor nach mir. Nichts wurde angerührt, ehe ich eintraf, und es wurde der strikte Befehl erteilt, daß niemand die zum Haus führenden Wege betreten sollte. Es war eine prächtige Möglichkeit, Ihre Theorien in der Praxis anzuwenden, Mr. Sherlock Holmes. Es fehlte wirklich an nichts.«

»Außer an Mr. Sherlock Holmes!« sagte mein Gefährte mit etwas bitterem Lächeln. »Nun, lassen Sie hören. Was haben Sie daraus gemacht?«

»Zunächst muß ich Sie bitten, Mr. Holmes, einen Blick auf diesen groben Plan zu werfen, der Ihnen eine allgemeine Vorstellung von der Lage des Arbeitszimmers des Professors und den anderen für den Fall bedeutsamen Stellen vermittelt. So können Sie meinen Ermittlungen besser folgen.«

Er entfaltete die grobe Skizze, die ich hier wiedergebe, und legte sie Holmes aufs Knie. Ich stand auf, stellte mich hinter Holmes und studierte sie über seine Schulter.

»Der Plan ist natürlich sehr grob und zeigt nur die Stellen, die mir wesentlich zu sein scheinen. Alles übrige werden Sie später ja selbst sehen. Nun, angenommen, der Attentäter kam von außen ins Haus, dann stellt sich als erstes die Frage: Wie ist er oder sie hineingekommen? Zweifellos über den Gartenweg und durch die Hintertür, von der aus es einen direkten Zugang zum Arbeitszimmer gibt. Jeder andere Weg wäre außerordentlich kompliziert gewesen. Die Flucht muß ebenfalls auf diesem Wege stattgefunden haben, denn von den beiden anderen Ausgängen aus dem Zimmer war der

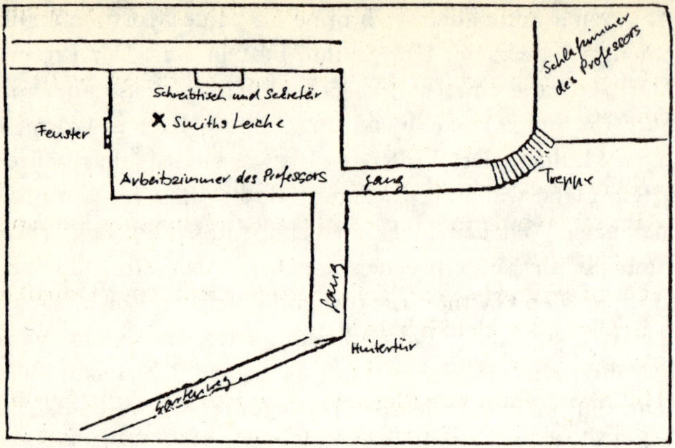

eine von Susan, die die Treppe hinunterlief, versperrt, und der andere führt direkt in das Schlafzimmer des Professors. Ich wandte meine Aufmerksamkeit daher sofort dem Gartenweg zu, der von frisch gefallenem Regen durchnäßt war und bestimmt irgendwelche Fußabdrücke zeigen würde.

Meine Untersuchung ergab, daß ich es mit einem vorsichtigen und erfahrenen Verbrecher zu tun hatte. Auf dem Weg ließen sich keinerlei Fußabdrücke ausmachen. Es war jedoch keine Frage, daß jemand auf dem Grasstreifen am Rand des Wegs gegangen war, und daß er dies getan hatte, um keine Spur zu hinterlassen. Ich konnte keinen auch nur entfernt deutlichen Abdruck finden, aber das Gras war niedergetreten, so daß unzweifelhaft jemand dort gegangen war. Das konnte nur der Mörder gewesen sein, da weder der Gärtner noch sonst jemand an diesem Morgen dagewesen war und es erst im Verlauf der Nacht zu regnen begonnen hatte.«

»Einen Augenblick«, sagte Holmes. »Wohin führt dieser Weg?«

»Zur Straße.«

»Wie lang ist er?«

»Etwa hundert Yards.«

»An der Stelle, wo der Weg durch das Tor führt, konnten Sie die Spur aber doch sicher aufnehmen?«

»Unglücklicherweise war der Pfad an dieser Stelle mit Steinplatten ausgelegt.«

»Und auf der Straße?«

»Nichts; nur zertrampelter Schlamm.«

»Tz, tz! Nun denn – diese Spuren auf dem Gras: kamen sie oder gingen sie?«

»Unmöglich zu sagen. Kein einziger deutlicher Umriß.«

»Großer oder kleiner Fuß?«

»War nicht auszumachen.«

Holmes stöhnte unwillig auf. »Seitdem hat es in Strömen geregnet und einen Hurrikan gegeben«, sagte er. »Jetzt wird diese Spur schwieriger zu lesen sein als mein Palimpsest. Nun, nun, dem ist nicht abzuhelfen. Was haben Sie unternommen, Hopkins, nachdem Sie sichergestellt hatten, daß Sie nichts sichergestellt hatten?«

»Ich denke, ich habe eine ganze Menge sichergestellt, Mr. Holmes. Ich wußte, daß jemand das Haus vorsichtig von außen betreten hatte. Als nächstes untersuchte ich den Hausflur. Er ist mit Kokosmatten ausgelegt und wies keinerlei Eindrücke auf. So kam ich nun in das Arbeitszimmer. Der Raum ist nur spärlich möbliert, hauptsächlich mit einem großen Schreibtisch mit Sekretär. Dieser Sekretär besteht aus zwei Reihen Schubladen, zwischen denen sich ein kleiner Schrank befindet. Die Schubladen standen offen, der Schrank war verschlossen. Die Schubladen waren anscheinend immer offen, und es wurde nichts von Wert darin aufbewahrt. In dem Schrank befanden sich einige wichtige Papiere, doch es gab keine Anzeichen dafür, daß sich jemand daran zu schaffen gemacht hätte, und der Professor versichert mir, daß nichts davon fehlt. Es steht fest, daß nichts gestohlen wurde.

Ich komme nun zu der Leiche des jungen Mannes. Sie wurde neben dem Sekretär gefunden, und zwar gleich links davon, wie auf der Skizze markiert. Der Einstich befand sich auf der rechten Halsseite und ging von hinten nach vorne, so daß es praktisch ausgeschlossen ist, daß er ihn sich selbst beigebracht haben könnte.«

»Es sei denn, er wäre auf das Messer gefallen«, sagte Holmes.

»Ganz recht. Das kam mir auch in den Sinn. Aber das Messer lag einige Fuß von der Leiche entfernt, so daß dies unmöglich scheint. Des weiteren haben wir natürlich die letzten Worte des Mannes. Und schließlich hielt der Tote dieses wichtige Beweisstück mit der rechten Hand umklammert.«

Stanley Hopkins zog ein kleines Päckchen aus seiner Tasche. Er entfaltete es und enthüllte einen goldenen Kneifer, an dem die beiden abgerissenen Enden einer schwarzen Seidenschnur baumelten. »Willoughby Smith sah ausgezeichnet«, fügte er hinzu. »Es kann kein Zweifel daran bestehen, daß er dies dem Attentäter vom Gesicht gerissen hat.«

Sherlock Holmes nahm die Brille in die Hand und untersuchte sie mit äußerst gespanntem Interesse. Er setzte sie sich auf die Nase, versuchte, durch sie zu lesen, ging ans Fenster und blickte damit auf die Straße, betrachtete sie sich eingehendst im vollen Licht der Lampe, und schließlich setzte er sich kichernd an den Tisch und schrieb ein paar Zeilen auf ein Stück Papier, das er dann Stanley Hopkins zuwarf.

»Mehr kann ich nicht für Sie tun«, sagte er. »Es könnte sich als ganz nützlich erweisen.«

Der verblüffte Polizist las den Zettel laut vor. Er lautete folgendermaßen:

> Gesucht: eine Frau von guter Lebensart, gekleidet wie eine Dame. Sie hat eine auffällig dicke Nase, und ihre Augen stehen sehr dicht beisammen. Sie hat Falten auf der Stirn, einen starren Gesichtsausdruck und vermutlich runde Schultern. Einiges weist darauf hin, daß sie in den letzten Monaten mindestens zweimal einen Optiker aufgesucht hat. Da sie eine bemerkenswert starke Brille besitzt, und da es nicht sehr viele Optiker gibt, dürfte es nicht schwierig sein, sie aufzuspüren.

Holmes lächelte über Hopkins' Verblüffung, die sich auf meinen Zügen widergespiegelt haben muß.

»Meine Schlüsse sind freilich durchaus einfach«, sagte er. »Es dürfte schwerfallen, irgendeinen Gegenstand zu benennen, der ein günstigeres Feld für Schlußfolgerungen bietet als eine Brille, besonders wenn es sich um eine so auffällige handelt wie diese hier. Daß sie einer Frau gehört, schließe ich aus ihrem feinen Bau und natürlich aus den letzten Worten des Sterbenden. Was ihre Vornehmheit und elegante Kleidung betrifft, so sind die Gläser, wie Sie sehen, nobel in solides Gold gefaßt, und es ist unvorstellbar, daß jemand, der eine solche Brille trug, ansonsten schlampig ausgesehen haben könnte. Sie werden feststellen, daß die Nasenbügel für Ihre Nase zu weit auseinanderstehen, was darauf hindeutet, daß die Nase der Dame an der Basis sehr breit sein muß. Solche Nasen sind gewöhnlich kurz und plump, doch gibt es davon hinreichend viele Ausnahmen, die mir verbieten, dogmatisch auf diesem Punkt meiner Beschreibung zu beharren. Ich selbst habe schon ein schmales Gesicht, und doch kann ich meine Augen nicht einmal in die Nähe des Mittelpunkts dieser Gläser bringen. Daraus folgt, daß die Augen der Dame sehr dicht zusammen stehen. Sie werden bemerken, Watson, daß die Gläser konkav und von ungewöhnlicher Stärke sind. Eine Dame, deren Sehvermögen ihr ganzes Leben lang derart eingeschränkt war, weist mit Sicherheit die physischen Merkmale eines solchen Sehvermögens auf; selbige zeigen sich auf der Stirn, an den Lidern und den Schultern.«

»Ja«, sagte ich, »ich vermag jedem Ihrer Argumente zu folgen. Jedoch muß ich gestehen, daß ich nicht nachvollziehen kann, wie Sie auf den doppelten Besuch beim Optiker kommen.«

Holmes nahm die Brille in die Hand.

»Sie werden bemerken«, sagte er, »daß die Nasenbügel mit kleinen Korkstreifen besetzt sind, welche den Druck auf die Nase mildern sollen. Einer davon ist verfärbt und schon leicht abgenutzt, aber der andere ist neu. Offenbar hat sich einer gelöst und ist ersetzt worden. Der ältere, möchte ich meinen, dürfte höchstens ein paar Monate alt sein. Da die beiden sich exakt gleichen, schließe ich, daß die Dame wegen des zweiten wieder denselben Optiker aufgesucht hat.«

»Donnerwetter! Wunderbar!« rief Hopkins ganz außer sich vor Bewunderung. »Wenn ich mir vorstelle, daß ich all diese Aussagen in der Hand hatte und nichts davon wußte! Jedoch hatte ich vor, bei den Londoner Optikern die Runde zu machen.«

»Selbstverständlich. Haben Sie uns unterdessen noch irgend etwas über den Fall zu sagen?«

»Nichts, Mr. Holmes. Ich denke, Sie wissen jetzt genausoviel darüber wie ich – womöglich mehr. Wir haben nachgeforscht, ob auf den Landstraßen oder am Bahnhof irgendwelche Fremden beobachtet worden sind. Wir haben von keinem erfahren. Was mir ein Rätsel ist, daß jegliches Motiv für das Verbrechen fehlt. Niemand kann auch nur die Spur eines Motivs angeben.«

»Ah! Hier bin ich nicht in der Lage, Ihnen zu helfen. Ich vermute aber, Sie wollen, daß wir morgen mit Ihnen hinausfahren?«

»Wenn das nicht zu viel verlangt ist, Mr. Holmes. Um sechs Uhr morgens geht von Charing Cross ein Zug nach Chatham, so daß wir zwischen acht und neun in Yoxley Old Place sein dürften.«

»Dann werden wir damit fahren. Ihr Fall weist in der Tat einige sehr interessante Züge auf, und ich werde mir das mit Vergnügen einmal ansehen. Nun, es ist gleich ein Uhr, und wir sollten uns ein paar Stunden Schlaf gönnen. Ich denke, Sie werden mit dem Sofa vor dem Kamin gut auskommen. Ich werde meine Spirituslampe anmachen und Ihnen, bevor wir aufbrechen, eine Tasse Kaffee geben.«

Am nächsten Tag hatte sich der Sturm ausgetobt, doch es war ein rauher Morgen, als wir zu unserer Fahrt aufbrachen. Wir sahen die kalte Wintersonne über dem öden Sumpfland der

Themse und den langen, trüben Flußarmen aufgehen – eine Gegend, mit der ich immer unsere Jagd auf den Mann von den Andamanen am Anfang unserer Karriere verbinden werde. Nach einer schier endlosen Fahrt stiegen wir in einem kleinen Bahnhof, ein paar Meilen von Chatham entfernt, aus. Während vorm Gasthof des Ortes ein Pferd vor eine Kutsche gespannt wurde, nahmen wir eilig ein Frühstück zu uns und waren daher gleich zum Handeln bereit, als wir endlich in Yoxley Old Place eintrafen. An der Gartentür trafen wir auf einen Polizisten.

»Nun, Wilson, gibt's was Neues?«

»Nein, Sir, nichts.«

»Nirgends sind Fremde gesehen worden?«

»Nein, Sir. Unten am Bahnhof ist man sich sicher, daß gestern kein Fremder angekommen oder abgereist ist.«

»Haben Sie in den Gasthöfen und Herbergen nachgefragt?«

»Ja, Sir; es gibt nicht einen, über den wir keine Rechenschaft ablegen könnten.«

»Nun, man kann durchaus auch zu Fuß nach Chatham kommen. Jemand könnte sich dort aufhalten oder einen Zug besteigen, ohne bemerkt zu werden. Dies ist der Gartenweg, von dem ich gesprochen habe, Mr. Holmes. Ich gebe Ihnen mein Wort, daß gestern keine Spuren darauf waren.«

»Auf welcher Seite waren die Spuren im Gras?«

»Auf dieser, Sir. Auf diesem schmalen Grasstreifen zwischen Weg und Blumenbeet. Jetzt kann ich die Spuren nicht mehr erkennen, aber gestern waren sie ganz deutlich.«

»Ja, ja; hier ist jemand gegangen«, sagte Holmes, indem er sich über den Grasstreifen beugte. »Unsere Lady muß ihre Schritte sehr sorgfältig gesetzt haben, nicht wahr, denn sonst hätte sie ja auf dem Pfad eine Spur hinterlassen, oder eine noch deutlichere auf dem weichen Beet.«

»Ja, Sir, sie muß ziemlich kaltblütig gewesen sein.«

Ich sah, wie Holmes' Miene einen gespannten Ausdruck annahm.

»Sie sagen, sie müsse hier entlang zurückgekommen sein?«

»Ja, Sir; es gibt keinen anderen Weg.«

»Über diesen Grasstreifen?«

»Sicher, Mr. Holmes.«

»Hm! Eine sehr bemerkenswerte Leistung – sehr bemerkenswert. Nun, ich denke, den Pfad haben wir ausgeschöpft. Gehen wir weiter. Dieses Gartentor ist gewöhnlich offen, nehme ich an? Dann brauchte unsere Besucherin ja nur hereinzuspazieren. Von Mord hatte sie noch nichts im Sinn, sonst hätte sie sich mit irgendeiner Waffe versehen und nicht dieses Messer vom Schreibtisch nehmen müssen. Sie schritt weiter durch diesen Flur, ohne auf den Kokosmatten Spuren zu hinterlassen. Dann befand sie sich in diesem Arbeitszimmer. Wie lange war sie hier? Wir können es nicht abschätzen.«

»Nicht länger als ein paar Minuten, Sir. Ich vergaß Ihnen zu sagen, daß Mrs. Marker, die Haushälterin, kurz vorher hier drinnen aufgeräumt hatte – etwa eine Viertelstunde vorher, sagt sie.«

»Nun, das grenzt die Sache für uns ein. Unsere Lady betritt dieses Zimmer, und was tut sie? Sie geht zu diesem Schreibtisch. Weshalb? Nicht wegen des Inhalts der Schubladen. Hätte sich dort irgend etwas Mitnehmenswertes befunden, dann wären sie sicherlich verschlossen gewesen. Nein; sondern wegen etwas in diesem hölzernen Sekretär. Hallo! Was ist denn das für ein Kratzer? Halten Sie mal ein Streichholz dran, Watson. Warum haben Sie mir davon nichts gesagt, Hopkins?«

Die Schramme, die er nun untersuchte, begann auf dem Messingbeschlag rechts vom Schlüsselloch und endete nach ungefähr vier Zoll auf dem Holz, wo sie den Firnis abgeschabt hatte.

»Bemerkt habe ich das schon, Mr. Holmes. Aber solche Kratzer findet man um ein Schlüsselloch immer.«

»Dieser hier ist neu – sehr neu. Sehen Sie, wie das Messing an der eingeritzten Stelle glänzt. Ein alter Kratzer hätte dieselbe Farbe wie seine Umgebung. Sehen Sie es sich durch meine Lupe an. Und dann der Firnis: wie Erde auf beiden Seiten einer Ackerfurche. Ist Mrs. Marker hier?«

Eine ältliche Frau mit traurigem Gesicht trat herein.

»Haben Sie diesen Sekretär gestern morgen abgestaubt?«

»Ja, Sir.«

»Ist Ihnen dieser Kratzer aufgefallen?«

»Nein, Sir, bestimmt nicht.«

»Das will ich auch meinen, denn ein Staubwedel hätte diese Firniskrümel weggewischt. Wer hat den Schlüssel zu diesem Sekretär?«

»Der Professor trägt ihn an seiner Uhrkette.«

»Ist es ein einfacher Schlüssel?«

»Nein, Sir; es ist ein Chubb-Schlüssel.«

»Sehr schön. Sie können gehen, Mrs. Marker. Langsam machen wir Fortschritte. Unsere Lady betritt das Zimmer, schreitet zum Sekretär und öffnet ihn, oder versucht es jedenfalls. Während sie hiermit beschäftigt ist, kommt der junge Willoughby Smith in das Zimmer. Indem sie hastig den Schlüssel herauszieht, kommt es zu diesem Kratzer an der Tür. Er ergreift sie, und sie schnappt nach dem nächstliegenden Gegenstand – zufällig dieses Messer hier – und schlägt nach ihm, damit er sie losläßt. Ein verhängnisvoller Schlag. Er stürzt nieder, und sie flieht – entweder mit oder ohne den Gegenstand, dessentwegen sie gekommen ist. Ist das Hausmädchen Susan hier? Könnte irgend jemand, nachdem Sie den Schrei gehört hatten, Susan, durch diese Tür entwichen sein?«

»Nein, Sir; das ist unmöglich. Noch ehe ich unten war, hätte ich jeden auf dem Flur sehen müssen. Außerdem ist die Tür gar nicht aufgegangen, denn das hätte ich gehört.«

»Damit ist dieser Ausgang erledigt. Demnach ist die Lady denselben Weg geflohen, den sie gekommen ist. Wie ich höre, führt dieser andere Flur allein zum Zimmer des Professors. Es gibt dort keinen Ausgang?«

»Nein, Sir.«

»Gehen wir also dort entlang und machen die Bekanntschaft des Professors. Holla, Hopkins! Das ist wichtig, wirklich sehr wichtig. Der Flur des Professors ist ebenfalls mit Kokosmatten ausgelegt.«

»Na und, Sir?«

»Sehen Sie keinen Bezug zu diesem Fall? Nun, nun, ich beharre nicht darauf. Zweifellos liege ich falsch. Und doch scheint mir das von Bedeutung zu sein. Kommen Sie und stellen Sie mich vor.«

Wir gingen durch den Flur, der genauso lang war wie der zum Garten führende. Am Ende befand sich eine kurze Treppenflucht, oben die Tür. Unser Führer klopfte an und geleitete uns dann in das Schlafzimmer des Professors.

Es war eine sehr große Kammer, mit unzähligen Büchern vollgestopft, die die Regale bis zum Bersten füllten und in den Ecken und rings um die Sockel der Gestelle gestapelt waren. Das Bett stand in der Mitte des Zimmers, und darin saß, mit Kissen hochgestützt, der Eigentümer des Hauses. Selten habe ich einen bemerkenswerter aussehenden Mann gesehen. Ein hageres Adlergesicht mit stechenden dunklen Augen, die in tiefen Höhlen unter buschigen, überhängenden Brauen lagen, wandte sich uns zu. Sein Haar und sein Bart waren weiß, abgesehen davon, daß letzterer um den Mund merkwürdig gelb gefleckt war. Inmitten des Gewirrs weißer Haare glomm eine Zigarette, und die Luft im Zimmer stank von abgestandenem Tabaksrauch. Als er Holmes die Hand gab, bemerkte ich, daß auch sie gelbe Nikotinflecken aufwies.

»Rauchen Sie, Mr. Holmes?« fragte er. Er sprach recht gesetzt, mit einem sonderbaren, leicht gezierten Tonfall. »Nehmen Sie doch bitte eine Zigarette. Und Sie, Sir? Ich kann sie empfehlen, da ich sie mir speziell von Ionides in Alexandria anfertigen lasse. Er schickt mir immer tausend auf einmal, und ich sage mit Bedauern, daß ich alle zwei Wochen frischen Nachschub bestellen muß. Schlimm, Sir, ganz schlimm; aber ein alter Mann hat nur wenige Vergnügungen. Tabak, und meine Arbeit – mehr ist mir nicht geblieben.«

Holmes hatte sich eine Zigarette angemacht und verschoß pfeilschnelle kleine Blicke durch den ganzen Raum.

»Tabak und meine Arbeit, aber jetzt nur noch Tabak«, rief der alte Mann aus. »Ach, welch fatale Unterbrechung! Wer hätte eine solch furchtbare Katastrophe vorhersehen können? So ein schätzbarer junger Mann! Ich versichere Ihnen, nach wenigen Monaten Einarbeitung war er ein vortrefflicher Assistent. Was halten Sie von der Sache, Mr. Holmes?«

»Ich bin noch zu keinem Schluß gekommen.«

»Ich werde Ihnen wahrhaftig Dank wissen, wenn Sie dorthin, wo uns alles so dunkel ist, Licht bringen können. Für einen armen Bücherwurm und Invaliden wie mich ist ein solcher Schlag lähmend. Die Denkfähigkeit scheint mir verlorengegangen zu sein. Sie aber sind ein Mann der Tat – Sie sind ein vielseitiger Mann. So etwas gehört zur täglichen Routine Ihres Lebens. Sie können in jeder Notsituation Ihren Gleichmut bewahren. Wir können uns glücklich schätzen, Sie zur Seite zu haben.«

Während der alte Professor sprach, schritt Holmes an einer Seite des Zimmers auf und ab. Ich beobachtete, daß er mit außerordentlicher Geschwindigkeit rauchte. Offensichtlich teilte er die Vorliebe unseres Gastgebers für diese frischen alexandrinischen Zigaretten.

»Ja, Sir, ein niederschmetternder Schlag«, sagte der Alte. »Dies dort ist mein *magnum opus* – der Stapel Papiere auf dem Nebentisch dort hinten. Es ist meine Analyse der in den koptischen Klöstern Syriens und Ägyptens entdeckten Dokumente, ein Werk, das tief an den Fundamenten der geoffenbarten Religion schürfen wird. Ich weiß wirklich nicht, ob ich es bei meiner geschwächten Gesundheit, und da mir nun mein Assistent genommen wurde, jemals werde abschließen können. Du liebe Zeit, Mr. Holmes; na sowas, Sie rauchen ja noch schneller als ich selbst.«

Holmes lächelte.

»Ich bin Kenner«, sagte er, entnahm der Schachtel eine weitere Zigarette – seine vierte – und entzündete sie am Stummel der gerade ausgerauchten. »Ich möchte Sie nicht mit einem langwierigen Kreuzverhör belästigen, Professor Coram, zumal ich annehme, daß Sie zur Tatzeit im Bett waren und nichts davon mitbekommen haben können. Ich wollte Sie nur dies eine fragen – Was hat dieser arme Bursche Ihrer Meinung nach mit seinen letzten Worten sagen wollen: ›Der Professor – es war sie‹?«

Der Professor schüttelte den Kopf.

»Susan ist ein Mädchen vom Lande«, sagte er, »und Sie kennen ja die unglaubliche Beschränktheit dieser Leute. Ich stelle mir vor, daß der arme Bursche ein paar zusammenhanglose, fiebrige Worte murmelte und daß sie die zu dieser sinnlosen Botschaft zurechtgebogen hat.«

»Aha. Sie selbst haben keine Erklärung für diese Tragödie?«

»Vielleicht ein Unfall; vielleicht – das nur ganz leise unter uns – ein Selbstmord. Junge Männer haben ihre verborgenen Kümmernisse – irgendeine Liebesgeschichte womöglich, von der wir nie erfahren haben. Eine solche Annahme ist wahrscheinlicher als ein Mord.«

»Aber der Kneifer?«

»Ah! Ich bin nur ein Forscher – ein Mann der Träume. Die praktischen Lebensdinge vermag ich nicht zu erklären. Und doch, mein Freund, wissen wir, in welch sonderbaren Formen Liebespfänder auftreten können. So nehmen Sie doch noch eine Zigarette. Es ist ein Vergnügen zu sehen, daß jemand sie so zu schätzen weiß. Ein Fächer, ein Handschuh, eine Brille – wer weiß, was für Dinge ein Mann, der seinem Leben ein Ende setzt, als liebes Andenken mit sich nimmt? Dieser Gentleman spricht von Fußspuren auf dem Gras; doch kann man sich bei dergleichen leicht täuschen. Was das Messer betrifft, so kann es der Unglückliche durchaus im Niederstürzen weggeworfen haben. Vielleicht rede ich wie ein Kind, aber mir scheint, daß Willoughby Smith durch eigene Hand von uns gegangen ist.«

Holmes schien von dieser so vorgebrachten Theorie beeindruckt und ging eine Zeitlang weiter auf und ab, ganz in Gedanken verloren und eine Zigarette nach der anderen rauchend.

»Sagen Sie mir, Professor Coram«, meinte er schließlich, »was befindet sich in diesem Schrank am Schreibtisch?«

»Nichts, was einem Dieb nützen könnte. Familienpapiere, Briefe meiner armen Frau, Diplome von Universitäten, die mich geehrt haben. Hier ist der Schlüssel. Sie können es sich ja ansehen.«

Holmes nahm den Schlüssel und betrachtete ihn kurz; dann reichte er ihn zurück.

»Nein; ich glaube kaum, daß mich das weiterbringen würde«, sagte er. »Ich ziehe es vor, ruhig in Ihren Garten zu gehen und mir die ganze Sache durch den Kopf gehen zu lassen. Es spricht einiges für die Selbstmordhypothese, die Sie vorgebracht haben. Wir müssen uns bei Ihnen entschuldigen, daß wir Ihnen zur Last gefallen sind, Professor Coram, und ich verspreche Ihnen, daß wir Sie erst nach dem Mittagessen wieder behelligen werden. Um zwei Uhr werden wir wiederkommen und Sie von allem in Kenntnis setzen, was in der Zwischenzeit vorgefallen sein mag.«

Holmes wirkte merkwürdig zerstreut, und wir gingen eine Weile schweigend den Gartenweg auf und ab.

»Haben Sie eine Spur?« fragte ich schließlich.

»Das hängt von den Zigaretten ab, die ich geraucht habe«, sagte er. »Möglich, daß ich mich vollständig täusche. Die Zigaretten werden mich darüber aufklären.«

»Mein lieber Holmes«, rief ich aus, »wie um Himmels–«

»Nun, nun, Sie werden schon sehen. Wenn nicht, war's auch nicht schlimm. Natürlich können wir noch immer auf die Spur dieses Optikers zurückkommen, aber wenn ich eine Abkürzung nehmen kann, dann nehme ich sie auch. Ah, da haben wir ja die gute Mrs. Marker! Genießen wir fünf Minuten lehrreicher Unterhaltung mit ihr.«

Ich mag schon früher einmal bemerkt haben, daß Holmes, wenn er wollte, auf Frauen außerordentlich einnehmend wirken und ohne weiteres ihr Vertrauen erlangen konnte. In der Hälfte der von ihm genannten Zeit hatte er ihre Gunst erworben und schwatzte mit ihr, als hätte er sie seit Jahren gekannt.

»Ja, Mr. Holmes, genau wie Sie sagen, Sir. Er raucht ganz entsetzlich. Den ganzen Tag und manchmal die ganze Nacht,

Sir. Wenn man manchmal morgens in sein Zimmer kommt – nun, Sir, man glaubt, im Londoner Nebel zu stehen. Der arme junge Mr. Smith hat auch geraucht, aber nicht so schlimm wie der Professor. Seine Gesundheit – naja, keine Ahnung, ob ihm das Rauchen schadet oder nützt.«

»Ah«, sagte Holmes, »aber es läßt den Appetit vergehen.«

»Na, davon hab ich keine Ahnung, Sir.«

»Ich nehme an, der Professor ißt so gut wie gar nichts?«

»Nun, das ist verschieden, kann ich nur sagen.«

»Ich wette, er hat heute morgen nicht gefrühstückt, und nach all den Zigaretten, die ich ihn habe rauchen sehen, wird er auch sein Mittagessen nicht ansehen.«

»Tja, da sind Sie aber zufällig auf dem Holzweg, Sir, weil er nämlich heut morgen bemerkenswert gut gefrühstückt hat. Ich wüßte nicht, daß er je ein besseres zu sich genommen hat, und zum Mittagessen hat er eine ordentliche Portion Koteletts bestellt. Ich bin selbst überrascht, denn seit ich gestern in dieses Zimmer kam und den jungen Mr. Smith da auf dem Boden hab liegen sehen, hab ich keinen Bissen mehr runtergekriegt. Nun ja, es muß halt solche und solche Menschen geben, und der Professor hat sich davon den Appetit nicht verderben lassen.«

Wir vertrieben uns den Vormittag im Garten. Stanley Hopkins hatte sich ins Dorf begeben, um irgendein Gerücht über eine fremde Frau zu überprüfen, die am Morgen zuvor von ein paar Kindern auf der Chatham Road gesehen worden sein sollte. Was meinen Freund betraf, so schien ihn seine ganze gewöhnliche Energie verlassen zu haben. Nie habe ich ihn einen Fall so halbherzig angehen sehen. Selbst die von Hopkins mitgebrachte Neuigkeit, er habe die Kinder gefunden und sie hätten unzweifelhaft eine genau mit Holmes' Beschreibung übereinstimmende Frau gesehen, die auch eine Brille oder einen Kneifer getragen hätte, vermochte kein großes Interesse in ihm zu wecken. Aufmerksamer wurde er, als Susan, die uns beim Mittagessen bediente, freiwillig die Information zum besten gab, sie glaube, Mr. Smith sei gestern morgen spazierengegangen und erst eine halbe Stunde vor dem Eintritt der

Katastrophe zurückgekommen. Ich selbst vermochte die Bedeutung dieser Tatsache nicht zu erkennen, doch nahm ich deutlich wahr, daß Holmes sie in den allgemeinen Plan mit einwebte, den er sich in seinem Gehirn zurechtgelegt hatte. Plötzlich sprang er von seinem Stuhl auf und sah auf seine Uhr. »Zwei Uhr, Gentlemen«, sagte er. »Wir müssen hinaufgehen und uns mit unserem Freund, dem Professor, auseinandersetzen.«

Der Alte hatte soeben sein Mittagessen beendet, und sein leerer Teller zeugte in der Tat von dem guten Appetit, den die Haushälterin ihm nachgesagt hatte. Er sah geradezu unheimlich aus, als er uns seine weiße Mähne und seine glühenden Augen zuwandte. In seinem Mund glomm die ewige Zigarette. Er war angekleidet worden und saß jetzt in einem Lehnstuhl am Kamin.

»Nun, Mr. Holmes, haben Sie das Rätsel schon gelöst?« Er schob meinem Freund die große Zigarettendose zu, die neben ihm auf dem Tisch stand. Im selben Augenblick streckte Holmes seine Hand aus; sie stießen zusammen und kippten die Dose vom Tisch. Ein paar Minuten lang krochen wir alle auf den Knien umher und klaubten Zigaretten aus den unmöglichsten Ecken hervor. Als wir uns wieder erhoben, bemerkte ich, daß Holmes' Augen glänzten und seine Wangen gerötet waren. Ich habe diese Kampfsignale immer nur in Augenblicken der Entscheidung wehen sehen.

»Ja«, sagte er. »Ich habe es gelöst.«

Stanley Hopkins und ich schauten verblüfft drein. Über die hageren Züge des alten Professors bebte etwas wie ein höhnisches Lächeln.

»Ach wirklich! Im Garten?«

»Nein, hier.«

»Hier? Wann?«

»Gerade jetzt.«

»Sie scherzen doch wohl, Mr. Sherlock Holmes. Sie nötigen mich, Sie darauf hinzuweisen, daß diese Angelegenheit zu ernst ist, um so behandelt zu werden.«

»Ich habe jedes Glied meiner Kette geschmiedet und erprobt, Professor Coram, und ich bin sicher, daß sie fehlerfrei ist. Worin Ihre Motive bestehen, oder welche Rolle Sie nun genau bei dieser merkwürdigen Sache spielen, kann ich noch nicht sagen. Das werde ich in wenigen Minuten vermutlich aus Ihrem eigenen Munde hören. Unterdessen will ich das Geschehene für Sie rekonstruieren, damit Sie wissen, welche Informationen ich noch brauche.

Gestern kam eine Dame in Ihr Arbeitszimmer. Sie kam in der Absicht, sich in den Besitz gewisser Dokumente zu bringen, die in Ihrem Schreibtisch lagen. Sie besaß einen eigenen Schlüssel. Ich hatte Gelegenheit, den Ihren zu untersuchen, sah daran aber nicht jene leichte Verfärbung, die das Kratzen auf dem Firnis hervorgerufen hätte. Mithin waren Sie nicht ihr Komplize, und, soweit ich das Beweismaterial deuten kann, kam sie ohne Ihr Wissen, um Sie zu berauben.«

Der Professor stieß eine Rauchwolke aus seinen Lippen.

»Das ist ja sehr interessant und lehrreich«, sagte er. »Haben Sie noch mehr zu sagen? Sicher können Sie doch, nachdem Sie diese Dame so weit verfolgt haben, auch angeben, was aus ihr geworden ist.«

»Ich werde mir Mühe geben. Zunächst einmal wurde sie von Ihrem Sekretär ergriffen, den sie niederstach, um zu entkommen. Ich neige dazu, diese Katastrophe als unglücklichen Zufall zu betrachten, da ich davon überzeugt bin, daß die Lady ihm eine so schwere Verletzung nicht vorsätzlich hatte beibringen wollen. Ein Mörder kommt nicht unbewaffnet. Entsetzt über ihre Tat verließ sie in Panik den Schauplatz der Tragödie. Zu ihrem Unglück hatte sie in dem Handgemenge ihre Brille verloren, und da sie äußerst kurzsichtig ist, war sie ohne sie vollkommen hilflos. Sie lief einen Flur entlang, den sie für den hielt, durch den sie gekommen war – beide sind mit Kokosmatten ausgelegt –, und erst als es zu spät war, begriff sie, daß sie den falschen Weg eingeschlagen hatte und daß ihr der Rückzug abgeschnitten war. Was sollte sie tun? Zurück konnte sie nicht. Wo sie war, konnte sie auch nicht bleiben. Sie mußte weitergehen. Sie ging weiter. Sie stieg eine Treppe hoch, stieß eine Tür auf und fand sich in Ihrem Zimmer.«

Der alte Mann saß da mit offenem Mund und starrte Holmes wild an. Verblüffung und Furcht waren auf seine ausdrucksvollen Züge geprägt. Jetzt zuckte er mühsam die Schultern und brach in ein falsches Lachen aus.

»Alles schön und gut, Mr. Holmes«, sagte er. »Aber Ihre prächtige Theorie hat einen kleinen Makel. Ich war ja selbst in meinem Zimmer und habe es den ganzen Tag nicht verlassen.«

»Dessen bin ich mir bewußt, Professor Coram.«

»Und Sie wollen also sagen, ich könnte auf diesem Bett liegen und nicht merken, daß eine Frau mein Zimmer betreten hätte?«

»Das habe ich nicht gesagt. Sie *haben* es gemerkt. Sie haben mit ihr gesprochen. Sie haben sie erkannt. Sie haben ihr zur Flucht verholfen.«

Wieder brach der Professor in schrilles Gelächter aus. Er war aufgestanden, und seine Augen leuchteten wie glühende Kohlen.

»Sie sind verrückt!« rief er. »Sie reden irre. Ich soll ihr zur Flucht verholfen haben? Wo ist sie denn jetzt?«

»Sie ist dort«, sagte Holmes und zeigte auf einen hohen Bücherschrank in einer Ecke des Zimmers.

Ich sah den alten Mann die Arme hochwerfen; ein schrecklicher Krampf verzog sein grimmiges Gesicht, dann fiel er in seinen Sessel zurück. Gleichzeitig schwang der Bücherschrank, auf den Holmes zeigte, um ein Scharnier, und eine Frau stürzte in das Zimmer.

»Sie haben recht!« rief sie mit seltsam fremdländischer Stimme. »Sie haben recht! Ich bin hier.«

Sie war braun von Staub und mit Spinnweben behängt, die von den Wänden ihres Verstecks stammten. Auch ihr Gesicht war schmutzverschmiert, und im günstigsten Falle konnte sie nie hübsch gewesen sein, denn sie wies genau jene Merkmale auf, die Holmes erahnt hatte, und dazu noch ein langes, störrisches Kinn. Teils wegen ihrer angeborenen Kurzsichtigkeit, teils wegen des Wechsels vom Dunkeln ins Licht stand sie da wie betäubt und blinzelte umher, um zu sehen, wo und wer wir waren. Und doch, trotz allen diesen Nachteilen, hatte die Haltung dieser Frau etwas Vornehmes, das trotzige Kinn und der erhobene Kopf etwas Elegantes an sich, das uns so etwas wie Respekt und Bewunderung abnötigte. Stanley Hopkins hatte eine Hand auf ihren Arm gelegt und beanspruchte sie als seine Gefangene, doch sie winkte ihn sanft, und doch mit einer bezwingenden Würde, die Gehorsam heischte, beiseite. Der alte Mann lag in seinem Sessel, sein Gesicht zuckte, und er starrte sie mit bohrenden Blicken an.

»Ja, Sir, ich bin Ihre Gefangene«, sagte sie. »Ich konnte alles mitanhören, wo ich stand, und ich weiß, daß Sie die Wahrheit herausgefunden haben. Ich gestehe alles. Ich habe den jungen Mann getötet. Aber Sie hatten recht, wie Sie gesagt haben, daß es ein Unfall war. Ich wußte noch nicht einmal, daß es ein Messer war, was ich in der Hand hielt: ich habe in meiner Verzweiflung irgendwas vom Tisch geschnappt und damit nach ihm geschlagen, damit er mich losläßt. Ich sage die Wahrheit.«

»Madame«, sagte Holmes, »ich bin davon überzeugt, daß dies die Wahrheit ist. Ich fürchte, es geht Ihnen gar nicht gut.«

Sie hatte eine entsetzliche Farbe angenommen, die unter den dunklen Schmutzstriemen auf ihrem Gesicht nur um so gespenstischer wirkte. Sie setzte sich auf die Bettkante; dann fuhr sie fort.

»Ich habe nur noch wenig Zeit«, sagte sie, »aber ich möchte, daß Sie die ganze Wahrheit erfahren. Ich bin die Frau dieses Mannes. Er ist kein Engländer, sondern Russe. Seinen Namen sage ich nicht.«

Zum erstenmal regte sich der Alte. »Gott segne dich, Anna!« rief er. »Gott segne dich!«

Sie warf einen Blick tiefster Verachtung in seine Richtung. »Warum klammerst du dich so sehr an dein jämmerliches

Leben, Sergius?« sagte sie. »Es hat so vielen Böses und niemandem Gutes getan – nicht einmal dir selbst. Jedoch ist es nicht meine Sache, den dünnen Faden vor der von Gott bestimmten Zeit abschneiden zu helfen. Ich habe mir schon genug aufs Herz geladen, seit ich die Schwelle dieses verfluchten Hauses überschritten habe. Doch ich muß sprechen, sonst wird es zu spät.

Ich sagte bereits, Gentlemen, daß ich die Frau dieses Mannes bin. Als wir heirateten, war er fünfzig und ich ein törichtes Mädchen von zwanzig. Es war in einer russischen Universitätsstadt – den Namen werde ich nicht nennen.«

»Gott segne dich, Anna!« murmelte wieder der Alte.

»Wir waren Reformisten – Revolutionäre – Nihilisten, Sie verstehen schon. Er und ich und viele andere. Dann kam eine Zeit der Not, ein Polizeioffizier wurde getötet, viele wurden verhaftet, man brauchte Beweise, und um sein eigenes Leben zu retten und eine große Belohnung einzustreichen, verriet mein Mann seine Frau und seine Gefährten. Ja; aufgrund seines Geständnisses wurden wir alle verhaftet. Einige von uns landeten am Galgen, einige in Sibirien. Ich war unter den letzteren, hatte aber keine lebenslängliche Strafe erhalten. Mein Mann begab sich mit seinem Sündengeld nach England und führt seither ein ruhiges Leben; dabei weiß er recht gut, daß, wenn die Bruderschaft wüßte, wo er sich aufhält, keine Woche vergehen würde, bis die Gerechtigkeit wiederhergestellt würde.«

Der alte Mann streckte zitternd eine Hand aus und nahm sich eine Zigarette. »Ich bin in deiner Hand, Anna«, sagte er. »Du warst immer gut zu mir.«

»Den Gipfel seiner Niedertracht habe ich Ihnen noch nicht erzählt!« sagte sie. »Unter den Genossen unseres Ordens war einer, mit dem ich ein Herz und eine Seele war. Er war edel, selbstlos und treu – alles, was mein Mann nicht war. Er haßte die Gewalt. Wir alle waren schuldig – wenn man das Schuld nennen kann –, er aber nicht. Immer wieder hatte er mir geschrieben, um mich von meinem Tun abzubringen. Diese

Briefe hätten ihn gerettet, wie auch mein Tagebuch, in dem ich Tag für Tag meine Gefühle für ihn und unsere Ansichten eingetragen hatte. Mein Mann hat sowohl das Tagebuch als auch die Briefe gefunden und an sich genommen. Er hat sie versteckt und sich sehr bemüht, das Leben des jungen Mannes wegzuschwören. Dies ist ihm nicht gelungen, doch wurde Alexis als Sträfling nach Sibirien geschickt, wo er jetzt, in diesem Augenblick, in einem Salzbergwerk arbeitet. Denk dran, du Schurke, du Schurke: Jetzt, jetzt, in diesem Augenblick schuftet und lebt Alexis, ein Mann, dessen Namen auszusprechen du nicht wert bist, wie ein Sklave, und ich habe dein Leben in der Hand, und doch lasse ich dich gehen!«

»Du warst schon immer eine edle Frau, Anna«, sagte der alte Mann und paffte an seiner Zigarette.

Sie war aufgestanden, fiel aber wieder mit einem unterdrückten Schmerzensschrei zurück.

»Ich muß zum Ende kommen«, sagte sie. »Nachdem ich meine Strafe abgesessen hatte, begab ich mich daran, das Tagebuch und die Briefe wiederzuerlangen, die, wenn ich sie der russischen Regierung schickte, die Freilassung meines Freundes bewirken würden. Daß mein Mann nach England gegangen war, wußte ich. Nach monatelanger Suche fand ich heraus, wo er steckte. Ich wußte, daß er das Tagebuch noch hatte, denn als ich in Sibirien war, hatte ich einmal einen Brief von ihm bekommen, in dem er mir Vorwürfe machte und einige Abschnitte daraus zitierte. Doch war mir klar, daß er es mir bei seiner Rachsüchtigkeit niemals freiwillig geben würde. Ich mußte es mir selbst beschaffen. Zu diesem Zweck engagierte ich bei einer privaten Detektivfirma einen Agenten, der als Sekretär in das Haus meines Mannes ging – das war dein zweiter Sekretär, Sergius, der, der dich so eilig wieder verlassen hat. Er fand heraus, daß diese Papiere in dem Schrank aufbewahrt wurden, und fertigte einen Abdruck des Schlüssels an. Weiter ist er nicht gegangen. Er versah mich mit einem Plan des Hauses und sagte mir, daß das Arbeitszimmer vormittags immer leer sei, da der Sekretär dann hier oben beschäftigt sei. Also nahm ich endlich mein Herz in beide Hände und kam hierher, um mir die Papiere zu holen. Das ist mir auch gelungen, aber um welchen Preis!

Ich hatte die Papiere gerade genommen und schloß den Schrank wieder zu, als dieser junge Mann mich packte. Ich hatte ihn bereits am Morgen gesehen. Er war mir auf der Straße begegnet, und ich hatte ihn nach dem Haus Professor Corams gefragt, ohne zu wissen, daß er bei ihm beschäftigt war.«

»Genau! Genau!« sagte Holmes. »Der Sekretär kam zurück und erzählte seinem Arbeitgeber von der Frau, die er getroffen hatte. Und mit seinem letzten Atemzug versuchte er dann die Botschaft zu übermitteln, daß sie es war – jene sie, über die er eben noch mit ihm gesprochen hatte.«

»Sie müssen mich sprechen lassen«, sagte die Frau mit gebieterischer Stimme, und ihr Gesicht zog sich wie im Schmerz zusammen. »Nachdem er zusammengebrochen war, stürzte ich aus dem Zimmer, ging durch die falsche Tür und fand mich im Zimmer meines Mannes. Er sagte, er würde mich ausliefern. Ich machte ihm klar, wenn er das täte, würde sein Leben von mir abhängen. Wenn er mich dem Gesetz auslieferte, konnte ich ihn der Bruderschaft ausliefern. Ich wollte nicht um meinetwillen lügen, sondern ich wollte mein Ziel erreichen. Er wußte, daß ich tun würde, was ich gesagt hatte – daß sein Schicksal mit dem meinen verbunden war. Aus diesem und keinem anderen Grunde hat er mich geschützt. Er steckte mich in dieses finstere Versteck, ein Überbleibsel alter Zeiten, das nur ihm allein bekannt war. Da er die Mahlzeiten auf seinem Zimmer einnahm, konnte er mir einen Teil davon abgeben. Wir hatten abgemacht, daß ich, wenn die Polizei das Haus verlassen hätte, mich in der Nacht wegschleichen und nie mehr wiederkommen sollte. Irgendwie sind Sie aber hinter unsere Pläne gekommen.« Sie zog ein kleines Paket aus ihrem Ausschnitt. »Dies sind meine letzten Worte«, sagte sie; »hier ist das Paket, das Alexis retten wird. Ich überantworte es Ihrem Ehrgefühl und Ihrer Liebe zur Gerechtigkeit. Nehmen

Sie es! Sie werden es der russischen Botschaft übergeben. Nun habe ich meine Pflicht erfüllt, und –«

»Haltet sie auf!« schrie Holmes. Er war durch das Zimmer gesprungen und hatte ihr ein kleines Fläschchen aus der Hand gewunden.

»Zu spät!« sagte sie und sank auf das Bett zurück. »Zu spät! Ich habe das Gift schon genommen, bevor ich aus meinem Versteck gekommen bin. Mein Kopf schwimmt! Ich sterbe! Ich befehle Ihnen, Sir, denken Sie an das Paket.«

»Ein einfacher Fall, und doch in mancher Hinsicht lehrreich«, bemerkte Holmes, als wir zur Stadt zurückfuhren. »Er drehte sich von Anfang an um den Kneifer. Doch dürften wir wohl kaum zu unserer Lösung gelangt sein, wenn der Sterbende ihn nicht glücklicherweise an sich gerissen hätte. Die Stärke der Brillengläser brachte mich zu der Überzeugung, daß ihre Trägerin ohne sie so gut wie blind und ziemlich hilflos sein mußte. Als Sie von mir verlangten, ich sollte glauben, daß sie ohne ein einziges Mal danebenzutreten über einen schmalen Grasstreifen gegangen sei, bemerkte ich, wie Sie sich erinnern werden, daß dies eine beachtliche Leistung sei. Ich selbst hielt diese Leistung für unmöglich, von dem unwahrscheinlichen Fall abgesehen, daß sie eine zweite Brille besaß. Ich war daher gezwungen, ernstlich die Hypothese zu erwägen, daß sie im Haus geblieben war. Als mir die Ähnlichkeit der beiden Flure auffiel, wurde mir klar, daß sie diese durchaus hätte verwechseln können, und in diesem Fall lag es auf der Hand, daß sie das Zimmer des Professors betreten haben mußte. Ich achtete daher genau auf alles, was diese Annahme bestätigen könnte, und untersuchte das Zimmer sorgfältigst darauf, ob es irgendein Versteck bieten konnte. Der Teppich war nirgends unterbrochen und schien fest angenagelt, weshalb ich von der Vorstellung einer Falltür abließ. Hinter den Büchern mochte sich durchaus eine Nische befinden. Ihnen ist ja bekannt, daß solche Vorrichtungen in alten Bibliotheken nichts Ungewöhnliches sind. Mir fiel auf, daß überall auf dem Boden Bücher gestapelt waren, nur vor einem Regal nicht. Dies konnte also eine Tür sein. Spuren, die mich hätten leiten können, fand ich keine, doch war der Teppich von dunkler Farbe, was sich sehr gut zu einem Test eignet. Ich rauchte daher eine große Anzahl jener ausgezeichneten Zigaretten und ließ die Asche auf den ganzen Raum vor dem verdächtigen Regal fallen. Ein simpler, aber außerordentlich wirkungsvoller Trick. Darauf ging ich nach unten und bekam in Ihrer Anwesenheit, Watson, heraus, ohne daß Sie die Tendenz meiner Bemerkungen so recht wahrnahmen, daß Professor Corams Nahrungskonsum zugenommen hatte – wie man erwarten konnte, wenn er noch jemand anderen zu versorgen hatte. Als wir dann wieder auf sein Zimmer gegangen waren, stieß ich die Zigarettendose um, bekam dadurch den Fußboden ganz ausgezeichnet zu Gesicht und vermochte an den Spuren auf der Zigarettenasche eindeutig zu erkennen, daß die Eingesperrte in unserer Abwesenheit aus ihrem Versteck gekommen war. Nun, Hopkins, hier haben wir Charing Cross, und ich gratuliere Ihnen zum erfolgreichen Abschluß Ihres Falles. Sie gehen jetzt zweifellos in Ihr Hauptquartier. Watson, ich denke, Sie und ich werden zusammen zur russischen Botschaft fahren.«

DER VERSCHOLLENE THREE-QUARTER

Wir waren an merkwürdigen Telegrammen ja schon einiges gewöhnt in der Baker Street, doch erinnere ich mich an eines ganz besonders, welches uns vor sieben oder acht Jahren an einem düsteren Februarmorgen erreichte und Mr. Sherlock Holmes eine verwirrte Viertelstunde bescherte. Es war an ihn adressiert und lautete wie folgt:

> Bitte erwarten Sie mich. Furchtbares Unglück. Rechter Flügel-Three-Quarter verschollen. Morgen unentbehrlich. Overton

»Poststempel vom Strand, eingeliefert zehn Uhr sechsunddreißig«, sagte Holmes, indem er's eins ums andere Mal überlas. »Mr. Overton war offenbar recht aufgeregt, als er dies abschickte, und folglich ein wenig verworren. Nun, nun, ich möchte meinen, er wird hier sein, wenn ich die *Times* durchgesehen habe, und dann werden wir alles erfahren. In diesen trägen Zeiten wäre mir auch das belangloseste Problem willkommen.«

Wir hatten in der Tat flaue Zeiten hinter uns, und ich hatte solche Perioden des Nichtstuns fürchten gelernt, da das Gehirn meines Gefährten, wie ich aus Erfahrung wußte, so überaus nach Betätigung verlangte, daß es immer gefährlich war, wenn er unbeschäftigt war. Über die Jahre hatte ich ihn allmählich von seiner Drogensucht, die dereinst seine Karriere zu beenden gedroht hatte, abgebracht. Ich wußte jetzt, daß es ihn unter normalen Umständen nicht mehr nach diesem künstlichen Stimulans verlangte; doch war mir durchaus bewußt, daß der Feind nicht tot war, sondern lediglich schlummerte; und in Zeiten der Müßigkeit sah ich deutlich, daß dies kein tiefer Schlummer und das Erwachen stets nahe war, wenn Holmes' asketisches Antlitz jenen verzerrten Ausdruck annahm und seine tiefliegenden und unergründlichen Augen brütend dreinzuschauen begannen. Ich segnete daher diesen Mr. Overton, wer immer das auch sein mochte, da er mit seiner schleierhaften Botschaft jene bedenkliche Ruhe durchbrochen hatte, die meinen Freund in größere Gefahren brachte als all die Stürme seines bewegten Lebens.

Wie erwartet folgte dem Telegramm bald sein Absender; die Visitenkarte – Mr. Cyril Overton, Trinity College, Cambridge – meldete die Ankunft eines enormen jungen Mannes, zwei Zentner nichts als Fleisch und Knochen, der die Eingangstür mit seinen breiten Schultern ausfüllte und uns beide mit einem hübschen Gesicht, das von Sorge verhärmt war, der Reihe nach ansah.

»Mr. Sherlock Holmes?«

Mein Gefährte verbeugte sich.

»Ich war unten bei Scotland Yard, Mr. Holmes. Ich habe mit Inspektor Hopkins gesprochen. Er hat mir geraten, mich an Sie zu wenden. Er sagte, der Fall liege, soweit er sehen könne, mehr auf Ihrer Linie als auf der der regulären Polizei.«

»Nehmen Sie bitte Platz und erzählen mir, was los ist.«

»Es ist entsetzlich, Mr. Holmes, einfach entsetzlich! Erstaunlich, daß ich noch keine grauen Haare habe. Godfrey Staunton – Sie haben natürlich schon von ihm gehört? Er ist schlichtweg der Pol, um den sich die ganze Mannschaft dreht. Eher würde ich zwei Stürmer weglassen, und dafür Godfrey in meiner Three-Quarter-Linie haben. Ob beim Zuspiel, beim Tackling oder beim Dribbeln – niemand kann ihm das Wasser reichen; und außerdem ist er ein kluger Kopf und kann uns alle zusammenhalten. Was soll ich nur machen? Das frage ich Sie, Mr. Holmes. Moorhouse ist unser erster Ersatzspieler, aber der ist gelernter Halfback und wirft sich immer mitten in den Pulk, anstatt draußen auf der Touch-line zu bleiben. Freilich ist er ein guter Kicker, aber andererseits hat er kein Urteilsvermögen, und er sprintet miserabel. Morton oder Johnson, die Stürmer von Oxford, würden ihn glatt überlaufen. Stevenson ist zwar schnell genug, könnte aber nicht von der fünfundzwanziger Linie aus droppen, und einen Three-Quarter, der weder punten noch droppen kann, kann man auch nicht bloß wegen seiner Schnelligkeit einsetzen. Nein, Mr. Holmes, wir sind erledigt, wenn Sie mir nicht helfen können, Godfrey Staunton zu finden.«

Mit amüsiertem Staunen hatte mein Freund diese lange Rede angehört, die mit außerordentlichem Nachdruck und Ernst hervorgehaspelt wurde, wobei eine muskulöse Hand jeden Punkt durch einen Schlag auf das Knie des Sprechers eindringlich betonte. Als unser Besucher schwieg, streckte Holmes eine Hand aus und zog den Band »S« seiner Kollektaneen aus dem Regal. Diesmal schürfte er vergeblich in dieser Mine mannigfaltiger Information.

»Hier haben wir Arthur H. Staunton, den aufstrebenden Fälscher«, sagte er, »und es gab einen Henry Staunton, dem ich auf den Galgen verholfen habe, aber Godfrey Staunton ist ein mir neuer Name.«

Nun war es an unserem Besucher, überrascht dreinzuschauen.

»Aber Mr. Holmes, ich dachte, Sie kennen sich aus«, sagte er. »Wenn Sie noch nie von Godfrey Staunton gehört haben, dann muß ich auch vermuten, daß Sie Cyril Overton nicht kennen?«

Holmes schüttelte gutmütig den Kopf.

»Großer Scott!« rief der Athlet. »Ich war doch erster Ersatzspieler beim Spiel England gegen Wales, und dies ganze Jahr schon bin ich Kapitän der Unimannschaft. Aber das heißt ja nichts. Ich hätte nicht gedacht, daß es in England auch nur einen einzigen gäbe, der Godfrey Staunton nicht kennt, den größten Three-Quarter überhaupt: Cambridge, Blackheath und fünf Länderspiele. Großer Gott! Mr. Holmes, wo *leben* Sie denn nur?«

Holmes lachte über die naive Verblüffung des jungen Riesen.

»Sie leben in einer anderen Welt als ich, Mr. Overton, in einer freundlicheren und gesünderen Welt. Meine weitverzweigte Tätigkeit erstreckt sich in manche Bereiche der Gesellschaft, wenngleich nie, glücklicherweise, in den Amateursport, der das Beste und Vernünftigste darstellt, was England zu bieten hat. Ihr unerwarteter Besuch an diesem Morgen zeigt mir jedoch, daß es selbst in dieser Welt der frischen Luft und des Fair play etwas für mich zu tun geben kann; ich bitte Sie daher nun, mein lieber Sir, setzen Sie sich und erzählen Sie mir langsam und ruhig und ganz genau, was vorgefallen ist und in welcher Weise Sie von mir Hilfe erwarten.«

Das Gesicht des jungen Overton nahm den verlegenen Ausdruck eines Mannes an, der mehr an den Gebrauch seiner Muskeln als seines Verstandes gewöhnt ist; doch nach und nach kam, mit vielen Wiederholungen und Unklarheiten, die ich aus seiner Erzählung fortlassen darf, seine merkwürdige Geschichte zum Vorschein.

»Es ist so, Mr. Holmes. Wie gesagt, ich bin der Kapitän der Rugbymannschaft der Uni Cambridge, und Godfrey Staunton ist mein bester Mann. Morgen spielen wir gegen Oxford. Gestern sind wir alle hierhergefahren und in Bentleys Privathotel gezogen. Um zehn Uhr machte ich meine Runde und sah, daß sämtliche Spieler sich schlafen gelegt hatten, denn ich glaube an straffes Training und jede Menge Schlaf, um eine Mannschaft fit zu halten. Ich sprach noch ein wenig mit Godfrey, ehe er sich ins Bett legte. Er schien mir blaß und beunruhigt. Ich fragte ihn, was denn los sei. Er sagte, es wäre alles in Ordnung mit ihm – er habe nur ein bißchen Kopfschmerzen. Ich wünschte ihm eine gute Nacht und ging. Eine halbe Stunde später erzählte mir der Portier, ein ungehobelter Kerl mit Bart habe mit einer Nachricht für Godfrey vorgesprochen. Er sei noch nicht zu Bett gewesen, und man habe ihm den Brief aufs Zimmer gebracht. Godfrey habe ihn gelesen und sei wie vom Blitz getroffen auf einen Stuhl gesunken. Der Portier sei so entsetzt gewesen, daß er mich habe holen wollen, doch Godfrey habe ihn davon abgehalten, ein Glas Wasser getrunken und sich zusammengerissen. Dann sei er nach unten gegangen, habe mit dem Mann, der in der Vorhalle wartete ein paar Worte gewechselt, und dann seien die beiden zusammen weggegangen. Das letzte, was der Portier von ihnen gesehen habe, sei, wie sie die Straße in Richtung Strand geradezu hinuntergerannt seien. Heute morgen war Godfreys Zimmer leer, sein Bett war nicht benutzt worden, und seine Sachen lagen alle noch so herum, wie ich sie am Abend zuvor gesehen hatte. Er war einfach so, auf der Stelle, mit diesem Fremden weggegangen, und seitdem habe ich nichts mehr von ihm gehört. Ich glaube, er wird nie mehr zurückkommen. Der Godfrey war Sportsmann bis ins Mark, und er hätte sein Training nicht unterbrochen und seinen Kapitän sitzenlassen, wenn nicht irgend etwas, dem er nicht gewachsen war, ihn dazu veranlaßt hätte. Nein; ich habe das Gefühl, als sei er für immer gegangen und als würden wir ihn nie mehr wiedersehen.«

Sherlock Holmes lauschte dieser sonderbaren Erzählung mit der gespanntesten Aufmerksamkeit.

»Was haben Sie unternommen?« fragte er.

»Ich habe nach Cambridge telegraphiert, um zu erfahren, ob man dort etwas von ihm gehört habe. Ich habe auch eine Antwort erhalten: Niemand hat ihn dort gesehen.«

»Hätte er überhaupt nach Cambridge zurückfahren können?«

»Ja, es gibt einen Nachtzug – um Viertel nach elf.«

»Aber soweit Sie feststellen konnten, hat er den nicht genommen?«

»Nein, er ist nicht gesehen worden.«

»Was haben Sie als nächstes getan?«

»Lord Mount-James ein Telegramm geschickt.«

»Warum an Lord Mount-James?«

»Godfrey ist Waise, und Lord Mount-James ist sein nächster Verwandter – sein Onkel, glaube ich.«

»Soso. Dies wirft ein neues Licht auf die Angelegenheit. Lord Mount-James ist einer der reichsten Männer ganz Englands.«

»Das habe ich auch von Godfrey gehört.

»Und Ihr Freund war eng mit ihm verwandt?«

»Ja, er war sein Erbe, und der alte Knabe ist beinahe achtzig – außerdem völlig gichtbrüchig. Man sagt, er könne seinen Billardstock mit seinen Knöcheln kalken. Er hat Godfrey in seinem ganzen Leben noch keinen Shilling zugestanden, denn er ist ein ausgemachter Geizkragen; aber er wird das alles noch früh genug bekommen.«

»Haben Sie von Lord Mount-James Antwort erhalten?«

»Nein.«

»Was für ein Motiv könnte Ihr Freund haben, zu Lord Mount-James zu gehen?«

»Nun, irgend etwas hat ihn vorige Nacht beunruhigt, und wenn das mit Geld zu tun hatte, kann er durchaus zu seinem nächsten Verwandten gefahren sein, der doch so viel davon hat; obwohl er, nach allem, was ich gehört habe, kaum eine Chance haben dürfte, etwas zu bekommen. Godfrey mochte den Alten nicht. Er würde ihn nur besuchen, wenn es nicht anders ginge.«

»Nun, das können wir schnell herausfinden. Wenn Ihr Freund zu seinem Verwandten Lord Mount-James gefahren ist, dann müssen wir als nächstes den Besuch dieses ungehobelten Kerls zu so später Stunde sowie seine dadurch bewirkte Aufregung erklären.«

Cyril Overton preßte sich die Hände an den Kopf. »Ich kann mir das alles nicht zusammenreimen!« sagte er.

»Nun, nun, ich habe einen freien Tag, und ich werde mir die Sache mit Vergnügen einmal ansehen«, sagte Holmes. »Ich empfehle Ihnen dringend, die Vorbereitungen auf Ihr Spiel ohne Berücksichtigung dieses jungen Gentlemans durchzuführen. Wie Sie sagen, muß die Notwendigkeit, die ihn auf solche Weise fortgerissen hat, überwältigend gewesen sein, und dieselbe Notwendigkeit wird ihn wahrscheinlich auch weiterhin fernhalten. Begeben wir uns zusammen zu diesem Hotel und sehen einmal nach, ob der Portier irgendein neues Licht auf die Sache werfen kann.«

Sherlock Holmes war ein wahrer Meister in der Kunst,

einem demütigen Zeugen die Befangenheit zu nehmen, und in der Abgeschiedenheit von Godfrey Stauntons verlassenem Zimmer hatte er dem Portier sehr schnell alles entlockt, was er zu sagen hatte. Der nächtliche Besucher sei kein Gentleman und auch kein Arbeiter gewesen. Der Portier beschrieb ihn einfach als »durchschnittlichen Burschen«; ein Mann von fünfzig, grauer Bart, bleiches Gesicht, unauffällig gekleidet. Er schien selbst aufgeregt zu sein. Der Portier hatte bemerkt, daß seine Hand zitterte, als er ihm den Brief übergab. Godfrey Staunton habe den Zettel in seine Tasche gestopft. Staunton habe dem Mann in der Vorhalle nicht die Hand gegeben. Sie hätten ein paar Sätze gewechselt, in denen der Portier nur das Wort »Zeit« habe unterscheiden können. Dann seien sie auf die beschriebene Weise davongeeilt. Die Uhr in der Vorhalle habe gerade halb elf gezeigt.

»Lassen Sie mich mal sehen«, sagte Holmes, indem er sich auf Stauntons Bett setzte; »Sie sind also der Tagportier?«

»Ja, Sir; um elf mach ich Feierabend.«

»Der Nachtportier hat vermutlich nichts gesehen?«

»Nein, Sir; eine Theatergesellschaft ist noch spät gekommen. Sonst niemand.«

»Hatten Sie gestern den ganzen Tag Dienst?«

»Ja, Sir.«

»Haben Sie Mr. Staunton irgendwelche Nachrichten überbracht?«

»Ja, Sir; ein Telegramm.«

»Ah! Das ist interessant. Um wieviel Uhr war das?«

»Um sechs.«

»Wo war Mr. Staunton, als er es erhielt?«

»Hier in seinem Zimmer.«

»Waren Sie dabei, als er es öffnete?«

»Ja, Sir; ich wartete, ob er eine Antwort schreiben würde.«

»Und? Hat er das getan?«

»Ja, Sir. Er hat eine Antwort geschrieben.«

»Haben Sie sie mitgenommen?«

»Nein; er hat sie selbst weggebracht.«

»Aber er hat sie in Ihrer Anwesenheit geschrieben?«

»Ja, Sir. Ich stand an der Tür, und er mit dem Rücken zu mir dort am Tisch. Als er mit dem Schreiben fertig war, sagte er: ›Schon gut, Portier, ich werde das selbst wegbringen.‹«

»Womit hat er geschrieben?«

»Mit einer Feder, Sir.«

»Auf eines der Depeschenformulare dort auf dem Tisch?«

»Ja, Sir; auf das oberste.«

Holmes stand auf. Er nahm die Formulare, ging mit ihnen ans Fenster und untersuchte sorgfältig das obenauf liegende.

»Bedauerlich, daß er nicht mit Bleistift geschrieben hat«, sagte er und warf sie mit enttäuschtem Achselzucken wieder hin. »Wie Sie zweifellos schon des öfteren bemerkt haben, Watson, drückt sich ein Bleistift gewöhnlich durch – eine Tatsache, die schon manche glückliche Ehe zerstört hat. Hier kann ich jedoch keine Spur finden. Allerdings gewahre ich mit Freuden, daß er mit einem breiten Federkiel geschrieben hat, und ich zweifle kaum daran, daß wir auf diesem Block Löschpapier etwas finden werden. Ah ja, wenn's das nicht ist!«

Er riß ein Stück Löschpapier ab und hielt uns die folgenden Hieroglyphen hin:

Cyril Overton geriet in helle Aufregung. »Halten Sie's an den Spiegel!« rief er.

»Das ist nicht notwendig«, sagte Holmes. »Das Papier ist dünn, und die Rückseite wird uns die Botschaft mitteilen. Hier bitte.« Er drehte es um, und wir lasen:

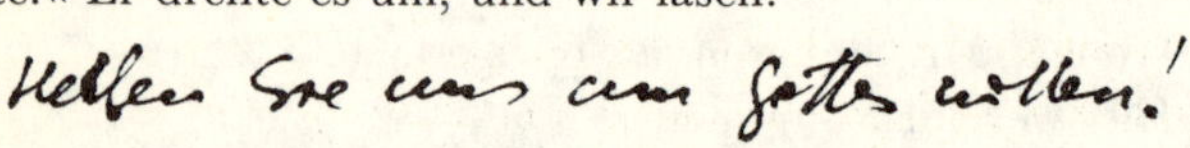

»Dies sind also die Schlußworte des Telegramms, das Godfrey Staunton wenige Stunden vor seinem Verschwinden abgeschickt hat. Mindestens sechs Worte der Nachricht sind uns verlorengegangen; doch was uns bleibt – ›Helfen Sie uns um Gottes willen!‹ –, beweist, daß dieser junge Mann eine schreckliche Gefahr auf sich zukommen sah, vor welcher ihn jemand anderer bewahren konnte. *›uns‹*: beachten Sie das! Eine zweite Person hatte damit zu tun. Wer anders sollte das sein als der bleichgesichtige bärtige Mann, der selbst einen so nervösen Eindruck machte? Welche Verbindung besteht nun zwischen Godfrey Staunton und dem Bärtigen? Und aus welcher dritten Quelle wollten die beiden Hilfe gegen jene drohende Gefahr schöpfen? Unsere Ermittlungen haben sich bereits auf diesen Punkt eingeengt.«

»Wir brauchen nur herauszufinden, an wen dieses Telegramm gerichtet war«, schlug ich vor.

»Ganz recht, mein lieber Watson. Ihre Überlegung, obschon tiefsinnig, war mir bereits in den Sinn gekommen. Doch dürfte Ihnen nicht entgangen sein, daß, wenn Sie in ein Postamt gehen und den Kontrollabschnitt des Telegramms eines anderen zu sehen verlangen, auf seiten der Beamten eine gewisse Abneigung besteht, Ihnen behilflich zu sein. Auf derlei Angelegenheiten liegt ja soviel Amtsschimmel! Jedoch zweifle ich nicht daran, daß wir unser Ziel mit ein wenig Feingefühl und Raffinesse erreichen können. Unterdessen möchte ich in Ihrer Anwesenheit, Mr. Overton, diese dort auf dem Tisch zurückgelassenen Papiere durchgehen.«

Es handelte sich um einige Briefe, Rechnungen und Notizbücher, die Holmes nun durchblätterte und mit flinken nervösen Fingern und huschendem stechendem Blick untersuchte.

»Nichts«, sagte er schließlich. »Übrigens darf ich doch annehmen, daß Ihr Freund ein gesunder junger Bursche war – alles in Ordnung mit ihm?«

»Gesund wie ein Fisch im Wasser.«

»Haben Sie je erlebt, daß er mal krank war?«

»Nicht einen Tag. Einmal hat er mit einer Trittwunde im Bett gelegen, und einmal hat er sich das Knie verstaucht, aber das war weiter nichts.«

»Vielleicht war er nicht so kräftig, wie Sie vermuten. Ich möchte meinen, er könnte irgendein heimliches Leiden gehabt haben. Mit Ihrer Zustimmung werde ich ein paar dieser

Papiere an mich nehmen, für den Fall, daß sie mit unseren weiteren Ermittlungen etwas zu tun haben sollten.«

»Einen Augenblick, einen Augenblick!« rief eine mürrische Stimme, und als wir aufblickten, sahen wir einen komischen kleinen alten Mann in der Tür rucken und zucken. Er war in schäbiges Schwarz gekleidet, trug einen sehr breitrandigen Zylinder und eine lockere weiße Halsbinde – im ganzen machte er den Eindruck eines sehr ländlichen Pfarrers oder eines bezahlten Begräbnisteilnehmers. Und doch, trotz seiner armseligen, ja lächerlichen Erscheinung lag in seiner Stimme ein schneidendes Knistern, und er trat mit einer raschen Heftigkeit auf, die Aufmerksamkeit erheischte.

»Wer sind Sie, Sir, und mit welchem Recht fassen Sie die Papiere dieses Gentleman an?« fragte er.

»Ich bin Privatdetektiv und gebe mir Mühe, sein Verschwinden zu erklären.«

»Oho, tatsächlich, ja? Und wer hat Sie damit beauftragt, he?«

»Dieser Gentleman, Mr. Stauntons Freund, wurde von Scotland Yard an mich verwiesen.«

»Wer sind Sie, Sir?«

»Ich bin Cyril Overton.«

»Dann haben Sie mir also das Telegramm geschickt. Mein Name ist Lord Mount-James. Ich bin so schnell hierhergekommen, wie es der Bayswater-Bus zuließ. Sie haben also einen Detektiv beauftragt?«

»Ja, Sir.«

»Und Sie sind bereit, die Kosten zu tragen?«

»Ich zweifle nicht daran, Sir, daß mein Freund Godfrey, wenn wir ihn finden, sich dazu bereit erklären wird.«

»Und wenn er nie gefunden wird, he? Antworten Sie mir!«

»In diesem Fall wird zweifellos seine Familie –«

»Nichts dergleichen, Sir!« kreischte der kleine Mann. »Erwarten Sie von mir keinen Penny – keinen Penny! Haben Sie verstanden, Mr. Detektiv! Ich bin die ganze Familie dieses jungen Mannes, und ich sage Ihnen, ich bin dafür nicht verantwortlich. Wenn er etwas zu erwarten hat, dann nur aufgrund der Tatsache, daß ich mein Geld nie verschwendet habe, und ich beabsichtige nicht, jetzt damit anzufangen. Und was diese Papiere da betrifft, deren Sie sich so großzügig bedienen, so darf ich Ihnen sagen, daß ich Sie für den Fall, daß sich darunter irgend etwas von Wert befinden sollte, strengstens zur Rechenschaft ziehen werde für das, was Sie damit anfangen.«

»Sehr schön, Sir«, sagte Sherlock Holmes. »Darf ich Sie unterdessen fragen, ob Sie selbst irgendeine Theorie haben, die über das Verschwinden dieses jungen Mannes Rechenschaft gibt?«

»Nein, Sir, habe ich nicht. Er ist groß genug und alt genug, um selbst auf sich aufzupassen, und wenn er so töricht ist, sich zu verlaufen, lehne ich es vollständig ab, die Verantwortung für die Suche nach ihm zu übernehmen.«

»Ich verstehe Ihre Haltung durchaus«, sagte Holmes mit einem boshaften Augenzwinkern. »Aber vielleicht verstehen Sie die meinige nicht ganz. Godfrey Staunton scheint ein armer Mann gewesen zu sein. Sollte er entführt worden sein, dann bestimmt nicht wegen irgend etwas, das er selbst besitzt. Der Ruhm Ihres Reichtums hat sich herumgesprochen, Lord Mount-James, und es ist durchaus möglich, daß eine Diebesbande sich Ihres Neffen bemächtigt hat, um von ihm Informationen über Ihr Haus, Ihre Gewohnheiten und Ihre Schätze zu gewinnen.«

Das Gesicht unseres unwirschen kleinen Besuchers wurde weiß wie sein Halstuch.

»Du liebe Zeit, Sir, was für eine Vorstellung! Solche Niedertracht ist mir noch nie in den Sinn gekommen! Was gibt es doch für unmenschliche Schurken auf der Welt! Aber Godfrey ist ein guter Junge – ein ordentlicher Junge. Nichts könnte ihn dazu bewegen, seinen alten Onkel zu verraten. Ich werde das Tafelbesteck heute abend zur Bank bringen lassen. Unterdessen sparen Sie keine Mühe, Mr. Detektiv. Ich flehe Sie an, nichts unversucht zu lassen, um ihn sicher wiederzubringen.

Und was die Bezahlung angeht, nun, bis zu einem Fünfer, oder gar einem Zehner können Sie immer auf mich zählen.«

Auch als er sich etwas beruhigt hatte, vermochte der adlige Geizhals uns keine Informationen zu geben, die uns helfen konnten, da er über das Privatleben seines Neffen kaum etwas wußte. Unser einziger Anhaltspunkt war das verstümmelte Telegramm, und mit einer Abschrift davon in der Hand machte Holmes sich auf den Weg, ein zweites Glied für seine Kette zu suchen. Wir waren Lord Mount-James losgeworden, und Overton war zum Rest seiner Mannschaft gegangen, um über deren Unglück zu beraten. Nicht weit vom Hotel war ein Telegraphenamt. Wir blieben davor stehen.

»Man kann es ja versuchen, Watson«, sagte Holmes. »Mit einer Vollmacht könnten wir natürlich Einsichtnahme in die Kontrollblätter verlangen, aber soweit sind wir noch nicht. Ich gehe davon aus, daß man sich an einem so geschäftigen Ort nicht an jedes Gesicht erinnert. Wir wollen es wagen.«

»Tut mir leid, Sie zu belästigen«, sagte er mit seiner gütigsten Stimme zu der jungen Frau hinter dem Gitter; »irgendeine Kleinigkeit stimmt nicht mit dem Telegramm, das ich gestern abgeschickt habe. Ich habe noch keine Antwort erhalten, und ich fürchte sehr, ich habe vergessen, meinen Namen darunterzusetzen. Könnten Sie mir sagen, ob das zutrifft?«

Die junge Dame blätterte in einem Bündel Kontrollblätter.

»Um wieviel Uhr war das denn?« fragte sie.

»Kurz nach sechs.«

»Und an wen?«

Holmes legte einen Finger an die Lippen und sah zu mir herüber. »Die letzten Worte lauteten ›um Gottes willen‹«, flüsterte er vertraulich; »es macht mir große Sorgen, daß ich keine Antwort erhalte.«

Die junge Frau zog ein Formular heraus.

»Das ist es. Steht kein Name drauf«, sagte sie, indem sie es auf dem Schalter glatt strich.

»Das erklärt dann natürlich, warum ich keine Antwort bekomme«, sagte Holmes. »Meine Güte, wie überaus dumm von mir, also wirklich! Guten Morgen, Miss, und vielen Dank, daß Sie meine Zweifel behoben haben.« Er rieb sich kichernd die Hände, als wir wieder auf der Straße waren.

»Nun?« fragte ich.

»Wir kommen voran, mein lieber Watson, wir kommen voran. Ich hatte mir sieben verschiedene Pläne zurechtgelegt, um einen Blick auf das Telegramm werfen zu können; aber ich konnte kaum annehmen, daß es gleich beim ersten klappen würde.«

»Und was haben Sie dadurch gewonnen?«

»Einen Ausgangspunkt für unsere Untersuchung.« Er winkte eine Droschke heran. »King's Cross Station«, sagte er.

»Wir verreisen also?«

»Ja, ich denke, wir müssen zusammen nach Cambridge fahren. Sämtliche Hinweise scheinen in diese Richtung zu zeigen.«

»Sagen Sie mir«, fragte ich ihn, als wir die Gray's Inn Road hochratterten, »hegen Sie schon irgendeinen Verdacht, was den Grund seines Verschwindens betrifft? Ich wüßte nicht, daß unter allen unseren Fällen jemals einer war, in dem die Motive mehr im dunkeln gelegen hätten. Jedenfalls glauben Sie doch nicht im Ernst, er könnte entführt worden sein, damit er Informationen über seinen reichen Onkel preisgibt?«

»Ich muß gestehen, mein lieber Watson, daß diese Erklärung mir nicht sehr wahrscheinlich vorkommt. Sie schien mir aber diejenige zu sein, die am ehesten das Interesse dieses überaus unangenehmen Alten wecken könnte.«

»Das hat sie bestimmt getan. Aber welche Alternativen haben Sie?«

»Ich könnte mehrere nennen. Sie müssen zugeben, es ist schon seltsam und vieldeutig, daß sich dieser Zwischenfall am Vorabend dieses wichtigen Spiels ereignet und daß er ausgerechnet den einen Mann betrifft, dessen Anwesenheit für den Erfolg seiner Mannschaft wesentlich zu sein scheint. Es kann natürlich Zufall sein, aber es ist interessant. Im Amateursport darf ja nicht gewettet werden, doch werden im Publikum eine ganze Menge inoffizielle Wetten abgeschlossen, und es ist möglich, daß es sich für jemanden lohnen könnte, einen Spieler zu entführen, so wie die Schurken vom Turf ein Rennpferd entführen. Dies ist eine Erklärungsmöglichkeit. Eine zweite, sehr einleuchtende ist die, daß dieser junge Mann tatsächlich der Erbe eines beträchtlichen Vermögens ist, wie bescheiden seine Mittel zur Zeit auch sein mögen, und es ist nicht auszuschließen, daß er zur Erpressung eines Lösegeldes festgehalten wird.«

»Diese Theorien lassen das Telegramm außer acht.«

»Sehr richtig, Watson. Das Telegramm bleibt noch immer das einzig Solide, auf dem wir aufbauen können, und wir dürfen unsere Aufmerksamkeit nicht davon abschweifen lassen. Um hinter den Zweck dieses Telegramms zu kommen, sind wir jetzt auf dem Weg nach Cambridge. Der Weg unserer Ermittlungen liegt zur Zeit noch im dunkeln, doch sollte es mich sehr überraschen, wenn wir ihn bis zum Abend nicht erhellt haben oder ein gutes Stück darauf vorangekommen sind.«

Es war bereits dunkel, als wir in der alten Universitätsstadt eintrafen. Am Bahnhof nahm Holmes einen Wagen und hieß den Kutscher, zum Haus von Dr. Leslie Armstrong zu fahren. Wenige Minuten später hielten wir vor einem großen Wohnhaus in der geschäftigsten Verkehrsstraße an. Wir wurden hineingeleitet, und nach langem Warten ließ man uns ins Sprechzimmer treten, wo wir den Arzt hinter seinem Tisch antrafen.

Es kündet von dem Ausmaß, in dem ich den Kontakt zu meinem Beruf verloren hatte, daß mir der Name Leslie Armstrong unbekannt war. Jetzt weiß ich, daß er nicht nur einer der führenden Köpfe der medizinischen Fakultät der Universität ist, sondern auch in mehr als einem Zweig der Wissenschaft ein Denker von europäischer Reputation. Doch auch, wenn man von seinem glänzenden Ruf nichts wußte, mußte einen schon ein flüchtiger Blick auf diesen Mann beeindrucken – das eckige, wuchtige Gesicht, die brütenden Augen unter dem Strohdach der Brauen, die granitne Gußform seines unbeugsamen Kinns. Ein Mann von hintergründigem Charakter, ein Mann mit wachsamem Geist, finster, asketisch, selbstbeherrscht, gewaltig – so wirkte Dr. Leslie Armstrong auf mich. Er hielt die Karte meines Freundes in der Hand, und als er aufsah, lag kein sonderlich erfreuter Ausdruck auf seinen mürrischen Zügen.

»Ihr Name ist mir bekannt, Mr. Sherlock Holmes, ebenso wie Ihr Beruf, ein Beruf, der durchaus nicht meinen Beifall findet.«

»Darin, Doktor, wird Ihnen jeder Kriminelle in diesem Lande zustimmen«, sagte mein Freund gelassen.

»Soweit Ihre Bemühungen sich auf die Unterdrückung von Verbrechen erstrecken, Sir, müssen sie von jedem vernünftigen Glied der Gemeinschaft unterstützt werden, wenn ich auch nicht daran zweifeln kann, daß die offizielle Maschinerie diesen Zweck hinreichend erfüllt. Anfälliger für Kritik ist Ihr Gewerbe dort, wo Sie sich in die privaten Geheimnisse der Individuen einmischen, wo Sie Familienangelegenheiten, die besser im verborgenen blieben, aufwühlen, und wo Sie nebenher Menschen die Zeit stehlen, die mehr zu tun haben als Sie. In diesem Augenblick zum Beispiel sollte ich eher eine Abhandlung schreiben als mich mit Ihnen unterhalten.«

»Zweifellos, Doktor; und doch könnte sich diese Unterhaltung als wichtiger als Ihre Abhandlung erweisen. Übrigens darf ich Ihnen sagen, daß wir das Gegenteil dessen tun, was Sie sehr zu Recht tadeln, indem wir uns nämlich bemühen, jegliche öffentliche Zurschaustellung von Privatangelegenheiten zu verhindern, die notwendig folgen muß, wenn der Fall erst einmal der Polizei in die Hände gerät. Betrachten Sie mich einfach als einen irregulären Pionier, der der regulären Armee des Landes vorausgeht. Ich bin hier, um Sie wegen Mr. Godfrey Staunton zu befragen.«

»Was ist mit ihm?«

»Sie kennen Ihn doch wohl?«

»Er ist eng mit mir befreundet.«

»Ist Ihnen bekannt, daß er verschwunden ist?«

»Ach, tatsächlich!« Die schroffen Züge des Arztes änderten ihren Ausdruck nicht.

»Er hat vorige Nacht sein Hotel verlassen. Seitdem hat man nichts mehr von ihm gehört.«

»Er wird zweifellos wiederkommen.«

»Morgen findet das Rugbyspiel der Universitätsmannschaften statt.«

»Ich nehme an diesen kindischen Spielen keinen Anteil. Das Schicksal des jungen Mannes interessiert mich sehr, da ich ihn kenne und er mir gefällt. Das Rugbyspiel hingegen geht mich nicht im geringsten etwas an.«

»Dann erhebe ich Anspruch auf Ihre Anteilnahme an meiner Untersuchung von Mr. Stauntons Schicksal. Wissen Sie, wo er sich befindet?«

»Bestimmt nicht.«

»Sie haben ihn seit gestern nicht gesehen?«

»Nein, das habe ich nicht.«

»War Mr. Staunton ein gesunder Mensch?«

»Vollkommen.«

»Haben Sie je eine Krankheit an ihm festgestellt?«

»Niemals.«

Unversehens hielt Holmes dem Arzt ein Stück Papier vor die Augen. »Dann erklären Sie mir vielleicht einmal diese quittierte Rechnung über dreizehn Guineen: vorigen Monat von Mr. Godfrey Staunton an Dr. Leslie Armstrong in Cambridge gezahlt. Die habe ich den Papieren auf seinem Schreibtisch entnommen.«

Der Arzt wurde rot vor Wut.

»Ich denke, es besteht keinerlei Grund, Ihnen eine Erklärung abzugeben, Mr. Holmes.«

Holmes legte die Rechnung wieder in sein Notizbuch.

»Wenn Sie eine öffentliche Erklärung vorziehen: die wird früher oder später fällig sein«, sagte er. »Ich sagte Ihnen bereits, daß ich geheimhalten kann, was andere in die Öffentlichkeit werden bringen müssen, und Sie täten wirklich klüger daran, mich vollständig ins Vertrauen zu ziehen.«

»Ich weiß gar nichts von der Sache.«

»Haben Sie von Mr. Staunton aus London gehört?«

»Bestimmt nicht.«

»Du liebe Zeit, du liebe Zeit – also wieder das Postamt!« stöhnte Holmes verdrossen. »Godfrey Staunton hat gestern abend um sechs Uhr fünfzehn ein äußerst dringendes Telegramm aus London an Sie geschickt – ein Telegramm, das zweifellos mit seinem Verschwinden zu tun hat –, und es ist nicht bei Ihnen eingetroffen. Sehr tadelnswert. Da werde ich aber mal hier aufs Postamt gehen und Beschwerde einlegen.«

Dr. Leslie Armstrong sprang hinter seinem Schreibtisch hervor, sein finsteres Gesicht war hochrot vor Zorn.

»Verlassen Sie gefälligst mein Haus, Sir«, sagte er. »Sie können Ihrem Auftraggeber, Lord Mount-James, bestellen, daß ich weder mit ihm noch mit seinen Agenten etwas zu tun haben möchte. Nein, Sir, kein Wort mehr!« Er zog wütend an der Glocke. »John, führen Sie diese Gentlemen hinaus.« Ein aufgeblasener Butler brachte uns unnachsichtig an die Tür, und als wir uns auf der Straße wiederfanden, brach Holmes in schallendes Gelächter aus.

»Dr. Leslie Armstrong ist wahrhaftig ein Mann von Tatkraft und Charakter«, sagte er. »Ich habe noch keinen Mann gesehen, der, würde er seine Talente in diese Richtung wenden, besser geeignet wäre, die von dem illustren Moriarty hinterlassene Lücke zu füllen. Und jetzt, mein armer Watson, sind wir hier, gestrandet und ohne Freunde in dieser ungastlichen Stadt, die wir nicht verlassen können, ohne unseren Fall aufzugeben. Dieser kleine Gasthof direkt gegenüber Armstrongs Haus ist genau auf unsere Bedürfnisse zugeschnitten. Wenn Sie ein Vorderzimmer und die für die Nacht erforderlichen Dinge besorgen würden, habe ich vielleicht Zeit, ein paar Nachforschungen anzustellen.«

Das Unternehmen dieser paar Nachforschungen erwies sich jedoch als zeitraubender, als Holmes sich vorgestellt hatte, denn er kam erst kurz vor neun Uhr in den Gasthof zurück. Er war blaß und niedergeschlagen, staubbedeckt und von Hunger und Erschöpfung gezeichnet. Ein kaltes Abendessen stand auf dem Tisch bereit, und als er seine Bedürfnisse befriedigt und seine Pfeife entzündet hatte, war er geneigt, die Dinge auf jene halb komische und gänzlich philosophische Weise zu betrachten, die ihm eigen war, wenn seine Geschäfte schiefgingen. Das Geräusch von Wagenrädern veranlaßte ihn, aufzustehen und aus dem Fenster zu sehen. Vor der Tür des Arztes stand im grellen Schein einer Gaslaterne eine Kutsche mit zwei Grauschimmeln.

»Drei Stunden war er weg«, sagte Holmes; »abgefahren um halb sieben, und da ist er wieder zurück. Das bedeutet einen Radius von zehn bis zwölf Meilen, und das macht er täglich einmal, manchmal auch zweimal.«

»Nichts Ungewöhnliches für einen praktizierenden Arzt.«

»Aber Armstrong ist eigentlich kein praktizierender Arzt. Er ist Dozent und ärztlicher Berater, aber aus normaler Praxisarbeit macht er sich nichts; die hält ihn von seiner literarischen Betätigung ab. Warum unternimmt er also diese langen Fahrten, die ihm außerordentlich lästig sein müssen, und wen besucht er?«

»Sein Kutscher–«

»Mein lieber Watson, können Sie daran zweifeln, daß ich den als ersten befragt habe? Ich weiß nicht, ob es aufgrund seiner angeborenen Boshaftigkeit oder auf Veranlassung seines Herrn geschah, jedenfalls war er grob genug, einen Hund auf mich zu hetzen. Jedoch gefiel der Anblick meines Stocks weder dem Hund noch dem Mann, und die Sache ging daneben. Danach standen wir auf gespanntem Fuß, und weitere Nachforschungen kamen nicht mehr in Frage. Alles, was ich erfahren habe, stammt von einem freundlichen Einheimischen im Hof unseres Gasthauses. Der hat mir von den Gewohnheiten des Doktors und seinem täglichen Ausflug erzählt. Zur Bestätigung seiner Aussage fuhr in diesem Augenblick die Kutsche vor der Tür vor.«

»Konnten Sie sie nicht verfolgen?«

»Ausgezeichnet, Watson! Sie sprühen heute abend ja vor Witz. Diese Idee kam mir in der Tat. Wie Sie vielleicht bemerkt haben, befindet sich gleich neben unserer Herberge ein Fahrradgeschäft. Ich stürzte hinein, mietete ein Fahrrad und konnte mich noch auf den Weg machen, ehe die Kutsche ganz außer Sichtweite war. Ich hatte sie schnell eingeholt und fuhr dann in diskretem Abstand von etwa hundert Yards hinter ihren Rücklichtern her, bis wir die Stadt hinter uns gelassen hatten. Wir hatten schon ein Stück auf der Landstraße zurückgelegt, als sich etwas ziemlich Demütigendes begab. Der Wagen hielt an, der Doktor stieg aus, ging rasch zu der Stelle zurück, an der ich ebenfalls haltgemacht hatte, und sagte mir auf exzellent sardonische Weise, er fürchte, die Straße sei ein wenig eng, und er hoffe, sein Wagen hindere mich nicht, mit meinem Fahrrad an ihm vorbeizufahren. Seine Art, dies auszudrücken, hätte trefflicher nicht sein können. Ich fuhr also gleich an seinem Wagen vorbei und einige Meilen auf der Hauptstraße weiter; dann blieb ich an einem geeigneten Platz stehen, um zu sehen, ob der Wagen vorbeikäme. Er zeigte sich jedoch nicht, und damit war klar, daß er in eine der vielen Nebenstraßen, die ich bemerkt hatte, eingebogen war. Ich fuhr zurück, sah aber wieder nichts von der Kutsche, und jetzt ist sie, wie Sie sehen, nach mir zurückgekommen. Anfangs hatte ich natürlich keinen besonderen Grund, diese Fahrten mit dem Verschwinden Godfrey Stauntons in Verbindung zu bringen, und ich war nur geneigt, ihnen aus dem ganz allgemeinen Grund nachzugehen, daß alles, was Dr. Armstrong betrifft, zur Zeit für uns von Interesse ist; doch nun, da ich feststelle, daß er vor jedermann, der ihn auf seinen Ausflügen verfolgt, dermaßen auf der Hut ist, kommt mir die Sache bedeutsamer vor, und ich werde erst zufrieden sein, wenn ich dahintergekommen bin.«

»Wir können ihn ja morgen verfolgen.«

»Können wir das? Es ist nicht so einfach, wie Sie zu denken scheinen. Die Landschaft von Cambridgeshire ist Ihnen wohl nicht vertraut? Sie eignet sich nicht zum Versteckspielen. Das ganze Land, über das ich heute abend gefahren bin, ist so flach und sauber wie Ihre Handfläche, und der Mann, den wir verfolgen, ist kein Narr, wie er heute abend sehr deutlich bewiesen hat. Ich habe Overton telegraphiert, er solle uns von jeder neuen Entwicklung in London hier in Kenntnis setzen; wir können unterdessen unsere Aufmerksamkeit einzig auf Dr. Armstrong richten, dessen Namen jene zuvorkommende junge Dame im Postamt mich auf dem Kontrollabschnitt von Stauntons dringendem Telegramm lesen ließ. Er weiß, wo der junge Mann sich aufhält – das könnte ich beschwören –, und wenn er es weiß, sind wir selbst schuld, wenn wir es nicht auch in Erfahrung bringen. Gegenwärtig müssen wir eingestehen, daß er die besseren Karten hat, und Sie wissen ja, Watson, es ist nicht meine Art, einen solchen Zustand auf sich beruhen zu lassen.«

Dennoch brachte uns der nächste Tag der Lösung des Rätsels nicht näher. Nach dem Frühstück wurde uns ein Brief hereingebracht, den Holmes lächelnd an mich weiterreichte.

> Sir –
>
> ich kann Ihnen versichern, daß Sie Ihre Zeit verschwenden, wenn Sie mir nachschnüffeln. Wie Sie vorige Nacht festgestellt haben, ist mein Wagen mit einem Rückfenster ausgestattet, und falls Ihnen etwas an einer Fahrt über zwanzig Meilen liegt, die Sie wieder an Ihren Ausgangspunkt zurückführen wird, so brauchen Sie mir nur zu folgen. Unterdessen setze ich Sie davon in Kenntnis, daß Mr. Godfrey Staunton in keiner Weise dadurch zu helfen ist, daß Sie mir nachspionieren. Der beste Dienst, den Sie diesem Gentleman erweisen können, ist nach meiner Überzeugung der, daß Sie unverzüglich nach London zurückkehren und Ihrem Auftraggeber berichten, daß Sie ihn nicht aufspüren können. In Cambridge werden Sie Ihre Zeit mit Sicherheit verschwenden.
>
> Hochachtungsvoll
>
> Leslie Armstrong

»Der Doktor ist ein freimütiger, ehrlicher Gegenspieler«, sagte Holmes. »Nun, nun, er erregt meine Neugier, und ich muß unbedingt mehr wissen, ehe ich ihn verlasse.«

»Sein Wagen steht jetzt vor der Tür«, sagte ich. »Jetzt steigt er ein. Ich habe bemerkt, daß er dabei zu unserem Fenster hochgesehen hat. Soll ich heute mal mein Glück auf dem Fahrrad versuchen?«

»Nein, nein, mein lieber Watson! Bei allem Respekt vor Ihrem natürlichen Scharfsinn dürften Sie dem trefflichen Doktor doch wohl nicht ganz gewachsen sein. Vielleicht gelange ich durch ein paar unabhängige Nachforschungen auf eigene Faust ans Ziel. Ich fürchte, ich werde Sie sich selbst überlassen müssen, da das Erscheinen von *zwei* neugierigen Fremden in einer verschlafenen Landschaft mehr Geschwätz hervorrufen könnte, als mir lieb ist. Sie werden in dieser ehrwürdigen Stadt zweifellos einige interessante Sehenswürdigkeiten finden, und ich hoffe, Ihnen heute abend einen günstigeren Bericht mitbringen zu können.«

Mein Freund sollte jedoch wieder enttäuscht werden. Am Abend kam er erschöpft und erfolglos zurück.

»Der Tag ist ins Wasser gefallen, Watson. Nachdem ich die ungefähre Fahrtrichtung des Doktors herausgefunden hatte, habe ich den Tag damit verbracht, sämtliche Dörfer auf dieser Seite von Cambridge zu besuchen und mit Schankwirten und anderen örtlichen Nachrichtenagenturen Gedanken auszutauschen. Ich habe etwas Boden gewonnen: Chesterton, Histon, Waterbeach und Cakington sind durchforscht worden und haben sich alle als Fehlschlag entpuppt. In solch schläfrigen Nestern hätte man das tägliche Erscheinen eines Zweispänners wohl kaum übersehen. Wieder hat der Doktor einen Punkt gemacht. Ist ein Telegramm für mich gekommen?«

»Ja; ich habe es schon aufgemacht. Hier ist es: ›Bitten Sie Jeremy Dixon vom Trinity College um Pompey.‹ Ich verstehe das nicht.«

»Ach, ganz einfach: Das ist von unserem Freund Overton

und beantwortet meine Anfrage. Ich werde Mr. Jeremy Dixon jetzt eine Nachricht zukommen lassen, und dann wird sich unser Glück zweifellos wenden. Gibt's übrigens was Neues von dem Spiel?«

»Ja, die hiesige Abendzeitung hat in ihrer neuesten Ausgabe einen ausgezeichneten Bericht. Oxford hat mit einem Tor und zwei Versuchen gewonnen. Die letzten Sätze der Reportage lauten: ›Die Niederlage der Hellblauen dürfte ausschließlich der unglücklichen Abwesenheit des hochkarätigen Nationalspielers Godfrey Staunton zuzuschreiben sein, dessen Fehlen sich in jeder Phase des Spiels bemerkbar machte. Die mangelhafte Zusammenarbeit der Three-Quarter-Linie und deren Schwäche sowohl im Angriff als auch in der Verteidigung waren auch durch die Bemühungen einer sonst kompakten hart kämpfenden Mannschaft nicht zu kompensieren.‹«

»Womit also die Befürchtungen unseres Freundes Overton ihre Berechtigung hatten«, sagte Holmes. »Persönlich bin ich mit Dr. Armstrong einer Meinung: Rugby interessiert mich nicht im geringsten. Heute abend früh ins Bett, Watson, denn ich sehe voraus, daß es morgen einen ereignisreichen Tag geben wird.«

Holmes' Anblick am nächsten Morgen setzte mich in Schrekken, denn er saß mit seiner kleinen hypodermatischen Spritze vor dem Kamin. Ich mußte gleich an seine einzige Charakterschwäche denken und fürchtete das Schlimmste, als ich sie in seiner Hand glitzern sah. Er lachte mich ob meiner bestürzten Miene aus und legte die Spritze auf den Tisch.

»Nein, nein, mein Lieber, kein Grund zur Aufregung. Sie ist in diesem Falle nicht das Werkzeug des Bösen, sondern wird sich eher als der Schlüssel erweisen, der unser Geheimnis aufschließt. Auf dieser Spritze basieren alle meine Hoffnungen. Ich komme soeben von einem kleinen Erkundungsgang zurück, und alles sieht günstig aus. Frühstücken Sie ordentlich, Watson, denn ich beabsichtige, Dr. Armstrong heute auf die Spur zu kommen, und wenn ich einmal dabei bin, werde ich nicht zum Ausruhen oder Essen innehalten, bis ich ihn in seinem Bau aufgestöbert haben werde.«

»In diesem Falle«, sagte ich, »sollten wir unser Frühstück am besten mitnehmen, denn heute fährt er früh los. Sein Wagen steht schon vor der Tür.«

»Das macht nichts. Lassen Sie ihn fahren. Er muß schon sehr schlau sein, wenn er irgendwo hinfahren kann, wohin wir ihm nicht folgen können. Wenn Sie fertig sind, kommen Sie mit mir nach unten; ich werde Ihnen dann einen Detektiv vorstellen, der für die vor uns liegende Arbeit ganz hervorragend geeignet ist.«

Wir gingen hinunter, und ich folgte Holmes in den Stallhof, wo er die Tür einer Box öffnete und einen gedrungenen, weißbraun gefleckten Hund mit Hängeohren herausließ – ein Mitteldıng zwischen einem Beagle und einem Fuchshund.

»Ich darf Ihnen Pompey vorstellen«, sagte er. »Pompey ist der Stolz der hiesigen Jagdhunde, nicht gerade ein Renner, wie sein Körperbau beweist, aber ein ausgezeichneter Spürhund. Nun, Pompey, magst du auch nicht schnell sein, so denke ich doch, daß du zu schnell bist für zwei mittelalterige Londoner Gentlemen; ich bin daher so frei, diesen Lederriemen an deinem Halsband zu befestigen. Und jetzt komm, Junge, und zeig uns, was du kannst.« Er führte ihn zur Haustür des Doktors herüber. Der Hund schnüffelte kurz herum, dann lief er mit einem aufgeregten hohen Winseln los und zerrte an seiner Leine, um nur schneller laufen zu können. Nach einer halben Stunde hatten wir die Stadt hinter uns gelassen und hasteten eine Landstraße entlang.

»Was haben Sie getan, Holmes?« fragte ich.

»Es ist ein abgedroschener, altehrwürdiger Kunstgriff, der aber gelegentlich noch zu etwas nütze ist. Ich bin heute morgen auf den Hof des Doktors gegangen und habe meine mit Anisett gefüllte Spritze über dem Hinterrad seiner Kutsche ausgedrückt. Anisett würde einen Spürhund von hier bis John o' Groats locken, und unser Freund Armstrong müßte schon durch den Cam fahren, um Pompey von seiner Fährte abzubringen. Oh, der verschmitzte Schurke! So ist er mir also gestern abend entwischt!«

Der Hund war plötzlich von der Hauptstraße in einen grasbewachsenen Weg eingebogen. Eine halbe Meile weiter mündete dieser wieder auf eine breite Straße, und die Spur wandte sich scharf nach rechts in Richtung auf die Stadt zu, die wir gerade verlassen hatten. Die Straße machte einen Bogen zum Süden der Stadt und verlief dann weiter in der entgegengesetzten Richtung, in der wir losgegangen waren.

»Diesen Umweg hat er also nur uns zu Gefallen unternommen?« sagte Holmes. »Kein Wunder, daß meine Nachforschungen in diesen Dörfern nichts erbracht haben. Der Doktor hat sein Spiel wahrlich nach besten Kräften gespielt, und ich würde doch gerne den Grund für ein so kunstvolles Täuschungsmanöver erfahren. Das da rechts dürfte das Dorf Trumpington sein. Und, Donnerwetter, da biegt sein Wagen um die Ecke! Schnell, Watson, schnell, oder wir sind erledigt!«

Er sprang durch ein Tor auf einen Acker und zerrte den widerstrebenden Pompey hinterdrein. Kaum hatten wir uns hinter der Hecke verborgen, als die Kutsche vorbeiratterte. Drinnen sah ich flüchtig Dr. Armstrong, er saß da mit gebeugten Schultern, der Kopf war auf die Hände gesunken – das reinste Bild des Elends. Am ernster gewordenen Gesicht meines Gefährten konnte ich erkennen, daß auch er ihn gesehen hatte.

»Ich fürchte, unsere Suche wird ein finsteres Ende nehmen«, sagte er. »Es kann nicht mehr lange dauern, bis wir es wissen. Komm, Pompey! Ah, das Landhaus auf dem Feld dort ist es.«

Es konnte kein Zweifel daran bestehen, daß wir das Ziel unseres Ausflugs erreicht hatten. Pompey rannte ungeduldig winselnd vor dem Tor herum, wo noch die Spuren der Wagenräder zu sehen waren. Ein Fußweg führte zu dem einsamen Häuschen herüber. Holmes band den Hund am Heckenzaun fest, und wir hasteten weiter. Mein Freund klopfte an die kleine, einfache Tür, er klopfte noch einmal, ohne daß sich etwas rührte. Und doch war das Haus nicht verlassen; es drang nämlich ein leises Geräusch an unsere Ohren – ein schmerzliches, verzweifeltes Stöhnen, das unbeschreiblich traurig klang. Holmes hielt unentschlossen inne, dann blickte er zur Straße zurück, die wir gerade überquert hatten. Eine Kutsche kam heran, und diese Grauschimmel waren nicht zu verwechseln.

»Auch das noch, der Doktor kommt zurück!« rief Holmes. »Das nimmt uns die Entscheidung ab. Wir müssen unbedingt sehen, was das zu bedeuten hat, ehe er hier ist.«

Er machte die Tür auf, und wir traten in den Vorraum. Das Stöhnen schwoll stärker an, bis es zu einem einzigen langgezogenen, tiefen gequälten Heulen wurde. Es kam von oben. Holmes jagte die Treppe hoch, und ich ihm nach. Er stieß eine angelehnte Tür auf, und wir beide blieben entsetzt vor dem Anblick stehen, der sich uns bot.

Eine junge und schöne Frau lag tot auf dem Bett. Ihr ruhiges, bleiches Antlitz mit den matten, weit offenen blauen Augen schwamm im Gewirr ihres goldnen Haars. Am Fuß des Bettes, halb sitzend, halb kniend, das Gesicht in den Laken vergraben, hockte ein junger Mann, dessen Körper von heftigem Schluchzen erschüttert wurde. Er war so sehr in seinen bitteren Schmerz vertieft, daß er erst aufsah, als Holmes' Hand auf seiner Schulter lag.

»Sind Sie Mr. Godfrey Staunton?«

»Ja, ja; der bin ich – aber Sie kommen zu spät. Sie ist tot.«

Der Mann war so verwirrt, daß ihm nicht begreiflich gemacht werden konnte, daß wir nicht Ärzte waren, die man ihm zu Hilfe geschickt hatte. Holmes bemühte sich, einige Trostworte hervorzubringen und die Aufregung zu erklären, die sein plötzliches Verschwinden bei seinen Freunden verursacht hatte, als auf der Treppe Schritte ertönten und das wuchtige, strenge und fragende Gesicht Dr. Armstrongs in der Tür erschien.

»So, Gentlemen«, sagte er, »Sie sind an Ihr Ziel gelangt, und Sie haben wahrhaftig einen besonders delikaten Zeitpunkt für Ihr Eindringen gewählt. Ich will im Angesicht des Todes nicht streiten, aber ich kann Ihnen versichern, daß Ihr ungeheuerliches Benehmen nicht ungestraft durchgehen würde, wenn ich ein wenig jünger wäre.«

»Verzeihen Sie, Dr. Armstrong, ich denke, wir mißverstehen uns gegenseitig«, sagte mein Freund würdevoll. »Wenn Sie uns nach unten folgen wollen, dürften wir in der Lage sein, einander über diese betrübliche Angelegenheit aufzuklären.«

Eine Minute darauf saßen der grimmige Doktor und wir unten im Wohnzimmer.

»Nun, Sir?« fragte er.

»Zunächst einmal möchte ich Ihnen klarmachen, daß ich nicht für Lord Mount-James arbeite und daß meine Sympathien in dieser Sache ganz und gar nicht auf seiten jenes Adligen sind. Wenn ein Mann verschwindet, ist es meine Pflicht, sein Schicksal zu ermitteln, doch wenn ich das getan habe, ist die Angelegenheit für mich beendet; und solange nichts Kriminelles mit im Spiel ist, liegt mir viel mehr daran, private Skandale zu vermeiden als ihnen zu Publizität zu verhelfen. Wenn, wie ich mir einbilde, in diesem Fall hier kein Gesetzesbruch vorliegt, können Sie sich auf meine Diskretion und meine Mithilfe dabei, die Tatsachen nicht in die Zeitungen gelangen zu lassen, vollkommen verlassen!«

Dr. Armstrong trat rasch vor und drückte Holmes die Hand.

»Sie sind ein guter Mann«, sagte er. »Ich hatte Sie falsch eingeschätzt. Ich danke dem Himmel dafür, daß meine Gewissensbisse, den armen Staunton in seinem schlimmen Zustand ganz allein gelassen zu haben, mich dazu veranlaßt haben, meinen Wagen zu wenden und so Ihre Bekanntschaft gemacht zu haben. Wenn man schon soviel weiß wie Sie, ist die Situation sehr leicht zu erklären. Vor einem Jahr wohnte Godfrey Staunton eine Zeitlang in London, wo er sich leidenschaftlich in die Tochter seiner Hauswirtin verliebte, die er auch heiratete. Sie war so gut, wie sie schön war, und so intelligent wie gut. Kein Mann braucht sich wegen einer solchen Frau zu schämen. Aber Godfrey war der Erbe dieses griesgrämigen alten Adligen, und es stand ziemlich fest, daß die Nachricht von seiner Verehelichung das Ende seiner Erbschaft bedeutet hätte. Ich kannte den Jungen gut, und ich mochte ihn wegen seiner vielen ausgezeichneten Eigenschaften. Ich tat, was ich konnte, um ihm zu helfen, die Dinge in Ordnung zu halten. Wir taten unser Allerbestes, die Sache vor jedermann geheimzuhalten, denn wenn ein solches Gerücht erst einmal in Umlauf kommt, weiß es binnen kurzem jeder. Dank dieses einsamen Häuschens und seiner Verschwiegenheit hatte Godfrey bis jetzt Erfolg. Ihr Geheimnis war niemandem bekannt als mir und einem ausgezeichneten Diener, der augenblicklich in Trumpington ist, um Hilfe zu holen. Schließlich aber schlug das Schicksal furchtbar zu, und seine Frau wurde gefährlich krank. Es war Schwindsucht der bösartigsten Sorte. Der arme Junge war halb wahnsinnig vor Kummer, und doch mußte er nach London fahren, um an diesem Spiel teilzunehmen; denn er konnte sich dem nicht ohne irgendwelche Erklärungen entziehen, die sein Geheimnis ans Licht gebracht hätten. Ich versuchte ihn durch ein Telegramm aufzumuntern, worauf er mir antwortete und mich anflehte, alles zu tun, was in meinen Kräften stünde. Dies war das Telegramm, das Ihnen auf irgendeine unerklärliche Weise bekanntgeworden zu sein scheint. Ich habe ihm nicht gesagt, wie dringend die Gefahr war, da ich wußte, daß er hier nicht helfen konnte, doch dem Vater des Mädchens habe ich die Wahrheit geschrieben, und er hat höchst unbesonnen Godfrey davon Mitteilung gemacht. Mit dem Ergebnis, daß er in einem Zustand, der an Raserei grenzte, unverzüglich hierherkam; und in diesem Zustand verharrte er, am Fußende ihres Bettes knieend, bis heute morgen der Tod ihrem Leiden ein Ende machte. Das ist alles, Mr. Holmes, und ich bin sicher, daß ich auf Ihre Diskretion und die Ihres Freundes zählen kann.«

Holmes schüttelte dem Doktor die Hand.

»Kommen Sie, Watson«, sagte er, und wir traten aus diesem Haus der Trauer hinaus ins bleiche Sonnenlicht des Winters.

ABBEY GRANGE

Es war an einem bitterkalten, frostigen Morgen im Winter des Jahres 1897, als ich von einem Zerren an meiner Schulter geweckt wurde. Es war Holmes. Die Kerze in seiner Hand beleuchtete sein ungeduldiges herabgebeugtes Gesicht, und ich sah mit einem Blick, daß irgend etwas nicht in Ordnung war.

»Los Watson, los!« rief er. »Das Wild ist auf. Kein Wort! Ziehen Sie sich an und kommen Sie!«

Zehn Minuten später saßen wir beide in einer Kutsche und ratterten durch die stillen Straßen zur Charing Cross Station. Zaghaft begann die Winterdämmerung heraufzukommen, und ab und zu konnten wir, ganz verschwommen und undeutlich im schillernden Dunst Londons, die Gestalt eines früh aufgestandenen Arbeiters vag an uns vorbeigehen sehen. Holmes hatte sich schweigend in seinen schweren Mantel gehüllt, und ich tat es ihm mit Vergnügen gleich, denn die Luft war schneidend kalt, und keiner von uns hatte gefrühstückt. Erst nachdem wir am Bahnhof einen heißen Tee getrunken und im Zug nach Kent unsere Plätze eingenommen hatten, waren wir soweit aufgetaut, daß er sprechen und ich zuhören konnte. Holmes zog einen Brief aus seiner Tasche und las ihn laut vor:

> Abbey Grange, Marsham, Kent, 3.30 Uhr
>
> Mein lieber Mr. Holmes – es würde mich sehr freuen, wenn Sie mir unverzüglich bei einem Fall zu Hilfe kämen, der höchst bemerkenswert zu werden verspricht. Die Sache liegt ganz auf Ihrer Linie. Bis auf die Befreiung der Lady werde ich dafür sorgen, daß alles genau so bleibt, wie ich es vorgefunden habe, doch bitte ich Sie, keine Sekunde zu verlieren, da Sir Eustace nicht lange dort wird liegenbleiben können.
>
> Hochachtungsvoll Ihr STANLEY HOPKINS

»Siebenmal hat Hopkins mich schon zu sich gerufen, und jedesmal war seine Aufforderung durchaus berechtigt«, sagte Holmes. »Ich nehme an, daß jeder einzelne seiner Fälle in Ihre Sammlung Eingang gefunden hat, und ich muß zugeben, Watson, daß Ihre Begabung, Dinge auszuwählen, für einiges entschädigt, was ich an Ihren Berichten bedauere. Ihr fataler Hang, jeden Fall nur als Erzählung und nicht als wissenschaftliches Exerzitium zu betrachten, hat eine möglicherweise lehrreiche, ja gar klassische Reihe von Demonstrationen zugrunde gerichtet. Sie gehen über ein Schaffen von äußerster Finesse und Eleganz hinweg, um bei sensationellen Einzelheiten zu verweilen, die den Leser zwar aufregen mögen, ihn aber kaum belehren können.«

»Warum schreiben Sie dann nicht selbst?« fragte ich ihn ein wenig verbittert.

»Das werde ich noch, mein lieber Watson, das werde ich. Zur Zeit bin ich, wie Sie wissen, ziemlich beschäftigt, aber ich habe die Absicht, meinen Lebensabend dem Abfassen eines Lehrbuchs zu widmen, in dem die gesamte Kunst des Detektivs in einem Bande konzentriert sein soll. Bei unserem gegenwärtigen Fall scheint es sich um Mord zu handeln.«

»Sie glauben also, dieser Sir Eustace ist tot?«

»Das möchte ich meinen. Hopkins' Schrift zeugt von beträchtlicher Erschütterung, und so leicht regt ihn nichts auf. Ja, ich vermute, es geht um ein Gewaltverbrechen, und die Leiche liegt noch da, damit wir sie inspizieren können. Ein bloßer Selbstmord hätte ihn nicht veranlaßt, mich herbeizurufen. Was die Befreiung dieser Lady betrifft, so scheint mir, daß sie während der Tragödie in ihrem Zimmer eingeschlossen war. Wir bewegen uns in hohen Kreisen, Watson – knisterndes Papier, das Monogramm ›E. B.‹, das Wappen, die pittoreske Anschrift. Ich glaube, Freund Hopkins wird seinem Ruf gerecht werden, und wir werden einen interessanten Morgen haben. Das Verbrechen wurde letzte Nacht vor zwölf Uhr verübt.«

»Wie kommen Sie nur darauf?«

»Ich habe die Züge überprüft und die Zeit berechnet. Die Ortspolizei mußte gerufen werden, die mußte wiederum mit Scotland Yard in Verbindung treten, Hopkins mußte herausfahren, und er mußte wiederum nach mir schicken lassen. Das alles nimmt eine ganze Nacht in Anspruch. Nun, das hier ist Chislehurst Station, und bald werden unsere Zweifel behoben sein.«

Eine Fahrt über einige Meilen schmaler Landstraßen brachte uns an ein Parktor, das uns von einem alten Pförtner geöffnet wurde, dessen verstörtes Gesicht von irgendeinem beträchtlichen Unglücksfall kündete. Der Weg lief unter alten Ulmen hin durch einen stattlichen Park und endete vor einem flachen, weitläufigen Haus, dessen Vorderfront nach Art Palladios mit Säulen geschmückt war. Der mittlere Teil, ganz in Efeu gehüllt, war offenbar schon sehr alt, doch wiesen die großen Fenster auf neuzeitliche Restaurierungsarbeiten hin, und ein Flügel des Gebäudes schien vollkommen neu zu sein. Aus der offenen Eingangstür sah uns die jugendliche Gestalt und das muntere, ungeduldige Gesicht von Inspektor Stanley Hopkins entgegen.

»Ich freue mich sehr, daß Sie gekommen sind, Mr. Holmes. Und Sie auch, Dr. Watson! Aber wenn ich noch einmal von vorn anfangen könnte, würde ich Sie wirklich nicht herbemüht haben, denn seit die Lady wieder zu sich gekommen ist, hat sie einen so deutlichen Bericht von der Sache abgegeben, daß uns kaum noch etwas zu tun übrigbleibt. Sie erinnern sich doch an diese Einbrecherbande aus Lewisham?«

»Was – die drei Randalls?«

»Genau; der Vater und seine zwei Söhne. Es ist ihr Werk, daran ist kein Zweifel. Vor zwei Wochen haben sie in Sydenham ein Ding gedreht, wobei sie beobachtet und beschrieben wurden. Ziemlich unverfroren, so schnell und so in der Nähe noch was zu unternehmen; aber sie waren es, ganz zweifellos. Diesmal wird es sie an den Galgen bringen.«

»Sir Eustace ist demnach tot?«

»Ja; man hat ihm mit seinem Schürhaken den Schädel eingeschlagen.«

»Sir Eustace Brackenstall, wie ich vom Kutscher gehört habe.«

»Jawohl – einer der reichsten Männer in Kent. Lady Brackenstall ist im *morning-room*. Die arme Frau, sie hat ganz Fürchterliches mitgemacht. Sie wirkte halb tot, als ich sie zum erstenmal sah. Ich denke, Sie sollten am besten zu ihr gehen und sich von ihr die Tatsachen berichten lassen. Danach werden wir zusammen das Speisezimmer untersuchen.«

Lady Brackenstall war keine gewöhnliche Person. Selten habe ich eine so anmutige Figur gesehen, eine so weibliche Erscheinung und ein so schönes Gesicht. Sie war goldblond, hatte blaue Augen und hätte zweifellos jene vollkommene Hautfarbe gehabt, die diesem Typus eigen ist, wenn ihr jüngstes Erlebnis sie nicht mit Schmerz und Verhärmung gezeichnet hätte. Sie litt sowohl körperlich als auch geistig, denn über einem Auge erhob sich eine scheußliche, pflaumenfarbene Schwellung, die ihr Dienstmädchen, eine große, strenge Frau, emsig mit Wasser und Essig benetzte. Die Lady lag erschöpft auf einer Couch, doch ließen ihr rascher, aufmerkender Blick, als wir das Zimmer betraten, und der wachsame Ausdruck auf ihren schönen Zügen erkennen, daß weder ihr Verstand noch ihr Mut von dem schrecklichen Erlebnis erschüttert worden waren. Sie war in einen weiten, blausilbernen Morgenmantel gehüllt, doch lag auf der Couch neben ihr ein mit Ziermünzen geschmücktes Abendkleid.

»Ich habe Ihnen doch schon alles erzählt, Mr. Hopkins«, sagte sie verdrießlich; »könnten Sie es nicht für mich wiederholen? Nun, wenn Sie es für nötig halten, so werde ich diesen Gentlemen erzählen, was vorgefallen ist. Sind sie schon im Speisezimmer gewesen?«

»Ich hielt es für besser, daß sie zuvor Euer Ladyship Bericht vernähmen.«

»Es soll mich freuen, wenn Sie die Sache erledigen können.

Der Gedanke, daß er noch immer da liegt, ist mir entsetzlich.« Sie schauderte und vergrub ihr Gesicht einen Augenblick in ihren Händen. Dabei gab der lose Mantel ihren Unterarm frei, und Holmes stieß hervor:

»Sie haben ja noch mehr Verletzungen, Madam! Was ist das?« Zwei deutliche rote Flecken stachen von einem der weißen runden Glieder ab. Sie bedeckte es hastig.

»Das ist nichts. Es hat mit der scheußlichen Sache von letzter Nacht nichts zu tun. Wenn Sie und Ihr Freund Platz nehmen wollen, werde ich Ihnen alles erzählen, was ich kann.

Ich bin Sir Eustace Brackenstalls Frau. Wir haben vor etwa einem Jahr geheiratet. Es hat wohl keinen Zweck, wenn ich zu verheimlichen suche, daß unsere Ehe nicht glücklich gewesen ist. Ich fürchte, alle unsere Nachbarn würden Ihnen das erzählen, selbst wenn ich versuchen sollte, es abzustreiten. Die Schuld liegt vielleicht zum Teil bei mir. Ich wurde in der freieren, weniger konventionellen Atmosphäre Südaustraliens erzogen, und dieser englische Lebensstil mit seinen Anstandsregeln und Förmlichkeiten sagt mir überhaupt nicht zu. Der Hauptgrund aber liegt in der einen Tatsache, die auch jedermann bekannt ist, daß nämlich Sir Eustace ein Gewohnheitstrinker war. Es ist widerwärtig, mit einem solchen Mann auch nur eine Stunde zu verbringen. Können Sie sich vorstellen, was es für eine sensible und stolze Frau bedeutet, Tag und Nacht an ihn gebunden zu sein? Es ist ein Frevel, ein Verbrechen, eine Niedertracht, zu behaupten, daß eine solche Ehe bindend sei. Ich sage, diese Ihre ungeheuerlichen Gesetze werden einen Fluch über das Land bringen – der Himmel wird eine solche Schande nicht andauern lassen.« Sie setzte sich kurz auf, ihre Wangen röteten sich, und ihre Augen flammten unter dem schrecklichen Mal auf ihrer Stirn. Dann drückte die kräftige, beschwichtigende Hand des strengen Dienstmädchens ihren Kopf wieder auf das Kissen, und ihr maßloser Zorn erstickte in leidenschaftlichem Schluchzen. Schließlich fuhr sie fort:

»Ich will Ihnen von der vorigen Nacht erzählen. Ihnen ist

vielleicht bekannt, daß sämtliche Dienstboten dieses Hauses in dem modernen Flügel schlafen. In diesem mittleren Teil hier befinden sich die Wohnräume, dahinter die Küche und oben unser Schlafzimmer. Mein Mädchen Theresa schläft oben in meinem Zimmer. Sonst ist dort niemand, und kein Geräusch könnte die Leute in dem entfernten Flügel wecken. Dies muß den Räubern wohlbekannt gewesen sein, sonst wären sie nicht so vorgegangen.

Sir Eustace hat sich um halb elf zurückgezogen. Die Diener waren schon in ihre Unterkünfte gegangen. Nur mein Mädchen war noch auf; sie war in ihrem Zimmer ganz oben im Haus geblieben, bis ich ihre Dienste brauchte. Ich saß, in ein Buch vertieft, bis nach elf in diesem Zimmer. Dann machte ich einen Rundgang, um zu sehen, ob alles in Ordnung wäre, ehe ich nach oben ginge. Es war meine Angewohnheit, dies selbst zu tun, da auf Sir Eustace, wie ich schon sagte, nicht immer Verlaß war. Ich ging in die Küche, den Anrichteraum, den Gewehrraum, das Billardzimmer, den Salon und schließlich in das Speisezimmer. Als ich mich dem Fenster näherte, das mit schweren Vorhängen bedeckt ist, spürte ich plötzlich, wie mir der Wind ins Gesicht wehte, und ich bemerkte, daß es offenstand. Ich zog den Vorhang auf und sah mich einem breitschultrigen älteren Mann gegenüber, der eben in das Zimmer gestiegen war. Das Fenster ist so ein hohes französisches, eigentlich eine Tür, die auf den Rasen hinausführt. Ich hielt meine brennende Schlafzimmerkerze in der Hand, und in ihrem Licht sah ich hinter dem ersten Mann zwei weitere hereinkommen. Ich trat zurück, aber der Kerl stürzte sich sofort auf mich. Zuerst packte er mich am Handgelenk und dann bei der Kehle. Ich machte den Mund auf, um zu schreien, doch er gab mir einen brutalen Schlag mit der Faust übers Auge und warf mich zu Boden. Ich muß ein paar Minuten bewußtlos gewesen sein, denn als ich wieder zu mir kam, stellte ich fest, daß sie die Glockenschnur abgerissen und mich fest an den Eichenstuhl am Kopfende des Eßzimmertischs gebunden hatten. Ich war so stark gefesselt, daß ich mich nicht bewegen konnte, und ein Taschentuch vor meinem Mund hinderte mich daran, irgendeinen Ton von mir zu geben. In diesem Augenblick betrat mein unglücklicher Mann das Zimmer. Offenbar hatte er etwas Verdächtiges gehört, und er war vorbereitet auf eine solche Szene, wie er sie nun antraf. Er war mit Hemd und Hosen bekleidet und trug seine Lieblingskeule aus Schwarzdorn in der Hand. Er stürzte sich auf einen der Einbrecher, aber ein anderer – es war der ältere – bückte sich, nahm den Schürhaken aus dem Kamin und versetzte ihm damit einen furchtbaren Schlag. Er brach, ohne einen Ton von sich zu geben, zusammen und rührte sich nicht mehr. Ich fiel wieder in Ohmacht, doch kann ich wiederum nur einige wenige Minuten bewußtlos gewesen sein. Als ich die Augen aufschlug, sah ich, daß sie das Silber aus dem Geschirrschrank geholt hatten; außerdem hatten sie eine Flasche Wein, die dort herumstand, aufgemacht. Jeder hielt ein Glas in der Hand. Ich habe Ihnen wohl schon gesagt, daß der eine ein älterer Mann war, mit Bart, während die anderen junge, bartlose Burschen waren. Es hätte ein Vater mit seinen beiden Söhnen sein können. Sie sprachen flüsternd miteinander. Dann kamen sie herüber und vergewisserten sich, daß meine Fesseln noch ordentlich saßen. Schließlich gingen sie und schlossen das Fenster hinter sich. Ich brauchte eine volle Viertelstunde, um meinen Mund freizubekommen. Auf meine Schreie hin kam mir dann das Mädchen zu Hilfe. Die anderen Dienstboten waren rasch alarmiert, und wir schickten nach der hiesigen Polizei, die sich sofort mit London in Verbindung setzte. Mehr kann ich Ihnen wirklich nicht sagen, Gentlemen, und ich hoffe, ich werde diese schreckliche Geschichte nicht noch einmal erzählen müssen.«

»Irgendwelche Fragen, Mr. Holmes?« sagte Hopkins.

»Ich möchte Lady Brackenstalls Zeit und Geduld nicht weiter in Anspruch nehmen«, sagte Holmes. »Doch ehe ich in das Speisezimmer gehe, würde ich gerne noch hören, wie Sie die Sache erlebt haben.« Er sah das Mädchen an.

»Ich habe die Männer schon gesehen, noch bevor sie in das

Haus gekommen sind«, sagte sie. »Als ich an meinem Schlafzimmerfenster saß, sah ich im Mondlicht drüben bei der Pförtnerloge drei Männer, aber da habe ich mir nichts bei gedacht. Mehr als eine Stunde danach hörte ich meine Herrin schreien, ich lief hinunter und fand das arme Lämmchen genau so, wie sie sagt, und ihn auf dem Boden, und sein Blut und sein Gehirn übers ganze Zimmer verspritzt. Das hätte eine Frau glatt um den Verstand bringen können, so gefesselt dazuliegen, und sogar ihr Kleid war mit ihm besudelt; aber meiner Miss Mary Fraser aus Adelaide hat's noch nie an Mut gefehlt, und die Lady Brackenstall von Abbey Grange hat sich da auch nicht verändert. Sie haben sie lange genug befragt, Gentlemen, und jetzt wird sie mit ihrer alten Theresa auf ihr Zimmer gehen, um endlich die Ruhe zu bekommen, die sie dringend braucht.«

Die hagere Frau legte mit mütterlicher Zärtlichkeit den Arm um ihre Herrin und führte sie aus dem Zimmer.

»Sie ist schon ihr ganzes Leben lang bei ihr«, sagte Hopkins. »Hat sie als Säugling großgezogen und ist mit ihr nach England gekommen, als sie vor achtzehn Monaten Australien zum erstenmal verließen. Theresa Wright heißt sie; ein Hausmädchen, wie man sie heute nicht mehr findet. Hier entlang, Mr. Holmes, bitte sehr!«

Das gespannte Interesse war aus Holmes' ausdrucksvollen Zügen gewichen, und ich wußte, daß mit dem Rätselhaften der ganze Reiz des Falles verschwunden war. Es blieb zwar noch eine Verhaftung durchzuführen, aber wer waren schon diese banalen Gauner, daß er sich an ihnen die Hände schmutzig machen sollte? Ein erfahrener Facharzt für abstruse Krankheiten, den man zu einem Fall von Masern herbeizöge, würde etwas von der Verärgerung spüren, die ich in den Augen meines Freundes las. Freilich war der Anblick des Speisezimmers von Abbey Grange merkwürdig genug, um seine Aufmerksamkeit zu fesseln und sein schwindendes Interesse wieder wachzurufen.

Es war ein sehr großer und hoher Raum mit geschnitzter

Eichendecke und ebensolcher Täfelung; die Wände waren mit einer Reihe von Tierköpfen und alten Waffen geschmückt. Das hohe französische Fenster, von dem wir bereits gehört hatten, befand sich an der der Tür gegenüber liegenden Seite. Drei kleinere Fenster zur Rechten erfüllten das Zimmer mit dem kalten Licht der Wintersonne. Zur Linken befand sich ein großer, tiefer Kamin mit wuchtig überhängendem Eichensims. Neben dem Kamin stand ein schwerer Eichenstuhl mit Armlehnen und Querstreben zwischen den Beinen. Das ganze Holzwerk war von einer roten Schnur umschlungen, die an beiden Seiten der unteren Querstrebe befestigt war. Bei der Befreiung der Lady hatte man die Schnur lediglich von ihr abgestreift, die Knoten aber so belassen. Diese Einzelheiten fielen uns erst hinterher auf, da unsere Gedanken vollständig von dem entsetzlichen Gegenstand in Anspruch genommen wurden, der auf dem Tigerfell vor dem Kamin hingebreitet lag.

Es war die Leiche eines großen, gutgebauten Mannes von circa vierzig Jahren. Er lag auf dem Rücken, das Gesicht nach oben gewandt, seine weißen Zähne blitzten unter seinem kurzen schwarzen Bart hervor. Er hielt beide Hände geballt über seinen Kopf, darüber lag ein schwerer Schwarzdornstock. Sein dunkles, ansehnliches Adlergesicht war von rachsüchtigem Haß verkrampft, was seinem Totenantlitz einen furchtbaren, satanischen Ausdruck verlieh. Er hatte offenbar schon im Bett gelegen, als er die besorgniserregenden Geräusche gehört hatte, denn er trug ein stutzerhaftes, besticktes Nachthemd, und die Füße, die aus seinen Hosen ragten, waren nackt. Sein Kopf war gräßlich verwundet, und der ganze Raum zeugte von der wilden Wucht des Schlages, der ihn niedergestreckt hatte. Neben ihm lag der schwere Schürhaken; der Aufprall hatte ihn verbogen. Holmes untersuchte sowohl den Schürhaken als auch die damit angerichtete unbeschreibliche Zerstörung.

»Das muß ein starker Mann sein, dieser ältere Randall«, bemerkte er.

»In der Tat«, sagte Hopkins. »Ich habe mich über diesen Burschen informiert; das ist ein ganz rauher Kerl.«

»Es dürfte Ihnen nicht schwerfallen, ihn zu fassen.«

»Nicht im geringsten. Es lief bereits eine Fahndung gegen ihn, und einiges wies darauf hin, daß er nach Amerika geflohen ist. Jetzt, wo wir wissen, daß die Bande noch hier ist, wüßte ich nicht, wie sie uns entkommen sollte. Wir haben bereits sämtliche Seehäfen benachrichtigt, und noch vor heute abend wird eine Belohnung ausgesetzt werden. Mir ist es nur ein Rätsel, wie sie so etwas Verrücktes haben tun können, wo sie doch wußten, daß die Lady sie beschreiben würde und daß wir sie anhand der Beschreibung erkennen würden.«

»Sehr richtig. Man hätte erwartet, daß sie Lady Brackenstall ebenfalls zum Schweigen gebracht hätten.«

»Vielleicht haben sie nicht gemerkt«, schlug ich vor, »daß sie aus ihrer Ohnmacht aufgewacht war.«

»Gut möglich. Wenn sie den Eindruck machte, als ob sie bewußtlos war, brauchten sie ihr nicht das Leben zu nehmen. Was ist eigentlich mit diesem armen Burschen, Hopkins? Ich glaube, schon einiges Merkwürdige über ihn gehört zu haben.«

»Nüchtern war er ein liebenswürdiger Mann, aber der reinste Satan, wenn er betrunken war, das heißt, wenn er halb betrunken war, denn er hat sich nur selten ganz gehen lassen. Er schien dann geradezu vom Teufel besessen und war zu allem fähig. Wie ich erfahren habe, ist er uns, trotz seinem Reichtum und seinem Titel, schon ein paarmal bedenklich nahe gekommen. Einmal gab's einen Skandal, als er einen Hund mit Petroleum übergossen und angezündet hatte – den Hund der Lady, um die Sache noch schlimmer zu machen –, was sich nur unter Schwierigkeiten vertuschen ließ. Und einmal hat er eine Karaffe nach diesem Hausmädchen Theresa Wright geworfen; da hat's Scherereien gegeben. Insgesamt betrachtet – dies nur unter uns –, wird das Haus ohne ihn heiterer sein. Was haben Sie denn jetzt entdeckt?«

Holmes hatte sich hingekniet und untersuchte mit großer Aufmerksamkeit die Knoten in der roten Schnur, mit der die

Lady gefesselt worden war. Sodann prüfte er sorgfältig die zerfranste Stelle, an der sie abgerissen war, als der Einbrecher sie heruntergezerrt hatte.

»Als man die Schnur abgerissen hat, muß die Glocke in der Küche laut geschellt haben«, bemerkte er.

»Das konnte niemand hören. Die Küche befindet sich ganz hinten im Haus.«

»Woher wußte der Einbrecher, daß niemand das hören würde? Wie konnte er es wagen, so leichtsinnig an einer Glokkenschnur zu ziehen?«

»Genau, Mr. Holmes, genau. Damit stellen Sie eben die Frage, die ich mir selbst immer wieder gestellt habe. Es kann kein Zweifel daran bestehen, daß dieser Kerl das Haus und seine Gewohnheiten gekannt haben muß. Er muß genau gewußt haben, daß die gesamte Dienerschaft zu dieser verhältnismäßig frühen Stunde zu Bett sein würde und daß unmöglich jemand die Glocke in der Küche hören konnte. Demnach muß er mit einem der Dienstboten in engem Bunde gestanden haben. Dies liegt auf der Hand. Aber es gibt hier acht Dienstboten, und die haben alle einen guten Leumund.«

»Wenn sonst alles seine Richtigkeit hat«, sagte Holmes, »würde man als erstes diejenige verdächtigen, nach deren Kopf der Hausherr eine Karaffe geworfen hat. Aber das würde Verrat an der Herrin bedeuten, der diese Frau so ergeben scheint. Nun, nun, das ist ein unbedeutender Punkt, und wenn Sie erst einmal Randall gefaßt haben, werden Sie vermutlich keine Schwierigkeiten haben, seine Komplicen festzustellen. Die Erzählung der Lady scheint jedenfalls von jedem Detail, das wir hier vor uns sehen, bestätigt zu werden, falls sie denn eine Bestätigung braucht.« Er ging an das französische Fenster und riß es auf. »Hier sind keine Spuren, aber der Boden ist auch eisenhart, und man kann hier keine erwarten. Wie ich sehe, sind diese Kerzen auf dem Kamin angezündet worden.«

»Ja, in ihrem Schein und dem der Schlafzimmerkerze der Lady haben die Einbrecher sich zurecht gefunden.«

»Und was haben sie mitgenommen?«

»Nun ja, nicht eben viel – nur ein halbes Dutzend Stücke von dem Silbergeschirr aus dem Schrank da. Lady Brackenstall meint, der Tod von Sir Eustace habe sie so aus der Fassung gebracht, daß sie, abweichend von ihrem Plan, nicht mehr das ganze Haus durchwühlt hätten.«

»Das stimmt zweifellos. Dennoch haben sie Wein getrunken, wie ich gehört habe.«

»Um ihre Nerven zu beruhigen.«

»Allerdings. Die drei Gläser auf dem Schrank sind nicht angerührt worden, nehme ich an?«

»Aber nein; auch die Flasche steht noch so da, wie sie sie hinterlassen haben.«

»Sehen wir uns das mal an. Hallo, hallo! Was ist das?«

Die drei Gläser standen eng beieinander; sie alle enthielten noch Spuren von Wein, und in einem befanden sich Reste von Bodensatz. Die Flasche daneben war noch zu zwei Dritteln gefüllt; neben ihr lag ein langer, tiefgetönter Korken. Sein Aussehen sowie der Staub auf der Flasche wiesen darauf hin, daß es kein gewöhnlicher Jahrgang gewesen war, den die Mörder genossen hatten.

Holmes' Verhalten hatte sich verändert. Der teilnahmslose Ausdruck war von ihm gewichen, und ich sah, wie seine scharfen, tiefliegenden Augen wieder lebhaft vor Interesse funkelten. Er nahm den Korken und untersuchte ihn eingehend.

»Wie haben sie ihn herausgezogen?« fragte er.

Hopkins zeigte auf eine halb geöffnete Schublade, in der ein paar Tischtücher und ein Korkenzieher lagen.

»Hat Lady Brackenstall gesagt, sie hätten diesen Korkenzieher benutzt?«

»Nein; wie Sie wissen, war sie bewußtlos, als die Flasche geöffnet wurde.«

»Ganz richtig. Tatsächlich wurde dieser Korkenzieher *nicht* benutzt. Diese Flasche ist mit einem Taschenkorkenzieher aufgemacht worden, der vermutlich zu einem Messer gehörte und nicht länger als anderthalb Zoll war. Wenn Sie den oberen Teil des Korkens untersuchen, werden Sie feststellen, daß der Korkenzieher dreimal angesetzt worden ist, ehe der Korken herausgezogen wurde. Er ist nicht vollständig durchbohrt. Mit diesem langen Korkenzieher hätte man ihn durchbohren und mit einem Zug herausziehen können. Wenn Sie diesen Kerl schnappen, werden Sie in seinem Besitz eins dieser Mehrzweckmesser finden.«

»Ausgezeichnet!« sagte Hopkins.

»Aber diese Gläser verwirren mich wirklich, muß ich gestehen. Lady Brackenstall hat tatsächlich drei Männer beim Trinken *gesehen*, ja?«

»Jawohl; dessen war sie sich sicher.«

»Dann sind wir hier fertig. Was ist da noch zu sagen? Und doch müssen Sie zugeben, daß die drei Gläser höchst bemerkenswert sind, Hopkins. Was – Sie finden nichts Bemerkenswertes daran? Nun, nun, reden wir nicht mehr davon. Als Spezialist mit besonderen Fähigkeiten, wie ich einer bin, sucht man vielleicht eher nach einer komplizierten Erklärung, auch wenn eine einfachere zur Hand ist. Das mit den Gläsern wird natürlich reiner Zufall sein. Nun, guten Morgen, Hopkins; ich wüßte nicht, wie ich Ihnen noch nützlich sein könnte, und Sie haben Ihren Fall anscheinend vollkommen aufgeklärt. Sagen Sie mir Bescheid, wenn Randall verhaftet ist, und informieren Sie mich von allen weiteren Entwicklungen, die sich noch ergeben können. Ich hoffe, daß ich Ihnen bald zu einem erfolgreichen Abschluß werde gratulieren können. Kommen Sie, Watson, ich glaube, zu Hause können wir uns nutzbringender betätigen.«

Während der Rückfahrt sah ich Holmes' Gesicht an, daß ihn irgend etwas, das er beobachtet hatte, überaus verwirrte. Hin und wieder schüttelte er diesen Eindruck mühsam ab und sprach, als sei die Sache ganz klar, aber dann wurde er wieder von seinen Zweifeln befallen, und seine gerunzelte Stirn und der abwesende Blick zeigten, daß er mit seinen Gedanken wieder in dem großen Speisezimmer der Abbey Grange weilte, in dem jene mitternächtliche Tragödie stattgefunden hatte. Schließlich, als unser Zug gerade aus einem Vorstadtbahnhof herauskroch, sprang er, einer plötzlichen Eingebung folgend, auf den Bahnsteig und zog mich hinter sich hinaus.

»Verzeihen Sie, mein Lieber«, sagte er, während wir die hinteren Waggons unseres Zuges um eine Biegung verschwinden sahen; »es tut mir leid, Sie zum Opfer einer scheinbar bloßen Marotte zu machen, aber meiner Treu, Watson, ich *kann* den Fall einfach nicht so auf sich beruhen lassen. Alle meine Instinkte stemmen sich dagegen. Da stimmt was nicht – da stimmt überhaupt nichts – das kann ich beschwören. Dabei war die Erzählung der Lady vollständig, die Bestätigung des Hausmädchens hinreichend, die Einzelheiten ziemlich genau. Was habe ich dem entgegenzusetzen? Drei Weingläser, sonst nichts. Aber wenn ich nicht alles als erwiesen hingenommen hätte, wenn ich alles mit der Sorgfalt untersucht hätte, mit der ich vorgegangen wäre, wären wir dem Fall *de novo* entgegengetreten und nicht von einer vorfabrizierten Geschichte beeinflußt gewesen – ja, hätte ich dann nicht irgend etwas Bestimmteres gefunden, auf das ich mich stützen könnte? Natürlich hätte ich das. Nehmen Sie auf dieser Bank Platz, Watson, bis ein Zug nach Chislehurst einläuft, und erlauben Sie mir solange, das Beweismaterial vor Ihnen auszubreiten; vor allem beschwöre ich Sie, aus Ihrem Geist die Vorstellung zu verbannen, daß irgend etwas von dem, was das Mädchen oder die Hausherrin gesagt haben, unbedingt wahr sein muß. Wir dürfen nicht zulassen, daß die reizende Persönlichkeit der Lady unser Urteil beeinflußt.

Zweifellos vermögen einige Details ihrer Erzählung, ruhigen Bluts betrachtet, unseren Verdacht zu erregen. Diese Einbrecher haben vor zwei Wochen in Sydenham beträchtliche Beute gemacht. Über sie und ihr Aussehen hat einiges in den Zeitungen gestanden, was jemandem, der eine Geschichte zu erfinden wünschte, in der vorgebliche Räuber eine Rolle spielen sollen, ganz natürlich in den Sinn kommen würde. In Wirklichkeit genießen Einbrecher, die einen guten Fang gemacht haben, in aller Regel erst einmal in Ruhe und Frieden ihren Gewinn und machen sich nicht gleich wieder an eine gefährliche Unternehmung. Desgleichen ist es ungewöhnlich, daß Einbrecher eine Dame schlagen, um sie am Schreien zu hindern, da dies doch eigentlich der sicherste Weg sein dürfte, sie zum Schreien zu bringen; ungewöhnlich ist auch, daß sie einen Mord begehen, wenn sie zahlreich genug sind, einen einzigen Mann zu überwältigen; ungewöhnlich ist ferner, daß sie sich mit einer begrenzten Beute zufriedengeben, wenn sie noch viel mehr bekommen können; und schließlich möchte ich meinen, ist es höchst ungewöhnlich, daß solche Männer eine Flasche halb ausgetrunken stehenlassen. Was halten Sie von all diesen Ungewöhnlichkeiten, Watson?«

»In solcher Anhäufung wirken sie gewiß beeindruckend, und doch ist jede für sich allein durchaus denkbar. Das Ungewöhnlichste von allem scheint mir, daß die Lady an den Stuhl gefesselt worden sein will.«

»Nun, da bin ich mir nicht so sicher, Watson, denn offensichtlich mußten sie sie entweder umbringen oder sie auf eine solche Weise festbinden, daß sie ihre Flucht nicht sofort bekanntmachen konnte. Jedenfalls habe ich doch wohl nachgewiesen, daß die Geschichte der Lady nicht frei von einer gewissen Unwahrscheinlichkeit ist, oder? Und obendrein dann noch diese Sache mit den Weingläsern.«

»Was ist denn mit den Weingläsern?«

»Können Sie sie vor Ihrem inneren Auge sehen?«

»Ich sehe sie deutlich vor mir.«

»Man hat uns erzählt, drei Männer hätten daraus getrunken. Kommt Ihnen das wahrscheinlich vor?«

»Warum nicht? Es war doch in jedem Glas Wein.«

»Durchaus; aber nur in einem Glas war Bodensatz. Diese Tatsache müssen Sie bemerkt haben. Woran läßt Sie das denken?«

»Das zuletzt gefüllte Glas dürfte am ehesten Bodensatz enthalten.«

»Ganz und gar nicht. Die Flasche war voll davon, und es ist unvorstellbar, daß in die ersten beiden Gläser nichts und in das dritte so viel geraten sein soll. Es gibt hierfür zwei, und nur zwei, Erklärungsmöglichkeiten. Die eine ist die, daß die Flasche, nachdem das zweite Glas gefüllt war, heftig geschüttelt worden ist und der Bodensatz auf diese Weise in das dritte Glas geraten ist. Das klingt nicht wahrscheinlich. Nein, nein; ich bin sicher, daß ich recht habe.«

»Was vermuten Sie dann?«

»Daß nur zwei Gläser benutzt wurden und daß die Reste von beiden in ein drittes Glas gegossen wurden, um den falschen Eindruck zu erwecken, es wären drei Leute gewesen. Dann befände sich der ganze Bodensatz im letzten Glas, oder? Ja, ich bin davon überzeugt, daß es so war. Aber wenn ich auf die wahre Erklärung dieses kleinen Phänomens gestoßen bin, erhebt sich der Fall sogleich vom Banalen zum außerordentlich Merkwürdigen, da dies nur bedeuten kann, daß Lady Brackenstall und ihr Mädchen uns vorsätzlich belogen haben, daß man keinem Wort ihrer Geschichte glauben darf, daß sie irgendeinen sehr wichtigen Grund haben, den wahren Verbrecher zu decken, und daß wir den Fall allein und ohne ihre Hilfe konstruieren müssen. Das ist die Aufgabe, die nun vor uns liegt; und dort kommt auch schon der Zug nach Chislehurst, Watson.«

In Abbey Grange war man über unsere Rückkehr sehr überrascht, doch als Sherlock Holmes sah, daß Stanley Hopkins zum Report ins Hauptquartier abgegangen war, nahm er das Speisezimmer in Besitz, verschloß die Tür von innen und widmete sich in den nächsten zwei Stunden einer jener eingehenden und mühseligen Untersuchungen, welche die solide Basis für seine brillanten Schlußfolgerungen bildeten. Ich saß in einer Ecke, einem interessierten Studenten gleich, der die Demonstration seines Professors beobachtet, und verfolgte jeden Schritt dieser bemerkenswerten Suche. Das Fenster, die Vorhänge, der Teppich, der Stuhl, das Seil – alles wurde nacheinander eingehend examiniert und gebührend erwogen. Die Leiche des unglücklichen Barons hatte man entfernt, aber alles andere war noch so, wie wir es am Morgen gesehen hatten. Dann kletterte Holmes zu meiner Überraschung auf den wuchtigen Kaminsims. Hoch über seinem Kopf hingen die wenigen Zoll der roten Schnur, die noch mit dem Draht verbunden waren. Er sah lange Zeit nach oben, dann versuchte er, näher heranzukommen, wozu er sich mit einem Knie auf einem Stützbalken in der Wand abstützte. Auf diese Weise kam er mit einer Hand bis auf wenige Zoll an das abgerissene Ende der Schnur heran; doch schien nicht so sehr dies als vielmehr der Balken selbst seine Aufmerksamkeit in Anspruch zu nehmen. Schließlich sprang er mit einem befriedigten Ausruf wieder herunter.

»Es ist alles in Ordnung, Watson«, sagte er. »Unser Fall ist gelöst – einer der merkwürdigsten in unserer Sammlung. Aber du liebe Zeit, wie schwer von Begriff bin ich gewesen, und wie knapp habe ich den gröbsten Schnitzer meines Lebens vermieden! Nun, ich denke, bis auf ein paar noch fehlende Glieder ist meine Kette so gut wie vollständig.«

»Sie haben die Männer?«

»Den Mann, Watson, den Mann. Nur einer, aber der ist ganz ungeheuer. Stark wie ein Löwe – davon zeugt der Hieb, der diesen Schürhaken verbogen hat. Sechs Fuß drei Zoll groß, flink wie ein Wiesel, fingerfertig; und nicht zuletzt bemerkenswert scharfsinnig, denn diese ganze geniale Geschichte ist seine Erfindung. Ja, Watson, wir sind dem Werk eines ganz außergewöhnlichen Individuums auf die Spur gekommen. Und doch hat er uns mit dieser Glockenschnur einen Hinweis gegeben, der uns keinen Zweifel hätte lassen dürfen.«

»Was für einen Hinweis?«

»Nun, wenn Sie eine Glockenschnur abreißen sollten, Watson, was meinen Sie, an welcher Stelle sie reißen würde? Doch wohl da, wo sie an dem Draht befestigt ist. Wieso sollte sie drei Zoll unterhalb reißen, wie es bei dieser geschehen ist?«

»Weil sie dort durchgescheuert war?«

»Ganz richtig. Dieses Ende, das wir untersuchen können, ist ausgefranst. Er war schlau genug, dies mit seinem Messer zu bewerkstelligen. Aber das andere Ende ist nicht ausgefranst. Von hier unten können Sie das nicht feststellen, aber vom Kaminsims aus würden Sie sehen, daß es glatt und ohne eine Spur von Fransen abgeschnitten ist. Sie können rekonstruieren, was geschehen ist. Der Mann brauchte das Seil. Herunterreißen wollte er es nicht, da er fürchtete, durch das Läuten der Glocke Alarm zu schlagen. Was tat er also? Er sprang auf den Kaminsims, kam nicht ganz heran, stützte sein Knie auf den Balken – man kann den Abdruck im Staub erkennen – und machte sich mit seinem Messer an die Schnur. Ich selbst bin höchstens bis auf drei Zoll an die Stelle herangekommen, woraus ich schließe, daß er mindestens drei Zoll größer ist als ich. Betrachten Sie diesen Fleck auf dem Sitz des Eichenstuhls! Was ist das?«

»Blut.«

»Ohne Zweifel ist das Blut. Schon das allein macht die Geschichte der Lady indiskutabel. Wenn sie zum Zeitpunkt des Verbrechens auf dem Stuhl gesessen hätte: Wie kommt dann dieser Fleck dorthin? Nein, nein; sie wurde erst *nach* dem Tod ihres Mannes auf den Stuhl gefesselt. Ich wette, daß man auf ihrem schwarzen Kleid einen entsprechenden Fleck findet. Dies war noch nicht unser Waterloo, Watson, sondern dies ist unser Marengo, denn es hat mit einer Niederlage begonnen und endet mit einem Sieg. Ich würde jetzt gern ein paar Worte mit diesem Kindermädchen Theresa sprechen. Wir müssen eine Weile auf der Hut sein, wenn wir die Informationen bekommen wollen, die wir brauchen.«

Sie war eine interessante Person, dieses australische Kindermädchen. Wortkarg, argwöhnisch, unfreundlich – es dauerte einige Zeit, ehe Holmes sie durch sein freundliches Wesen und seine Aufgeschlossenheit gegenüber allem, was sie sagte, soweit aufgetaut hatte, daß sie ihm mit entsprechender Liebenswürdigkeit entgegenkam. Sie machte keinen Hehl aus ihrem Haß auf ihren verstorbenen Arbeitgeber.

»Ja, Sir, es stimmt, daß er eine Karaffe nach mir geworfen hat. Ich hörte, wie er meine Herrin beschimpfte, und da sagte ich zu ihm, er würde es nicht wagen, so mit ihr zu reden, wenn ihr Bruder da wäre. Und da hat er damit nach mir geworfen. Er hätte glatt ein Dutzend geworfen, wenn er soviel gehabt hätte, aber danach ließ er mein liebes Vögelchen in Ruhe. Ständig hat er sie mißhandelt, und sie war zu stolz, um sich zu beklagen. Nicht einmal mir erzählt sie alles, was er ihr angetan hat. Von diesen Schrammen auf ihrem Arm, die Sie heute morgen gesehen haben, hat sie mir nie etwas gesagt, aber ich weiß ganz genau, daß sie von einem Stich mit einer Hutnadel stammen. Dieser Satansbraten – der Himmel verzeihe mir, daß ich so von ihm spreche, wo er jetzt tot ist, aber er *war* ein Satan, wenn's je einen gegeben hat. Als wir ihn kennenlernten, war er die Liebenswürdigkeit in Person – das ist erst achtzehn Monate her, und uns beiden kommt es vor wie achtzehn Jahre. Sie war gerade erst in London angekommen. Ja, es war ihre erste Reise – sie hatte ihre Heimat vorher noch nie verlassen. Er hat sie mit seinem Titel und seinem Geld und seinen verlogenen Londoner Manieren für sich gewonnen. Wenn sie damit einen Fehler begangen hat, dann hat sie dafür bezahlt, wie nur eine Frau dafür bezahlen kann. In welchem Monat wir ihn kennengelernt haben? Nun, ich sage ja, kurz nachdem wir angekommen sind. Wir sind im Juni angekommen, und das war im Juli. Voriges Jahr im Januar haben sie geheiratet. Ja, sie ist wieder unten im *morning-room,* und ich bezweifle nicht, daß sie Sie empfangen wird, aber verlangen Sie nicht zuviel von ihr, denn sie hat alles durchgemacht, was ein Mensch nur ertragen kann.«

Lady Brackenstall ruhte auf derselben Couch, sah aber heiterer aus als vorhin. Das Mädchen war mit uns eingetreten und fing wieder an, die Beule auf der Stirn ihrer Herrin zu baden.

»Ich hoffe«, sagte die Lady, »Sie sind nicht gekommen, um mich noch einmal ins Kreuzverhör zu nehmen?«

»Nein«, erwiderte Holmes mit seiner sanftesten Stimme, »ich möchte Sie nicht unnötig beunruhigen, Lady Brackenstall, und ich bin einzig bestrebt, Ihnen die Sache leicht zu machen, da ich überzeugt davon bin, daß Sie eine arg geplagte

Frau sind. Wenn Sie mich als Freund betrachten und mir vertrauen, werden Sie sehen, daß ich Ihr Vertrauen rechtfertigen werde.«

»Was verlangen Sie von mir?«

»Daß Sie mir die Wahrheit sagen.«

»Mr. Holmes!«

»Nein, nein, Lady Brackenstall, es hat keinen Zweck. Sie haben vielleicht von meinem bescheidenen Ruf gehört. Und ich verwette ihn darauf, daß Ihre Geschichte ganz und gar erdichtet ist.«

Herrin und Mädchen gleichermaßen starrten Holmes mit bleichen Gesichtern und entsetzten Augen an.

»Sie unverschämter Kerl!« rief Theresa. »Wollen Sie etwa behaupten, daß meine Herrin gelogen hat?«

Holmes erhob sich von seinem Stuhl.

»Haben Sie mir nichts zu sagen?«

»Ich habe Ihnen alles gesagt.«

»Überlegen Sie noch einmal, Lady Brackenstall. Wäre es nicht besser, offen zu sein?«

Ein kurzes Zögern ging über ihr schönes Gesicht. Dann gefror es mit neuer Entschlossenheit wieder zur Maske.

»Ich habe Ihnen alles gesagt, was ich weiß.«

Holmes nahm seinen Hut und zuckte die Schultern. »Tut mir leid«, sagte er, und ohne ein weiteres Wort verließen wir das Zimmer und das Haus. In dem Park war ein Teich, und dorthin lenkte mein Freund seine Schritte. Er war zugefroren, und nur ein einziges Loch stand einem einsamen Schwan zur Verfügung. Holmes starrte es an, dann ging er weiter zum Parkausgang. Dort schrieb er eine kurze Nachricht für Stanley Hopkins, die er dem Pförtner übergab.

»Es kann ein Treffer sein, oder ein Fehlschuß, aber irgend etwas müssen wir für Freund Hopkins tun, schon um diesen zweiten Besuch zu rechtfertigen«, sagte er. »Ich werde ihn noch nicht ganz ins Vertrauen ziehen. Ich denke, als nächstes werden wir uns an die Reedereivertretung der Adelaide-Southampton-Linie wenden müssen, die am Ende von Pall

Mall residiert, wenn ich mich recht erinnere. Es gibt noch eine zweite Dampfschiffgesellschaft, die Südaustralien mit England verbindet, aber ziehen wir zuerst einmal dieses Los.«

Holmes' Visitenkarte sorgte dafür, daß uns der Geschäftsführer sofort empfing, und binnen kurzem war er im Besitz aller Informationen, die er brauchte. Im Juni '95 hätte nur ein Schiff ihrer Linie einen Heimathafen angelaufen. Das sei die *Rock of Gibraltar* gewesen, ihr größtes und bestes Schiff. Eine Durchsicht der Passagierliste ergab, daß Miss Fraser aus Adelaide und ihr Dienstmädchen an dieser Überfahrt teilgenommen hatten. Zur Zeit befände sich das Schiff auf dem Weg nach Australien irgendwo südlich des Suezkanals. Mit einer Ausnahme seien die Offiziere dieselben wie im Jahre '95. Der Erste Offizier, Mr. Jack Croker, sei zum Kapitän befördert worden und werde das Kommando über ihr neues Schiff, die *Bass Rock,* übernehmen, das in zwei Tagen von Southampton abfahren werde. Er wohne in Sydenham, dürfte aber noch diesen Vormittag vorbeikommen, um seine Anweisungen zu empfangen; wir könnten ja auf ihn warten.

Nein; Mr. Holmes wünsche nicht, ihn zu sehen, würde aber gern noch mehr über seinen Ruf und seinen Charakter erfahren.

Er habe einen ausgezeichneten Ruf. Kein Offizier der Flotte könne ihm das Wasser reichen. Was seinen Charakter anbelange, so sei er im Dienst zuverlässig, sobald er aber das Deck seines Schiffes verlassen habe, ein wilder, verwegener Kerl, hitzköpfig und reizbar, wenn auch treu, ehrlich und gutmütig. Soweit das Wesentliche an Information, mit dem Holmes das Büro der Adelaide-Southampton-Gesellschaft verließ. Von dort fuhr er zu Scotland Yard, ging aber nicht hinein, sondern blieb, die Brauen heruntergezogen und tief in Gedanken versunken, in seinem Wagen sitzen. Schließlich fuhr er zum Telegraphenamt am Charing Cross und gab ein Telegramm auf; und dann fuhren wir endlich zur Baker Street zurück.

»Nein, ich konnte nicht, Watson«, sagte er, als wir in unser

Zimmer traten. »Wenn er erst einmal steckbrieflich gesucht wird, kann nichts auf der Welt ihn mehr retten. Ich glaube, ich habe in meiner Karriere schon ein paarmal durch die Ermittlung eines Verbrechers mehr wirklichen Schaden angerichtet als dieser durch sein Verbrechen. Ich habe inzwischen gelernt, vorsichtig zu sein, und ich werde eher den englischen Gesetzen einen Streich spielen als meinem Gewissen. Wir wollen noch ein wenig mehr in Erfahrung bringen, bevor wir zur Tat schreiten.«

Noch vor dem Abend bekamen wir Besuch von Inspektor Stanley Hopkins. Er kam nicht sonderlich gut voran.

»Ich glaube, Sie sind ein Zauberer, Mr. Holmes. Manchmal denke ich wirklich, daß Sie übermenschliche Kräfte besitzen. Woher konnten Sie nur wissen, daß das gestohlene Silber auf dem Grunde dieses Teiches lag?«

»Ich habe es nicht gewußt.«

»Aber Sie haben mir geschrieben, ich sollte das mal untersuchen.«

»Sie haben es also gefunden.«

»Ja, allerdings.«

»Es freut mich sehr, wenn ich Ihnen geholfen habe. «

»Aber Sie haben mir nicht geholfen. Sie haben die Sache viel schwieriger gemacht. Was sind das für Einbrecher, die Silber stehlen und es dann in den nächstbesten Teich werfen?«

»Das war allerdings ein ziemlich exzentrisches Verhalten. Ich bin lediglich von der Idee ausgegangen, daß, falls das Silber von irgendwelchen Leuten gestohlen worden sein sollte, die es gar nicht haben wollten, die es gewissermaßen nur zur Täuschung mitgenommen haben, sie es natürlich bald loswerden wollen.«

»Aber wieso kommen Sie auf eine solche Idee?«

»Nun, ich hielt es eben für denkbar. Als sie durch das französische Fenster herauskamen, lag dieser Teich mit dem verlockenden kleinen Loch im Eis direkt vor ihrer Nase. Ließ sich ein besseres Versteck denken?«

»Ah, ein Versteck – schon besser!« rief Stanley Hopkins.

»Ja, ja, jetzt ist mir alles klar! Es war noch früh, auf den Straßen waren Leute, sie fürchteten, mit dem Silber gesehen zu werden, also versenkten sie es in dem Teich, mit der Absicht, es sich wiederzuholen, wenn die Luft rein wäre. Ausgezeichnet, Mr. Holmes – das ist besser als Ihre Idee mit der Täuschung.«

»Durchaus; Sie haben da eine bewundernswerte Theorie. Ich hege keinen Zweifel, daß meine eigenen Ideen ziemlich wüst waren, aber Sie müssen zugeben, daß sie immerhin zur Auffindung des Silbers geführt haben.«

»Ja, Sir; ja. Das kommt alleine Ihnen zu. Aber ich habe einen üblen Rückschlag erlitten.«

»Einen Rückschlag?«

»Ja, Mr. Holmes. Die Randall-Bande ist heute morgen in New York verhaftet worden.«

»Du liebe Zeit, Hopkins. Das spricht in der Tat ziemlich gegen Ihre Theorie, daß sie gestern nacht in Kent einen Mord verübt haben.«

»Es ist fatal, Mr. Holmes, absolut fatal. Es gibt freilich noch andere Dreierbanden außer den Randalls; oder es könnte sich um eine neue Bande handeln, von der die Polizei noch nichts gehört hat.«

»Durchaus; absolut möglich. Was – Sie gehen schon?«

»Ja, Mr. Holmes; ich habe keine Ruhe, bis ich dieser Sache auf den Grund gekommen bin. Ich nehme an, Sie können mir keinen Hinweis geben?«

»Einen habe ich Ihnen gegeben.«

»Welchen?«

»Nun, ich habe auf ein Täuschungsmanöver hingewiesen.«

»Aber warum, Mr. Holmes, warum?«

»Ah, das ist natürlich die Frage. Aber ich lege Ihnen diese Idee ans Herz. Womöglich kommen Sie darauf, daß etwas daran ist. Sie wollen nicht zum Abendessen hierbleiben? Nun, Good-bye, und lassen Sie uns wissen, wie Sie vorankommen.«

Erst nachdem das Abendessen vom Tisch geräumt war,

kam Holmes wieder auf die Sache zu sprechen. Er hatte seine Pfeife angezündet und saß in Pantoffeln vor dem fröhlich flakkernden Kaminfeuer. Plötzlich sah er auf seine Uhr.

»Ich erwarte Neuigkeiten, Watson.«

»Wann?«

»Jetzt – in den nächsten Minuten. Ich möchte meinen, Sie denken, ich hätte Stanley Hopkins eben ziemlich schlecht behandelt?«

»Ich verlasse mich auf Ihr Urteil.«

»Eine sehr verständige Replik, Watson. Betrachten Sie die Sache einmal so: Was ich weiß, ist inoffiziell; was er weiß, ist offiziell. Ich habe das Recht, mir ein persönliches Urteil zu bilden, er aber hat das nicht. Wenn er etwas verschweigt, wird er zum Verräter an seinem Amt. In einem zweifelhaften Fall würde ich ihn nicht in eine so peinliche Lage bringen, und daher halte ich mein Wissen zurück, bis ich mir selbst über den Fall im klaren bin.«

»Aber wann wird das sein?«

»Die Zeit ist gekommen. Sie werden jetzt der letzten Szene eines bemerkenswerten kleinen Dramas beiwohnen.«

Von der Treppe kam ein Geräusch, und dann ging unsere Tür auf: Nie ist ein prächtigeres Mannsbild über unsere Schwelle getreten. Ein sehr großer junger Mann mit blondem Schnauzbart, blauen Augen und einer Haut, die von der Tropensonne verbrannt war; sein federnder Gang verriet, daß die mächtige Gestalt ebenso agil wie kräftig war. Er machte die Tür hinter sich zu und blieb dann mit geballten Fäusten und schwer atmend stehen, als müsse er irgendeine überwältigende Erregung meistern.

»Nehmen Sie Platz, Captain Croker. Sie haben mein Telegramm bekommen?«

Unser Besucher sank in einen Lehnstuhl und sah uns fragend an.

»Ich habe Ihr Telegramm bekommen, und ich habe mich zu der bezeichneten Stunde eingefunden. Ich hörte, daß Sie unten in unserem Büro waren. Ausweichen konnte ich Ihnen nicht. Ich bin auf das Schlimmste gefaßt. Was haben Sie mit mir vor? Mich verhaften? Nur heraus damit, Mann! Sitzen Sie nicht einfach da und spielen Katz und Maus mit mir!«

»Geben Sie ihm eine Zigarre«, sagte Holmes. »Beißen Sie darauf, Captain Croker, und lassen Sie sich nicht von Ihrer Nervosität hinreißen. Ich würde hier nicht mit Ihnen sitzen und rauchen, wenn ich Sie für einen gewöhnlichen Kriminellen hielte, darauf können Sie sich verlassen. Seien Sie offen zu mir, dann können wir etwas erreichen. Hintergehen Sie mich, dann werde ich Sie vernichten.«

»Was wollen Sie von mir?«

»Daß Sie mir einen wahren Bericht von dem geben, was gestern nacht in Abbey Grange passiert ist – einen *wahren* Bericht, hören Sie, ohne daß Sie etwas hinzufügen oder weglassen. Ich weiß bereits so viel, daß ich, wenn Sie auch nur einen Zoll von der Wahrheit abweichen, augenblicklich ans Fenster gehen, die Polizei herbeipfeifen und die Sache ein für allemal aus der Hand geben werde.«

Der Seemann dachte ein wenig nach.

»Ich will's darauf ankommen lassen«, rief er. »Ich glaube, Sie sind ein Mann, der zu seinem Wort steht, und ein feiner Kerl, und ich werde Ihnen die ganze Geschichte erzählen. Aber eins will ich gleich sagen: Soweit ich davon betroffen bin, bedaure ich nichts und fürchte ich nichts, und ich würde es wieder tun und stolz darauf sein. Das verfluchte Scheusal – und wenn er so viele Leben hätte wie eine Katze, er wäre mir alle schuldig! Aber es geht um die Lady, um Mary – Mary Fraser –, denn nie werde ich sie bei diesem verfluchten Namen nennen. Die Vorstellung, daß ich sie in Schwierigkeiten bringen könnte, ich, der ich mein Leben für ein Lächeln auf ihrem lieben Gesicht hingeben würde – das ist es, was mich so unschlüssig sein läßt. Und doch – und doch – was hätte ich denn tun sollen? Ich erzähle Ihnen meine Geschichte, Gentlemen, und dann werde ich Sie von Mann zu Mann fragen, was ich denn hätte tun sollen.

Ich muß ein wenig ausholen. Da Sie alles zu wissen scheinen, gehe ich davon aus, daß Sie auch wissen, daß ich sie auf der *Rock of Gibraltar* kennengelernt habe – sie war Passagier und ich der Erste Offizier auf diesem Schiff. Von dem Tag an, da ich sie zum ersten Mal sah, gab es keine andere Frau mehr für mich. Mit jedem Tag dieser Fahrt liebte ich sie mehr, und manchesmal habe ich seither in der Dunkelheit der Nachtwache auf den Knien gelegen und das Deck dieses Schiffes geküßt, über das ihre teuren Füße gewandelt waren. Sie war nie mit mir verlobt. Sie hat mich so fair behandelt, wie eine Frau einen Mann nur behandeln kann. Ich kann mich nicht beklagen. Ich hegte nichts als Liebe zu ihr, und sie nichts als gute Kameradschaft und Freundschaft zu mir. Als wir voneinander schieden, war sie eine freie Frau, ich aber konnte nie mehr ein freier Mann sein.

Als ich von der nächsten Fahrt heimkehrte, hörte ich von ihrer Hochzeit. Nun, warum sollte sie nicht heiraten, wen sie wollte? Titel und Geld – wer konnte dies besser tragen als sie? Sie war zu allem Schönen und Erlesenen geboren. Ich grämte mich nicht über ihre Hochzeit. Solch ein egoistischer Hund war ich nicht. Ich freute mich nur, daß sie Glück gehabt hatte und daß sie sich nicht an einen unbemittelten Seemann weggeworfen hatte. So habe ich Mary Fraser geliebt.

Nun, ich glaubte, sie nie wiederzusehen. Aber zur letzten Fahrt wurde ich befördert, und das neue Schiff war noch nicht vom Stapel gelaufen, so daß ich ein paar Monate bei meiner Familie in Sydenham warten mußte. Eines Tages begegnete ich auf einer Landstraße Theresa Wright, ihrem alten Dienstmädchen. Sie erzählte mir von ihr, von ihm, von allem. Ich sag Ihnen, Gentlemen, das hat mich fast verrückt gemacht. Dieser versoffene Hund – daß er es wagen sollte, seine Hand gegen sie zu erheben, deren Stiefel er nicht wert war zu lecken! Ich traf mich wieder mit Theresa. Dann traf ich mich mit Mary selbst – und dann noch einmal. Danach wollte sie mich nicht wiedersehen. Tags darauf aber erhielt ich die Nachricht, daß ich in einer Woche meine Fahrt anzutreten hatte, und ich beschloß, sie noch einmal zu besuchen, ehe ich abfuhr. Theresa war immer meine Freundin gewesen, denn sie liebte Mary und haßte diesen Schurken beinahe ebenso sehr wie ich. Von ihr erfuhr ich die Gewohnheiten des Hauses. Mary pflegte nachts in ihrem kleinen Zimmer unten zu lesen. Vorige Nacht schlich ich mich dorthin und kratzte an ihrem Fenster. Zuerst wollte sie mir nicht aufmachen, aber ich weiß jetzt, daß sie mich in ihrem Herzen liebt; sie konnte mich nicht in der eisigen Nacht draußen stehen lassen. Sie flüsterte mir zu, ich solle zu dem großen Vorderfenster herumkommen, und ich fand es offen, so daß ich in das Speisezimmer gehen konnte. Wieder hörte ich von ihren Lippen Dinge, die mein Blut zum Kochen brachten, und wieder verfluchte ich diesen Unmensch, der meine Geliebte so mißhandelte. Nun, Gentlemen, ich stand mit ihr in aller Unschuld im Fenster, so wahr mir Gott helfe, als er wie ein Irrer in das Zimmer gestürzt kam, sie auf die allerübelste Weise beschimpfte und ihr mit dem Stock in seiner Hand einen Schlag ins Gesicht versetzte. Ich hatte mir den Schürhaken geschnappt, und es entstand ein fairer Kampf zwischen uns. Hier auf meinem Arm sehen Sie, wohin mich sein erster Hieb traf. Dann war ich an der Reihe, und ich habe ihn zerschmettert wie einen faulen Kürbis. Sie denken, das hat mir leid getan? Mir nicht! Es galt sein Leben oder meins; viel mehr noch – es galt sein Leben oder das ihre, denn wie konnte ich sie in der Gewalt dieses Irren lassen? So habe ich ihn getötet. War ich im Unrecht? Nun, was hätten Sie beide denn getan, Gentlemen, wenn Sie in meiner Lage gewesen wären?

Als er sie geschlagen hatte, hatte sie geschrien, und daraufhin kam die alte Theresa aus ihrem Zimmer oben. Auf dem Schrank stand eine Flasche Wein, ich machte sie auf und goß Mary ein wenig davon zwischen die Lippen, da sie vor Schreck halbtot war. Dann nahm ich selbst einen Schluck. Theresa war kalt wie Eis, und es war ebenso ihr Plan wie meiner. Wir mußten es so aussehen lassen, als hätten Einbrecher die Tat begangen. Während Theresa ihrer Herrin unsere Geschichte einschärfte, kletterte ich hoch und schnitt die Glockenschnur ab. Dann fesselte ich sie an ihren Stuhl und franste das Ende des Seils aus, damit es natürlich aussähe und man sich nicht fragen würde, wie ein Einbrecher nur dort oben hingekommen sein konnte, um es abzuschneiden. Dann nahm ich ein paar Silberteller und Kannen, um das Bild von einem Raubüberfall zu vervollständigen, und verließ die beiden mit der Anweisung, Alarm zu schlagen, wenn ich eine Viertelstunde Vorsprung hätte. Das Silberzeug versenkte ich in dem Teich, und dann machte ich mich nach Sydenham davon; zum erstenmal in meinem Leben hatte ich das Gefühl, daß ich in einer Nacht etwas wirklich Gutes getan hatte. Das ist die Wahrheit und nichts als die Wahrheit, Mr. Holmes, und wenn sie mich den Hals kosten sollte.«

Holmes rauchte eine Zeitlang schweigend vor sich hin. Dann kam er durchs Zimmer und schüttelte unserem Besucher die Hand.

»Das denke ich auch«, sagte er. »Ich weiß, daß jedes Wort der Wahrheit entspricht, denn Sie haben kaum etwas gesagt, was ich nicht schon wußte. Nur ein Akrobat oder ein Seemann hätte von dem Balken aus an die Schnur kommen können, und nur ein Seemann hätte die Knoten machen können, mit denen das Seil an dem Stuhl befestigt war. Nur ein einziges Mal hatte die Lady zu Seeleuten Kontakt gehabt, und zwar auf ihrer Überfahrt; und es mußte jemand aus ihrer eigenen Schicht gewesen sein, da sie sich sehr bemühte, ihn zu decken, und somit zeigte, daß sie ihn liebte. Sie sehen, wie leicht es mir gefallen ist, Hand an Sie zu legen, nachdem ich erst einmal auf der richtigen Fährte war.«

»Ich dachte, die Polizei würde unseren Trick nie durchschauen.«

»Hat die Polizei auch nicht; und das wird sie auch nicht, nach meinem besten Wissen und Gewissen. Nun hören Sie zu, Captain Croker, dies ist eine sehr ernste Angelegenheit, wenn ich auch gerne zugeben will, daß Sie unter der äußersten Provokation gehandelt haben, der ein Mann nur ausgesetzt sein kann. Ich bin nicht sicher, ob man Ihre Tat nicht als lebensnotwendige Verteidigung billigen wird. Dies hat jedoch ein britisches Geschworenengericht zu entscheiden. Unterdessen sind Sie mir so sympathisch geworden, daß ich Ihnen verspreche, daß, falls Sie in den nächsten vierundzwanzig Stunden verschwinden wollen, niemand Sie daran hindern wird.«

»Und dann wird alles herauskommen?«

»Ganz bestimmt wird es herauskommen.«

»Wie können Sie einem Mann nur einen solchen Vorschlag machen? Ich kenne die Gesetze gut genug, um zu wissen, daß man Mary als Komplizin behandeln würde. Glauben Sie etwa, ich würde sie die Suppe alleine auslöffeln lassen, während ich mich aus dem Staub gemacht habe? Nein, Sir; soll man mich aufs schlimmste bestrafen, aber finden Sie um Himmels willen einen Weg, Mr. Holmes, daß meine arme Mary nicht vor Gericht kommt.«

Holmes streckte seine Hand zum zweitenmal dem Seemann entgegen.

»Ich habe Sie nur auf die Probe gestellt, und jedes Ihrer Worte klingt aufrichtig. Nun, ich nehme eine große Verantwortung auf mich, aber ich habe Hopkins einen ausgezeichneten Hinweis gegeben, und wenn er den nicht nutzen kann, kann ich auch nicht mehr tun. Sehen Sie, Captain Croker, wir wollen das den Gesetzen gemäß abschließen. Sie sind der Gefangene. Watson, Sie sind das britische Geschworenengericht; ich kenne niemanden, der dafür besser geeignet wäre. Ich bin der Richter. Nun meine Herren Geschworenen, Sie haben die Zeugenaussagen gehört. Befinden Sie den Gefangenen für schuldig oder nicht schuldig?«

»Nicht schuldig, Euer Ehren«, sagte ich.

»*Vox populi, vox Dei.* Sie sind freigesprochen, Captain Croker. Solange das Gesetz keine weiteren Opfer findet, sind Sie vor mir sicher. Kehren Sie in einem Jahr zu Ihrer Lady zurück, und möge Ihrer beider Zukunft uns in dem Urteil, das wir diese Nacht gefällt haben, bestätigen.«

DER ZWEITE FLECK

Eigentlich sollte das Abenteuer von Abbey Grange die letzte jener Taten meines Freundes Sherlock Holmes sein, die ich der Öffentlichkeit mitzuteilen gedachte. Diesen Entschluß hatte ich nicht aus Mangel an Unterlagen gefällt; mir liegen nämlich noch Aufzeichnungen von Hunderten von Fällen vor, auf die ich noch nie angespielt habe; noch lag es am schwindenden Interesse meiner Leser an der einzigartigen Persönlichkeit und an den unerreichten Methoden dieses bemerkenswerten Mannes. Der wahre Grund bestand in dem Widerstreben, welches Mr. Holmes an der fortgesetzten Publikation seiner Erlebnisse bezeigt hatte. Solange er seinen Beruf noch tatsächlich ausübte, waren die Berichte über seine Erfolge von einigem praktischen Nutzen für ihn; seit er sich aber endgültig aus London zurückgezogen und dem Studium und der Bienenhaltung in den Downs von Sussex gewidmet hat, ist ihm seine Berühmtheit verhaßt geworden, und er hat eindringlich darum gebeten, daß man seine Wünsche in dieser Sache strikt befolgen möchte. Einzig weil ich ihm darlegte, daß ich das Versprechen gegeben hatte, das Abenteuer vom zweiten Fleck zu veröffentlichen, wenn die Zeit reif dazu wäre, und indem ich ihn darauf hinwies, daß es nur angemessen wäre, diese lange Reihe von Episoden in dem bedeutsamsten internationalen Fall gipfeln zu lassen, zu dem er jemals hinzugezogen worden war, gelang es mir schließlich, seine Zustimmung dazu zu erlangen, daß der Öffentlichkeit endlich ein sorgfältig kaschierter Bericht über diese Begebenheit vorgelegt werde. Wenn ich bei meiner Erzählung gewisse Einzelheiten ein wenig vage mitzuteilen scheine, so wird das Publikum ohne weiteres einsehen, daß meine Zurückhaltung durchaus auf triftigen Gründen beruht.

Es war also in einem Jahr, ja selbst in einer Dekade, die ungenannt bleiben soll, daß wir eines Dienstagmorgens im Herbst zwei Besucher von europäischem Rang in unseren bescheidenen vier Wänden in der Baker Street antrafen. Der eine, ein strenger, hochnäsiger, dominierender Herr mit Adleraugen, war niemand anders als der berühmte Lord Bellinger, der zweimalige Premier Britanniens. Der andere, ein dunkler und eleganter, kaum mittelaltriger Mann mit scharf geschnittenen Zügen, mit jeder erdenklichen körperlichen und geistigen Schönheit ausgestattet, war der Sehr Ehrenwerte Trelawney Hope, Minister für Europäische Angelegenheiten und aufstrebendster Staatsmann des Landes. Sie saßen Seite an Seite auf unserem mit Papieren übersäten Sofa, und ihren erschöpften und besorgten Mienen war leicht anzusehen, daß ein Geschäft von dringlichster Wichtigkeit sie zu uns geführt hatte. Die dünnen, blaugeäderten Hände des Premiers hielten den elfenbeinernen Knauf seines Schirms fest umklammert, und sein hageres, asketisches Gesicht sah düster von Holmes zu mir herüber. Der Europa-Minister zupfte nervös an seinem Schnauzbart und fingerte am Verschluß seiner Uhrkette herum.

»Als ich meinen Verlust entdeckte, Mr. Holmes, das war um acht Uhr heute morgen, informierte ich unverzüglich den Premierminister. Auf seinen Vorschlag hin haben wir uns dann zu Ihnen begeben.«

»Haben Sie die Polizei benachrichtigt?«

»Nein, Sir«, sagte der Premierminister auf die rasche, entschiedene Art, für die er bekannt war. »Das haben wir nicht getan, und wir werden es auch unmöglich tun können. Setzen wir die Polizei davon in Kenntnis, so läuft es langfristig auf eine Information der Öffentlichkeit hinaus. Speziell dies aber wünschen wir zu vermeiden.«

»Und warum, Sir?«

»Weil das in Frage stehende Dokument von derart immenser Bedeutung ist, daß seine Veröffentlichung durchaus – ich möchte fast sagen: wahrscheinlich – zu europäischen Verwicklungen von äußerster Tragweite führen könnte. Es ist nicht zuviel gesagt, daß Krieg und Frieden davon abhängen könnten. Sollte es nicht mit der äußersten Geheimhaltung wiederzuerlangen sein, dann mag es ebensogut überhaupt nicht wiedererlangt werden, denn die es gestohlen haben, zielen einzig darauf ab, seinen Inhalt allgemein bekanntzumachen.«

»Ich verstehe. Nun, Mr. Trelawney Hope, ich wäre Ihnen sehr verbunden, wenn Sie mir von den Umständen, unter denen dieses Dokument verschwunden ist, genauestens Bericht erstatten würden.«

»Dies kann mit wenigen Worten abgehandelt werden, Mr. Holmes. Der Brief – denn darum handelt es sich, um einen Brief von einem ausländischen Potentaten – ist vor sechs Tagen eingegangen. Er war von solcher Bedeutung, daß ich ihn abends nie in meinem Safe gelassen, sondern immer mit in mein Haus in Whitehall Terrace genommen und dort in meinem Schlafzimmer in einer verschlossenen Depeschenbox verwahrt habe. Dort war er auch letzte Nacht. Dessen bin ich mir sicher. Als ich mich zum Abendessen umzog, habe ich die Box ja noch aufgemacht und das Dokument darin gesehen. Heute morgen war es weg. Die Depeschenbox hatte die ganze Nacht über neben dem Spiegel auf meinem Toilettentisch gestanden. Ich habe einen leichten Schlaf, wie auch meine Frau. Wir können beide beschwören, daß im Lauf der Nacht niemand das Zimmer betreten haben kann. Und doch wiederhole ich: Das Papier ist weg.«

»Zu welcher Zeit haben Sie gespeist?«

»Um halb acht.«

»Und wann sind Sie zu Bett gegangen?«

»Meine Frau war im Theater. Ich bin aufgeblieben, bis sie kam. Es war halb zwölf, als wir in unser Zimmer gingen.«

»Demnach war die Depeschenbox vier Stunden lang unbewacht?«

»Niemand hat je Zutritt zu diesem Zimmer, außer am Morgen das Hausmädchen und tagsüber mein Kammerdiener oder das Dienstmädchen meiner Frau. Die beiden sind vertrauenswürdige Dienstboten, die schon seit einiger Zeit für uns arbeiten. Außerdem konnten sie unmöglich gewußt haben, daß in meiner Depeschenbox irgend etwas Wertvolleres als die üblichen ministeriellen Unterlagen waren.«

»Wer hat vom Vorhandensein dieses Briefes gewußt?«

»Im Haus niemand.«

»Aber doch sicher Ihre Frau?«

»Nein, Sir; ich habe meiner Frau erst etwas davon gesagt, als ich das Papier heute morgen vermißt habe.«

Der Premier nickte zustimmend.

»Ich weiß seit langem, Sir, wie hoch Sie Ihren Dienst am Staat einschätzen«, sagte er. »Und ich bin davon überzeugt, daß Sie ihn im Falle eines Geheimnisses von derartiger Bedeutung über die vertraulichsten Familienbande stellen würden.«

Der Europa-Minister verbeugte sich.

»Sie lassen mir nur Gerechtigkeit widerfahren, Sir. Bis heute morgen habe ich meiner Frau gegenüber nicht ein Wort von dieser Angelegenheit erwähnt.«

»Hätte sie es erahnen können?«

»Nein, Mr. Holmes, weder sie noch sonst jemand hätte etwas davon ahnen können.«

»Haben Sie schon früher einmal irgendwelche Dokumente verloren?«

»Nein, Sir.«

»Wer in England hat von der Existenz dieses Briefes gewußt?«

»Sämtliche Mitglieder des Kabinetts sind gestern darüber informiert worden; aber die Verpflichtung zur Geheimhaltung, die ohnehin jeder Kabinettssitzung folgt, wurde diesmal noch von einer feierlichen Ermahnung des Premierministers besonders hervorgehoben. Gütiger Himmel, was für eine Vorstellung, daß er mir wenige Stunden darauf abhanden gekommen ist!« Sein ansehnliches Gesicht verzerrte sich in einem verzweifelten Krampf, und er raufte sich die Haare. Für einen Augenblick sahen wir den Mann, wie er wirklich war – impulsiv, hitzig und überaus sensibel. Gleich darauf hatte er wieder seine aristokratische Maske aufgesetzt und seinen sanften Tonfall wiedererlangt. »Neben den Kabinettsmitgliedern gibt es noch zwei, vielleicht auch drei Ministerialbeamte, die von dem Brief wissen. Sonst niemand in England, Mr. Holmes, das versichere ich Ihnen.«

»Aber im Ausland?«

»Ich glaube, im Ausland hat ihn nur derjenige gesehen, der ihn geschrieben hat. Ich bin durchaus davon überzeugt, daß seine Minister – daß die üblichen offiziellen Kanäle nicht in Anspruch genommen worden sind.«

Holmes dachte eine Weile nach.

»Nun, Sir, muß ich Sie bitten, mir genauere Auskunft über das Wesen dieses Dokumentes zu geben, und warum sein Verschwinden derart folgenschwere Konsequenzen haben sollte.«

Die beiden Staatsmänner tauschten einen schnellen Blick aus, und die struppigen Augenbrauen des Premiers zogen sich unwillig zusammen.

»Mr. Holmes, es handelt sich um einen langen, dünnen, blaßblauen Umschlag. Er ist mit rotem Wachs versiegelt, in das ein hockender Löwe geprägt ist. Die Adresse ist mit großer kraftvoller Handschrift –«

»Ich fürchte«, sagte Holmes, »daß meine Ermittlungen, so interessant und durchaus wesentlich diese Einzelheiten sein mögen, an den Wurzeln der Sache ansetzen müssen. Was *war* das für ein Brief?«

»Dies ist ein Staatsgeheimnis von äußerster Wichtigkeit, und ich fürchte, ich kann es Ihnen nicht verraten, und ich sehe dafür auch keine Notwendigkeit. Wenn Sie mit Hilfe der Fähigkeiten, die man Ihnen nachsagt, einen solchen, wie von mir beschriebenen Umschlag samt seinem Inhalt aufspüren können, werden Sie sich um Ihr Heimatland verdient gemacht haben und jegliche Belohnung erhalten, die zu verleihen in unserer Macht liegt.«

Sherlock Holmes stand lächelnd auf.

»Sie beide gehören zu den meistbeschäftigten Männern dieses Landes«, sagte er, »und mein bescheidenes Geschäft versieht mich ebenfalls reichlich mit Aufträgen. Ich bedaure außerordentlich, Ihnen in dieser Angelegenheit nicht helfen zu können; jegliche Fortsetzung dieses Gesprächs wäre Zeitverschwendung.«

Der Premier sprang mit jenem feurigen, grimmigen Funkeln seiner tiefliegenden Augen auf, vor dem sich ein ganzes Kabinett geduckt hätte. »Ich bin es nicht gewöhnt –« begann er, meisterte aber seinen Zorn und setzte sich wieder hin. Eine Minute oder länger saßen wir alle schweigend da. Dann zuckte der alte Staatsmann die Schultern.

»Wir müssen Ihre Bedingungen akzeptieren, Mr. Holmes. Zweifellos haben Sie recht, und wir dürfen vernünftigerweise nicht von Ihnen erwarten, daß Sie handeln, wenn wir Sie nicht vollständig ins Vertrauen ziehen.«

»Ich stimme Ihnen zu, Sir«, sagte der jüngere Staatsmann.

»Dann werde ich es Ihnen erzählen, wobei ich mich vollkommen auf Ihren guten Ruf und den Ihres Kollegen Dr. Watson verlasse. Ich darf auch an Ihre Vaterlandsliebe appellieren, denn ich kann mir kein größeres Unglück für unser Land vorstellen, als wenn diese Sache herauskommt.«

»Sie dürfen uns ruhig vertrauen.«

»Also, der Brief stammt von einem gewissen ausländischen Potentaten, der von den jüngsten kolonialen Entwicklungen in seinem Land beunruhigt wurde. Er hat ihn in aller Eile und ganz und gar auf eigene Verantwortung geschrieben. Nachforschungen haben ergeben, daß seine Minister nichts von der Sache wissen. Gleichzeitig ist er auf eine so unglückliche Weise formuliert, und gewisse Wendungen darin sind von einem so provozierenden Charakter, daß seine Veröffentlichung unzweifelhaft zu einer höchst gefährlichen Verstimmung in diesem Land führen würde. Es würde einen solchen Aufruhr geben, Sir, daß ich nicht anstehe zu behaupten, daß dieses Land binnen einer Woche nach der Veröffentlichung dieses Briefes in einen großen Krieg verwickelt wäre.«

Holmes schrieb einen Namen auf ein Stück Papier und gab es dem Premierminister.

»Ganz recht. Der war es. Und es ist dieser Brief – dieser Brief, der durchaus tausend Millionen Pfund und das Leben von hunderttausend Männern kosten kann –, der auf diese unerklärliche Weise verlorengegangen ist.«

»Haben Sie den Absender davon unterrichtet?«

»Ja, Sir, ihm wurde ein chiffriertes Telegramm geschickt.«

»Vielleicht wünscht er die Publikation dieses Briefs.«

»Nein, Sir, wir haben triftigen Grund zu der Annahme, daß ihm bereits aufgegangen ist, wie unbesonnen und hitzköpfig er gehandelt hat. Wenn dieser Brief an die Öffentlichkeit käme, wäre das für ihn und sein Land ein viel größerer Schlag als für uns.«

»Wenn das so ist – wer kann daran Interesse haben, daß der Brief publik wird? Warum sollte jemand wünschen, ihn zu stehlen oder zu veröffentlichen?«

»Mr. Holmes, damit führen Sie mich in das Gebiet der hohen internationalen Politik. Aber wenn Sie die europäische Lage erwägen, werden Sie das Motiv ohne Schwierigkeiten erkennen. Ganz Europa ist ein einziges Waffenlager. Zwei Bündnisse stehen sich in leidlichem militärischem Gleichgewicht gegenüber. Großbritannien hält die Waage. Sollte Britannien in einen Krieg mit der einen Konföderation getrieben werden, so würde dies die Vorherrschaft der anderen Konföderation sichern, ganz gleich, ob sie in den Krieg eingreifen würde oder nicht. Können Sie mir folgen?«

»Durchaus. Demnach liegt es im Interesse der Feinde dieses Potentaten, diesen Brief zu erlangen und zu veröffentlichen, um so einen Bruch zwischen seinem und unserem Staat herbeizuführen?«

»Ja, Sir.«

»Und wem würde dieses Dokument zugespielt werden, wenn es in die Hände eines Feindes fallen sollte?«

»Irgendeiner der großen europäischen Konsulatskanzleien. Vermutlich ist es in diesem Augenblick bereits unterwegs dorthin, so schnell wie ein Dampfschiff es nur befördern kann.«

Mr. Trelawney Hope ließ den Kopf auf die Brust sinken

und stöhnte laut auf. Der Premier legte ihm freundlich die Hand auf die Schulter.

»Es war ein Mißgeschick, mein Lieber. Niemand kann Ihnen einen Vorwurf machen. Sie haben keine Vorsichtsmaßregel außer acht gelassen. Mr. Holmes, Sie sind nun im vollen Besitz der Tatsachen. Welches Vorgehen empfehlen Sie?«

Holmes schüttelte den Kopf.

»Sie sind der Meinung, Sir, daß es Krieg geben wird, falls dieses Dokument nicht wiedergefunden wird?«

»Das halte ich für sehr wahrscheinlich.«

»Dann rüsten Sie sich zum Krieg, Sir.«

»Das ist eine schwerwiegende Äußerung, Mr. Holmes.«

»Betrachten Sie die Tatsachen, Sir. Es ist undenkbar, daß der Brief nach halb zwölf gestohlen wurde, denn wenn ich es recht sehe, waren Mr. Hope und seine Frau von diesem Zeitpunkt an bis zur Entdeckung des Verlusts in dem Zimmer. Demnach wurde er gestern abend zwischen halb acht und halb zwölf gestohlen, vermutlich bald nach halb acht, denn derjenige, der ihn gestohlen hat, wußte offensichtlich von seinem Vorhandensein und wollte ihn natürlich so früh wie möglich in seinen Besitz bringen. Nun, Sir, wenn ein Dokument von dieser Bedeutung zu dieser Stunde gestohlen worden wäre, wo kann es dann jetzt sein? Niemand hat irgendeinen Grund, es zu behalten. Es ist schnell an diejenigen weitergeleitet worden, die es brauchen. Welche Chance haben wir jetzt noch, es einzuholen oder es gar aufzuspüren? Es ist außer unserer Reichweite.«

Der Premierminister erhob sich von dem Sofa.

»Was Sie sagen, ist vollkommen logisch, Mr. Holmes. Ich glaube in der Tat, daß uns die Angelegenheit entglitten ist.«

»Nehmen wir einmal der Erörterung halber an, das Dokument sei von dem Dienstmädchen oder dem Kammerdiener gestohlen worden.«

»Die beiden sind alte zuverlässige Dienstboten.«

»Soweit ich Sie verstanden habe, befindet sich Ihr Zimmer im zweiten Stockwerk, es hat keinen Zugang von außen, und von innerhalb des Hauses hätte niemand unbemerkt hinaufgehen können. Demnach muß es jemand im Haus gestohlen haben. Wem würde der Dieb es wohl bringen? Einem der etlichen internationalen Spione und Geheimagenten, deren Namen mir einigermaßen vertraut sind. Drei davon könnte man als die führenden Köpfe ihrer Profession bezeichnen. Ich werde meine Nachforschungen damit beginnen, herumzufahren und herauszufinden, ob diese drei auf ihrem Posten sind. Fehlt einer – besonders, wenn er seit der letzten Nacht verschwunden sein sollte –, haben wir einen Hinweis darauf, wohin das Dokument gegangen ist.«

»Wieso sollte er nicht da sein?« fragte der Europa-Minister. »Wahrscheinlich würde er den Brief zu einer Botschaft in London bringen.«

»Das glaube ich nicht. Diese Agenten arbeiten selbständig, und ihre Beziehungen zu den Botschaften sind oftmals gespannt.«

Der Premierminister nickte seine Einwilligung.

»Ich glaube, Sie haben recht, Mr. Holmes. Eine so wertvolle Beute würde er eigenhändig ins Hauptquartier bringen. Ich halte Ihr Vorgehen für ausgezeichnet. Unterdessen, Hope, dürfen wir unsere Pflichten nicht wegen dieses einen Mißgeschicks vernachlässigen. Sollten sich im Laufe des Tages irgendwelche neuen Entwicklungen ergeben, werden wir uns mit Ihnen in Verbindung setzen, und Sie werden uns zweifellos die Ergebnisse Ihrer Nachforschungen wissen lassen.«

Die beiden Staatsmänner verneigten sich und schritten würdevoll aus dem Zimmer.

Nachdem unsere illustren Besucher gegangen waren, entzündete Holmes schweigend seine Pfeife und saß eine Zeitlang in tiefstem Nachdenken da. Ich hatte die Morgenzeitung aufgeschlagen und war in ein sensationelles Verbrechen vertieft, das in der Nacht zuvor in London begangen worden war, als mein Freund plötzlich einen Schrei ausstieß, auf die Füße sprang und seine Pfeife auf den Kaminsims legte.

»Ja«, sagte er, »einen besseren Weg, die Sache anzugehen,

gibt es nicht. Die Lage ist verzweifelt, aber nicht hoffnungslos. Wenn wir nur sicher sein könnten, wer von ihnen den Brief gestohlen hat – selbst jetzt noch wäre es durchaus möglich, daß er ihn noch nicht weitergegeben hat. Schließlich ist es bei diesen Burschen eine Geldfrage, und ich habe die britische Schatzkammer hinter mir. Wenn er auf dem Markt ist, werde ich ihn kaufen – und wenn es einen weiteren Penny auf die Einkommenssteuer zur Folge haben sollte. Es ist vorstellbar, daß der Bursche ihn noch zurückhält, um zu sehen, was für Angebote von unserer Seite kommen, ehe er sein Glück auf der anderen versucht. Nur diese drei sind einer solch tollkühnen Unternehmung fähig: Oberstein, La Rothiere und Eduardo Lucas. Ich werde jeden von ihnen aufsuchen.«

Ich sah in meine Morgenzeitung.

»Meinen Sie Eduardo Lucas aus der Godolphin Street?«

»Allerdings.«

»Sie werden ihn nicht sehen können.«

»Warum nicht?«

»Er wurde gestern nacht in seinem Haus ermordet.«

Mein Freund hat mich im Lauf unserer Abenteuer schon so oft in Erstaunen versetzt, daß ich geradezu triumphierend wahrnahm, wie sehr diesmal ich ihn staunen machte. Er starrte mich verblüfft an, dann riß er mir die Zeitung aus der Hand. Ich hatte den folgenden Artikel gelesen, als er sich von seinem Stuhl erhob:

MORD IN WESTMINSTER

> Godolphin Street 16, eines der altmodischen und abgelegenen Reihenhäuser aus dem achtzehnten Jahrhundert in dem Viertel zwischen dem Fluß und der Abbey, fast im Schatten des großen Turms des Parlamentsgebäudes gelegen, war gestern nacht Schauplatz eines rätselhaften Verbrechens. Bewohner dieses Hauses ist seit einigen Jahren Mr. Eduardo Lucas, in Gesellschaftskreisen wohl bekannt nicht nur wegen seiner charmanten Persönlichkeit, sondern auch wegen seines

wohlverdienten Ruhms als einer der besten Amateurtenöre des Landes. Mr. Lucas ist unverheiratet, vierunddreißig Jahre alt; sein Personal besteht aus Mrs. Pringle, einer älteren Hausdame, und aus Mitton, seinem Kammerdiener. Die erstere geht früh zu Bett und schläft im Obergeschoß des Hauses. Der Kammerdiener war an dem Abend nicht zu Hause, er hatte einen Freund in Hammersmith besucht. Von zehn Uhr an hatte Mr. Lucas das Haus für sich allein. Was in dieser Zeit vorgefallen ist, ist noch nicht durchgesickert, doch gegen Viertel vor zwölf bemerkte Polizeiwachtmeister Barrett, als er durch die Godolphin Street ging, daß die Haustür von No. 16 halb offen stand. Er klopfte an, erhielt aber keine Antwort. Da er im Vorderzimmer Licht wahrnahm, ging er ins Haus und klopfte wieder, auch diesmal ohne Antwort. Darauf stieß er die Tür auf und trat ein. Das Zimmer befand sich in einem Zustand wüster Unordnung, die Möbel waren alle auf eine Seite geschoben, ein umgestürzter Stuhl lag in der Mitte. Neben diesem Stuhl lag der unglückliche Bewohner des Hauses; er hielt noch ein Stuhlbein umklammert. Er hatte einen Stich ins Herz erhalten und muß auf der Stelle tot gewesen sein. Das Messer, mit dem die Tat begangen worden war, war ein krummer indischer Dolch, den der Täter einer Trophäensammlung von orientalischen Waffen entnommen hatte, die eine der Wände des Zimmers schmückte. Raub scheint nicht das Motiv des Verbrechens gewesen zu sein, da kein Versuch unternommen wurde, irgendwelche wertvollen Gegenstände aus dem Zimmer zu entfernen. Mr. Eduardo Lucas war so bekannt und populär, daß sein gewaltsames und rätselhaftes Ende schmerzliches Interesse und tiefes Mitgefühl in einem ausgedehnten Freundeskreis hervorrufen wird.

»Nun, Watson, was schließen Sie daraus?« fragte Holmes nach einer langen Pause.

»Ein erstaunlicher Zufall.«

»Ein Zufall! Da stirbt einer der drei Männer, die wir als mögliche Täter in diesem Drama benannt haben, genau zu der Zeit, da dieses Drama unseres Wissens stattgefunden hat, eines gewaltsamen Todes: Die Chancen stehen haushoch gegen einen Zufall; das ist mit Zahlen gar nicht mehr auszudrücken. Nein, mein lieber Watson, die beiden Ereignisse stehen in Zusammenhang – *müssen* in Zusammenhang stehen. An uns liegt es, diesen Zusammenhang zu finden.«

»Aber das muß doch auch die offizielle Polizei inzwischen wissen.«

»Durchaus nicht. Die wissen nur, was sie in Godolphin Street sehen. Von Whitehall Terrace wissen sie nichts – und werden sie nichts wissen. Nur *wir* wissen von beiden Ereignissen und können der Verbindung zwischen ihnen nachgehen. Ein auf der Hand liegender Punkt hätte meinen Verdacht ohnehin auf Lucas gelenkt. Godolphin Street, Westminster, liegt nur wenige Minuten Fußweg von Whitehall Terrace entfernt. Die anderen von mir genannten Geheimagenten leben im äußersten West End. Für Lucas war es daher einfacher, Verbindung mit dem Personal des Europa-Ministers aufzunehmen oder eine Nachricht von dort zu erhalten – eine Kleinigkeit, doch wo Ereignisse in wenige Stunden zusammengedrängt sind, könnte sie sich als wesentlich erweisen. Holla! Was haben wir denn da?«

Mrs. Hudson war mit der Karte einer Lady auf ihrem Tablett erschienen. Holmes sah sie an, hob die Augenbrauen und reichte sie mir weiter.

»Bitten Sie Lady Hilda Trelawney Hope, sie möge so freundlich sein und heraufkommen«, sagte er.

Einen Augenblick darauf wurden unseren bescheidenen Gemächern, die an diesem Morgen bereits so ausgezeichnet worden waren, durch den Eintritt der liebreizendsten Frau ganz Londons noch weitere Ehren zuteil. Ich hatte schon oft von der Schönheit der jüngsten Tochter des Herzogs von Belminster gehört, doch keine Beschreibung und keine Betrachtung farbloser Photographien hatte mich auf den subtilen, zarten Charme und das wunderbare Kolorit dieses vollkommenen Kopfes vorbereitet. Und doch war es an jenem Herbstmorgen nicht ihre Schönheit, die den Beobachter als erstes beeindruckte. Die Wangen waren lieblich, aber bleich vor Erregung; die Augen leuchteten, aber es war das Leuchten des Fiebers; der feinnervige Mund war im Ringen um Fassung verkniffen und herabgezogen. Entsetzen – nicht Schönheit – sprang uns als erstes ins Auge, als unsere reizende Besucherin einen Moment lang in der offenen Tür stehenblieb.

»Ist mein Mann hier gewesen, Mr. Holmes?«

»Ja, Madam, er war hier.«

»Mr. Holmes, ich flehe Sie an, sagen Sie ihm nicht, daß ich gekommen bin.« Holmes verneigte sich kühl und winkte die Lady in einen Sessel.

»Euer Ladyship bringen mich in eine recht delikate Lage. Ich bitte Sie, Platz zu nehmen und mir zu sagen, was Sie wünschen; aber ich fürchte, ich kann Ihnen kein vorbehaltloses Versprechen geben.«

Sie rauschte durchs Zimmer und setzte sich mit dem Rükken zum Fenster. Eine königliche Erscheinung – groß, anmutig und überaus weiblich.

»Mr. Holmes«, sagte sie – und während sie nun sprach, fingerten ihre weiß behandschuhten Hände nervös herum – »ich hoffe, Sie durch meine Offenheit dazu bewegen zu können, mir gegenüber ebenfalls offen zu sein. Zwischen meinem Mann und mir besteht vollkommenes Vertrauen in allen Angelegenheiten, bis auf eine: die Politik. Hier sind seine Lippen versiegelt. Er erzählt mir nichts. Nun ist mir bekannt, daß vorige Nacht in unserem Haus etwas sehr Bedauerliches geschehen ist. Ich weiß, daß ein Papier verschwunden ist. Da es sich aber um eine politische Angelegenheit handelt, weigert sich mein Mann, mich ganz in sein Vertrauen zu ziehen. Es ist aber wesentlich – ich sage: wesentlich –, daß ich die Sache von

Grund auf verstehe. Sie sind neben diesen Politikern der einzige, der die wahren Tatsachen weiß. Ich bitte Sie daher, Mr. Holmes, sagen Sie mir genau, was geschehen ist und wozu es führen wird. Sagen Sie mir alles, Mr. Holmes. Lassen Sie sich von keiner Rücksicht auf die Interessen Ihres Klienten am Sprechen hindern, denn ich versichere Ihnen, daß seinen Interessen, wenn er es nur einsähe, am besten dadurch gedient wäre, wenn man mich voll und ganz ins Vertrauen zöge. Was war das für ein Papier, das da gestohlen wurde?«

»Madam, Sie verlangen wirklich Unmögliches von mir.«

Sie stöhnte und stützte den Kopf auf die Hände.

»Sie müssen das doch einsehen, Madam. Wenn Ihr Mann es für richtig hält, Sie wegen dieser Sache im dunkeln zu lassen, darf dann ich, der ich die wahren Tatsachen nur unter dem Siegel meiner beruflichen Verschwiegenheit erfahren habe, Ihnen erzählen, was er Ihnen vorenthalten hat? Es ist nicht fair, dies von mir zu verlangen. An ihn müssen Sie sich wenden.«

»Das habe ich getan. Sie sind meine letzte Rettung. Doch auch ohne mir irgend etwas Bestimmtes zu sagen, Mr. Holmes, können Sie mir einen großen Dienst erweisen, wenn Sie mich über einen einzigen Punkt aufklären.«

»Und der wäre, Madam?«

»Kann die politische Karriere meines Mannes durch diesen Vorfall Schaden nehmen?«

»Nun, Madam, falls die Sache nicht in Ordnung kommt, könnte sie in der Tat eine sehr unglückliche Wirkung haben.«

»Ah!« Sie holte heftig Luft wie jemand, dessen Zweifel zerstreut wurden.

»Nur noch eine Frage, Mr. Holmes. Einer Äußerung, die mein Mann im ersten Schreck über diese Katastrophe fallenließ, entnehme ich, daß sich aus dem Verlust dieses Dokuments entsetzliche Konsequenzen für unser Land ergeben könnten.«

»Wenn er das gesagt hat, kann ich es wohl nicht abstreiten.«

»Konsequenzen welcher Art?«

»Nicht doch, Madam, auch dies ist wieder mehr gefragt, als ich beantworten kann.«

»Dann will ich Ihre Zeit nicht weiter in Anspruch nehmen. Ich kann Ihnen keinen Vorwurf machen, Mr. Holmes, daß Sie nicht offener zu mir waren, und Sie werden Ihrerseits nicht schlechter von mir denken, nur weil ich, auch gegen seinen Willen, die Sorgen meines Mannes zu teilen wünsche. Ich bitte Sie noch einmal, ihm nichts von meinem Besuch zu sagen.« Von der Tür aus warf sie uns noch einen Blick zu, und ich hatte einen letzten Eindruck von diesem schönen, geplagten Gesicht, den furchtsamen Augen und dem herabgezogenen Mund. Dann war sie fort.

»Nun, Watson, das schöne Geschlecht fällt in Ihr Fach«, sagte Holmes lächelnd, nachdem das leiser werdende *frou-frou* ihrer Röcke mit dem Zuschlagen der Tür geendet hatte. »Worauf wollte die schöne Lady hinaus? Was wollte sie wirklich?«

»Zweifellos hat sie sich deutlich erklärt, und ihre Sorge ist ganz natürlich.«

»Hm! Bedenken Sie ihre äußere Erscheinung, Watson, ihr Gebaren, ihre unterdrückte Erregung, ihre Ruhelosigkeit, die Beharrlichkeit, mit der sie ihre Fragen stellte. Vergessen Sie nicht, daß sie einer Kaste entstammt, in der man so leicht keine Gefühle zeigt.«

»Sie war sicherlich sehr bewegt.«

»Bedenken Sie ferner den seltsamen Ernst, mit dem sie uns versicherte, daß es für ihren Mann das beste wäre, wenn sie alles erführe. Was hat sie damit gemeint? Und Ihnen muß doch aufgefallen sein, Watson, wie sie sich geschickt so hinsetzte, daß sie das Licht im Rücken hatte. Sie wollte nicht, daß wir in ihrem Gesicht lesen könnten.«

»Ja; sie nahm den einzigen Sessel hier im Zimmer.«

»Und doch sind die Motive der Frauen so unergründlich. Erinnern Sie sich noch an die Frau in Margate, die ich aus demselben Grund verdächtigt habe? Kein Puder auf der Nase – und das war dann am Ende die richtige Lösung. Wie kann man nur auf solchem Treibsand bauen? Ihre banalsten Taten können Bände bedeuten, und ihr auffälligstes Verhalten kann auf einer Haarnadel oder einer Brennschere beruhen. Guten Morgen, Watson.«

»Sie gehen?«

»Ja; ich werde den Vormittag mit unseren Freunden von der regulären Beamtenschaft in der Godolphin Street verbringen. Die Lösung unseres Problems liegt bei Eduardo Lucas, wenn ich auch zugeben muß, daß ich nicht die leiseste Ahnung habe, welche Form sie annehmen wird. Es ist ein kapitaler Fehler, vor Kenntnis der Tatsachen Theorien aufzustellen. Bleiben Sie hier auf dem Posten, Watson, und empfangen Sie alle neuen Besucher. Ich werde zum Mittagessen zu ihnen stoßen, wenn ich kann.«

Den ganzen Tag sowie die beiden Tage darauf war Holmes in einer Stimmung, die seine Freunde wortkarg, andere aber mürrisch nennen würden. Er rannte hinaus, rannte herein, rauchte unablässig, spielte Fragmente auf seiner Geige, versank in Träumereien, verschlang zu den unmöglichsten Zeiten Butterbrote und reagierte kaum auf meine gelegentlichen Fragen. Mir war klar, daß es mit ihm oder seiner Suche nicht gut lief. Er selbst wollte sich zu dem Fall nicht äußern, und so erfuhr ich denn aus den Zeitungen von den Einzelheiten der Ermittlungen und von der Verhaftung und späteren Freilassung John Mittons, des Kammerdieners des Verstorbenen. Die Leichenschaukommission kam zu dem erwarteten Ergebnis »vorsätzlicher Mord«, aber die Beteiligten blieben nach wie vor unbekannt. Kein Motiv deutete sich an. Das Zimmer war voller kostbarer Gegenstände gewesen, aber kein einziger war gestohlen worden. Die Papiere des Toten waren nicht durchgewühlt worden. Ihre sorgfältige Untersuchung ergab, daß er ein eifriger Student der internationalen Politik, ein unermüdlicher Kannegießer, ein bemerkenswertes Sprachgenie und ein unverdrossener Briefschreiber gewesen war. Er hatte mit den führenden Politikern etlicher Staaten auf vertrautem

Fuße gestanden. Unter den Dokumenten, die seine Schubladen füllten, wurde jedoch nichts Sensationelles gefunden. Was seine Beziehungen zu Frauen anbelangte, so schienen sie mannigfaltig, aber oberflächlich gewesen zu sein. Er hatte viele Bekannte, aber nur wenige Freundinnen und keine, die er liebte. Seine Gewohnheiten waren regelmäßig, sein Verhalten unauffällig. Sein Tod war ein vollkommenes Rätsel, und es sah so aus, als sollte er das auch bleiben.

Die Festnahme des Kammerdieners John Mitton war von der Not als Alternative zu vollkommener Untätigkeit diktiert worden. Aber die Anklage gegen ihn ließ sich nicht aufrechterhalten. Er hatte in jener Nacht Freunde in Hammersmith besucht. Sein Alibi war perfekt. Zwar trifft es zu, daß er sich zu einer Stunde auf den Heimweg gemacht hatte, die ihn vor dem Zeitpunkt der Entdeckung des Verbrechens nach Westminster gebracht hätte, doch schien seine Erklärung, er habe einen Teil des Weges zu Fuß zurückgelegt, in Anbetracht der Schönheit jener Nacht durchaus glaubhaft. Tatsächlich war er um Mitternacht zurückgekommen und schien von der unerwarteten Tragödie zutiefst erschüttert. Er war mit seinem Herrn immer gut ausgekommen. In den Kästen des Kammerdieners hatte man mehrere Gegenstände aus dem Besitz des Toten gefunden – insbesondere eine kleine Schachtel mit Rasiermessern –, was er aber damit erklärte, daß dies Geschenke des Verstorbenen seien; die Haushälterin konnte diese Version bestätigen. Mitton hatte seit drei Jahren bei Lucas in Brot gestanden. Auffällig war, daß Lucas Mitton nie mit auf den Kontinent genommen hatte. Manchmal war er drei Monate hintereinander in Paris gewesen, während Mitton das Haus in der Godolphin Street hüten mußte. Die Haushälterin hatte in der Nacht des Verbrechens nichts gehört. Wenn ihr Herr Besuch gehabt hätte, so hätte sie selbst ihn hereinlassen müssen.

So blieb das Rätsel drei Vormittage bestehen, soweit ich es in den Zeitungen verfolgen konnte. Wenn Holmes mehr wußte, behielt er es für sich, aber als er mir erzählte, Inspektor Lestrade habe ihn in den Fall eingeweiht, wußte ich immerhin, daß er über alle Entwicklungen auf dem laufenden war. Am vierten Tag kam ein langes Telegramm aus Paris, das das ganze Problem zu lösen schien:

> Die Pariser Polizei hat soeben eine Entdeckung gemacht (schrieb der *Daily Telegraph*), die den Schleier von dem tragischen Schicksal Mr. Eduardo Lucas' hebt; Lucas war vorige Montagnacht in der Godolphin Street, Westminster, eines gewaltsamen Todes gestorben. Unsere Leser werden sich erinnern, daß der Gentleman erstochen in seinem Zimmer aufgefunden wurde und daß der Verdacht auf seinen Kammerdiener fiel, aber aufgrund eines Alibis fallengelassen wurde. Gestern wurde eine Frau, die als Mme. Henri Fournaye ein kleines Haus in der Rue Austerlitz bewohnt, von ihren Dienstboten den Behörden als wahnsinnig gemeldet. Eine Untersuchung ergab, daß sich bei ihr in der Tat ein gefährlicher und chronischer Wahn entwickelt hatte. Bei ihren Ermittlungen fand die Polizei heraus, daß Mme. Henri Fournaye erst vorigen Dienstag von einer Reise nach London zurückgekehrt war, und es gibt Anhaltspunkte dafür, daß sie mit dem Verbrechen in Westminster zu tun hat. Ein Vergleich von Photographien hat eindeutig erwiesen, daß M. Henri Fournaye und Eduardo Lucas in Wirklichkeit ein und dieselbe Person waren und daß der Verstorbene aus irgendeinem Grund in London und Paris ein Doppelleben geführt hatte. Mme. Fournaye, die kreolischer Abstammung ist, ist von extrem reizbarer Natur und hat in der Vergangenheit Eifersuchtsanfälle erlitten, die an Raserei gegrenzt haben. Es wird vermutet, daß sie in einem dieser Anfälle das furchtbare Verbrechen begangen hat, das in London solches Aufsehen erregt. Ihre Aktivitäten in jener Nacht sind noch nicht erforscht, doch ist unbestritten, daß eine Frau, auf die ihre Beschreibung paßt, am Dienstagmorgen in der Charing

Cross Station durch ihre verstörte Erscheinung und die Heftigkeit ihres Gebarens einige Aufmerksamkeit erregt hat. Es liegt daher nahe, daß das Verbrechen entweder in geistiger Umnachtung begangen wurde oder daß seine unmittelbare Wirkung die unglückliche Frau um den Verstand brachte. Zur Zeit ist sie nicht imstande, irgendeine zusammenhängende Schilderung der Vergangenheit zu geben, und die Ärzte können nicht versprechen, daß sie ihre Vernunft wiedererlangt. Es gibt Hinweise darauf, daß eine Frau, bei der es sich um Mme. Fournaye gehandelt haben könnte, in jener Montagnacht mehrere Stunden lang vor dem Haus in der Godolphin Street gesehen wurde.

»Was halten Sie davon, Holmes?« Ich hatte ihm den Bericht vorgelesen, während er zuende frühstückte.

»Mein lieber Watson«, sagte er, indem er vom Tisch aufstand und im Zimmer auf und ab schritt, »Sie sind überaus langmütig; aber wenn ich Ihnen in den letzten drei Tagen nichts erzählt habe, so nur deshalb, weil es nichts zu erzählen gibt. Selbst dieser Bericht aus Paris hilft uns nicht sonderlich.«

»Sicher ist damit doch der Tod des Mannes aufgeklärt.«

»Der Tod dieses Mannes ist eine reine Nebensache – ein belangloser Zwischenfall – im Vergleich zu unserer eigentlichen Aufgabe, die darin besteht, dieses Dokument aufzuspüren und eine europäische Katastrophe zu verhindern. In den letzten drei Tagen ist nur eine Sache von Wichtigkeit passiert, und zwar die, daß nichts passiert ist. Ich erhalte fast stündlich Nachricht von der Regierung, wonach feststeht, daß es nirgends in Europa Anzeichen für eine Beunruhigung gibt. Nun, wenn dieser Brief in Umlauf wäre – nein, das *kann* er nicht sein – aber wenn er nicht in Umlauf ist, wo mag er dann sein? Wer hat ihn? Warum wird er zurückgehalten? Das ist die Frage, die mir wie ein Hammer im Gehirn herumfährt. War es wirklich Zufall, daß Lucas ausgerechnet in der Nacht, da der Brief verschwunden ist, zu Tode gekommen ist? Ist der Brief überhaupt bei ihm angekommen? Und wenn ja, warum befindet er sich dann nicht unter seinen Papieren? Hat diese Irrsinnige ihn mitgenommen? Und wenn ja, ist er dann in ihrem Haus in Paris? Wie kann ich danach suchen, ohne den Verdacht der französischen Polizei zu erregen? Das ist ein Fall, mein lieber Watson, wo uns die Gesetze ebenso gefährlich sind wie die Verbrecher. Jeder ist gegen uns, und doch sind die auf dem Spiel stehenden Interessen kolossal. Sollte es mir gelingen, diesen Fall erfolgreich abzuschließen, wird das mit Sicherheit die glänzende Krönung meiner Karriere sein. Ah, hier kommt das Neueste von der Front!« Er überflog die Nachricht, die soeben hereingereicht worden war. »Holla! Lestrade scheint etwas Interessantes festgestellt zu haben. Nehmen Sie Ihren Hut, Watson, und dann wollen wir zusammen nach Westminster spazieren.«

Es war mein erster Besuch am Schauplatz des Verbrechens – einem hohen, schäbigen, schmalbrüstigen Haus, so steif, förmlich und solide wie das Jahrhundert, das es gezeugt hatte. Lestrades Bulldoggengesicht sah uns aus dem Vorderfenster entgegen, und er begrüßte uns herzlich, nachdem ein baumlanger Polizist die Tür aufgemacht und uns eingelassen hatte. Wir wurden in das Zimmer geführt, in dem die Tat begangen worden war, aber sämtliche Spuren davon waren jetzt beseitigt, bis auf einen häßlichen unregelmäßigen Flecken auf dem Teppich. Dieser Teppich, ein kleiner rechteckiger Läufer, lag mitten im Raum und war von einer weiten Fläche schönen, altmodischen Holzbodens umgeben, dessen quadratische Tafeln glänzend gewienert waren. Über dem Kamin war eine prächtige Trophäensammlung von Waffen angebracht, von denen eine in jener tragischen Nacht zur Verwendung gelangt war. Vor dem Fenster stand ein luxuriöser Schreibtisch, und jedes Detail in dieser Wohnung: die Bilder, die Teppiche und die Tapeten – all das wies auf einen üppigen Geschmack hin, der das Weibische streifte.

»Schon die Neuigkeiten aus Paris gelesen?« fragte Lestrade.

Holmes nickte.

»Unsere französischen Freunde scheinen's diesmal getroffen zu haben. Zweifellos ist es genau so, wie sie sagen. Sie hat an die Tür geklopft – ein überraschender Besuch, nehme ich an, da er zwei hermetisch voneinander abgeschlossene Leben führte. Er ließ sie herein – konnte sie nicht auf der Straße stehenlassen. Sie sagte ihm, wie sie ihn aufgespürt hätte, machte ihm Vorwürfe, eines führte zum andern, und dann kam mit diesem so greifbaren Dolch das rasche Ende. Das Ganze geschah allerdings nicht im Handumdrehen, denn diese Stühle hier lagen wild durcheinander, und einen hatte er noch in der Hand, als ob er versucht hätte, sie sich damit vom Leibe zu halten. Die Sache ist uns jetzt so klar, als ob wir dabeigewesen wären.«

Holmes zog die Augenbrauen hoch.

»Und doch haben Sie mich herkommen lassen?«

»Ah, ja, da ist noch etwas – eine bloße Kleinigkeit, aber von der Art, die Sie interessieren dürfte – komisch, wissen Sie, was Sie vielleicht grillenhaft nennen würden. Es hat mit den eigentlichen Tatsachen nichts zu tun – kann nichts damit zu tun haben, allem Anschein nach.«

»Worum handelt es sich denn?«

»Nun, wie Sie wissen, achten wir nach einem solchen Verbrechen sehr sorgfältig darauf, daß alles an seinem Platz bleibt. Nichts wurde verändert. Tag und Nacht hielt hier ein Beamter Wache. Heute morgen, nachdem der Mann beerdigt und die Untersuchung – soweit es diesen Raum betrifft – abgeschlossen war, glaubten wir, ein wenig aufräumen zu können. Dieser Teppich. Wie Sie sehen, ist er nicht am Boden festgemacht; lag einfach nur da. Wir hatten Anlaß, ihn hochzuheben. Und da fanden wir–«

»Ja? Sie fanden–«

Holmes' Gesicht wurde starr vor Spannung.

»Nun, ich bin sicher, Sie würden in hundert Jahren nicht darauf kommen, was wir gefunden haben. Sie sehen den Fleck auf dem Teppich? Nun, da muß doch eine Menge durchgesikkert sein, oder?«

»Zweifellos.«

»Nun, es wird Sie überraschen zu hören, daß sich auf dem hellen Holzwerk darunter kein entsprechender Fleck findet.«

»Kein Fleck! Aber da muß doch–«

»Ja; sollte man meinen. Aber die Tatsache bleibt bestehen, daß da keiner ist.«

Er hob den Teppich an einer Ecke hoch, klappte ihn um und zeigte, daß er mit seiner Behauptung recht hatte.

»Aber die Unterseite ist genauso gefleckt wie die obere. Das muß doch eine Spur hinterlassen haben.«

Lestrade kicherte vor Vergnügen, den berühmten Experten aus der Fassung gebracht zu haben.

»Nun werde ich Ihnen die Erklärung zeigen. Es *gibt* einen zweiten Fleck, aber der liegt nicht unter dem ersten. Sehen Sie selbst.« Bei diesen Worten schlug er einen anderen Teil des Teppichs um, und dort befand sich tatsächlich ein großer roter Fleck auf der glatten hellen Oberfläche des altmodischen Bodens. »Was schließen Sie daraus, Holmes?«

»Nun, ganz einfach. Die beiden Flecken *lagen* übereinander, aber der Teppich ist verschoben worden. Das konnte leicht geschehen, da er auf dem glatten Boden nicht befestigt war.«

»Die offizielle Polizei hat es nicht nötig, Mr. Holmes, sich von Ihnen sagen zu lassen, daß der Teppich verschoben worden sein muß. Das liegt ja auf der Hand, denn die Flecken passen genau zusammen – wenn man ihn so herlegt. Was ich aber wissen will, ist: Wer hat den Teppich verschoben, und warum?«

Ich konnte Holmes' starrem Gesicht ansehen, daß er innerlich vor Erregung bebte.

»Hören Sie mal, Lestrade!« sagte er. »Hat der Polizist auf dem Flur die ganze Zeit hier Wache gehalten?«

»Allerdings.«

»Dann folgen Sie meinem Rat. Befragen Sie ihn gründlich; aber nicht vor uns. Wir warten hier solange. Gehen Sie mit ihm ins Hinterzimmer. Sie werden von ihm eher ein Geständnis erhalten, wenn Sie unter sich sind. Fragen Sie ihn, wie er sich unterstehen konnte, Leute hier herein und in diesem Zimmer allein zu lassen. Fragen Sie nicht, *ob* er das getan hat. Nehmen Sie das als erwiesen an. Sagen Sie ihm, Sie *wüßten*, daß jemand hier gewesen ist. Setzen Sie ihn unter Druck. Sagen Sie ihm, daß er nur mit einem vollen Geständnis auf Vergebung rechnen könne. Tun Sie genau, was ich Ihnen sage!«

»Donnerwetter, wenn er was weiß, werde ich's aus ihm rauskriegen!« rief Lestrade. Er stürzte in den Vorraum, und gleich darauf drang seine einschüchternde Stimme aus dem Hinterzimmer.

»Jetzt, Watson, jetzt!« rief Holmes mit rasender Ungeduld. Die ganze dämonische Kraft dieses Mannes, die er hinter seinem teilnahmslosen Gebaren verborgen hatte, machte sich jetzt in einem Paroxysmus von Betriebsamkeit Luft. Er riß den Läufer weg und lag im Nu auf Händen und Knien und tastete jedes einzelne der hölzernen Quadrate darunter ab. Eines verschob sich zur Seite, als er seine Nägel in dessen Fugen grub. Es klappte auf wie der Deckel einer Kiste. Darunter befand sich eine kleine schwarze Höhlung. Holmes stieß gierig die Hand hinein – und zog sie mit einem bösen Knurren der Wut und Enttäuschung wieder heraus. Leer.

»Schnell, Watson, schnell! Wieder zurück damit!« Der hölzerne Deckel wurde wieder eingesetzt, und der Läufer war kaum geradegezogen worden, als Lestrades Stimme draußen im Flur ertönte. Er traf Holmes an, wie er träge am Kamin lehnte, gelassen und geduldig, und ein nicht zu unterdrückendes Gähnen zu verheimlichen suchte.

»Tut mir leid, daß Sie warten mußten, Mr. Holmes; ich sehe Ihnen an, daß die ganze Sache Sie zu Tode langweilt. Nun, er hat alles gestanden. Kommen Sie herein, MacPherson. Lassen Sie diese Gentlemen von Ihrem ganz und gar unverzeihlichen Betragen hören.«

Der hünenhafte Polizist kam ganz geknickt und zerknirscht ins Zimmer geschlichen.

»Ich hab's nicht böse gemeint, Sir, bestimmt. Die junge Frau kam gestern abend an die Tür – hat das Haus verwechselt. Dann sind wir ins Gespräch gekommen. Man ist einsam, wenn man den ganzen Tag hier Wache schiebt.«

»Nun, und was geschah dann?«

»Sie wollte sehen, wo das Verbrechen geschehen ist – sie hätte davon in der Zeitung gelesen, sagte sie. Sie war eine sehr achtbare, redegewandte junge Frau, Sir, und ich fand nichts Schlimmes dabei, sie einen Blick hereinwerfen zu lassen. Als sie diesen Fleck da auf dem Teppich sah, brach sie zusammen und blieb wie tot auf dem Boden liegen. Ich bin zurückgelaufen und hab Wasser geholt, konnte sie aber nicht zu sich bringen. Dann bin ich um die Ecke zum Ivy Plant gegangen, um Brandy zu besorgen, und als ich damit zurückkam, hatte die junge Frau sich schon wieder erholt und war fort – hat sich wohl geschämt, mich noch mal zu sehen.«

»Wie kam es dazu, daß der Teppich verschoben wurde?«

»Nun, Sir, er war tatsächlich ein bißchen in Unordnung, als ich zurückkam. Sehen Sie, sie ist darauf gefallen, und er liegt auf einem polierten Boden und ist nirgends festgemacht. Ich habe ihn dann wieder glattgezogen.«

»Das soll Ihnen eine Lehre sein, daß Sie mich nicht hintergehen können, Constable MacPherson«, sagte Lestrade würdevoll. »Sie haben zweifellos geglaubt, Ihr Pflichtvergehen könne niemals ans Licht kommen, und doch hat mich ein bloßer Blick auf diesen Läufer zu der Überzeugung gebracht, daß jemand in dieses Zimmer hereingelassen wurde. Sie haben Glück, mein lieber Mann, daß nichts fehlt, sonst würden Sie ganz schön in der Tinte sitzen. Tut mir leid, daß ich Sie wegen einer solchen Bagatelle herbestellt habe, Mr. Holmes, aber ich habe gedacht, die Sache mit dem zweiten Fleck, der nicht unter dem ersten liegt, könnte Sie interessieren.«

»Dies war in der Tat sehr interessant. Ist diese Frau nur einmal hier gewesen, Constable?«

»Ja, Sir, nur einmal.«

»Wer war sie?«

»Den Namen weiß ich nicht, Sir. Sie kam wegen einer Stelle als Maschinenschreiberin und hat sich in der Hausnummer geirrt – eine sehr freundliche, elegante Frau, Sir.«

»Groß? Hübsch?«

»Ja, Sir; sie war eine gutgewachsene junge Frau. Einige würden sie wohl als sehr hübsch bezeichnen. ›Ach, Officer, lassen Sie mich doch einen Blick hineinwerfen!‹ hat sie gesagt. Sie hatte so eine nette, einschmeichelnde Art, wie man so sagt, und ich fand nichts Schlimmes dabei, sie bloß mal kurz reinsehen zu lassen.«

»Wie war sie gekleidet?«

»Unauffällig, Sir – trug einen langen Mantel, der bis zum Boden ging.«

»Um welche Zeit war das?«

»Es fing gerade an zu dämmern. Als ich mit dem Brandy zurückkam, wurden die Laternen angezündet.«

»Sehr schön«, sagte Holmes. »Kommen Sie, Watson, ich denke, woanders haben wir Wichtigeres zu tun.«

Als wir gingen, blieb Lestrade in dem Vorderzimmer, während der zerknirschte Constable uns an die Tür brachte und hinausließ. Auf der Treppe drehte Holmes sich um und hielt ihm etwas entgegen. Der Polizist starrte es gebannt an.

»Großer Gott, Sir!« rief er völlig verblüfft. Holmes legte einen Finger an die Lippen, steckte seine Hand wieder in die Brusttasche und brach in Gelächter aus, als wir in die Straße bogen. »Ausgezeichnet!« sagte er. »Kommen Sie, Freund Watson, der Vorhang hebt sich für den letzten Akt. Es wird Sie beruhigen zu hören, daß es keinen Krieg geben wird, daß der Sehr Ehrenwerte Trelawney Hope keinen Rückschlag in seiner glänzenden Karriere erleiden wird, daß der unbesonnene Souverän für seine Unbesonnenheit nicht bestraft werden wird, daß der Premierminister keine europäische Verwicklung zu bewältigen haben wird, und daß mit ein wenig Takt und Geschicklichkeit von unserer Seite diese Affaire, die durchaus häßlich hätte enden können, niemand auch nur im geringsten zu Schaden bringen wird.«

Mein Geist füllte sich mit Bewunderung für diesen außerordentlichen Mann.

»Sie haben es gelöst!« rief ich aus.

»Das wohl kaum, Watson. Es gibt da noch immer ein paar dunkle Punkte. Aber wir wissen jetzt so viel, daß wir selbst schuld sein werden, wenn wir den Rest nicht herausbringen können. Wir gehen jetzt direkt nach Whitehall Terrace und bringen die Sache zur Entscheidung.«

Als wir in der Residenz des Europa-Ministers anlangten, erkundigte Sherlock Holmes sich nach Lady Hilda Trelawney Hope. Wir wurden in das Damenzimmer geführt.

»Mr. Holmes!« sagte die Lady, und ihr Gesicht war rosa vor Entrüstung, »das ist nun aber wirklich ganz und gar nicht fair und edelmütig von Ihnen. Ich habe Ihnen erklärt, daß ich meinen Besuch bei Ihnen geheimzuhalten wünschte, damit mein Mann nicht auf den Gedanken käme, ich würde mich in seine Angelegenheiten einmischen. Und doch kompromittieren Sie mich, indem Sie hier auftauchen und damit dartun, daß zwischen uns geschäftliche Beziehungen bestehen.«

»Es war mir unglücklicherweise nicht anders möglich, Madam. Ich bin mit der Auffindung dieses immens wichtigen Papiers beauftragt. Ich muß Sie daher bitten, Madam, seien Sie so freundlich und händigen Sie es mir aus.«

Die Lady sprang auf, und alle Farbe war im Augenblick aus ihrem schönen Gesicht gewichen. Sie sah uns mit glasigen Augen an – taumelte – ich glaubte, sie würde in Ohnmacht fallen. Dann erholte sie sich mit großer Mühe von dem Schrekken, und eine Miene der höchsten Verwunderung und Empörung vertrieb jeden anderen Ausdruck von ihrem Gesicht.

»Sie – Sie beleidigen mich, Mr. Holmes.«

»Kommen Sie, kommen Sie, Madam, es hat keinen Zweck. Geben Sie den Brief heraus.«

Sie stürzte zur Glocke.

»Der Butler wird Sie an die Tür begleiten.«

»Läuten Sie nicht, Lady Hilda. Wenn Sie das tun, werden alle meine ernstlichen Bemühungen, einen Skandal zu verhindern, zunichte gemacht. Geben Sie den Brief heraus, und alles wird gut werden. Wenn Sie mit mir zusammenarbeiten, kann ich alles in Ordnung bringen. Wenn Sie aber gegen mich arbeiten, werde ich Sie bloßstellen müssen.«

Da stand die königliche Gestalt mit erhabenem Trotz, und ihre Augen hingen an den seinen, als wolle sie seine Gedanken lesen. Ihre Hand lag auf der Glocke, doch hatte sie darauf verzichtet, sie zu läuten.

»Sie versuchen, mich zu erschrecken. Es ist nicht gerade sehr mannhaft, Mr. Holmes, hierherzukommen und eine Frau einzuschüchtern. Sie sagen, Sie wüßten etwas. Was wissen Sie denn?«

»Setzen Sie sich bitte, Madam. Sie werden sich sonst noch wehtun, wenn Sie fallen. Ich spreche erst, wenn Sie sich gesetzt haben. Danke.«

»Ich gebe Ihnen fünf Minuten, Mr. Holmes.«

»Eine genügt, Lady Hilda. Ich weiß, daß Sie Eduardo Lucas besucht und ihm dieses Dokument übergeben haben; ich weiß von Ihrer ingeniösen Rückkehr gestern nacht in jenes Zimmer, und auf welche Weise Sie den Brief aus dem Versteck unter dem Teppich geholt haben.«

Sie starrte ihn mit aschfahlem Gesicht an und schluckte zweimal, ehe sie sprechen konnte.

»Sie sind verrückt, Mr. Holmes – Sie sind verrückt!« rief sie endlich.

Er zog ein kleines Stück Pappe aus seiner Tasche. Es war das Gesicht einer Frau, das aus einem Bild herausgeschnitten war.

»Ich habe dies mitgebracht, weil ich dachte, es könnte mir nützlich sein«, sagte er. »Der Polizist hat es wiedererkannt.«

Sie rang nach Luft, und ihr Kopf fiel in den Sessel zurück.

»Kommen Sie, Lady Hilda. Sie haben den Brief. Die Sache läßt sich noch beilegen. Es liegt mir fern, Ihnen Schwierigkeiten machen zu wollen. Ich habe meine Pflicht erfüllt, wenn ich Ihrem Mann den verschwundenen Brief ausgehändigt habe. Befolgen Sie meinen Rat und seien Sie offen zu mir; das ist Ihre einzige Chance.«

Ihr Mut war bewundernswert. Selbst jetzt noch wollte sie sich nicht geschlagen geben.

»Ich sage es Ihnen noch einmal, Mr. Holmes: Sie sitzen einer absurden Täuschung auf.«

Holmes erhob sich aus seinem Sessel.

»Tut mir leid für Sie, Lady Hilda. Ich habe mein Bestes für Sie getan; nun sehe ich ein, daß es alles umsonst war.«

Er läutete die Glocke. Der Butler kam herein.

»Ist Mr. Trelawney Hope zuhause?«

»Er wird um Viertel vor eins heimkommen, Sir.«

Holmes sah auf seine Uhr.

»Noch eine Viertelstunde«, sagte er. »Na schön, ich werde warten.«

Der Butler hatte kaum die Tür hinter sich geschlossen, als Lady Hilda sich Holmes mit ausgebreiteten Armen zu Füßen warf und mit ihrem tränenüberströmten schönen Gesicht zu ihm aufsah.

»Oh, Gnade, Mr. Holmes! Gnade!« flehte sie ihn in verzweifelter Unterwürfigkeit an. »Um Himmels willen, sagen Sie ihm nichts! Ich liebe ihn doch so! Ich habe nie einen Schatten auf sein Leben werfen wollen, und das würde ihm bestimmt das edle Herz brechen.«

Holmes hob die Lady auf. »Ich bin Ihnen dankbar, Madam, daß Sie im allerletzten Augenblick noch zur Besinnung gekommen sind! Wir haben keine Sekunde zu verlieren. Wo ist der Brief?«

Sie stürzte an den Schreibtisch, schloß ihn auf und zog einen langen blauen Umschlag daraus hervor.

»Hier ist er, Mr. Holmes. Wollte Gott, ich hätte ihn nie gesehen!«

»Wie können wir ihn zurückbringen?« murmelte Holmes. »Schnell, schnell, wir müssen uns was ausdenken! Wo ist die Depeschenbox?«

»Noch immer in seinem Schlafzimmer.«

»Welch ein Glücksfall! Schnell, Madam, holen Sie sie her!«

Gleich darauf war sie mit einer flachen roten Box zurück.

»Wie haben Sie sie neulich aufbekommen? Sie haben einen Zweitschlüssel? Ja, natürlich haben Sie einen. Schließen Sie auf!«

Lady Hilda zog einen kleinen Schlüssel aus ihrem Busen. Die Box sprang auf. Sie war mit Papieren vollgestopft. Holmes stieß den blauen Umschlag tief mitten hinein zwischen die Blätter irgendeines anderen Dokuments. Die Box wurde zugemacht, verschlossen und in das Schlafzimmer zurückgebracht.

»Nun können wir ihn erwarten«, sagte Holmes; »wir haben noch zehn Minuten. Ich wage viel, indem ich Sie decke, Lady Hilda. Zum Ausgleich werden Sie die Zeit nutzen und mir frei heraus die wahre Bedeutung dieser ungewöhnlichen Affäre erzählen.«

»Mr. Holmes, ich werde Ihnen alles sagen«, rief die Lady. »Oh, Mr. Holmes, eher würde ich mir die rechte Hand abhakken als ihm auch nur eine Sekunde Sorgen bereiten! Nicht eine Frau in ganz London liebt ihren Mann so wie ich – und doch, wenn er wüßte, was ich getan habe – wie ich dazu gezwungen wurde – nie würde er mir verzeihen. Denn er schätzt seine eigene Ehre so hoch, daß er nie vergessen oder vergeben kann, wenn ein anderer einmal einen Fehltritt begeht. Helfen Sie mir, Mr. Holmes! Mein Glück, sein Glück, ja unser Leben steht auf dem Spiel!«

»Schnell, Madam, die Zeit wird knapp!«

»Es ging um einen Brief, Mr. Holmes, einen unbesonnenen Brief, den ich vor meiner Ehe geschrieben habe – ein törichter Brief, der Brief eines leidenschaftlich verliebten Mädchens. Ich habe es nicht böse gemeint, und doch hätte er es für verbrecherisch gehalten. Wenn er diesen Brief zu lesen bekommen hätte, wäre sein Vertrauen für immer zerstört gewesen. Es ist Jahre her, seit ich ihn geschrieben habe. Ich hatte geglaubt, die ganze Sache wäre längst vergessen. Schließlich erfuhr ich dann von diesem Lucas, daß er in seine Hände gelangt sei und daß er ihn meinem Mann zeigen würde. Ich flehte ihn um Gnade an. Er sagte, er würde mir den Brief zurückgeben, wenn ich ihm dafür ein gewisses Dokument, das er mir beschrieb, aus der Depeschenbox meines Mannes besorgen würde. Er hätte einen Spion im Amt, der ihm von dessen Existenz berichtet hätte. Er versicherte mir, daß meinem Mann nichts Schlimmes passieren würde. Versetzen Sie sich in meine Lage, Mr. Holmes! Was hätte ich denn tun sollen?«

»Ihren Mann ins Vertrauen ziehen.«

»Das konnte ich nicht, Mr. Holmes, das konnte ich nicht! Auf der einen Seite drohte das sichere Verderben; auf der anderen, so schrecklich es mir auch vorkam, meinem Mann die Papiere zu stehlen – und doch konnte ich bei so einer politischen Angelegenheit die Konsequenzen nicht erfassen, während sie mir in einer Angelegenheit der Liebe und des Vertrauens nur allzu klar waren. Ich hab's getan, Mr. Holmes! Ich habe einen Abdruck von dem Schlüssel gemacht, und dieser Lucas hat mir den Zweitschlüssel besorgt. Ich habe seine Depeschenbox aufgemacht, das Papier herausgenommen und es zur Godolphin Street gebracht.«

»Was geschah dort, Madam?«

»Ich klopfte wie vereinbart an die Tür. Lucas machte auf. Ich folgte ihm in sein Zimmer, ließ aber die Eingangstür angelehnt hinter mir, da ich Angst hatte, mit dem Mann allein zu sein. Mir fiel ein, daß draußen eine Frau gestanden hatte, als ich hineinging. Unser Geschäft war bald erledigt. Mein Brief lag auf seinem Schreibtisch; ich übergab ihm das Dokument. Er gab mir den Brief. In diesem Augenblick kam ein Geräusch von der Tür. Über den Flur kamen Schritte. Lucas zog schnell den Läufer weg, steckte das Dokument in ein Versteck darunter und deckte es wieder zu.

Was danach geschah, war wie in einem furchtbaren Traum. Ich sehe ein dunkles, wütendes Gesicht vor mir, höre eine Frau auf französisch schreien: ›Ich habe nicht umsonst gewartet. Endlich, endlich habe ich dich mit ihr erwischt!‹ Es gab einen wüsten Kampf. Ich sah ihn mit einem Stuhl in der Hand, in ihrer blitzte ein Messer auf. Ich rannte vor dieser entsetzlichen Szene aus dem Haus und erfuhr erst am nächsten Morgen aus der Zeitung den schrecklichen Ausgang. In dieser Nacht war ich glücklich, denn ich hatte meinen Brief wieder und hatte noch nicht gesehen, was die Zukunft bringen würde.

Am nächsten Morgen wurde mir dann klar, daß ich nur das eine Unglück gegen ein anderes eingehandelt hatte. Der Schmerz meines Mannes über den Verlust des Papiers ging mir zu Herzen. Ich konnte mich kaum zurückhalten, mich ihm auf der Stelle zu Füßen zu werfen und ihm zu beichten, was ich getan hatte. Das aber hätte die Preisgabe meiner Vergangenheit bedeutet. Ich habe Sie an diesem Morgen aufgesucht, um die ganze Tragweite meines Vergehens zu begreifen. Von dem Moment an, da ich mir darüber im klaren war, habe ich nur noch daran gedacht, wie ich dieses Papier meines Mannes zurückbekommen könnte. Es mußte noch dort sein, wo Lucas es hingesteckt hatte, denn es war schon wieder zugedeckt, als diese furchtbare Frau ins Zimmer kam. Wenn die nicht gekommen wäre, hätte ich das Versteck nicht kennengelernt. Wie konnte ich in das Zimmer gelangen? Zwei Tage lang beobachtete ich das Haus, aber die Tür wurde nie offen gelassen. Gestern nacht machte ich einen letzten Versuch. Was ich getan habe und mit welchem Erfolg, das wissen Sie ja bereits. Ich habe das Papier zurückgeholt und hatte eigentlich vor, es zu vernichten, da ich keine Möglichkeit sah, es meinem Mann zurückzugeben, ohne ihm zugleich meine Schuld einzugestehen. Himmel, ich höre seine Schritte auf der Treppe!«

Der Europa-Minister platzte aufgeregt ins Zimmer.

»Gibt's was Neues, Mr. Holmes, gibt's was Neues?« rief er.

»Ich hege einige Hoffnung.«

»Ah, dem Himmel sei Dank!« Sein Gesicht begann zu strahlen. »Der Premierminister speist gleich mit mir. Darf er Ihre Hoffnungen teilen? Er hat Nerven von Stahl, und doch weiß ich, daß er seit diesem schrecklichen Vorfall kaum geschlafen hat. Jacobs, wollen Sie bitte den Premierminister hinaufbitten? Was dich betrifft, meine Liebe, so fürchte ich, dies ist eine politische Angelegenheit. Wir werden dir in wenigen Minuten ins Speisezimmer nachkommen.«

Der Premierminister gab sich beherrscht, doch sah ich ihm am Glanz seiner Augen und dem Zucken seiner knochigen Hände an, daß er ebenso aufgeregt war wie sein jüngerer Kollege.

»Ich höre, daß Sie uns etwas zu berichten haben, Mr. Holmes?«

»Völlig negativ bis jetzt«, erwiderte mein Freund. »Ich habe überall nachgeforscht, wo er sein könnte, und ich bin sicher, daß keine Gefahr im Verzuge ist.«

»Aber das reicht nicht, Mr. Holmes. Wir können nicht ewig auf einem solchen Pulverfaß sitzen. Wir brauchen ein endgültiges Ergebnis.«

»Ich habe Hoffnung, dorthin zu gelangen. Darum bin ich hier. Je länger ich über die Sache nachdenke, desto mehr bin ich davon überzeugt, daß der Brief dieses Haus nie verlassen hat.«

»Mr. Holmes!«

»Sonst wäre er inzwischen längst an die Öffentlichkeit gekommen.«

»Aber wozu sollte ihn irgend jemand stehlen, um ihn dann in diesem Haus zu behalten?«

»Ich bin nicht davon überzeugt, daß jemand ihn gestohlen hat.«

»Wie ist er dann aus der Depeschenbox verschwunden?«

»Ich bin nicht davon überzeugt, daß er je aus der Depeschenbox verschwunden ist.«

»Mr. Holmes, es ist jetzt nicht die Zeit zu Scherzen. Ich versichere Ihnen, daß er aus der Box verschwunden ist.«

»Haben Sie seit Dienstagmorgen die Box noch einmal untersucht?«

»Nein; das war nicht notwendig.«

»Es wäre denkbar, daß Sie ihn übersehen haben.«

»Unmöglich, also wirklich!«

»Wovon ich nicht überzeugt bin; dergleichen geschieht, wie ich weiß. Vermutlich sind noch andere Papiere darin. Nun, er könnte dazwischengeraten sein.«

»Er lag oben auf.«

»Jemand könnte die Box geschüttelt und ihn verschoben haben.«

»Nein, nein; ich hab doch alles herausgeholt.«

»Das läßt sich aber doch leicht feststellen, Hope!« sagte der Premier. »Lassen wir uns die Depeschenbox herbringen.«

Der Minister läutete die Glocke.

»Jacobs, bringen Sie meine Depeschenbox her. Das ist eine absurde Zeitverschwendung, aber wenn nichts anderes Sie zufriedenstellt, so soll es geschehen. Danke, Jacobs; legen Sie sie dorthin. Den Schlüssel habe ich immer an meiner Uhrkette. Hier sind die Papiere, sehen Sie. Brief von Lord Merrow, Bericht von Sir Charles Hardy, Memorandum aus Belgrad, Notiz über die russisch-deutschen Getreidezölle, Brief aus Madrid, Note von Lord Flowers – großer Gott! was ist das? Lord Bellinger! Lord Bellinger!«

Der Premier riß ihm den blauen Umschlag aus der Hand.

»Ja, das ist er – und der Brief ist unversehrt. Hope, ich gratuliere Ihnen!«

»Danke! Danke! Welch ein Stein fällt mir vom Herzen! Aber das ist unbegreiflich – unmöglich! Mr. Holmes, Sie sind ein Zauberer, ein Hexenmeister! Woher wußten Sie, daß er hier war?«

»Weil ich wußte, daß er sonst nirgendwo war.«

»Ich kann meinen Augen nicht trauen!« Er lief aufgeregt zur Tür. »Wo ist meine Frau? Ich muß ihr sagen, daß alles wieder gut ist. Hilda! Hilda!« hörten wir seine Stimme von der Treppe.

Der Premier sah Holmes zwinkernd an.

»Kommen Sie, Sir«, sagte er. »Da steckt doch mehr dahinter, als man auf den ersten Blick meint. Wie ist der Brief in die Box gekommen?«

Holmes wandte sich von dem forschenden Blick dieser wunderbaren Augen ab.

»Auch wir haben unsere diplomatischen Geheimnisse«, sagte er, nahm seinen Hut und ging zur Tür.

ANHANG

Editorische Notiz

Die Übersetzung folgt den üblichen Nachdrucken der Originalausgabe *The Return of Sherlock Holmes* von 1905. Sie ist so wortgetreu wie möglich, jedenfalls so dicht am Original wie keine der bisherigen Übersetzungen. Spezifische Termini z. B. für Kutschentypen oder Dienstgrade wurden grundsätzlich mit einem allgemeineren deutschen Ausdruck übersetzt (z. B. Polizist für Constable). Von diesem Prinzip wurde nur abgewichen, wo es der Zusammenhang erlaubte oder erforderte; ebenfalls unübersetzt blieben Hausnamen wie Hall, Manor usw. Das Tempus der wörtlichen Rede wurde den Gepflogenheiten im Deutschen angeglichen. Im folgenden werden nach dem deutschen Titel der Titel des Originals sowie Ort und Jahr des ersten Erscheinens angegeben. Die Anmerkungen sind durchaus nicht vollständig, sondern sollen nur gewisse, dem deutschen Leser nicht unbedingt bekannte Besonderheiten des englischen Lebens erhellen. Verzichtet wurde also z. B. darauf, Daten und Hintergründe der Schlachten von Waterloo und Marengo aufzuführen, oder die Lebensdaten des Charles Dickens anzugeben, da derlei kaum zum tieferen Verständnis der Watsonschen Fallstudien beitragen dürfte.

Anmerkungen

Das leere Haus

The Empty House. ›Collier's Weekly‹, 26. September 1903

Seite 9
»Robber Whist« – »Robber, engl. Rubber, beim Whist und beim Bridge ein durch zwei Gewinnpartien der gleichen Partei abgeschlossenes Spiel« (Brockhaus 1956).

Seite 11
»Der Baumkultus« – im Original *The Origin of Tree Worship*. Miss Madeleine B. Stern, Spezialistin für seltene Bücher im Zusammenhang mit Sherlock Holmes, meint, Watson habe den deutschen Originaltitel des 1856 erschienenen Buchs von Boetticher etwas sehr frei übersetzt.

Seite 14
»Baritsu« – In den März- und April-Nummern 1899 von *Pearsons's Magazine* war der Artikel ›Die neue Kunst der Selbstverteidigung‹ von E. W. Bartonwright erschienen, der darin gewisse Jiu-Jitsu-Techniken beschrieb, die er für den europäischen Gebrauch adaptiert und mit der von seinem Namen abgeleiteten Bezeichnung ›Bartisu‹ versehen hatte. Offenbar hat Dr. Watson auch hier wieder etwas durcheinandergebracht.

Seite 21
»Nicht kann mich Alter . . . Reizung« – Holmes bezieht diese Aussage des Enobarbus über Kleopatra auf sich. (Shakespeare, *Antonius und Kleopatra;* II,2. Hier in der Schlegel-Tieckschen Übertragung.)

Seite 26
»Herz zum Herzen findet« – Gleich noch einmal Shakespeare, diesmal aus *Was ihr wollt*; II,3; eine freie Übersetzung von *»Journeys end with lovers' meetings«*.

Seite 27
»shikari« – Hinduwort für Sportsmann, Jäger.
»Der blinde deutsche Mechaniker von Herder« – Seine Biographie lieferte dankenswerterweise Ralph A. Ashton: »Augustus Heinrich Friedrich Kartiffelschale von Herder: geboren 1. April 1803 in Wien. Mutter: Fräulein Schmutzi Liebelnhastic von Herder. Vater: unbekannt. Von Friedrich Wilhelm IV. geadelt für seine Forschungen auf dem Gebiet der Verwendung von dehydriertem Wasser als Treibladung anstelle von Schießpulver.«

Seite 30
»C. B.« – Companion of the Order of Bath – Träger des Bath-Ordens.
»Sherpur und Kabul« – Eine ausführliche Anmerkung zu den Afghanistan-Kriegen findet sich in *Eine Studie in Scharlachrot*, Zürich: Haffmans 1984.
»der zweitgefährlichste Mann Londons« – Der gefährlichste war natürlich Professor Moriarty, siehe *Das letzte Problem* in *Die Memoiren des Sherlock Holmes*, Zürich: Haffmans 1985. Der übelste dagegen Charles Augustus Milverton, siehe p. 193.

Seite 32
»die Kugeln allein genügen schon« – eben nicht: 1894 gab es bei Scotland Yard noch keine ballistischen Untersuchungen, diese wurden erst ab 1909 angewandt. Sherlock Holmes war wieder einmal seiner Zeit voraus.

Der Baumeister aus Norwood

The Norwood Builder. ›Collier's Weekly‹, 31. Oktober 1903

Die tanzenden Männchen

The Dancing Men. ›The Strand Magazine‹, Dezember 1903

In dieser Erzählung mußte von dem Prinzip der wortgetreuen Übersetzung einmal abgegangen werden: frühere Übersetzer haben es sich hier leicht gemacht, indem sie die chiffrierten Sätze einfach auf englisch haben stehenlassen. Übersetzt man auch diese – wie hier zum Besten des Lesers geschehen –, ergeben sich zwangsläufig einige Abweichungen in Holmes' Ausführungen zu ihrer Dechiffrierung. Jene betreffen zum einen die Anzahl und Anordnung der Buchstaben in den einzelnen Botschaften, zum anderen, und wichtiger, die Häufigkeitsverteilung der Buchstaben im Englischen und Deutschen. Es bleibe dem krimigewieften Leser überlassen, sich die damit verbundenen Probleme des Übersetzers auszumalen, doch sei versichert, daß sich die Logik der Holmesschen Entschlüsselung ohne »gewollte« Manipulationen übertragen ließ.

Die einsame Radfahrerin

The Solitary Cyclist. ›Collier's Weekly‹, 26. Dezember 1903

Seite 100

»John Vincent Harden« – Korrekt ist Hardin, und gemeint ist der Cousin des gefürchteten Schützen John Wesley Hardin, den Bob Dylan in einem Song verewigt hat. Als John Wesley Hardin mit der Buffalo Bill Wild West Show nach England kommen wollte, war dies der Anlaß für die Belästigung seines Cousins mit den großen gesellschaftlichen Ambitionen.

Die Abtei-Schule

The Priory School. ›Collier's Weekly‹, 30. Januar 1904

Seite 125

»M. A., Ph. D.« – Magister Artium, Philosophiae Doctor

Seite 126

»K. G.« – Knight of the Garter = Ritter des Hosenbandordens.

»P. C.« – vieldeutige Abk., hier vermutlich Privy Councillor = Geheimer Rat.

Seite 127

»Lord Lieutenant« – Vertreter des Königs in den englischen Grafschaften.

»Lord of the Admiralty« – Lord der Admiralität.

Der Schwarze Peter

Black Peter. ›Collier's Weekly‹, 27. Februar 1904

Seite 185
»ein kleines Schnuckelchen von einem Mann« – im Original »a little ribston-pippin of a man«. Ribston-pippin ist laut Langenscheidt eine Apfelsorte, nämlich »eine gestreifte Goldreinette«; laut Partridge's Slang-Wörterbuch auch »a Cockney's term of affectionate address« – eine »zärtliche Anrede« also. Der Ausdruck tauchte zum erstenmal im *Punch* vom 11. Oktober 1883 auf.

Charles Augustus Milverton

Charles Augustus Milverton. ›Collier's Weekly‹, 26. März 1904

Seite 198
»Diamanten zu Kohle verflüssigen« – im Original »by turning her diamonds into paste« (= »Knete«); die Übersetzung ist also ein wenig skurriler, wenn nicht gar zu tollkühn.

Seite 203
»Heath« – Hampstead Heath, ein ausgedehnter Park im Londoner Stadtteil Hampstead.

Seite 212
»Hallo-Geschrei« – im Original »view-halloa«; so rufen die englischen Jäger, wenn der Fuchs erscheint.

Die sechs Napoleons

The Six Napoleons. ›Collier's Weekly‹, 30. April 1904

Seite 217
»Ambulanz« – im Original »dispensary«; eine Art ärztlicher Bereitschaftsdienst für Unbemittelte.

Die drei Studenten

The Three Students. ›The Strand Magazine‹, Juni 1904

Seite 242
»aus dem Thukydides« – gemeint ist *Der Krieg zwischen den Peloponnesiern und den Athenern,* das Standardwerk von Thukydides (ca. 460 v. Chr. – nach 400 v. Chr.), der damit die wissenschaftliche Geschichtsschreibung begründete. Da das Werk 8 Bände umfaßt, müßte es trotz seiner Bekanntheit möglich sein, ein Kapitel zu finden, das »der Kandidat noch nicht kennt«.

Seite 250
»vertritt die Schule im Hürdenlauf und Weitsprung« – im Original »Got his Blue for the hurdles and the long jump«. Blue nennt man an den Universitäten von Oxford und Cambridge das Recht eines Studenten, die blaue Universitäts-Sportkleidung zu tragen und damit bei Sportwettkämpfen in den jeweiligen Mannschaften aufzutreten.

Seite 254
»Gimelblättchen« – auch Kümmelblättchen. »(von hebräisch gimel, Zahlzeichen für 3), Glücksspiel, wobei der Bankhalter Kreuz- und Herz-As in die linke, Pik-As in die rechte Hand nimmt, geschickt mischt und die Blätter verdeckt fallen läßt. Nur wenn der Mitspieler errät, wo Herz-As liegt, hat er gewonnen« (Brockhaus 1956).

Der goldene Kneifer

The Golden Pince-Nez. ›The Strand Magazine‹, Juli 1904

Seite 275
»Mann von den Andamanen« – Watson spielt auf das *Zeichen der Vier* an.

Seite 277
»Chubb-Schlüssel« – Näheres zu diesem Sicherheitsschlüssel und dem dazugehörigen Schloß in den Anmerkungen zu *Die Abenteuer des Sherlock Holmes,* Zürich: Haffmans 1984, S. 360.

Seite 287
»Zeit der Not« – Siehe *Psalter* 9.10. Auch russische Revolutionäre stammten oft aus religiösen Familien.

Der verschollene Three-Quarter

The Missing Three-Quarter. ›The Strand Magazine‹, August 1904

In dieser Geschichte tauchen einige Fachausdrücke aus der Rugby-Sprache auf, für die es im Deutschen zwar Entsprechungen gibt, die jedoch wohl so ungeläufig sind, daß sie noch mehr Verwirrung als die originalen Termini stiften dürften. Im folgenden wird kein Regelwerk des Rugby-Football gegeben; vielmehr sollen nur einige der in der Erzählung vorkommenden Begriffe definiert werden.

Zu Spielbeginn besteht das Rugby-Team aus 8 Stürmern, 2 Halbspielern (half-backs), 4 Dreiviertelspielern (three-quarters) und einem Schlußmann. Ziel des Spiels ist es, einen eiförmigen Ball über die Mallinie (touch-line) des Gegners zu befördern, was dieser durch Einsatz aller möglichen Mittel zu verhindern sucht (z. B. durch tackling = Angehen und Angreifen des Gegners). Die Beförderung des Balles geschieht durch

»punten« (to punt = Kicken des aus den Händen fallenden Balles, ehe er den Boden berührt), »droppen« (to drop = den Ball fallen lassen und, sobald er vom Boden zurückprallt, wegkicken) oder durch Werfen (to pass = abspielen). Je nach der Art und Weise, wie der Ball über die touch-line gebracht wird, gibt es Punkte: entweder bringt man den Ball mit der Hand über die Linie (try = »Versuch«), oder man schießt ihn mit dem Fuß über den Querbalken des H-förmigen Tors.

Seite 294
»beim Dribbeln« – Wenn Godfrey Staunton mit einem eiförmigen Rugby-Ball zu dribbeln vermochte, konnte ihm in der Tat niemand »das Wasser reichen«.

Seite 295
»Großer Scott« – im Original: »Great Scott!« – ein Ausdruck der Überraschung, eine Verharmlosung von »Great God«; vermutlich nach General Winfield Scott, einem notorisch konfusen Präsidentschaftskandidaten.

Seite 312
»daß er die besseren Karten hat« – im Original »that the odd trick is in his possession«. *Odd trick* ist der 7. von 13 möglichen Stichen beim Whist und entscheidend für das Spiel. Man beachte die den ganzen Text durchziehende Kartenmetaphorik.

Seite 315
»bis John o' Groats« – der nördlichste Punkt der Britischen Inseln, an der Nordspitze Schottlands, wo sich der Holländer John o' Groat 1489 angesiedelt haben soll; sprichwörtlich für den »Rand der Welt«.

Abbey Grange

The Abbey Grange. ›The Strand Magazine‹, September 1904

Seite 321
»das Wild ist auf« – einer der meistzitierten Holmes-Sätze. Er stammt aus Shakespeares *König Heinrich V.* III,1: »Ich seh euch stehn, wie Jagdhund' an der Leine, gerichtet auf den Sprung; das Wild ist auf, folgt eurem Mute.«

Der zweite Fleck

The Second Stain. ›The Strand Magazine‹, Dezember 1904

Seite 360
»Oberstein, La Rothiere« – Beide Herren tauchen wieder auf in *Die Bruce-Partington-Pläne* im Band *Seine Abschiedsvorstellung*.

SIR ARTHUR CONAN DOYLE, geboren am 22.5.1859 in Edinburgh, gestorben am 7.7.1930 in Crowborough/Sussex; promovierter Dr. med., geadelter Sir Arthur; Schöpfer der unsterblichen Dioskuren Sherlock Holmes und Dr. Watson.

Sämtliche Sherlock-Holmes-Geschichten und -Romane in 9 Bänden im Haffmans Verlag: *Eine Studie in Scharlachrot* (Romane 1. Deutsch von Gisbert Haefs, 1984) – *Das Zeichen der Vier* (Romane 2. Deutsch von Leslie Giger, 1988) – *Der Hund der Baskervilles* (Romane 3. Deutsch von Gisbert Haefs, 1984) – *Das Tal der Angst* (Romane 4. Deutsch von Hans Wolf, 1986) – *Die Abenteuer des Sherlock Holmes* (Erzählungen 1. Deutsch von Gisbert Haefs, 1984) – *Die Memoiren des Sherlock Holmes* (Erzählungen 2. Deutsch von Nikolaus Stingl, 1985) – *Die Rückkehr des Sherlock Holmes* (Erzählungen 3. Deutsch von Werner Schmitz, 1985) – *Seine Abschiedsvorstellung* (Erzählungen 4. Deutsch von Leslie Giger, 1988) – *Sherlock Holmes´ Buch der Fälle* (Erzählungen 5. Deutsch von Hans Wolf, 1987) – Außerdem das *Sherlock-Holmes-Handbuch* (Herausgegeben von Zeus Weinstein). Alle Bände neu ediert, neu übersetzt, mit Anmerkungen versehen, in der Baskerville gesetzt, schön gedruckt und elegant ausgestattet.

SIR ARTHUR CONAN DOYLE
SHERLOCK HOLMES
WERKAUSGABE IN NEUN EINZELBÄNDEN
NACH DEN ERSTAUSGABEN NEU UND GETREU ÜBERSETZT

EINE STUDIE IN SCHARLACHROT
Romane Bd. I.
Aus dem Englischen von Gisbert Haefs

DAS ZEICHEN DER VIER
Romane Bd. II.
Deutsch von Leslie Giger

DER HUND DER BASKERVILLES
Romane Bd. III.
Deutsch von Gisbert Haefs

DAS TAL DER ANGST
Romane Bd. IV.
Deutsch von Hans Wolf

DIE ABENTEUER DES SHERLOCK HOLMES
Erzählungen Bd. I.
Deutsch von Gisbert Haefs

DIE MEMOIREN DES SHERLOCK HOLMES
Erzählungen Bd. II.
Deutsch von Nikolaus Stingl

DIE RÜCKKEHR DES SHERLOCK HOLMES
Erzählungen Bd. III.
Deutsch von Werner Schmitz

SEINE ABSCHIEDSVORSTELLUNG
Erzählungen Bd. IV.
Deutsch von Leslie Giger

SHERLOCK HOLMES' BUCH DER FÄLLE
Erzählungen Bd. V.
Deutsch von Hans Wolf

sowie

SHERLOCK-HOLMES-HANDBUCH
Conan-Doyle-Chronik. Die Plots aller Stories. Who-is-who in Sherlock Holmes.
Holmes-Illustrationen. Holmes-Verfilmungen. Karten, Fotos etc.
Herausgegeben von Zeus Weinstein.

AMBROSE BIERCE
WERKE IN 4 BÄNDEN
HERAUSGEGEBEN VON
GISBERT HAEFS

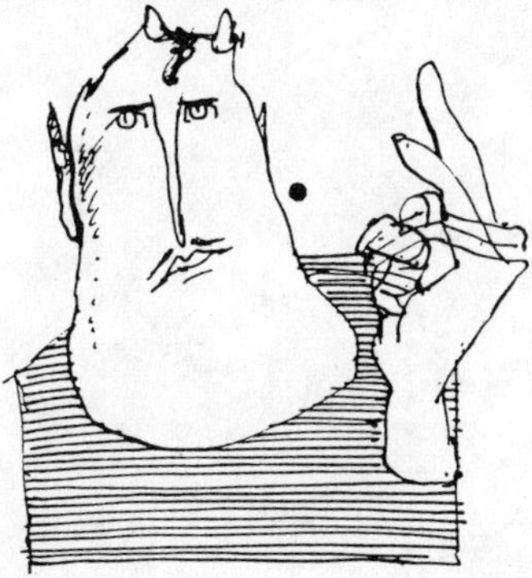

Band 1
DES TEUFELS WÖRTERBUCH
Deutsch von Gisbert Haefs

Band 2
GESCHICHTEN AUS DEM BÜRGERKRIEG
Deutsch von Jan Wellem van Diekmes

Band 3
HORRORGESCHICHTEN
Deutsch von Gisbert Haefs

Band 4
LÜGENGESCHICHTEN UND FANTASTISCHE FABELN
Deutsch von Viola Eigenberz
und Trautchen Neetix

G.K. CHESTERTON

Alle Geschichten um Father Brown
in 5 Bänden
Neu übersetzt und herausgegeben von
Hanswilhelm Haefs

I

FATHER BROWNS EINFALT

(The Innocence of Father Brown, 1911)

II

FATHER BROWNS WEISHEIT

(The Wisdom of Father Brown, 1914)

III

FATHER BROWNS UNGLÄUBIGKEIT

(The Incredulity of Father Brown, 1926)

IV

FATHER BROWNS GEHEIMNIS

(The Secret of Father Brown, 1927)

V

FATHER BROWNS SKANDALE

(The Scandal of Father Brown, 1929)

Jeder Band enthält einen Anhang mit Anmerkungen; der erste Band bringt eine biographische Skizze; der letzte einen bibliographischen Anhang. Alle Einband- und Titelzeichnungen von Tatjana Hauptmann.

RUDYARD KIPLINGs WERKE
»ZÜRCHER EDITION« IM HAFFMANS VERLAG
HERAUSGEGEBEN UND ÜBERSETZT VON
GISBERT HAEFS

Die Ausgabe lehnt sich an die von Kipling selbst gestaltete »Uniform Edition« seiner Werke an: gebunden, Fadenheftung, schwarzer Kopfschnitt, rote Elefantenhaut; mit Kiplings Vignette (der elefantenköpfige Ganesha, »Gott des glückhaften Beginnens«, mit Lotosbüschel).
Alle Bände sind originalgetreu, vollständig neu übersetzt und jeweils mit einem Anhang versehen, der neben editorischer Notiz und ausführlichen Anmerkungen die wichtigsten Ergebnisse der Rezeption enthält. Abweichungen von der Zusammenstellung der Originalbände gibt es nur, wo dies sinnvoller Ergänzung oder größerer Vollständigkeit dient – also mehr, nicht weniger.

DIE BALLADE VON OST UND WEST
Selected Poems / Ausgewählte Gedichte

DAS DSCHUNGELBUCH (The Jungle Book)
Erzählungen und (zweisprachige) Gedichte

DAS ZWEITE DSCHUNGELBUCH
(The Second Jungle Book)
Erzählungen und (zweisprachige) Gedichte

GENAU-SO-GESCHICHTEN (Just So Stories)
Erzählungen mit Illustrationen des Autors

KIM (Kim)
Roman

STALKY & CO. (Stalky & Co.)
Erzählungen und (zweisprachige) Gedichte

VIELERLEI SCHLICHE (Many Inventions)
Erzählungen

DIE VIELFALT DER GESCHÖPFE (A Diversity of Creatures)
Erzählungen

KIPLING COMPANION
Essay, Daten über Leben und Werk, Fotos, Zitate über RK,
Übersetzungsbeispiele, Ausgaben, Werkliste

Weitere Bände in Vorbereitung